文集一

蘇東坡全集

三

曾枣庄
舒大刚　主编

中华书局

第三册目录

文集一

文集叙录

苏文版本与苏诗一样，也有诗文合刻本和苏文单刻本两个系统。诗文合刻本在本书《诗集叙录》中已作详细介绍，兹不重复。这里仅就苏文单刻本略作说明。

最早的苏文单刻本为南宋郎晔的《经进东坡文集事略》六十卷，选注东坡文四百九十八篇。晔字晦之，钱塘（今浙江杭州）人。师事张九成，以儒学知名。淳熙十四年（1187）以特奏得官，为绍兴嵊县簿，未赴任。此书前两卷为赋，卷三为南省讲三传，卷四至卷一四为论，卷一五至卷二三为进策、策、策问，卷二四为上神宗万言书，卷二五、二六为表，卷二七、二八为启，卷二九至卷三六为奏议，卷三七至卷三九为内外制，卷四〇至卷四七为书状、书，卷四八至卷五四为记，卷五五为碑，卷五六为叙，卷五七为迩英进读、杂说，卷五八为拟作，卷五九为铭、赞，卷六〇为杂著。国家图书馆、台北"国家图书馆"皆藏有宋刊本，但都不全，国图存三十二卷，台藏本存五十五卷。最全最易得者为四部丛刊本，此本乃上海涵芬楼借吴兴张氏、南海潘氏所藏宋刊本影印。前有宋孝宗《御制文集序》《苏文忠公赠太师制》《东坡先生言行》和《目录》。《四部丛刊书录》云："《经进东坡文集事略》六十卷十册，乌程张氏、南海潘氏合藏宋刊本，宋郎晔注。……原书六十卷，今唯乌程张氏藏上半部，南海潘氏藏下半部，皆宋椠本，两本凑合，尚缺五卷，六十卷末亦缺数叶，然亦仅有之秘本矣。……缺卷以成化本补其白文。"《爱日精庐藏书志》卷三〇评此书云:"是书钩稽事实,考核岁月,元元本本,具有条理,可与施元之、王十朋诗注相颉颃。"此书当时虽曾进呈乙览,但并未颁行,故流传不广,宋、元、明历代书录未见著录,清修《四库全书总目》亦未提及。清初《季沧苇书目》始载其名,季氏藏有宋刊残本,连全书卷数亦不可知。直至日本岛田翰购得宋刊全本,并著录于《古文旧书考》卷二,世人始知全书为六十卷。一九一九年上海商务印书馆影印此书宋刻本,一九二〇年上海罗振常蟫隐庐仿宋活字本刊印南宋郎晔注、罗振常辑佚的《经进东坡文集事略》六十卷,考异四卷,考异补遗一卷,误字记一卷,又辑《经进嘉祐文集事略》一卷、《经进栾城文集事略》一卷。一九二二年《四部丛刊初编》曾收入《经进东坡文集事略》六十卷,始广泛流传。一九五七年七月北京文学古籍刊行社出版南宋郎晔注、庞石帚校订的《经进东坡文集事略》六十卷,一九六〇年台湾世界书局、一九七九年香港中华书局也曾刊印此书。

《三苏先生文粹》七十卷,不详编者,含老泉文十一卷,东坡文三十二卷(卷一二至卷四三),颍滨文二十七卷。南宋坊间刻本,为备场屋考试而编刻,故颇为流行。台北"国家图书馆"藏有宋绍兴饶州董氏集古堂刊本,残存三卷。其他书目还载有多种宋刊本,如宋绍兴初蜀大字本、宋刊巾箱本、宋淳熙三年巾箱本。明代亦曾多次翻刻,有明刘氏安正书堂刊本、明嘉靖四十三年归仁斋刊本、明嘉靖十二年眉州刊本等。

《经进东坡文集事略》和《三苏先生文粹》都只是苏文选本,明茅维刊《苏文忠公全集》七十五卷,则是宋、元以来第一次把苏文单独全部辑集刊行,而且收文较全。其《宋苏文忠公全集叙》云:"昔长公被逮于元丰间,文之秘者,朋游多弃去,家人恐怖而焚之者,殆无算。逮高宗嗜其文,汇集而陈诸左右,逸者不复收矣。迄今遍搜楚、越,并非善本,既嗟所缺,复憾其讹。丐诸秣陵焦太史所藏阁本《外集》。太史公该博而有专嗜,出示手板,甚核。参之《志林》《仇池笔记》等书,增益者十之二三,私加刊次,再历寒燠而付之梓。即未能复南宋禁中之旧,而今之散见于世者,庶无挂漏。为集总七十五卷,各以类从,是称《苏文忠公全集》云。……万历丙午元日,吴兴茅维撰。"此书在明、清两代曾多次刊印,但茅维本脱误较多,印制不精,这是明刊本的通病。

中华书局继一九八二年出版了孔凡礼先生校点、刘尚荣先生任责编的《苏轼诗集》之后,又于一九八六年出版了孔凡礼先生校点、刘尚荣先生任责编的《苏轼文集》。中华书局出版的《苏轼文集》即以明末茅维刊本《苏文忠公全集》七十五卷为底本。敢选此书为底本是需要勇气的,因为影响很大的《四库全书总目》卷一五四《东坡全集》提要谓"有七十五卷者,号《东坡先生全集》,载文不载诗,漏略尤甚"即指此本。但孔凡礼先生的《点校说明》认为"底本有其明显的长处",一是"取材丰富",他举例说:"以尺牍而论,底本采用的是上面提到的经过整理的本子,约收尺牍一千三百首。此本以人为纬,有多首尺牍者,则大体按写作时间排列。"二是"底本的分类,从大的方面说,是得体的"。总之孔先生认为:"底本瑕瑜相较,瑜远胜瑕。去瑕取瑜,我们应该对底本的编者的搜辑之功,作充分的肯定。《四库提要》卷一五四宁取蔡士英刊本,而批评此本'漏略',是很片面的。"

新版《苏轼文集》与新版《苏轼诗集》一样,在校勘上花了很大功夫。刘尚荣《新版〈苏轼文集〉书后》云:"本书的校勘比《苏轼诗集》又有所发展。诗集主要用不同版本对校。文集情况复杂,除采用九种主要校本通校外,还使用了金石碑帖、宋人别集、年谱、笔记等多方面资料以解决个别篇目的疑难问题。文集中的制、奏议、尺牍、题跋、杂记各类,又寻觅了各自的参考校本如《宋大诏令集》《历代名臣奏议》《苏长公二妙集》《东坡志林》等等。总之,点校者将传统的本校、对校、他校、理校诸法综合利用,融汇贯通,从而订正了底本的某些误脱衍倒,录存下大量有参考价值的异文资料,并对部分篇章的写作时间乃至重出疑伪问题做出了简要交代。……由于进行了全面认真的校订,《苏轼文集》从文题到字句各方面都优于通行本,可以说已向苏文'定本'的目标迈出了至关重要的一大步。当然,该书的校勘并非尽如人意。其校勘体例稍嫌繁琐,某些校记写得不够精练,表达方式也不尽统一。对底本的个别改动以及不影响文义的文言虚词的出校,总令人感到点校者对所谓墨迹刻石资料有所偏爱和偏信。"

新版《苏轼诗集》辑得佚诗二十九首,新版《苏轼文集》竟辑得佚文四百余篇,编成《苏轼佚文汇编》附于全书之后。其《弁言》云:"苏轼之文,见于《苏轼文集》者,凡三千八百余篇,然犹未尽也。……余于校点《苏轼文集》同时,潜心搜辑苏轼佚文。五六年来,自有关总集、别集、笔记、诗话、金石碑帖及题跋、史部、类书乃至苏轼多种版本著作中,得文近四百篇(包括残篇)。中国社会科学院文学研究所王学泰同志复示余所不及,复得若干篇,二者都为四百余篇。乃命之曰《苏轼佚文汇编》,厘为七卷,可为研究一代文宗之助。"其所收佚文,某些或有过滥之嫌,如《简例》云:"《侯鲭录》《典洧旧闻》篇首云'东坡云''东坡言''东坡曰'者,或见于文集,或不见。其不见者即视以佚文,辑入本编。"其实,"东坡云""东坡言""东坡曰"情况颇为复杂,都视为佚文,恐怕未必妥当。但编者还是比较谨慎的,也作了一些限制:"篇首虽有'东坡云'而其中夹有与引述者问答之语者不收,篇中夹有引述者叙事之语者不收。"对一些传为苏东坡之书而未必可靠者,如《渔樵闲话录》《续杂纂》,编者亦只把它作为附录:"未敢遽定,以其传世已久,又未敢遽弃,今亦入于附录。"刘尚荣《新版〈苏轼文集〉书后》对《苏轼佚文汇编》评价甚高:"由于《汇编》的宗旨是'期于全而后已',所以历史上凡传为苏轼作品者,包括零章断句在内,已大体搜罗齐全,庶可省去研究者翻检之劳。这里确实搜集了不少珍品,值得重视。如建中靖国元年六月的《乞致仕状》,诸家年谱均曾言及,正集却未收入。今从《东坡外集》觅得此文,弥足珍贵。又如《与钱穆父书》,正集只存二十八篇,今于《圣宋名贤五百家播芳大全文粹》中发现另外的二十九篇,总数长出一倍有余,这对考查苏、钱交游及东坡思想必将大有裨益。尤其是《西楼帖》保存的几十篇文章,内容比较可靠,更富参考价值。可以预料,《苏轼佚文汇编》对有关专家学者将有更强烈的吸引力,更使人感兴趣。……笔者认为,当个人的校订考辨不足以做出最后案断时,先将它们收入文集,是行之有效的简便措施。而其去伪存真,只能留待各路学者共同承担了。"

《全宋文》中的《苏轼文》亦以茅维刊本《苏文忠公全集》七十五卷本为底本,本书所收苏文,原文文字、编排顺序大体都以《全宋文》为准。唯底本重复收录的篇目,则去其重复;确系他人作品而底本误收者,亦予删除,不做删文存目处理。

文集卷一

滟滪堆赋 并叙

世以瞿塘峡口滟滪堆为天下之至险，凡覆舟者，皆归咎于此石，以余观之，盖有功于斯人者。夫蜀江会百水而至于夔，弥漫浩汗，横放于大野，而峡之大小，曾不及其十一。苟先无以龃龉于其间，则江之远来，奔腾迅快，尽锐于瞿塘之口，则其崄悍可畏，当不啻于今耳。因为之赋，以待好事者试观而思之。

天下之至信者，唯水而已。江河之大与海之深，而可以意揣。唯其不自为形，而因物以赋形，是故千变万化，而有必然之理。掀腾勃怒，万夫不敢前兮；宛然听命，惟圣人之所使。余泊舟乎瞿塘之口，而观乎滟滪之崔嵬，然后知其所以开峡而不去者，固有以也。蜀江远来兮，浩漫漫之平沙。行千里而未尝龃龉兮，其意骄逞而不可摧。忽峡口之逼窄兮，纳万顷于一杯。方其未知其有峡也，而战乎滟滪之下，喧豗震掉，尽力以与石斗，勃乎若万骑之西来。忽孤城之当道，钩援临冲，毕至于其下兮，城坚而不可取。矢尽剑折兮，迤逦循城而东去。于是滔滔汩汩，相与入峡，安行而不敢怒。嗟夫！物固有以安而生变兮，亦有以用危而求安。得吾说而推之兮，亦足以知物理之固然。《苏文忠公全集》卷一　以下见于此书者只出卷次

屈原庙赋

浮扁舟以适楚兮,过屈原之遗宫。览江上之重山兮,曰惟子之故乡。伊昔放逐兮,渡江涛而南迁。去家千里兮,生无所归而死无以为坟。悲夫!人固有一死兮,处死之为难。徘徊江上欲去而未决兮,俯千仞之惊湍。赋《怀沙》以自伤兮,嗟子独何以为心?忽终章之惨烈兮,逝将去此而沉吟。吾岂不能高举而远游兮,又岂不能退默而深居?独嗷嗷其怨慕兮,恐君臣之愈疏。生既不能力争而强谏兮,死犹冀其感发而改行。苟宗国之颠覆兮,吾亦独何爱于久生?托江神以告冤兮,冯夷教之以上诉。历九关而见帝兮,帝亦悲伤而不能救。怀瑾佩兰而无所归兮,独茕茕乎中浦。峡山高兮崔嵬,故居废兮行人哀。子孙散兮安在,况复见兮高台。自子之逝今千载兮,世愈狭而难存。贤者畏讥而改度兮,随俗变化,斫方以为圆。黾勉于乱世而不能去兮,又或为之臣佐。变丹青于玉莹兮,彼乃谓子为非智。惟高节之不可以企及兮,宜夫人之不吾与。违国去俗死而不顾兮,岂不足以免于后世。呜呼!君子之道,岂必全兮。全身远害,亦或然兮。嗟子区区,独为其难兮。虽不适中,要以为贤兮。夫我何悲,子所安兮。卷一

昆阳城赋

淡平野之霭霭,忽孤城之如块。风吹沙以苍莽,怅楼橹之安在。横门豁以四达,故道宛其未改。彼野人之何知,方伛偻而畦菜。嗟夫!昆阳之战,屠百万于斯须,旷千古而一快。想寻、邑之来阵,兀若驱云而拥海。猛士扶轮以蒙茸,虎豹杂沓而横溃。罄天

下于一战，谓此举之不再。方其乞降而未获，固已变色而惊悔。忽千骑之独出，犯初锋于未艾。始凭轼而大笑，旋弃鼓而投械。纷纷籍籍死于沟壑者，不知其何人，或金章而玉佩。彼狂童之僭窃，盖已旋踵而将败。岂豪杰之能得，尽市井之无赖。贡符献瑞一朝而成群兮，纷就死之何怪。独悲伤于严生，怀长才而自浣。岂不知其必丧，独徘徊其安待。过故城而一吊，增志士之永慨。卷一

后杞菊赋 并叙

天随生自言常食杞菊，及夏五月，枝叶老硬，气味苦涩，犹食不已。因作赋以自广。始余尝疑之，以为士不遇，穷约可也，至于饥饿嚼啮草木，则过矣。而余仕宦十有九年，家日益贫，衣食之奉，殆不如昔者。及移守胶西，意且一饱，而斋厨索然，不堪其忧。日与通守刘君廷式，循古城废圃，求杞菊食之，扪腹而笑。然后知天随生之言，可信不缪。作《后杞菊赋》以自嘲，且解之云。

"吁嗟先生，谁使汝坐堂上称太守？前宾客之造请，后掾属之趋走。朝衙达午，夕坐至酉。曾杯酒之不设，揽草木以诳口。对案颦蹙，举箸噎呕。昔阴将军设麦饭与葱叶，井丹推去而不嗛。怪先生之眷眷，岂故山之无用？"先生听然而笑曰："人生一世，如屈伸肘。何者为贫？何者为富？何者为美？何者为陋？或糠覈而瓠肥，或粱肉而墨瘦。何侯方丈，庾郎三九。较丰约于梦寐，卒同归于一朽。吾方以杞为粮，以菊为糗。春食苗，夏食叶，秋食花实而冬食根，庶几乎西河、南阳之寿。"卷一

服胡麻赋 并叙

　　始余尝服伏苓,久之,良有益也。梦道士谓余:"伏苓燥,当杂胡麻食之。"梦中问道士:"何者为胡麻?"道士言:"脂麻是也。"既而读《本草》,云:"胡麻,一名狗虱,一名方茎,黑者为巨胜。其油正可作食。"则胡麻之为脂麻,信矣。又云:"性与伏苓相宜。"于是始异斯梦,方将以其说食之,而子由赋伏苓以示余。乃作《服胡麻赋》以答之。世间人闻服脂麻以致神仙,必大笑。求胡麻而不可得,则妄指山苗野草之实以当之。此古所谓道在迩而求诸远者欤? 其词曰:

　　我梦羽人,顾而长兮。惠而告我,药之良兮。乔松千尺,老不僵兮。流膏入土,龟蛇藏兮。得而食之,寿莫量兮。于此有草,众所尝兮。状如狗虱,其茎方兮。夜炊昼曝,久乃臧兮。伏苓为君,此其相兮。我兴发书,若合符兮。乃瀹乃烝,甘且腴兮。补填骨髓,流发肤兮。是身如云,我何居兮。长生不死,道之余兮。神药如蓬,生尔庐兮。世人不信,空自劬兮。搜抉异物,出怪迂兮。槁死空山,固其所兮。至阳赫赫,发自坤兮。至阴肃肃,跻于乾兮。寂然反照,珠在渊兮。沃之不灭,又不燔兮。长虹流电,光烛天兮。嗟此区区,何与于其间兮。譬之膏油,火之所传而已耶? 卷一

赤壁赋

　　壬戌之秋,七月既望,苏子与客泛舟游于赤壁之下。清风徐来,水波不兴。举酒属客,诵明月之诗,歌窈窕之章。少焉,月出于东山之上,徘徊于斗牛之间。白露横江,水光接天。纵一苇之所

如,凌万顷之茫然。浩浩乎如凭虚御风①,而不知其所止;飘飘乎如遗世独立,羽化而登仙。

于是饮酒乐甚,扣舷而歌之。歌曰:"桂棹兮兰桨,击空明兮溯流光。渺渺兮予怀,望美人兮天一方。"客有吹洞箫者,倚歌而和之。其声呜呜然,如怨如慕,如泣如诉,余音袅袅,不绝如缕。舞幽壑之潜蛟,泣孤舟之嫠妇。

苏子愀然,正襟危坐而问客曰:"何为其然也?"客曰:"'月明星稀,乌鹊南飞',此非曹孟德之诗乎? 西望夏口,东望武昌,山川相缪,郁乎苍苍,此非孟德之困于周郎者乎? 方其破荆州,下江陵,顺流而东也,舳舻千里,旌旗蔽空,酾酒临江,横槊赋诗,固一世之雄也,而今安在哉? 况吾与子渔樵于江渚之上,侣鱼虾而友麋鹿,驾一叶之扁舟,举匏尊以相属②。寄蜉蝣于天地,渺沧海之一粟。哀吾生之须臾,羡长江之无穷。挟飞仙以遨游,抱明月而长终。知不可乎骤得,托遗响于悲风。"

苏子曰:"客亦知夫水与月乎? 逝者如斯,而未尝往也;盈虚者如彼,而卒莫消长也。盖将自其变者而观之,则天地曾不能以一瞬;自其不变者而观之,则物与我皆无尽也,而又何羡乎! 且夫天地之间,物各有主,苟非吾之所有,虽一毫而莫取。惟江上之清风,与山间之明月,耳得之而为声,目遇之而成色,取之无禁,用之不竭,是造物者之无尽藏也,而吾与子之所共食③。"

客喜而笑,洗盏更酌。肴核既尽,杯盘狼籍。相与枕藉乎舟中,不知东方之既白。卷一

————————

① 凭:《古文观止》卷十一作"冯",凭、冯古通用。
② 尊:通行本作"樽",意同。
③ 食:通行本作"适"。

后赤壁赋

是岁十月之望,步自雪堂,将归于临皋。二客从予,过黄泥之坂。霜露既降,木叶尽脱。人影在地,仰见明月。顾而乐之,行歌相答。已而叹曰:"有客无酒,有酒无肴,月白风清,如此良夜何?"客曰:"今者薄暮,举网得鱼,巨口细鳞,状似松江之鲈,顾安所得酒乎?"归而谋诸妇。妇曰:"我有斗酒,藏之久矣,以待子不时之须。"于是携酒与鱼,复游于赤壁之下。江流有声,断岸千尺。山高月小,水落石出。曾日月之几何,而江山不可复识矣。予乃摄衣而上,履巉岩,披蒙茸,踞虎豹,登虬龙,攀栖鹘之危巢,俯冯夷之幽宫。盖二客不能从焉。划然长啸,草木震动。山鸣谷应,风起水涌。予亦悄然而悲,肃然而恐,凛乎其不可久留也。反而登舟,放乎中流,听其所止而休焉。时夜将半,四顾寂寥,适有孤鹤,横江东来,翅如车轮,玄裳缟衣,戛然长鸣,掠予舟而西也。须臾客去,予亦就睡。梦一道士,羽衣翩仙,过临皋之下,揖予而言曰:"赤壁之游乐乎?"问其姓名,俯而不答。呜呼噫嘻,我知之矣!畴昔之夜,飞鸣而过我者,非子也耶?道士顾笑,予亦惊悟。开户视之,不见其处。卷一

黠鼠赋

苏子夜坐,有鼠方啮。拊床而止之,既止复作。使童子烛之,有橐中空。嘤嘤磬磬,声在橐中。曰:"嘻,此鼠之见闭而不得去者也。"发而视之,寂无所有。举烛而索,中有死鼠。童子惊曰:"是方啮也,而遽死耶?向为何声,岂其鬼耶?"覆而出之,堕地乃走。

虽有敏者,莫措其手。苏子叹曰:"异哉,是鼠之黠也。闭于橐中,橐坚而不可穴也。故不啮而啮,以声致人;不死而死,以形求脱也。吾闻有生,莫智于人。扰龙、伐蛟、登龟、狩麟。役万物而君之,卒见使于一鼠。堕此虫之计中,惊脱兔于处女。乌在其为智也?"坐而假寐,私念其故。若有告余者曰:"汝惟多学而识之,望道而未见也。不一于汝,而二于物,故一鼠之啮而为之变也。人能碎千金之璧,不能无失声于破釜;能搏猛虎,不能无变色于蜂虿。此不一之患也。言出于汝,而忘之耶?"余俯而笑,仰而觉。使童子执笔,记余之作。卷一

秋阳赋

越王之孙,有贤公子,宅于不土之里,而咏无言之诗。以告东坡居士曰:"吾心皎然,如秋阳之明;吾气肃然,如秋阳之清;吾好善而欲成之,如秋阳之坚百谷;吾恶恶而欲刑之,如秋阳之陨群木。夫是以乐而赋之。子以为何如?"居士笑曰:"公子何自知秋阳哉?生于华屋之下,而长游于朝廷之上,出拥大盖,入侍帏幄,暑至于温,寒至于凉而已矣。何自知秋阳哉?若予者,乃真知之。方夏潦之淫也,云烝雨泄,雷电发越,江湖为一,后土冒没,舟行城郭,鱼龙入室。菌衣生于用器,蛙蚓行于几席。夜违湿而五迁,昼燎衣而三易。是犹未足病也。耕于三吴,有田一廛。禾已实而生耳,稻方秀而泥蟠。沟塍交通,墙壁颓穿。面垢落墍之涂,目泣湿薪之烟。釜甑其空,四邻悄然。鹳鹤鸣于户庭,妇宵兴而永叹。计无食其几何,矧有衣于穷年。忽釜星之杂出,又灯花之双悬。清风西来,鼓钟其镗。奴婢喜而告余,此雨止之祥也。蚤作而占之,则长

庚澹其不芒矣。浴于旸谷，升于扶桑。曾未转盼，而倒景飞于屋梁矣。方是时也，如醉而醒，如暗而鸣。如痿而起行，如还故乡初见父兄。公子亦有此乐乎？"公子曰："善哉！吾虽不身履，而可以意知也。"居士曰："日行于天，南北异宜。赫然而炎非其虐，穆然而温非其慈。且今之温者，昔之炎者也。云何以夏为盾而以冬为衰乎？吾侪小人，轻愠易喜。彼冬夏之畏爱，乃群狙之三四。自今知之，可以无惑。居不墐户，出不仰笠，暑不言病，以无忘秋阳之德。"公子拊掌，一笑而作。卷一

洞庭春色赋　并引

　　安定郡王以黄柑酿酒，名之曰"洞庭春色"。其犹子德麟得之以饷予。戏作赋曰：

　　吾闻橘中之乐，不减商山。岂霜余之不食，而四老人者游戏于其间？悟此世之泡幻，藏千里于一斑。举枣叶之有余，纳芥子其何艰。宜贤王之达观，寄逸想于人寰。袅袅兮春风，泛天宇兮清闲。吹洞庭之白浪，涨北渚之苍湾。携佳人而往游，勤雾鬓与风鬟。命黄头之千奴，卷震泽而与俱还。糅以二米之禾，藉以三脊之菅。忽云烝而冰解，旋珠零而涕潸。翠勺银罂，紫络青纶。随属车之鸱夷，款木门之铜镮。分帝觞之余沥，幸公子之破悭。我洗盏而起尝，散腰足之痹顽。尽三江于一吸，吞鱼龙之神奸。醉梦纷纭，始如髦蛮。鼓包山之桂楫，扣林屋之琼关。卧松风之瑟缩，揭春溜之淙潺。追范蠡于渺茫，吊夫差之茕鳏。属此觞于西子，洗亡国之愁颜。惊罗袜之尘飞，失舞袖之弓弯。觉而赋之，以授公子曰："呜呼噫嘻，吾言夸矣，公子其为我删之。"卷一

中山松醪赋

始予宵济于衡漳,军徒涉而夜号。爇松明而识浅,散星宿于亭皋。郁风中之香雾,若诉予以不遭。岂千岁之妙质,而死斤斧于鸿毛。效区区之寸明,曾何异于束蒿。烂文章之纠缠,惊节解而流膏。嗟构厦其已远,尚药石而可曹。收薄用于桑榆,制中山之松醪。救尔灰烬之中,免尔萤爝之劳。取通明于盘错,出肪泽于烹熬。与黍麦而皆熟,沸春声之嘈嘈。味甘余而小苦,叹幽姿之独高。知甘酸之易坏,笑凉州之蒲萄。似玉池之生肥,非内府之烝羔。酌以瘿藤之纹樽,荐以石蟹之霜螯。曾日饮之几何,觉天刑之可逃。投拄杖而起行,罢儿童之抑搔。望西山之咫尺,欲褰裳以游遨。跨超峰之奔鹿,接挂壁之飞猱。遂从此而入海,渺翻天之云涛。使夫嵇、阮之伦,与八仙之群豪。或骑麟而翳凤,争槔挈而瓢操。颠倒白纶巾,淋漓宫锦袍。追东坡而不可及,归铺歠其醨糟。漱松风于齿牙,犹足以赋《远游》而续《离骚》也。卷一

沉香山子赋　子由生日作

古者以芸为香,以兰为芳。以郁鬯为祼,以脂萧为焚。以椒为涂,以蕙为薰。杜衡带屈,菖蒲荐文。麝多忌而本膻,苏合若芗而实荤。嗟吾知之几何,为六入之所分。方根尘之起灭,常颠倒其天君。每求似于仿佛,或鼻劳而妄闻。独沉水为近正,可以配蒶萄而并云。矧儋崖之异产,实超然而不群。既金坚而玉润,亦鹤骨而龙筋。惟膏液之内足,故把握而兼斤。顾占城之枯朽,宜爨釜而燎蚊。宛彼小山,巉然可欣。如太华之倚天,象小孤之插云。往寿子

之生朝，以写我之老勤。子方面壁以终日，岂亦归田而自耘，幸置此于几席，养幽芳于悦纷。无一往之发烈，有无穷之氤氲。盖非独以饮东坡之寿，亦所以食黎人之芹也。 _{卷一}

酒子赋 并引

南方酿酒，未大熟，取其膏液，谓之酒子，率得十一。既熟，则反之醅中。而潮人王介石，泉人许珏，乃以是饷予。宁其醅之漓，以蕲予一醉。此意岂可忘哉！乃为赋之。

米为母，曲其父。燕羔豚，出髓乳。怜二子，自节口。饷滑甘，辅衰朽。先生醉，二子舞。归瀹其糟饮其友。先生既醉而醒，醒而歌之曰：

吾观稚酒之初泫兮，若婴儿之未孩。及其溢流而走空兮，又若时女之方笄。割玉脾于蜂室兮，瓥雏鹅之琶琶。味益益其春融兮，气凛冽而秋凄。自我膰腹之瓜蒌兮，入我凹中之荷杯。嗽朝霞于霜谷兮，濛夜稻于露畦。吾饮少而辄醉兮，与百榼其均齐。游物初而神凝兮，反实际而形开。顾无以酬二子之勤兮，出妙语琼瑰。归怀璧且握珠兮，挟所有以傲厥妻。遂讽诵以忘食兮，殷空肠之转雷。 _{卷一}

天庆观乳泉赋

阴阳之相化，天一为水。六者其壮，而一者其稚也。夫物老死于坤，而萌芽于复。故水者，物之终始也。意水之在人寰也，如山川之蓄云，草木之含滋，漠然无形而为往来之气也。为气者水之生，而有形者其死也。死者咸而生者甘。甘者能往能来，而咸者一出而不复返，此阴阳之理也。吾何以知之？盖尝求之于身而得其说。凡水之在人者，为汗、为涕、为洟、为血、为溲、为泪、为矢、为涎、为沫，此数者，皆水之去人而外鹜，然后肇形于有物，皆咸而不能返。故咸者九而甘者一。一者何也？唯华池之真液，下涌于舌底，而上流于牙颊，甘而不坏，白而不浊，宜古之仙者以是为金丹之祖，长生不死之药也。今夫水之在天地之间者，下则为江湖井泉，上则为雨露霜雪，皆同一味之甘，是以变化往来，有逝而无竭。故海洲之泉必甘，而海云之雨不咸者，如泾渭之不相乱，河济之不相涉也。若夫四海之水，与凡出盐之泉，皆天地之死气也。故能杀而不能生，能槁而不能浃也。岂不然哉？吾谪居儋耳，卜筑城南，邻于司命之宫。百井皆咸，而醪醴涒乳，独发于宫中，给吾饮食酒茗之用，盖沛然而无穷。吾尝中夜而起，挈瓶而东。有落月之相随，无一人而我同。汲者未动，夜气方归。锵琼佩之落谷，滟玉池之生肥。吾三咽而遄返，惧守神之诃讥。却五味以谢六尘，悟一真而失百非。信飞仙之有药，中无主而何依。渺松乔之安在，犹想像于庶几。卷一

老饕赋

　　庖丁鼓刀，易牙烹熬。水欲新而釜欲洁，火恶陈<small>江右久不改火，火色皆青</small>，而薪恶劳。九蒸暴而日燥，百上下而汤鏖。尝项上之一脔，嚼霜前之两螯。烂樱珠之煎蜜，滃杏酪之蒸羔。蛤半熟而含酒，蟹微生而带糟。盖聚物之夭美，以养吾之老饕。婉彼姬姜，颜如李桃。弹湘妃之玉瑟，鼓帝子之云璈。命仙人之萼绿华，舞古曲

之郁轮袍。引南海之玻璃,酌凉州之蒲萄。愿先生之眉寿,分余沥于两髦。候红潮于玉颊,惊暖响于檀槽。忽累珠之妙唱,抽独茧之长缲。闵手倦而少休,疑吻燥而当膏。倒一缸之雪乳,列百椀之琼艘。各眼滟于秋水,咸骨醉于春醪。美人告去,已而云散,先生方兀然而禅逃。响松风于蟹眼,浮雪花于兔毫。先生一笑而起,渺海阔而天高。卷一

菜羹赋 并叙

东坡先生卜居南山之下。服食器用,称家之有无。水陆之味,贫不能致,煮蔓菁、芦菔、苦荠而食之。其法不用醯酱,而有自然之味。盖易具而可常享。乃为之赋,辞曰:

嗟余生之褊迫,如脱兔其何因。殷诗肠之转雷,聊御饿而食陈。无刍豢以适口,荷邻蔬之见分。汲幽泉以揉濯,抟露叶与琼根。爨铏锜以膏油,泫融液而流津。汤濛濛如松风,投糁豆而谐匀。覆陶瓯之穹崇,谢搅触之烦勤。屏醯酱之厚味,却椒桂之芳辛。水初耗而釜泣,火增壮而力均。滃嘈杂而麋溃,信净美而甘分。登盘盂而荐之,具匕箸而晨飧。助生肥于玉池,与吾鼎其齐珍。鄙易牙之效技,超傅说而策勋。沮彭尸之爽惑,调灶鬼之嫌嗔。嗟丘嫂其自隘,陋乐羊而匪人。先生心平而气和,故虽老而体胖。计余食之几何,固无患于长贫。忘口腹之为累,以不杀而成仁。窃比予于谁欤,葛天氏之遗民。卷一

酒隐赋 并叙

凤山之阳，有逸人焉，以酒自晦。久之，士大夫知其名，谓之酒隐君，目其居曰酒隐堂，从而歌咏者不可胜纪。隐者患其名之著也，于是投迹仕途，即以混世，官于合肥郡之舒城。尝与游，因与作赋，归书其堂云。

世事悠悠，浮云聚沤。昔日浚壑，今为崇丘。眇万事于一瞬，孰能兼忘而独游？爰有达人，泛观天地。不择山林，而能避世。引壶觞以自娱，期隐身于一醉。且曰封侯万里，赐璧一双。从使秦帝，横令楚王。飞鸟已尽，弯弓不藏。至于血刃膏鼎，家夷族亡。与夫洗耳颍尾，食薇首阳。抱信秋溺，徇名立僵。臧穀之异，尚同归于亡羊。于是笑蹑糟丘，揖精立粕。醑羲皇之真味，反太初之至乐，烹混沌以调羹，竭沧溟而反爵。邀同归而无徒，每踌躇而自酌。若乃池边倒载，瓮下高眠。背后持锸，杖头挂钱。遇故人而腐胁，逢曲车而流涎。暂托物以排意，岂胸中而洞然。使其推虚破梦，则扰扰万绪起矣，乌足以名世而称贤者耶？ 卷一

文集卷二

浊醪有妙理赋　神圣功用，无捷于酒。

　　酒勿嫌浊，人当取醇。失忧心于卧梦，信妙理之疑神。浑盎盎以无声，始从味入；杳冥冥其似道，径得天真。伊人之生，以酒为命。常因既醉之适，方识此心之正。稻米无知，岂解穷理；曲蘖有毒，安能发性。乃知神物之自然，盖与天工而相并。得时行道，我则师齐相之饮醇。远害全身，我则学徐公之中圣。湛若秋露，穆如春风。疑宿云之解驳，漏朝日之暾红。初体粟之失去，旋眼花之扫空。酷爱孟生，知其中之有趣；犹嫌白老，不颂德而言功。兀尔坐忘，浩然天纵。如如不动而体无碍，了了常知而心不用。坐中客满，惟忧百榼之空；身后名轻，但觉一杯之重。今夫明月之珠，不可以襦；夜光之璧，不可以餔。刍豢饱我而不我觉，布帛燠我而不我娱。惟此君独游万物之表，盖天下不可一日而无。在醉常醒，孰是狂人之药；得意忘味，始知至道之腴。又何必一石亦醉，闶间州间；五斗解酲，不问妻妾。结袜廷中，观廷尉之度量；脱靴殿上，夸谪仙之敏捷。阳醉逃地，常陋王式之褊；乌歌仰天，每讥杨恽之狭。我欲眠而君且去，有客何嫌；人皆劝而我不闻，其谁敢接！殊不知人之齐圣，匪昏之如。古者晤语，必旅之于。独醒者，汨罗之道也；屡舞者，高阳之徒欤？恶蒋济而射木人，又何狷浅；杀王敦而取金印，亦自狂疏。故我内全其天，外寓于酒。浊者以饮吾仆，清者以酌吾

友。吾方耕于渺莽之野，而汲于清泠之渊，以酿此醪，然后举洼樽而属予口。卷一

延和殿奏新乐赋 成德之老，来奏新乐。

皇帝践祚之三载也，治道旁达，王功告成。御延和之高拱，奏元祐之新声。翕然便坐之前，初观击拊；允也德音之作，皆协和平。自昔钟律不调，工师失职。郑卫之声既盛，雅颂之音殆息。时有作者，仅存遗则。于魏则大乐令夔，在汉则河间王德。俾后世之有考，赖斯人之用力。时移事改，嗟制作之各殊；昔是今非，知高下之孰得？爰有耆德，适丁盛时。以谓乐之作也，臣尝学之。顾近世之所用，校古人而失宜。岘下朴律，犹有太高之弊；瑗改照尺，不知同失于斯。是用稽《周官》之旧法而均其分寸，验太府之见尺而审其毫厘。铸器而成，庶几改数以正度；具书以献，孰谓体知而无师。时维帝俞，眷兹元老。虽退身而安逸，未忘心于论讨。铿然钟磬之调适，灿然笋虡之华好。聊即便安之所，奏黄钟而歌大成；行咏文明之章，荐英祖而享神考。尔乃停法部之役，而众工莫与；肆太常之业，而迩臣必陪。天听聪明而下就，时风和协以徐回。歌曲既登，将叹贯珠之美；韶音可合，庶观仪凤之来。斯盖世格文明，俗跻仁寿。天地之和既应，金石之乐可奏。延英旁瞩，念故老之不来；讲武前临，消群慝之交构。然则律制既立，治功日新。号令皆发而中节，磬管无闻于夺伦。上以导和气于宫掖，下以胥悦豫于臣邻。以清浊任意而相讥，何忧工玉；谓宫商各谐而自遂，无愧晋臣。呜呼，赵铎固中于宫商，周尺仍分于清浊。道欲详解，事资学博。傥非夔、旷之徒，孰能正一代之乐？卷一

明君可与为忠言赋　明则知远,能受忠告。

　　臣不难谏,君先自明。智既审乎情伪,言可竭其忠诚。虚己以求,览群心于止水;昌言而告,恃至信于平衡。君子道大而不回,言出而为则。事父能孝,故可以事君;谋身必忠,而况于谋国。然而言之虽易,听之实难,论者虽切,闻者多惑。苟非开怀用善,若转丸之易从,则投人以言,有按剑之莫测。国有大议,人方异词。佞者莫能自直,昧者有所不知。虽有智者,孰令听之?皎如日月之照临,罔有遁形之蔽;虽复药石之瞑眩,曾何苦口之疑。盖疑言不听,故确论必行;大功可成,故众患自远。上之人闻危言而不忌,下之士推赤心而无损。岂微忠之能致,有至明而为本。是以伊尹丑有夏而归亳,大贤固择所从;百里愚于虞而智秦,一身非故相反。噫,言悦于目前者,不见跬步之外;论难于耳顺者,有以百年而兴。苟其聪明蔽于嗜好,智虑溺于爱憎,因其所喜而为善,虽有愿忠而孰能?心苟无邪,既坐瞻于百里;人思其效,将或锡之十朋。彼非谓之贤而欲违,知其忠而莫受。目有眛则视白为黑,心有蔽则以薄为厚。遂使谀臣乘隙以汇进,智士知微而出走。仲尼不谏,惧将困于妇言;叔孙诡辞,畏不免于虎口。故明主审逊志之非道,知拂心之谓忠。不求耳目之便,每要社稷之功。有汉宣之贤,充国得尽破羌之计;有魏明之察,许允获伸选吏之公。大哉事君之难,非忠何报。虽曰伸于知己,而无自辱于善道。《诗》不云乎,哲人顺德之行,可以受话言之告。卷一

通其变使民不倦赋　通物之变,民用不倦。

　　物不可久,势将自穷。欲民生而无倦,在世变以能通。器当

极弊之时,因而改作;众得日新之用,乐以移风。昔者世朴未分,民愚多屈,有大人卓尔以运智,使天下群然而胜物。凡可养生之具,莫不便安;然亦有时而穷,使之弗郁。下迄尧舜,上从轩羲。作网罟以绝禽兽之害,服牛马以纾手足之疲。田焉而尽百谷之利,市焉而交四方之宜。神农既没,而舟楫以济也;后圣有作,而弧矢以威之。至贵也,而衣裳之有法;至贱也,而臼杵之不遗。居穴告劳,易以屋庐之美;结绳既厌,改从书契之为。如地也,草木之有盛衰;如天也,日星之有晦见。皆利也,孰识其所以为利;皆变也,孰诘其所以制变?五材天生而并用,或革或因,百姓日用而不知,以歌以抃。岂不以俗狃其事,化难以神。疾从古之多弊,俾由吾而一新。观《易》之卦,则圣人之时可以见;观卦之象,则君子之动可以循。备物致功,盖适推移之用;乐生兴事,故无怠惰之民。及夫古帝既遥,后王继踵,虽或不蹑于圣作,而皆有适于民用。以瓦屋则无茅茨之蔽漏,以骑战则无军徒之错综。更皮弁以圜法,周世所宜;易古篆以隶书,秦民咸共。乃知制器者皆出于先圣,泥古者盖生于俗儒。昔之然今或以否,昔之有今或以无。将何以鼓舞民志,周流化区?王莽之复井田,世滋以惑;房琯之用车战,众病其拘。是知作法何常,视民所便。苟新令之可复,虽旧章而必擅。神而化之,使民宜之,夫何懈倦! 卷一

三法求民情赋 王用三法,断民得中。

　民之枉直难其辩,王有刑罚从其公。用三法而下究,求舆情而上通。司刺所专,精测浅深之量;人心易晓,断依狱讼之中。民也性失而习奸邪,讼兴而干狱犴。残而肌肤,不足使之畏;酷而宪

令，不足制其乱。故先王致忠义以核其实，悉聪明以神其断。盖一成不可变，所以尽心于刑；此三法以求民情，孰有不平之叹？若夫老幼之类，蠢愚之人；或过失而冒罪，或遗忘而无伦，或顽而不识，或冤而未伸。一蹈禁网，利口不能肆其辩；一定刑辟，士师不得私其仁。孰究枉弊，孰明伪真？刑宥舍以尽公，与原其实；轻重中而制法，何滥于民。虽入钧金，未可谓之坚；虽入束矢，孰可然其直？召伯之明，犹恐不能以意察；皋陶之贤，犹恐不能以情得。必也有秋官之联，赞司寇之职。臣民以讯，谳国宪以何疑；宽恕其愆，断人中而无惑。然则圜土之内，听有狱正之良；棘木之下，议有九卿之详。五辞以原其诚伪，五声以观其否臧。尚由哀矜而不喜，悼痛以如伤。三宽然后制邦辟，三舍然后施刑章。盖念罚一非辜，则民情郁而多怨；法一滥举，则治道汩而不纲。故折狱致刑，本丰亨而御世；赦过宥罪，取解象以为王。得非君示天下公，法与天下共？当赦则赦，奸不吾惠；可杀则杀，恶非汝纵。议狱缓死，以《中孚》之意；明罚敕法，以《噬嗑》之用。彼吕侯作训，赦者止五刑之疑；而《王制》有言，本此听庶人之讼。噫，刑德济而阴阳合，生杀当而天地参。后世不此务，百姓无以堪。有苗之暴，以虐民者五；叔世之乱，以酷民者三。因嗟秦氏之峻刑，丧邦甚速；傥踵周家之故事，永世何惭。大哉！唐之兴三覆其刑，汉之起三章而法，皆除三代之酷暴，率定一时之检押。然其犹夷族之令而断趾之刑，故不及前王之浃洽。卷一

六事廉为本赋　先圣之贵，廉也如此。

事有六者，本归一焉。各以廉而为首，盖尚德以求全。官继

条分,虽等差而立制;吏功旌别,皆清慎以居先。器尔众才,由吾先圣。人各有能,我官其任。人各有德,我目其行。是故分为六事,悉本廉而作程;用启庶官,俾厉节而为政。善者善立事,能者能制宜。或靖恭而不懈,或正直而不随。法则不失,辨别不疑。第其课兮,事区别矣;举其要兮,廉一贯之。蔽吏治之否臧,必旌美效;为民极之介洁,斯作丕基。所谓事者,各一人之攸能;所谓贤者,通众贤之咸暨。拟之网罟,先纲而后目;况之布帛,先经而后纬。于冢宰处八法之末,厥执能分;在西京同大孝之科,于斯为贵。乃知功废于贪,行成于廉。苟务渎货,都忘属厌。若是则善与能者为汗而为滥,恭且正者为诐而为愉。法焉不能守节,辨焉不能明嫌。故圣人恶彼败官,虽百能而莫赎;上兹洁行,在六计以相兼。此盖周公差次之,小宰分掌者。考课则以是黜陟,大比则以为用舍。彼六条四曰洁,晋法有所亏焉;四善二为清,唐制未之得也。曷曰独摽兹道,分贯其余? 始于善而迄辨,皆以廉而为初。念厥德之至贵,故他功之莫如。譬夫五事冠于周家,闻之诗雅;九畴统之皇极,载自箕书。噫! 绩效皆烦,清名至美。故先责其立操,然后褒其善理。是以古者之治,必简而明,其术由此。 _{卷一}

复改科赋

　　新天子兮,继体承乾。老相国兮,更张孰先? 悯科场之积弊,复诗赋以求贤。探经义之渊源,是非纷若;考辞章之声律,去取昭然。原夫诗之作也,始于虞舜之朝;赋之兴也,本自两京之世。迤逦陈、齐之代,绵邈隋、唐之裔。故逌人徇路,为察治之本;历代用之,为取士之制。追古不易,高风未替。祖宗百年而用此,号曰得人;朝廷一旦而革之,不胜其弊。谓专门足以造圣域,谓变古足以为大儒。事吟哦者为童子,为雕篆者非壮夫。殊不知采摭英华也簇之如锦绣,较量轻重也等之如锱铢。韵韵合璧,联联贯珠。稽诸古其来尚矣,考诸旧不亦宜乎?特令可畏之后生,心潜六义;伫见大成之君子,名振三都。莫不吟咏五字之章,铺陈八韵之旨。字应周天之日兮,运而无积;句合一岁之月兮,终而复始。过之者成疣赘之患,不及者贻缺折之毁。曲尽古人之意,乃全天下之美。遭逢日月,忻欢者诸子百家;抖擞历图,快活者九经三史。议夫赋曷可已,义何足非。彼文辞泛滥也,无所统纪;此声律切当也,有所指归。巧拙由一字之可见,美恶混千人而莫违。正方圆者必藉于绳墨,定檃括者必在于枢机。所以不用孔门,惜扬雄之未达;其逢汉帝,嘉司马之知微。噫,昔元丰之《新经》未颁,临川之《字说》不作。止戈为武兮,曾试于京国。通天为王兮,必舒于禁篇。孰不能成始成终,谁不道或详或略。秋闱较艺,终期李广之双雕;紫殿唱名,果中祢衡之一鹗。大凡法既久而必弊,士贻患而益深。谓罢于开封,则远方之隘者,空自韫玉;取诸太学,则不肖之富者,私于怀金。虽负凌云之志,未酬题柱之心。三舍既兴,贿赂公行于庠序;一年为限,孤寒半老于山林。自是愤愧者莫不颦眉,公正者为之切齿。思罢者而未免,欲改之而未止。羽翼成商山之父,讴歌归吾君之子。谏必行言必听焉,此道飘飘而复起。　卷一

快哉此风赋　并引

　　时与吴彦律、舒尧文、郑彦能各赋两韵,子瞻作第一第五韵。占风字为韵,余皆不录。

贤者之乐,快哉此风。虽庶民之不共,眷佳客以攸同。穆如其来,既偃小人之德;飒然而至,岂独大王之雄。若夫鹢退宋都之上,云飞泗水之湄。寥寥南郭,怒号于万窍;飒飒东海,鼓舞于四维。固以陋晋人一吷之小,笑玉川两腋之卑。野马相吹,抟羽毛于汗漫;应龙作处,作鳞甲以参差。卷一

上清辞

君胡为乎山之幽,顾宫殿兮久淹留。又曷为一朝去此而不顾兮? 悲此空山之人也,来不可得而知兮,去固不可得而讯也。君之来兮天门空,从千骑兮驾飞龙。隶星辰兮役太岁,俨昼降兮雷隆隆。朝发轸兮帝庭,夕弭节兮山宫。忾有妖兮虐下土,精为星兮气为虹。爰流血之滂沛兮,又嗜痤疠与螟虫。啸盲风而涕淫雨兮,时又吐旱火之爝融。衔帝命以下讨兮,建千仞之修锋。乘飞霆而追逸景兮,歘耆扫灭而无踪。忽崩播其来会兮,走海岳之神公。龙车兽鬼不知其数兮,旗纛晻蔼而冥蒙。渐俯伛以旅进兮,锵剑佩之相舂。司杀生之必信兮,知上帝之不汝容。既约束以反职兮,退战栗而愈恭。泽充塞于四海兮,独澹然其无功。君之去兮天门开,款阊阖兮朝玉台。群仙迎兮塞云汉,俨前导兮纷后陪。历玉阶兮帝迎劳,君良苦兮马虺隤。闵人世兮迫隘,陈下土兮帝所哀。返琼宫之嵯峨兮,役万灵之喧豗。默清净以无为兮,时节狩于斗魁。诣通明而献黜陟兮,轶荡荡其无回。忽表里之焕霍兮,光下烛于九陔。时游目以下览兮,五岳为豆,四溟为杯。俯故宫之千柱兮,若毫端之集埃。来非以为乐兮,去非以为悲。谓神君之既返兮,曾颜咫尺之不违。升秘殿以内悸兮,魂凛凛而上驰。忽窸窣以有得兮,敢沐浴

而献辞。是邪？非邪？臣不可得而知也。七集本《苏东坡集》卷一九

黄泥坂辞

出临皋而东骛兮，并蓁祠而北转。走雪堂之坡陀兮，历黄泥之长坂。大江汹以左缭兮，渺云涛之舒卷。草木层累而右附兮，蔚柯丘之葱蒨。余旦往而夕还兮，步徙倚而盘桓。虽信美不可居兮，苟娱余于一盼。余幼好此奇服兮，袭前人之诡幻。老更变而自哂兮，悟惊俗之来患。释宝璐而被缯絮兮，杂市人而无辨。路悠悠其莫往来兮，守一席而穷年。时游步而远览兮，路穷尽而旋反。朝嬉黄泥之白云兮，暮宿雪堂之青烟。喜鱼鸟之莫余惊兮，幸樵苏之我嫚。初被酒以行歌兮，忽放杖而醉偃。草为茵而块为枕兮，穆华堂之清晏。纷坠露之湿衣兮，升素月之团团。感父老之呼觉兮，恐牛羊之予践。于是蹶然而起，起而歌曰：月明兮星稀，迎余往兮饯余归。岁既晏兮草木腓，归来归来兮，黄泥不可以久嬉。七集本《苏东坡集》卷一九

醉翁操

琅邪幽谷，山水奇丽，泉鸣空涧，若中音会。醉翁喜之，把酒临听，辄欣然忘归。既去十余年，而好奇之士沈遵闻之往游，以琴写其声，曰《醉翁操》，节奏疏宕而音指华畅，知琴者以为绝伦。然有其声而无其辞，翁虽为作歌，而与琴声不合。又依《楚辞》作《醉翁引》。好事者亦倚其词以制曲，虽粗合均度，而琴声为词所绳约，非天成也。后三十余年，翁既捐馆舍，而遵亦没久矣。有庐山玉涧道人崔

闲，特妙于琴，恨此曲之无词，乃谱其声，而请于东坡居士以补之云。

　　琅然，清圆，谁弹？响空山，无言，惟翁醉中知其天。月明风露娟娟，人未眠，荷蕢过山前。曰：有心也哉，此贤！泛声同此。醉翁啸咏，声和流泉。醉翁去后，空有朝吟夜怨。山有时而童巅，水有时而回渊。思翁无岁年，翁今为飞仙。此意在人间，试听徽外三两弦。七集本《苏东坡后集》卷八

文集卷三

给事中兼侍讲傅尧俞可吏部侍郎制

敕：士以德望进，则风俗厚而朝廷尊；以经术用，则议论正而名器重。此君子所以难合，而朕亦难其人焉。具官傅尧俞，博学笃行，久闻于时。历事四世，挺然一节；怀道不试，十年于兹。朕欲闻仁人之言，置之讲席；非尧舜之道，盖未尝言。给事黄门，未究其用；往贰太宰，益修厥官。董正治典，以称先帝复古之意。可。卷三八

太常少卿赵瞻可户部侍郎制

敕：理财正辞、禁民为非曰义。先王之论理财也，必继之以正辞。名正而言顺，则财可得而理，民可得而正。自顷功利之臣，言政而不及化，言利而不及义，中外纷然，朕益厌之。具官赵瞻，明于吏事，辅以儒术。忠义之节，白首不衰。爰自秩宗，擢贰邦计。将使四方之人，知予以耆老旧德居此官者，盖有盍彻之意焉。可。卷三八

王克臣可工部侍郎依前龙图阁直学士制

敕：朕承先帝之丕业，居其宫室，而服其器用。常惧不称，而

何敢有加焉。惟是军国之备,凡仰于百工者,乃以诿于冬官。有事于斯,当识朕意。具官王克臣,奋自儒术,蔚为闻人。历帅诸藩,尝佐事典。才有余裕,所在见称。比由宛丘,入奉朝谒。而司空长贰,艰于其人。爰命尔以旧官,仍兼内阁之重。勉率厥职,外以成尔缮治之劳,内以全予恭俭之志。可。卷三八

祥符知县李之纪可广西提刑制

具官李之纪:近自畿甸,远至海隅,朕视其地如户庭,视其民如一家。尔赋政赤县,而廉平之称,达于朕听,是用命尔。按刑岭表,其一乃心,毋或鄙夷其民,如在朕侧。往惟钦哉。卷三八

知楚州田待问可淮南转运判官制

敕具官田待问:朝廷取材,必始于治民。异时吏或不更郡县而任刺举,刚柔失中,民以告病。以尔端静敏恪,恺悌无华,试于剧郡,吏民宜之。其即本道以究尔才,往悉乃心,毋使厥声减于治郡。可。卷三八

两浙转运副使孙昌龄可秘阁校理知福州制

敕具官孙昌龄:尔奉使吴越,而廉平之称,达于朕听。七闽之会,其民智巧,易以理服,难以力胜。今命尔为守,惟宽而明,民乃宜之。朕方复文馆之职,以广育才之路。遂以命尔,往惟钦哉。可。卷三八

知徐州马默可司农少卿制

敕具官马默：尔以博学强记，宏毅有守，刚而不犯，明而不苛，历试中外，蔼然有闻。朕方选择循吏，入为卿佐。凡尔所能已试于外者，其以告我而力行之。往佐大农，毋忽朕命。 <small>卷三八</small>

两浙转运副使许懋可令再任制

敕具官许懋：吴越之人，凋敝久矣。朕方蠲理烦碎，以安养其众，非得循吏察视郡县，均通有无，则民何赖焉。以尔儒术精通，吏事详敏，历年于兹，民便其政。既信之俗，必易为功，庶无新故更代之劳，而有上下相安之美。勉修前业，无怠日新。可。 <small>卷三八</small>

新淮南转运判官蔡朦可两浙运判制

敕具官蔡朦：吴越之人，凋敝久矣。朕方蠲理烦碎，以安养其众，非得循吏察视郡县，均通有无，则民何赖焉。以尔名臣之子，进以儒术，历佐漕府，治办有成。东南富庶，比于西蜀，而机巧过之。惟宽且静，则民不偷。可。 <small>卷三八</small>

司农少卿范子渊可知兖州制

敕具官范子渊：朕于士大夫，未尝求备也，将历试以事，而收其所长。有司言汝治河无状，耗国劳民，积岁而功不成。朕惟水土之政，与郡县异，其观汝于牧民。尚勉求效，以盖往愆。可。 <small>卷三八</small>

故枢密副使包拯男太常寺太祝繶之妻寿安县君崔氏可特封永嘉郡君仍封表门闾制

　　敕崔氏：汝甲族之遗孤，大臣之冢妇。夫亡子夭，茕然无归，而能誓死不嫁，抚养孤弱，使我嘉祐名臣之后，有立于世，惟汝之功。昔卫世子早死，共姜自誓，诗人歌之。韩愈幼孤，养于嫂郑，愈丧之期。若崔氏者，可谓兼之矣。其改赐汤沐，表异其所居，以风晓郡国，使薄于孝悌者有所愧焉。可。卷三八

皇叔某赠婺州观察使追封东阳侯皇兄某赠蔡州观察使追封汝南侯制

　　敕：生分竹符，所以广恩于宗室；没享茅社，所以宠绥其子孙。眷予盘石之宗，夙被麟趾之化。国有常典，我其敢忘。某等生于高明，克自抑畏。恭俭寡过，绰有士人之风；忠孝著闻，盖服祖宗之训。属既尊于中外，礼当极于哀荣。命以廉车，即封其地。爰疏五等之贵，以慰九原之思。庶其有知，服我休命。卷三八

士龠可西头供奉官制

　　敕具官士龠：汝宗室子，生于安逸，而能诵习文法，以求自试，盖亦有志于士者。朕何爱一官，不以成其志乎？可。卷三八

童湜可特叙内殿崇班制

敕具官童湜：汝奉法不谨，坐废历年，而能祗畏以盖前失，既更大眚，稍复汝旧。往服厥官，益敬无怠。可。卷三八

谢卿材可直秘阁福建转运使制

敕具官谢卿材：先王设官制禄，非特以劝功兴事也，将以观士之所守而进退之。惟爱身者为能爱民，惟知义者为能知利。以尔临事有守，信道不回，治郡有方，奉使不扰，力行古人之事，庶几循吏之风。释此大邦，付之一路。仍进直于书府，俾增重于使权。无轻远人，谨视贪吏，政成民悦，朕不汝忘。可。卷三八

赵偁可淮南转运副使制

敕具官赵偁：汝昔为文登守，而海隅之民，至今称之。推文登之政，达之齐鲁，刑平赋简，所以安。今淮南之人，困于征役，而重以饥馑。汝往按视，如京东之政，以宽吾忧。可。卷三八

吕温卿知饶州李元辅知绛州制

敕吕温卿等：监司郡县，其职不同，其为养民一也。夫安静之吏，悃愊无华，日计不足，岁计有余。今自部使者，移治一郡，其深念之。服于朕训，以永终誉。可。卷三八

王诲知河中府制

敕具官王诲：汝以名臣子，老于治郡，所至安静，吏民宜之。河东吾股肱郡，方唐之盛，世有贤守，风流未远，图像具存。勉思古人，以绍前烈。可。卷三八

邵刚通判泗州制

敕具官邵刚：《诗》云："淑问如皋陶，在泮献囚。"狱讼之事，固儒者之所学也。汝官于上庠，既习其说矣，其往试之。可。卷三八

荆王扬王所乞推恩八人制

具官某等：或以方伎世其学，或以岁月积其劳。给事王宫，既勤且久，增秩改授，以旌其能。往服休恩，益敬无怠。可。卷三八

西头供奉官张禧得三级转三官制

敕具官张禧：疆场之政，以首虏计功，所从来尚矣。尔既应格，则赏随之。可。卷三八

鲜于侁可太常少卿制

敕具官鲜于侁：奉常之职，非特以治郊庙之度、服器之数而已，国有大政事、大议论，必稽焉。昔鲁秉周礼，齐不敢谋，而晏子

太师折冲于樽俎之间。国之典常，君臣之名分，上下守之，有死不易，则国安而民服。朕选建卿士，付之礼乐，意在于此。非我老成之人，学足以通古，才足以御今，智足以应变，强足以守官，深于经术，达于人情，其孰宜之？《诗》不云乎："彼己之子，邦之司直。"往修厥官，无斁朕命。可。 _{卷三八}

范祖禹可著作郎制

敕具官范祖禹：左右起居，东观著作，皆史事也。今左右史独书已行之政，有司之常事。至于廊庙大议，君臣相与之际，所以兴坏治忽之由，一归于东观。则著作之任，顾不重欤？非得直亮多闻，古之所谓益友者，奋笔于其间，则善恶贸乱，后世无所考信。汝既任其事矣，益进而专之。朕苟有过，犹当直书，而况其余乎？往祗厥官，无旷乃职。可。 _{卷三八}

孙觉可给事中制

敕：朕闻明主在上，凡侍从皆得言。若其不明，虽台谏亦失职。朕以冲眇，丕承祖宗。未堪多难之忧，常恐不闻其过。下至执艺，犹当尽规，岂必谏臣，而后论事。矧兹封驳之重，任参黄散之间。知无不言，职固当尔。具官孙觉，行不违道，言不违仁；处以孝闻，出以忠显。先帝所以遗朕，天下谓之正人。屡告嘉猷，固非小补；间自西省，迁之东台。而觉方进阳城之直词，固怀萧生之雅意。重违其请，阅月于兹。卒采群言，以遂前命。以尔抗章伏阁之志，施于还诏批敕之间。其一乃心，以称朕意。 _{卷三八}

皇伯祖克愉可赠忠正军节度使开府仪同三司制

敕：国家蒙累圣之余泽，眷宗室之多贤。虽设官以董其私，置傅以导其学，而重以吏事，责之懿亲。青衿而服簪缨，白首以奉朝请。虽有间、平之盛德，歆、向之异材，皆湮没而无传，故叹息之何及。尚赖本支之茂，蔚为邦国之华。不幸云亡，恻然永悼。具官克愉，忠厚以为质，礼敬以自文。持满矜高，盖得诸侯之孝；履信思顺，合于大有之贤。小心自将，没齿无过。方朕不言之际，遽兹永逝之悲。日月有时，窀穸告具。贲以旌旐之宠，仍兼将相之荣。岂独慰九泉之思，亦将劝庶邦之义。可。卷三八

蕃官兀浧常等十二人覃恩转官制

敕具官某等：错居吾圉，世济其忠，矧兹临御之初，岂有中外之异。各从迁秩，以广异恩。祗服宠灵，益坚守御。可。卷三八

高密郡王宗晟建安郡王宗绰所生母孙氏
封康国太夫人制

敕：母以子贵，《春秋》之义也。朕方因亲以教爱，广爱以及民。封节妇之闾，以劝能贤；赐高年之爵，以助养老。而况属籍至近，贤王笃生，欲大慰于慈心，宜特推于异数。孙氏四德纯备，五福荐臻。岂惟擢秀于闺门，固已流芳于宫阃。举觞坐上，有伯仁仲智之贤；持节洛滨，皆汝南琅琊之贵。爰改封于乐土，俾正位于小君。服我休恩，介尔眉寿。可。卷三八

客省副使刘琯知恩州制

敕：军国异容，兵民异道。治戎振旅，以鸷勇为上；承流宣化，以忠孝为先。尔久练武经，本由才选，屡更烦使，克有成劳。试于一州，祗服朕训。可。卷三八

皇叔叔曹赠洺州防御使封广平侯制

敕：官至持节，爵为通侯。非我勋劳之臣，则必亲贤之属。岂云虚受，维以饰终。具官叔曹，生于高明，力自修饬，克有常德，以没元身。乃眷衡漳，夙为重地。爰假一麾之宠，就分五等之封。庶其有知，服我休命。可。卷三八

左侍禁李司可供奉官制

敕：蠢尔裔夷，凭崄窃发，不时讨击，何以惩艾。尔能奋命，破走犬羊；何爱一官，以劝吏士。可。卷三八

张汝贤可直龙图阁发运副使制

敕具官张汝贤：朝廷于南方复置都漕者，所以均节诸路之有无，使岁课时入而已，非以求赢也。至俗吏为之，则多收羡财以幸恩宠，而民受其病。以尔昔为御史，号称敢言，奉使江表，罪人斯得，庶几知义利之分者。是以命尔。宠之新职，往惟钦哉。卷三八

狄谘刘定各降一官制

敕具官某等：奉使一路，以恤民奉法为先。今乃不然，烦酷之声，溢于朕听。公肆其下，曲法受赇，收聚毫末，与农圃争利，使民无所致其忿，至欲贼杀官吏。朕以更赦，置之闲局，而公议未厌。其削一官。往思厥愆，服我宽政。可。_{卷三八}

范子渊知峡州制

敕具官范子渊：汝以有限之财，兴必不可成之役，驱无辜之民，置之必死之地。横费之财，犹可以力补；而既死之民，不可以复生。此议者所以不汝置，而朕亦不得以赦原也。夷陵虽小，尚有民社。朕有愧于民，而于汝则厚矣。可。_{卷三八}

宣德郎刘锡永父元年一百四岁可承事郎制

敕刘元年：尚齿教民，三代之义。咨尔百年之故老，乃吾六世之遗民。自非吉人，莫享上寿。张苍仕秦柱下，而至汉孝景；思邈生隋开皇，而及唐永淳。古有其人，乃今亲见。何爱一命，慰其子孙。可。_{卷三八}

叔颇男旼之可三班借职制

敕旼之：汝父无禄早世，缘母之请，以获一官。其思所以克家事母者，惟敬毋怠。可。_{卷三八}

鲍耆年京东运判张峋京西运判制

敕具官某等：朕惟百姓之命，寄于郡县，而守令之贤，不能人知其实，独赖部使者为朕耳目而已。尔长一郡，以才良闻。进之漕属，以究其用。其使上无惰吏，下无冤民，以称朕意。可。 卷三八

李周可太仆少卿制

敕具官李周："仆臣正，厥后克正"，见于《周书》；"思无邪，思马斯臧"，形于《鲁颂》。朕命此职，亦难其人。以尔秉心不回，临事有守，通练世故，灼知民情，所以望尔者，岂特车工马政而已哉。可。 卷三八

范纯礼可吏部郎中制

敕具官范纯礼：呜呼，维乃显考，克明德秉哲，以左右我仁宗，俾配德于尧舜。天亦维相之，使世有人以任我枢机将帅之事。今汝独在外计，朕惟瑚琏不可以亵用，骥騄不可以小试。命以天官之属。其小进之，益观其能。往钦哉。可。 卷三八

余希旦可知潍州制

敕具官余希旦：尔本以才选，坐累失职，亦云久矣。肆余大眚，罔不更新。北海名邦，民朴而富，往务忠厚，以安其生。可。 卷三八

王皙可知卫州制

敕具官王皙：凡我四朝之旧，经德秉哲，笃老不衰者，今几人哉！以尔好学守节，名在循吏，而久不治民，朕甚惜之。太行之麓，民朴讼简，守以安静，莫如汝宜。可。卷三八

郭祥正覃恩转承议郎制

敕具官郭祥正：朕丕承六朝，陈锡四国，覃及方外，浃于有生。矧余通籍之臣，可无增秩之宠。祗服休命，永肩一心。可。卷三八

王崇拯可遥郡刺史制

敕具官王崇拯：刺史汉官，秩六百石，魏晋以来，皆牧守之任。今虽以为勇爵，然非亲贤勋旧，不在此选。尔入直禁省，出分虎符，兵民所宜，选寄滋重。有司言尔，累劳当迁。益修厥官，以应名实。可。卷三八

潮州澄海第六指挥使谢皋可三班借职制

敕谢皋：汝自什伍，长积劳累，迁至一旅，极矣。今乃以去恶之功，获补武吏。惟廉与慎，乃克有终。可。卷三八

皇伯仲郐赠使相制

敕:亲亲以藩王室,贤贤以尊朝廷,古之道也。况于死生之际,恩礼之重,国有常典,我其敢忘。皇伯具官仲郐,生于高明,克自祗畏。出就外傅,闻好礼之称;退省其私,有为善之乐。云何不淑,罹此闵凶,慰我永怀,岂无异数。衮衣赤舄,宠均三事之臣;玉节牙璋,坐享专征之器。岂云虚授,维以饰终。庶几有知,服我休命。可。_{卷三八}

士暇右班殿直制

汝宗室子,始名而禄。得之非艰,守之惟艰。祗服朕训,乃克终誉。可。_{卷三八}

克巩遥郡防御使制

朕于宗室,无所爱也,然犹不欲虚授,以速人言。得之惟艰,乃罔后悔。凡有进秩,必付有司,考其岁月,察其行义,则朕与汝皆无愧,岂不休哉!_{卷三八}

刘奭阁门祗候制

惟我神考,笃于将帅,生则厚其宠,死则恤其孤。将使识朝廷之仪,习军旅之事,无忝厥祖,以世其家。成汝之志,可谓至矣,将何以报之。可。_{卷三八}

王安石赠太傅制

敕：朕式观古初，灼见天命，将有非常之大事，必生希世之异人。使其名高一时，学贯千载。智足以达其道，辩足以行其言。瑰玮之文，足以藻饰万物；卓绝之行，足以风动四方。用能于期岁之间，靡然变天下之俗。具官王安石，少学孔、孟，晚师瞿、聃。罔罗六艺之遗文，断以己意；糠秕百家之陈迹，作新斯人。属熙宁之有为，冠群贤而首用。信任之笃，古今所无。方需功业之成，遽起山林之兴。浮云何有，脱屣如遗。屡争席于渔樵，不乱群于麋鹿。进退之美，雍容可观。朕方临御之初，哀疚罔极。乃眷三朝之老，邈在大江之南，究观规模，想见风采。岂谓告终之问，在予谅暗之中。胡不百年，为之一涕。於戏！死生用舍之际，孰能违天；赠赙哀荣之文，岂不在我。宠以师臣之位，蔚为儒者之光。庶几有知，服我休命。可。　卷三八

杨绘知徐州制

敕杨绘：士有拙于谋身而巧于治民，疏于防患而密于虑国，其自为计则过矣，而朕何疾焉。先帝龙兴，首擢用尔。置之台谏，以直谅闻。言虽无功，效于今日。简易轻信，失之匪人。坐废十年，陶然自得。《诗》人所谓"岂弟君子"者，绘庶几焉。彭城大邦，吾股肱郡。政成民悦，朕不汝忘。可。　卷三八

陈荐赠光禄大夫制

敕：昔我英祖，博求天下之士，以辅翼我神考于东宫。二十余

年之间,山陵既成,人物改谢。顾瞻在廷一二臣外,罔有存者。朕恻然伤之,永怀其人。具官陈荐,刚毅木讷,器远任重。密勿左右,以责难为爱君;周旋藩辅,以恤民为报国。沦丧未几,风烈如在。虽死者不可复作,而追荣之典,犹足以宠绥其子孙。且使朴忠守道之士,知朕意之所予者。可。<small>卷三八</small>

吕穆仲京东提刑唐义问河北西路提刑制

敕:先帝立法更制,所以约束监司守令,使不得营私而害民者,可谓至矣。朕始罢赋泉之令,复征徭之法,凡先帝之约束,当益申而严之。使出力从政之民,无所复病。以尔穆仲等,或端静有守,敏于为政,或直亮多闻,志于仕道。而京东、河朔,皆天下重地也,往修厥官,称朕意焉。可。<small>卷三八</small>

沈叔通知海州制

敕:朕嗣位以来,通商惠农,施舍已责,有不顺成,荒政毕举。而海滨之民,群聚剽掠,此吏不称职,备灾无素之过也。今选命汝。惟往安之,非胜之也,民苟有以生矣,其肯自弃于恶。可。<small>卷三八</small>

孙向保州通判制

敕孙向:一郡之寄,在汝守贰。察奸举能,既复其旧矣,则达政之吏,可以有为。尔通练民事,既试有劳,其从所请,以观来效。可。<small>卷三八</small>

邓阚朝散郎监邕州慎门金坑制

瘴雾之乡,上币所出。累年于此,勤亦至矣。法当迁秩,以答久劳。可。卷三八

荆王新妇王氏潭国夫人制

敕:《易》称中馈,为家人之正吉;《诗》美羔羊,盖鹊巢之功致。妇德有常,含章不曜,能使君子,乐且有仪。则内助之贤,从可知矣。王氏早服师傅,习闻诗礼。富贵而能恭俭,俯仰极于孝慈。令问蔼然,刑于宗族。其改封大国,象服是宜。以称我叔父之德,为内命妇之法,岂不休哉。可。卷三八

刘庠赠大中大夫制

敕:国以求贤为事,士以得时为急。士既难进而易退,时亦难得而易失。日月逝矣,岁不我与。古人之叹,复见于今。具官刘庠,才备德博,器远任重。逮事三朝,出入二纪。英祖神考,实知其人。而刚毅朴忠,学不少贬。肆朕嗣位,畴咨故老。如庠等辈,不过数人。方当召用,命不少假。使九原而可作,虽百身其何赎。式章异数,贲于其枢。虽知无益,以塞余哀。可。卷三八

李琮知吉州制

敕李琮:汝以久远无根之赋,使畏威怀赏之吏,均之于无辜之

民。民以病告,闻之愓然。使吏覆视,皆如所闻。既正其事矣,而汝犹自言,若无罪然。朕惟更赦,不汝深咎。迁于一州,往深念之。庐陵之富,甲于江外。使民安汝,朕则汝安。可。 <small>卷三八</small>

高士良可文思副使制

敕高士良:汝阅习民兵,技艺超等,课以岁月,于法当迁。往服宠灵,益思来效。 <small>卷三八</small>

皇叔叔遂可赠怀州防御使追封河内侯制

敕:生于富贵而无骄逸之患,终于禄位而有归全之美,始终之义,有足贤者。具官叔遂,性于忠孝,文以礼乐。盖蒙祖宗之泽,而服师保之训。克有令闻,以没元身。是用爵之通侯,官以持节。上以惇劝于宗室,下以宠绥其子孙。可。 <small>卷三八</small>

扬王子孝骞等二人荆王子孝治等七人并远州团练使制

敕某等:先皇帝笃兄弟之好,以恩胜义,不许二叔出居于外,盖武王待周、召之意。太皇太后严朝廷之礼,以义制恩,始从其请,出就外宅,得孔子远其子之意。二圣不同,同归于道,可以为万世法。朕奉侍两宫,按行新第,顾瞻怀思,潸然出涕。昔汉明帝问东平王:"在家何等为乐?"王言:"为善最乐。"帝大其言,因送列侯印十九枚,诸子年五岁以上悉带之,著之简策,天下不以为私。今王诸子,性于忠孝,渐于礼义,自胜衣以上,颀然皆有成人之风,朕甚嘉之。其各进一官,以助其为善之乐。尚勉之哉,毋忝乃父祖,以为邦家光。可。_{卷三八}

吕公著妻鲁氏赠国夫人制

敕:妇人之德,如玉在渊,虽不可见,必形诸外。视其夫有羔羊之直,相其子有麟趾之仁,则内德之茂,从可知矣。具官吕公著,故妻鲁氏,名臣之子,元老之妇。所资者深,故志存乎仁;所见者大,故动协于礼。环佩穆然,闺门化之。而降年不永,禄不配德。其改封大国,正位小君。庶几为女史之光,非独慰其夫子而已。可。_{卷三八}

仲暹可遥郡防御使制

敕仲暹:居贫贱而有闻易,处富贵而无过难。凡我宗室,皆有位著。虽不任以事,无所施其才,而刑于厥家,有以考其行。日月其迈,爵秩当迁。朕不尔私,服之无愧。可。_{卷三八}

文集卷四

司马光曾祖政赠太子太保制

敕:《书》曰:"皋陶迈种德。"种之远,故其发也难;发之难,故其报也大。古之君子,有种德于百年之前,而待报于数世之后者。昔闻其语,今见其人。某官某故曾祖某官某,笃行有闻,信于乡国。怀道不试,遗其子孙。天不吾欺,再世而显。至于曾孙,其德日跻。衮衣绣裳,进位于朝。退有事于家庙,其致朕命,诏于有神。尚食其报,以康乃后。可。卷三八

司马光曾祖母薛氏赠温国太夫人制

敕:朕自通籍之臣,皆有以宠绥其父母,而自祖以上,非予丞弼之家,莫获褒显。君子之孝,至于尊祖以及其妣,用邦君之礼,以隆其家,可谓至矣。某官某故曾祖母某氏,专静有守,柔嘉维则。经之以孝慈,纬之以恭俭。使清白之训,不坠于子孙;而隐德之报,可质于天地。我有异数,诏于幽歺。翟茀副笄,尚服享之。可。卷三八

司马光祖炫赠太子太傅制

敕:朕有元臣,以德媚于上下,民见其羽旄,闻其车马之音,则

稽首而聚观之。况其父祖坟墓之所在,望其草木,盖有流涕而拜者。锡命之宠,岂特以慰其家而已哉。某官某故祖父某官某,笃学力行,追配前人。士道难进,止于一命。无疆之庆,在其子孙。风流未远,英烈如在。歆予宠章,以慰民望。可。_{卷三八}

司马光祖母皇甫氏赠温国太夫人制

敕:夫天人之际,若不可知;而善恶之报,各以其类。凡今富贵寿考,光显于世,朕察其父母大父母,未有不仁而得之者也。某官某故祖母某氏,令德孝恭,著于闺门。好礼慈俭,刑于姻族。始生贤子,以大其家。而余泽方茂,福禄未究,再世之后,莫之与京。愍册追荣,国有常典。庶几幽壤,服我宠灵。可。_{卷三八}

司马光父池赠太师追封温国公制

敕:朕闻盛德之士,必与天合。考之古人而无疑,质诸鬼神而不惭。虽不当世,必有达者。某官某故父某官某,德为世范,言为士则。躬蹈险夷之节,庶几颜、闵之行。事我仁祖,为时名臣。而儒术之用,止于侍从,德泽之施,极于方镇。天厚其世,笃生异人。不求而名自章,不言而人自信。皆曰君子之子,宜为天下之用。朕既采民言,俾秉国成。而渊源之深,推本所自。命以师臣,祚之大国。使人知有道之士,虽没有无疆之休。可。_{卷三八}

司马光母聂氏赠温国太夫人制

敕：古之烈妇，著在史册，非有忧患，不见名节。若夫令德懿行，秀于闺门，而湮灭无传，何可胜数。独赖子孙之贤，或以表见于世。君子之欲得位行道，岂非以显亲扬名之故欤？某官某故母聂氏，早以淑女，嫔于德人。恭俭信顺，以相其夫；慈和严翼，以成其子。使朕得名世之士，以济于艰难。其遗风余泽，盖有存者。改封大国，正位小君。非独以报其德，庶几令名与子俱传于天下。可。
卷三八

司马光故妻张氏赠温国夫人制

敕：夫妇之好，义同宾友。勤瘁相成于艰难之中，而死生契阔于安乐之后。朕闻其事，恻然伤之。具官某故妻某氏，少以女士，不勤姆师。归于德门，克有令问。从我元老，辞宠居约。游神清净之庭，守德寂寞之宅。始终之际，无愧古人。我有宠章，慰其永逝。其正名于大国，以从姑于九原。可。卷三八

张恕将作监丞制

敕：朕惟人材之难，长育之无素，事至而求，有不可得。是以访之元臣大老之家，惟择其子弟，庶几似之。以尔名臣之子，笃学好礼，敏于从政。试之匠事，以观其能。尔克远猷，无忝乃父，以称朕意。可。卷三八

赵济知解州制

敕赵济:古者官有常人,士有定论。雍也可使南面,求也可使为百乘宰。论定而官不浮,则民服。汝长西师,历年于此矣。考之清议,不曰汝宜,尚畀一城,以观来效。敬之戒之,毋失朕命。卷三八

李承之知青州制

敕:朕东望齐鲁之国,河岱之间,沃野千里,生齿亿万,商农阜通,儒侠杂居,可以大度长者胜,难以细谨法吏治也。具官李承之,生于甲族,世为名臣。屡试有劳,所见者大。肆予命汝,尹兹东土。昔曹参为齐,问治于其师盖公。公曰:"治道贵清净而民自定。"汝师其言,则予汝嘉。可。卷三八

韩维曾祖处均赠燕国公制

敕:汉诸袁之父子,四世继出五公;唐诸温之兄弟,同时并列三省。著在图史,古无拟伦;眷予世臣,有若韩氏。亿事仁祖,始参大政。笃生三子,咸秉国成。岂惟嗣世之贤,实赖积善之报。具官某曾祖某,潜德不耀,久而自彰。天祚厥家,世济其美。盛矣曾孙之贵,蔚为三寿之朋。逮予缵嗣之初,继受艰难之托。允文而靖,既直且温。旋观纯德之全,尚识遗风之自。是用因上公之旧秩,开北国之新封。仰以增庙室之光华,俯以慰烝尝之怵惕。可。卷三八

韩维曾祖母李氏赠燕国太夫人制

敕：朕惟公卿之家，有能父子躬履一德，弼亮三世，非其渊源深长，外有羔羊谅直之贤，内有鸣鸠均一之助，亦安能奕世秉义久而不忘者乎？具官韩维曾祖母李氏，育德名家，作嫔良士。珩璜之节，动必以礼；蘋藻之荐，敬而有仪。用能使其后昆，丞弼我国家，以无斁于世。今其莅政，责任兹始。余亦何爱大国，不以易汤沐之旧。可。卷三八

韩维祖保枢赠鲁国公制

敕：朕方图任股肱之臣，以光大祖宗之业。用广斯志，以及尔私。人之念祖，谁不如我。是以推沛恩命，褒显前人。具官某祖某，躬履仁义，著迹乡党。积累深厚，见于子孙。或佐我仁祖之盛明，或相我神考之休烈。遗风未远，故吏尚存。逮兹缵承，继用耆哲。朕既恭默思道，垂拱责成，与其宠禄厥躬，不若尊大其祖。上以报贻谋之德，下以励移孝之诚。肇新曲阜之封，增宠师臣之赠。服我休命，益大尔家。可。卷三八

韩维祖母郭氏周氏赠鲁国太夫人制

敕：古者妇人爵因其夫，贵以其子。虽有过人之才，绝俗之行，不得所托，不表于世。今余辅臣父子兄弟，先后相望，以师长我百辟。愿推鸿恩，光显先烈。维考维妣，咸追锡休命，肆予宠嘉之。具官祖母某氏，德称闺闱，化及宗党。允蹈家人之正，居有鹊巢之

福。翟衣之盛,由子而获;国封之贵,及孙而大。兹用锡尔周公之封,以炽韩氏之胄。庶其有知,服我新命。_{卷三八}

韩维父亿赠冀国公制

敕:朕闻仁宗在位之久,有同成、康,得士之盛,不减武、宣。如储药石,以待疾疢,如种梓漆,以备器用。凡今中外文武之选,率多庆历、嘉祐之人。而况一时之老成,与闻当年之大政。德业传于父老,仪刑见于子孙。名在国史,像在原庙。朕用慨然,想见其人。具官某故父某少禀异材,进由直道。出为循吏,入为名卿。福禄终身,而人不疵;富贵奕世,而天不厌。笃生三子,翼辅两朝。旌旄交驰,棨戟互设。朕欲赉其家庙,而贵已穷于人爵。改封大国,益著隆名。庶使昭陵之老臣,永为北土之藩辅。可。_{卷三八}

韩维母蒲氏王氏赠秦国太夫人制

敕:慎终追远,仁也。显亲扬名,孝也。得志行道,泽可以及天下,而富贵不能及其亲,天也。虽不能及,而追荣之典可以贯幽明,褒大之训可以表后世,礼也。呜呼,此亦仁之至、义之尽矣。具官某故母某氏,族为士望,德为女师。恭俭以相其夫,严敬以成其子。使朕获老成之佐,以济艰难之功。宜推异恩,以报旧德。可。_{卷三八}

韩维故妻张氏赠同安郡夫人制

敕:朕登进元臣,专以德选,退食委蛇,省察其私,有《召南》之风焉。抑抑威仪，惟德之隅，非内有相贰，何以及此。具官韩维妻张氏，生于冠族，作配君子。言有物则，行应图史。宜疏汤沐之封，以称山河之象。祗服明命，佑我老臣。俾无内顾之忧，专任仰成之寄。可。卷三八

韩维故妻苏氏赠永嘉郡夫人制

敕：妇人有德行才智之能，而不得施于事，有言语文章之美，而不得闻于人，而况仁而不寿，贤而不禄者乎？此诗人所以赋彤管，而史氏所以传列女也。具官某故妻某氏，少以女士，秀于闺门，来嫔德人，动以礼法。而不得与君子偕老，翟茀以朝。哀哉若人，命之不淑。其改赐汤沐，宠以训词，庶几采蘩之遗芳，不与宿草而共尽。可。卷三八

赵济落直龙图阁管勾中岳庙制

敕赵济：有司言汝罪恶有状，小人有不忍为而汝为之。朕惟羞污搢绅，重置汝于理。其退处散地，以励风俗。可。卷三八

王彭知婺州孙昌龄知苏州岑象求知果州制

敕具官某：为吏莫不欲威而明。威不可立也，惟公则威。明不可作也，惟虚则明。郡无大小，民无刚柔，事无繁简，政无难易，惟公而虚，无适而不治。以尔用法之久，不失仁恕，折狱之多，滋识情伪。孙昌龄、岑象求改云："端静有守，愊愊无华，奉使历年，吏民宜之。"

其悉乃心,施于有政。不侮鳏寡,毋扰狱市,称朕意焉。可。 _{卷三八}

王子韶主客郎中周尹考功郎中制

敕王子韶等:事有繁简,才有所宜,要之郎官,天下之清选也。朕有所择于其人,而无所轻重于其间。以尔子韶博闻强记,老而能学。以尔尹果艺而达,知无不为。各率其职,而用其长,朕将观焉。可。 _{卷三八}

蒋之奇天章阁待制知潭州制

敕:三后在上,遗文在下,炳若云汉,昭回于天。乃眷藏书之府,因为育材之地。爰登秀杰,以备顾问。虽持节出使,剖符分忧,一挂名于其间,遂增重于所莅。且使民见侍从之出守,知朝廷之念远也。具官蒋之奇,少以奇才,辅之博学,艺于从政,敏而有功。使之治剧于一方,固当坐啸以终日。勿谓湖湘之远,在余庭户之间。务安斯民,以称朕意。可。 _{卷三八}

皇伯祖宗胜赠太尉北海郡王制

敕:夫以三公之位,冠诸侯王之爵,元勋盛德,有不能兼。非我父兄亲贤之隆,加之死生哀荣之极,则朕岂以此授非其人哉! 具官宗胜,生于高明,克自抑畏。忠厚以为质,礼敬以自文。贵穷人爵,而无骄佚之讥;考终天命,而有归全之美。始终之际,中外所贤;日月有时,窀穸告具。备物典册,以将余哀。岂独慰九原之思,

盖将劝庶邦之义。可。卷三八

刘有方可昭宣使依旧嘉州刺史内侍省内侍押班制

敕：朕为天下父母，推一心以驭百官。内外虽异，爱无差等，皆欲其处无过之地，受有名之赏。则上下相安，人无间言。具官刘有方，少知忠恪，晚益详练。砥砺廉隅，有搢绅之风；祇畏简书，无戏怠之色。历岁滋久，积劳当迁。考之有司，皆曰应法。往服新宠，朕不汝私。可。卷三八

宋滋可右侍禁制

敕宋滋：疆场之臣，所以奋不顾身、义不旋踵者，以朕为能恤其孤也。何爱一官，不以慰死者之意，且以为吏士之劝乎？可。卷三八

鞠承之可秦州通判制

敕鞠承之：自恢复西鄙，秦为内郡。宿兵之众，有损于前，而远输之劳，至相倍蓰。军政虽简，民事为重。监郡之职，专在养民。有司择材，曰汝可使。往办乃事，无忝所知。可。卷三八

文及可卫尉少卿制

敕文及：汝三公子，以才行闻，擢置要剧，众以为宜。而师臣执谦，

重违其请。周庐宿卫,职亲而务简。虽未足以究观汝能,而退食休沐,下车里门,浣衣子舍,岂非搢绅之美谈,而当世之荣观乎? 可。<small>卷三八</small>

李杲卿可京西转运副使张公庠可广东转运副使楚潜可广西转运副使吴革可广东转运判官制

敕某官某:朕即位以来,发号施令,务求厥中。而宽者喜纵,忘先帝之约束;急者乐刻,袭文吏之故态。汝以才能治状,达于朕听,其往视之。夫治民如牧羊然,视其后者而鞭之。可。<small>卷三八</small>

童珪父参年一百二岁可承务郎致仕制

敕童珪父参:古者天子巡守方岳之下,问百年者就见之,而绛县役老,赵武谪其舆尉。今汝黄发鲐背,以上寿闻,其可使与编户齿乎? 往以忠孝,教而子孙。可。<small>卷三八</small>

单可度可三班借职出职制

敕单可度:在官滋久,更事亦多,而无大过,有足嘉者。往祗宠命,益务廉平。可。<small>卷三八</small>

智诚知宜州制

敕智诚:蠢尔裔夷,譬之蜂蚁,胜之不武,不胜为患。惟尔守

臣,威信两立,胜之以不战,消患于未萌。则民受其赐,予惟汝嘉。可。卷三八

张仲可左班殿直制

敕张仲:岁之不易,盗贼屡作。爰设勇爵,以劝追胥。尔能奋身,以除民害,必信之赏,其可忘乎? 可。卷三八

张诚一责受左武卫将军分司南京制

敕张诚一:孝治之极,天下顺之。不子之罚,民不轻犯。而贵近之间,尚有诚一。朕甚伤之。乃者奸言诐行,蠹国残民之状,论者纷然,方议其罪,而悖德隐恶,达于朕听,考实其状,至不忍言。《诗》不云乎:"行有死人,尚或墐之。"《礼》曰:"父没而不能读父之书,以为手泽存焉。"今汝之所为者,何为至此极也。纵朕不问,汝亦何颜以处搢绅之列乎? 可。卷三八

陈侗知陕州制

敕陈侗:士临利害之际而不失故常者,鲜矣。以尔出入册府几二十年,安于分义,不妄附丽以干进取。死丧之威,兄弟孔怀,愿为一郡,以恤幼孤。朕甚嘉之。夫入为九卿贰,出为二千石,此亦搢绅之高选也。汝益勉之。可。卷三八

傅燮知郑州制

　　敕傅燮：郑废为邑，复为右辅。经营缮完之劳，民既告病，而吏亦勤矣。以尔乐易之政，屡试有闻。往任其事，宽信以御民，强敏以御吏，称朕意焉。可。　<small>卷三八</small>

除吕公著特授守司空同平章军国事加食邑实封余如故制　<small>元祐三年四月四日</small>

　　门下：仁莫大于求旧，智莫良于用众。既得天下之大老，彼将安归；以至国人皆曰贤，夫然后用。今朕一举，仁智在焉。宜告治朝，以孚大号。金紫光禄大夫、守尚书右仆射、兼中书侍郎、上柱国、东平郡开国公、食邑七千一百户、食实封二千三百户吕公著，讦谟经远，精识造微。非尧、舜不谈，昔闻其语；以社稷为悦，今见其心。三年有成，百揆时叙。维乃烈考，相于昭陵。盖清净以宁民，亦劳谦而得士。凡我仪刑之老，多其宾客之余。在武丁时，虽莫望于前烈；作召公考，固无易于象贤。而乃屡贡封章，力求退避。朕重失此三益之友，而闵劳以万几之烦。是用迁平土之司，释文昌之任。毋废议论，时游庙堂。於戏！大事虽咨于房乔，非如晦莫能果断；重德无逾于郭令，而裴度亦寄安危。冈俾斯人，专美唐世。可特授司空、同平章军国事、加食邑七百户、食实封三百户，余如故。仍一月三赴经筵，二日一入朝，因至都堂议军国事。　<small>卷三八</small>

除吕大防特授太中大夫守尚书左仆射兼门下侍郎加上柱国食邑实封余如故制 元祐三年四月四日

门下:朕闻天子有道,其德不可得而名;辅相有德,其才不可得而见。故汉之文、景《纪》无可书之事,唐之房、杜《传》无可载之勋。当时安荣,后世称颂。予欲清心而省事,不求智名与勇功。天维显思,将启承平之运;民亦劳止,愿闻休息之期。眷予元臣,咸有一德;咨尔百辟,明听朕言。中大夫、守中书侍郎、上柱国、汲郡开国公、食邑二千二百户、食实封三百户、赐紫金鱼袋吕大防,造道纯深,受才宏毅。果艺以达,有孔门三子之风;直大而方,得坤爻六二之动。久践右闼,蔚为名臣。宜升左辅之崇,兼综东台之务。加赋进秩,宠数益隆。得位与时,忧责弥重。於戏!若古有训,无竞维人。崔公建中之风,以除吏八百而致;裴垍元和之政,以荐士三十而能。惟公乃心,何远之有。可特授太中大夫、守尚书左仆射、兼门下侍郎、加上柱国、食邑七百户、食实封三百户,余如故。卷三八

除范纯仁特授太中大夫守尚书右仆射兼中书侍郎进封高平郡开国侯加食邑实封余如故制 元祐三年四月四日

门下:朕惟朝廷之盛衰,常以辅相为轻重。若根本强固,则精神折冲。故芮吕臣奉己而不在民,则晋文无复忧色;汲长孺直谏而守死节,则淮南为之寝谋。朕思得其人,付之以政。使天下闻风而

心服，则人主无为而日尊。咨尔在廷，咸听朕命。中大夫、同知枢密院事、上柱国、高平郡开国伯、食邑九百户、食实封二百户、赐紫金鱼袋范纯仁，器远任重，才周识明。进如孟子之敬王，退若萧生之忧国。朕览观仁祖之遗迹，永怀庆历之元臣。强谏不忘，喜臧孙之有后；戎公是似，命召虎以来宣。虽兵政之与闻，疑远猷之未究。坐论西省，进贰文昌；增秩益封，兼隆异数。於戏！时难得而易失，民难安而易危。予欲守在四夷，以汝为偃兵之姚、宋；予欲藏于百姓，以汝为息民之萧、曹。勉思古人，以称朕意。可特授太中大夫、守尚书右仆射、兼中书侍郎、进封高平郡开国侯、加食邑七百户、实封三百户，余如故。卷三八

除苗授特授武泰军节度使殿前副都指挥使勋封食实如故制　元祐三年七月十二日

门下：出总元戎，作先声于士气；入为环尹，寓军政于国容。将伸阃外之威，以迪师中之吉。咨于尔众，朕得其人。侍卫亲军步军副都指挥使、威武军节度观察留后、持节福州诸军事、福州刺史、上柱国、济南郡开国公、食邑二千八百户、食实封三百户苗授，早以异材，见称武略。被服忠义，有烈丈夫之风；砥砺廉隅，得士君子之概。荐扬边圉，益著劳能。拔自众人，既蒙先帝之遇；遂拜大将，无复一军之惊。祗扈殿岩，肃将斋钺。予欲少长有礼，而兵可用；汝其夙夜在公，而令必行。於戏！爱克厥威罔功，兹为深戒；师众以顺为武，古有成言。惟懋乃衷，毋忘朕训。卷三八

除皇伯祖宗晟特起复制 　元祐三年十一月一日

门下：曾、闵之哀，丧不贰事；汉、唐之旧，礼有夺情。矧予藩屏之亲，实兼臣子之重。虽闺门以恩掩义，而公侯以国为家。伯臣司宗，职不可旷。要经服事，古有成言。非予尔私，其听朕命。皇伯祖、彰化军节度、泾州管内观察处置等使、检校司空、开府仪同三司、持节泾州诸军事、泾州刺史、判大宗正事、上柱国、高密郡王、食邑七千八百户、食实封二千四百户宗晟，天资纯茂，德履方严。袭余庆于祖宗，蹈格言于师保。典司属籍，克有令名。郢客卒业于浮丘，辟彊受知于先帝。允厘厥位，无愧昔人。属此闵凶，累然毁瘠。嗟日月之逾迈，重职业之久虚。宜复宠名，式从权制。於戏！出居官次，非王事不谈；退适倚庐，读丧祭之礼。则忠孝两得，人无间言。功名益隆，亲有显誉。勉服朕训，光昭前闻。可特起复。卷三八

文集卷五

姚居简押木筏上京酬奖转三班借职制

敕姚居简：不烦民力，而办官事，会其所运，罕所失亡。可。卷三九

贾种民知汉阳军吕升卿通判海州制

敕贾种民等：天下有道，士知分义，流品清浊，各有攸处。如种民、升卿，亦不汝弃。往服宠命，益祗厥官。可。卷三九

张世矩再任镇戎军制

敕具官张世矩：高平故地，夷汉杂处，启以夏政，疆以戎索。惟威与信并行，德与法相济，则种落内附，民安其生。以尔习知边情，克有武略，赋政之美，历年于兹。夫已信之民易治，已练之兵易使。无改乃旧，益观厥成。可。卷三九

刘谊知韶州制

敕具官刘谊：汝昔为使者，亲见民病，尽言而不讳，厄穷而不悔，夫岂知有今日之报乎？孔子曰："巧言令色，鲜矣仁。"夫能为

朕牧养远民惠鲜鳏寡者,必刚毅不回之士也。往服厥官,益信汝言。可。 _{卷三九}

吕惠卿责授建宁军节度副使本州安置不得签书公事制

敕:元凶在位,民不奠居;司寇失刑,士有异论。稍正滔天之罪,永为垂世之规。具官吕惠卿,以斗筲之才,挟穿窬之智。诒事宰辅,同升庙堂。乐祸而贪功,好兵而喜杀。　以聚敛为仁义,以法律为诗书。首建青苗,次行助役。均输之政,自同商贾;手实之祸,下及鸡豚。苟可蠹国以害民,率皆攘臂而称首。先皇帝求贤若不及,从善如转圜。始以帝尧之心,姑试伯鲧;终然孔子之圣,不信宰予。发其宿奸,谪之辅郡;尚疑改过,稍畀重权。复陈罔上之言,继有砀山之贬。反覆教戒,恶心不悛;躁轻矫诬,德音犹在。始与知己,共为欺君。喜则摩足以相欢,怒则反目以相噬。连起大狱,发其私书。党与交攻,几半天下。奸赃狼藉,横被江东。至其复用之年,始倡西戎之隙。妄出新意,变乱旧章。力引狂生之谋,驯至永乐之祸。兴言及此,流涕何追。迨予践祚之初,首发安边之诏。假我号令,成汝诈谋。不图涣汗之文,止为款贼之具。迷国不道,从古罕闻。尚宽两观之诛,薄示三危之窜。国有常典,朕不敢私。可。 _{卷三九}

许懋秘阁校理知福州制

敕许懋:七闽之会,其民智巧。吏得其人,则靡然心服,不劳而治；不得其人，则纷然力争，虽劳不服。以尔赋政东南，民用不扰，既久而信，厥声蔼然。肆余命尔，长兹剧郡。夫身在江海之上，而职在魏阙之下。民之瞻望，顾不美欤？可。卷三九

乔执中两浙运副张安上提刑制

敕乔执中等：夫以恤刑之道，达之于主计，则非聚敛之臣；以牧民之意，推之于恤刑，则非文法之吏。以尔执中奉使东南，吏服其明，民怀其惠。以尔安上赋政毗陵，宽而有制，严而不残。是以命尔，各祗厥服。夫民新脱赋泉之弊，以从力役之征，其谨视贪吏，以无害我成法。可。卷三九

宇文昌龄吏部郎祝庶刑部郎制

敕昌龄等：古以人物掌选，而士不滥进；以经术断狱，而民无怨言。呜呼！何修何饰而至此。今吾一之以格律，而不免于异议，何哉？昌龄以儒学进，有闻于人。庶以世家用，能宿其业。勉思古人，以称朕意。可。卷三九

江东提刑侯利建可江东转运副使福建运判孙奕可福建路转运副使新差权发遣郑州傅燮可江东提刑知常州张安上可两浙提刑朝请郎刘士彦可福建转运判官制

敕具官某等：朕姑罢赋泉之令，复徭役之法，使民出力以事其

上,不责其所无有,几以富之,闵闵焉如农夫之望岁也。而差发之际,吏或缘而为奸,农民在官,贪者动心焉。若郡县御胥史不严,而监司察郡县不谨,则南亩之民,不困于县官而困于吏,其与几何。尔以治行,达于朕听。或已试之效,或近臣之荐。必能明识朕意,以保民察吏为本,谨视其廉贪仁暴,勤惰明暗,以诏赏罚。朕亦将观汝所为而进退焉。可。_{卷三九}

奉议王续知太康县制

敕王续:朕以天下为一家。然畿甸之民,号为根本,若近者不悦,四方何观焉。尔以才选,往服厥事。驭吏以明,保民以宽,无失朕命。可。_{卷三九}

新差通判齐州张琬可卫尉寺丞卫尉丞韩敦立可通判齐州制

敕具官某等:朕于士大夫,苟便其私而无害于公者,盖未尝不听,矧以养亲为词而求易地,固朕之所乐闻也。往服厥职,各祗乃事。可。_{卷三九}

两浙运副乔执中可吏部郎制

敕具官乔执中:士知爱身则知爱君,知驭民则知驭吏。故端静惠和之士,施之内外,无适不宜。朕察汝久矣。今自部使者,入为天官属。无易其守,以称朕命。可。_{卷三九}

供备库使苏子元可权知新州制

敕具官苏子元：呜呼！交趾之变，苏氏之祸，十年于此矣。朕念之不衰，哀亡而愍存，不忍以常法待汝。畀之一郡，以劝事君。敬之哉，思所以致此者，可不敬钦！可。卷三九

杨伋落待制知黄州崔台符王孝先各降一官台符知相州孝先知濮州制

敕：国家临御百年，哀矜庶狱，好生恶杀，视民如伤。六圣一心，简在上帝，而市井无赖，谮诉公行。若廷尉治狱不苛，秋官议法有守，则仁圣在上，奸宄自消，岂有数年之间，坐致万人之祸。死者不复，谁任其辜。具官杨伋等，以患失鄙夫之心，而窃乘君子之器，欲与群小共分告织之功，专务巧诋以成疑似之罪。试加覆视，冤状了然。公议不容，弹章交上。聊从附下之罚，少谢无辜之民。服我宽恩，益务循省。台符改"服我"下云：往莅安阳，兼修马政。勉思来效，毋重往愆。可。卷三九

赵卨摩勘转朝议大夫制

敕：赵充国、冯奉世，名臣也，而老于为将；娄师德、郭元振，儒者也，而乐于守边。盖疆场未宁，则以外为重；而忠义所激，不择地而安。具官赵卨，少以宏材，辅之博学。虚心大对，方观晁、董之文；推毂西陲，遂膺羊、陆之寄。恩威并著，戎夏乂安。论岁月以稍迁，姑从旧典；收功名于不世，勉及前人。可。卷三九

赵思明知永静军制

敕具官赵思明：武吏之进，以守土捍城为高选；而戎垒之政，以平徭决狱为余事。汝以财用，往分使符。知高选之未易得，而余事之不可忽，则寡过矣。可。_{卷三九}

鲜于侁大理卿制

敕具官鲜于侁：儒者耻为文吏，而廷尉不用仁人，久矣。流弊之末，至于诵法而不知义，附势而不知法。罔罗纷张，延及无辜。朕益厌之。尔德惟一，信道不回，虽古于张，何以远过。是以命尔。庶几天下复无冤民。不然者，朕岂以刑狱之事累老成哉！可。_{卷三九}

吴处厚知汉阳军贾种民知通利军制

敕具官某等：汉口、黎阳，控引江河，久废为邑，吏民不悦。比诏有司，修复故垒，因旧而新，务适厥中；平徭均赋，使民宜之。明致朕意，以慰父老。可。_{卷三九}

顾临直龙图阁河东转运使唐义问河北转运副使制

敕具官某：朕修赋役之法，黜聚敛之吏，去薄从忠，务以养民，而宽厚之弊，或至于偷。夫外台按事，以不失有罪为称职。若下有幸免之吏，则必有不幸之民。民困于吏，则归咎吾法。朕甚忧之。

太原之民，困于边备，使者之任，不轻付予。以尔儒林之选，号称秀杰，有能吏之才而不薄，有长者之风而不偷。其服新职，以莅一道。敕唐义问云：赵魏之地，被边带河，使者之任，匪人可乎！以尔直谅之节，世其家声，岂弟之心，不忽民事。必能深识朕意，以肃吏靖民为本。往任其责，以宽吾忧。可。卷三九

张问秘书监制

敕具官张问：汝策名三朝，宣力四方，既有闻矣。而笃老之年，克己复礼，称道不乱。朕闻而嘉之。起之乡闾，列之朝会，问国故事，与民疾苦，足矣，不必劳以事也。优游吾东观，以为士大夫之表。可。卷三九

范子奇将作监制

敕具官范子奇：夫以百工之事，较之一路之民为轻，而自部刺史入居九卿为重。尔久在外，服奔走之劳，按视之勤，亦少休乎。今宫室器用，皆有常法，守之勿失，可以寡过。若予工，毋废厥职。可。卷三九

钱长卿比部郎邓义叔水部郎制

敕具官某等：昔汉郎官出宰百里，今自监郡以上，乃与其选，任益重矣。非独为官求人，以济无穷之务；亦将为国储士，以须不次之举。虽会计沟洫，有司之一事，而驭吏捍灾，朕将有取焉。可。卷三九

林邵太仆丞何琬鸿胪丞制

敕具官某等：尔向以才选，出按常平之政，官省而归，复使治民，盖将因能而任焉。九寺之属，近在辇毂，才之所宜，易以闻达。毋旷厥官，朕不汝遗。可。卷三九

文保雍将作监丞制

敕具官文保雍：朕仰成元老，如涉得舟，待以求济。苟有以燕安之，使乐从吾游，而忘其老，朕无爱焉。大匠之属，未足以尽汝才也，而从政之余，遂及尔私。并事君亲，岂不休哉！卷三九

李南公知沧州穆珣知庐州王子韶知寿州赵扬知润州制

敕具官某等：刺史秩六百石，以按列郡，而治行卓然，乃以二千石为郡守，昔以责人者，今以自责，则物被其惠，民无间言。尔等皆尝奉使，督察官吏，公明之称，达于朕听。董制江淮，控临河海，任亦重矣。其益勉之，无使风采减于平昔。可。卷三九

高公绘公纪并防御使制

敕：邓训之德，盖活千人；叔向之功，尚宥十世。矧先王却狄之勋，而圣母负扆之托。子孙贤者，休戚同之。具官某，性于忠孝，文以礼乐。袭故家仁厚之风，蹈布衣恭俭之节。以尔父士林，早缘

肺附,逮事厚陵,没于中年,爵不配德。故推余泽,以及后昆。抱能未施,当俟可为之会;临宠而惧,庶保无疆之休。可。_{卷三九}

李之纯户部侍郎制

敕:保国犹保身,药石不如养气;御民犹御马,鞭棰不如轻车。如兴利以富民,不如省事而民自富;广求以丰国,不如节用而国自丰。朕嘉与庶工,共行此志。以尔具官李之纯,屡试以事,号称循良。虽为有司,不吝出纳。宜膺躐等之用,庶无虚授之讥。服我训词,以厌公议。可。_{卷三九}

穆衍金部员外郎制

敕具官穆衍:士能用其长,以自表见者,朕未尝不试也。要之必观其始终,然后能决其进退。在此选者,可不勉欤! 货币之入,所以权轻重,通有无,而非以求富也。往服朕训,以永终誉。可。_{卷三九}

孙路陕西运判制

敕具官孙路:关右之民,困役伤财。譬之七年之病,而求三年之艾。朕日夜以思,庶几其民勇而知方。以尔出入秦、雍,悉其利病,往行所知,以称朕意。可。_{卷三九}

苏颂刑部尚书制

朕闻帝尧之世，伯夷以"三礼"折民；西汉之隆，仲舒以《春秋》决狱。是知有道之士，必以无讼为功。乃者法病于烦，官失其守。盗贼多有，狱市纷然。敷求迪哲之人，以清流弊之末。具官苏颂，温文而毅，直亮不回。仲由、冉求，果艺有从政之美；子产、叔向，爱直得古人之遗。遭罹闵凶，亦既祥禫；特诏虚位，以待老成。与其遂曾、闵之私哀，顾怀坟墓；曷若蹈威、绰之前轨，显扬君亲。伫闻嘉猷，以对休命。可。卷三九

王公仪夔州路转运使程高夔州路转运判官制

敕具官某等：役法既复，民知息肩矣。然在官者，皆农末也。三峡之民，刀耕火耘，与鹿豕杂居，正赖良使者察其侵冤。使政烦而吏贪者，此等岂能远诉乎？朕以大臣荐，故擢用汝。若远民无告，非独汝咎，荐者可不勉哉！可。卷三九

吕由庚太常寺太祝制

敕吕由庚：先皇帝有贤执法，朕不及见也。思其人，行其言，用其平生所予者，犹以为未足也，而录其子。呜呼！亦可以识朕意也。夫《诗》云："惟其有之，是以似之。"汝勉之矣，朕不汝忘。可。卷三九

杜诉卫尉少卿锺离景伯少府少监制

敕具官某等：朕登进耆老，崇德以靖民；敷求隽良，养材以待用。非更练有素，不轻用其人。以尔诉久服官箴，善守家法。以尔景伯既敏而艺，有闻于时。皆吾四世之良，往服九卿之贰。益固尔守，将观厥成。可。卷三九

辛押陀罗归德将军制

敕具官辛押陀罗：天日之光，下被草木。虽在幽远，靡不照临。以尔尝诣阙庭，躬陈珍币。开导种落，岁致梯航。愿自比于内臣，得均被于霈泽。祗服新宠，益思尽忠。可。卷三九

高子寿三班借职制

敕高子寿：程力较绩，国有旧章。命以一官，勉思自效。可。卷三九

李肩可殿中省尚药奉御直翰林医官制

敕具官李肩：医虽一技，盖通妙物之神；法有众科，以助好生之德。故縻好爵，用劝良能。无忘三世之传，庶保十全之效。可。卷三九

耿政可东头供奉官致仕制

敕具官耿政：肇新霈泽，覃及庶工。虽请老以家居，亦先朝之逮事。各从迁秩，以宠归休。可。 卷三九

乔执中可朝请郎尚书吏部郎中制

敕乔执中：汉以郎官，出宰百里；今以郡守，选属列曹。任人之隆，于古为重。有司言尔资格当迁，其即正员以茂远业。可。 卷三九

李之纯可集贤殿修撰河北都转运使制

敕：乃者役钱贷息之弊，民兵马政之劳，萃于北方。而天不靖民，河溢为灾，老幼奔走，流离道路，十年于此矣。呜呼，其孰为朕劳来安集，使复其旧乎？以尔具官李之纯，治办之能，尝见于用；忠厚之质，不移于势。是用进登书殿，增重使指。其往抚疲瘵之俗，察贪暴之吏。无纵诡随，以谨无良。朕将酌民言以观汝政，可不勉钦！可。 卷三九

吕大临太学博士制

敕具官吕大临：太学，礼义之所从出也。不择人以为法，而恃法以为治，可乎？汉之郭太、符融，唐之阳城、韩愈，士皆靡然化之，其贤于法远矣。朕方诏有司，疏理学政，而近侍之臣，言汝可用。必能于法禁之外，使士有所愧而不为，乃称朕意。可。 卷三九

罗适知开封县程之邵知祥符县制

敕罗适等：赤县之众，甚于剧郡。五方豪杰之林，百贾盗贼之渊。盖自平时，号为难治。而况市易始去，逋负尚繁，役法初复，农民未信。以尔适，学行纯固，有恤民之心。以尔之邵，才力强敏，无偷安之意。各服乃事，以观其能。不患不己知，求为可知者。可。_{卷三九}

杜纯刑部员外郎制

敕杜纯：用法如权衡，权可以轻重移，而衡不可以毫发欺。故司寇之职，必有守道之长贰，而辅之以守官之僚属。汝昔为士师，秉节不回。独持正义，以直群枉。往服厥官，无易汝守。以不忍之心，行无心之法，则予汝嘉。可。_{卷三九}

刘霆知陈留县制

敕具官刘霆：县剧而难治，故有司难于用人；地近而易知，故才者乐于自用。临政以简，决狱以明，御吏以严，去盗以武。能此四者，孰不汝知。可。_{卷三九}

皇伯仲晔赠保宁军节度使东阳郡王制

敕：祖宗之德，天地并隆。施及子孙，皆享民社。胜衣有朝请之奉，阖棺有茅土之封。始终之间，哀荣斯极。具官仲晔，宽厚寡过，雍容有常。生不勤于父师，没见思于姻族。既得考终之道，可

无追远之恩？豹尾神旗，守臣之威命；金玺鳌绶，诸侯之宠章。服我龙光，以贲窀穸。可。卷三九

杜纮右司郎中制

敕具官杜纮：士一历都司，即践清要。非一时名胜，不在此选。尔以文无害，而宿其业。往服乃事，益茂厥德，以称朕命。可。卷三九

皇城使裴景知慈州庄宅副使郭逢知阶州
西京左藏库副使王克询知顺安军制

敕具官某等：朕铨择将吏，视其才力。强敏可任以事者，必试之治民。苟不知爱民奉法，驭吏而戢士，虽智勇有闻，朕无取焉。尔等皆以考绩察廉，号称明练。荐者交章，故在此选。往服厥官，无失朕命。可依前件。卷三九

借职杨晟该差使吴奉云等各转一官制

敕某等：向敕边臣，增葺城堡，所以护安民夷，各全其生。尔能相率献田出力，有足嘉者。服我爵秩，永保忠顺。可。卷三九

吕大忠发运副使制

敕具官吕大忠：发运使按治六路，所部几万里，持节出使，未

有若此其重者也。以尔更练世故，果于从政。屡试剧部，厥声蔼然。是以命尔均南北之有无，权货币之轻重。使农末俱利，公私宜之，以称朕意。可。卷三九

蒋之奇集贤殿修撰知广州制

敕具官蒋之奇：按治岭海，统制南极，声教所暨，耸闻风采。自唐以来，不轻付予。朕既择其人，复宠以秘殿之职。使民夷纵观，知其辍自禁严，以见朝廷重远之意。其于服从畏信，岂不有助也哉！可。卷三九

吴安持知苏州刘珵知滑州制

敕具官某等：两河之俗朴，其弊也悍，而轻犯法；三吴之俗巧，其弊也流，而不知止。惟君子为能去其已甚，济其所不及，故所居而民安之。朕求二郡守，访之左右，咸曰汝宜。往服朕训，因俗而治。可依前件。卷三九

谢卿材陕西转运使制

敕具官谢卿材：治边者不计财，惟边之所用。治财者不恤民，惟财之为富。此古今之通患也。朕知汝才知可倚，忠厚可信。故以西方之政，责成于汝。往与帅守者谋之。惟适厥中，以民为本。可。卷三九

李曼知果州制

敕具官李曼:蜀之人治蜀,知其好恶,察其情伪,宜若易然。又况于宽而明,和而毅,如汝曼者乎?乃者无实之诉,朕既察之矣。乘传西归,平赋役,省条教,以慰父老之望。可。卷三九

黎珣知南雄州制

敕黎珣:岭海之远,吏轻为奸。非良守令,民无所赴告。往祗厥官,如在近甸,则予汝嘉。可。卷三九

张赴再任乾宁军制

敕具官张赴:使者言汝为政有方,民甚宜之。当解而留,以慰民望,可不勉哉!可。卷三九

皇伯仲婴赠奉国军节度使追封申国公制

敕:祖宗之意,仁孝为先。孝故专笃于亲,仁故闵劳以事。虽丰功盛烈不见于宗室,而令名美实克全于始终。死丧之威,哀叹何及!具官仲婴,少而简素,辅以温文。既克己以归仁,亦乐善而忘势。信顺多助,盖《大有》上吉之祥;高明令终,真《既醉》太平之福。建元戎之六纛,锡上公之九章。维以劝忠,岂云虚授;庶几幽壤,服我宠灵。可。卷三九

文集卷六

林邵开封推官制

敕具官林邵：天府之剧，古称难治。非兼人之资，有不能济。今自逋负逃亡，悉归之四厢，宜若易办。然夫办之易，则责之详。尔材敏素闻，而以举用，往助乃长，使治众如治寡，以称所举。可。卷三九

邓义叔主客郎中王谔水部郎中制

敕具官某等：吏恶数易，而事有不得已者。通商惠农，水政为急。而招携柔远，宾客之事亦重矣。各祗乃事，为安官乐职之计。可依前件。卷三九

王荀龙知棣州制

敕具官王荀龙：平原厌次，沃野千里。桑麻之富，衣被天下。宜得老成循吏，以辅安良民，式遏奸慝。访之左右，咸曰汝宜。往悉乃心，朕将观焉。可。卷三九

黄宪章获贼可承事郎制

敕具官黄宪章：劳能之赏，不计日月。爵禄之报，必视首功。宜从迁秩之劳，以劝追胥之勇。可。卷三九

御史中丞刘挚兼侍读制

敕：孟子有言："君仁莫不仁，君义莫不义，一正君而天下定矣。"朕惟台谏言责之臣，虽知无不言，常救之于已失；而劝讲进读之士，盖朝夕纳诲，故日化而不知。合于孟子"正君"之义，非独有司之事也。具官刘挚，以道事君，非法不言。使朕日闻所不闻，天下称焉。宜因古今册书之成文，取其兴坏治忽之要论。言之于无事，救之于未失。使朕立于无过之地，岂非汝争臣之大愿乎！可。卷三九

处士王临试太学录制

敕具官王临：观近臣以其所为主，观远臣以其所主。朕初不汝知也，而光论汝可用。其试之太学，汝勉之矣。朕既因光以知汝，亦将考汝所为而观光焉。可。卷三九

皇叔克眷赠曹州观察使追封济阴侯制

敕：先王建邦启土，必先宗盟。上自鲁、卫，下至应、韩。宗室之子，莫不南面。国家自仁率亲，专于教爱。故生无吏责，而富以

禄没。享隆名而告诸幽，忠恕之道可谓备矣。具官克眷，以茂美之质，服信厚之化。虽功名才业不见于用，而恭俭孝悌刑于厥官。命以廉车，即侯其地。皆国之旧，非朕敢私。庶几有知，服我休命。可。卷三九

寇彦卿彦明左班殿直制　以兄殿直寇彦古永乐成死事。

敕具官寇彦卿：士不难以身徇国，朕独何爱一官，不以收恤其家乎？祗服朕命，毋忘死者。可。卷三九

驸马都尉张敦礼节度观察留后制

敕：轩冕之来，德量为称。外无充诎之容，可以观德；内若固有之安，可以言量。具官张敦礼，少以经术，秀于士林。虽缘姻戚之选，不失儒素之行。日奉朝请，既抱才而未试；坐阅岁月，亦久次而当迁。进居两使之间，增重诸倩之遇。益砺士节，以为国华。可。卷三九

内人张氏可特封典赞制

敕张氏：朕幼学之初，未就外傅。命尔执业，以侍左右。勤劳有年，恭谨寡过。进掌仪范，以旌徽柔。可。卷三九

故尚宫赵氏可特赠郡君制

敕赵氏：先朝差择女士，以辅阴教。侍御左右，罔匪淑人。矧兹六尚之选，必备四教之法。奄焉沦丧，宜极哀荣。以尔名族之英，掖廷之旧。行应图史，言中物则。彤管有炜，既传好德之芳；象服是宜，无愧饰终之典。庶几幽壤，服我宠章。可。 卷三九

冯宗道右骐骥使内侍省内侍押班梁惟简
文思副使内侍省内侍押班制

敕具官某等：爵禄，天下之公器也。朕不敢以私昵之爱，而轻用其赏，亦不敢以近习之嫌，而不录其功。以尔等小心忠孝，逮事列圣，出入中外，劬劳百为。而宗道以藩邸攀附之勤，惟简以东朝奉事之久，各还所寄，加重其任。益励素守，以称异恩。可依前件。 卷三九

梁从吉遥郡团练使入内内侍省副都知制

敕：祖宗之化，自家刑国。故虽左右近习之臣，莫不好善而知义，彬彬然有士君子之风焉。具官梁从吉，庄重有守，温良寡过。给事宫省，知无不为。服勤边徼，克有成绩。改锡戎团之命，进助内宰之政。益励素守，以称异恩。可。 卷三九

刘有方内侍省右班副都知制

敕：祖宗之化，自家刑国。故虽左右近习之臣，莫不好善而知

义，彬彬然有士君子之风焉。具官刘有方，温恭和毅，勤强练密。进从王事，以法令为师；退安私室，以图史为乐。进领右珰之贰，益亲中禁之严。惟忠与敬，乃称朕命。可。卷三九

翟思知泉州周之纯知秀州沈季长知南康军制

敕具官某等：朕惟四海之广，一夫不获，足以害教化之成，伤阴阳之和。故选建守长，必以学士大夫为先。孔子曰："君子学道则爱人，小人学道则易使也。"尔等皆以儒术进，有闻于时矣。其深识朕意，往行所闻。钦哉。可。卷三九

马传正大理寺主簿制

敕具官马传正：哀敬折狱，明启刑书，理官之任也。主簿虽卑，亦有事于其间矣。尔以选用，其勉服此言。可。卷三九

张之谏权知泾州康识权发遣郿州制

敕具官某等：边郡之政，兵食为先。郡守之责，文武兼综。以尔等才力之选，卓然有闻；治办之效，见于已试。朕虽招携来远，不求边功；尔当积谷训兵，常若寇至。祗率厥服，往惟钦哉。可。卷三九

梁谞供备库副使转出制

敕具官梁谞：奉事之久，累劳当升。求从外迁，亦各其志。进

贰诸使，往齿外朝。益务廉平，以答休宠。可。卷三九

燕若古知渝州制

敕具官燕若古：汝向以才选，奉使东方。官省而归，因以得郡。盖可谓异恩矣。巴峡之险，邑居褊陋。负山临谷，以争寻常。独渝为大州，水土和易，商农会通，赋役争讼，甲于旁近。毋以僻远，鄙夷其民。钦哉。可。卷三九

删定官孙谔鲍朝宾并宣议郎制

敕具官某等：廷见改官，法之所严也。岁月之课，保任之数，差若铢黍，辄不得迁。今于汝独略之者，岂非以制法定令，汝与其议故欤？祗服朕命，以法自律，无徒知之。可。卷三九

王振大理少卿制

敕具官王振：任法而不任人，则法有不通，无以尽万变之情；任人而不任法，则人各有意，无以定一成之论。朕虚心以听，人法兼用。以尔出入中外，敏于从政，详平奏谳，审于用律。廷尉之事，尔惟副之。夫法出于礼，本于仁，成于义。勉思古人，以称朕命。可。卷三九

李籲宣德郎制

敕具官李籲：朕有大政令，使近臣总领其议。民之休戚、国之

治乱成其手,可谓重矣。尔以儒术进,以邑政选,而为之官属,亦岂轻哉! 二三臣者,言尔当迁。其服朕命,益祗乃事。可。卷三九

赵思明西上阁门副使制

敕具官赵思明:国之宗臣,义同休戚。故文终之后,配汉并隆;而梁公之孙,与唐无极。国家佐命,元老独高。韩王铭勋太常,侑食清庙。爰自近岁,叹其中微。乃眷裔孙,尚有遗烈。宜因近侍之请,进升上阁之贰。勉蹈祖武,副朕怀人追远之心。可。卷三九

李承祐内殿崇班制　内臣转官

敕具官李承祐:奉事滋久,累劳当迁。遂齿外朝搢绅之列,益思忠荩,毋忝恩荣。可。卷三九

萧士元知隰州赵永宁知永静军制

敕具官某等:文武异用而其道同,军国异容而其情一。尔以才选,往莅厥服。惟少私寡欲,则民自靖;惟奉法循理,则吏自畏。祗率朕训。钦哉。可。卷三九

黄光瑞可内殿崇班制

敕黄光瑞:朕覆养华夷,义均臣子。爰重爵赏,必加有功。以尔昔助王师,远获逋寇。历年滋久,宜示异恩。服我宠休,永思忠

荭。可。卷三九

文贻庆可都官员外郎居中可宗正寺主簿制

敕具官某等：昔江左二老，王导、谢安；唐之元勋，汾阳、西平。皆以积德流庆，子孙多贤，布列台省，为邦之光。今吾太师氏，亦庶几焉。尔等才行之美，所资者深。闻见之广，不扶自直。宜近而远，未称朕意。其归服乃事，同寅协恭，以究事君亲之义。可。卷三九

皇兄令夬赠博州防御使博平侯制

敕：爵齿之贵，并隆于朝廷；死丧之威，莫先于兄弟。礼有哀恤，义兼哀荣。故具官令夬，端厚有常，靖恭寡过。生不勤于保傅，没见思于族姻。宜分竹符，就赐茅社。服予惇叙之宠，慰尔永归之魂。可。卷三九

高士永知文州制

敕具官高士永：自将为守，非艺而果，不在此选。治兵欲严，御吏欲明，抚民欲宽，守边欲信。汝勉之矣，毋废朕命。可。卷三九

太皇太后再从弟高士缋高士涽可并左班殿直文思副使梁惟简可皇城副使制

敕具官某等：朕惟坤元成物之恩，虽以天下养，无足称其德

者。故推余泽,以及葭莩之亲。左右奉事之臣,虽天地之施,无所报塞。尚勉忠孝,以答万一。可。 _{卷三九}

范百禄刑部侍郎制

敕:朕哀敬五刑,期协中道。论者志于杀,惟杀之务,则深而失情;谳者志于生,惟生之知,则玩而废法。朕欲情法两得,生杀必中。非俗吏之所能,思古人而永叹。爰试以事,乃得其人。具官范百禄,少以异材,辅之笃学。昔奉大对,有守礼忧国之言;旋为争臣,有责难爱君之意。必能参用经术,折中人情。民自以为不冤,汝当务致此者;吾必也使无讼,朕亦将庶几焉。可。 _{卷三九}

朱光庭左司谏王巗右司谏制

敕具官某等:惟善人能受尽言。故昔之谏者,常有不容之忧。然有志之士,犹且不顾。忠义所激,忧患可忘。今朕恭己无为,虚心以听。汝等所论,盖无虚日。朕亦有拒而不听,听而不用者乎?各服新命,尽所欲言。言而不从,朕则有愧。知而不言,汝亦负朕。可不勉哉! 可。 _{卷三九}

鲜于侁左谏议大夫梁焘右谏议大夫制

敕:仲虺言汤之德曰:“改过不吝。”孔子论一言而丧邦曰:“惟予言而莫余违。”呜呼,天下之治乱安危,有不出于此者乎? 朕夙兴夜寐,思闻其过。厥愆曰朕之愆,不啻不敢含怒,而况于左右辅弼之臣欤？具官鲜于侁，邦之老成，久试于外。金石之节，皓首不衰；具官梁焘，出入馆殿，盖二十年，守道笃志，无所阿附。皆吾争臣之选也。朕之于事，无必无我。可则行之，否则更之。使天下晓然，知朕乐闻其过。书之史册，足为美谈。若乃进则诡词，退则焚草，衰世之事，朕无取焉。可。卷三九

王岩叟侍御史制

敕具官某：尔以御史，论事称职。擢居谏垣，而能秉心不回，忠言屡闻。考其所争之义，皆有可行之实。予维宠嘉之。兹复命尔往贰执法。乐于从善，朕志亦可见矣。《易》曰："大君有命，开国承家，小人勿用，必乱邦也。"尔谨视中外，毋纵诡随，以成我纯一之政。可。卷三九

钱勰给事中制

敕：朝廷之政，根本于中书，而枢机于门下。出入考慎，然后布之天下，一成而不反，后世有述焉。虽用人惟均，而至于封驳之任，其选尤重。具官钱勰，文学议论，世其先人，典章宪度，博通前世，词命之富，多而愈工，风力之优，烦而不乱。其服新命，益修厥官。使为政者难于造令，而承流者无所议法，则惟汝贤。可。卷三九

明堂执政韩维加恩制

敕：朕于访落之初，躬总章之祀。追严烈考，以侑上帝。七政

轨道，四海来格。礼乐具举，天人并应。非余一二大臣，同德比义，爕和神民，何以致此哉？具官韩维，令德雅望，外为师表；忠言嘉谋，入告帷幄。望其容貌，足以知朝廷之尊；闻其风烈，足以立贪懦之志。艰难之际，垂拱仰成。宜修旧典之常，均被庆成之泽。同底于道，朕有望焉。卷三九

明堂执政张璪加恩制

敕：亲祠合宫，昭事上帝。明发不寐，惕然有怀。永惟神考之烈，高出百王之表。选建群辟，遗我后人。济于艰难，克有成绩。具官张璪，硕材不器，俊德自明。卫上之忠，悃款四世；应务之敏，勤劳百为。迨兹配飨之成，宜均慈嘏之福。服我明命，永肩一心。可。卷三九

明堂执政李清臣加恩制

敕：祗奉严禋，肆行大赉。诚通幽显，泽被中外。六成之乐，上格于穹壤；四簋之黍，下浃于辉庖。矧余元臣，相成厘事。神人所保，需泽宜先。具官李清臣，德配先民，才高当世。早以天人之学，发为经纬之文。左右先朝，克有成绩。属余访落之始，共济艰难之中。迨兹庆成，均被兹告。宜疏井邑之赐，以示臣工之荣。永孚于休，以称朕意。可。卷三九

明堂执政安焘加恩制

敕：於皇烈考，属余大器。夙夜祗惧，若涉冰渊。乃者飨帝合

宫,风雨时若。肆眚象魏,讴歌聿归。惟天人之应,萃于眇躬;盖左右之助,实赖将相。具官安焘,奋自儒术,为时名臣。燮和兵戎,无伤财害民之警;持守法度,有送往事居之忠。迨兹庆成,均被兹告。井邑之赐,国有旧章。与民同休,居宠无愧。可。卷三九

明堂执政范纯仁加恩制

敕:朕出款真室,还祀合宫。祗见昊天,陟配文考。礼乐具举,华夷骏奔。方恭默无言之中,繄辟公显相之赖。率礼弗越,肆予汝嘉。具官范纯仁,庆历名臣之家,熙宁正谏之士。著绩西鄙,授任中枢。谟猷靖深,兵革消伏。领使奉祠之日,助成大享之勤。降福孔多,推恩宜广。矧予宥密之地,可无勋邑之加? 往服宠章,益敬毋怠。可。卷三九

明堂执政吕大防加恩制

敕:朕有事总章,升侑神考。四辅在位,百工在廷。翼假无言,各率其职。迨此厘事之毕,匪我冲人之能。思与群公,均受帝祉。具官吕大防,擢自英祖,休有直声。被遇裕陵,愈彰忠力。入总文昌之辖,手疏磐错之烦。六事所瞻,倚以为重;三府之议,于焉取平。宜加勋伐之隆,益增井赋之衍。服我休命,思勉厥终。可。卷三九

韩忠彦黄履并特转朝请郎制

敕:考绩之法,三代共由。虽余左右之信臣,犹以岁日而叙

进。率循其旧，示不尔私。具官韩忠彦，顾然异材，奋以儒术。典朕三礼，识古人之大全；历事四朝，有宗臣之余烈。黄履：受材宏深，秉德纯固。入践台省，休有老成之风；出更藩垣，遂无东顾之念。祇服新命，益修厥官。尚励有为之心，以需不次之举。可。卷三九

皇叔祖克爱皇叔仲虢并遥郡团练使制

敕：朕不以亲废法，亦不以义掩恩。故宗室之英，虽不任事，而岁月之考，必付有司。以尔具官克爱，笃行有常，率履如一。以尔具官仲虢，居宠而戒，好德不回。既累日以当迁，非无名而虚授。益务忠敬，以保厥家。可。卷三九

王献可洛苑使制

敕具官王献可：《传》不云乎："诗书义之府，礼乐德之则。"御侮捍城，亦儒者之事也。汝以词学进，而以武干闻。肆予虎臣，谓汝可用。往服新命，以成汝志。可。卷三九

陈次升淮南提刑制

敕具官陈次升：《春秋》书无麦禾，盖病之也。今吾淮甸之民，夏旱秋水，望熟于来岁。譬如负重涉远，未知所舍。朕甚忧之。汝自百里长，以才能选为朕耳目，其往按视。省刑狱，均力役，督盗贼，去奸吏。使民忘其灾，以称朕意。可。卷三九

杜纯大理少卿制

　　敕杜纯:治狱得其道,仁及幽显,泽流子孙。苟非其人,灾及草木,身任其祸。朕敬而畏之,久难其人。以尔用法平直,守道纯固,不以进退荣辱抑扬其心,故在此选。靡不有初,终之实难。可不勉哉! 可。卷三九

郭晙开封府司录参军制

　　敕具官郭晙:汝昔为狱官,不挠于职事以陷无辜之人,坐失厥职,秉义不回,有足嘉者。往隶天府,总摄群掾。毋易汝守,朕将观焉。可。卷三九

林希中书舍人制

　　敕:文章之变,与时盛衰。譬如八音,可以观政。而况诰命之出,学者所师。号令以之重轻,风俗因而厚薄。本朝革五代积衰之气,继两汉尔雅之文。而大道中微,异端所汩。欲复祖宗之旧,必以训词为先。故难其人,不以轻授。具官林希,博闻强识,笃学力行。绰有建安之风流,逮闻正始之议论。往践外制,为朝廷常润色其精微;期配昔人,使天下识典刑之仿佛。务究所学,朕将观焉。可。卷三九

司马光左仆射追封温国公制

　　敕:执德不回,用安社稷为悦;以死勤事,坐致股肱或亏。方

予访落之初,遽兴殄瘁之感。其于恤典,岂限彝章。具官司马光,超轶绝尘,应期降命。蹈履九德,湛涵六经。逮事仁宗,以论思献纳任言责;翊我英祖,以安危治乱鉴古今。粤惟先朝,延登近弼。方事献可而替否,不肯枉尺而直寻。绅绎新书,优游卒岁。乃心无不在王室,不起何以慰苍生。顾惟眇躬,肇称禋祀。虽未能求诸野而得傅说,亦庶几选于众而举皋陶。激浊扬清,方甄明于流品;制法成治,永振德于黎元。而憖遗之悲,天不得于一老;惴栗之叹,人皆轻于百身。兹大享于合寝,仍不预于小敛。师垣一品,降之九原。开国于温,用旌直德;纳棺以襚,式劝具僚。念涕泗以无从,想话言之犹在。俯惟英爽,歆此宠灵。可特赠温国公。卷三九

张绩除宣德郎制

敕太学博士张绩:祖宗设贤良文学之科,以网罗天下之豪俊。间得伟人,尔繇是选。而沉默恬淡,安于冗散。学士邓温伯,与东西省从官列上奏状。朕嘉乃冲静,特俾迁秩。益务敦愍,将有试焉。可特授宣德郎,依旧太学博士。卷三九

孙觉除吏部侍郎制

敕:自国家还政文昌,将以致治,而天官四铨,总核人物。澄清流品,未见其人。除拟之间,贤愚同滞。以尔朝请郎试给事中孙觉,文学论议,烛知本原。谏省东台,久从践历。选抡之慎,委寄益隆。噫!法之窒阁者更,吏之不虔者逐。赋文弗作,甄序有伦。服我训词,尚有大用。可特授依前官试吏部侍郎。卷三九

曹旦知南平军制

敕供备库副使曹旦：西南泸夷，诸种部族，散处丛篁溪谷之阻，与鱼鸟群。卉服而居，畬田而食。乐生恶死，情无甚异。军摩边戍，备预不虞。静而缓之，彼自驯扰。往服吾训，以称人知。可特授依前官权知南平军事。卷三九

吕和卿知台州制

敕承议郎尚书金部员外郎吕和卿：临海虽小邦，而有民社之重，朕岂轻之。尔以仕优而学诚，知戒夫墙面之烦，制锦之未易乎？往钦用励，毋忽吾训。可依前官差权知台州。卷三九

陆佃礼部侍郎充修实录院修撰官制

敕：文昌二卿，位次八座。各有典司，咸用专达。天官之选，目色实繁。以尔朝奉郎试吏部侍郎陆佃，方颁以先朝一代大典，缵修笔削，势难兼综。春官宗伯，事虽稀简，目力可周。而典章文物，动关国体，益思明练，以称恩休。可特授依前官试礼部侍郎依旧充修实录院修撰官。卷三九

龙图阁直学士朝请大夫知定州蔡延庆朝请大夫试户部尚书李常并磨勘转朝议大夫制

三考而议黜陟，古今所同；积日而叙勤劳，贵贱无间。矧夫内

与六官之长,外总连帅之权,均大计之盈虚,司邻邦之动静。历年应格,稽法当迁。有司以言,朕何敢后。具官李常,奋由疏远,深自刻修。财赋所存,纲目具举。具官蔡延庆,名臣之后,吏治有余。干城四方,安静不扰。咸以侍从之选,而应股肱之良。虽尺寸以迁,未彰于异数;而命秩之宠,差慰于久劳。<small>卷三九</small>

朝奉郎孙览除右司员外郎制

奉使北方,治河而备边,任亦重矣。以为未足以尽其才也,而置之都司,吾之所以责任尔者可见也。夫分治六官,事无巨细,毕陈于前,若网在纲,振之则举,弛之则尽废。尔昔既称治办矣,勉既厥心,以待来效。<small>卷三九</small>

朝奉大夫田待问淮南提刑制

扬、楚春旱秋水,民艰于食,渐起为盗,遂使州县犴狱充满。朕忧之,未始一日忘也。间起尔于山阳守,参领漕事,今又命尔按视刑辟。徒以尔习其风俗,知吏民所疾苦。夫察贪暴,谨追扰,均有无,督盗贼,此荒政之急也。勉勤其职,以称朕意。<small>卷三九</small>

朝散郎殿中侍御史林旦淮南运副使制

淮甸之民,荐罹饥馑。乃者诏发仓廪,发吴楚之漕以拯其急。犹以乏食流徙,达于朕听。朕惟救荒之政,行之略尽。惟得良使者,因事施宜,为若可赖。尔由郎官,以才任御史,习于扬、楚之俗,其为朕往视之。均徭薄敛,禁暴戢奸,无使斯人重被其困。<small>卷三九</small>

文集卷七

明堂赦文 <small>元祐元年九月六日</small>

门下：圣人之德，无以加孝；帝王之典，莫大承天。朕以眇眇之身，茕茕在疚。永惟置器之重，惕若临渊之深。承明继成，思有以迪先王之烈；绍志述事，未足以慰天下之心。仰系母慈，总揽政体。缉熙百度，和乐四方。赖帝贶临，海县宁乂。三垂之兵靡警，万邦之年屡丰。庶几大同，光嗣成美。深惟六圣之制，必躬三岁之祠。惟兹肇禋，属予访落。丧有以权而从变，祭无以卑而废尊。顾言总章，古重宗祀。以教诸侯之孝，以得万国之心。我享维天，下武式文王之典；大孝严父，孔子谓周公其人。追惟先献，尝讲兹礼。包举儒术，咨诹缙绅。刺六经放逸之文，斥众言淆乱之蔽。嘉与四海，灵承一天。革显庆之兼尊，隆永徽之专配。成于独断，畀予冲人。遵遗教于前，著成法于后。涓选吉日，衰辑上仪。奉疊琳宫，奠玉路寝。神之吊矣，燕及皇天；谁其配之，既右烈考。于时凤斋辂之驾，被衮冕之章。备庶物之微，追三牲之养。灵游而风马下，孝奏而日月光。惕然履霜，讵胜凄怆之意；俨然出户，如闻叹息之声。秩祜赍我思成，侍臣助予恻楚。既迄成于熙事，敢专飨于闷休。宜布洪恩，以暨诸夏。云云。於戏！汉庭祀帝，著于即阼之逾年；唐室施仁，固以御门之吉日。盖礼盛者文缛，泽大者流长。尚赖文武之英，屏翰之隽，协恭致治，以辅邦家。<small>卷四〇</small>

西京奉安神宗皇帝御容礼毕西京德音赦

文 元祐二年十月十四日

门下：朕以寡昧，仰继圣神。顾瞻山陵，未忘弓剑之慕；益广宗庙，以奉衣冠之游。祗遣辅臣，往严像设。敞风台之仙宇，粲龟洛之仁祠。晬表一临，陪京增重。山川改色，方贡祥而效珍；父老纵观，或太息而流涕。宜施雷雨之泽，以答神人之休。云云。於戏！好生育物，既推文母之慈；崇德措刑，终成神考之志。资尔有众，宜体朕怀。卷四〇

德音赦文 元祐三年六月

门下：朕以眇躬，获御大器。仰圣后之慈训，荷先烈之永图。四载于兹，涉道尚浅。凛然祗惕，若履渊冰。思所以慰安人心，奉若天道。常虑一夫之失所，以伤万物之太和。蠲苛去烦，夙夜愿治。乃自去冬连月，降雪异常。今春已来，久阴不霁。农夫失职，商旅不通。比屋之间，冻馁弥甚。常寒之罚，咎在朕躬。惟日兢兢，以图消复。洁精致祷，神眷未孚。克己自持，协气无应。切虑四方狱犴，冤滞尚多。工役烦兴，人咨胥怨。郁成缪盭之变，以干阴阳之和。宜均涣恩，以召善气。云云。於戏！遇灾祗戒，聿修信顺之诚；正事布和，庶获天人之助。咨尔中外，咸体朕怀。卷四〇

集官详议亲祠北郊诏

敕门下：国家郊庙时祀祖宗以来，命官摄事，惟三岁一亲郊，则先飨清庙，冬至合祭天地于圆丘。元丰间，有司援周制，以合祭

不应古义,先帝乃诏定亲祠北郊之礼,未及施行。是岁,郊不设皇地祇位,而宗庙之祫率如旧制。朕以寡昧,嗣承六圣休德鸿绪。今兹禋礼,奠币上帝,祼鬯庙室,而地祇天神久未亲祀,矧朕方修郊见天地之始。其冬至日南郊,宜依熙宁十年故事,设皇地祇位,以答并贶之报,仍令有司择日遣官奏告施行。厥后躬行方泽之祀,则修元丰六年五月之制。俟郊祀毕,依前降指挥,集官详议亲祠北郊事及郊祀之岁庙祫典礼闻奏。故兹诏示,想宜知悉。卷四〇

太皇太后赐门下手诏 — 元祐三年七月八日

敕门下:皇帝嗣位,于兹四年。华夷来同,天地并应。而皇太妃以恭俭之德,鞠育之恩,虽典册以时奉行,而情文疑有未称。皇帝以祖考之奉,尊无二上。而吾惟《春秋》之义,母以子贵。其推天下之养,以慰人子之心。宜下礼部太常寺讨寻。如于典故有褒崇未尽事件,令子细开具闻奏。故兹诏示,想宜知悉。卷四〇

太皇太后赐门下手诏 二 元祐三年闰十二月十四日

敕门下:官冗之患,所从来尚矣。流弊之极,实萃于今。以阙计员,至相倍蓰。上有久闲失职之吏,则下有受害无告之民。故命大臣,考求其本。苟非裁损入流之数,无以澄清取士之源。吾今自以眇身,率先天下。永惟临御之始,尝敕有司。荫补私亲,旧无定限。自惟薄德,敢配前人? 已诏家庭之恩,止从母后之比。今当又损,以示必行。夫以先帝顾托之深,天下责望之重,苟有利于社稷,吾无爱于发肤。矧此恩私,实同毫末。忠义之士,当识此诚。各忘内顾之心,共成节约之制。今后每遇圣节、大礼、生辰,合得亲属恩

泽,并四分减一。皇太后、皇太妃准此。卷四〇

赵州赐大辽贺兴龙节大使茶药诏

敕:卿肃将庆币,远涉川途。风埃浩然,徒驭勤止。宜加宠锡,以示眷怀。卷四〇

赵州赐大辽贺兴龙节副使茶药诏 元祐元年十月六日

敕:卿将命夙兴,犯寒远涉。驾言未息,轸念殊深。特致恩颁,以嘉勤瘁。卷四〇

赐皇叔祖建雄军节度观察留后同知大宗正事宗景上表辞恩命不允诏 元祐元年十月九日

敕宗景:省所上表辞免恩命事,具悉。朕初执珪币,祗见上帝。嘉与百辟,徽福文考。大赉四海,始于亲贤。皆神之休,义不当避。国有常典,尔无固辞。卷四〇

赐皇叔祖宗景上表辞恩命不许诏 元祐元年十月九日

敕宗景:览所上表辞免恩命事,具悉。国家有大祭祀,必均庆赏。邦甸侯卫,辉炮翟闾。无有远迩,毕蒙惠泽。矧我懿亲,实维

显相。祗率旧典,毋须固辞。 _{卷四〇}

赐新除检校太保依前河西军节度使阿里骨加恩制告诏 _{元祐元年十月十五日}

敕阿里骨:朕涓选灵辰,奉承宗祀。肆均介福,遍暨多方。卿世抚侯封,夙虔朝命。特加宠渥,用奖忠嘉。 _{卷四〇}

太皇太后赐故夏国主嗣子乾顺诏 _{一 元祐元年十一月十六日}

念尔守邦,藐然在疚。日月逾迈,祖葬有时。缅怀孝爱之深,想极攀号之戚。往助襄事,式昭异恩。 _{卷四〇}

太皇太后赐故夏国主嗣子乾顺诏 _{二 元祐元年十一月十六日}

惟我列圣,眷尔有邦。非徒极其宠荣,盖亦同其忧患。念尔哀疚,恻然顾怀。临遣行人,往喻至意。且致奠赙之礼,以为存没之光。 _{卷四〇}

赵州赐大辽贺正旦副使茶药诏 _{元祐元年十月十九日}

敕:卿抗旌出境,凤驾在涂。眷言跋涉之劳,宜适兴居之节。

式颁良剂,以辅至和。卷四〇

赵州赐大使茶药诏　元祐元年十月十九日

敕:卿远饬使轺,讲修邻好。蒙犯风雾,跋履山川。宜颁锡于珍芳,庶辅安于寝食。卷四〇

赵州赐大辽国贺太皇太后正旦大使茶药诏　元祐元年十月十九日

敕:卿恭讲邻欢,远勤轺驭。言念驱驰之久,适丁寒沍之辰。宜锡珍良,式昭眷宠。卷四〇

赵州赐副使茶药诏　元祐元年十月十九日

敕:卿远持使节,来庆春朝。方此沍寒,良勤启处。宜示眷怀之异,式颁剂和之良。卷四〇

赐镇江军节度使检校太傅开府仪同三司上柱国康国公判大名府韩绛上表乞致仕不许诏　一　元祐元年十月二十日

敕韩绛:览所上表陈乞致仕事,具悉。卿四世元老,国之长城。端笏垂绅,不动声气。风采所及,自然折冲。轩冕丘园,其实何异!矧今艰难之际,日有冰渊之虞。黄发在廷,未敢言病。岂宜

独善，遽欲即安。尚分北顾之忧，勿起退归之念。强食自辅，体我至怀。卷四〇

表乞致仕不许诏　二　元祐元年十月二十日

敕韩绛：省所上表陈乞致仕事，具悉。功成身退，人臣之常。寿考康强，有不得谢。卿出入将相，垂三十年。岂以小郡，尚勤元老？徒得君重，卧护一方。使吏民瞻师尹之仪刑，蛮夷识汉相之风采。丘园之请，朕未欲闻。其省思虑，时寝食，亲近药饵，以副中外之望。卷四〇

赐金紫光禄大夫守尚书右仆射兼中书侍郎吕公著生日诏　元祐元年十月二十七日

敕公著：卿将相三世，辅翼两朝。方《斯干》献梦之辰，有《既醉》太平之福。宜膺庆赉，永锡寿康。今赐卿生日羊酒米面等，具如别录，至可领也。卷四〇

赐新除依前中大夫守中书侍郎吕大防辞恩命不允诏　元祐元年十一月四日

敕大防：卿敦大直方，任重道远。擢贰西省，蔽自朕心。虽与闻政事，为日未久，而历试中外，勤劳百为，盖有年矣。德位惟允，人无间言。亟服新命，毋烦朕训。卷四〇

赐新除御史中丞傅尧俞辞免恩命不允诏　元祐元年十一月六日

敕尧俞:《诗》云:"刚亦不吐,柔亦不茹。"朕以卿有樊仲之风,是以擢卿为中执法。才难之叹,古今共之;岂以小嫌,而废大任。与其拘文以自疑,不若直己而行义。亟服乃事,无烦固辞。卷四〇

赐正议大夫同知枢密院事安焘乞退不允诏　元祐元年七月十三日

敕安焘:卿才当其位,义不辞劳。内之枢机之谋,外之疆场之议。既当身任其责,难以家事为辞。而况并奉君亲,两全忠孝,进无不得,退以何名! 卿之所求,固非矫激。朕之不许,亦岂空文。亟还厥官,无烦再命。卷四〇

赐韩绛上第二表乞致仕不允诏　元祐元年十一月十四日

敕韩绛:朕以眇躬,求助诸老。皆以艰难之际,不辞中外之劳。胡为累章,确守归意。岂朕不善西伯之养,而无人子思之侧乎! 三复喟然,未喻厥指。朕意不易,卿其少安。卷四〇

赐韩绛上第三表乞致仕不许断来章诏　一　元祐元年十一月十四日

敕韩绛:君臣之义,忧乐同之。苟皆怀归,谁任其事! 卿之

高识雅度,轻轩冕而乐丘园,天下所共知也,独不念先帝托付之重乎? 勉徇大义,勿复以言。卷四〇

赐韩绛上第三表乞致仕不许断来章诏 二

敕韩绛:功成身退,人臣之常礼。至于非常之遇,则必有无穷之报。朕待卿于形器之表,而卿自处于绳墨之内,未为得也。朕意不易,卿无复辞。卷四〇

赐新除依前光禄大夫刑部尚书苏颂辞恩命不允诏 元祐元年十月十七日

敕苏颂:卿笃于仁心,深于经术。用心司寇,期于无刑。朕惟孝处之深,三年不夺其志;又推才难之故,千里以待其来。卿而不能,谁当能者! 亟服乃事,毋烦力辞。卷四〇

赐新除落致仕依前光禄大夫范镇赴阙诏 元祐元年十月二十日

敕范镇:夫有德君子,以精神折冲,譬之麟凤,能服猛鸷。朕虚怀前席,以致诸老,非敢必以事诿也。苟得黄发之叟,幡然在位,则朝廷尊严,奸宄消伏。卿虽笃老,乃心王室。毋惮数舍之劳,以副中外之望。卷四〇

皇帝赐故夏国主嗣子乾顺进奉贺正马驼回诏 元祐元年十二月二十四日

诏故夏国主嗣子乾顺：远奉王正，来归时事。惟此充庭之实，率皆任土之宜。乃眷忠勤，良深嘉叹。卷四〇

太皇太后赐故夏国主嗣子乾顺进奉贺正马驼回诏 元祐元年十二月二十四日

诏故夏国主嗣子乾顺：述职春朝，归诚宰旅。修此效牵之礼，致其乘服之良。再阅来章，式嘉忠节。卷四〇

赐观文殿大学士知颍昌府韩缜上表辞免恩命不允诏 元祐元年十二月二十五日

敕韩缜：朕躬祀总章，始行严配。推广帝亲之泽，覃及中外之臣。惟我老成，逮受顾命。均此介福，非朕敢私。国之故常，毋烦谦避。卷四〇

赐镇江军节度使判大名府韩绛上第二表乞致仕不许诏 元祐元年十二月二十九日

敕韩绛：为国无强于得人，用人莫先于求旧。虽已挂冠而谢事，尚俾安车而造朝。岂有体力未衰，蕃宣所寄，亟图自便，遂欲言归？矧卿德望并隆，神人所相，焉有满盈之惧，夫何倚伏之虞！尚

体至怀,少安厥位。 _{卷四〇}

赐观文殿学士正议大夫知河南府孙固乞致仕不允诏 一 元祐二年正月一日

敕孙固:视国如家,忠臣可以忘老;视民如子,君子可以忘劳。卿被遇三朝,出入二府。德望并隆,中外所服。故起之词馆,付以留籥;使士有矜式,民有依怙。属任之意,岂轻也哉!释位谋安,引年求避,此疏远小臣之事,非所望于卿也。尚体至意,勿咈怀归。 _{卷四〇}

赐观文殿学士正议大夫知河南府孙固乞致仕不允诏 二 元祐元年正月一日

敕孙固:卿英祖所擢,以遗神考。乃眷旧学,用之西枢。朕即位二年,未见君子。每惟图任旧人之意,常有越在外服之叹。矧欲辞位而去,遂安丘园哉!三川重镇,务举大体。簿书期会,则有司存。优游卒岁,可以忘老。 _{卷四〇}

赐观文殿学士正议大夫知河南府孙固乞致仕不允诏 三 元祐二年正月二十五日

敕孙固:廊庙之旧,历事三朝,名德并隆,如卿者有几。无故释位,其谓朝廷何!卿既自为谋,亦为乃后谋之。勉遵前诏,以慰中外之望。 _{卷四〇}

赐观文殿学士正议大夫知河南府孙固乞致仕不允诏 四 元祐二年正月二十五日

敕孙固：朕永怀三宗，追用其人。所以遵礼慰藉其意者，自以为无失矣。而卿浩然怀归，若不可复留，何哉？勉徇大义，毋违朕志。卷四〇

赐新除枢密直学士知定州韩忠彦乞改一偏州不允诏 元祐二年二月

敕忠彦：朕尝览阅古之图，观宗臣之文，俯仰今昔，有概于心。会中山阙守，差择循良，卿庶几焉。勉副朕意，何以辞为！卷四〇

赐枢密直学士守兵部尚书王存乞知陈州不允诏

敕王存：卿出入四朝，更涉夷崄。金石之节，终始惟一。六卿之长，所以倡九牧而厚风俗也，岂以职事烦简为轻重哉！君子出处，朝廷之大事，而风雨寒暑，肤理之微疾也。姑安厥位，以称朕意。卷四〇

赐尚书左丞李清臣生日诏 元祐二年二月十四日

敕清臣：春之方中，月复几望。笃生王国之彦，蔚为廊庙之华。神既听于靖恭，民亦宜于恺悌。膺我庆赐，永绥寿祺。卷四〇

赐朝散大夫试御史中丞傅尧俞乞外郡不允诏 元祐二年三月十三日

敕尧俞：负中外之望，居得言之地，朕方虚己，乐闻嘉猷。乃者水旱连岁，民流未止。贼盗将炽，财力靡敝。卿既欲图实效以酬恩，朕亦将考所言以责实。偃息藩郡，岂所望哉！ 卷四〇

赐镇江军节度使充集禧观使韩绛茶药诏 元祐二年三月

敕韩绛：春夏之交，寒燠相沴。起居之节，调适为难。眷予元臣，久劳于外。宜加存问，且锡珍良。勉蹈至和，以符眷倚。 卷四〇

赐保宁军节度使冯京告敕茶药诏 元祐二年三月二十一日

敕冯京：卿以笃老，久勤外服。留籥之重，拥旄而东。蒙犯氛埃，徒御良苦。宜省思虑，近药物。勉遵时令，以副眷怀。 卷四〇

赐镇江军节度使充集禧观使韩绛赴阙诏 一 元祐二年三月二十七日

敕韩绛：卿擢自祖宗，辅翼先帝。德望之重，天下耸闻。与其置之一方，劳以民事；不若归安阙下，式瞻仪刑。请老闲居，固非所望；嘉猷入告，夫岂不能！迟卿言还，及此初夏。 卷四〇

赐镇江军节度使充集禧观使韩绛赴阙诏 二 元祐二年三月二十七日

敕韩绛：为天下计，则贤者常劳；为人臣谋，则老者当逸。今朝廷待卿之意，酌处其中。奉朝请于琳宫，所以系民望；释负荷于留籥，所以慰雅怀。勉及清和，亟还朝著。卷四〇

赐尚书刑部侍郎范百禄乞外任不允诏

元祐二年三月二十九日

敕百禄：成王命君陈："商民在辟，予曰辟，尔惟勿辟；予曰宥，尔惟勿宥，惟厥中。"古之有司，与天子相可否盖如此，而况公卿之间，议有异同，而不尽其说哉！例在中书，与在有司，固宜审处，归于至当。而卿遽欲以此去位，非古之道也。其益修厥官，以称朕意。卷四〇

赐龙图阁直学士新差知秦州吕公孺乞改授宫观小郡差遣不允诏 元祐二年四月三日

敕公孺：朕顾怀西方，思得贤守，使边有备而民无扰。以卿耆老练达，德宇渊静。秦又旧治，吏士服习。卧护诸将，无以易卿。卷四〇

赐彰化军节度使开府仪同三司判大宗正事宗晟上表乞还职事不允诏 一 　元祐

二年四月十五日

敕宗晟:《书》云:"孝乎惟孝,友于兄弟,施于有政,是亦为政。"卿以膝下之养,为宗人之法,古之为政,孰大于此,而欲以亲辞职耶? 其益修厥官,以称吾意。卷四〇

赐彰化军节度使开府仪同三司判大宗正事宗晟上表乞还职事不允诏 二 　宗晟

表云:所生之母,已逾耄年,宜还职事以投闲,庶尽色难以终养。伏望特降睿旨,俾从素愿。

敕宗晟:古者庶子之官设而邦国有伦,所治虽简,而所寄甚重。卿为宗室祭酒,德度之美,刑于中外。朕方庆瓜瓞之茂,而欲观麟趾之应。益励厥职,无弃尔成。卷四〇

赐故夏国主嗣子乾顺进奉谢恩马驼回诏 一

诏故夏国主嗣子乾顺:临吊之重,以宠世臣。思报之深,复承来价。载阅充庭之实,备形述职之心。乃眷忠勤,不忘嘉叹。卷四〇

赐故夏国主嗣子乾顺进奉谢恩马驼回诏 二 　元祐二年四月十七日

诏故夏国主嗣子乾顺:向遣行人,往赗襄事。继陈方物,来奉谢

章。惟忠可以附民,惟礼可以定国。勉终诚节,以副眷怀。 _{卷四〇}

赐新除尚书左丞刘挚辞免恩命不允诏

敕刘挚:朕昔闻卿言,今任以政。已试之效,见于事功。廊庙阙
人,以次迁用。宜其右不宜其左,能于昔不能于今,岂有是哉! _{卷四〇}

赐新除中大夫守尚书右丞王存辞免恩命不允诏 _{元祐二年五月二十六日}

敕王存:朕历选百辟,试之以事,惇厚而文,刚毅而和,更涉变
故,守德不移,无逾卿者。夫享天下之利者,任天下之患;居天下之
乐者,同天下之忧。朕非以是富贵卿也,其何以辞! _{卷四〇}

赐集禧观使镇江军节度使开府仪同三司韩绛乞致仕不允诏 一 _{元祐二年六月四日}

敕韩绛:向以宏才,卧护北道。凡斯民之利病,盖一方之安
危。朕方虚怀,以待元老。冀疾病之有间,得雍容而造朝。时闻嘉
言,以辅不逮。告老之请,殊非朕心。 _{卷四〇}

赐集禧观使镇江军节度使开府仪同三司韩绛乞致仕不允诏 二 _{元祐二年六月四日}

敕韩绛:元老在位,邦之荣华。徒以精神折冲,非以筋力为

礼。游神道馆,拥节家庭。于卿同告老之安,而国有贪贤之美。勉自辅养,期于少留。 卷四〇

赐新除试吏部侍郎范百禄辞免恩命不允诏 元祐二年六月十二日

敕百禄:夫以天官之贰,治夏卿之选,簿书繁重,条格纷委。苟非其人,则士之失职而无告者多矣。朕难其材,不以轻授。卿有应务之敏,而行之以勤;有守官之亮,而济之以通。往行其志,何以辞为。 卷四〇

赐新除吏部侍郎傅尧俞辞免恩命乞知陈州不允诏 元祐二年六月十三日

敕尧俞:连蹇三黜,栖迟十年。士无贤愚,为国太息。如珠玉之在泥土,麟凤之在网罗。朕所以拔卿于久废之中,用卿于期年之内。天下拭目,欲观所为。而乃引微疾以自言,指便郡而求去,岂独于卿有报国未遂之叹,亦将使朕获用贤不终之讥。勉复旧曹,以全大节。 卷四〇

赐同知枢密院事范纯仁生日诏 元祐二年六月十八日

敕范纯仁:卿天资文武,世济勋劳。载嘉诞日之临,岂独私门之喜。宜膺庆赐,以介寿祺。 卷四〇

赐新除知枢密院安焘辞免恩命不允

诏 元祐二年六月二十四日

敕安焘：人才之难，从古所叹。图任以旧，为国之常。卿以环异之资，荷艰难之寄。勤劳靡懈，望实愈隆。虽云超升，不改畴昔。徒以任之既久，则责之宜专。知无不为，乃所望于卿者；卑以自牧，亦何补于国哉。卷四〇

赐朝议大夫试户部尚书李常乞除沿边一州不允诏 元祐二年八月二十二日

敕李常：在泮献馘，亦儒者之常；挺剑疾斗，盖孔门之事。虽然，义有轻重，理有后先。与其自请捍边，已癣疥之疾；曷若尽瘁事国，干心膂之忧。苟推是心，何往非报？虽愿受长缨而往者，卿之本怀；然自以尺棰而鞭之，吾有余力。尚体此意，姑安厥官。卷四〇

赐太师平章军国重事文彦博宰相吕公著自今后入朝凡有拜礼宜并特与免拜

诏 元祐二年八月二十五日

敕彦博：朕闻几杖以优贤，著之典礼；耆老无下拜，书于《春秋》。魏太傅锺繇，以足疾乘车就坐，自尔三公有疾，以为故事。而唐司徒马燧，亦以老病自力，对于延英，诏使毋拜。今吾耆老大臣，四朝之旧，德隆而望重，任大而忧深者，惟卿与公著而已。吕公著诏即改云：惟彦博与卿而已。方资其蓍龟之告，岂责以筋力之礼？今

后入朝,凡有拜礼,宜并特免。卿其专有为之报,略无益之仪。毋或固辞,以称朕意。卷四〇

赐新除兼侍读依前光禄大夫吏部尚书苏颂辞免恩命不允诏 元祐二年八月二十七日

敕苏颂:朕惟左右正人之求,甚难其选;以为直亮多闻之益,宜莫如卿。方虚怀于至言,岂曲从于逊避。亟服乃事,毋烦固辞。卷四〇

赐守司空开府仪同三司致仕韩绛乞受册礼毕随班称贺免赴诏 元祐二年八月二十七日

敕韩绛:卿脱屣轩冕,颐神丘园。不为绝俗之高,愈笃爱君之意。喜闻册号,请觐内廷。在臣子之诚心,卿为尽节;顾筋骸之末礼,吾所未安。卷四〇

赐宰相吕公著乞罢免相位不允诏 元祐二年八月二十八日

敕公著:宰相之责,绥靖四方。羌人既俘,士气益振。长辔远驭,方资老谋。卿不强起,孰卒吾事? 近以二老之故,削亟拜之礼。而彦博执谦不回,朕既从其请矣。卿起就位,复何疑哉! 卷四〇

赐前两府并待制已上知州初冬衣袄诏

元祐二年九月七日

　　敕元发：岁将堲户，工告始裘。宜颁在笥之珍，以示维藩之宠。服之安燠，体我眷怀。卷四〇

赐太师文彦博乞致仕不允诏　一　元祐二年九月十日

　　敕彦博：卿求退之意，著于士民；执谦之心，信于天地。勉当委重之托，初无怀禄之嫌。大义苟安，细故可略。朕命不再，卿其少安。卷四〇

赐太师文彦博乞致仕不允诏　二

　　敕彦博：论道则忘年，卿不可以年既高而为请；称德则鄙力，卿不可以力不足而为辞。断之于中，义有不易。岂以屡请之故，而废将成之功？体君至怀，以慰公议。卷四〇

赐龙图阁直学士尚书工部侍郎蔡延庆乞知应天府不允诏　元祐二年九月十六日

　　敕延庆：入侍禁近，出殿藩服。已试之效，蔼然有声。今若予工，宜有余力。夫游刃肯綮，尚不辞难；退食委蛇，岂当告病。肤理微疾，行当自痊。勉安厥官，以称朕意。卷四〇

赐尚书左丞刘挚生日诏　元祐二年九月二十二日

敕刘挚：律协应钟，辰集析木，实生俊辅，休有令名。膺我宠章，以介眉寿。卷四〇

赵州赐大辽皇帝贺兴龙节大使茶药诏
元祐二年九月二十七日

敕：卿邻欢载讲，使节甚华。永言邮传之勤，适此风霜之候。宜加宠赉，以示眷存。卷四〇

赵州赐大辽皇帝贺兴龙节副使茶药诏
元祐二年九月二十七日

敕：卿载驰远道，良苦祈寒。岂无药物之嘉，以辅寝兴之节。宜膺宠锡，尚体至怀。卷四〇

赐太师文彦博生日诏　元祐二年九月二十九日

敕彦博：阳月载临，刚辰协吉。笃生元老，弼亮四朝。允为廊庙之华，岂独闺门之庆。往膺宠数，永锡寿祺。卷四〇

赐资政殿学士太中大夫新知成都府王安礼乞知陈颍等一郡不允诏　元祐二年十月一日

敕安礼：朕惟西蜀地狭而赋重，人懦而吏肆。徭役新定，农民

在官。驭之无方,将不胜弊。惟朕左右信臣,明而不苛,宽而有断,必能肃遏慢吏,扶养小弱。卿虽微疾,强为朕行。时近药石,勉事道路,称朕意焉。 卷四〇

沿路赐奉安神宗御容礼仪使吕大防银合茶药诏 元祐二年十月七日

敕大防:於赫神考,如日在天。虽光明无所不临,而躔次必有所舍。肆予命尔,祇奉此行。礼既告成,勤亦良至。感慕之外,嘉叹不忘。 卷四〇

文集卷八

赐资政殿学士太中大夫新差知成都府王安礼银合茶药诏 元祐二年十月八日

敕安礼：朕求治如不及，用人惟恐失之。矧余良臣，擢自神考。出入中外，厥声蔼然，朕岂欲其远去哉？特以全蜀之寄，甚难其选。知卿笃于忠义，当不以远近为意也。勉事道路，慎疾自爱。往安吾民，以称朕意。卷四〇

赵州赐大辽贺太皇太后正旦大使茶药诏

元祐二年十月十七日

敕：卿久勤辂传，远犯风埃。眷言行迈之劳，良极轸怀之意。往颁珍剂，以辅至和。卷四〇

赵州赐大辽贺太皇太后正旦副使茶药诏

元祐二年十月十七日

敕：卿远乘使传，来讲邻欢。属此沍寒，尚勤行役。往加问劳，式示眷怀。卷四〇

赵州赐大辽贺皇帝正旦大使茶药诏 元

祐二年十月十七日

敕：卿远庆春朝，笃修邻好。永惟使事之重，遂忘行役之劳。既极叹嘉，宜申问劳。卷四〇

赵州赐大辽贺皇帝正旦副使茶药诏 元

祐二年十月十七日

敕：徂岁向晚，修途苦寒。方趋造于会朝，未即安于舍馆。往加恩锡，增重使华。卷四〇

赐宰相吕公著生日诏 元祐二年十月十八日

敕公著：卿三世将相，四朝耆老，赉我良弼，实惟兹辰。茂膺维岳之灵，永锡如陵之寿。宜颁宠数，以示眷怀。卷四〇

赐新除龙图阁直学士李之纯辞恩命不允诏 元祐二年十二月四日

敕之纯：祖宗之文章与典谟训诰，并宝于世。曲领其事，非有德君子，虽积劳久次，不以轻授。蜀远而人懦，穷困抑塞，至无所诉。朕专欲以德安之，故内阁之命，非独以宠卿，抑将使蜀人知朕用卿，盖以德选也。其深识此意，勿复固辞。卷四〇

赐太师文彦博乞致仕不允诏　一　元祐二

年十二月二十五日

敕彦博：卿自去岁以来，数苦小疾，尚能勉留，以辅不逮。近者神明所相，体力自康，视听不衰，步趋加健，乃欲求去耶？今御戎之策，未有定议；京东西、河朔荐饥，公私枵然。方与二三臣图之，卿未可以即安也。卷四〇

赐太师文彦博乞致仕不允诏　二　元祐二

年十二月二十五日

敕彦博：卿历相三宗，名闻四夷，位极一品，书考四十。自载籍以来，未之闻也。固当以国为家，以天下为身，以安社稷为悦，而不当以居丘园为乐也。朕方待卿而为政，请老之言，所未欲闻。卷四〇

赐外任臣寮进贺太皇太后受册马诏敕

元祐二年十二月二十六日

敕曾布：礼以正名，国之旧典。载阅充庭之实，式将戴后之心。朕眷忠勤，良深嘉叹。卷四〇

赐外任臣寮进奉贺皇太后皇太妃受册马
诏敕　元祐二年十二月二十六日

敕曾布：典册告成，宫闱之庆。事君尽礼，因物见诚。乃眷忠

勤,不忘嘉叹。卷四〇

赐保宁军节度使知大名府冯京进奉贺端午节马诏 元祐二年十二月二十六日

敕冯京:受钺将坛,剖符畿甸。效充庭之骏足,庆中火之良辰。乃眷勤诚,不忘嘉叹。卷四〇

赐资政殿学士知邓州韩维进奉谢恩马诏 元祐二年十二月二十六日

敕韩维:庙堂均逸,远不忘君。驵骏在庭,仪多于物。载惟忠荩,良极叹咨。卷四〇

赐检校司空左武卫上将军郭逵进奉谢恩马诏 元祐二年十二月二十六日

敕郭逵:惟卿耆老,渐就退闲。不忘戴主之诚,远效充庭之骏。载嘉忠荩,良极叹咨。卷四〇

赐中大夫守尚书右丞王存生日诏 元祐三年正月四日

敕王存:卿以宏才,与闻大政。诞日之庆,岂惟闺庭。宠锡之隆,庶延寿嘏。卷四〇

赐试户部侍郎赵瞻陈乞便郡不允诏 元

祐三年正月十三日

敕赵瞻:朕褒显耆旧,取其宿望;养育俊乂,待其成材。庶前后相继,朝不乏人,则堂陛自隆,国有所恃。方今在廷之士,孰非华发之良? 而卿以康强之年,为远引之计,于义未可,盖难曲从。卷四〇

赐皇伯祖宗晟辞免起复恩命不许诏 一

元祐三年二月十五日

敕宗晟:卿哀迫之至,言不及文。览之恻然,欲从所请。而宗子之众,才性各殊。位不期骄,禄不期侈。非卿允蹈忠信,力行礼义,以身先之,盖未易齐也。少屈尔私,以成吾志,不亦可乎? 卷四〇

赐皇伯祖宗晟辞免起复恩命不许诏 二

元祐三年二月十五日

敕宗晟:卿以强起就位,为未便安;而朕以徇私忘公,为未尽美。《书》云:"孝乎惟孝,友于兄弟,施于有政,是亦为政。"夫圣人以孝弟为从政,而卿以从政为非孝,非所闻也。勉从朕命,勿复固辞。卷四〇

赐皇伯祖宗晟辞免起复恩命不许诏 三

元祐三年二月十五日

敕宗晟:卿致孝罔极,守礼不回。以鲁、卫之亲,而行曾、闵之

事。吾深欲成人之美,遂卿之私。顾以宗臣治亲,有国先务。教以道艺,时其冠昏。奖察其贤能,而训谪其骄惰。非吾宗室之老,孰当父兄之任? 其深明吾意,往服厥官。卷四〇

赐皇伯祖宗晟辞免起复恩命不许诏　四
元祐三年二月二十二日

敕宗晟:君子之于礼,虽先王未之有,可以义起,而况汉、唐之旧,故事具存。如翟方进、房乔之流,皆以儒术致身,不免于释哀而谋国。近岁夏竦、晁宗悫,亦以近臣夺丧,君子不以为过。今宗正之事,止于治亲。譬犹父兄,训敕子弟。岂以衰麻之故,而废闺门之政乎? 卿其勿疑,亟服乃事。卷四〇

赐保宁军节度使知大名府冯京进奉兴龙节并冬至正旦马诏　元祐三年二月二十五日

敕冯京:震夙之祥,旅庭称庆。岁时之会,因物效诚。乃眷元臣,实勤典礼。多仪克举,屡叹不忘。卷四〇

赐外任臣寮进奉谢恩马诏敕　元祐三年二月二十六日

敕:衔恩思报,因物致诚。效兹乘服之良,示有驱驰之志。永言忠荩,良极叹咨。卷四〇

赐外任臣寮进奉兴龙节功德疏诏敕　元

祐三年二月二十六日

敕：诞弥之庆，中外所同。毕输卫上之诚，来献后天之祝。永言忠荩，良极叹嘉。卷四〇

赐新除守司空同平章军国事吕公著辞免
恩命不允诏　元祐三年四月六日

敕公著：委重元老，朕之本心；归安丘园，卿之素志。今于二者，酌处其中。使卿获居劳逸之间，而朕不失仰成之托。于义两得，夫复何辞？卷四〇

赐新除太中大夫守尚书左仆射兼门下侍郎
吕大防辞免恩命不允诏　元祐三年四月六日

敕大防：端揆黄门之任，虚之久矣。以卿德望兼重，才术有余，故授之不疑。涣号已行，金言惟允。务称朕命，何以辞为。卷四〇

赐新除太中大夫守尚书右仆射兼中书侍郎
范纯仁辞免恩命不允诏　元祐三年四月六日

敕纯仁：国之安危，寄于宰辅。朕岂苟然而轻授也哉？试之以事而不移，断之于心而不贰。成命已出，岂容复回。往修厥官，以称朕意。卷四〇

赐观文殿大学士光禄大夫知永兴军韩缜三上表乞致仕不许断来章诏 <small>元祐三年四月七日</small>

敕韩缜:夫任天下之责者,无自营之私;蒙国士之知者,有非常之报。矧卿德望兼重,体力犹强。方资御侮之壮猷,焉用引年之常礼。宜安厥位,毋复言归。<small>卷四〇</small>

赐观文殿大学士光禄大夫知永兴军韩缜三上表陈乞致仕不允断来章诏 <small>元祐三年四月七日</small>

敕韩缜:朕体貌诸老,仪刑四方。假以方面之安,略其筋力之礼。如卿屡请,固无怀禄之嫌;而朕固留,宜有志归之意。今中外无事,民物小康。顾恐安车之荣,未逾坐啸之乐。朕命不易,卿其少安。<small>卷四〇</small>

赐新除太中大夫守尚书右仆射兼中书侍郎范纯仁再上札子辞免恩命不允诏 <small>元祐三年四月七日</small>

敕纯仁:卿奉事先帝,义深爱君;与政西枢,论不阿世。昔闻汲黯之不夺,今见徐公之有常。参以众言,蔽自朕志。右宰之任,非卿而谁?屡执谦词,殊非所望。<small>卷四〇</small>

赐新除依前中大夫守中书侍郎刘挚辞免恩命不允诏 元祐三年四月七日

敕刘挚：朝廷设三省，建丞弼，虽所治不同，至于因时立政，昭德塞违，其实一也。卿既任其事矣，今以次迁，无足辞者。卷四〇

赐新除依前中大夫守尚书左丞王存辞免恩命不允诏 元祐三年四月七日

敕王存：卿学足以经邦，才足以应务。更练愈久，开益居多。以积日而稍迁，顾金言之咸允。国之常典，何以辞为。卷四〇

赐新除中大夫守尚书右丞胡宗愈辞免恩命不允诏 元祐三年四月七日

敕宗愈：卿昔在谏垣，首开正论，出入滋久，操守不回。雅望在人，既非一日之积；历试而用，亦自群言之公。往祗厥官，毋替朕命。卷四〇

赐新除依前中散大夫充枢密直学士签书枢密院事赵瞻辞免恩命不允诏 元祐三年四月七日

敕赵瞻：朕惟本兵之地，司命吾民。矧羌戎叛服之无常，实边鄙安危之未决。岂以此柄，轻授其人？以卿望重缙绅，学兼文武。

历试而用，众言允谐。往践厥官，勿违朕命。 _{卷四〇}

赐新除门下侍郎孙固辞恩命不允诏　_元
祐三年四月八日

敕孙固：朕惟三朝老臣，义同休戚。先帝旧学，存者几人。意其风采之耸闻，可使朝廷之增重。矧卿德望素著，寄任已隆。昔冠西枢，今贰东省。众以为允，义无足辞。 _{卷四〇}

赐新除试御史中丞孙觉辞免恩命不允诏
元祐三年四月八日

敕孙觉：卿三居谏省，皆以直闻。盖尝遇事以建言，志在行义以达道。擢为执法，实允佥言。以卿直谅多闻，而朕开纳不讳。固无观望难言之病，岂有丧失名节之忧哉！载阅来章，甚非所望。 _{卷四〇}

赐新除右光禄大夫依前知枢密院事安焘辞恩命不允诏　_{元祐三年四月八日}

敕安焘：卿谋国之重，历年于兹，纪纲修明，中外宁辑。夫图任共政，所忧者大；则久劳迁秩，亦理之常。虽固执于执谦，恐难回于成命。往服休宠，以彰眷怀。 _{卷四〇}

赐新除中大夫守尚书右丞胡宗愈辞免恩命不允诏　元祐三年四月十日

敕宗愈：卿更涉夷险，践扬中外。出奉使指，而民宜之；入治天官，而吏畏之。非独能言者也。《书》不云乎："敷奏以言，明试以功。"朕得之矣，卿其勿辞。　卷四〇

赐新除依前中散大夫充枢密直学士签书枢密院事赵瞻辞免恩命不允诏　元祐三年四月十日

敕赵瞻：朕之进人，可谓难矣。自非耆老久次，悃愊无华，则枢机之任，不以轻授。卿之自视，何愧于斯？祗服厥官，思所以称而已。　卷四〇

赐新除翰林学士朝请大夫知制诰许将赴阙诏　元祐三年四月十二日

敕许将：卿敏而好学，达于从政。出殿方国，则修儒术以饰吏事；入备顾问，则酌民言以广上听。待命北门，号称内相。虽于卿为旧物，实当今之高选。亟践厥职，仁闻嘉猷。　卷四〇

赐新除司空同平章军国事吕公著辞免册礼许诏　元祐三年四月十三日

敕公著：多仪以隆辅弼，国之彝典；自损以信君父，卿之美志。再阅诚言之请，益彰谦德之光。勉徇所陈，不忘嘉叹。　卷四〇

赐正议大夫知枢密院事安焘辞免迁官恩命允诏 元祐三年四月十五日

敕安焘:卿国之隽辅,位冠枢庭,以时褒升,岂待功阀? 而能力辞宠命,欲以身率群臣,使廉耻相先,名器益重。勉从来请,以笃此风。卷四〇

赐新除中大夫守尚书右丞胡宗愈辞免恩命不允诏 元祐三年四月十五日

敕宗愈:朕之用卿,盖听其言,考其行事,参之公议,而断自朕心,可谓审矣。而卿固辞不已,朕甚惑之。夫小人以位为宠,求之而不可得;君子以宠为忧,推之而莫能去。自古以然,卿何疑哉。卷四〇

赐新除司空同平章军国事吕公著辞免册礼允诏 元祐三年四月十五日

敕公著:册祝于庙,惟周之典;临朝亲拜,亦汉之旧。事大则礼重,礼重则乐备,古之道也。今卿逊避不居,自处以约。勉从所乞,以成其美。卷四〇

赐许将辞免恩命不允诏 元祐三年四月十八日

敕许将:进以经术,当告我以安危;来自西南,固知民之利病。渴闻谠论,少副虚怀。而乃退托无能,力辞旧物。既非所望,其可

曲从? 卷四〇

赐河西军节度使西蕃邈川首领阿里骨进奉回诏　元祐三年四月二十二日

敕阿里骨：惟尔祖先，世笃忠孝。本与夏贼，日寻干戈。亦惟恃我朝廷爵秩之隆，用能保尔子孙黎民之众。肆朕命尔，嗣长乃师。而承袭以来，强酋外擅，尔弗能禁，恣其所为。遂据洮城，以犯王略，阴连夏贼，约日盗边。朕愍属羌之无辜，出偏师而问罪。元恶俘获，余党散亡。山后底平，河南绥服。朕惟：率酋豪而捍疆场，乃尔世功；叛君父而从仇雠，岂其本意？庶能改过，未忍加兵。果因物以贡诚，愿洗心而效顺。尔既知悔，朕复何求。已指挥熙河路更不出兵。及除已招纳到部族外，住罢招纳。依旧许般次往来买卖，及上京进奉。尔宜约束种类，共保边陲。期宠禄于有终，知大恩之难再。勿使来款，复为虚言。 卷四〇

赐新除依前朝散大夫守尚书吏部侍郎充龙图阁待制傅尧俞辞免恩命不允诏
元祐三年五月二十三日

敕尧俞：凤望所在，旧疾既平。及兹言还，慰我虚伫。徒得君重，虽暂屈于淮阳；雅意本朝，宁久安于冯翊。复求自便，殊戾所期。往修厥官，务称朕命。 卷四〇

赐守尚书右丞胡宗愈乞除闲慢差遣不允诏　元祐三年五月二十七日

敕宗愈：朕开奖言路，通来下情。虽许风闻，犹当核实。岂以无根之语，轻摇辅政之臣。朕方驭众以宽，退人以礼。加之美职，付以大邦。朕既无负于听言，卿亦何嫌而避位？祗服乃事，毋自为疑。卷四〇

赐尚书右仆射兼中书侍郎范纯仁生日诏　元祐三年六月九日

敕纯仁：卿河岳之灵，神明所相。载更诞日，永介寿祺。体我眷怀，受兹宠锡。卷四〇

赐正议大夫守门下侍郎孙固生日诏　元祐三年六月二十三日

敕孙固：卿图任之旧，缙绅所推；难老之祥，神人攸相。载更良日，益永寿祺。申以宠章，式隆眷遇。卷四〇

赐正议大夫知枢密院事安焘生日诏　元祐三年六月二十三日

敕安焘：桑弧告庆，降哲辅于兹辰；彩服拜嘉，冠荣名于当代。祗服朕命，益寿乃亲。卷四〇

赐龙图阁学士河东路经略使兼知太原府曾布乞除一闲慢州郡不允诏 元祐三年七月二十一日

敕曾布：将不久任，难以责成；谋不素定，难以应猝。卿屡试剧郡，所临有声。而况二年于兹，诸将所服。事既即叙，人谁易卿。夫捣虚攻瑕，兵家常势；知难避整，夷狄亦然。卿若有以待之，彼将望而去矣。勉卒乃事，毋忘朕言。 卷四○

赐河西军节度使西蕃邈川首领阿里骨进奉回程诏 元祐三年八月三日

敕阿里骨：卿屡款塞垣，愿终臣节。爰因贡篚，益著诚心。再省忠勤，良深嘉叹。 卷四○

赐皇叔改封徐王颢上表辞免册礼允诏
一 元祐三年八月二十日

敕颢：卿大雅不群，自得诗书之富；为善最乐，不知轩冕之荣。既殿大邦，宜膺盛礼。而抑损之志，逡巡不居。虽莫称朕所以极褒崇之心，而将使卿庶几获谦冲之福。勉从其意，嘉叹不忘。 卷四○

赐皇叔改封徐王颢上表辞免册礼允诏
二 元祐三年八月二十日

敕颢：锡山土田，以昭令德；备物典册，盖有常仪。而卿深惧

满盈,过形抑畏。一谦四益,当克永年。三命滋恭,固将有后。曲成美志,以劝事君。宜依所乞。卷四〇

赐知渭州刘昌祚进奉兴龙节银诏　元祐三

年十一月六日

敕昌祚:卿御侮边庭,驰神魏阙。会嘉辰之献寿,纳贡篚以效珍。载省忠勤,不忘褒叹。卷四〇

赐皇伯祖宗晟辞免起复恩命不允诏　一

元祐三年十二月五日

敕宗晟:夫要经服事,出于孔门;墨衰从政,见于鲁史。永惟徇国忘家之义,非有食稻衣锦之嫌。若非使卿居之而安,则吾岂敢强所不欲。勉从前诏,往服厥官。卷四〇

赐皇伯祖宗晟辞免起复恩命不允诏　二

元祐三年十二月五日

敕宗晟:卿德爵与齿,皆天下达尊;服属之隆,为宗室祭酒。任独高于三世,报宜异于常人。故夺情非以私卿,而服事所以徇国。义无所愧,何以辞为。卷四〇

赐正议大夫知邓州蔡确乞量移弟硕允诏 元祐三年十二月九日

敕蔡确：以义责备，《春秋》有失教之讥；以情内恕，诗人有将毋之念。硕之有罪，事在有司。难以贵近之亲，而废朝廷之典。及观来请，有概予心。重违兄弟急难之词，以伤人子奉养之意。 卷四〇

赐知渭州刘昌祚进奉谢恩并赐月俸公使及贺端午节马诏 元祐三年十二月二十四日

敕昌祚：卿执德宏毅，秉心恪恭。拜新渥于公朝，谨旧仪于令节。抗章来上，因物见诚。再省忠勤，良深嘉叹。 卷四〇

赐端明殿学士银青光禄大夫致仕范镇奖谕诏 元祐三年闰十二月一日

敕范镇：朕惟春秋之后，礼乐先亡；秦汉以来，《韶》《武》仅在。散乐工于河海之上，往而不还；聘先生于齐鲁之间，有莫能致。魏、晋以下，曹、邺无讥。岂徒郑、卫之音，已杂华、戎之器。间存作者，犹有典刑。然铢黍之一差，或宫商之易位。惟我四朝之老，独知五降之非。审声如音，以律生尺。览诗书之来上，阅夔、虞之在廷。君臣同观，父老太息。方诏学士大夫论其法，工师有司考其声，上追先帝移风易俗之心，下慰老臣爱君忧国之志。究观所作，嘉叹不忘。 卷四〇

赐朝散大夫守尚书吏部侍郎充龙图阁待制傅尧俞乞外郡不允诏 元祐三年闰十二月十四日

敕尧俞：卿望重本朝，进由公议，方卿大夫有为之际，亦士君子难得之时。而卿出领郡章，入佐治典。席未暖而辄去，政何时而报成？小疾行瘳，姑安厥位。卷四〇

赐保宁军节度使知大名府冯京进奉贺兴龙节马一十匹并冬节马二匹诏 元祐三年闰十二月十八日

敕冯京：卿坐镇全魏，隐若长城。远驰颂祷之心，来效骖骓之贡。眷言忠荩，良极叹嘉。卷四〇

赐泰宁军节度观察留后知相州李珣进奉贺冬马一匹诏 元祐三年闰十二月十八日

敕李珣：卿宣化近邦，驰神北阙。属兹阳月之吉，远效王闲之良。言念忠勤，不忘嘉叹。卷四〇

赐中大夫守尚书左丞王存生日诏 元祐四年正月四日

敕王存：在《易》之《泰》，与物皆春。于时良臣，生我王国。

宜膺宠赉，以介寿祺。卷四〇

赐龙图阁直学士正议大夫权知开封府吕公著上表陈乞致仕不允诏 一　元祐四年正月五日

敕公著：朕鸡鸣而起，志于求助；鲐背之老，未敢即安。矧卿体力不衰，发齿犹壮。遽有引年之请，殊乖图旧之心。宜安厥官，以称朕意。卷四〇

赐龙图阁直学士正议大夫权知开封府吕公著上表陈乞致仕不允诏 二

敕吕公著：卿将相三世，凛乎正始之风；出入四朝，蔚然难老之状。浩穰之治，谈笑而成。方观报政之能，遽有归休之请。公议未可，卿其少安。卷四〇

赐济阳郡王曹佾在朝假将百日特与宽假将理诏　元祐四年正月十二日

敕曹佾：卿贤戚莫二，德齿并隆。眷言朝请之勤，思见仪刑之老。谢病既久，轸念良深。推予赐告之恩，期于勿药之喜。宜特与宽假将理。卷四〇

赐光禄大夫守吏部尚书兼侍读苏颂上表乞致仕不允诏 一 　元祐四年正月十三日

敕苏颂:吾闻有志之士,以身殉道而遗名;有道之君,使人乐用而忘老。今卿不安其位,岂吾有愧于古哉!夫难进之士,年仅及而辄退,则已试之才,吾莫得而尽用矣。激扬多士,方资崔、毛之德;讲诵旧闻,未卒褚、马之业。事非小补,卿其少安。卷四〇

赐光禄大夫守吏部尚书兼侍读苏颂上表乞致仕不允诏 二

敕苏颂:卿历事四朝,允有一德。徒论徐公之奢俭,莫见子文之愠喜。朕既寤寐哲士,体貌元臣。方贵德齿之达尊,岂求筋力之常礼。矧卿方膺难老之锡,宜励益壮之心。惜日有为,古人所重;引年求去,公议未安。勉为朕留,以慰人望。卷四〇

赐光禄大夫守吏部尚书兼侍读苏颂上第二表陈乞致仕不允诏 一 　元祐四年二月二日

敕苏颂:夫天以多士宁王国,而祖宗以成德遗后人。方使寿考康强,以究其用,而朕乃以引年而听其去,可乎?矧卿铨综之精,谈笑而办。勉思职事,以称朕心。卷四〇

赐光禄大夫守吏部尚书兼侍读苏颂上第二表陈乞致仕不允诏 二

敕苏颂：天官之任，老成所宜。坐执铨衡，有山公晚年之故事；簿书烦杂，独萧俛一时之偏词。卿其总揽纲条，阔略苛细。委蛇退食，以慰士心。卷四○

新除权礼部尚书梁焘辞免恩命不允诏

元祐四年二月三日

敕梁焘：卿出处以义，进退以礼。昔请补外，朕不得已而听其去；今兹选用，众以为宜而恨其晚。而卿又固辞，岂朕所望？成命不易，其速造朝。卷四○

赐宣徽南院使充太一宫使冯京乞依职任官例祗赴六参不允诏 元祐四年六月十四日下院

敕冯京：朕以卿耆老厚德，重烦以庶事；而卿笃恭尽礼，自同于有司。既朝朔望，尚复勤请。虽抑抑自警，知卿有卫武之风；而仆仆亟拜，非朕待子思之意。宜遵前命，以副眷怀。卷四○

赐右正议大夫守尚书左仆射吕大防生日诏 元祐四年六月十五日下院

敕大防：股肱之良，与国为重；家庭之庆，亦朕所同。适《斯

干》献梦之辰,均《既醉》太平之福。膺予宠锡,介尔寿祺。 <small>卷四○</small>

赐翰林学士中大夫兼侍读赵彦若辞免国
史修撰不允诏 <small>元祐四年六月二十三日下院</small>

敕彦若:卿学世其家,宜居载笔之地;官宿其业,已奏杀青之书。自托不能,殊非所望。祗膺成命,毋复固辞。 <small>卷四○</small>

赐河东节度使太师开府仪同三司太原尹
致仕文彦博温溪心马诏 <small>元祐四年七月</small>
二日下院

敕彦博:惟我宗臣,名震夷落。狼心虺舌,知献厥诚。朕以张夐拒羌之献,不如旅獒昭德之致。已敕边吏答赐所直,其马今以赐卿,至可领也。 <small>卷四○</small>

赐夏国主进奉贺坤成节回诏 <small>元祐四年七</small>
月二十二日下院

敕:节纪诞弥,庆均临照,眷守邦之虽远,亦执贽以来同。嘉与朝臣,咸称寿嘏。载惟忠恪,宜有宠颁。 <small>卷四○</small>

赐皇伯祖宗晟辞免恩命起复允终丧制诏 <small>一</small>

敕宗晟:朕寡昧隽贤,燮和中外。眷言释位之久,实有乏才之

忧。而三年未终，五诏不起。与其贪明哲之美，以缉熙庶工，不若执孝弟之纯，以风励宗子。俯从诚守，良极叹咨。卷四〇

赐皇伯祖宗晟辞免恩命起复允终丧制诏　二

敕宗晟：夫衰麻之哀，达于上下；损益之变，权以重轻。虽事君均于事亲，而夺志难于夺帅。俯听终丧之守，以成致孝之全。言念笃诚，实增屡叹。卷四〇

赐新授枢密直学士赵卨进奉谢恩马诏

敕赵卨：论德进律，天下之公议；因物见诚，臣子之雅志。爰陈驵骏，以效驱驰。体乃至怀，极于嘉叹。卷四〇

赐新除龙图阁直学士依前中散大夫陈安石辞免恩命不允诏　元祐二年十月十八日

敕安石：夫士出身从仕，少壮陈力，耆老守节，朕必有以宠绥之。卿逮事四朝，扬历中外。号称良能，不见过失。书阁之拜，众以为宜。无复固辞，以遂成命。卷四〇

文集卷九

赐南平王李乾德历日敕书 元祐元年十月八日

敕乾德：眷彼海隅，被予声教。宜有王正之赐，以为农事之祥。勤恤远民，以开嗣岁。卷四一

赐新除依前交趾郡王李乾德加恩制告敕书 元祐元年十月十五日

敕乾德：朕躬执珪币，大飨帝亲。颁布湛恩，遍暨诸夏。卿世绥侯服，钦顺朝廷。宜锡徽章，以昭异数。卷四一

赐外任臣寮历日诏敕书 元祐元年十月二十八日

敕韩绛：朕申命日官，逆推嗣岁。眷予共理，颁此成书。勉劝农功，毋违时令。卷四一

赐侍卫亲军马军都虞候刘昌祚进奉贺明堂礼毕马敕书 元祐元年十一月二十日

敕刘昌祚：大事告成，多方同庆。汝以分符之重，特修效马之

仪。载念勤诚,不忘嘉叹。卷四一

赐外任臣寮进奉兴龙节马诏敕书 元祐二
年四月十三日

敕韩缜:诞弥之庆,远迩攸同。眷惟外服之良,来效右牵之
礼。言念诚恪,不忘叹嘉。卷四一

赐溪洞蛮人彭允宗等进奉端午布敕书
元祐二年五月十日

敕彭允宗等:省所进端午节溪布三十匹事具悉。汝族居裔
壤,心慕华风。来修任土之仪,远效充庭之实。载惟勤恫,良用叹
嘉。故兹诏示,想宜知悉。卷四一

赐权陕府西路转运判官孙路银绢奖谕敕书
元祐二年六月二十八日,为筑兰州西荆堡,成,下同。

敕孙路:宣力计台,悉心边政。相视衿要,缮完保障。讫用有
成,不愆于素。使虏无可乘之便,民有足恃之安。乃眷忠勤,不忘
嘉叹。卷四一

赐知兰州王文郁银绢奖谕敕书 元祐二年
六月二十八日

敕王文郁:汝以御侮之才,当专城之寄。百堵皆作,三月而

成。非威服民夷，身先士卒，则安能以一时之役，成无穷之利。达于朕听，良用叹嘉。卷四一

赐新除依前静海军节度使进封南平王李乾德制诰敕书　元祐二年七月八日

敕：朕子养兆姓，囊括四荒，譬之于天，岂吝膏泽？卿守藩滋久，事上益虔。高爵隆名，极其荣显。庶缘天宠，以服民心。其思尽忠，以称恩礼。卷四一

赐外任臣寮进奉坤成节银敕书　元祐二年七月二十八日

敕刘昌祚：汝承流外服，雅意本朝。爰因载诞之辰，远致同寅之礼。眷惟忠荩，良极叹嘉。卷四一

赐西南罗藩进奉敕书　元祐二年九月三日

敕：汝世为要服，时款塞垣。志慕华风，来修职贡。载惟忠恪，良用叹咨。卷四一

赐诸路知州职司等并总管钤辖至使臣初冬衣袄敕书

敕冯洁己：王事靡盬，日月其除。属霜露之戒寒，待衣裘而卒

岁。宜加宠锡，以示眷怀。<small>卷四一</small>

赐诸路蕃官并溪洞蛮人初冬衣袄敕书

敕瞎毡：职在捍边，志常面内。属此严凝之候，宜均轻暖之恩。服我宠颁，益思忠报。<small>卷四一</small>

赐诸路屯驻驻泊就粮本城诸员寮等初冬衣袄都敕

敕汝等：久勤外服，属戒祁寒。爰念捍城之劳，普均挟纩之惠。<small>卷四一</small>

赐外任臣寮等进奉坤成节功德疏诏敕书
元祐二年九月二十四日

敕冯京：职虽在外，忠不忘君。集胜妙之良因，致寿康之善祷。眷言诚尽，良极叹嘉。<small>卷四一</small>

赐朝奉郎通判梓州赵君奭进奉坤成节无量寿佛敕书　元祐二年九月二十四日

敕赵君奭：相好妙严，衷诚倾尽。汝期乃后，享无量之年；吾欲斯民，同极乐之世。永言忠爱，良用叹咨。<small>卷四一</small>

沿路赐奉安神宗御容押班冯宗道并内臣等银合茶药敕书 元祐二年十月七日

敕冯宗道：逮事有年，追远不懈。属祠官之告具，骖日驭以遄征。往复之间，忠劳亦至。特加存问，尚体至怀。 卷四一

赐五台山十寺僧正省奇等进奉兴龙节功德疏等奖谕敕书 元祐二年十一月一日

敕省奇等：清凉之域，仙圣所游。爰因弥月之辰，来献后天之祝。永言勤至，良极叹咨。 卷四一

赐外任臣寮历日敕书 元祐二年十二月四日

敕韩缜：朕肇修人纪，祗畏天明。钦若旧章，式颁新历。凡我承流之寄，共成平秩之功。 卷四一

赐于阗国黑汗王进奉登位敕书 元祐二年十二月十一日

敕于阗国黑汗王：省所差人进奉贺登位事具悉。卿守藩西极，慕义中华。远闻践阼之新，来致梯山之贡。眷言中恪，良用叹咨。回卿赐银，具如别录，想宜知悉。 卷四一

赐于阗国黑汗王进奉示谕敕书 元祐二年

十二月十一日

敕于阗国黑汗王：省所差来进奉使阿保星进到真珠等事。卿远驰信使，来效贡琛。载详重译之言，深亮勤王之意。益隆褒赐，以答忠诚。今因阿保星回，赐卿银绢，其所差来人亦各赐衣带，想宜知悉。卷四一

赐外任臣寮进奉兴龙节马敕书 元祐二年

十二月二十四日

敕刘永年：汝职在蕃宣，义均休戚。旅庭称庆，因物见诚。乃眷忠勤，不忘嘉叹。卷四一

赐溪洞彭儒武等进奉兴龙节溪布敕书

元祐二年十二月二十八日

敕彭儒武：汝世能保境，志在观光。远修任土之宜，来备充庭之实。载惟忠恪，良极叹嘉。卷四一

赐保州团练使潞州总管王宝进奉恋阙并到任马敕书 元祐三年正月七日

敕王宝：汝以选抡，出分忧寄。来效充庭之骏，以将卫上之诚。再省忠勤，良深嘉叹。卷四一

赐知乾宁军内殿承制张赴奖谕敕书　元

祐三年四月十八日

　　敕张赴：横流之灾，所在蒙害。惟吏得其人，则公私赖之。使者列上，有司不以时闻。岁月既远，予犹汝嘉。故兹奖谕，想宜知悉。卷四一

赐于阗国黑汗王进奉示谕敕书　一　元祐

三年五月一日

　　敕：卿恪居蕃守，申遣使车；来款塞垣，恭修壤贡。忠诚远达，褒叹良深。卷四一

赐于阗国黑汗王进奉示谕敕书　二

　　敕：卿守土西极，驰诚中华。璧马充庭，尚识《汉仪》之旧；织皮在篚，聊观《禹贡》之余。载省忠勤，不忘嘉叹。卷四一

赐于阗国黑汗王男被令帝英进奉敕书

　　敕：汝世敦忠厚，志慕声明。远附奏函，亦驰贡篚。载惟恭顺，良极叹咨。卷四一

赐五台山十寺僧正省奇已下奖谕敕书

元祐三年六月十八日

敕：清凉之峰，仙圣所宅。爰修净供，以庆诞辰。再省恭勤，不忘嘉叹。卷四一

示谕武泰军官吏军人僧道百姓等敕书

元祐三年八月十八日

敕：朕以苗授赋材勇严，驭众整暇，擢为宿卫之长，宠以节旄之荣。惟尔邦人，当谕朕意。卷四一

赐殿前都虞候宁州团练使知熙州刘舜卿进奉贺冬马敕书　元祐三年闰十二月十八日

敕刘舜卿：职在分忧，忠存卫上。属此秦正之旦，远输冀产之良。再省忠勤，不忘嘉叹。卷四一

赐外任臣寮进奉兴龙节马诏敕书　元祐三年闰十二月十八日

敕刘舜卿：汝忠于卫上，远不忘君。爰因弥月之晨，来效充庭之实。眷言勤笃，良极叹嘉。卷四一

赐西南蕃莫世忍等进奉敕书　元祐四年正
月二十一日

敕莫世忍：汝守土遐陬，归诚北阙。梯山修贡，款塞观光。言念忠勤，至于嘉叹。卷四一

赐五台山十寺僧正省奇等奖谕敕书　十
月二十五日下院

敕：异景灵光，久闻示化。宝祠净供，爰庆诞弥。念此恭勤，至于嘉叹。卷四一

雄州抚问大辽国贺兴龙节使副口宣　元
祐元年十月六日

有敕：卿等远犯风埃，久勤辎传。入疆兹始，授馆少安。申命抚存，式昭眷奖。卷四一

赵州赐大辽贺兴龙节人使茶药口宣　元
祐元年十月六日

有敕：卿等远饬使辂，来陈庆币。川途甚阻，风雾可虞。特示至恩，往颁名剂。卷四一

赐正议大夫同知枢密院事安焘乞退不允批答口宣　元祐元年十月十日

有敕:卿被遇先帝,勤劳有年。逮于眇躬,倚注弥重。宜安厥位,毋庸力词。卷四一

赐宰臣吕公著生日礼物口宣　元祐元年十月十六日

有敕:朕之元老,生以兹辰。实为邦国之华,岂独闺门之庆。故命尔息,往宣余怀。仍分廥库之良,以助子孙之寿。卷四一

相州赐大辽国贺兴龙节使副御筵口宣　元祐元年十月十八日

有敕:卿等远驰信币,来庆诞辰。眷言四牡之劳,宜享加笾之礼。式颁宠数,以示至恩。卷四一

赵州赐大辽国贺太皇太后正旦使副茶药口宣　元祐元年十月二十八日

有敕:卿等奉将邦币,驰会岁元。眷言凤驾之勤,方次中涂之馆。宜颁灵剂,以喻至怀。卷四一

赵州赐大辽国贺皇帝正旦使副茶药口宣

元祐元年十月二十八日

有敕：卿等逊修邻好，方次州封。言念冱寒，想勤跋履。特颁名剂，以示眷怀。卷四一

雄州白沟驿赐大辽贺正旦人使御筵口宣

元祐元年十一月二日

有敕：卿等远驰使节，来庆春朝。属岁律之凝严，涉道涂之修阻。宜颁宴衎，以劳勤劬。卷四一

赐镇江军节度使判大名府韩绛诏书汤药口宣 一　元祐元年十一月九日

有敕：卿德望之隆，中外所属。诚请虽极，舆论未安。毋复怀归，以勤北顾。特颁良剂，以辅至和。卷四一

赐镇江军节度使判大名府韩绛诏书汤药口宣 二　元祐元年十一月十日

有敕：方面重寄，无逾老成；丘园归休，难遂雅意。特颁珍剂，以示至怀。方此冱寒，益加调养。卷四一

赐新除依前中大夫守中书侍郎吕大防辞免恩命不允断来章批答口宣　元祐元年十一月十一日

有敕：大政所关，西台为重。朕难其选，无以易卿。宜即钦承，毋烦退避。卷四一

赐新除中大夫守尚书右丞刘挚辞恩命不允断来章批答口宣　元祐元年十一月十五日

有敕：卿嘉猷屡告，清议所归。授受之间，臣主无愧。速起视事，副朕所期。卷四一

赐正议大夫同知枢密院事安焘乞外郡不允断来章批答口宣　元祐元年十一月十六日

有敕：卿职在枢要，表仪百官。进当以礼，退当以义。今兹求退，其义安在？亟还视事，毋复固辞。卷四一

班荆馆赐大辽国贺兴龙节人使赴阙口宣　元祐元年十一月二十一日

有敕：卿等抗旌远道，弭节近郊。乃眷勤劳，良深轸念。特颁燕衎，以示惠慈。卷四一

班荆馆赐大辽贺兴龙节人使到阙酒果口

宣　元祐元年十二月初一日

有敕：卿等肃将信币，来庆诞辰。眷言行李之劳，宜有燕休之赐。受兹芳酎，体我眷怀。卷四一

雄州赐大辽贺正旦人使回程御筵口宣

元祐元年十二月六日

有敕：卿等出疆继好，已事言还。跋履冰霜，憩休馆舍。宜有燕私之宠，以旌来往之勤。卷四一

赐河东路诸军来年春季银鞓兼传宣抚问

臣寮将校口宣　元祐元年十二月七日

有敕：汝卿等从事边陲，服勤师律。方践更于春令，谅率履于天和。特有匪颁，以昭眷遇。卷四一

送伴正旦使副沿路与贺北朝生日并正旦

使副相见传宣抚问口宣　元祐元年十二

月九日

有敕：卿等方冬出使，涉春在途。远犯风埃，想勤跋履。勉加鞭策，即造会朝。卷四一

赐大辽贺正旦人使正月一日入贺毕就驿御筵口宣　元祐元年十二月十一日

有敕：卿等远饬使轺，来修旧好。属此方春之旦，宜均既醉之欢。爰命燕胥，以昭眷宠。卷四一

就驿赐大辽贺正旦人使银钞锣唾盂子锦被褥等口宣　元祐元年十二月十六日

有敕：卿等远驰信币，来庆春朝。眷言行李之劳，方兹舍馆之定。宜加颁赉，用示宠嘉。卷四一

班荆馆赐大辽贺正旦人使却回御筵口宣
元祐元年十二月十九日

有敕：卿等远达使辞，载严归驷。方改辕于北道，暂弭节于都门。益重眷怀，往伸燕饯。卷四一

相州赐大辽贺正旦人使却回御筵口宣
元祐元年十二月二十二日

有敕：卿等岁首奉觞，礼成复命。改辕北道，弭节近藩。宜锡宴私，以彰眷宠。卷四一

就驿赐大辽贺兴龙节人使回程酒果口宣

元祐元年十二月二十四日

有敕：卿等抗旌旋复，弭节少留。风埃浩然，徒驭勤止。宜有珍芳之赐，以昭眷宠之殊。<small>卷四一</small>

赐大辽贺正旦人使朝辞讫就驿御筵口宣

元祐元年十二月二十五日

有敕：卿等来修旧好，克备多仪。既陛见以告辞，将驾言而反命。载嘉勤勚，宜锡燕私。<small>卷四一</small>

班荆馆赐大辽贺正旦人使回程酒果口宣

元祐元年十二月二十八日

有敕：卿等远会春朝，恪修邻好。既卒聘事，岂无燕私。宜就锡于加笾，盖式昭于异数。<small>卷四一</small>

抚问熙河兰会路臣寮口宣　<small>元祐二年正月</small>
<small>二十五日</small>

有敕：卿等服勤疆埸，赋政兵民。言念劬劳，实分忧顾。特加存问，以示眷怀。<small>卷四一</small>

抚问资政殿学士知扬州王安礼口宣 　元

祐二年正月二十七日

有敕：卿久去廊庙，出临江淮。绥怀流亡，肃遏寇盗。远惟勤瘁，特示抚存。卷四一

赐皇叔祖保信军节度使安康郡王宗隐生
日礼物口宣　元祐二年正月四日

有敕：卿属尊望重，德厚庆隆。方诞育之令辰，有匪颁之故事。克膺寿祉，永服宠光。卷四一

赐皇叔祖昭信军节度使汉东郡王宗瑗生
日礼物口宣　元祐二年二月二日

有敕：卿爵齿既隆，德望斯称。载更诞日，胥庆家庭。式侑燕私，以资寿祉。卷四一

寒节就驿赐于阗国进奉人御筵口宣　元

祐二年二月二日

有敕：汝等观光上国，述职遐方。属兹改火之辰，想有怀归之念。宜颁燕衎，以示恩私。卷四一

赐皇叔祖宁国军节度使华原郡王宗愈生日礼物口宣 元祐二年二月二十七日

有敕：卿望重宗盟，德隆藩服。载协诞弥之旦，光膺积庆之余。特示宠颁，永绥寿祉。卷四一

赐新除保宁军节度使冯京告敕诏书茶药口宣 元祐二年三月二十八日

有敕：全魏之寄，旧德为宜。勉即征途，以答民望。往颁珍剂，昭示眷怀。卷四一

赐镇江军节度使充集禧观使韩绛诏书茶药口宣 元祐三年三月二十八日

有敕：卿德齿俱高，诚请弥确。重以民事，久劳元臣。既饬还车，宜颁珍剂。尚加调养，以副眷怀。卷四一

赐太师文彦博乞致仕不允批答口宣 元祐二年三月二十九日

有敕：卿德望冠于累世，风采闻于四夷。方兹仰成，倚以为重。退老之请，所未欲闻。卷四一

赐宰相吕公著乞退不允批答口宣　元祐二

年三月二十九日

有敕：卿柱石本朝，蓍龟当代。方兹注意，实所仰成。宜体朕心，姑安其位。卷四一

赐交州进奉人朝见讫就驿御筵口宣　元

祐二年四月五日

有敕：汝等恭持方物，来款塞垣。冒涉修途，观光上国。宜颁燕劳，以示恩私。卷四一

白沟驿赐大辽贺坤成节人使御筵兼传宣　抚问口宣　元祐二年四月十七日

有敕：卿等肃将庆币，远涉修涂。风埃浩然，徒驭勤止。宜颁燕衎，以示眷怀。卷四一

赐尚书左丞李清臣乞退不允批答口宣

元祐二年四月二十七日

有敕：卿综辖枢机，雍容廊庙。义当体国，谋岂先身？往喻至怀，少安旧服。卷四一

赐集禧观使镇江军节度使开府仪同三司韩绛到阙生饩口宣 元祐二年五月十二日

有敕：卿力辞繁剧，归即燕安。想见老成，渴闻嘉话。特颁牢醴，以劳骖騑。卷四一

班荆馆赐大辽国贺坤成节人使到阙御筵口宣 元祐二年六月二日

有敕：卿等肃将庆币，垂及都门。远涉暑涂，想勤行李。式颁燕衎，以示恩私。卷四一

赐护国军节度使检校太师济阳郡王曹佾生日礼物口宣 元祐二年六月九日

有敕：卿世济勋劳，德隆藩戚。属此诞弥之日，岂无燕喜之私？膺我宠颁，永增寿祉。卷四一

文集卷十

赐皇弟山南东道节度使开府仪同三司佖生日礼物口宣 元祐二年六月十八日

有敕:卿以棣华之亲,袭瓜瓞之庆。载临诞日,宜厚宠颁。服我异恩,永膺介福。卷四一

就驿赐大辽贺坤成节使副银钞锣锦被褥等口宣 元祐二年六月二十八日

有敕:卿等远持庆币,来讲邻欢。徒御少休,舍馆既定。首膺宠锡,当体眷怀。卷四一

赐皇伯祖彰化军节度使高密郡王宗晟生日礼物口宣 元祐二年七月一日

有敕:卿德茂宗枝,望隆公衮。推本流长之庆,有嘉震肃之辰。宜示宠颁,以绥寿祉。卷四一

赐知枢密院事安焘已下罢散坤成节御筵口宣

有敕：卿等忠存体国，义切戴君。结妙果于三乘，祝慈闱之万寿。宜膺宠锡，以示眷存。卷四一

玉津园赐大辽贺坤成节人使射弓例物口宣 元祐二年七月八日

有敕：卿等致命宝邻，出游禁籞。爰敦射事，以佐宾欢。宜旌审固之能，式厚珍良之赐。卷四一

赐大辽贺坤成节人使生饩口宣 元祐二年七月八日

有敕：卿等远涉修涂，来陈庆币。舍馆初定，徒驭实劳。宜锡饩牵，以昭宠数。卷四一

相州赐大辽贺坤成节人使却回御筵口宣 元祐二年七月八日

有敕：卿等远涉归途，再离秋暑。驾言近郡，少憩旋车。宜示眷怀，往颁燕俎。卷四一

瀛州赐大辽贺坤成节人使回程御筵口宣

元祐二年七月十日

　　有敕：卿等抗旌来聘，已事言还。方次边城，少休候馆。宜颁燕俎，以劳归骖。卷四一

赐大辽贺坤成节人使内中酒果口宣　元

祐二年七月十一日

　　有敕：卿等远驰使传，申讲邻欢。既执贽以造廷，亦展币而成礼。宜加宠锡，以示眷存。卷四一

赐太师文彦博已下罢散坤成节道场香酒果口宣　元祐二年七月十一日

　　有敕：卿翊赞大猷，倡先多士。方慈闱之献寿，严法会以荐诚。宜有宠颁，以昭殊眷。卷四一

赐知枢密院事安焘已下罢散坤成节道场香酒果口宣　元祐二年七月十一日

　　有敕：卿等同竭忠嘉，助成孝治。方慈闱之献寿，严法会以荐诚。宜有宠颁，以昭殊眷。卷四一

坤成节就驿赐于阗国进奉人御筵口宣

元祐二年七月十一日

有敕:汝等款塞观光,趋庭效贡。属诞弥之称庆,均燕衔以示慈。祇服宠嘉,式旌忠恪。 _{卷四一}

赐殿前都指挥使燕达巳下罢散坤成节道场香酒果口宣 元祐二年七月十二日

有敕:卿等同罄纯忠,力修胜果,用祈慈寿。既彻梵筵,宜有宠颁,以昭眷遇。 _{卷四一}

赐皇伯祖镇南军节度使开府仪同三司宗晖巳下罢散坤成节道场香酒果口宣

元祐二年七月十二日

有敕:卿表率宗盟,助成孝治,祝延慈寿,仰扣佛乘。既毕梵筵,宜加宠赉。 _{卷四一}

赐平海军节度使驸马都尉李玮巳下罢散坤成节道场香酒果口宣 元祐二年七月十二日

有敕:卿等乃心王室,同输欲报之诚;稽首佛乘,共祝无疆之寿。既成法会,宜示宠颁。 _{卷四一}

赐皇叔扬王荆王醴泉观罢散坤成节道场香酒果口宣 元祐二年七月十二日

有敕:卿等德冠邦家,义兼臣子。修胜缘于西竺,祈寿嘏于南山。宜有宠颁,以成法会。 卷四一

雄州抚问大辽使副贺坤成节口宣 元祐二年七月十二日

有敕:卿等抗斾修好,驰传及疆。远涉暑途,实劳骖驭。特加存抚,式示眷怀。 卷四一

班荆馆赐大辽贺坤成节人使回程酒果口宣 元祐二年七月十六日

有敕:卿等讲成聘礼,归次都门。复此少留,逝将言迈。宜颁钱罸,以宠行骖。 卷四一

赐皇叔扬王颢生日礼物口宣 元祐二年七月十九日

有敕:卿属尊鲁、卫,德重间、平。每临载育之辰,永锡无穷之庆。宜膺宠数,以介寿祺。 卷四一

赐新除知枢密院安焘辞免恩命不允断来
章批答口宣 元祐二年八月五日

有敕：卿以旧德，简在朕心。成命既孚，金言咸穆。宜即祗受，毋烦固辞。卷四一

赐熙河秦凤路帅臣并沿边知州军臣寮茶
银合兼传宣抚问口宣 元祐二年八月十日

有敕：卿等夙分边寄，深识虏情。属此盛秋，劳于警备。宜加宠赉，以示眷怀。卷四一

赐熙河秦凤路提刑转运茶银合兼传宣抚
问口宣 元祐二年八月十日

有敕：卿持节宣风，久分忧寄。调兵足食，想极贤劳。宜有宠颁，以彰眷遇。卷四一

赐观文殿大学士光禄大夫知永兴军韩缜
茶银合兼传宣抚问口宣 元祐二年八月十日

有敕：卿释政庙堂，均劳方面。兵民之重，绥御实劳。往谕至怀，仍加宠赉。卷四一

赐皇弟武成军节度使祁国公偲生日礼物
口宣　元祐二年八月十六日

有敕：卿棣华袭庆，桐叶分封。载临震肃之辰，特致寿康之祝。其膺宠锡，以介神休。卷四一

赐皇叔成德荆南等军节度使守太尉开府
仪同三司荆王頵生日礼物口宣　元祐
二年八月二十日

有敕：卿以名世之杰，居叔父之亲。乃眷良辰，实钟余庆。宜膺异数之礼，永锡无疆之休。卷四一

赐宰相吕公著乞外任不允批答口宣　元
祐二年八月二十三日

有敕：全德之老，朕所仰成；大义未安，卿当畏去。纯忠所激，微疾自除。卷四一

赐宰相吕公著乞罢相位不允断来章批答
口宣　元祐二年八月二十八日

有敕：卿之在位，为德与民。朕意不移，徒烦屡请。速起视事，毋复固辞。卷四一

赐皇弟定武军节度使开府仪同三司咸宁郡王俣生日礼物口宣 元祐二年八月二十八日

有敕：眷予母弟，诞庆兹辰，载咏《斯干》之祥，宜均《既醉》之福。祗膺宠数，永锡寿祺。 卷四一

赐太师平章军国重事文彦博辞免免入朝拜礼允批答口宣 元祐二年八月二十八日

有敕：卿勋德愈高，谦恭不伐，尽事君之礼，忘屈身之劳。重违嘉言，特寝前命。 卷四一

熙河兰会路赐种谊已下银合茶药及抚问犒设汉蕃将校以下口宣 元祐二年九月二日

有敕：汝等受成元帅，问罪种羌。既俘凶渠，备见忠力。各加犒赐，用示眷怀。 卷四一

赐保静军节度使检校司空开府仪同三司建安郡王宗绰生日礼物口宣 元祐二年九月二日

有敕：位隆将相，德重宗藩。方秋律之既深，纪门弧之多庆。宜膺宠锡，以介寿祺。 卷四一

抚问刘舜卿兼赐银合茶药口宣 元祐二年九月二日

有敕：卿翰屏西服，威怀种羌。严兵盛秋，得隽戎落。特遣劳问，仍示宠颁。卷四一

赐陕府西路转运判官孙路银合茶药口宣
元祐二年九月五日

有敕：汝以职事，出按边防。属此军兴，想劳心计。宜加宠锡，以示眷怀。卷四一

赐陕府西路转运司勾当公事游师雄银合
茶药口宣 元祐二年九月五日

有敕：汝以儒臣，习知疆政。王事靡盬，周爰咨谋。宜有宠颁，以旌勤瘁。卷四一

赐泾原路经略使并应守城御贼汉蕃使臣已下
银合茶药兼传宣抚问口宣 元祐二年九月五日

有敕：戎虏逆天，无故犯顺。汝等忠义所激，战守有方。掎角相望，示以形势。犬羊自遁，亭候无虞。爰念勤劳，不忘嘉叹。卷四一

赐大辽贺正旦人使白沟驿御筵并抚问口
宣　元祐二年九月七日

有敕：卿等远驰华节，冒履薄寒。眷言邮传之勤，少乐燕嘉之赐。往申宠问，式示眷存。卷四一

赐太师文彦博乞致仕第一表不允批答口
宣　元祐二年九月九日

有敕：朕上承慈训，下酌民言，秉国之成，非卿莫可。来请虽切，朕意不移。卷四一

赐太师文彦博乞致仕不允断来章批答口
宣　元祐元年九月十一日

有敕：卿望重百辟，威闻四夷。进退之间，轻重所寄。毋烦屡请，朕命不移。卷四一

白沟驿传宣抚问大辽贺兴龙节人使及赐
御筵口宣　元祐二年九月十二日

有敕：卿等远驰信币，来庆诞辰。念此修涂，喜于入境。宜加燕劳，以示眷存。卷四一

郑州抚问奉安神宗御容礼仪使吕大防已下口宣　元祐二年九月

有敕:卿等恭持使节,祗事祠宫,远涉邮途,实劳启处。特加存问,以示眷怀。卷四一

巩县抚问奉安神宗御容礼仪使吕大防已下口宣　元祐二年九月

有敕:卿等出使别都,展仪原庙,冲涉微凛,勤劳远涂。体此眷怀,宜加调卫。卷四一

西京抚问奉安神宗御容礼仪使吕大防已下口宣　元祐二年九月

有敕:卿等暂去阙庭,服勤邮传,奉祠之重,率礼为劳。已事遄归,式符眷遇。卷四一

赐熙河路副总管姚兕等银合茶药口宣　元祐二年九月十四日

有敕:卿以武略过人,忠义思报,焚荡虏境,宣明国威。特示宠颁,以观来效。卷四一

抚问秦凤等路臣寮口宣　元祐二年九月十八日

有敕：卿等绥驭兵戎，布宣条教。眷惟忠荩，想极劬劳。属此早寒，各宜厚爱。卷四一

西京会圣宫应天禅院奉安神宗御容礼毕押赐礼仪使已下御筵口宣　元祐二年九月二十一日

有敕：卿等既成原庙，复奠神游。乃眷元臣，往严盛礼。宜均燕衎，以示眷存。卷四一

赐嗣濮王宗晖生日礼物口宣　元祐二年九月二十二日

有敕：流泽之深，积庆之厚，嘉此良日，笃生贤王。受兹多仪，永锡难老。卷四一

赐皇弟镇宁军节度使开府仪同三司遂宁郡王佶生日礼物口宣　元祐二年十月一日

有敕：乃眷贤王，惟予介弟。笃生兹日，流庆方来。往致予言，以为尔寿。卷四一

赵州赐大辽贺兴龙节使副茶药口宣　元
祐二年十月一日

有敕：卿等久勤轺传，远涉风埃。既渐迩于中邦，方少安于候馆。往颁珍剂，以示眷怀。卷四一

赐太师文彦博生日礼物口宣　元祐二年十月五日

有敕：卿勋在庙社，名闻华夷。允储河岳之灵，宜享乔松之寿。往颁宠数，以庆佳辰。卷四一

沿路赐奉安神宗御容礼仪使吕大防押班冯宗道并使臣巳下银合茶药兼传宣抚问口宣　元祐二年十月七日

有敕：卿等祗率官常，往严像设。属此寒凝之候，眷言往返之劳。式示宠绥，特加优锡。卷四一

接伴大辽贺兴龙节人使送伴回程与大辽贺正旦人使相逢抚问口宣　元祐二年十月十七日

有敕：卿等并驾使轺，远敦邻好。属风霜之凝冽，历川陆之阻修。宜示眷怀，特申问劳。卷四一

赵州赐大辽贺太皇太后正旦使副茶药口宣　元祐二年十月十七日

　　有敕：卿等远驰使传，方次州封。念此寒凝，艰于涉履。特申宠锡，以示眷存。卷四一

赵州赐大辽贺皇帝正旦使副茶药口宣
元祐二年十月十七日

　　有敕：卿等远修聘事，来会岁元。眷言凤驾之勤，宜有中途之赐。受兹珍品，喻我至怀。卷四一

雄州抚问大辽贺兴龙节使副口宣　元祐二年十月十七日

　　有敕：卿等恭修邻好，远庆诞辰。眷惟授馆之初，益喜造朝之近。往申问劳，式示眷存。卷四一

雄州抚问大辽贺正旦使副口宣　元祐二年十月十八日

　　有敕：卿等远会春朝，笃修邻好。言念乘轺之久，欣闻入境之初。式示眷存，往申问劳。卷四一

赐诸路臣寮中冬衣袄口宣　元祐二年十月十八日

有敕：霜露荐至，衣褐未周。念我远臣，何以卒岁。往均安燠之赐，尚体眷怀之深。卷四一

赐宰相吕公著生日礼物口宣　元祐二年十月十八日

有敕：卿仁以庇民，忠以卫上。诞弥之日，庆慰良深。往锡宠章，以介眉寿。卷四一

冬季传宣抚问诸路沿边臣寮口宣　元祐二年十月十八日

有敕：卿等守御边疆，忧劳夙夜。属兹寒沍，想各康强。特示眷存，往申劳问。卷四一

抚问知河南府张璪知永兴军韩缜口宣　元祐二年十月十八日

有敕：卿辍自庙堂，出为师帅。劳于绥御，宽我顾忧。属此寒凝，勉加颐养。卷四一

冬季抚问陕西转运使副口宣　元祐二年十月十八日

有敕：卿等岁事将毕，农工既休。永言乘传之劳，未遑退食之

佚。勉加辅养,尚副眷怀。_{卷四一}

冬季抚问诸路沿边臣寮口宣 _{元祐二年十月十八日}

有敕:卿等分忧久外,并塞早寒。眷此勤劳,形于轸念。往加劳问,式示眷存。_{卷四一}

赐资政殿学士新差知成都府王安礼诏书 银合茶药传宣抚问口宣 _{元祐二年十月} 二十七日

有敕:卿西南之寄,古今所难。盖自祖宗以来,式辍钧衡之旧。与众同乐,非卿孰宜。_{卷四一}

赐于阗国进奉人进发前一日御筵口宣 元祐二年十月二十九日

有敕:汝等奉琛来觐,已事言归。式嘉慕义之诚,宜有劳还之泽。往颁燕衎,祗服恩私。_{卷四一}

班荆馆赐大辽贺正旦人使到阙御筵口宣 元祐二年十一月四日

有敕:卿等夙抗使旌,少休郊馆。乃眷川途之邈,载惟骖驭之劳。特赐燕私,以旌勤瘁。_{卷四一}

班荆馆赐大辽贺兴龙节人使酒果口宣

元祐二年十一月九日

有敕:卿等远乘使传,方造都门。属此寒凝,久于冲涉。宜膺就赐之礼,以示劳来之恩。 卷四一

班荆馆赐大辽贺兴龙节人使御筵口宣

元祐二年十一月十一日

有敕:卿等远犯苦寒,来修旧好。载喜使华之近,特申郊劳之仪。服我恩私,少留燕衎。 卷四一

相州赐大辽贺正旦人使御筵口宣 元祐二年十一月十六日

有敕:卿等笃修旧好,少憩近邦。属冰雪之严凝,念车徒之勤勚。往加燕劳,式示眷怀。 卷四一

赐皇伯祖高密郡王宗晟已下罢散兴龙节 道场香酒果口宣 元祐二年十二月一日

有敕:卿等以义重宗藩驸马改为戚藩,志存忠爱。先期诞月,归命佛乘。逮兹法会之成,宜有匪颁之宠。宗晖以下同。 卷四一

赐知枢密院事安焘已下罢散兴龙节道场酒果口宣 元祐二年十二月一日

有敕:诞弥之庆,绵宇所同。矧我臣工,方兹燕喜。宜有柔嘉之赐,以成岂弟之欢。卷四一

赐济阳郡王曹佾罢散兴龙节道场酒果口宣 元祐二年十二月一日

有敕:卿义重戚藩,望隆耆德。归诚觉苑,增祝寿山。宜有宠颁,以昭厚眷。卷四一

赐殿前都指挥使燕达已下罢散兴龙节道场香酒果口宣 元祐二年十二月一日

有敕:卿等志在爱君,忠于卫上。属诞弥之纪庆,修净供以祈年。宜有颁宠,以旌勤意。步军副都指挥使苗授以下同。卷四一

赐知枢密院事安焘已下罢散兴龙节道场香酒果口宣 元祐二年十二月一日

有敕:弥月之祥,敷天同庆。协股肱之毕力,延释梵以祈年。申以宠颁,助其恺乐。卷四一

赐太师文彦博已下罢散兴龙节酒果口宣

元祐二年十二月二日

有敕：卿等以弼亮之重，勤劳王家。因诞庆之辰，修崇法会。宜颁芳旨，以示眷存。卷四一

赐大辽贺兴龙节前一日内中酒果口宣

元祐二年十二月二日

有敕：卿等抗旌就馆，已观车骑之华；奉币造朝，复叹威仪之美。就加宠锡，以示眷勤。卷四一

赐大辽贺兴龙节十日内中酒果口宣　元

祐二年十二月二日

有敕：卿等奉币讲欢，造廷称寿。嘉礼仪之闲习，宜宠锡之便蕃。受此珍甘，以旌眷遇。卷四一

赐大辽贺兴龙节朝辞讫归驿御筵口宣

元祐二年十二月二日

有敕：卿等使事既终，陛辞而复。少休宾馆，将整归骖。特示至怀，更颁嘉燕。卷四一

文集卷十一

赐大辽贺兴龙节人使瀛洲回程御筵口宣

元祐二年十二月二日

有敕：卿等已修旧好，复改北辕。虽候馆之少休，眷归途之尚邈。往颁燕俎，以示至怀。卷四二

相州赐大辽贺兴龙节使副御筵口宣 元

祐二年十二月四日

有敕：卿等犯寒远道，弭节近邦。少休凤驾之劳，式示加笾之惠。服我宠数，以增使华。卷四二

相州赐大辽贺兴龙节使副却回御筵口宣

元祐二年十二月四日

有敕：卿等聘事告成，还车言迈，改辕北道，弭节近邦。眷言行役之劳，宜有燕私之宠。卷四二

赐大辽贺兴龙节人使射弓例物口宣 元

祐二年十二月六日

有敕：卿等怀四方之志，挟五善之能。终日射侯，于是观礼。宜申宠锡，以佐宾欢。卷四二

班荆馆赐大辽贺兴龙节人使回程御筵口宣 元祐二年十二月六日

有敕：卿等已事言旋，改辕兹始，冒寒远涉，轸念良深。少憩近郊，复陈燕豆。卷四二

赐诸路臣寮春季银鞓兼抚问口宣 元祐二年十二月八日

有敕：卿等各竭乃心，久劳于外。属此寒凝之候，永惟绥驭之勤。式示眷存，往加劳问。卷四二

抚问知大名府冯京口宣

有敕：卿以元老，卧护北门。宽我顾忧，想劳绥御。属兹寒冱，益务保颐。卷四二

赐大辽贺兴龙节人使朝辞归驿酒果口宣

元祐二年十二月八日

有敕：卿等已事言旋，指期凤驾，岁寒远道，良用轸怀。宜有宠颁，以旌勤瘁。卷四二

赐大辽贺兴龙节人使班荆馆却回酒果口宣

元祐二年十二月十日

有敕：卿等聘事已成，征骖言迈。往饯于馆，以华其归。仍有宠颁，式昭厚眷。卷四二

班荆馆赐大辽贺正旦人使到阙酒果口宣

元祐二年十二月十日

有敕：卿等远修邻好，来会岁元。久涉道涂，少休郊馆。宜颁芳旨，以劳骖骓。卷四二

就驿赐大辽贺兴龙节人使宴口宣

元祐二年十二月十一日

有敕：佳辰纪庆，聘事告成；申敕臣邻，往就舍馆。同兹衎乐，服我惠慈。卷四二

就驿赐大辽贺兴龙节人使宴花酒果口宣

元祐二年十二月十一日

有敕：卿等远勤使传，来庆诞辰。临遣重臣，往颁燕俎。仍加宠锡，以示至怀。卷四二

赐大辽贺正旦使副银钞锣等口宣 元祐

二年十二月十一日

有敕：卿等通两国之欢，不远千里；驱一乘之传，来庆三朝。宜有宠颁，以昭异眷。卷四二

相州赐大辽贺正旦人使却回御筵口宣

元祐二年十二月十四日

有敕：卿等复理归鞍，少休辅郡。念北辕之首路，犯西陆之余寒。往致恩勤，宜留燕衎。卷四二

赐大辽贺正旦人使却回雄州御筵口宣

元祐二年十二月十四日

有敕：卿等远勤邮传，冒涉冰霜。眷言往复之劳，已次封圻之上。宜颁嘉燕，以示至怀。卷四二

赐大辽贺兴龙节使副钞锣等口宣 元祐
二年十二月十八日

有敕：卿等解骖授馆，方讲于邻欢。遣使劳来，宜敦于主礼。往加优锡，以示眷怀。卷四二

赐大辽贺正旦人使生饩口宣 元祐二年
十二月二十四日

有敕：卿等邮传远勤，舍馆既定。宜敦主礼，以犒驭徒。往锡饩牵，少纾劳瘁。卷四二

送伴正旦使副沿路与贺北朝生辰并正旦使副相逢传宣抚问口宣 元祐二年十二月二十五日

有敕：卿等衔命出使，徂冬涉春。适寒苦之倍常，知勤劳之加旧。勉驱邮传，来造会朝。卷四二

赐大辽贺正旦人贺毕使副就驿酒果口宣
元祐二年十二月二十六日

有敕：卿等既觐阙庭，少安馆舍。宜行庆赐，以乐春朝。往致甘芳，式华觞豆。卷四二

赐大辽贺正旦入贺毕使副就驿御筵口宣
元祐二年十二月二十六日

有敕：卿等远抗使斿，来陈庆币。眷东风之协应，喜上日之同欢。宜就驿亭，往颁燕豆。_{卷四二}

赐大辽贺正旦使副前一日内中酒果口宣
元祐二年十二月二十七日

有敕：方兴嗣岁，既饯余寒，喜邻好之笃修，念使华之少驻。式颁珍异，以示眷怀。_{卷四二}

赐大辽贺正旦却回班荆馆御筵口宣　元
祐二年十二月二十七日

有敕：卿等聘事既成，归途方启。言念改辕之始，少留帐饮之欢。往推恩勤，下及徒驭。_{卷四二}

赐大辽贺正旦朝辞讫归驿御筵口宣　元
祐二年十二月二十七日

有敕：卿等寓馆久勤，趋庭告去。不假壶觞之乐，曷为徒驭之华？服我恩私，少留宴衍。_{卷四二}

赐大辽贺正旦朝辞讫归驿御筵酒果口宣 元祐二年十二月二十八日

有敕：卿等聘事告成，归车凤驾。属此寒凝之末，眷言往返之勤。锡此珍芳，以将宠遇。卷四二

赐大辽贺兴龙节人使雄州回程御筵口宣 元祐二年十二月二十八日

有敕：卿等聘事既成，归途尚邈。属此冰霜之候，眷言来往之勤。宜锡燕私，少纾行役。卷四二

赐大辽贺正旦使副春幡胜口宣 元祐二年十二月二十九日

有敕：剪刻之工，风俗惟旧，眷皇华之在馆，属春阳之肇新。宜有分颁，以增贲饰。卷四二

赐大辽贺正旦使副射弓例物口宣 元祐二年十二月二十九日

有敕：卿等出游禁籞，观艺射侯。弓矢既均，礼仪卒度。宜加宠锡，以侑燕欢。卷四二

瀛洲赐大辽贺正旦人使回程御筵口宣

元祐三年正月五日

有敕：卿等来修旧好，远冒初寒；涉历冬春，服勤邮传。示颁嘉燕，以答久劳。 卷四二

赐宰相吕公著上第二表乞致仕不允批答口宣　元祐三年三月二十九日

有敕：朕以冲眇，垂拱仰成；卿以耆老，图任共政。无故而去，于义未安。 卷四二

赐宰相吕公著乞致仕不允断来章批答口宣　元祐三年四月一日

有敕：卿望重缙绅，义均休戚。如左右手，可须臾离？虽屡形于恳词，必难移于朕意。 卷四二

阁门赐新除守司空同平章军国事吕公著诰口宣　元祐三年四月七日

有敕：卿正位三公，具瞻多士。式资坐论，以副仰成。体朕眷怀，服此明命。 卷四二

阁门赐新除宰相吕大防范纯仁诰口宣

元祐三年四月七日

有敕:朕稽参众庶,登用俊良,并建宰司,同升揆路。祗承明命,仰副眷怀。卷四二

赐新除尚书左仆射吕大防尚书右仆射范纯仁辞免恩命不允批答口宣 元祐三年

四月十一日

有敕:卿望重缙绅,才兼文武。弼亮之选,中外同然。毋或固辞,以称朕意。卷四二

赐吕公著辞恩命上第二表不允断来章批答口宣 元祐三年四月十三日

有敕:卿以全德,式符具瞻,宜与师臣,共为民表。钦承明命,伫听嘉谟。卷四二

赐范纯仁吕大防辞恩命上第二表不允断来章批答口宣 元祐三年四月十三日

有敕:卿以宏材,久与大政。擢升宰辅,实慰具瞻。宜速拜嘉,毋烦谦避。卷四二

赐新除门下侍郎孙固辞免恩命不允断来章批答口宣　元祐三年四月十四日

有敕：卿金华元老，西枢旧臣，与政东台，实慰舆议。祗膺恩命，毋复固辞。卷四二

赐刘挚辞免恩命不允断来章批答口宣

元祐三年四月十四日

有敕：稽参众言，蔽自朕志；西台之贰，无以逾卿。亟践厥官，毋烦固避。卷四二

赐王存辞免恩命不允断来章批答口宣

元祐三年四月十四日

有敕：卿纯忠许国，雅望在人，官以次升，义无足避。其承休宠，以副眷怀。卷四二

赐胡宗愈辞免恩命不允断来章批答口宣

元祐三年四月十四日

有敕：卿雅望在人，纯忠许国，既以汇进，胡为力辞？宜体至怀，即膺成命。卷四二

赐赵瞻辞免恩命不允断来章批答口宣

元祐三年四月十四日

有敕：朝廷用人，议论先定；不次之举，非卿孰宜？亟服休恩，毋烦固避。卷四二

赐河北两路诸军秋季银鞋兼传宣抚问臣寮将校口宣　元祐三年四月十八日

有敕：卿等忧寄之深，疆事靡盬。眷言劳勚，想各平宁。体我至怀，受兹时赐。卷四二

宣诏许内翰入院口宣　元祐三年四月十九日

有敕：卿拔自循良，老于文学。禁林之命，儒者所荣。往祗厥司，以究所蕴。卷四二

白沟驿赐大辽贺坤成节人使御筵兼传宣抚问口宣　元祐三年四月二十二日

有敕：卿等远涉暑途，来陈庆币。眷言徒御，久犯风埃。往赐燕娱，少休行役。卷四二

赐大辽贺坤成节人使生饩口宣　元祐三年

五月十日

有敕：卿等肃将邻好，来庆诞辰，徒驭久劳，馆宇初定。宜颁委积，以示宠章。卷四二

赐安焘乞退不允断来章批答口宣　元祐三

年六月一日

有敕：卿以旧德，首冠西枢。雅望既隆，仰成弥重。宜安厥位，以卒辅予。卷四二

赐北京恩冀等州修河官吏及都转运使运判监丞等银合茶药并兵级等夏药特支兼传宣抚问口宣　元祐三年六月十四日

有敕：卿等夙夜河堧，暴露野次。属兹暑雨，深轸予怀。往示宠颁，少慰劳苦。卷四二

抚问保宁军节度使知大名府冯京兼赐银合茶药口宣　元祐三年六月十四日

有敕：河役方兴，吏民在野。暑雨之际，绥御为劳。膺此宠颁，尚加慎护。卷四二

赐太中大夫守尚书左仆射兼门下侍郎吕大防生日礼物口宣 元祐三年六月二十二日

有敕：乃眷良辰，笃生元辅。岂独缙绅之望，允为河岳之英。今遣尔甥，往致朕命。受兹休宠，永介寿祺。卷四二

赐皇弟山南东道节度使开府仪同三司大宁郡王佖生日礼物口宣 元祐三年六月二十二日

有敕：乃眷贤王，笃生兹日。本枝之庆，华萼相承。宜分厩库之良，以致乔松之寿。卷四二

赐大辽人使贺坤成节入见讫归驿御筵口宣 元祐三年七月八日

有敕：卿等初枉使车，已陈庆币。退安馆舍，往锡燕觞。式示眷怀，且旌劳勚。卷四二

赐大辽人使贺坤成节入见讫归驿酒果口宣 元祐三年七月八日

有敕：卿等趋庭致命，就馆即安。少休行役之劳，宜示眷怀之异。式昭宠数，往锡甘芳。卷四二

班荆馆赐大辽贺坤成节人使回程御筵口
宣　元祐三年七月八日

有敕：卿等使事毕陈，还车载启。改辕而北，弭节少留。就锡燕嘉，式昭礼遇。卷四二

玉津园赐大辽贺坤成节人使射弓例物口
宣　元祐三年七月九日

有敕：卿等既陈庆币，复展射侯，岂独娱宾，亦将观德。宜有珍良之锡，以旌审固之能。卷四二

赐殿前司罢散坤成节道场香酒果口宣
元祐三年七月九日

有敕：卿忠存卫上，义切戴君，爰祝寿山，克成梵供。宜加宠锡，以示眷怀。卷四二

赐宗室开府仪同三司以下罢散坤成节道
场香酒果口宣　元祐三年七月九日

有敕：卿以令德懿亲，供输诚悃。名蓝法供，虔祝寿祺。既彻净筵，宜加宠锡。卷四二

赐马步军司罢散坤成节道场香酒果口宣

元祐三年七月十二日

有敕：卿等共罄臣衷，力祈慈寿。爰修法会，亦既告成。宜有宠颁，以旌诚悫。卷四二

赐知枢密院事安焘已下罢散坤成节道场香酒果口宣　元祐三年七月十二日

有敕：卿等忠存庙社，义笃君亲。嘉法会之有成，祝圣龄于无极。宜加宠赉，以示眷怀。卷四二

赐皇伯祖嗣濮王宗晖已下罢散坤成节道场香酒果口宣　元祐三年七月十二日

有敕：卿等为国懿亲，助我孝治，祝慈闱之永寿，成法会于兹辰。宜有宠颁，以精忠悃。卷四二

赐皇叔扬王醴泉观罢散坤成节道场香酒果口宣　元祐三年七月十二日

有敕：卿等以周邵之亲，躬任姒之眷。力祈寿嘏，祗扣佛乘。既彻净筵，宜膺宠眷。卷四二

赐太师文彦博已下罢散坤成节道场香酒果口宣　元祐三年七月十二日

有敕：元老在廷，百官承式。启法筵于梵宇，祝寿嘏于慈闱。宜有宠颁，以助燕喜。卷四二

相州赐大辽贺坤成节人使却回御筵口宣　元祐三年七月十三日

有敕：卿等远饬征骖，少休近郡。载惟勤勚，良极轸怀。往锡宴觞，以华归骑。卷四二

瀛洲赐大辽贺坤成节人使回程御筵口宣　元祐三年七月十三日

有敕：卿等远聘通欢，言归复命。改辕北道，弭节边城。宜锡燕觞，少休行役。卷四二

赐护国军节度使济阳郡王曹佾罢散坤成节道场香酒果口宣　元祐三年七月十三日

有敕：卿以耆德，首冠戚藩，虔祝寿祺，告成法会。宜加宠赉，以助燕私。卷四二

班荆馆赐大辽贺坤成节人使回程酒果口宣 元祐三年七月十三日

有敕:卿等致命言还,改辕伊始,暑雨方作,徒驭实劳。宜有宠颁,以昭眷遇。卷四二

就驿赐大辽国贺坤成节人使宴口宣 一 元祐三年七月十六日

有敕:卿等远驰使传,来会诞辰。言念勤劳,宜加旌宠。特颁燕喜,以示眷怀。卷四二

就驿赐大辽国贺坤成节人使宴口宣 二 元祐三年七月十六日

有敕:卿等肃将庆币,来举寿觞。临遣辅臣,往颁燕豆。仍加宠赍,以示眷怀。卷四二

赐新除殿前副都指挥使武泰军节度使苗授辞免恩命第二表不允批答口宣 元祐三年七月二十日

有敕:卿早练武经,晚著边效。进持帅节,实允佥言。矧以次迁,无烦恳避。卷四二

抚问秦凤路臣寮口宣　元祐三年七月二十四日

有敕:卿等久以选抡,出分忧寄。疆埸之重,绥御为劳。宜示眷怀,往宣指谕。卷四二

阁门赐新除徐王诰口宣　元祐三年八月十二日

有敕:卿望隆尊属,德冠宗藩。改殿大邦,实谐群议。往服朕命,以为国华。卷四二

赐皇叔新封徐王上第二表辞免恩命不允 断来章批答口宣　元祐三年八月十五日

有敕:朕始升徐方,以胙叔父。庶几大彭之寿,罔愧元王之贤。毋复屡辞,亟膺成命。卷四二

赐太师文彦博乞致仕不允断来章批答口 宣　元祐三年九月五日

有敕:耆老在位,华夷耸观,若听公归,恐失民望。朕命不再,公其少留。卷四二

相州赐大辽贺兴龙节使副御筵口宣　元

祐三年十一月六日

有敕：卿等将命邻邦，服勤邮传。久薄风雾，少休车徒。宜体眷怀，式同燕衎。卷四二

赐皇伯祖宗晟辞免起复恩命不允批答口
宣　元祐三年十一月十日

有敕：官不可旷，礼有从权。苟爱君如爱亲，则王事为家事。勉遵旧服，少屈私诚。卷四二

赐皇伯祖宗晟辞免起复恩命不允断来章
批答口宣　元祐三年十一月十八日

有敕：卿哀慕未衰，恳辞弥切，既寒暑之一变，宜忠孝之两全。勉从朕言，起服乃事。卷四二

赐驸马都尉李玮已下罢散兴龙节道场香
酒果口宣　元祐三年十月三十日

有敕：震凤纪辰，迩遐同祝。乃眷戚藩之重，预修净供之严。亦既告成，宜膺宠锡。卷四二

文集卷十二

赐殿前副都指挥使苗授已下罢散兴龙节道场香酒果口宣 元祐三年十一月二十日

有敕：卿等以卫上之忠，属诞弥之庆，预严净会，以荐寿祺。及此告成，宜加宠赉。卷四二

赐权管勾马军司公事姚麟已下罢散兴龙节道场酒果口宣 元祐三年十一月三十日

有敕：卿等率职周庐，归诚梵宇。共致延鸿之祝，出于忠爱之深。宜锡珍芳，以助燕衎。卷四二

兴龙节尚书省赐知枢密院事安焘已下酒果口宣 元祐三年十一月三十日

有敕：卿等任重枢机，忠存庙社。属诞辰之荐寿，修法会以告成。锡以珍芳，助其燕喜。卷四二

赐大辽贺兴龙节人使生饧口宣　<small>元祐三年</small>
<small>十二月一日</small>

有敕：卿等远持庆币，申讲邻欢，徒驭有华，舍馆方定。宜往饧牵之锡，以旌邮传之勤。<small>卷四二</small>

赐济阳郡王曹佾罢散兴龙节道场香酒果口宣　<small>元祐三年十二月一日</small>

有敕：卿宠冠戚藩，望隆旧德，将祝无疆之寿，故修最上之乘。既彻净筵，宜膺宠锡。<small>卷四二</small>

赐皇伯祖嗣濮王宗晖巳下罢散兴龙节道场香酒果口宣　<small>元祐三年十二月一日</small>

有敕：眷我宗英，乃心王室。修彼龙天之供，庆兹虹电之祥。宜有颁分，以成燕喜。<small>卷四二</small>

赐皇叔祖同知大宗正事宗景罢散兴龙节道场香酒果口宣　<small>元祐三年十二月一日</small>

有敕：乃眷宗英，祗率藩服。庆诞辰而荐寿，修净会以告成。宜有分颁，以助燕喜。<small>卷四二</small>

赐皇叔徐王罢散兴龙节道场香酒果口宣

元祐三年十二月二日

有敕：卿望隆周、召，德迈间、平。属诞庆之纪辰，仗佛乘而荐祉。助兹宴喜，锡以柔嘉。卷四二

赐文太师已下罢散兴龙节道场香酒果口

宣　元祐三年十二月二日

有敕：乃眷师臣，身先百辟，有严净供，祇荐万龄。宜有分颁，以助燕喜。卷四二

赐枢密安焘已下罢散兴龙节道场香酒果

口宣　元祐三年十二月二日

有敕：枢机之臣，社稷是卫。夙设人天之供，共祈箕翼之祥。宜膺宠颁，式助燕喜。卷四二

班荆馆赐大辽贺兴龙节人使到阙御筵口

宣　元祐三年十二月五日

有敕：卿等远将邻好，至止都门。属霜雾之严凝，念车徒之勤瘁。宜伸燕衎，以示眷怀。卷四二

赐大辽贺兴龙节人使朝辞讫就驿酒果口

宣　元祐三年十二月五日

有敕：卿等毕事告旋，指期言迈。念征途之劳瘁，迫徂岁之沍寒。体我至怀，膺兹宠锡。卷四二

赐大辽贺兴龙节人使朝辞讫归驿御筵口

宣　元祐三年十二月五日

有敕：卿等聘事告成，陛辞言迈。念归途之云远，复宾馆之少留。体我眷怀，共兹宴喜。卷四二

七日赐大辽贺兴龙节人使内中酒果口宣

元祐三年十二月五日

有敕：卿等梐车就馆，布币造廷。既欣邻好之修，复叹使华之美。就加宠赉，式示眷存。卷四二

玉津园赐大辽贺兴龙节人使射弓御筵口

宣　元祐三年十二月五日

有敕：卿等使节有华，邻欢载讲。既娱宾于灵囿，将观德于射侯。宜有宠颁，以旌命中。卷四二

相州赐大辽贺正旦人使御筵口宣 <small>元祐三</small>
<small>年十二月六日</small>

有敕:卿等春朝毕会,邻聘交驰。属徂岁之沍寒,念远勤于行李。往颁燕衎,以重使华。<small>卷四二</small>

班荆馆赐大辽贺兴龙节人使回程御筵口宣 <small>元祐三年十二月六日</small>

有敕:卿等告辞中禁,改乘北辕。属晚岁之严凝,念征途之悠缅。往颁嘉燕,可复少留。<small>卷四二</small>

十日赐大辽贺兴龙节人使内中酒果口宣 <small>元祐三年十二月七日</small>

有敕:卿等造廷称寿,率礼可观。岂惟邻好之修,亦见使华之美。宜膺宠锡,以示至恩。<small>卷四二</small>

班荆馆赐大辽贺兴龙节人使却回酒果口宣 <small>元祐三年十二月七日</small>

有敕:卿等改辕北路,供帐都门。风埃洛然,徒驭勤止。宜膺宠锡,以示恩华。<small>卷四二</small>

瀛洲赐大辽贺兴龙节人使回程御筵口宣

元祐三年十二月七日

有敕：卿等回车北道，弭节边亭，使事已终，归骖少憩。往颁燕衎，益厚眷存。卷四二

赐皇弟普宁郡王俣生日礼物口宣　元祐三

年十二月七日

有敕：朕之介弟，生以兹辰。眷棣萼之相辉，祝椿龄之难老。宜同庆喜，往致宠颁。卷四二

相州赐大辽贺兴龙节人使回程御筵口宣

元祐三年十二月九日

有敕：卿等凤驾归轩，少休旁郡。眷言劳勚，良极顾怀。往锡燕嘉，以旌恩眷。卷四二

赵州赐大辽贺正旦使副茶药口宣　元祐三

年十二月十日

有敕：卿等远修旧好，属此沍寒，载历山川，久蒙霜露。宜有精良之赐，式彰轸念之怀。卷四二

赵州赐大辽贺太皇太后正旦使副茶药口宣　元祐三年十二月十日

有敕：卿等远驰四牡，来庆三朝。属此岁寒，劳于行役。宜膺宠锡，以示眷存。卷四二

兴龙节尚书省赐宰相已下酒果口宣　元祐三年十二月十日

有敕：诞弥之庆，中外所同。眷我臣邻，共兹燕喜。宜加宠赉，以示眷怀。卷四二

就驿赐大辽贺兴龙节使副钞锣等口宣　元祐三年十二月二十二日

有敕：卿等肃将邻好，远涉寒涂。眷言授馆之初，宜有劳来之礼。往加宠锡，以示眷怀。卷四二

玉津园赐大辽贺正旦人使射弓例物口宣　元祐三年闰十二月三日

有敕：射以娱宾，抑将观德。发而命中，曾不出正。宜旌审固之能，膺受珍良之赐。卷四二

抚问知大名府冯京口宣　元祐三年闰十二月八日

有敕：卿等夙分重寄，言念久劳。岁律云周，王事靡盬。益加辅养，以副眷怀。卷四二

冬季传宣抚问河北东路沿边臣寮口宣

元祐三年闰十二月八日

有敕：疆埸之守，职思其忧。霜露既凝，岁聿云暮。宜加厚爱，以副眷怀。卷四二

赐大辽贺正旦人使银钞锣唾盂子锦被等口宣　元祐三年闰十二月十八日

有敕：卿等远将邻好，来庆春朝。眷言跋履之勤，宜有珍华之赐。受兹异宠，体我至怀。卷四二

雄州抚问大辽贺正旦人使口宣　元祐三年闰十二月二十五日

有敕：卿等肃将庆币，来会春朝。远犯风埃，实劳徒驭，欣闻入境，良慰眷怀。卷四二

赐大辽贺正旦人使正月一日就驿御筵口宣 元祐三年闰十二月二十五日

有敕：使华远至，春律肇新。即卿舍馆之安，昭我惠慈之眷。往陈燕豆，以乐佳辰。<small>卷四二</small>

赐大辽贺正旦人使内中酒果口宣 元祐三年闰十二月二十五日

有敕：卿等瑞节华轩，来修旧好。醇醪珍实，以荐新春。膺此宠颁，体予异眷。<small>卷四二</small>

班荆馆赐大辽贺正旦使回程御筵口宣 元祐三年闰十二月二十五日

有敕：卿等使事告成，旋车言迈。方改辕于北道，暂弭节于都门。昭示眷怀，少留宴衍。<small>卷四二</small>

赐于阗国进奉人使正旦就驿御筵口宣 元祐三年闰十二月二十五日

有敕：重译远来，观光戾止。属人正之改律，乐天叙之发春。宜示宠休，式同燕喜。<small>卷四二</small>

雄州赐大辽国贺正旦人使回程御筵兼传宣抚问口宣 元祐三年闰十二月二十五日

有敕：卿等已事告归，桄车少憩。眷言长道，远犯余寒。宜锡燕喜，以旌劳勚。卷四二

瀛洲赐大辽贺正旦人使回程御筵口宣

元祐三年闰十二月二十九日

有敕：卿等已聘言还，犯寒远迈，方脂车于北道，复弭节于边城。宜锡宴嘉，以旌劳勚。卷四二

班荆馆赐大辽贺正旦人使却回酒果口宣

元祐四年正月一日

有敕：卿等还璋言迈，弭节少留。念鞭箠之方勤，涉冰霜之余凛。宜陈燕俎，以宠归轩。卷四二

正月六日朝辞讫就驿赐大辽贺正旦人使御筵口宣 元祐四年正月一日

有敕：卿等使事告成，陛辞言迈。命近臣之往劳，庶远道之少留。体我眷怀，共兹宴衎。卷四二

抚问鄜延路臣寮口宣 元祐四年正月八日

有敕：卿等分寄边陲，辑宁吏士。眷言勤勚，良极轸怀。往致朕言，各宜尚慎。卷四二

抚问鄜延路臣寮口宣 元祐四年六月十一日下院

有敕：卿等各膺器使，祗服边陲。眷兹靖安，时乃忠力。特加劳问，以示顾怀。卷四二

赐右正议大夫守尚书左仆射吕大防生日 礼物口宣 元祐四年六月十一日下院

有敕：惟兹穀旦，生我元臣。爰分服食之良，往助闺门之喜。式为尔寿，宜识朕心。卷四二

赐皇叔徐王颢生日礼物口宣 元祐四年六月二十一日

有敕：乃眷贤王，实为社稷之卫；载临诞日，永集邦家之休。临遣使车，往致眉寿。卷四二

就驿赐大辽贺坤成节人使银铫锣等口宣 元祐四年六月二十三日下院

有敕：卿等远勤使节，展庆诞辰。畏暑长途，方即安于舍馆；

精金良币,宜往致于恩私。卷四二

赐皇弟大宁郡王俋生日礼物口宣　元祐四
年六月二十五日下院

有敕:桑蓬示喜,复临载育之辰;金币展亲,往致友于之爱。
膺予宠赉,俾尔寿昌。卷四二

班荆馆赐大辽贺坤成节国信使副到阙酒
果口宣　元祐四年七月四日下院

有敕:卿等抗旆远道,解鞍近郊。念馆舍之未安,宜骖骓之少
憩。式颁芳旨,以示眷怀。卷四二

赐马步军太尉姚麟已下罢散坤成节道场
香酒果口宣　元祐四年七月四日下院

有敕:卿等诞辰祗庆,法会告成。嘉与函生,同跻寿域。往颁
芳旨,以劳忠勤。卷四二

赐大辽坤成节使副生饩口宣　元祐四年七
月七日下院

有敕:卿等抗旜暑路,弭节驿亭。眷惟行李之勤,往致珍鲜之
馈。膺兹宠数,明我眷怀。卷四二

雄州白沟驿赐大辽贺坤成节人使却回御筵兼传宣抚问口宣 元祐四年七月七日下院

有敕:卿等飞盖西风,改辕北道。喜山川之渐近,忘徒御之久劳。往致眷怀,少留燕衎。卷四二

玉津园赐大辽贺坤成节人使射弓例物口宣 元祐四年七月八日下院

有敕:卿等圭璋致命,既已讲欢;弓矢娱宾,亦将观德。宜有珍华之赐,以旌审固之能。卷四二

赐殿前都指挥使以下罢散坤成节道场香酒果口宣 元祐四年七月九日下院

有敕:诞弥之庆,海宇攸同。嘉将帅之协恭,设人天之妙果。宜均宠锡,以示褒优。卷四二

赐皇伯祖高密郡王宗晟以下罢散坤成节道场香酒果口宣 元祐四年七月九日下院

有敕:眷我宗英,志存忠报;修等慈之妙供,祝难老之昌期。嘉此精诚,均其庆赐。卷四二

赐同知枢密院事韩忠彦已下罢散坤成节道场香酒果口宣　元祐四年七月九日下院

有敕：嘉我枢臣，义均一体；修兹净供，庆续千龄。不有宠颁，曷旌忠报。卷四二

相州赐大辽贺坤成节人使却回御筵口宣
元祐四年七月九日下院

有敕：邻好既成，使华有耀。眷邦畿之渐远，念邮传之方勤。服我恩私，少留燕喜。卷四二

赐大辽国贺坤成节使副时花酒果口宣
元祐四年七月十日下院

有敕：邻欢既展，宾馆归休。宜命盏斝之醇，复致瓜华之侑。少将至意，其服茂恩。卷四二

赐平海军节度使驸马都尉李玮已下罢散坤成节道场香酒果口宣　元祐四年七月十日下院

有敕：卿等义重戚藩，志同忠报。属诞辰之均庆，嘉法会之告成。宜示褒优，特加宠赉。卷四二

坤成节尚书省赐宰臣已下御筵酒果口宣

元祐四年七月十一日下院

有敕：忠存柱石，诚贯人天。共欣诞日之临，既毕祇园之会。宜颁芳旨，以助燕私。卷四二

坤成节赐同知枢密院事韩忠彦已下尚书省御筵酒果口宣 元祐四年七月十二日下院

有敕：修佛胜因，祈天永命；既肃成于梵供，益表见于忠诚。宜有宠颁，以同燕喜。卷四二

赐徐王罢散坤成节道场香酒果口宣 元祐四年七月十二日下院

有敕：卿亲贤莫二，忠孝实兼。馔蒲塞于祇园，荐椿龄于崇庆。喜成法会，宜有宠颁。卷四二

赐大辽贺坤成节人使朝辞讫归驿御筵口宣 元祐四年七月十二日下院

有敕：卿等已聘告归，少休就馆。即颁燕俎，临遣辅臣。式示异恩，以荣回驭。卷四二

班荆馆赐大辽贺坤成节人使回程御筵口

宣　元祐四年七月十二日下院

有敕：卿等方事回辕，聊兹弭盖；念征途之尚永，加秋暑之未衰。往锡燕嘉，少休徒驭。卷四二

赐宰相吕大防已下罢散坤成节道场香酒

果口宣　元祐四年七月十二日下院

有敕：卿等竭诚卫上，体国均休。恪修西竺之仪，仰献南山之祝。宜膺宠锡，以示褒优。卷四二

赐大辽贺坤成节使副内中酒果口宣　元

祐四年七月十二日下院

有敕：卿等来陈庆币，克讲邻欢。载嘉远聘之勤，宜示宠绥之意。颁兹芳旨，服我恩私。卷四二

赐大辽贺坤成节人使朝辞讫归驿酒果口

宣　元祐四年七月十二日下院

有敕：卿等远敦使事，率礼无违；既上谒辞，言还有日。宜加颁锡，益示宠荣。卷四二

坤成节就驿赐阿里骨进奉人使御筵口宣

元祐四年七月十四日下院

有敕:汝等来修贡篚,适遭诞辰。宜均庆赐之恩,共乐亨嘉之会。往颁燕俎,咸极欢心。卷四二

瀛洲赐大辽贺坤成节人使回程御筵口宣

元祐四年七月十四日下院

有敕:鞭辔既劳,封疆渐迩。虽勤归念,少憩暑途。服我恩私,式同燕喜。卷四二

坤成节就驿赐于阗国进奉人使御筵口宣

元祐四年七月十四日下院

有敕:汝等奉琛远至,授馆少留。适遭诞辰,宜均庆泽。钦承恩渥,共乐燕私。卷四二

班荆馆赐大辽贺坤成节人使回程酒果口宣　元祐四年七月十七日下院

有敕:卿等奉璋来聘,弭节言还。眷此暑途,少留归驭。往颁燕俎,式示恩私。卷四二

赐新除守司空同平章军国事吕公著辞免
不允批答口宣

有敕:朕图任元老,以表四方。以卿望在士民,心存社稷。勉膺异数,式副佥言。卷四二

赐皇弟普宁郡王似生日礼物口宣

有敕:岁将更端,月亦既望。实以兹日,笃生贤王。宜厚宠颁,以介多福。卷四二

文集卷十三

赐正议大夫同知枢密院事安焘乞外郡不许批答 一 元祐元年十月八日

览表具之。卿以应务之才,居本兵之地;绥静中外,人无间言。何疑上章,欲求去位? 未喻厥意,闻之怃然。夫荣亲莫大于功名,养志不专于甘旨。而况魏阙之下,父母之邦;退食问安,孰便于此? 勉循其旧,以卒辅予。卷四三

赐正议大夫同知枢密院事安焘乞外郡不许批答 二 元祐元年十月八日

省表具之。夫事亲者,不择地而安之,孝之至也。而况艰难之际,一日万几;冰渊之惧,当务同济。卿练达兵要,灼知边情。寄托之深,义难引去。亟求自便,朕何赖焉! 卷四三

赐新除中大夫守尚书右丞刘挚辞恩命不许断来章批答 一 元祐元年十一月

览表具之。道有行藏,时有用舍。岁不我与,难以智求。道之将行,岂容力避。大言大利,固当安而受之;小行小廉,非所望于

卿者。成命不再，可无复辞。卷四三

赐新除中大夫守尚书右丞刘挚辞恩命不许断来章批答　二　元祐元年十一月

省表具之。政如农耕，以既获为能事；言如药石，以愈疾为成功。若耕不获，疾不愈，朕何望焉。所以用卿者，非以富贵卿也。勉卒成业，何以辞为！卷四三

赐太师文彦博乞致仕不许批答　一　元祐二年三月二十九日

卿出入四世，师表万民，无羡于功名，而有厌于富贵。其所以忘身徇国，舍逸就劳者，岂有求而然哉？凡以先帝之恩，生民之故也。卿之在朝，如玉在山，如珠在渊，光景不陈，而草木自遂。去就之际，损益非轻。昔西伯善养老，而太公自至。鲁穆公无人子思之侧，而长者去之。卿自为谋则善矣，独不为朝廷惜乎？药饵有间，时游庙堂。家居之乐，何以异此！卷四三

赐太师文彦博乞致仕不许批答　二　元祐二年三月二十六日

朕修身以承六圣，虚己以听四辅。而法度未定，阴阳未和，民未乐生，吏未称职。中夜以思，方食而叹。虽不敢以事渎元老，实望其以身率百官。卿犹未即于安，孰敢不尽其力。此圣母冲人之

本意,而天下有识之所望也。昔唐太宗以干戈之事,尚能起李靖于既老;而穆宗、文宗以燕安之际,不能用裴度于未病。治乱之效,于斯可见。朕意如此,卿其少安。卷四三

赐宰相吕公著乞退不许批答　元祐二年三月二十九日

卿才全而德备,积厚而施博;明亮笃诚,坐屈群策。既以天下公议而用于此矣,岂以卿之私意而听其去哉? 水旱之灾,不德所召。卿当助我,求所以消复之道,不当求去我也。《诗》不云乎:"大夫君子,昭假无赢。大命近止,无弃尔成。"勉思厥职,以答民望。卷四三

赐宰相吕公著乞退不允批答　元祐二年三月二十九日

用贤之功,必要之久远。日计不足,岁计有余。朕之用卿,期于百姓之既富;卿之自信,亦岂一日而成功。常旸之灾,天以警朕。夙夜祗惧,与卿同之。朕若归过于股肱,何以答天戒;卿若释政而安逸,何以塞民言? 各思其忧,少安厥位。卷四三

赐尚书左丞李清臣乞退不允批答　元祐二年四月十八日

卿以方闻之举,擢自厚陵;禁林之选,用于神考。逮受顾命,弼予冲人。义既同于戚休,身岂轻于出处? 遽欲引去,闻之恻然。

姑安厥常，以助予治。卷四三

赐尚书左丞李清臣乞退不允批答　二　元

祐二年四月十八日

祥除之初，念我圣祖；所与共政，不忘旧人。而卿博学多闻，通练古今。小心畏慎，不见过失。力求引去，为之惘然。勉留辅予，益祗厥服。卷四三

赐文武百寮文彦博以下上第一表请皇帝御正殿复常膳不允批答　元祐二年四月二十二日

朕即位二年，水旱继作。致灾之故，实惟冲人。既延及于无辜，复贻忧于文母。是以坐不安席，食不甘味。实欲深念厥咎，岂徒见之空言。而雨不崇朝，农犹告病。欲徇来请，惕然未宁。其一乃心，勉正厥事。毋重朕之不德，以答天之深戒。卷四三

赐文武百寮文彦博以下上第一表请太皇太后复常膳不许批答　元祐二年四月二十二日

旱暵之罚，自冬及夏。天之降灾，如此其久。则夫致灾之道，岂一日而然哉！虽力行罪己之文，尚恐非应天之实。而卿等以肤寸之泽，遽欲即安，览之惕然，未敢自赦。其交修不逮，务尽厥诚。期兹岁于有秋，虽复常其未晚。卷四三

赐文武百寮文彦博以下上第五表请皇帝御正殿复常膳允批答　元祐二年五月二十九日

朕以寡昧，膺受多福。常欲损上益下，畏天之威。矧兹旱灾，咎在不德。而卿等以雨泽既至，封章屡上，勉从其意，其愧于中。夫天之有风雨雷霆，犹朕之有号令赏罚。朕不修明其事，何以责应于天？永思其终，无忘纳诲。卷四三

赐文武百寮文彦博以下上第五表请太皇太后复常膳许批答　元祐二年五月二十九日

德积无素，民罹其灾；精诚莫通，祷不时应。虽蒙膏泽之报，仅救焦枯之余。勉徇来章，犹虞后患。其谨视盗贼，勤恤流亡，益务交修，以裨不逮。卷四三

赐文武百寮太师文彦博以下上第一表请举乐不许批答　一　元祐二年六月一日

先王之礼乐，因情而立文；君子之哀乐，自中而形外。夫有莫大之威，则有无穷之悲。先皇帝天覆四方，子养万物。至今穷发之表，尚余流涕之民。而况宫庭之间，母子之爱！粗毕三年之制，遂讲八音之和。所未忍闻，非不欲作。卿等谨于率礼，笃于爱君，徒欲亟举旧章，顾未深明吾意。三复太息，难于黾从。卷四三

赐文武百寮太师文彦博以下上第一表请举乐不许批答　二　元祐二年六月一日

礼之至者无文,哀之深者无节。故禫而不乐,古人非以求名;琴不成声,君子以为知礼。朕以宗庙之重,勉蹈先帝之余。履其位惕然而自惊,用其物潜焉而出涕。未报昊天罔极之德,常怀终身不忘之忧。欲从众言,亟举备乐。而金石丝竹,乃凄耳之声;干戚羽旄,皆泫目之具。哀既未泯,乐何从生? 再阅来章,徒增感慕。卷四三

赐文武百寮太师文彦博以下上第二表请举乐不许批答　一　元祐二年六月四日

遏密之制,虽尽于三年;追怀之私,岂论于徙月! 金石在御,恻然未宁。吾不以一身之忧,废天下之乐。今施之郊庙,用之军旅,州闾之会,弦歌相闻。独尽余哀,止于中禁。以为于义未害,是故行之不疑。卷四三

赐文武百寮太师文彦博以下上第二表请举乐不许批答　二　元祐二年六月四日

朕少遭闵凶,仅毕祥禫。虽俯就企及,非以过制为贤;而创巨痛深,不能以礼自克。观过其党,圣人许之。《礼》曰:"丧三年以为极亡,则弗之忘矣。"诚重违国老之忠告,姑欲尽人子之至情。卷四三

赐太师文彦博等请太皇太后受册第二表
不许批答　元祐二年六月四日

吾闻圣人以天下为忧,未闻以位号为乐也。损己裕物,畏天检身,此吾平日之本心,非独遇灾而一发也。孔子曰:"以约失之者,鲜矣。"卿等以是辅我,顾不美哉!　卷四三

赐文武百寮太师文彦博以下上第四表请
举乐不许批答　一　元祐二年六月九日

吾之本性,以清净寂寞为乐;虽在平日,无游观声技之念。矧艰难之后,哀疚之余,中夜以兴,方食而叹,将不堪其忧者,岂有意于乐哉!虽欲勉从,未能自克。忠告屡却,愧叹兼深。　卷四三

赐文武百寮太师文彦博以下上第四表请
举乐不许批答　二　元祐二年六月九日

钟鼓以导和,羽籥以饰喜。譬之饮食之节,适于口体之宜。今衰麻之除,莫敢逾制;而琴瑟之御,则有未安。卿等忠诚确然,开喻至矣。惟反求诸心而弗得,故欲行其言而未能。推之人情,当识朕意。　卷四三

赐太师文彦博等上第三表请太皇太后受
册许批答　元祐二年六月九日

吾上顺帝则,下酌民言,处以无心,期于寡过。卿等以为协气既

应，群谋佥同。若固违典礼之常，恐莫慰天人之望。遇灾而惧，昔者非以为谦；闻义则迁，吾亦岂敢自必。勉从故事，以副嘉言。卷四三

赐新除中大夫守尚书右丞王存辞免恩命不允断来章批答 — 元祐二年六月十二日

士有品目，定于佥言；置之庙堂，蔽自朕志。岂有佥言既穆，朕志不移，而用过谦之词，反已成之命？亟服乃事，宜无复云。卷四三

赐新除中大夫守尚书右丞王存辞免恩命不允断来章批答 二 元祐二年六月十二日

为国不患于无人，有人而不用之为患；事君非难于辞宠，居宠而无愧之为难。吾之用卿，计已审矣；卿之自信，又何疑哉！卷四三

赐新除知枢密院安焘辞免恩命不许断来章批答 — 元祐二年六月二十四日

览表具之。论材考德，圣人所以公天下；难进易退，君子所以善一身。权之以义，孰为轻重。训兵论将，威怀戎狄。卿以是事上，岂不贤于逡巡退避也哉！所请宜不允，仍断来章。卷四三

赐新除知枢密院安焘辞免恩命不许断来章批答 二 元祐二年六月二十四日

览表具之。德称其服，臣主俱荣；食浮于人，上下交病。朕之

为天下虑,甚于卿之自为谋也。思而后行,有出无反。成命不再,卿毋复辞。所乞宜不允,仍断来章。 卷四三

赐新除检校太尉守司空依前开府仪同三司致仕韩绛辞免恩命不允批答　一
元祐二年七月七日

国家尊异耆老,砥砺廉隅,凡致为臣,必厚其礼。而况卿出入四世,师表万民;身任安危,位兼将相。永惟三宗眷遇之重,宜极一品褒崇之荣。成命既孚,金言惟允。宜从中外之望,罔徇谦冲之私。 卷四三

赐新除检校太尉守司空依前开府仪同三司致仕韩绛辞免恩命不允批答　二
元祐二年七月七日

朕惟耆老成人,虽或谢事,耄期称道,终不忘君。其在丘园,岂殊廊庙! 嘉猷入告,卿其不易此心;大事就访,朕亦敢忘斯义? 命秩之数,典册之文,不如此无以慰朕心而答民望。国有常典,卿毋复辞。 卷四三

赐太师文彦博辞免不拜恩命许批答　一
元祐二年八月二十七日

卿义重股肱,望隆堂陛。陛廉远则堂皇峻,股肱逸而元首安。

故出异恩，特镌苛礼。而卿深执恭巽，力守典刑。确然自陈，义不可夺。勉从其意，愧叹于中。卷四三

赐太师文彦博辞免不拜恩命许批答　二

元祐二年八月二十七日

朕优礼师傅，达德齿之尊，以吅拜为可略，古之道也。卿谨严朝廷，明君臣之分，以不拜为未安，礼之节也。道并行而不悖，义有重而难移。勉循所陈，不忘嘉叹。卷四三

赐宰相吕公著乞罢相位不许断来章批答　一

元祐二年八月二十七日

孔子曰："苟有用我者，期月而已可也，三年有成。"夫以圣人，犹待三年而后成功，况其下者。今卿助我为治，自以为既成矣乎，其未也？譬如玉人雕琢玉，中道而易之，岂复成器哉！卷四三

赐宰相吕公著乞罢相位不许断来章批答　二

元祐二年八月二十七日

古者君臣之间，率常千载一遇。今圣母在位，正身虚己，仰成辅弼，虽疏远小臣，犹欲毕命自效。而卿乃以小疾求去，纵无意于功名，独不惜此时乎？勉卒乃事，使百姓富足，四夷乂安，然后谢事归老，岂不臣主俱荣哉！卷四三

赐宰相吕公著乞罢相位除一外任不许批
答 一　元祐二年八月二十八日

　　夫以才御物，才有尽而物无穷；以道应物，道无穷而物有尽。凡今之患，所乏非才。以卿笃于爱君，必能建长久之策；澹然无我，可以寄枉直之权。二年于兹，百度惟正；事既就绪，民亦小康。至于微疾之屡攻，此亦高年之常理。卿其良食自辅，为国少安。譬如止水之在槃，岂复劳心于鉴物。心且不劳，而况于力乎！ _{卷四三}

赐宰相吕公著乞罢相位除一外任不许批
答 二　元祐二年八月二十九日

　　朕以天下之大，知为君之难。有朽索驭六马之忧，有抱火措积薪之惧。正赖多士，协于一心，朝夕以思，弥缝其阙。凡今中外执事膂力之毕陈，视吾一二老臣进退以为节；卿若无事而引去，人将相顾以自疑。而况边鄙未宁，兵民多故。而予左右之老，先自求于便安；则夫疏远之臣，何以责其尽瘁？ 勉辅不逮，期于有成。 _{卷四三}

赐宰相吕公著辞免不拜恩命允批答 一
元祐二年九月一日

　　卿执德惟一，守礼不回，不以坐论为安，而以拜上为泰。使朕不尽养老之意，而卿得畏威之道。勉从其志，嘉叹不忘。 _{卷四三}

赐宰相吕公著辞免不拜恩命允批答 二

元祐二年九月一日

君之视臣，譬之手足；方责其大，不强所难。而卿深执谦恭，力求避免，深惟孔子事君尽礼之义。曲从其请，以徼惰偷。卷四三

赐太师文彦博上第一表乞致仕不允批答 一

元祐二年九月八日

省表具之。卿之求去盖数矣，言不为不切，而朕终莫之从；朕之留卿亦至矣，礼不为不尽，而卿终莫之亮。君臣之际，情不相喻，朕甚疑之。夫乐丘园而厌轩冕，亦古人之一节，而非圣贤之高致；尊耆老以重朝廷，盖天下之大计，而非冲人之私欲。与其使朕屈公议以从卿，曷若卿少贬其私意以徇天下乎？卷四三

赐太师文彦博上第一表乞致仕不允批答 二

元祐二年九月八日

览表具之。卿之所以欲去者二：疲于朝会，劳于应物，一也；功成身退，欲享其乐，二也。而吾之所以必留者三：卿以英杰之资，开物成务，世不可阙，一也；弼亮四朝，更涉变故，谋无遗策，二也；名冠天下，进退之间，为国休戚，三也。吾方尽养老之道，隆礼以优贤。庙堂之上，犹有足乐。则夫卿之欲去者可回，而吾之必留者，盖不可易也。卷四三

赐太师文彦博乞致仕不许断来章批答

一　元祐二年九月十一日

览表具之。为君难，为臣不易。非吾推诚无疑，不能起卿于安佚；非卿忘身徇国，不能从我于艰难。召用之初，中外相庆。搢绅莫不竞劝，父老至于涕流。中道而归，其义安在？宜思一身之乐，轻于社稷；毋使庶人之议，及于朝廷。卷四三

赐太师文彦博乞致仕不许断来章批答

二　元祐二年九月十一日

省表具之。君子安身崇德，如山岳之镇；开物成务，如江河之流。若山岳之镇，动摇不安，江河之流，行止自便，则物将交病，人亦何观？朕之望卿，无以异此。宜守不移之志，以成可大之功。卷四三

赐宰相吕公著上第一表乞致仕不允批答 一

元祐三年二月二十八日

省表具之。古者世臣，譬之乔木。粤自拱把，至于栋梁。杰然群材之中，夫岂一日之力！卿擢自仁祖，迨兹四朝；光辅朕躬，允有一德。不独卿无心而事自定，抑亦民既信而功易成。方今布在朝廷，岂无豪杰之士？犹当养以岁月，待其德望之隆。卿虽欲归，势未可去。宜安厥位，以副朕心。卷四三

赐宰相吕公著上第一表乞致仕不允批答　二

元祐三年二月二十八日

　　览表具之。卿三世将相，一时蓍龟。不求备以取人，则房乔之比；其经远而无竞，有谢安之风。用能宁辑我家，靖共尔位。政在元老，人无异词。胡为厌事而求归，不复为国之长虑？方今官冗财匮，岁艰民贫；天步虽安，国是未定。若方勤于朴斲，而遽易于工师。人其谓何，势必不可。告老之请，吾未欲闻。卷四三

赐宰相吕公著上第二表乞致仕不许断来章批答　一　元祐三年三月二十九日

　　览表具之。难进易退，固君子之常节；久劳思逸，亦老者之至情。然心存社稷，则常节为轻；身系安危，则至情可夺。惟卿体国，岂待多言。苟大义之未安，虽百请而何益。宜安厥位，勿复此辞。卷四三

赐宰相吕公著上第二表乞致仕不许断来章批答　二　元祐三年三月二十九日

　　览表具之。宰相不自用，人主不自为。予欲识人物之忠邪，故以卿为水镜；予欲知利害之轻重，故以卿为权衡。苟明此心，虽老犹壮。与其轻去轩冕，独善其身；孰若优游庙堂，兼享其乐？益敦此义，勿复有云。卷四三

赐新除依前中大夫守中书侍郎刘挚辞免
恩命不许断来章批答　一　元祐三年四月
十二日

省表具之。卿蹈道深远,守节淳固,虽不留于傥来之物,而有志于行可之仕。乐告以善,勇于敢为。进不求当世之名,退不叛平生之学。未尝为枉尺直寻之事,夫岂有见得忘义之嫌哉! 毋复过辞,往践乃事。卷四三

赐新除依前中大夫守中书侍郎刘挚辞免
恩命不许断来章批答　二　元祐三年四月
十二日

省表具之。朕缵服之初,卿言责是任;历陈治道之要,以立太平之基。朕欲行其言,遂授以政。岁月未几,纪纲略陈。欲究观心术之微,宜擢居政本之地。苟无愧于允蹈,岂不贤于力辞。往服官箴,勿违朕命。卷四三

赐新除依前中大夫守尚书左丞王存辞免
恩命不许断来章批答　一　元祐三年四月
十二日

省表具之。夫志大有远略,器博无近用。以卿忠义开济,何施不宜。今以次迁,何足辞也? 益坚无倦之意,以观可久之业。卷四三

赐新除依前中大夫守尚书左丞王存辞免恩命不许断来章批答　二　元祐三年四月十二日

省表具之。夫陛帟之增，所以隆堂奥；位次有叙，所以尊朝廷。朕既乐得于英才，复以时而迁用。庶几华国，非以宠卿。祗率厥常，毋废朕命。卷四三

文集卷十四

赐新除守尚书右仆射兼中书侍郎范纯仁上第一表辞免恩命不允批答 一 元祐

三年四月十二日

  览表具之。夫有乌获之力，然后可以付千钧；有和、扁之功，然后可以寄死生。故宰相之任，非所以宠人臣也。无其德而当之为不智，有其材而辞之为不仁。若卿之才德，亦可谓称矣。往思其忧，以称天下之望。卷四三

赐新除守尚书右仆射兼中书侍郎范纯仁上第一表辞免恩命不允批答 二 元祐

三年四月十二日

  览表具之。吾闻之乃烈考曰："君子先天下之忧而忧，后天下之乐而乐。"虽圣人复起，不易斯言。卿将书之绅，铭之盘盂，以为一言而可以终身行之者欤？则今兹爰立之命，乃所以委重投艰而已，又何辞乎！卷四三

赐新除司空同平章军国事吕公著上第二表辞免恩命不许断来章批答 一 元祐

三年四月十二日

省表具之。夫国以得人为强,如猛兽之卫藜藿;以积贤为宝,如珠玉之茂山川。湛然无为,物自蒙利。故崔公发议,则淄青惭服,知朝廷之有人;蜀使抗词,则孙权回顾,叹张昭之不在。得失之效,岂可同日而语哉!朕之用卿,意实在此。国计之重,可无复辞。

卷四三

赐新除司空同平章军国事吕公著上第二表辞免恩命不许断来章批答 二 元祐

三年四月十二日

省表具之。周之诗曰:"无曰予小子,召公是似。"唐之雅曰:"惟西平有子,惟我有臣。"夫父子君臣之间,光明盛大如此。载之简策,被之金石。岂独闺门之宠,足为邦国之华。再省来章,具陈先烈。虽朕寡昧,不敢庶几于仁祖;而卿忠孝,当念服勤于世官。祗率厥常,毋违朕命。卷四三

赐新除守尚书左仆射兼门下侍郎吕大防上第二表辞免恩命不许断来章批答

一 元祐三年四月十二日

省表具之。卿有夷狄盗贼之虞,仓廪礼乐之叹,阴阳风雨之

忧。此三者,诚当今之大计,朕之所以中夜不寐,辍食太息者,正为此也。孟子曰:"责难于君谓之恭。"夫既以责其君,而不以身任之者,非仁人也。愿卿慨然当古人之重,略世俗之谦。务践斯言,忧此三者。 卷四三

赐新除守尚书左仆射兼门下侍郎吕大防
上第二表辞免恩命不许断来章批答

二　元祐三年四月十二日

省表具之。夫任贤使能,天下之公义;而辞大就小,君子之自守也。惟名器爵禄,朕所不敢授以私;则劳谦退避,卿岂得必行其意! 所谓唐虞三代信任之至,以致稷契伊吕德业之隆。若卿之言,朕敢不勉? 请事斯语,永观厥成。 卷四三

赐新除守尚书右仆射兼中书侍郎范纯仁
上第二表辞免恩命不许断来章批答

一　元祐三年四月十二日

省表具之。卿以明哲,自托不能。非独以见君子劳谦之光,亦因以知前世用人之弊。功烈无取,诚如卿言。夫次公减于治郡,子元不如为将。非独文献不足,盖其才德有偏。如卿昔在朝廷,首谈孟轲之仁义;旋为帅守,专行羊祜之威信。慨有大志,似其先人。苟推此心,施于有政,则太平可望,而小节可略矣。 卷四三

赐新除守尚书右仆射兼中书侍郎范纯仁
上第二表辞免恩命不许断来章批答

二　元祐三年四月十三日

省表具之。自昔先帝之世，屡叹才难；及朕嗣位以来，专用德选。虽爵禄名器，出于独断；而长育成就，实在群公。长短不遗，辅相之责。苟无为国养人之意，必有临事乏使之忧。朕用慨然，当食不御。思得英隽之老，共收文武之朋。惟卿笃于忧国，明于知人，灼见朕心，宜在此位。往任天下之重，毋事匹夫之廉。卷四三

赐新除依前正议大夫守门下侍郎孙固辞
免恩命不许断来章批答　一　元祐三年

四月十三日

省表具之。卿奉事先帝，有劝学之旧；与闻机政，有已试之功。固非躐等之迁，独恨用卿之晚。勉循大义，毋事小廉。卷四三

赐新除依前正议大夫守门下侍郎孙固辞
免恩命不许断来章批答　二　元祐三年

四月十三日

省表具之。卿向自西枢，出殿藩屏。顷由近辅，入侍燕闲。昔有未识之思，今乃日闻其语。既见君子，无逾老臣。当益励于初心，尚何辞于新命！卷四三

赐新除中大夫守尚书右丞胡宗愈辞免恩命不许断来章批答 — 元祐三年四月十四日

省表具之。卿自天官，擢领风宪，下有庇民之意，上有爱君之忠。度其不以利回，是故可以大受。丞辖之任，非卿孰宜？毋复固辞，以就远业。卷四三

赐新除中大夫守尚书右丞胡宗愈辞免恩命不许断来章批答 二 元祐三年四月十四日

省表具之。人才之难，古今所病。忠厚者多乏于用，强济者或凉于德。有德适用，如卿几人？方观卿谋国之良，以成朕知人之美。深体此意，往祗厥官。卷四三

赐新除依前中散大夫充枢密直学士金书枢密院事赵瞻辞免恩命不允断来章批答 一 元祐三年四月十四日

省表具之。君子之仕也，喜于知而乐于用。如卿之言，结发从仕，而白首遇合，则君子之用舍进退，盖亦有时矣。勉行其道，无失斯时。苟能遇事而必为，则亦立功之未晚。古人之事，将见于卿。卷四三

赐新除依前中散大夫充枢密直学士金书枢密院事赵瞻辞免恩命不允断来章批答 二　元祐三年四月十四日

省表具之。卿挺然孤忠，白首一节。逝将力求于退避，夫岂有意于进取哉？特以雅望既隆，公议所在。方将度才而授任，固难越卿以用人。往践厥官，毋违朕志。卷四三

赐正议大夫知枢密院事安焘乞退不允批答 一　元祐三年五月十八日

省表具之。宥密之司，安危所寄。虽羌酋款塞，少休烽燧之虞；而夏童跳边，犹烦棰策之驭。翻然求去，义有未安。夫以朕大烹优贤之资，岂不能助卿养志之具。足以毋废子职，而能兼为国谋，岂不休哉！卷四三

赐正议大夫知枢密院事安焘乞退不允批答 二　元祐三年五月二十八日

省表具之。乃眷西枢，实参大柄。吾欲兵民兼利，戎夏两安，自非宿业更变之臣，惧有伤财玩寇之患。卿当念先朝委任之久，未可以亲庭归养为词。勉安厥官，以副吾意。卷四三

赐新除殿前副都指挥使武泰军节度使苗
授上第一表辞免恩命不许断来章批
答　一　元祐三年七月十九日

省表具之。试材以旧，谋帅尤艰。故以久次用人，欲其深练于事。而卿辞以锢疾，岂所望哉！速即乃官，毋复退避。卷四三

赐新除殿前副都指挥使武泰军节度使苗
授上第一表辞免恩命不许断来章批
答　二　元祐三年七月十九日

览表具之。环卫之严，节制之重，诞告多士，以长万夫。朕岂轻用其人哉？确然固辞，未喻厥指。往祗朕命，毋旷乃官。卷四三

赐太师平章军国重事文彦博上第一表乞
致仕不许批答　一　元祐三年九月二日

览表具之。昔师尚父九十，秉旄杖钺，犹未告老。此诸葛元逊所以屈张昭也。而卫武公百年，犹箴儆于国曰："无以我老耄而舍我。"此左史倚相所以诲申公也。今卿寿考康宁，而退托衰病，自引求去，独不念天下之士有如彼二子者议其后乎？姑安厥官，以答公论。卷四三

赐太师平章军国重事文彦博上第一表乞致仕不许批答　二　元祐三年九月二日

览表具之。朕闻之，成王之政，周公在前，召公在后，毕公在左，史佚在右。四子挟而维之，目见正色，耳闻正言；一日即位，天下旷然。未闻四子以老而求退，亦未闻成王以老而听其去也。朕虽不德，犹庶几成王之治。卿虽老矣，独不能以四子之心为心乎？勉卒辅朕，无愧前人。卷四三

赐新除守司空同平章事吕公著上第一表辞免恩命不允批答

省表具之。夫司空之官，自唐以来，虽无职事，而孔子所谓天子有争臣七人者，三公首当之。朕欲闻仁人之要言，与天下之大计，非此元老，将安取斯！卿其省思虑，慎寝食，优游庙堂，为朕谋其大者。卷四三

赐新除守尚书左仆射门下侍郎吕大防辞免恩命不允批答　一

省表具之。夫天以斯民付人主，而人主付之宰相。若不得人，为慢天之所付。朕敢乎哉！如卿瑰姿伟望，宏毅开济，朕既用之不疑，而卿自疑何也？往修厥官，毋致朕命。卷四三

赐新除守尚书左仆射门下侍郎吕大防辞免恩命不允批答 二

览表具之。自英庙擢卿于言责,而先帝用卿于西师,则朝廷待卿之重,盖出于祖宗之意矣。孔子曰:"吾之于人也,谁毁谁誉?如有所誉,其有所试。"若卿者,可谓屡试矣。卿而不宜,其孰宜之? 卷四三

赐新除守司空同平章事吕公著上表辞免不许批答

览表具之。天下之事,使壮者治之,老者谋之。自尧舜以来,未有易此者也。今卿议政而不及事,劳心而不及力。吾自以为得养老之礼,而不失用贤之实,卿何辞之坚也? 卷四三

生获鬼章文武百寮称贺太皇太后宣答词
元祐二年八月二十八日

种羌叛涣,西鄙绎骚,首出偏师,遂擒元恶。安边之喜,与卿等同之。 卷四三

生获鬼章文武百僚称贺皇帝宣答词 元
祐二年八月二十八日

凶狡就俘,羌戎一震,既增吏士之气,亦宽戍守之劳。靖寇息民,与卿等同喜。 卷四三

八月二十八日入内高班蔡克明传宣宰臣以下贺生获鬼章表太皇太后批答

国家偃兵息民,函养中外。鬼章无故犯顺,神人弃之。虽庙社无疆之休,亦将相一心之助。封章来上,嘉叹不忘。卷四三

八月二十八日入内高班蔡克明传宣宰臣以下贺生擒鬼章表皇帝批答

朕上承慈训,下尽群策,务渐宽于民力,本无意于边功。既狂狁之就擒,知休息之有日。再阅来奏,嘉叹于中。卷四三

太皇太后受册诏词　元祐二年三月

诏曰:祥禫既终,典册告具,而有司遵用章献明肃皇后故事,予当受册于文德殿。虽皇帝孝爱之意,务极尊崇;而朝廷损益之文,各从宜称。矧予凉薄,常慕谦冲。岂敢躬御治朝,自同先后?处之无过之地,乃是爱君之深。所有将来受册,可只就崇政殿。《续资治通鉴长编》卷三九六

赐正议大夫同知枢密院安焘乞退不允诏　一

朕褒显耆旧,取其宿望;养育俊乂,待其成材。庶前后相继,朝不乏人;则堂陛自隆,国有所恃。方今在廷之士,孰非华发之良?而卿以康强之年,为远引之计,于义未可,盖难曲从。所请宜

不允,故兹诏示,想宜知悉。《御刻三希堂石渠宝笈法帖》第一一册

赐正议大夫同知枢密院安焘乞退不允诏　二

　　敕安焘:省所札子奏乞解政事退守便州事具悉。卿之屡请,固非矫激;朕之留行,亦岂空文。内之枢机之谋,外之疆埸之议,责既身任,义难家词。夫饰小行、竞小廉,务为难进易退,此疏远小臣□事,非朕所望于卿也。亟还厥官,毋烦朕命。所请宜不允,故兹诏示,想宜知悉。《御刻三希堂石渠宝笈法帖》第一一册

文集卷十五

密州谢上表

臣轼言：昨奉敕差知密州军州事，已于今月三日到任上讫。草芥贱微，敢干洪造；乾坤广大，曲遂私诚。受命抚躬，已自知于不称；入境问俗，又复过于所期。臣轼中谢。伏念臣家世至寒，性资甚下。学虽笃志，本先朝进士篆刻之文；论不适时，皆老生常谈陈腐之说。分于圣世，处以散材。一自离去阙庭，屡更岁籥。尘埃笔砚，渐忘旧学之渊源；奔走簿书，粗识小人之情伪。欲自试于民社，庶有助于涓埃。以为公朝，不废私愿。携孥上国，预忧桂玉之不充；请郡东方，实欲弟昆之相近。自惟何幸，动获所求。虽父兄所以处臣，其侥幸不过如此。虽云疏外，有此遭逢。此盖伏遇皇帝陛下躬上圣之资，建太平之业，以为人无贤愚，皆有可用，故虽如臣等辈，犹未尽捐。臣敢不仰仞至恩，益坚素守，推广中和之政，抚绥疲瘵之民。要使民之安臣，则为臣之报国。臣无任瞻天荷圣激切屏营之至。卷二三

徐州谢上表

臣轼言：分符高密，已窃名邦；改命东徐，复尘督府。荷恩深厚，抚己兢惭。臣轼中谢。伏念臣奋身农亩，托迹书林。信道直

前,曾无坎井之避;立朝寡助,谁为先后之容! 向者屡献瞽言,仰尘圣鉴。岂有意于为异,盖笃信其所闻。顾惭迂阔之言,虽多而无益;惟有朴忠之素,既久而犹坚。远不忘君,未忍改其常度;言之无罪,实深恃于至仁。知臣者谓臣爱君,不知臣者谓臣多事。空怀此意,谁复见明! 伏惟皇帝陛下日月照临,乾坤覆焘,察孤危之易毁,谅拙直之无他。安全陋躯,畀付善地。民淳讼简,殊无施设之方;食足身闲,仰愧生成之赐。顾力报之无所,怀孤忠而自怜。卷二三

徐州谢奖谕表

臣轼言:伏奉今月四日敕,以臣去岁修城捍水,粗免疏虞,特赐奖谕者。奔走服勤,人臣之常事;褒称劳勉,学者之至荣。自惟何人,乃辱斯语! 臣轼诚惶诚恐稽首顿首。伏念臣学无师法,才与世疏。经术既已不深,吏事又其所短。累忝优寄,卒无异称。宽如定远之言,平平无取;拙比道州之政,下下宜然。乃者河决澶渊,毒流淮泗。百堵皆作,盖僚吏之劬劳;三板不沉,本朝廷之威德。而臣下掠众美,上贪天功,独窃玺书之荣,以为私室之宝。此盖伏遇皇帝陛下天覆四海,子养万民;哀无辜之遭罹,特遣使以存问;既蠲免其赋调,又饮食其饥寒。所以录臣之微劳,盖将责臣之来效。臣敢不躬亲畚筑,益修今岁之防;安集流亡,尽复平时之业。庶殚朽钝,少补丝毫。臣无任。卷二三

徐州贺河平表

臣轼言:窃闻黄河决口已遂闭塞者。圣谟独运,天眷莫违。

庶邦子来，民罔告病。万杵雷动，役不逾时。遂消东北莫大之忧，然后麦禾可得而食。人无后患，喜若再生。臣轼中贺。伏以大河为灾，历世所病。禹治兖州之野，十有三载乃同；汉筑宣防之宫，二十余年而定。未有收狂澜于既溃，复故道于将堙，俯仰而成，神速若此。恭惟皇帝陛下至仁博施，神智无方，达四聪以来众言，广大孝以安宗庙。水当润下，河不溢流。属岁久之无虞，故患生于所忽。方其决也，本吏失其防，而非天意；及其复也，盖天助有德，而非人功。振古所无，溥天同庆。维丰、沛之大泽，实汴、泗之所钟。伊昔横流，凛孤城之若块；迨兹平定，蔚秋稼以如云。害既广则利多，忧独深而喜倍。虽官守有限，不获趋外庭以称觞；而民意所同，亦能抒下情而作颂。臣无任。卷二三

湖州谢上表

臣轼言：蒙恩就移前件差遣，已于今月二十日到任上讫者。风俗阜安，在东南号为无事；山水清远，本朝廷所以优贤。顾惟何人，亦与兹选。臣轼中谢。伏念臣性资顽鄙，名迹堙微。议论阔疏，文学浅陋。凡人必有一得，而臣独无寸长。荷先帝之误恩，擢置三馆；蒙陛下之过听，付以两州。非不欲痛自激昂，少酬恩造，而才分所局，有过无功；法令具存，虽勤何补！罪固多矣，臣犹知之。夫何越次之名邦，更许借资而显授。顾惟无状，岂不知恩？此盖伏遇皇帝陛下，天覆群生，海涵万族，用人不求其备，嘉善而矜不能。知其愚不适时，难以追陪新进；察其老不生事，或能牧养小民。而臣顷在钱塘，乐其风土。鱼鸟之性，既自得于江湖；吴越之人，亦安臣之教令。敢不奉法勤职，息讼平刑。上以广朝廷之仁，下以慰父

老之望。臣无任。卷二三

到黄州谢表

臣轼言：去岁十二月二十九日，准敕责降臣检校尚书水部员外郎、充黄州团练副使，本州安置，不得金书公事，臣已于今月一日到本州讫者。狂愚冒犯，固有常刑。仁圣矜怜，特从轻典；赦其必死，许以自新。祗服训辞，惟知感涕。中谢。伏念臣早缘科第，误忝缙绅。亲逢睿哲之兴，遂有功名之意。亦尝召对便殿，考其所学之言；试守三州，观其所行之实。而臣用意过当，日趋于迷；赋命衰穷，天夺其魄。叛违义理，辜负恩私。茫如醉梦之中，不知言语之出。虽至仁屡赦，而众议不容。案罪责情，固宜伏斧锧于两观；推恩屈法，犹当御魑魅于三危。岂谓尚玷散员，更叨善地。投畀麢鼯之野，保全樗栎之生。臣虽至愚，岂不知幸？此盖伏遇皇帝陛下，德刑并用，善恶兼容。欲使法行而知恩，是用小惩而大诫。天地能覆载之，而不能容之于度外；父母能生育之，而不能出之于死中。伏惟此恩，何以为报！惟当蔬食没齿，杜门思愆。深悟积年之非，永为多士之戒。贪恋圣世，不敢杀身；庶几余生，未为弃物。若获尽力鞭棰之下，必将捐躯矢石之间。指天誓心，有死无易。臣无任。卷二三

谢徐州失觉察妖贼放罪表

臣轼言：去年十二月十五日，准淮南转运司牒，奉圣旨，差官取勘臣前任知徐州日，不觉察百姓李铎、郭进等谋反事。臣寻具

析,在任日,曾选差沂州百姓程棐,令缉捕凶逆贼人,致棐告获前件妖贼因依,乞勘会施行。至今年七月二日,复准转运司牒,坐准尚书刑部牒,奉圣旨,苏轼送尚书刑部,更不取勘。盗发所临,守臣固当重责;罪疑则赦,圣主所以广恩。自惊废逐之余,犹在愍怜之数。臣轼诚惶诚恐,顿首顿首。伏念臣早蒙殊遇,擢领大邦。上不能以道化民,达忠孝于所部;下不能以刑齐物,消奸宄于未萌。致使妄庸,敢图僭逆。原其不职,夫岂胜诛?况兹沟渎之中,重遇雷霆之谴。无官可削,抚己知危。至于捕斩群盗之功,乃是邻近一夫之力。靖言其始,偶出于臣。虽为国督奸,常怀此志;而因人成事,岂足言劳?勉自效于涓埃,庶少宽于斧钺。岂谓荡然之泽,许以勿推。收惊魄于散亡,假余生之晷刻。退思所自,为幸何多。此盖伏遇皇帝陛下舞虞舜之干,示人不杀;祝成汤之网,与物求生。其间用刑,本不得已;稍有可赦,无不从宽。务在考实而原情,何尝记过而忘善!益悟向时之所坐,皆是微臣之自贻。感愧终身,论报无地。布衣蔬食,或未死于饥寒;石心木肠,誓不忘于忠义。臣无任。

卷二三

谢量移汝州表

臣轼言:伏奉正月二十五日诰命,特授臣汝州团练副使、本州安置、不得金书公事者。稍从内迁,示不终弃。罪已甘于万死,恩实出于再生。祗服训词,惟知感涕。臣轼诚惶诚恐,顿首顿首。伏念臣向者名过其实,食浮于人。兄弟并窃于贤科,衣冠或以为盛事。旋从册府,出领郡符。既无片善可纪于丝毫,而以重罪当膏于斧钺。虽蒙恩贷,有愧平生。只影自怜,命寄江湖之上;惊魂未定,梦游缧绁之中。憔悴非人,章狂失志。妻孥之所窃笑,亲友至于绝交。疾病连年,人皆相传为已死;饥寒并日,臣亦自厌其余生。岂谓草芥之贱微,尚烦朝廷之纪录。开其悔悔,许以甄收。此盖伏遇皇帝陛下,汤德日新,尧仁天覆。建原庙以安祖考,正六官而修典刑。百废具兴,多士爰集。弹冠结绶,共欣千载之逢;掩面向隅,不忍一夫之泣。故推涓滴,以及焦枯。顾惟效死之无门,杀身何益;更欲呼天而自列,尚口乃穷。徒有此心,期于异日。臣无任。卷二三

乞常州居住表

臣轼言:臣闻圣人之行法也,如雷霆之震草木,威怒虽甚,而归于欲其生;人主之罪人也,如父母之遣子孙,鞭挞虽严,而不忍致之死。臣漂流弃物,枯槁余生,泣血书词,呼天请命。愿回日月之照,一明葵藿之心。此言朝闻,夕死无憾。臣轼诚惶诚恐,顿首顿首。臣昔者尝对便殿,亲闻德音,似蒙圣知,不在人后。而狂狷妄发,上负恩私。既有司皆以为可诛,虽明主不得而独赦。一从吏议,坐废五年。积忧薰心,惊齿发之先变;抱恨刻骨,伤皮肉之仅存。近者蒙恩量移汝州,伏读训词,有"人材实难,弗忍终弃"之语。岂独知免于缧绁,亦将有望于桑榆;但未死亡,终见天日。岂敢复以迟暮为叹,更生侥觊之心!但以禄廪久空,衣食不继。累重道远,不免舟行。自离黄州,风涛惊恐,举家重病,一子丧亡。今虽已至泗州,而资用罄竭,去汝尚远,难于陆行。无屋可居,无田可食,二十余口,不知所归,饥寒之忧,近在朝夕。与其强颜忍耻,干求于众人;不若归命投诚,控告于君父。臣有薄田在常州宜兴县,

粗给饘粥；欲望圣慈，许于常州居住。又恐罪戾至重，未可听从便安，辄叙微劳，庶蒙恩贷。臣先任徐州日，以河水浸城，几至沦陷。臣日夜守捍，偶获安全，曾蒙朝廷降敕奖谕。又尝选用沂州百姓程棐，令购捕凶党，致获谋反妖贼李铎、郭进等一十七人，亦蒙圣恩保明放罪。皆臣子之常分，无涓埃之可言。冒昧自陈，出于穷迫。庶几因缘侥幸，功过相除；稍出羁囚，得从所便。重念臣受性刚褊，赋命奇穷，既获罪于天，又无助于下。怨仇交积，罪恶横生。群言或起于爱憎，孤忠遂陷于疑似。中虽无愧，不敢自明。向非人主独赐保全，则臣之微生岂有今日！伏惟皇帝陛下圣神天纵，文武生知。得天下之英才，已全三乐；跻斯民于仁寿，不弃一夫。勃然中兴，可谓尽善。而臣抱百年之永叹，悼一饱之无时。贫病交攻，死生莫保。虽凫雁飞集，何足计于江湖；而犬马盖帷，犹有求于君父。敢祈仁圣，少赐矜怜。臣见一面前去，至南京以来听候朝旨。干冒天威，臣无任。卷二三

乞常州居住状

汝州团练副使、本州安置不得签书公事、骑都尉臣苏轼。右臣向以狂妄得罪，伏蒙圣恩，赐以余生，处之善地。岁月未几，又蒙收录，量移近郡。再生之赐，万死难酬。臣以家贫累重，须至乘船赴安置所。自离黄州，风涛惊恐，举家重病，幼子丧亡。今虽已至扬州，而费用竭罄，无以出陆。又汝州别无田业可以为生，犬马之忧，饥寒为急。窃谓朝廷至仁，既已全其性命，必亦怜其失所。臣先有薄田在常州宜兴县，粗给饘粥，欲望圣慈特许于常州居住。若罪戾之余，稍获全济，则捐躯论报，有死不回。臣今来不敢住滞，一

面前去,至南京以来听候指挥。干犯天威,臣无任俯伏待罪战恐之至。谨录奏闻,伏候敕旨。元丰七年十月十九日,汝州团练副使、本州安置不得签书公事、骑都尉臣苏轼状奏。《清河书画舫》卷八下

到常州谢表　一

臣轼言:先蒙恩授汝州团练副使、本州安置,寻上表乞于常州居住,奉圣旨,依所乞。臣已于今月二十二日到常州讫者。积衅难磨,未经洗涤;至仁易感,许即便安。祇荷宠灵,惟知感涕。中谢。伏念臣所犯罪戾,本合诛夷,向非先帝之至明,岂有余生于今日!衔恩未报,有志不从。已分没身,寄残骸于魑魅;敢期择地,收暮景于桑榆。此盖伏遇皇帝陛下仁孝生知,聪明天纵。寅奉上帝之眷命,述修累圣之成谋。念此营蒯之微,庶几簪履之旧。俾安田亩,稍出缧囚。饱食无思,但日陶于新化;杜门自省,当益念于往愆。臣无任。卷二三

到常州谢表　二

臣轼言:先蒙恩授汝州团练副使、本州安置,寻上表乞于常州居住,奉圣旨,依所乞。臣已于今月二十二日到常州讫者。罪大人微,自甘永弃;食贫口众,未免求安。忽奉俞音,出于独断;仰衔恩施,不觉涕零。中谢。伏念臣猥以凡材,早尘仕籍。生逢有作之圣,独抱不移之愚。废弃六年,已忘形于田野;溯沿万里,偶脱命于江潭。岂谓此生,得从所便? 此盖伏遇太皇太后陛下,厚德载物,至仁代天。春生秋成,本无心于草木;风行雷动,自有信于虫鱼。

致此幽顽,亦叨恩宥。耕川凿井,得渐齿于平民;碎首刳肝,尚未知其死所。臣无任。 _{卷二三}

登州谢上表 一

臣轼言:伏奉告命,授臣朝奉郎、知登州军州事,臣已于今月十五日到任上讫者。登虽小郡,地号极边。自惊缧绁之余,忽有民社之寄。拜恩不次,陨涕何言。_{中谢。}臣闻臣不密则失身,而臣无周身之智;人不可以无学,而臣有不学之愚。积此两愆,本当万死,坐受六年之谪,甘如五鼎之珍。击鼓登闻,止求自便;买田阳羡,誓毕此生。岂期枯朽之中,有此遭逢之异。收召魂魄,复为平人;洗濯瑕玼,尽还旧物。此盖伏遇皇帝陛下内行曾、闵之孝,外发禹、汤之仁。日将旦而四海明,天方春而万物作。于其党而观过,谓臣或出于爱君;就所短而求长,知臣稍习于治郡。致兹异宠,骤及非才。恭惟先帝全臣于众怒必死之中,陛下起臣于散官永弃之地。没身难报,碎首为期。臣无任。 _{卷二三}

登州谢上表 二

臣轼言:伏奉告命,授臣朝奉郎、知登州军州事,臣已于今月十五日到任上讫者。宠命过优,训词尤厚;非臣愚蠢,所克承当。臣轼诚惶诚恐,顿首顿首。臣所领州,下临涨海。人淳事简,地瘠民贫。入境问农,首见父老。载白扶杖,争来马前,皆云:"枯朽之余,死亡无日,虽在田野,亦有识知。恭闻圣母至明而慈,嗣皇至仁而孝。每下号令,人皆涕流。愿忍垂死之年,以待维新之政。"言

虽甚拙,意则可知。见朝廷擢臣于久废之中,谓臣愚必有以少塞其
责,或能推广上意,惠康小民。而臣天资钝顽,学问寡浅。心已耗
于多难,才不周其一身。将何以上答圣知,下慰民愿?伏惟太皇太
后陛下以任姒之位,行尧舜之仁,勤邦俭家,永为百王之令典;时使
薄敛,故得万国之欢心。岂烦爝火之微,更助日月之照。但知奉
法,不敢求名。臣无任。卷二三

辞免起居舍人第一状

右轼准阁门告报,已降告命,除臣依前官守起居舍人者。臣
受材浅薄,临事迂疏。起于罪废之中,未有丝毫之效。骤升清职,
必致烦言。愿回虚授之恩,庶免素餐之愧。所有告身,臣不敢祗
受。卷二三

辞免起居舍人第二状

右臣近奏乞辞免起居舍人恩命,准尚书省札子奉圣旨不许辞
免者。天威在颜,不违咫尺;父命于子,惟所东西。况兹久废之余,
敢有不回之意?伏念臣受性褊狷,赋命奇穷。既早窃于贤科,复滥
登于册府。多取天下之公器,又处众人之所争。若此而全,从来未
有。今者出于九死之地,始有再生之心。危迹粗安,惊魂未返。若
骤膺非分之宠,恐别生意外之忧。纵无人灾,必有鬼责。伏望圣慈
廓天地包函之量,推父母爱怜之心,知其实出于至诚,止欲自处于
无过。追还新命,更选异材。使之识分以安身,孰与包羞而冒宠。
再伸微恳,伏俟重诛。所有告身,臣不敢祗受。卷二三

辞免中书舍人状

右臣准阁门告报,已降告命,除臣轼中书舍人者。伏念臣顷自贬所起知登州,到州五日,而召以省郎;到省半月,而擢为右史。欲自勉强,少酬恩私。而才无他长,职有常守。出入禁闼,三月有余;考论事功,一毫无取。今又冒荣直授,躐众骤迁。非次之升,既难以处;不试而用,尤非所安。愿回异恩,免速官谤。所有告身,臣不敢祗受。卷二三

谢中书舍人表　一

臣轼言:伏奉制命,授臣试中书舍人,仍改赐章服者。右史记言,已尘高选;西垣视草,复玷近班。皆儒者之至荣,岂平生之所望。臣轼诚感诚惧,顿首顿首。窃以词命之职,古今所难。非独取之于文,盖将试之以事。至于机务,亦或与闻。虽四户擅权,非当时之公议;而五花判事,亦前代之美谈。及夫三字之除,乃是一切之政。但谓内朝之法从,安知宰相之属官。既任止于训词,故权移于胥史。恬不知怪,习为故常。先皇帝道冠百王,法垂万世。建六官而修故事,辟三省以待异人。典章一新,名实皆正。遂申明于四禁,俾分领于六曹。远则追直阁之司,近则通检正之任。虽未闻政而闻事,盖须有德而有言。如臣之愚,无一而可。草创润色,既非郑国之材;除书德音,又乏唐人之誉。忽当此选,莫测其由。此盖伏遇皇帝陛下,将圣与仁,能哲而惠。虽在三年不言之际,已有十日并照之光。而臣日侍迩英,亲闻访道。仰天威之甚近,知圣鉴之难逃。谓臣尝受先朝之知,实无左右之助。弃瑕往昔,责效将来。

臣敢不益励素心,无忘旧学。上体周公烦悉之诰,助成汉家深厚之文。苟无旷官,其敢言报。臣无任。 卷二三

谢中书舍人表 二

臣轼言:伏奉制命,授臣试中书舍人,仍改赐章服者。圣神独断,出成命于省中;衰病增光,溢虚名于朝右。训词之重,士论所荣。臣轼诚感诚惧,顿首顿首。臣闻有言逆心,此古人所以颠沛;积毁消骨,非圣主莫能保全。臣本受知于裕陵,亦尝见待以国士。嘉其好直,许以能文。虽窜谪流离之余,决无可用;而哀怜收拾之意,终不少衰。抱弓剑以长号,分簪履之永弃。岂期晚遇,又过初心。矧外制之深严,极西垣之清要。在唐之盛,以马周、岑文本为得人;近世所传,有杨亿、欧阳修之故事。不试而用,于今几人。遂超同列之先,远继前修之末。夫何顽钝,有此遭逢! 此盖伏遇太皇太后陛下忧国忘身,爱民如子。忧深故任其事者重,爱极故为之虑也长。敷求哲人,以遗嗣圣。所以兼收而并用,庶几有得于其间。臣敢不尽其所能,期于无愧。始终自誓,故常以道而事君;夷嶮不同,则必见危而授命。臣无任。 卷二三

辞免翰林学士第一状

右臣准阁门告报,已降告命,除臣翰林学士知制诰者。臣窃谓自从西掖,直迁内制,虽祖宗故事,而近岁以来,少有此比,非高材重德雅望,不在此选。臣自量三者皆不逮人,骤当殊擢,实不自安。伏望圣慈察臣至诚,非苟辞避,追还异恩,以厌公论。谨录奏

闻。卷二三

辞免翰林学士第二状

右臣近者奏乞辞免翰林学士知制诰恩命,伏蒙降诏不允者。天地之恩,义无所谢;父母之训,理不可违。而臣至愚,尚守所见,再倾微恳,不避重诛。非独以学问荒唐,文词鄙浅,已试无效,如前所陈。实以劳旧尚多,必有积薪之诮;兄弟并进,岂无连茹之嫌?诚不自安,非敢矫饰。伏望圣慈亮其悃愊,特许追还。庶免人言,俾得自效。所有告命,臣不敢祗受。谨录奏闻。卷二三

谢宣召入院状　一

右臣今月日西头供奉官充待诏董士隆至臣所居,奉宣圣旨,召臣入院充学士者。诏语春温,再命而偻;使华天降,一节以趋。在故事以尝闻,岂平生之敢望!省循非称,愧汗交深。窃以视草之官,自唐为盛。虽职亲事秘,号为北门学士之荣;而禄薄地寒,至有京兆掾曹之请。岂如圣代,一振儒风。非徒好爵之縻,兼享大烹之养。玉堂赐篆,仰淳化之弥文;宝带重金,佩元丰之新渥。既厚其礼,愈难其人。而臣以空疏冗散之材,衰病流离之后,生还万里,坐阅三迁。不缘左右之容,蹑处贤豪之上。此盖伏遇皇帝陛下,生资文武,天祚圣神。虽亮阴不言,尚隐高宗之德;而小毖求助,已启成王之心。首择辅臣,次求法从。知人材之难得,采虚名而用臣。敢不益励初心,力图后效。才不逮古,虽惭内相之名;志常在民,庶免私人之诮。臣无任。卷二三

谢宣召入院状　二

右臣今月日西头供奉官充待诏董士隆至臣所居,奉宣圣旨,召臣入院充学士者。里巷传呼,亲临诏使;私庭望拜,恭被德音。人言稽古之荣,臣有素餐之愧。悬词虽至,成命莫回。伏以朝论所高,禁林为重,非徒翰墨之选,乃是将相之储。礼绝同僚,叹裴、李于座上;功成异域,得颇、牧于禁中。宜有异人,来膺此选。而臣颛愚自信,狂直不回。先帝怜其孤忠,欲召而未果;陛下出于独断,决用而无疑。曾未周岁,而阅三官;试以百为,而无一可。保全已幸,擢用何名!此盖伏遇太皇太后陛下德协天人,心存社稷。受圣子之托天下,抱神孙而朝诸侯。巍巍其有成功,不见治迹;断断而无他技,专用老成。推其类以及臣,顾何能而在此!忠义之报,死生不移。臣无任。卷二三

谢翰林学士表　一

臣轼言:蒙恩除臣翰林学士知制诰者。名微不称,宠至若惊。伏念臣经术空疏,吏能短浅。少年自守,无用于作新;去国生还,适逢于求旧。初何云补,遽辱甄收?此盖伏遇皇帝陛下文武生知,聪明天纵。法乾坤之广运,体日月之照微。过采虚名,使陈薄技。敢不激昂晚节,砥砺初心。虽洪造之难酬,尽微生而后已。臣无任。卷二三

谢翰林学士表　二

臣轼言:蒙恩除臣翰林学士知制诰者。宠光逾分,荣愧交中。

伏念臣本以疏愚，起于遐陋。学虽笃志，皆场屋之空文；言不适时，岂朝廷之通论。老于忧患，望绝缙绅。此盖伏遇太皇太后陛下总览政纲，灼知治体。恢复祖宗之旧，兼收文武之资。过录愚忠，以敦薄俗。敢不临宠而惧，职思其忧。非敢有意于功名，庶几少逃于罪悔。臣无任。_{卷二三}

谢赐对衣金带马表　一

臣轼言：伏蒙圣慈，以臣入院，特赐衣一对、金腰带一条、金镀银鞍辔马一匹。被三品之服章，君子所以昭令德；分六闲之驵骏，朝廷所以旌有功。顾惟何人，亦与兹宠！拜恩俯偻，流汗交并。臣轼_{中谢}。伏念臣人微地寒，性迂才短。袭布韦而自荐，偶忝缙绅；驾款段以言归，终安畎亩。岂谓便蕃之锡，萃于衰病之躯！此盖伏遇皇帝陛下总览众工，财成大化。至诚乐与，有缁衣之好贤；俊民用章，无白驹于空谷。不遗寒陋，亦被光华。揽佩以思，遂识断金之义；举鞭自誓，敢忘希骥之心。臣无任。_{卷二三}

谢赐对衣金带马表　二

臣轼言：伏蒙圣慈，以臣入院，特赐衣一对、金腰带一条、金镀银鞍辔马一匹。命服出笥，荣动搢绅；左骖在廷，光生徒驭。德不称物，愧无所容。臣轼_{中谢}。伏念臣衰朽无功，蠢愚不学，已分鹈梁之刺，敢逃负乘之讥！再惟此恩，何自而至。此盖伏遇太皇太后陛下至神广运，盛德兼容。躬周公之勤劳，而逸于委任；宝老氏之慈俭，而侈于礼贤。致此光荣，下及微陋。慨然揽辔，敢有意于澄

清；束以立朝，尚可言于宾客。臣无任。 _{卷二三}

笏记 一

禁林之选，多士所荣。非独文章之工，俾专翰墨；当属典刑之老，以重朝廷。如臣空疏，岂宜尘冒！此盖伏遇皇帝陛下，刚健纯粹，缉熙光明。曲搜已弃之材，将建无穷之业。顾惭浅陋，将何补于盛明；惟有朴忠，誓不回于生死。臣无任。 _{卷二三}

笏记 二

西掖代言，已愧一时之高选；北门视草，又忝诸生之极荣。岂伊衰朽之余，有此遭逢之异！此盖伏遇太皇太后陛下坤元利正，天造无私，靡求备于一人，将曲成于万物。文章小技，纵有效于涓埃；草木微生，终难酬于雨露。臣无任。 _{卷二三}

辞免侍读状

右臣今月二十六日，准阁门告报，蒙恩除臣兼侍读者。入侍迩英，其选至重，非独分摘章句，实以仰备顾问。臣学术浅陋，恐非其人。况臣待罪禁林，初无吏责，又加禀赐之厚，益负尸素之忧。伏望圣慈，察其诚心，追回新命，以授能者。谨录奏闻，伏候敕旨。
卷二三

文集卷十六

谢除侍读表　一

臣轼言：今月一日蒙恩除臣兼侍读者。学术本疏，老复加于謇讷；官联愈近，职专在于讨论。退省其愚，莫知所措。中谢。伏以天威咫尺，顾末技以何施；圣敬日跻，岂群臣之可望。非张禹、宽中之笃学，无量、怀素之懿文，则何以奉天子五学之游，求王人多闻之益。如臣愚暗，何与选抡！此盖伏遇皇帝陛下卓然生知，辅以好学。方高宗恭默之后，正宣帝励精之初。众论并陈，悉洞照其情伪；陈编一览，已周知于废兴。察臣衰病而无求，庶可亲近而寡过。故兹拔用，骤及疲驽。臣敢不温故知新，粗办有司之职；见危致命，更输异日之忠。臣无任。卷二三

谢除侍读表　二

臣轼言：今月一日蒙恩除臣兼侍读者。北门视草，已叨儒者之极荣；西学上贤，复玷侍臣之高选。省循非称，愧汗交怀。中谢。窃惟讲读之臣，止以言语为职。考功课吏，无殿最之可书；陈善闭邪，有膏泽之潜润。岂臣愚陋，亦所克堪！此盖伏遇太皇太后陛下忧思深长，德业久大。受先帝投艰之托，为神孙经远之谋。故选左

右前后之人，罔非吉士；使知兴亡治乱之效，莫若多闻。谓臣虽无大过人之才，知臣粗有不欺君之实。故使朝夕与于讨论。奉永日之清闲，未知所报；毕微生于尽瘁，终致此心。臣无任。_{卷二三}

谢赐御书诗表

臣轼言：今月十五日赐宴东宫，伏蒙圣恩，差中使就赐臣御书诗一首者。玉斝金尊，霈若云天之泽；宝章宸翰，焕乎奎壁之文。喜溢心颜，光生怀袖。臣轼诚感诚惧，顿首顿首。伏念臣猥缘末技，获玷清流。早岁数奇，已老江湖之上；余生何幸，得依日月之光。入侍燕闲，与闻讲学。卒桓荣之业，因人而成；登刘洎之床，则臣岂敢。夫何珍赐，亦及微躯！此盖伏遇皇帝陛下道本生知，才惟天纵。文不数于游、夏，书已逼于锺、王。心慕手追，陋文皇之曲学；笔纵字大，笑宋武之未工。知臣遭遇之难，欲以显荣其老。镂之金石，庶传玩于人人；付与子孙，俾输忠于世世。臣无任。_{卷二三}

谢三伏早出院表

臣轼言：君逸臣劳，固上下之分；金伏火见，亦消长之常。乃缘异恩，而许夙退。_{中谢。}伏念臣等误缘末技，待罪禁林。戴星而朝，虽粗输其勤拙；穷日之力，卒无补于丝毫。遽蒙假借之私，得遂委蛇之乐。此盖伏遇太皇太后陛下严于恭己，恕以驭臣。事既省于清心，日自长于化国。朝而不夕，前追静治之风；伏当早归，下遂疏愚之性。臣无任。_{卷二三}

谢除龙图阁学士表　一

臣轼言：伏蒙圣恩，以臣累章请郡，特除臣龙图阁学士知杭州者。中禁宝储，上应奎壁之象；先朝谟训，远同河洛之符。隶职其间，省躬非据。臣轼诚惶诚恐，顿首顿首。伏念臣学非有得，愚至不移，虽叨过实之名，卒无适用之器。少时忘意，盖尝有志于事功；晚岁积忧，但欲归安于田亩。属圣神之履运，荷识拔之非常。犹冀桑榆之收，遽迫犬马之疾。力求闲散，庶免颠挤。岂谓皇帝陛下圣度包荒，天慈委照，察其才有所短，不欲强置之禁严；知其进不由人，故特保全其终始。遂加此职，以贲其行。臣敢不仰缘末光，益励素守。往何适而不可，中无愧之为安。但未死亡，必期报塞。臣无任感天荷圣激切屏营之至。卷二三

谢除龙图阁学士表　二

臣轼言：伏蒙圣恩，以臣累章请郡，特除臣龙图阁学士知杭州者。北扉清密，久愧素餐；内阁深严，复膺殊宠。以荣为惧，有靦在颜。臣轼诚惶诚恐，顿首顿首。伏念臣赋命数奇，与人多忤。遭遇仁祖，忝窃贤科；继蒙英庙之深知，尤荷裕陵之见器。而流离若此，穷薄可知。晚亲日月之光，常恐瓶罍之溢。故求闲散，以避灾迍。岂谓太皇太后陛下天高听卑，坤厚载物。爱惜臣下，固无异于子孙；委任官师，本不分于中外。致兹衰病，不失清华。然臣辞宠而益荣，求闲而得剧。虽云稍远于争地，尚恐终非其久安。敢不磨钝自修，履冰知戒；庶全孤节，少答殊私。臣无任。卷二三

谢赐对衣金带马表 一

臣轼言:伏蒙圣慈,特赐衣一对、金腰带一条、金镀银鞍辔一副、马一匹者。出笥之珍,已华朽质;解骖之赐,益耀众观。顾惟何人,亦被兹宠。臣轼诚惶诚恐,顿首顿首。伏念臣少而拙讷,老益疏愚。山野之姿,非文绣之所及;疲驽之质,虽鞭策以何加! 方祈冗散之安,更忝便蕃之锡。此盖伏遇皇帝陛下缉熙儒术,网罗人材。不爱车服宠数之章,使为吏民瞻望之美。据鞍有愧,束衽知荣。敢不奉以牧民,永思去害之指;施之大邑,庶无学制之伤。臣无任。　卷二三

谢赐对衣金带马表 二

臣轼言:伏蒙圣恩,特赐衣一对、金腰带一条、金镀银鞍辔一副、马一匹者。命服斯皇,《诗》咏周宣之德;康侯用锡,《易》称王母之仁。惠泽所加,臣工知劝。臣轼诚惶诚恐,顿首顿首。伏念臣资材朽钝,学术空疏,矧兹衰病之余,岂复光华之羡。荷宠章之蕃庶,人以为荣;顾形影之支离,臣惟自愧。此盖伏遇太皇太后陛下知人尧哲,遍物舜仁,时遣拾遗补过之臣,出为承流宣化之任。子衣安吉,不待请而得之;我马虺隤,盖知劳而赐者。敢不勉思忠荩,务报恩勤。永惟厩库之珍,莫非民力;无忘狱市之寄,以副上心。臣无任。　卷二三

笏记 一

臣轼言:隶职宸居,承流阃寄;自知衰朽,有玷宠光。此盖伏遇皇帝陛下总揽群材,靡遗片善;曲收顽钝,俾处清华。徒倾草木

之心，莫报乾坤之施。臣无任。_{卷二三}

笏记 二

既尘美职，复玷名藩；荣宠过情，省循知愧。此盖伏遇太皇太后陛下仁均动植，明烛幽微，特示宠章，以旌眷遇。恩勤莫报，生死难忘。臣无任。_{卷二三}

杭州谢上表 一

臣轼言：伏奉制书，除臣龙图阁学士知杭州，臣已于今月三日到任上讫者。始衰而病，岂非满溢之灾；乞越得杭，又过平生之望。臣轼诚惶诚恐，顿首顿首。伏念臣起自废黜，骤登禁严。毕命驱驰，未偿万一；怀安退缩，岂所当然？盖散材不任于斧斤，而病马空縻于刍粟。故求外补，以尽余年。岂期避宠而益荣，求闲而得剧！此盖伏遇皇帝陛下刚健中正，缉熙光明，无为盖虞舜之仁，笃学有仲尼之智。而臣猥以末技，日奉讲帷，凛然威光，近在咫尺。惟古人责难之意，每不自量；方陛下好问之初，遽以疾去。推之理数，可谓奇穷。荷眷遇之不移，窃恩荣而愈重。虽雨露之施，初不择物；而犬马之报，期于杀身。臣无任。_{卷二三}

杭州谢上表 二

臣轼言：伏奉制书，除臣龙图阁学士知杭州，臣已于今月三日到任上讫者。入奉禁严，出膺方面，皆人臣之殊选，在儒者以尤荣。

臣轼诚惶诚恐,顿首顿首。伏念臣受宠逾涯,积忧成疾,既思退就于安养,又欲少逃于满盈。仰荷至仁,曲从微愿。江山故国,所至如归;父老遗民,与臣相问。知朝廷辍近侍为太守,盖圣主视天下如一家。鞭扑未施,争讼几绝。臣之厚幸,岂易名言!此盖伏遇太皇太后陛下天地之仁,贤愚兼取;日月之照,邪正自分。每包函其蠢迂,欲保全其终始。兄弟孤立,尝亲奉于德音;死生不移,更誓坚于晚节。臣无任。 卷二三

杭州谢放罪表 一

臣轼言:臣近以法外刺配本州百姓颜章、颜益二人,上章待罪,奉圣旨特放罪者。职在承宣,当遵三尺之约束;事关利害,辄从一切之便宜。曲荷天恩,不从吏议。臣轼诚惶诚恐,顿首顿首。伏念臣早缘刚拙,屡致忧虞。用之朝廷,则逆耳之奏形于言;施之郡县,则疾恶之心见于政。虽知难每以为戒,而临事不能自回。苟非日月之明,肝胆必照,则臣岂惟获罪于今日,久已见倾于众言。恭惟皇帝陛下睿哲生知,清明旁达。委任群下,退托于不能;爱养成材,惟恐其有过。知臣欲去一方之积弊,须除二猾以示民。特屈宪章,以全器使。臣敢不省循过咎,祗服简书。眷此善良,自不犯于汉法;时有贷舍,用益广于尧仁。臣无任。 卷二三

杭州谢放罪表 二

乱群之诛,不请而决。盖恩威之无素,致奸猾之敢行。方俟谴诃,岂期宽宥。臣轼诚惶诚恐,顿首顿首。伏以法吏网密,盖出

于近年;守臣权轻,无甚于今日。观祖宗信任之意,以州郡责成于人。岂有不择师帅之良,但知绳墨之驭。若平居仅能守法,则缓急何以使民。顾臣不才,难以议此。恭惟太皇太后陛下宽仁从众,信顺得天。推一身之至公,纳万方于无罪。而臣始终被遇,中外蒙恩。谓事有专而合宜,情无他而可恕。故加贷舍,以示宠绥。朝廷之明,粗以臣为可信;吏民自服,当不令而率从。臣无任。<small>卷二三</small>

贺明堂赦书表　一

臣轼言:宗祀告成,修累朝之盛典;端门肆眚,答万宇之欢心。凡有识知,举增抃跃。臣轼诚欢诚喜,顿首顿首。窃谓祖宗恩信之所被,譬如天地寒暑之不差。将推作解之仁,必在当郊之岁。恭惟皇帝陛下宪章六圣,左右三灵,上帝眷而风雨时,壬人去而蛮夷服。讲明大礼,对越昊天。怀柔百神,向用五福。大河修复,奏轨道于东流;藩邸顾怀,锡鸿名于西府。臣备员法从,待罪守臣。想闻路寝之鼓钟,曾叨奉引;嘉与海隅之草木,同被恩私。臣无任。<small>卷二三</small>

贺明堂赦书表　二

臣轼言:严配礼成,民心知孝;好生德洽,天下归仁。凡蒙一洗之恩,举有惟新之喜。臣轼诚欢诚抃,顿首顿首。伏以功存庙社而辞其礼,泽及草木而讳其名。此圣人之所难,幸微生之亲见。恭惟太皇太后陛下勋高任姒,道配唐虞。顾惟致治于和平,孰不归心于保佑。合宫均福,毕修累圣之文;会庆告成,不居先后之位。臣职叨禁从,身远阙庭。既欣涣汗之私,溥沾动植;更喜谦光之美,独

冠古今。臣无任。_{卷二三}

谢赐历日诏书表　一

臣轼言：伏蒙圣恩，特赐臣诏书并元祐五年历日一卷者。论道调元，虽大臣之职；授时赋政，亦郡守之常。而臣供奉内朝，使指一道。居则代言而颁令，出则劝民以务农。沐此恩荣，敢忘奉顺！臣轼_{中谢}。恭惟皇帝陛下文明宪古，睿哲先天。历象教民，本尧舜之智；水旱罪己，盖禹汤之仁。固将推广其诚心，岂特奉行于故事。爰因岁首，已宣布于王言；孰谓民愚，咸识知于帝力。臣无任。_{卷二三}

谢赐历日诏书表　二

臣轼言：伏蒙圣恩，特赐臣诏书并元祐五年历日一卷者。窃惟稽古之君，必以授时为急。底日不失日，官既有常；先时不及时，罚在无赦。申以丁宁之诏，致其恻怛之诚。习见颁行，止谓有司之故事；考其情实，则本圣人之用心。臣轼_{中谢}。恭惟太皇太后陛下元功在天，盛德冠古。顺帝之则，虽并用于恩威；与物为春，盖同归于仁厚。而臣入奉讲学，出牧农民，恭布诏书，悉传闾里。庶德音之昭格，致嗣岁之丰穰。臣无任。_{卷二三}

贺兴龙节表

臣轼言：天佑民而作君，惟德是辅；帝生商而立子，有开必先。纳富寿于方来，实兆基于兹日。臣轼_{中贺}。恭惟皇帝陛下文思天纵,圣敬日跻。以若稽古之心,上遵王路;行不忍人之政,下酌民言。神听靖共,天寿平格。臣久尘法从,出领郡符。奉万年之觞,虽阻陪于下列;接千岁之统,犹及见于升平。草木之情,日月所照。臣无任。_{卷二三}

贺坤成节表

臣轼言:仁惟天助,寿不假于祷祈;泽在民心,言自成于雅颂。恭临诞月,仰祝圣期。虽凡庶之何知,亦臣子之常分。中谢。恭惟太皇太后陛下储神天地,托国祖宗。元勋本自于无心,神智实生于至静。同守大器,于兹六年。放亿万之羽毛,未若消兵以全赤子;饭无数之缁褐,岂如散廪以活饥民。臣躬领郡符,目睹兹事。载瞻象阙,阻奉瑶觞。嘉与海隅之人,同罄华封之祝。臣无任。_{卷二三}

辞免翰林学士承旨第一状

右臣今月二十八日奉敕,已除臣翰林学士承旨、左朝奉郎、知制诰,诏书到日,可依条交割公事讫,乘递马疾速发来赴阙。臣已于当日依条交割公事讫。伏念臣顷以两目昏暗,左臂不仁,坚辞禁林,得请便郡;庶缘静退,少养衰残。二年于兹,一事无补。才有限而难强,病不减而益增。但以东南连被灾伤,不敢陈乞,别求安便;敢谓仁圣尚赐恩怜,召还故官,复加新宠。不惟朝廷公议未允,实亦衰病勉强不前。兼窃睹邸报,臣弟辙已除尚书右丞。兄居禁林,弟为执政。在公朝既合回避,于私门实惧满盈。计此误恩,必难安处。伏望圣慈除臣一郡,以息多言。臣见起发前去,至宿、泗间听

候指挥。谨录奏闻,伏候敕旨。_{卷二三}

辞免翰林学士承旨第二状

右臣近蒙恩除翰林学士承旨。臣以衰病不才,难居禁近,兼以弟辙忝与执政,理合回避,奏乞除臣一郡。今奉诏书,未赐开允。恩威之重,霈若雷雨,岂臣屡陋所敢固违?伏念臣自去阙庭,日加衰白。故疾不愈,旧学已荒;更冒宠荣,必速颠踬。而况清要之地,众所奔趋;兄弟迭居,势难安处。正使缘力辞而获谴,犹贤于忝冒而致灾。伏望圣慈察臣诚恳,特赐除臣知扬、越、陈、蔡一郡。臣今已到扬州,迤逦前去南京以来,听候指挥。干冒天威,臣无任战恐待罪之至。谨录奏闻,伏候敕旨。_{卷二三}

辞免翰林学士承旨第三状

右臣近蒙恩除翰林学士承旨。臣以衰病不才,难居禁近。兼以弟辙备位执政,理合回避。寻两次奏乞除臣一郡,准尚书省札子,三省同奉圣旨,依前降诏书不允者。臣之愚虑,终以弟辙亲嫌,于义未安。窃见仁宗朝王洙为学士,以其从子尧臣参知政事,故罢。臣今来欲乞依王洙故事回避,仍乞检会前奏,除臣扬、越、陈、蔡一郡。屡犯天威,臣无任战恐待罪之至。谨录奏闻,伏候敕旨。_{卷二三}

乞候坤成节上寿讫复遂前请状

右臣近奏乞依王洙故事,罢翰林学士承旨,仍乞一郡,奉圣旨依累降指挥不允者。衔戴恩慈,怵迫威命,已经三却,其敢固违!已于今月二十九日赴阁门祗受告命讫。然臣衰病日加,心力难强,亲嫌之避,愚守不移。伏见坤成节在近,欲候上寿讫,复遂前请。勉强供职,庶表见臣子恭顺之心;逡巡力辞,盖终存典刑分义之守。谨录奏闻。谨奏。卷二三

谢宣召再入学士院　一

　　右臣今月十一日翰林待诏梁迪至臣所居,奉宣圣旨,召臣入院充学士承旨者。使星下烛,生蓬荜之光华;天泽旁流,及桑榆之枯槁。国有用儒之盛,士知稽古之荣。伏以翰墨之林,号称内相;文章之外,不取他才。至于用人,可以观政。文武并用,或成颇、牧之功;邪正杂居,至有佊、文之患。惟贵且近,故难其人。而况金銮玉堂,亲被丝纶之密;北扉东阁,独称年德之高。必有异人,以齐众口。而臣本缘衰病,出守江湖。以一方凋弊之余,当二年水潦之厄。戴星而治,仅免流离;及瓜而还,恍如梦寐。交亲迎劳,都邑聚观。惊华发之半空,笑丹心之未折。宜投闲散,以养衰残。岂期过采于虚名,复使荣加于旧物。此盖伏遇皇帝陛下德如乾健,明配日中,既祖述于尧仁,复躬行于舜孝。才难之叹,人诵斯言。缘先帝之德音,收孤臣于散地。言虽直而无罪,身愈远而益亲。委曲保全,始终录用。臣敢不更磨朽钝,少补涓埃。难得者时,未有捐躯之会;勿欺而犯,誓无患失之心。臣无任感天荷圣激切屏营之至。谨录奏谢以闻。谨奏。卷二三

谢宣召再入学士院 二

右臣今月十一日翰林待诏梁迪至臣所居,奉宣圣旨,召臣入院充学士承旨者。衰迟无用,宠既溢于当年;眷待有加,恩复隆于晚节。使华临贲,天语丁宁。耸里巷之惊观,叹朝廷之用旧。伏以禁林分直,法本六人。帝语亲承,旧惟一老。不缘名次之先后,断自上心之简求。冠内朝供奉之班,极儒者遭逢之盛。凡膺此选,宜得异材。而臣本以愚忠,累尘器使。初无已试之效,但有过实之名。千里阙庭,二年江海。忧深投杼,岂无三至之言;诏复赐环,不待一人之誉。此盖伏遇太皇太后陛下道无私载,公生至明。以七年之照临,观群臣之邪正。知臣刚褊自用,虽有宽饶之狂;察臣忠鲠不移,庶几长孺之守。故还旧物,益茂新恩。臣敢不早夜以思,死生不易。虽桑榆之景,已迫残年;而犬马之心,犹思后效。 卷二三

谢赐对衣金带马状 一

右臣伏蒙圣慈以臣入院,特赐衣一对、金腰带一条,并鱼袋、镀金银鞍辔马一匹者。汉官三服,已分密丽之珍;唐监八坊,复下权奇之骏。拜嘉甚宠,省己何功? 伏念臣受材迂疏,赋命寒蹇。幼师季路,止服缊袍;长慕少游,欲乘下泽。目眩重金之耀,神惊四牡之良。俯仰自惟,周章失次。此盖伏遇皇帝陛下忧勤黎庶,寤寐俊贤。故损厩库之储,以广英雄之毂。致兹屡陋,亦被宠光。臣敢不求称于衷,益鞭其后。薄德盛服,当戒《维鹈》之篇;强力安邦,庶几《有驰》之颂。臣无任感天荷圣激切屏营之至。谨录奏谢以闻。谨奏。 卷二三

谢赐对衣金带马状　二

右臣伏蒙圣慈以臣入院,特赐衣一对、金腰带一条,并鱼袋、金镀银鞍辔马一匹者。镂锡金轭,示有驰驱之劳;宝带袭衣,岂无约束之义。上既循名而责实,下当因物以贡诚。伏念臣少则贱贫,长而困厄。仲卿龙具,追晏子之一裘;伯厚鸡栖,陋景公之千驷。无功拜赐,服宠汗颜。顾惟何人,膺此异数? 此盖伏遇太皇太后陛下躬行慈俭,德贯天人。约于奉己,而侈于养贤;严于私亲,而宽于驭众。怜其朽钝,借以光华。臣敢不衣被训词,服勤鞭棰。惟德其物,永观不易之言;思马斯徂,更厉无邪之志。_{卷二三}

笏记　一

臣蒙恩授翰林学士承旨、知制诰、兼侍读者。出膺阃寄,入长禁林。皆儒者之极荣,岂驽材之所称! 此盖伏遇皇帝陛下法天凝命,稽古象贤,总揽群英,兼收小器。欲效涓尘之报,未知糜陨之期。臣无任感天荷圣激切屏营之至。_{卷二三}

笏记　二

臣蒙恩授翰林学士承旨、知制诰、兼侍读者。出守无功,方期窜逐;召还何幸,复玷清华。此盖伏遇太皇太后坤载沉潜,母慈均一。既陶甄于顽矿,复封植于散材。誓卒余生,少图来效。臣无任感天荷圣激切屏营之至。_{卷二三}

谢兼侍读表 一

臣轼言：今月四日，伏奉告命除臣兼侍读者。用非其分，宠至若惊。满溢之忧，逡巡莫避。臣某诚惶诚恐，顿首顿首。伏念臣与弟辙同登进士，并擢贤科；内外分掌于制书，先后迭居于翰苑。今臣以经史入侍，司言行于中；辙以丞辖立朝，督纲条于外。恭承明诏，不许固辞。以为兄弟之同升，自是朝廷之盛事。承明三入，仅比古人；大雅一门，无惭旧史。人非木石，恩重丘山。恭惟太皇太后陛下明极照临，忧深付托。欲为社稷之卫，莫如臣仆之贤。以帝尧之哲，而甚畏于壬人；以孔子之圣，而思见于狷者。致兹选擢，骤及迂愚。臣敢不淬励初心，激昂晚岁，誓坚必死之节，少报不赀之恩。臣无任感天荷圣激切屏营之至。谨奉表称谢以闻。臣某诚惶诚恐，顿首谨言。卷二三

谢兼侍读表 二

臣轼言：今月四日伏奉告命除臣兼侍读者。叨承新命，祗服训词。薄技已穷，旧恩未替。臣某诚惶诚恐，顿首顿首。伏念臣志大而才短，论迂而性刚。以自用不回之心，处众人必争之地。不早退缩，安能保全？是以三年翰墨之林，屡遭飞语；再岁江湖之上，粗免烦言。岂此身愚智之殊，盖所居闲剧之致。臣之自处，何者为宜？而况讲读之司，帷幄最近。分章摘句，则何以报非常之知；因事献言，又必贻前日之患。虽仰恃天日之照，实常负冰渊之虞。恭惟皇帝陛下大德庇民，小心顺帝。虽天覆地载，以圣不可知为神；而日就月将，以学而不厌为智。曲收旧物，以广多闻。臣敢不职思其忧，本

无分于中外；欲报之德，誓不易于死生。臣无任感天荷圣激切屏营之至。谨奉表称谢以闻。臣某诚惶诚恐，顿首顿首。谨言。卷二三

谢三伏早休表　一

大火既中，三庚云伏，炎熹之病，贵贱所同。忽蒙退食之恩，遂失流金之酷。恭惟皇帝陛下仁均动植，明烛幽微。上有无逸之勤，下无独贤之叹。臣等逢时多暇，窃禄安居。共扬扇暍之风，以安黎庶；更励饮冰之节，少答生成。臣等无任仰天荷圣激切屏营之至。卷二三

谢三伏早休表　二

星火见而金微，日方可畏；朝气锐而昼惰，恩获少休。上既知劳，下皆忘暑。恭惟太皇太后陛下劳谦恭己，内恕及人。虽天地无一物之私，而父母有至诚之爱。臣等仰蒙宽假，动获便安。未明无颠倒之衣，省循何幸；凤退有委蛇之食，歌咏而归。臣等无任仰天荷圣激切屏营之至。卷二三

谢除龙图阁学士知颍州表　一

臣轼言：伏蒙圣恩，以臣累章乞郡，除臣龙图阁学士知颍州者。引嫌求避，顾旧典之甚明；易职宠行，荷新恩之至厚。疏愚自省，惭悚交并。中谢。伏念臣学陋无闻，性迂难合。受四朝之知遇，窃五郡之蕃宣。吴会二年，但坐糜于廪禄；禁林数月，曾未补于

丝毫。敢冀殊私,复还旧物。恭惟太皇太后陛下仁涵动植,明烛幽微,知臣独受于圣知,欲使曲全于晚节。怜其无用,许以少安。凡力请八章而后从,使不为一乞而遽去。在臣进退,可谓光荣。虽老病怀归,已功名之无望;而衷诚思报,尚生死之不移。臣无任感天荷圣激切屏营之至。谨奉表称谢以闻。卷二三

谢除龙图阁学士知颍州表 二

臣轼言:伏蒙圣恩,以臣累章乞郡,除臣龙图阁学士知颍州者。备员经席,幸依日月之光;引避亲嫌,实有简书之畏。恩还旧职,宠寄近蕃。衰朽增华,省循知愧。中谢。伏念臣生无他技,天与愚忠。虽所向之奇穷,独受知于仁圣。力求便郡,盖常怀老退之心;伏读训词,有不为朕留之语。殊私难报,危涕自零。恭惟皇帝陛下缉熙光明,刚健笃实。方收文王之四友,以集孔子之大成。而臣苟念余生之安,莫伸一割之用。桑榆暮齿,恐遂赍志而莫偿;犬马微心,犹恐盖棺而后定。臣无任。卷二三

颍川谢表[1]

入参两禁,每玷北扉之荣;出典二州,辄为西湖之长。《鹤林玉露》甲编卷四

---

[1]《鹤林玉露》云:东坡守杭守颍,皆有西湖,故《颍川谢表》云(下引此联)。本书卷一七《颍州谢到任表》二首无此联,姑录于此。又,《苕溪渔隐丛话》前集卷四一、《诗话总龟》前集卷二九亦记此语,惟题作《谢执政启》。

文集卷十七

谢赐对衣金带马状 一

右臣伏蒙圣慈特赐臣对衣一袭、金腰带一条、银鞍辔马一匹者。锡之上驷，敢忘致远之劳；佩以良金，无复忘腰之适。执鞭请事，顾影知惭。恭惟皇帝陛下禹俭中修，尧文外焕。长辔以御，率皆四牡之良；所宝惟贤，岂徒三品之贵。出捐车服，收辑事功。而臣衰不待年，宠常过分。枯羸之质，匪伊垂之而带有余；敛退之心，非敢后也而马不进。徒坚晚节，难报深恩。臣无任。_{卷二四}

谢赐对衣金带马状 二

右臣伏蒙圣慈特赐臣对衣一袭、金腰带一条、银鞍辔马一匹者。出筍之珍，以旌有德；在坰之驷，岂及无功。而臣首尾四年，叨尘三锡。省躬内灼，服宠汗流。恭惟太皇太后陛下慈俭自居，龙光四达。德被海宇，岂惟一袭之衣；恩结华夷，何止十围之带！群贤在驭，六辔自调。而臣顷以衰羸，止求安便。奉宣德意，庶几五袴之谣；收敛壮心，无复千里之志。更期力报，有愧空言。臣无任。

颍州谢到任表 一

臣轼言：伏蒙圣恩，除臣龙图阁学士知颍州，臣已于今月二十二日到任讫者。避嫌引疾，惭无国士之风；揣分知难，粗守人臣之节。曲蒙温诏，遂假名邦，已见吏民，惟知感怍。臣某^{中谢}。伏念臣早缘多难，无意轩裳；晚以虚名，偶尘侍从。虽云时可，每与愿违。既未决于归田，故力求于治郡。慈母爱子，但怜其无能；明君知臣，终护其所短。自欣投老，渐获安身。此盖伏遇太皇太后陛下慈俭临民，刚柔布政。参天地而有信，喜怒不陈；体水镜之无心，忠邪自辨。致兹愚直，亦克保全。虽任职居官，无过人者；而见危授命，盖有志焉。臣无任。卷二四

颍州谢到任表 二

臣轼言：伏蒙圣恩，除臣龙图阁学士知颍州，臣已于今月二十二日到任讫者。支郡责轻，未即满盈于小器；丰年事简，非徒饱暖于一家。览几席之溪湖，杂簿书于鱼鸟。平生所乐，临老获从。臣某诚惶诚恐，顿首顿首。伏以汝、颍为州，邦畿称首。土风备于南北，人物推于古今。宾主俱贤，盖宗资、范孟博之旧治；文献相续，有晏殊、欧阳修之遗风。顾臣何人，亦与兹选！此盖伏遇皇帝陛下丕承六圣，总揽群英。生知仁孝之全，学识文武之大。谓臣簪履之旧物，尝忝帷幄之近臣。奉事七年，崎岖一节。意其忠义许国，故暂召还；察其老病畏人，复许补外。置之安地，养此散材。更少勉于桑榆，誓不忘于畎亩。臣无任。卷二四

同天节进绢表

伏以大人之德，莫得而名；万寿之觞，无物可称。前件绢，土地所出，赋租之余。敢输向日之诚，少备充庭之末。卷二四

上清储祥宫成贺德音表　一

臣轼言：伏睹九月二十七日德音，以上清储祥宫成，减决四京及诸道见禁罪人者。灵光下烛，庆新宫之落成；霈泽旁流，洗庶狱之多罪。散为和气，坐致丰年。臣某诚欢诚抃，顿首顿首。臣闻舜禹之心，以奉先为孝本；释老之道，以损己为福田。永惟坤作之成，每辞天下之养。卑宫何陋，大练为安。故能捐万金之资，以成二圣之意。为国迎祥，而国无所费；与民祈福，而民不知劳。銮辂亲临，神灵昭格。睹士女之和会，既同其休；念图圄之幽囚，或非其罪。用孚大号，以达惠心。恭惟太皇太后陛下恭俭以仁，明哲作则。爱惜帑廪，不供浮费之私；重慎典刑，每存数赦之戒。一宽汤网，众识尧心。臣以从官，出临近甸。率吏民而拜庆，助父老之欢谣。永望阙庭，实同咫尺。臣无任。卷二四

上清储祥宫成贺德音表　二

臣轼言：伏睹九月二十七日德音，以上清储祥宫成，减决四京及诸道见禁罪人者。琳馆告成，神人交庆；纶音下霈，过故尽除。臣某诚欢诚抃，顿首顿首。臣闻汉武筑通天之台，魏明作凌云之观，皆厉民而私己，或秘祝以蕲年。然犹形于咏歌，被之金石。而

况文孙继志,神母考祥。追六圣之心,本枝百世;均万方之庆,囹圄一空。岂惟洗濯于丹书,固已光华于青史。恭惟皇帝陛下,知人尧哲,克己禹勤。积德之宫,以文章为藻饰;庇民之厦,以仁义为基局。眷朴斫之成能,亦圣神之余事。臣久参法从,夙侍经帏。乐石铭诗,虽幸执太史之笔;大圭荐裸,不获践属车之尘。徒与吏民,共兹庆泽。臣无任。卷二四

贺兴龙节表

臣轼言:天佑我邦,祥开是日。山川贡瑞,日月增华。臣某诚欢诚抃,顿首顿首。伏以上圣所储,有慈俭不争之宝;舆情共献,盖忧勤无逸之龟。不待祷祠而求,自然天人之应。恭惟皇帝陛下尧仁舜孝,禹勤汤宽。德莫大于好生,故以不杀为神武;道莫尊于问学,故以所闻为高明。敷锡庶民,向用五福。臣备员内阁,出守近畿。虽违咫尺天威,乃身在外;而上千万岁寿,此意则同。臣无任。
卷二四

贺驾幸太学表　一

臣轼言:恭闻十月十五日驾幸太学者。辇回原庙,既崇广孝之风;辇次儒宫,复示右文之化。礼行一日,风动四方。臣某诚欢诚抃,顿首顿首。臣闻五学之临,三代所共。盖天子不敢自圣,而盛德必有达尊。在汉永平,始举是礼。虽临雍拜老,有先王之规;而正坐自讲,非人主之事。岂如允哲,退托不能。奠爵伏兴,意默通于先圣;横经问难,言各尽于诸儒。恭惟皇帝陛下文武宪邦,聪

明齐圣,大度同符于艺祖,至仁追配于昭陵。爰举旧章,以兴盛节。臣早尘法从,久侍经帏。永矣驰诚,想闻合语于东序;斐然作颂,行观献馘于西戎。臣无任。 卷二四

贺驾幸太学表　二

臣轼言:恭闻十月十五日皇帝驾幸太学者。济济多士,灵承上帝之休;雍雍在宫,服膺文母之教。风传海宇,庆溢臣工。臣某诚欢诚抃,顿首顿首。臣闻学校太平之文,而以得士为实;经术致治之具,而以爱民为心。心既立而具乃行,实先充而文斯应。永惟坤载之厚,辅成天纵之能。惟使文子文孙莫不仁,故于先圣先师无所愧。恭惟太皇太后陛下忧深祖构,德燕孙谋。黄裳之文,斧藻万物;青衿之政,长育群材。岂惟鼓舞于士夫,实亦光华于史册。臣冒荣滋久,被遇最深。外告成功,行喜鸮音之革;中修潜德,孰知麟趾之风。臣无任。 卷二四

谢赐历日表　一

迎日推策,虽曰百王之常;后天奉时,惟我二后之德。伏读诏旨,灼知圣心。中谢。 伏以嗣岁将兴,旧章毕举,三朝受海内之图籍,《七月》陈王业之艰难。冬有祁寒,知民言之可畏;阳居大夏,识天道之至仁。故于颁朔之初,更下布新之诏。恭惟太皇太后陛下视民如子,以国为家。振廪劝分,人自忘于艰岁;消兵去杀,天必报之丰年。臣敢不省事清心,贵农时之不夺;思患预备,期岁计之有余。庶竭微诚,少裨洪造。臣无任。 卷二四

谢赐历日表 二

岁颁正朔,盖《春秋》统始之经;郡赐玺书,亦汉家宽大之诏。实为令典,岂是空文? 臣某诚惶诚恐,顿首顿首。伏以望岁者生民之至情,畏天者人君之大戒;所以常言报应而不言时数,每奏水旱而不奏嘉祥。上有消复之心,下有燮调之道。固资共理,同底纯熙。恭惟皇帝陛下祗敬三灵,忧勤万宇。为仁一日,自然天下之归;教民七年,岂无善人之效。臣敢不仰遵尧典,寅奉夏时。谨堤防沟洫之修,行劳来安定之政。庶殚绵力,少助至仁。臣无任。卷二四

扬州谢到任表 一

臣轼言:伏蒙圣恩,除臣知扬州,臣已于今月二十六日到任讫者。支郡养疴,裁能免咎;通都移牧,自愧何功。屡玷恩荣,实深惭汗。臣某中谢。伏念臣早缘窃禄,稍习治民。在先帝朝,已历三州;近八年间,复忝四郡。平生所愿,满足无余。志大才疏,信天命而自遂;人微地重,恃圣眷以少安。恭惟太皇太后陛下子惠万民,器使多士。以谓朝廷之德泽,付于郡县与监司。乃眷江淮之间,久罹水旱之苦。邻封二浙,饥疫相薰;积欠十年,丰凶皆病。臣敢不上推仁圣之意,下尽疲驽之心。庶复流亡,少宽忧轸。臣无任。卷二四

扬州谢到任表 二

一麾出守,方愧偷安;十国为连,复膺宠寄。恩荣既溢,惭汗

靡宁。臣某中谢。伏念臣本以鳅生，冒居禁从。顷缘多病，力求颍尾之行；曾未半年，复有广陵之请。盖以鱼鸟之质，老于江湖之间。习与性成，乐居其旧。天从民欲，许择所安。恭惟皇帝陛下钦明文思，刚健纯粹。天机默运，灼知万化之情；人材并收，各取一长之用。如臣衰朽，尚未遐遗。命至骞而禄已盈，每怀忧惧；志虽大而才不副，莫报恩私。臣无任。卷二四

谢赐恤刑诏书表　一

臣轼言：伏蒙圣恩，赐臣钦恤行狱诏书一道者。时令举行，虽云故事；天心恻怛，本出至诚。德既洽于好生，民虽死而无憾。臣某诚惶诚惧，顿首顿首。伏以刻木画地，志士不居；铄石流金，平人犹病。宜轸圣神之念，实为哀敬之先。训诰丁宁，吏民感动。恭惟皇帝陛下禹汤罪己，尧舜性仁。以不忍人之心，行若稽古之政。岂止缓狱，实期无刑。臣敢不推广上恩，厚风俗于无犯；申严法意，消盗贼于未萌。少假岁时，庶空囹圄。臣无任。卷二四

谢赐恤刑诏书表　二

暑雨其霖，既轸小民之病；麦秋已至，复虞轻系之淹。祗服训词，灼知天意。臣某中谢。伏以仁圣之德，哀矜为先。常内恕以及人，故深居而念远。斋戒处掩，则知暴露之勤；绤绤祥延，不忘累绁之苦。吏既罔懈，民知无冤。恭惟太皇太后陛下事法祖宗，德参天地。凯风养物，散为扇喝之凉；灵雨应时，同沾执热之濯。臣敢不尽其哀敬，济以宽明。奉汉律之严，毋令瘐死；推慈母之意，务在平

反。庶竭愚忠,少行德意。臣无任。卷二四

贺立皇后表　一

臣轼言:伏睹制书,今月十六日皇后受册礼成者。缵女维莘,倪天之妹;事关庙社,喜溢人神。<small>中贺</small>。臣闻三代之兴,皆有内助。二《南》之化,实本人伦。维《关雎》正始之风,具《既醉》太平之福。民有所恃,邦其永昌。恭惟皇帝陛下自诚而明,惟睿作圣。辑宁夷夏,德既茂于治朝;辅顺阴阳,政兼修于内职。既膺大庆,益广至仁。下逮海隅,夫妇无有愁叹;上符天造,日月为之光明。受禄无疆,与民同乐。臣无任。<small>卷二四</small>

贺立皇后表　二

吉日既涓,柔仪允正;谷珪往聘,象服来朝。<small>中贺</small>。臣闻周姜、任、姒之贤,位非皆极;汉阴、马、邓之贵,德或有惭。盛哉六礼之陈,袭此三宫之庆。恭惟太皇太后陛下任付托之重,躬保佑之劳,公天下不私其亲,配宸极必先以德。徽音不坠,嗣成慈孝之风;仁寿无疆,坐享云来之养。臣限以官守,不获躬诣阙庭。臣无任。<small>卷二四</small>

贺坤成节表

臣轼言:岁复六壬,袭嘉祥于太史;火流七月,纪令节于诗人。尽海宇之含生,举欣荣于兹日。臣某<small>中贺</small>。臣闻君以民为心体,天用民为聪明。未有心胖而体不纾,民悦而天不应。故好生恶杀,是

为仁寿之基;捐利与民,斯获丰年之庆。恭惟太皇太后陛下恭俭一德,勤劳百为,推天覆地载之心,阜成民物;尽父教母怜之道,海养臣邻。共知难报之恩,必享无疆之福。臣以出守淮海,无由躬诣阙庭。臣无任。卷二四

谢除兵部尚书赐对衣金带马状　一

蒙恩赐臣衣一对、金带一条,并鱼袋、金镀银鞍辔马一匹者。盛服在躬,无复曳娄之叹;名驹出厩,遂忘奔走之劳。施重丘山,身轻毫末。伏念臣少贱而鄙,性椎少文。衣敝缊袍,未尝有耻;乘款段马,自以为安。岂意晚年,屡膺此宠!此盖伏遇皇帝陛下绍隆景命,总揽群英,无竞维人,势已加于九鼎;惟德其物,恩有重于千金。臣敢不上体眷怀,勉思报称。赠绕朝之策,愧不能谋;振屈原之衣,期于自洁。臣无任。卷二四

谢除兵部尚书赐对衣金带马状　二

伏以在笥之珍,本出于民力;脱骖之赐,以结于士心。顾臣何人,屡膺此宠!伏念臣学本为己,材不适时。乘伯厚之车,虽云疾恶;束公西之带,愧不能言。而二年之间,三拜是赐。此盖伏遇太皇太后陛下心存社稷,德协天人,以长策驾驭四方,以盛德藩饰多士,故令衰朽犹玷光华。岂曰无衣,盖独求于安吉;慨然揽辔,敢有志于澄清。臣无任。卷二四

谢兼侍读表　一

伏奉制书，除臣守兵部尚书、兼侍读者。重地隆名，不择所付；清资厚禄，以养不才。中谢。伏念臣以草木之微，当天地之泽。七典名郡，再入翰林；两除尚书，三忝侍读。虽当世之豪杰，犹未易居；矧如臣之孤危，其何能副。恭惟皇帝陛下圣神格物，文武宪邦。重离继明，何烦爝火之助；大厦既构，尚求一木之支。而臣白首复来，丹心已折。望西清之帷幄，久立彷徨；闻长乐之鼓钟，恍如梦寐。莫报丘山之施，犹贪顷刻之荣。臣无任。卷二四

谢兼侍读表　二

流汗恩荣，再辞莫获；强颜衰朽，一节以趋。臣轼中谢。恭惟先帝复六卿之名，本欲后人识三代之旧。古今殊制，闲剧异宜。武选隶于天官，兵政总于枢辅。故司马之职，独省文书；而师氏之官，职在论说。命臣兼领，圣意可知。恭惟太皇太后陛下约己裕民，忘家忧国。知先王之兵，必本于道德，故以儒臣为七兵；知人主之学，必通于民情，故自郡守为五学。而臣迂疏，不可强合。早缘衰病，难以久居。终当自效于所长之间，或可报恩于未死之日。臣无任。卷二四

进郊祀庆成诗表

伏睹今月十四日郊祀礼成者。亲奠璧琮，始见天地，兼陈祖宗六庙之典，参用汉唐三代之文。夷夏来同，人神允答。臣某中

贺。恭惟皇帝陛下聿追来孝,对越在天。外修神考之文章,内服文母之慈俭。四方观礼,百辟宅心。雪止风恬,验神祇之来飨;云黄岁美,知丰凶之在人。臣以艺文,入侍帷幄,考事而知天意,陈诗以达民言。虽无足观,亦各其志。臣无任瞻天望圣惭惧屏营之至。所撰《郊祀庆成诗》一首,谨缮写陈表,上进以闻。卷二四

谢除两职守礼部尚书表　一

伏蒙圣恩,除臣端明殿学士、兼翰林侍读学士、守礼部尚书者。衰年自引,久抱此心;异数并加,实为非意。辞不获命,愧何以堪。臣轼中谢。窃惟以殿命官,本缘麟趾之旧;因时修废,近正金华之名。历代所荣,于今为甚。自元丰之末,官制以来,若非身兼数器之人,未有名冠两职之重。而况秩宗之任,邦礼是司。岂臣迂愚,所当兼领?此盖伏遇太皇太后陛下忧深社稷,虑极安危。求忠臣于愚直之中,论治道于文字之外。知臣难进而易退,或非患失之鄙夫。故授以礼乐清闲之司,使专于论说琢磨之事。此恩难报,愿输岁月之勤;度己所宜,终遂江湖之请。臣无任。卷二四

谢除两职守礼部尚书表　二

备员西学,已愧空疏;易职东班,尤惊忝冒。遂领宗卿之事,并为儒者之荣。臣轼中谢。始臣之学也,以适用为本,而耻空言;故其仕也,以及民为心,而惭尸禄。乃者屡请治郡,兼乞守边,欲及残年,少施实效。而有志莫遂,负愧何言!今乃以文字为官常,语言为职业。下无所见其能否,上无所考其幽明。循省初心,有觍面

目。故于拜恩之日,少陈有益之言。孔子曰:"一言可以兴邦。"而
孟子亦曰:"一正君而天下定。"昔汉文帝悦张释之长者之言,则以
德化民,辅成刑措之功;而孝景帝入晁错数术之语,则以智驭物,驯
致七国之祸。乃知为国安危之本,只在听言得失之间。恭惟皇帝
陛下即位以来,学如不及。问道八年,寒暑不废。讲读之官,谈王
而不谈霸,言义而不言利。八年之间,指陈至理,何啻千万! 虽所
论不同,然其要不出六事。一曰慈,二曰俭,三曰勤,四曰慎,五曰
诚,六曰明。慈者,谓好生恶杀,不喜兵刑。俭者,谓约己省费,不
伤民财。勤者,谓躬亲庶政,不迩声色。慎者,谓畏天法祖,不轻人
言。诚者,谓推心待下,不用智数。明者,谓专信君子,不杂小人。
此六者,皆先王之陈迹,老生之常谈。言无新奇,人所易忽。譬之
饮膳,则为谷米羊豕,虽非异味,而有益于人;譬之药石,则为耆术
参苓,虽无近效,而有益于命。若陛下信受此言,如御饮膳,如服药
石,则天人自应,福禄难量,而臣等所学先王之道,亦不为无补于
世。若陛下听而不受,受而不信,信而不行,如闻春禽之声,秋虫之
鸣,过耳而已,则臣等虽三尺之喙,日诵五车之书,反不如医卜执技
之流,簿书奔走之吏,其为尸素,死有余诛。伏望陛下一览臣言,少
留圣意,天下幸甚。 _{卷二四}

谢赐对衣金带马状　一

　　蒙恩赐衣一对、金带一条,并鱼袋、金镀银鞍辔马一匹。服官
奠筐,响动佩章;圉士效牵,光生鞚策。伏以三赐之重,莫隆于车
马;五采之贵,兼施于衣裳。汝必有功,服之无致。而臣衰年弱干,
固难强于驰驱;枯木朽株,本不愿于文绣。宠如意外,愧溢颜间。

此盖伏遇皇帝陛下因能任官，称物平施。操名器以励士，上有诚心；正衔勒以驭人，下无遗力。臣敢不思称其服，益励厥躬。虽愧立朝，乏能言之近用；犹希辨道，输老智于暮年。臣无任。卷二四

谢赐对衣金带马状 二

蒙恩赐衣一对、金带一条，并鱼袋、金镀银鞍辔马一匹。服章在笥，贲及衰残；衔勒过庭，喜先徒御。伏以物生有待，天施无穷。草木何知，冒庆云之渥采；鱼鰕至陋，借沧海之荣光。虽若可观，终非其有。妻孥相顾，惊屡致于匪颁；道路窃窥，或反增于指目。此盖伏遇太皇太后陛下聪明齐圣，陈锡载周，含垢匿瑕，而察于求贤；卑宫菲食，而侈于养士。士岂轻于千里，念非其人；言有重于兼金，当思所报。臣无任。卷二四

笏记 一

荣兼两职，宠与六卿。岂伊衰朽之余，有此遭逢之异。此盖伏遇太皇太后陛下坤元利正，天造无私。靡求备于一人，将曲成于万物。文章小技，纵有效于涓埃；草木微生，终难酬于雨露。臣无任。卷二四

笏记 二

升荣秘殿，列职西清。并此光华，付之衰朽。此盖伏遇皇帝陛下刚健纯粹，缉熙光明。曲搜已弃之材，将建无穷之业。顾惭浅

陋,将何补于盛明;惟有朴忠,誓不回于生死。臣无任。_{卷二四}

定州谢到任表

兵民重寄,本御侮以折冲。疆埸久安,但坐啸而画诺。才微禄厚,恩重命轻。臣轼_{中谢}。伏念臣一去阙庭,三换符竹;坐席未暖,召节已行。筋力疲于往来,日月逝于道路。未经周岁,复典两曹。朝廷非不用臣,愚蠢自不安位。所宜窜逐,更冒宠荣。此盖伏遇皇帝陛下离明正中,乾健独运。追述东朝之遗意,收此散材;眷言西学之旧臣,付之善地。致此衰朽,尚未弃捐。臣敢不勤恤民劳,密修边备。苟无大过,以及期年。渐还鱼鸟之乡,以毕桑榆之景。臣无任。_{卷二四}

慰正旦表

嗣岁将兴,虽有作新之庆;旧谷既没,共深追远之思。凡在照临,举增怀慕。臣轼_{中谢}。恭惟皇帝陛下道跻尧、禹,行比骞、参。方受图于三朝,明发不寐;念御帘于双日,孝思奈何。幸宽罔极之哀,少副有生之望。臣限以官守,不获躬诣阙庭。臣无任。_{卷二四}

谢赐历日表

夙颁温诏,宠拜新书;吏得承宣,民知早晚。臣轼_{中谢}。臣闻言天道者有数,故闰以正时;训农事者在人,则王无罪岁。岂独典常之旧,必存忠利之心。恭惟皇帝陛下,辅相财成,聪明时宪。居德刑于冬夏,意与天同;暨声教于朔南,责在臣等。敢不时使薄敛,思患预防?勤恤鳏孤,幸流亡之尽复;兼明威惠,庶戎夏以皆安。臣无任。<small>卷二四</small>

慰宣仁圣烈皇后山陵礼毕表

恭闻今月七日,大行宣仁圣烈太皇太后山陵礼毕者。日月有时,义当即远;雨露既降,思则无穷。遥知穆穆之光,尚起皇皇之望。臣轼<small>中谢</small>。恭惟皇帝陛下道循祖武,德契天心。大哉孔子之仁,泫然流涕;至矣显宗之孝,梦若平生。愿宽舜慕之心,少副尧封之祝。臣限以官守,不获躬诣阙庭。无任瞻天望圣激切屏营之至。<small>卷二四</small>

慰宣仁圣烈皇后祔庙礼毕表

恭闻今月十七日,宣仁圣烈皇后升祔礼毕者。反寝而虞,既尽饰终之典;宅神于庙,益隆追远之思。凡在照临,举增悲慕。臣轼<small>中谢</small>。以六朝继圣,并传家法之余;三后御帘,高出古人之右。逮此登配,廓然永怀。恭惟皇帝陛下,奉顺母慈,表章坤德。四谥哀荣之诏,简策有光;数诗挽饯之音,道涂垂涕。日月云远,典礼告成。愿宽无益之悲,少副有生之望。臣限以官守,不获躬诣阙庭。无任瞻天望圣激切屏营之至。<small>卷二四</small>

谢赐衣袄表

十一月九日,翰林医官王宗古至,伏蒙圣慈传宣存问,赐臣等救及初冬衣袄者。齐官三服,已宽卒岁之忧;汉札十行,更佩先春之暖。恩均吏士,声动华夷。臣轼_{中谢}。伏以《礼》著始裘,《诗》歌无褐。边陲更戍,本为臣子之常;朔易早寒,特轸圣神之念。惟德其物,岂曰无衣。恭惟皇帝陛下广运聪明,力行恭俭。威风旁振,方战栗于天骄;温诏下融,遂流澌于河冻。既无功而坐食,实有愧于解衣。敢不推广朝廷之仁,益收冻馁;申严祖宗之法,少肃惰偷。庶收汗马之劳,以解濡鹈之诮。臣无任。_{卷二四}

到惠州谢表

先奉告命,落两职,追一官,以承议郎知英州军州事,续奉告命,责授臣宁远军节度副使惠州安置,已于今月二日到惠州公参讫者。仁圣曲全,本欲畀之民社;群言交击,必将致之死亡。尚荷宽恩,止投荒服。臣轼_{中谢}。伏念臣性资褊浅,学术荒唐。但守不移之愚,遂成难赦之咎。迹其狂妄,久合诛夷。方尚口乃穷之时,盖擢发莫数其罪。岂谓天幸,得存此生?此盖伏遇皇帝陛下以大有为之资,行不忍人之政。汤网开其三面,舜干舞于两阶。念臣奉事有年,少加怜愍。知臣老死无日,不足诛锄。明降德音,许全余息。故使赪尾之马,犹获盖帷;觳觫之牛,得逃刀匕。臣敢不服膺严训,托命至仁,洗心自新,没齿无怨。但以瘴疠之地,魑魅为邻。衰疾交攻,无复首丘之望;精诚未泯,空余结草之忠。臣无任。_{卷二四}

到昌化军谢表

今年四月十七日奉被告命,责授臣琼州别驾昌化军安置,臣寻于当月十九日起离惠州,至七月二日已至昌化军讫者。并鬼门而东骛,浮瘴海以南迁。生无还期,死有余责。臣轼中谢。伏念臣顷缘际会,偶窃宠荣。曾无毫发之能,而有丘山之罪。宜三黜而未已,跨万里以独来。恩重命轻,咎深责浅。此盖伏遇皇帝陛下尧文炳焕,汤德宽仁,赫日月之照临,廓天地之覆育。譬之蠕动,稍赐矜怜;俾就穷途,以安余命。而臣孤老无托,瘴疠交攻。子孙恸哭于江边,已为死别;魑魅逢迎于海外,宁许生还。念报德之何时,悼此心之永已。俯伏流涕,不知所云。臣无任。卷二四

文集卷十八

提举玉局观谢表

臣先自昌化军贬所奉敕移廉州安置，又自廉州奉敕授臣舒州团练副使永州居住，今行至英州，又奉敕授臣朝奉郎提举成都府玉局观在外州军任便居住者。七年远谪，不意自全；万里生还，适有天幸。骤从缧绁，复齿缙绅。臣轼中谢。伏念臣才不逮人，性多忤物。刚褊自用，可谓小忠；猖狂妄行，乃蹈大难。皆臣自取，不敢怨尤。会真人之勃兴，与万物而更始。而臣独在幽远，最为冥顽。迨兹起废之初，倍费生成之力。终蒙记录，不遂弃捐。此盖伏遇皇帝陛下正位龙飞，对时虎变。神武不杀，岂非受命之符；清净无为，坐获消兵之福。聪明不作，邪正自分。使臣得同草木之微，其沾雷雨之泽。臣敢不益坚素守，深念往愆？没齿何求，不厌饭蔬之陋；盖棺未已，犹怀结草之忠。臣无任。卷二四

慰皇太后上仙表

伏睹正月十四日大行皇太后遗诰者。恸发六宫，悲缠九土。奉讳哀殒，不知所云。臣轼中谢。大行皇太后德冠三朝，化行四海。独决大策，措天下于太山之安；退避东朝，复明辟为万世之法。奄终寿禄，莫晓天心。恭惟皇帝陛下仁孝自天，哀伤过礼。惟圣达

节,岂复行曾、闵之难;以民为心,则当法舜、禹之大。愿少宽于追慕,庶下答于臣民。臣以外郡居住,不获奔赴阙庭,无任哀痛陨越之至。_{卷二四}

代普宁王贺冬表四首

皇帝

七日来复,阳既进而岁功成;八风不奸,乐已调而君道得。惟圣在御,与天同符。恭惟皇帝陛下嗣守洪基,丕承先志。法《小毖》以求助,期《既醉》之太平。渊默临朝,顺阳道之消长;清净为治,俾物类以昭苏。受福无疆,成功不宰。臣猥以暗弱,仰荷诲怜。敢先百辟之朝,以祝万年之寿。_{卷二四}

太皇太后

效五物以观云,咸知岁美;备八能而合乐,益验人和。顾兹百乐之生,实助两宫之庆。_{中贺}。伏惟太皇太后陛下至诚待物,博爱临民。保佑神孙,已致无为之治;守持大业,匪居不世之功。宜福禄之日来,与天地而同久。臣早被恩勤之赐,莫知补报之方。跪奉玉觞,仰祈眉寿。_{卷二四}

皇太后

阳气应时,验灰轻而权拥;日表如度,知岁美而人和。庆自宫闱,泽流寰宇。_{中贺}。伏惟皇太后陛下性服慈俭,体安礼仪。同太姒之母周,慕涂山之兴夏。仰推圣子,坐底于成功;抑损外家,共陶于至化。得天人之共助,享福禄之无疆。臣猥以孱虚,夙承教育。

敢效冈陵之祝，永同葵藿之倾。<small>卷二四</small>

皇太妃

玉律灰除，验阳微之协应；土圭景至，迎初日之舒长。福禄所钟，宫闱同庆。<small>中贺</small>。伏惟皇太妃殿下夙彰懿德，早事先朝。仁孝外全，曲尽两宫之养；温文内备，下刑九御之风。茂对休辰，允绥眉寿。凡托庇庥之赐，不胜颂咏之情。<small>卷二四</small>

谢御膳表

臣伏蒙圣恩，特赐宽假将理。今月七日，又再蒙中使临赐御膳，问其治疗之增损，督以朝参之日辰。臣下履渊冰，上负芒刺。蹄涔虽小，能延两耀之光；寸草何知，莫报三春之泽。正使豚鱼幽陋，木石坚顽，亦将激励忘躯，奔走赴职。而臣尚有无厌之请，敢守不移之愚。在法当诛，原情可悯。实以负薪之疾，积有岁时；勿药之祥，恐非旦夕。终愿江淮之一郡，以安犬马之余生。尚冀此身未填沟壑，期于异日别效涓埃。<small>卷二四</small>

代滕达道景灵宫奉安表

衣冠出游，巍乎宫阙之盛；祖考来格，灿然日月之明。新礼光前，弥文范后。继以作解之雷雨，仍收绘像之子孙。耸观华夷，沦浃枯朽。窃以祀无丰疏，祭不欲昵。自仁率亲，故同宫而合享；惟圣作则，实考古而便今。庶民子来，五福交应。蔚山河之增气，纷岳渎以来朝。仙木蟠根，五圣既联于龙衮；灵芝擢秀，九茎复出于斋房。恭惟皇帝陛下舜孝格天，尧文冠古。损益汉唐之典故，润色祖宗之规摹。寿考万年，永作人神之主；本支百世，共承宗庙之休。臣出守远方，阻观盛礼。会祠坛下，莫睹烨然之光；留滞周南，窃兴命也之叹。<small>卷二四</small>

代滕达道湖州谢上表

郡压五湖，城交二水，既先世旧居之地，亦年少初仕之邦。父老纵观，不谓微臣之尚在；吏民感涕，共知洪造之难酬。<small>中谢。</small>臣闻忠臣可使死封疆，而不能受无根之谤议；志士本不求富贵，而不能安有道之贱贫。况臣早蒙希世之恩，常有捐躯之意。岂容暧昧，略不辨明。然疑似之难知，实古今之通患。汉文帝，贤君也，而不能信贾生之屈；尹吉甫，慈父也，而不能雪伯奇之冤。此小人谮夫所以得志而欺天，忠臣孝子所以抱恨而入地。况臣结累朝之深怨，无半面之先容。而诉章朝闻，恩诏夕下，历数千载，唯臣一人。此盖伏遇皇帝陛下妙物言神，睿思作圣。谓天盖远，以穷呼而必闻；如日之明，虽浸润而不受。念兹七年之厄，收之九死之余。臣敢不更励初心，驯图后效！老当益壮，未甘结草之幽途；死且不辞，尚欲据鞍于前殿。<small>卷二四</small>

同天节功德疏表

伏以累圣储休，上天垂祐，乃逢纯乾之月，肇兴出震之祥。恭惟皇帝陛下以尧舜生知之资，承祖宗积治之庆。《大有》上吉，天人之助已明；《既醉》太平，圣贤之福诚备。至于臣子之私愿，是为草

木之微情。幸同海表之民,共罄封人之祝。卷二四

上皇帝贺正表

东方发律,气迎万物之新;南面受图,礼勤三朝之始。惟圣时宪,自天降康。恭惟皇帝陛下文武生知,圣神天纵。旧邦新命,既光启于前人;大德小心,以昭事于上帝。臣久尘从橐,外领藩符,敢倾葵藿之心,仰献松椿之寿。卷二四

杭州贺冬表　一

月临天统,首冠于三正;气应黄钟,复来于七日。君道浸长,阳德光亨。恭惟皇帝陛下清明在躬,仁孝遍物。垂衣南面,天何言而四时成;问孝西清,日将旦而群阴伏。蛮夷奔走,年谷顺成。岂惟四海之欢心,自识三灵之阴赞。臣祗膺诏命,恪守郡符。身虽在于江湖,颜不忘于咫尺。敢同率土,惟祝后天。卷二四

杭州贺冬表　二

消长有时,候微阳之来复;贤愚同庆,知君子之汇征。德化所加,神人并应。恭惟太皇太后陛下睿明天纵,慈俭身先。振海岳以不倾,地无私载;顺阴阳之自化,天且不违。成功已陋于汉、唐,论德盖高于任、姒。黄云可望,共沾至治之祥;彤史何知,莫赞无为之德。臣备员法从,祗役海隅。东阁拜章,阻陪于百辟;南山献寿,徒颂于万年。卷二四

上皇帝贺冬表

《易》称来复，盖知天地之心；《礼》戒无为，以待阴阳之定。恭惟皇帝陛下尧仁冠古，舜孝通神。种德兆民，躬行文景之俭；游心六艺，灼知周孔之情。人既和而岁自丰，天不违而寿无极。臣久缘衰病，待罪江湖。莫瞻北极之光，但馨南山之祝。卷二四

上太皇太后贺正表

尧历授时，夏正建统，气迎交泰之会，祥应重明之朝。恭惟太皇太后陛下道无能名，德博而化。天人所助，本羲《易》之《益》《谦》；慈俭不居，得老氏之三宝。时逢吉旦，福集清宫。臣职守江湖，心驰象魏。天威咫尺，想闻清跸之音；眉寿万年，远奉称觞之庆。卷二四

举黄庭坚自代状

蒙恩除臣翰林学士。伏见某官黄某，孝友之行，追配古人；瑰玮之文，妙绝当世。举以自代，实允公议。卷二四

英州谢上表

罪盈义绝，诛九族以犹轻；威震怒行，置一州而大幸。惊魂方散，感涕徒零。伏念臣草芥贱儒，岷峨冷族。袭先人之素业，借一第以窃名。虽幼岁勤劳，实学圣人之大道；而终身穷薄，常为天下

之罪人。先帝全臣于众怒必死之中,陛下起臣于散官永弃之地。恩深报蔑,每忧天地之难欺;福眇祸多,是亦古今之罕有。自悲弃物,犹欲吁天。惟上圣纂宗庙之图,方太母听帘帷之政。招延俊乂,登进老成。何期章句之谀才,使掌丝纶之要职?凡一时黜陟进退之众,皆两宫威福赏罚之公。既在代言,敢思逃责。苟不能敷扬上意,尊朝廷于日月之明;则何以耸动四方,鼓号令于雷霆之震。固当昭陈功罚,直喻正邪。岂臣愚敢有于私心,盖王言不可以匿旨。当时之天夺其魄,但谓守官;今日之臣肆其言,期于必戮。赖父母之深悯,免子弟之偕诛。罪虽骇于听闻,怒终归于宽宥。不独再生于东市,犹令尸禄于南州。累岁宠荣,固已太过。此时窜责,诚所宜然。瘴海炎陬,去若清凉之地;苍颜素发,谁怜衰暮之年!恩重丘山,感藏骨髓。此盖伏遇皇帝陛下智惟天锡,行自生知。巍巍继六圣之神休,孜孜尽三宫之孝养。深原心迹,曲示哀矜。臣实何人,恩常异众。在先朝偶脱于诛戮,故此日复烦于典刑。顽戾如斯,生存何面!臣敢不噬脐悔过,吞舌知非。革再三而不改之愆,庶万一有善终之望。杀身莫喻,敢怀穷困之忧;守土非轻,尚牧遐荒之俗。傥先朝露之化,永惟结草之忠。臣无任。卷二四

移廉州谢上表

使命远临,初闻丧胆;诏词温厚,亟返惊魂。拜望阙庭,喜溢颜面。否极泰遇,虽物理之常然;昔弃今收,岂罪余之敢望!伏膺知幸,挥涕无从。中谢。伏念臣顷以狂愚,遽遭谴责。荷先朝之厚德,宽萧律之重诛。投畀遐荒,幸逃鼎镬。风波万里,顾衰病以何堪;烟瘴五年,赖喘息之犹在。怜之者嗟其已甚,嫉之者恨其太

轻。考图经止曰海隅,其风土疑非人世。食有并日,衣无御冬。凄凉百端,颠踬万状。恍若醉梦,已无意于生还;岂谓优容,许承恩而近徙。虽云侥幸,实有夤缘。此盖伏遇皇帝陛下道本生知,圣由天纵。旧劳于外,爱及小人之依;堪家多艰,鉴于先帝之德。奉圣母之慈训,择正人而与居。凡有嘉谋,出于睿断。悯臣以孤忠援寡,察臣以众忌获愆。许以更新,庶其改过。虽天地有化育之德,不能使臣之再生;虽父母有鞠育之恩,不能全臣于必死。报期碎首,言岂渝心。濯去泥涂,已有遭逢之便;扩开云日,复观于变之时。此生敢更求荣? 处世但知缄默。臣无任。卷二四

谢量移永州表

海上因拘,分安死所;天边涣汗,诏许生还。驻世之魂,自招合浦;感恩之泪,欲涨溟波。中谢。伏念臣生而愚朴,少也艰勤。伥伥而行,不知所届;冲冲而活,何以为生? 言则招尤,动常速祸。顾己于时龃龉,使人费力保全。仁宗之朝早得名,神考之朝终见贷。谓宜饰躬自省,去恶莫为。而乃肆言元祐之间,放意太平之际。凡获不虞之誉,宜任非常之辜。过既暴闻,众知不赦。先皇帝明罚敕法,使万里以思愆;今天子发政施仁,无一夫之失所。凡在名籍,举赐洗湔。俾离一海之中,复至五岭之外。拜天恩之优厚,知圣化之密庸。挈是破家,航以一苇。蛟鳄潜底,风涛不惊。遂齐编户之民,不为异域之鬼。视侪飞走,施谢乾坤。天日弥高,徒极驰心于魏阙;乡关入望,尚期归骨于眉山。残生无与于杀身,余识终同于结草。卷二四

谢复赐看坟寺表

名书罪籍,惭负明时。思念私茔,特还旧刹,九泉受赐,荒陇生光。伏念臣早以空疏,叨居近密。始终无补,愚不自量。恩礼误加,骤及既往。一被党人之目,上遗先臣之忧。旧恩已移,没齿何觊。岂谓诏书一出,旧物复还。山陇绝刍牧之虞,松槚变焦枯之色。骨肉感涕,里巷咨嗟。伏遇皇帝陛下性仁无私,圣孝不匮。鉴二帝初潜之地,动一夫失所之怀。号令所加,存殁咸赖。臣衰病已久,报国之日不长。子孙在前,教忠之心木替。卷二四

徐州贺改元表

祗勤国本,已获顺成之年;奉若天休,更新统始之序。庆均夷夏,欢洽神人。中谢。切以为政急于爱民,改元所以表信。非有年无以致家给人足,非盛德无以贻时和岁丰。鸿惟徽称,独冠前代。恭惟皇帝陛下和布治法,底修事功,辟土而任三农,顺时而佐五谷。天用眷佑,秋常大登。蜡通八方之神,民足四疇之养。乃顺休命,著为始年。臣等均被至恩,共膺优禄。祗奉诏诰,更形颂言。非特降康,已类商王之福;行观嗣岁,复兴周室之隆。卷二四

登州谢宣召赴阙表

仕路崎岖,群言摧沮,虽死生不变乎己,况用舍岂累其怀。中谢。臣草野微生,雕虫末学。昔从仁庙,误蒙拔擢之恩,旋至神宗,亦荷优嘉之礼。祗合俯身从众,卑论趋时,奈何明不自知,谏于未信。屡

遭尤谴,实自己为。力常勉于苟安,悔欲追而何及。以此迁延岁月,荏苒尘埃。望已绝于朝端,志必期于老死。此盖皇帝陛下躬成王之幼,赖文母之贤,辅成天纵之才,训导日跻之圣。斯民多幸,神断至公。凡所有为,稍复用旧。况秉节推忠之士,将欲甄收;而作新立法之人,旋行降黜。如臣者擢从远郡,俯届大邦。岂意寒灰之复燃,试其驽马之再驾。每思至此,其念尤深。敢不云云。_{卷二四}

杭州贺兴龙节表

帝武造周,已肇兴王之迹;日符胙汉,实开受命之祥。弥月载临,普天同庆。_{中贺}。恭惟皇帝陛下体乾刚粹,稽古温文。信顺尚贤,已获三灵之助;神武不杀,益修六圣之仁。愿承天休,永作神主。臣叨尘法从,出守郡章。身在江湖,梦想钧天之奏;心同葵藿,远倾向日之诚。_{卷二四}

贺正表　一

献岁发春,天有信于生物;盛德在木,君无为而法天。嘉与含生,日陶至化。_{中贺}。恭惟皇帝陛下肇修人纪,祗畏天明。日月运行,物被无私之照;雷风鼓舞,民知不杀之威。有万斯年,惟一厥德。臣久尘从橐,出领藩符,身寄江湖之间,神驰卫仗之下。_{卷二四}

贺正表　二

若考箕畴,正月为王极之象;玩占羲易,三阳为交泰之期。顺履春朝,诞膺天禄。<small>中贺</small>。恭惟太皇太后陛下道高载籍,恩浃含生。进贤退愚,蛮夷率服。下贱以贵,施舍自平。臣出领郡符,承宣天泽。吏民鼓舞,共瞻崇庆之光;海宇骏奔,永托坤元之载。<small>卷二四</small>

贺冬表

消长有时,德刑并用。庆一阳之来复,知万物之向荣。<small>中贺</small>。恭惟太皇太后陛下道配皇王,化行夷夏。以用人而考治忽,自正身而刑家邦。何劳五物之占,坐知岁美;不待八音之奏,始验人和。臣率职海堧,驰诚天阙。默诵万年之庆,远同百辟之欢。<small>卷二四</small>

文集卷十九

议学校贡举状

熙宁四年正月某日，殿中丞、直史馆、判官告院苏轼状奏：准敕讲求学校贡举利害，令臣等各具议状闻奏者。

右臣伏以得人之道，在于知人，知人之法，在于责实。使君相有知人之才，朝廷有责实之政，则胥史皂隶，未尝无人，而况于学校贡举乎！虽因今之法，臣以为有余。使君相无知人之才，朝廷无责实之政，则公卿侍从，常患无人，况学校贡举乎！虽复古之制，臣以为不足矣。

夫时有可否，物有废兴。方其所安，虽暴君不能废。及其既厌，虽圣人不能复。故风俗之变，法制随之。譬如江河之徙移，顺其所欲行而治之，则易为功，强其所不欲行而复之，则难为力。使三代圣人复生于今，其选举养才，亦必有道矣，何必由学？且天下固尝立学矣。庆历之间，以为太平可待，至于今日，惟有空名仅存。今陛下必欲求德行道艺之士，责九年大成之业，则将变今之礼，易今之俗，又当发民力以治宫室，敛民财以食游士。百里之内，置官立师，狱讼听于是，军旅谋于是，又当以时简不率教者，屏之远方，终身不齿。则无乃徒为纷乱，以患苦天下耶？若乃无大变改，而望有益于时，则与庆历之际何异？故臣以谓今之学校，特可因循旧制，使先王之旧物不废于吾世，足矣。

　　至于贡举之法,行之百年,治乱盛衰,初不由此。陛下视祖宗之世,贡举之法与今为孰精?言语文章与今为孰优?所得文武长才与今为孰多?天下之事与今为孰办?较此四者,而长短之议决矣。今议者所欲变改,不过数端:或曰乡举德行而略文章;或曰专取策论而罢诗赋;或欲举唐室故事,兼采誉望而罢封弥;或欲罢经生朴学,不用贴、墨而考大义。此数者皆知其一,不知其二者也。

　　臣请历言之。夫欲兴德行,在于君人者修身以格物,审好恶以表俗,孟子所谓“君仁莫不仁,君义莫不义”,君之所向,天下趋焉。若欲设科立名以取之,则是教天下相率而为伪也。上以孝取人,则勇者割股,怯者庐墓。上以廉取人,则弊车羸马,恶衣菲食。凡可以中上意,无所不至矣。德行之弊,一至于此乎!自文章而言之,则策论为有用,诗赋为无益;自政事言之,则诗赋、策论均为无用矣。虽知其无用,然自祖宗以来莫之废者,以为设法取士,不过如此也。岂独吾祖宗,自古尧舜亦然。《书》曰:“敷奏以言,明试以功。”自古尧舜以来,进人何尝不以言,试人何尝不以功乎?议者必欲以策论定贤愚、决能否,臣请有以质之。近世士大夫文章华靡者,莫如杨亿;使杨亿尚在,则忠清鲠亮之士也,岂得以华靡少之。通经学古者,莫如孙复、石介;使孙复、石介尚在,则迂阔矫诞之士也,又可施之于政事之间乎?自唐至今,以诗赋为名臣者不可胜数,何负于天下,而必欲废之!近世士人纂类经史,缀缉时务,谓之策括。待问条目,搜抉略尽,临时剽窃,窜易首尾,以眩有司,有司莫能辨也。且其为文也,无规矩准绳,故学之易成;无声病对偶,故考之难精。以易学之士,付难考之吏,其弊有甚于诗赋者矣。唐之通榜,故是弊法。虽有以名取人、厌伏众论之美,亦有贿赂公行、权要请托之害,至使恩去王室,权归私门;降及中叶,结为朋党之论,

通榜取人，又岂足尚哉！诸科举取人，多出三路。能文者既已变而
为进士，晓义者又皆去以为明经，其余皆朴鲁不化者也。至于人才，
则有定分，施之有政，能否自彰。今进士日夜治经传，附之以子史，
贯穿驰骛，可谓博矣，至于临政，曷尝用其一二？顾视旧学，已为虚
器，而欲使此等分别注疏，粗识大义，而望其才能增长，亦已疏矣。

　　臣故曰：此数者皆知其一，而不知其二也。特愿陛下留意其
远者大者。必欲登俊良，黜庸回，总览众才，经略世务，则在陛下与
二三大臣，下至诸路职司与良二千石耳，区区之法何预焉。然臣窃
有私忧过计者，敢不以告。昔王衍好老庄，天下皆师之，风俗凌夷，
以至南渡。王缙好佛，舍人事而修异教，大历之政，至今为笑。故
孔子罕言命，以为知者少也。子贡曰："夫子之文章，可得而闻也，
夫子之言性与天道，不可得而闻也。"夫性命之说，自子贡不得闻，
而今之学者，耻不言性命，此可信也哉！今士大夫至以佛老为圣
人，鬻书于市者，非庄老之书不售也。读其文，浩然无当而不可穷；
观其貌，超然无著而不可挹。岂此真能然哉？盖中人之性，安于放
而乐于诞耳。使天下之士能如庄周齐死生、一毁誉、轻富贵、安贫
贱，则人主之名器爵禄，所以砺世摩钝者，废矣。陛下亦安用之！
而况其实不能，而窃取其言以欺世者哉！臣愿陛下明敕有司，试之
以法言，取之以实学。博通经术者，虽朴不废；稍涉浮诞者，虽工必
黜。则风俗稍厚，学术近正，庶几得忠实之士，不至蹈衰季之风，则
天下幸甚。谨录奏闻，伏候敕旨。卷二五

谏买浙灯状

　　熙宁四年正月口日，殿中丞、直史馆、判官告院、权开封府推

官臣苏轼状奏：右臣向蒙召对便殿，亲奉德音，以为凡在馆阁，皆当为朕深思治乱，指陈得失，无有所隐者。自是以来，臣每见同列，未尝不为道陛下此语。非独以称颂盛德，亦欲朝廷之间如臣等辈，皆知陛下不以疏贱间废其言，共献所闻，以辅成太平之功业。然窃谓空言率人，不如有实而人自劝；欲知陛下能受其言之实，莫如以臣试之。故臣愿以身先天下试其小者，上以补助圣明之万一，下以为贤者卜其可否。虽以此获罪，万死无悔。

臣伏见中使传宣下府市司买浙灯四千余盏，有司具实直以闻，陛下又令减价收买，见已尽数拘收，禁止私买，以须上令。臣始闻之，惊愕不信，咨嗟累日。何者？窃为陛下惜此举动也。臣虽至愚，亦知陛下游心经术，动法尧舜；穷天下之嗜欲不足以易其乐，尽天下之玩好不足以解其忧，而岂以灯为悦者哉！此不过以奉二宫之欢，而极天下之养耳。然大孝在乎养志，百姓不可户晓，皆谓陛下以耳目不急之玩，而夺其口体必用之资。卖灯之民，例非豪户，举债出息，畜之弥年；衣食之计，望此旬日。陛下为民父母，唯可添价贵买，岂可减价贱酬？此事至小，体则甚大。凡陛下所以减价者，非欲以与此小民争此豪末，岂以其无用而厚费也？如知其无用，何必更索；恶其厚费，则如勿买。且内庭故事，每遇放灯，不过令内东门杂物务临时收买，数目既少，又无拘收督迫之严，费用不多，民亦无憾。故臣愿追还前命，凡悉如旧。京城百姓，不惯侵扰，恩德已厚，怨讟易生，可不慎欤！可不畏欤！

近日小人妄造非语，士人有展年科场之说，商贾有京城榷酒之议，吏忧减俸，兵忧减廪。虽此数事，朝廷所决无，然致此纷纷，亦有以见陛下勤恤之德未信于下，而有司聚敛之意或形于民。方当责己自求，以消谗慝之口，而台官又劝陛下以严刑悍吏捕而戮之。亏损圣德，莫大于此。而又重以买灯之事，使得因缘以为口实，臣实惜之。

方今百冗未除，物力凋弊，陛下纵出内帑财物，不用大司农钱，而内帑所储，孰非民力？与其平时耗于不急之用，曷若留贮以待乏绝之供。故臣愿陛下将来放灯与凡游观苑囿宴好赐予之类，皆饬有司，务从俭约。顷者诏旨裁减皇族恩例，此实陛下至明至断，所以深计远虑，割爱为民。然窃揆其间，不能无少望于陛下。惟当痛自刻损，以身先之，使知人主且犹若此，而况于吾徒哉！非惟省费，亦且弭怨。

昔唐太宗遣使往凉州讽李大亮献其名鹰，大亮不可，太宗深嘉之。诏曰："有臣若此，朕复何忧。"明皇遣使江南采鸳鹭，汴州刺史倪若水论之，为反其使。又令益州织半臂背子、琵琶捍拨、镂牙合子等，苏许公不奉诏。李德裕在浙西，诏造银盝子妆具二十事、织绫二千匹，德裕上疏极论，亦为罢之。使陛下内之台谏有如此数人者，则买灯之事，必须力言；外之有司有如此数人者，则买灯之事，必不奉诏。陛下聪明睿圣，追迹尧舜，而群臣不以唐太宗、明皇事陛下，窃尝深咎之。臣忝备府寮，亲见其事，若又不言，臣罪大矣！陛下若赦之不诛，则臣又有非职之言大于此者，忍不为陛下尽之？若不赦，亦臣之分也。谨录奏闻，伏候敕下。卷二五

上神宗皇帝书

熙宁四年二月□日，殿中丞、直史馆、判官告院、权开封府推官臣苏轼，谨昧万死，再拜上书皇帝陛下：臣近者不度愚贱，辄上封章言买灯事。自知渎犯天威，罪在不赦，席藁私室，以待斧钺之

诛。而侧听逾旬，威命不至，问之府司，则买灯之事，寻已停罢。乃知陛下不惟赦之，又能听之。惊喜过望，以至感泣。何者？改过不吝，从善如流，此尧舜禹汤之所勉强而力行，秦汉以来之所绝无而仅有。顾此买灯毫发之失，岂能上累日月之明，而陛下翻然改命，曾不移刻。则所谓智出天下，而听于至愚；威加四海，而屈于匹夫。臣今知陛下可与为尧舜，可与为汤武，可与富民而措刑，可与强兵而伏戎虏矣。有君如此，其忍负之！惟当披露腹心，捐弃肝脑，尽力所至，不知其它。乃者，臣亦知天下之事有大于买灯者矣。而独区区以此为先者，盖未信而谏，圣人不与，交浅言深，君子所戒。是以试论其小者，而其大者固将有待而后言。今陛下果赦而不诛，则是既已许之矣；许而不言，臣则有罪，是以愿终言之。

臣之所欲言者三，愿陛下结人心、厚风俗、存纪纲而已。

人莫不有所恃。人臣恃陛下之命，故能役使小民，恃陛下之法，故能胜服强暴。至于人主所恃者谁与？《书》曰："予临兆民，凛乎若朽索之驭六马。"言天下莫危于人主也。聚则为君民，散则为仇雠，聚散之间，不容毫厘。故天下归往谓之王，人各有心谓之独夫。由此观之，人主之所恃者，人心而已。人心之于人主也，如木之有根，如灯之有膏，如鱼之有水，如农夫之有田，如商贾之有财。木无根则槁，灯无膏则灭，鱼无水则死，农夫无田则饥，商贾无财则贫，人主失人心则亡。此必然之理，不可逭之灾也。其为可畏，从古以然。苟非乐祸好亡，狂易丧志，则孰敢肆其胸臆，轻犯人心？昔子产焚载书以弭众言，赂伯石以安巨室，以为众怒难犯，专欲难成。而子夏亦曰："信，而后劳其民；未信，则以为厉己也。"唯商鞅变法，不顾人言，虽能骤致富强，亦以召怨天下，使其民知利而不知义，见刑而不见德，虽得天下，旋踵而失也。至于其身，亦卒不免；

负罪出走,而诸侯不纳,车裂以徇,而秦人莫哀。君臣之间,岂愿如此?宋襄公虽行仁义,失众而亡。田常虽不义,得众而强。是以君子未论行事之是非,先观众心之向背。谢安之用诸桓未必是,而众之所乐,则国以乂安。庾亮之召苏峻未必非,而势有不可,则反为危辱。自古及今,未有和易同众而不安,刚果自用而不危者也。

今陛下亦知人心之不悦矣。中外之人,无贤不肖,皆言祖宗以来,治财用者不过三司使副判官,经今百年,未尝阙事。今者无故又创一司,号曰制置三司条例,使六七少年日夜讲求于内,使者四十余辈分行营干于外。造端宏大,民实惊疑;创法新奇,吏皆惶惑。贤者则求其说而不可得,未免于忧;小人则以其意而度朝廷,遂以为谤。谓陛下以万乘之主而言利,谓执政以天子之宰而治财,商贾不行,物价腾踊。近自淮甸,远及川蜀,喧传万口,论说百端。或言京师正店议置监官,爍路深山当行酒禁,拘收僧尼常住,减刻兵吏廪禄,如此等类,不可胜言。而甚者至以为欲复肉刑,斯言一出,民且狼顾。陛下与二三大臣,亦闻其语矣。然而莫之顾者,徒曰我无其事,又无其意,何恤于人言。夫人言虽未必皆然,而疑似则有以致谤。人必贪财也,而后人疑其盗;人必好色也,而后人疑其淫。何者?未置此司,则无此谤,岂去岁之人皆忠厚,而今岁之人皆虚浮?孔子曰:"工欲善其事,必先利其器。"又曰:"必也正名乎。"今陛下操其器而讳其事,有其名而辞其意,虽家置一喙以自解,市列千金以购人,人必不信,谤亦不止。夫制置三司条例司,求利之名也;六七少年与使者四十余辈,求利之器也。驱鹰犬而赴林薮,语人曰"我非猎也",不如放鹰犬而兽自驯。操网罟而入江湖,语人曰"我非渔也",不如捐网罟而人自信。故臣以为消谗慝以召和气,复人心而安国本,则莫若罢制置三司条例司。

夫陛下之所以创此司者，不过以兴利除害也。使罢之而利不兴，害不除，则勿罢；罢之而天下悦，人心安，兴利除害，无所不可，则何苦而不罢。陛下欲去积弊而立法，必使宰相熟议而后行，事若不由中书，则是乱世之法，圣君贤相，夫岂其然！必若立法不免由中书，熟议不免使宰相，则此司之设，无乃冗长而无名。智者所图，贵于无迹。汉之文、景，《纪》无可书之事，唐之房、杜，《传》无可载之功，而天下之言治者与文、景，言贤者与房、杜。盖事已立而迹不见，功已成而人不知。故曰：善用兵者，无赫赫之功。岂惟用兵，事莫不然。今所图者，万分未获其一也，而迹之布于天下，已若泥中之斗兽，亦可谓拙谋矣。陛下诚欲富国，择三司官属与漕运使副，而陛下与二三大臣，孜孜讲求，磨以岁月，则积弊自去而人不知。但恐立志不坚，中道而废。孟子有言："其进锐者其退速。"若有始有卒，自可徐徐，十年之后，何事不立。孔子曰："欲速则不达，见小利则大事不成。"使孔子而非圣人，则此言亦不可用。《书》曰："谋及卿士，至于庶人，翕然大同，乃底元吉。"若违多而从少，则静吉而作凶。今上自宰相大臣，既已辞免不为，则外之议论，断亦可知。宰相，人臣也，且不欲以此自污，而陛下独安受其名而不辞，非臣愚之所识也。君臣宵旰，几一年矣，而富国之效，茫如捕风，徒闻内帑出数百万缗，祠部度五千余人耳。以此为术，其谁不能！

且遣使纵横，本非令典。汉武遣绣衣直指，桓帝遣八使，皆以守宰狼藉，盗贼公行，出于无术，行此下策。宋文帝元嘉之政，比于文、景，当时责成郡县，未尝遣使。及至孝武，以为郡县迟缓，始命台使督之；以至萧齐，此弊不革。故景陵王子良上疏，极言其事，以为此等朝辞禁门，情态即异，暮宿村县，威福便行，驱追邮传，折辱守宰，公私劳扰，民不聊生。唐开元中，宇文融奏置劝农判官使裴宽等二十九人，并摄御史，分行天下，招携户口，检责漏田。时张说、杨玚、皇甫璟、杨相如皆以为不便，而相继罢黜。虽得户八十余万，皆州县希旨，以主为客，以少为多。及使百官集议都省，而公卿以下，惧融威势，不敢异辞。陛下试取其《传》而读之，观其所行，为是为否？近者均税宽恤，冠盖相望，朝廷亦旋觉其非，而天下至今以为谤。曾未数岁，是非较然。臣恐后之视今，亦犹今之视昔。且其所遣，尤不适宜。事少而员多，人轻而权重。夫人轻而权重，则人多不服，或致侮慢以兴争。事少而员多，则无以为功，必须生事以塞责。陛下虽严赐约束，不许邀功，然人臣事君之常情，不从其令而从其意。今朝廷之意，好动而恶静，好同而恶异，指趣所在，谁敢不从？臣恐陛下赤子，自此无宁岁矣。

至于所行之事，行路皆知其难。何者？汴水浊流，自生民以来，不以种稻。秦人之歌曰："泾水一石，其泥数斗。且溉且粪，长我禾黍。"何尝言长我粳稻耶？今欲陂而清之，万顷之稻，必用千顷之陂，一岁一淤，三岁而满矣。陛下遽信其说，即使相视地形。万一官吏苟且顺从，真谓陛下有意兴作，上糜帑廪，下夺农时，堤防一开，水失故道，虽食议者之肉，何补于民！天下久平，民物滋息，四方遗利，盖略尽矣。今欲凿空访寻水利，所谓即鹿无虞，岂惟徒劳，必大烦扰。凡有擘画利害，不问何人，小则随事酬劳，大则量才录用。若官私格沮，并重行黜降，不以赦原，若材力不办兴修，便许申奏替换。赏可谓重，罚可谓轻。然并终不言诸色人妄有申陈或官私误兴工役，当得何罪。如此，则妄庸轻剽、浮浪奸人，自此争言水利矣。成功则有赏，败事则无诛。官司虽知其疏，岂可便行抑退。所在追集老少，相视可否，吏卒所过，鸡犬一空。若非灼然难行，必须且为兴役。何则？格沮之罪重，而误兴之过轻。人多爱身,势必如此。且古陂废堰,多为侧近冒耕,岁月既深,已同永业。苟欲兴复,必尽追收,人心或摇,甚非善政。又有好讼之党,多怨之人,妄言某处可作陂渠,规坏所怨田产,或指人旧业,以为官陂,冒佃之讼,必倍今日。臣不知朝廷本无一事,何苦而行此哉!

自古役人,必用乡户,犹食之必用五谷,衣之必用丝麻,济川之必用舟楫,行地之必用牛马,虽其间或有以他物充代,然终非天下所可常行。今者徒闻江浙之间,数郡雇役,而欲措之天下,是犹见燕晋之枣栗,岷蜀之蹲鸱,而欲以废五谷,岂不难哉?又欲官卖所在坊场,以充衙前雇直,虽有长役,更无酬劳。长役所得既微,自此必渐衰散,则州郡事体,憔悴可知。士大夫捐亲戚,弃坟墓,以从宦于四方者,宣力之余,亦欲取乐,此人之至情也。若凋弊太甚,厨传萧然,则似危邦之陋风,恐非太平之盛观。陛下诚虑及此,必不肯为。且今法令莫严于御军,军法莫严于逃窜,禁军三犯,厢军五犯,大率处死,然逃军常半天下。不知雇人为役,与厢军何异?若有逃者,何以罪之,其势必轻于逃军,则其逃必甚于今日。为其官长,不亦难乎?近者虽使乡户颇得雇人,然而所雇逃亡,乡户犹任其责。今遂欲于两税之外,别立一科,谓之庸钱,以备官雇。则雇人之责,官所自任矣。自唐杨炎废租庸调以为两税,取大历十四年应干赋敛之数,以定两税之额,则是租调与庸,两税既兼之矣。今两税如故,奈何复欲取庸。圣人之立法,必虑后世,岂可于两税之外,别出科名哉!万一不幸,后世有多欲之君,辅之以聚敛之臣,庸钱不除,差役仍旧,使天下怨讟,推所从来,则必有任其咎者矣。又欲使坊郭等第之民,与乡户均役,品官形势之家,与齐民并事。其说曰:"《周礼》田不耕者出屋粟,宅不毛者有里布。而汉世宰相之子,不免戍边。"此其所以藉口也。古者官养民,今者民养官。给之以田而不耕,劝之以农而不力,于是乎有里布屋粟夫家之征。今民无以为生,去为商贾,事势当尔,何名役之。且一岁之戍,不过三日,三日之雇,其直三百。今世三大户之役,自公卿以降,毋得免者,其费岂特三百而已。大抵事若可行,不必皆有故事。若民所不悦,俗所不安,纵有经典明文,无补于怨。若行此二者,必怨无疑。女户单丁,盖天民之穷者也。古之王者,首务恤此。而今陛下首欲役之,此等苟非户将绝而未亡,则是家有丁而尚幼,若假之数岁,则必成丁而就役,老死而没官。富有四海,忍不加恤?

孟子曰:"始作俑者,其无后乎?"《春秋》书"作丘甲""用田赋",皆重其始为民患也。青苗放钱,自昔有禁。今陛下始立成法,每岁常行,虽云不许抑配,而数世之后,暴君污吏,陛下能保之欤?异日天下恨之,国史记之曰"青苗钱自陛下始",岂不惜哉!且东南买绢,本用见钱;陕西粮草,不许折兑。朝廷既有著令,职司又每举行。然而买绢未尝不折盐,粮草未尝不折钞,乃知青苗不许抑配之说,亦是空文。只如治平之初,拣刺义勇,当时诏旨慰谕,明言永不戍边,著在简书,有如盟约。于今几日,议论已摇,或以代还东军,或欲抵换弓手,约束难恃,岂不明哉!纵使此令决行,果不抑配,计其间愿请之户,必皆孤贫不济之人,家若自有赢余,何至与官交易。此等鞭挞已急,则继之逃亡,逃亡之余,则均之邻保。势有必至,理有固然。且夫常平之为法也,可谓至矣,所守者约,而所及者广。借使万家之邑,止有千斛,而谷贵之际,千斛在市,物价自平。一市之价既平,一邦之食自足,无操瓢乞丐之弊,无里正催驱之劳。今若变为青苗,家贷一斛,则千户之外,孰救其饥?且常平官钱,常患其少,若尽数收籴,则无借贷,若留充借贷,则所籴几何?乃知常平、青苗,其势不能两立,坏彼成此,所丧愈多。亏官害民，虽悔何逮。臣窃计陛下欲考其实，则必亦问人，人知陛下方欲力行，必谓此法有利无害。以臣愚见，恐未可凭。何以明之？臣顷在陕西，见刺义勇，提举诸县，臣尝亲行，愁怨之民，哭声振野。当时奉使还者，皆言民尽乐为。希合取容，自古如此。不然，则山东之盗，二世何缘不觉？南诏之败，明皇何缘不知？今虽未至于此，亦望陛下审听而已。

昔汉武之世，财力匮竭，用贾人桑弘羊之说，买贱卖贵，谓之均输。于时商贾不行，盗贼滋炽，几至于乱。孝昭既立，学者争排其说，霍光顺民所欲，从而予之，天下归心，遂以无事。不意今者此论复兴。立法之初，其说尚浅，徒言徙贵就贱，用近易远。然而广置官属，多出缗钱，豪商大贾，皆疑而不敢动，以为虽不明言贩卖，然既已许之变易，变易既行，而不与商贾争利者，未之闻也。夫商贾之事，曲折难行，其买也先期而与钱，其卖也后期而取直，多方相济，委曲相通，倍称之息，由此而得。今官买是物，必先设官置吏，簿书廪禄，为费已厚，非良不售，非贿不行，是以官买之价，比民必贵，及其卖也，弊复如前，商贾之利，何缘而得？朝廷不知虑此，乃捐五百万缗以予之。此钱一出，恐不可复。纵使其间薄有所获，而征商之额，所损必多。今有人为其主牧牛羊，不告其主，而以一牛易五羊。一牛之失，则隐而不言，五羊之获，则指为劳绩。陛下以为坏常平而言青苗之功，亏商税而取均输之利，何以异此？

陛下天机洞照，圣略如神，此事至明，岂有不晓？必谓已行之事，不欲中变，恐天下以为执德不一，用人不终，是以迟留岁月，庶几万一，臣窃以为过矣。古之英主，无出汉高。郦生谋挠楚权，欲复六国，高祖曰善，趣刻印，及闻留侯之言，吐哺而骂之，曰趣销印。夫称善未几，继之以骂，刻印、销印，有同儿戏。何尝累高祖之知人，适足明圣人之无我。陛下以为可而行之，知其不可而罢之，至圣至明，无以加此。议者必谓民可与乐成，难与虑始，故劝陛下坚执不顾，期于必行。此乃战国贪功之人，行险侥幸之说，陛下若信而用之，则是徇高论而逆至情，持空名而邀实祸，未及乐成，而怨已起矣。臣之所愿结人心者，此之谓也。

士之进言者，为不少矣，亦尝有以国家之所以存亡、历数之所以长短告陛下者乎？夫国家之所以存亡者，在道德之浅深，不在乎强与弱；历数之所以长短者，在风俗之厚薄，不在乎富与贫。道德诚深，风俗诚厚，虽贫且弱，不害于长而存。道德诚浅，风俗诚薄，虽强且富，不救于短而亡。人主知此，则知所轻重矣。是以古之贤君，不以弱而忘道德，不以贫而伤风俗，而智者观人之国，亦以此而察之。齐至强也，周公知其后必有篡弑之臣。卫至弱也，季子知其后亡。吴破楚入郢，而陈大夫逢滑知楚之必复。晋武既平吴，何曾知其将乱。隋文既平陈，房乔知其不久。元帝斩郅支，朝呼韩，功多于武、宣矣，偷安而王氏之衅生。宣宗收燕赵，复河湟，力强于宪、武矣，消兵而庞勋之乱起。故臣愿陛下务崇道德而厚风俗，不愿陛下急于有功而贪富强。使陛下富如隋，强如秦，西取灵武，北取燕蓟，谓之有功可也，而国之长短，则不在此。夫国之长短，如人之寿夭，人之寿夭在元气，国之长短在风俗。世有臞羸而寿考，亦有盛壮而暴亡。若元气犹存，则臞羸而无害。及其已耗，则盛壮而愈危。是以善养生者，慎起居，节饮食，导引关节，吐故纳新。不得已而用药，则择其品之上、性之良，可以久服而无害者，则五脏和平而寿命长。不善养生者，薄节慎之功，迟吐纳之效，厌上药而用下品，伐真气而助强阳，根本已空，僵仆无日。天下之势，与此无殊。故臣愿陛下爱惜风俗，如护元气。

古之圣人，非不知深刻之法可以齐众，勇悍之夫可以集事，忠厚近于迂阔，老成初若迟钝。然终不肯以彼而易此者，知其所得小而所丧大也。曹参，贤相也，曰慎无扰狱市。黄霸，循吏也，曰治道去泰甚。或讥谢安以清谈废事，安笑曰，秦用法吏，二世而亡。刘晏为度支，专用果锐少年，务在急速集事，好利之党，相师成风。德宗初即位，擢崔祐甫为相。祐甫以道德宽大推广上意，故建中之政，其声翕然，天下想望，庶几贞观。及卢杞为相，讽上以刑名整齐天下，驯致浇薄，以及播迁。我仁祖之驭天下也，持法至宽，用人有叙，专务掩覆过失，未尝轻改旧章。然考其成功，则曰未至，以言乎用兵，则十出而九败，以言乎府库，则仅足而无余。徒以德泽在人，风俗知义，是以升遐之日，天下如丧考妣，社稷长远，终必赖之。则仁祖可谓知本矣。今议者不察，徒见其末年吏多因循，事不振举，乃欲矫之以苛察，齐之以智能，招来新进勇锐之人，以图一切速成之效，未享其利，浇风已成。且大时不齐，人谁无过，国君含垢，至察无徒。若陛下多方包容，则人材取次可用；必欲广置耳目，务求瑕疵，则人不自安，各图苟免，恐非朝廷之福，亦岂陛下所愿哉！汉文欲拜虎圈啬夫，释之以为利口伤俗。今若以口舌捷给而取士，以应对迟钝而退人，以虚诞无实为能文，以矫激不仕为有德，则先王之泽，遂将散微。

自古用人，必须历试。虽有卓异之器，必有已成之功，一则使其更变而知难，事不轻作，一则待其功高而望重，人自无辞。昔先主以黄忠为后将军，而诸葛亮忧其不可，以为忠之名望，素非关、张之伦，若班爵遽同，则必不悦，其后关羽果以为言。以黄忠豪勇之姿，以先主君臣之契，尚复虑此，况其他乎！世常谓汉文不用贾生，以为深恨。臣尝推究其旨，窃谓不然。贾生固天下之奇才，所言亦一时之良策。然请为属国欲以系单于，则是处士之大言，少年之锐气。昔高祖以三十万众，困于平城，当时将相群臣，岂无贾生之比？三表五饵，人知其疏，而欲以困中行说，尤不可信矣。兵，凶器也，而易言之，正如赵括之轻秦，李信之易楚。若文帝亟用其说，则天下殆将不安。使贾生尝历艰难，亦必自悔其说，施之晚岁，其术必精，不幸丧亡，非意所及。不然，文帝岂弃材之主，绛、灌岂蔽贤之士？至于晁错，尤号刻薄，文帝之世，止于太子家令，而景帝既立，以为御史大夫，申屠嘉贤相，发愤而死，纷更政令，天下骚然。及至七国发难，而错之术亦穷矣。文、景优劣，于斯可见。大抵名器爵禄，人所奔趋，必使积劳而后迁，以明持久而难得。则人各安其分，不敢躁求。今若多开骤进之门，使有意外之得，公卿侍从，跬步可图，其得者既不肯以侥幸自名，则其不得者必皆以沉沦为恨。使天下常调，举生妄心，耻不若人，何所不至，欲望风俗之厚，岂可得哉？选人之改京官，常须十年以上。荐更险阻，计析毫厘。其间一事聱牙，常至终身沦弃。今乃以一言之荐，举而与之，犹恐未称，章服随至。使积劳久次而得者，何以厌服哉？夫常调之人，非守则令，员多阙少，久已患之，不可复开多门以待巧进。若巧者侵夺已甚，则拙者迫怵无聊，利害相形，不得不察。故近岁朴拙之人愈少，而巧佞之士益多。惟陛下重之惜之，哀之救之。如近日三司献言，使天下郡选一人，催驱三司文字，许之先次指射以酬其劳，则数年之后，审官吏部，又有三百余人得先占阙，常调待次，不其愈难。此外勾当发运均输，按行农田水利，已振监司之体，各怀进用之心，转对者望以称旨而骤迁，奏课者求为优等而速化，相胜以力，相高以言，而名实乱矣。惟陛下以简易为法，以清净为心，使奸无所缘，而民德归厚。臣之所愿厚风俗者，此之谓也。

古者建国,使内外相制,轻重相权。如周如唐,则外重而内轻。如秦如魏,则外轻而内重。内重之弊,必有奸臣指鹿之患。外重之弊,必有大国问鼎之忧。圣人方盛而虑衰,常先立法以救弊。我国家租赋籍于计省,重兵聚于京师,以古揆今,则似内重。恭惟祖宗所以深计而预虑,固非小臣所能臆度而周知。然观其委任台谏之一端,则是圣人过防之至计。历观秦、汉以及五代,谏净而死,盖数百人。而自建隆以来,未尝罪一言者,纵有薄责,旋即超升,许以风闻,而无官长,风采所系,不问尊卑。言及乘舆,则天子改容;事关廊庙,则宰相待罪。故仁宗之世,议者讥宰相但奉行台谏风旨而已。圣人深意,流俗岂知?台谏固未必皆贤,所言亦未必皆是,然须养其锐气而借之重权者,岂徒然哉!将以折奸臣之萌,而救内重之弊也。夫奸臣之始,以台谏折之而有余;及其既成,以干戈取之而不足。今法令严密,朝廷清明,所谓奸臣,万无此理。然而养猫所以去鼠,不可以无鼠而养不捕之猫;畜狗所以防奸,不可以无奸而畜不吠之狗。陛下得不上念祖宗设此官之意,下为子孙立万一之防,朝廷纪纲,孰大于此?

臣自幼小所记,及闻长老之谈,皆谓台谏所言,常随天下公议。公议所与,台谏亦与之;公议所击,台谏亦击之。及至英庙之初,始建称亲之议,本非人主大过,亦无礼典明文,徒以众心未安,公议不允,当时台谏以死争之。今者物论沸腾,怨讟交至,公议所在,亦可知矣,而相顾不发,中外失望。夫弹劾积威之后,虽庸人亦可奋扬;风采消委之余,虽豪杰有所不能振起。臣恐自兹以往,习惯成风,尽为执政私人,以致人主孤立,纪纲一废,何事不生?孔子曰:"鄙夫可与事君也欤?其未得之也,患不得之,既得之,患失之,苟患失之,无所不至矣。"臣始读此书,疑其太过,以为鄙夫之患失，不过备位而苟容。及观李斯忧蒙恬之夺其权，则立二世以亡秦，卢杞忧李怀光之数其恶，则误德宗以再乱。其心本生于患失，而其祸乃至于丧邦。孔子之言，良不为过。是以知为国者，平居必常有忘躯犯颜之士，则临难庶几有徇义守死之臣。若平居尚不能一言，则临难何以责其死节？人臣苟皆如此，天下亦曰殆哉。君子和而不同，小人同而不和。和如和羹，同如济水。孙宝有言："周公上圣，召公大贤，犹不相悦，著于经典。两不相损。"晋之王导，可谓元臣，每与客言，举坐称善，而王述不悦，以为人非尧舜，安得每事尽善，导亦敛衽谢之。若使言无不同，意无不合，更唱迭和，何者非贤。万一有小人居其间，则人主何缘知觉？臣之所愿存纪纲者，此之谓也。

臣非敢历诋新政，苟为异论，如近日裁减皇族恩例、刊定任子条式、修完器械、阅习鼓旗，皆陛下神算之至明，乾刚之必断，物议既允，臣安敢有词。至于所献之三言，则非臣之私见，中外所病，其谁不知！昔禹戒舜曰："无若丹朱傲，惟慢游是好。"舜岂有是哉！周公戒成王曰："毋若商王受之迷乱，酗于酒德。"成王岂有是哉！周昌以汉高为桀、纣，刘毅以晋武为桓、灵，当时人君，曾莫之罪，而书之史册，以为美谈。使臣所献三言，皆朝廷未尝有此，则天下之幸，臣与有焉。若有万一似之，则陛下安可不察。然而臣之为计，可谓愚矣。以蝼蚁之命，试雷霆之威，积其狂愚，岂可数赦？大则身首异处，破坏家门；小则削籍投荒，流离道路。虽然，陛下必不为此，何也？臣天赋至愚，笃于自信。向者与议学校贡举，首违大臣本意，已期窜逐，敢意自全。而陛下独然其言，曲赐召对，从容久之，至谓臣曰："方今政令得失安在？虽朕过失，指陈可也。"臣即对曰："陛下生知之性，天纵文武，不患不明，不患不勤，不患不断，但患求治太速，进人太锐，听言太广。"又俾具述所以然之状。陛下颔之曰："卿所献三言，朕当熟思之。"臣之狂愚，非独今日，陛下容之久矣。岂其容之于始而不赦之于终？恃此而言，所以不惧。臣之所惧者，讥刺既众，怨仇实多，必将诋臣以深文，中臣以危法，使陛下虽欲赦臣而不可得，岂不殆哉！死亡不辞，但恐天下以臣为戒，无复言者。是以思之经月，夜以继昼，表成复毁，至于再三。感陛下听其一言，怀不能已，卒吐其说。惟陛下怜其愚忠而卒赦之，不胜俯伏待罪忧恐之至。 卷二五

文集卷二十

再上皇帝书

　　熙宁四年三月□日，殿中丞、直史馆、判官告院、权开封府推官臣苏轼，谨昧万死再拜上书皇帝陛下：臣闻之，益戒于禹曰："任贤勿贰，去邪勿疑。"仲虺言汤之德曰："用人惟己，改过不吝。"秦穆丧师于崤，悔痛自誓，孔子录之。自古聪明豪杰之主，如汉高帝、唐太宗，皆以受谏如流，改过不惮，号为秦汉以来百王之冠也。孔子曰："君子之过，如日月之食焉。过也，人皆见之；更也，人皆仰之。"圣贤举动，明白正直，不当如是耶？所用之人，有邪有正。所作之事，有是有非。是非邪正，两言而足，正则用之，邪则去之，是则行之，非则破之。此理甚明，犹饥之必食，渴之必饮，岂有别生义理，曲加粉饰，而能欺天下哉！《书》曰："与治同道，罔不兴；与乱同事，罔不亡。"陛下自去岁以来，所行新政，皆不与治同道。立条例司，遣青苗使，敛助役钱，行均输法，四海骚动，行路怨咨。自宰相以下，皆知其非而不敢争。臣愚蠢而不识忌讳，乃者上疏论之详矣，而学术浅陋，不足以感动圣明。近者故相旧臣、藩镇侍从，杂然争言不便，以至台谏二三人者，本其所与缔交唱和表里之人也，然犹不免一言其非者，岂非物议沸腾，事势迫切，而不可止欤？自非见利忘义居之不疑者，孰肯终始胶固，不自湔洗？如吴师孟乞免提举，胡宗愈不愿检详，如逃垢秽，惟恐不脱。人情畏恶，一至于此。

近者中外讙言，陛下已有悔悟意，道路相庆，如蒙大赉，实望陛下于旬日之间涣发德音，洗荡乖僻，追还使者，而罢条例司。今者侧听所为，盖不过使监司体量抑配而已，比之未悟，所较几何！此孟子所谓知兄臂之不可紾，而姑劝以徐；知邻鸡之不可攘，而月取其一。帝王改过，岂如是哉？

臣又闻陛下以为此法且可试之三路。臣以为此法譬之医者之用毒药，以人之死生，试其未效之方。三路之民，岂非陛下赤子，而可试以毒药乎！今日之政，小用则小败，大用则大败，若力行而不已，则乱亡随之。臣非敢过为危论，以耸动陛下也。自古存亡之所寄者，四人而已，一曰民，二曰军，三曰吏，四曰士，此四人者一失其心，则足以生变。今陛下一举而兼犯之。青苗、助役之法行，则农不安；均输之令出，则商贾不行，而民始忧矣。并省诸军，追逐老病，至使成兵之妻与士卒杂处其间，贬杀军分，有同降配，迁徙淮甸，仅若流放，年近五十，人人怀忧，而军始怨矣。内则不取谋于元臣侍从，而专用新进小生；外则不责成于守令监司，而专用青苗使者，多置闲局，以摈老成，而吏始解体矣。陛下临轩选士，天下谓之龙飞榜，而进士一人首削旧恩，示不复用，所削者一人而已，然士莫不怅恨者，以陛下有厌薄其徒之意也。今用事者又欲渐消进士，纯取明经，虽未有成法，而小人招权，自以为功，更相扇摇，以谓必行，而士始失望矣。今进士半天下，自二十以上，便不能诵记注义、为明经之学，若法令一更，则士各怀废弃之忧，而人材短长，终不在此。昔秦禁挟书，而诸生皆抱其业以归胜、广，相与出力而亡秦者，岂有它哉？亦徒以失业而无所归也。故臣愿陛下勿复言此。民忧而军怨，吏解体而士失望，祸乱之源，有大于此者乎？今未见也，一旦有急，则致命之士必寡矣。方是之时，不知希合苟容之徒，能为陛下收板荡而止土崩乎？去岁诸军之始并也，左右之人皆以士心乐并告陛下，近者放停军人李兴，告虎翼吏率钱行赂以求不并，则士卒不乐可知矣。夫谄谀之人，苟务合意不惮欺罔者，类皆如此。故凡言百姓乐请青苗钱，乐出助役钱者，皆不可信。陛下以为青苗抑配果可禁乎？不惟不可禁，乃不当禁也。何以言之？若此钱放而不收，则州县官吏，不免责罚；若此钱果不抑配，则愿请之户，后必难收索。前有抑配之禁，后有失陷之罚，为陛下官吏，不亦难乎！故臣以为既行青苗钱，则不当禁抑配，其势然也。人皆谓陛下圣明神武，必能徙义修慝，以致太平，而近日之事，乃有文过遂非之风，此臣所以愤懑太息而不能已也。

昔贾充用事，天下忧恐，而庾纯、任恺戮力排之；及充出镇秦凉，忠臣义士，莫不相庆，屈指数日，以望维新之化。而冯紞之徒更相告语曰："贾公远放，吾等失势矣。"于是相与献谋而充复留。则晋氏之乱，成于此矣。自古惟小人为难去。何则？去一人而其党莫不破坏，是以为之计谋游说者众也。今天下贤者亦将以此观陛下，为进退之决。或再失望，则知几之士相率而逝矣。岂皆如臣等辈，偷安怀禄而不忍去哉！猖狂不逊，忤陛下多矣，不敢复望宽恩，俯伏引领，以待诛殛。臣轼诚惶诚恐，顿首顿首。谨言。卷二五

论河北京东盗贼状

熙宁七年十一月日，太常博士、直史馆、权知密州军州事苏轼状奏：臣伏见河北、京东比年以来蝗旱相仍，盗贼渐炽，今又不雨，自秋至冬，方数千里，麦不入土，窃料明年春夏之际，寇攘为患，甚于今日。是以辄陈狂瞽，庶补万一。谨按山东自上世以来，为腹心

根本之地,其与中原离合,常系社稷安危。昔秦并天下,首取三晋,则其余强敌,相继灭亡。汉高祖杀陈豨,走田横,则项氏不支。光武亦自渔阳、上谷发突骑,席卷以并天下。魏武帝破杀袁氏父子,收冀州,然后四方莫敢敌。宋武帝以英伟绝人之资,用武历年,而不能并中原者,以不得河北也。隋文帝以庸夫穿窬之智,窃位数年而一海内者,以得河北也。故杜牧之论以为山东之地,王者得之以为王,霸者得之以为霸,猾贼得之以乱天下。自唐天宝以后,奸臣僭峙于山东,更十一世,竭天下之力终不能取,以至于亡。近世贺德伦挈魏博降后唐而梁亡,周高祖自邺都入京师而汉亡。由此观之,天下存亡之权在河北,无疑也。陛下即位以来,北方之民流移相属,天灾谴告,亦甚于四方,五六年间,未有以塞大异者。至于京东,虽号无事,亦当常使其民安逸富强,缓急足以灌输河北。瓶竭则罍耻,唇亡则齿寒。而近年以来,公私匮乏,民不堪命。

今流离饥馑,议者不过欲散卖常平之粟,劝诱蓄积之家。盗贼纵横,议者不过欲增开告赏之门,申严缉捕之法。皆未见其益也。常平之粟累经赈发,所存无几矣,而饥寒之民所在皆是,人得升合,官费丘山。蓄积之家例皆困乏,贫者未蒙其利,富者先被其灾。昔季康子患盗,问于孔子。对曰:“苟子之不欲,虽赏之不窃。”乃知上不尽利,则民有以为生,苟有以为生,亦何苦而为盗。其间凶残之党,乐祸不悛,则须敕法以峻刑,诛一以警百。今中民以下,举皆阙食,冒法而为盗则死,畏法而不盗则饥;饥寒之与弃市,均是死亡,而赊死之与忍饥,祸有迟速。相率为盗,正理之常。虽日杀百人,势必不止。苟非陛下至明至圣,至仁至慈,较得丧之孰多,权祸福之孰重,特于财利少有所捐,衣食之门一开,骨髓之恩皆遍。然后信赏必罚,以威克恩,不以侥幸废刑,不以灾伤挠法,如此而人心不革,盗贼不衰者,未之有也。谨条其事,画一如左。

一、臣所领密州,自今岁秋旱,种麦不得,直至十月十三日,方得数寸雨雪,而地冷难种,虽种不生,比常年十分中只种得二三。窃闻河北、京东,例皆如此。寻常检放灾伤,依法须是检行根苗,以定所放分数。今来二麦元不曾种,即无根苗可检,官吏守法,无缘直放。若夏税一例不放,则人户必至逃移。寻常逃移,犹有逐熟去处,今数千里无麦,去将安往? 但恐良民举为盗矣。且天上无雨,地下无麦,有眼者共见,有耳者共闻,决非欺罔,朝廷岂可坐观不放? 欲乞河北、京东逐路选差臣僚一员,体量放税,更不检视。若未欲如此施行,即乞将夏税斛斗,取今日以前五年酌中一年实直,令三等已上人户,取便纳见钱或正色;其四等以下,且行倚阁。缘今来麦田空闲,若春雨调匀,却可以广种秋稼,候至秋熟,并将秋色折纳夏税,若是已种苗麦,委有灾伤,仍与依条检放。其阙麦去处,官吏诸军请受,且支白米或支见钱。所贵小民不致大段失所。

一、河北、京东,自来官不榷盐,小民仰以为生。近日臣僚上章,辄欲禁榷,赖朝廷体察,不行其言,两路官民无不相庆。然臣勘会近年盐课日增,元本两路祖额三十三万二千余贯,至熙宁六年,增至四十九万九千余贯,七年亦至四十三万五千余贯,显见刑法日峻,告捕日繁,是致小民愈难兴贩。朝廷本为此两路根本之地,而煮海之利,天以养活小民,是以不忍尽取其利,济惠鳏寡,阴销盗贼。旧时孤贫无业,惟务贩盐,所以五六年前盗贼稀少。是时告捕之赏,未尝破省钱,惟是犯人催纳,役人量出。今盐课浩大,告讦如麻。贫民贩盐,不过一两贯钱本,偷税则赏重,纳税则利轻。欲为农夫,又值凶岁,若不为盗,惟有忍饥。所以五六年来,课利日增,盗贼日众。臣勘会密州盐税,去年一年,比祖额增二万贯,却支捉贼赏钱一万一千余贯,其余未获贼人尚多,以此较之,利害得失断可见矣。欲乞特敕两路,应贩盐小客,截自三百斤以下,并与权免收税,仍官给印本空头关子,与灶户及长引大客,令上历破,使逐旋书填月日、姓名、斤两与小客,限十日内更不行用,如敢借名为人影带,分减盐货,许诸色人陈告,重立赏罚,候将来秋熟日仍旧。并元降敕榜,明言出自圣意,令所在雕印,散榜乡村。人非木石,宁不感动?一饮一食,皆诵圣恩,以至旧来贫贱之民、近日饥寒之党,不待驱率,一归于盐,奔走争先,何暇为盗?人情不远,必不肯舍安稳衣食之门,而趋冒法危亡之地也。议者必谓今用度不足,若行此法,则盐税大亏,必致阙事。臣以为不然。凡小客本少力微,不过行得三两程,若三两程外,须藉大商兴贩,决非三百斤以下小客所能行运,无缘大段走失。且平时大商所苦,以盐迟而无人买;小民之病,以僻远而难得盐。今小商不出税钱,则所在争来分买。大商既不积滞,则轮流贩卖,收税必多。而乡村僻远,无不食盐,所卖亦广。损益相补,必无大亏之理。纵使亏失,不过却只得祖额元钱,当时官司,有何阙用?苟朝廷捐十万贯钱,买此两路之人不为盗贼,所获多矣。今使朝廷为此两路饥馑,特出一二十万贯见钱散与人户,人得一贯,只及二十万人,而一贯见钱,亦未能济其性命。若特放三百斤以下盐税半年,则两路之民,人人受赐,贫民有衣食之路,富民无盗贼之忧,其利岂可胜言哉!若使小民无以为生,举为盗贼,则朝廷之忧,恐非十万贯钱所能了办。又况所支捉贼赏钱,未必少于所失盐课。臣所谓"较得丧之孰多,权祸福之孰重"者,为此也。

一、勘会诸处盗贼,大半是按问减等灾伤免死之人,走还旧处,挟恨报仇,为害最甚。盗贼自知不死,既轻犯法,而人户亦忧其复来,不敢告捕。是致盗贼公行。切详按问自言,皆是词穷理屈,势必不免,本无改过自新之意,有何可悯,独使从轻!同党之中,独不免死。其灾伤救虽不下,与行下同,而盗贼小民,无不知者,但不伤变主,免死无疑。且不伤变主,情理未必轻于偶伤变主之人。或多聚徒众,或广置兵仗,或标异服饰,或质劫变主,或驱虏平人,或略遗贫民,令作耳目,或书写道店,恐动官私。如此之类,虽偶不伤人,情理至重,非止阙食之人,苟营糇粮而已。欲乞今后盗贼赃证未明,但已经考掠方始承认者,并不为按问减等。其灾伤地分,委自长吏,相度情理轻重,内情理重者,依法施行。所贵凶民稍有畏忌,而良民敢于捕告。臣所谓"衣食之门一开,骨髓之恩皆遍,然后信赏必罚,以威克恩,不以侥幸废刑,不以灾伤挠法"者,为此也。

右谨具如前。自古立法制刑,皆以盗贼为急。盗窃不已,必为强劫,强劫不已,必至战攻,或为豪杰之资,而致胜、广之渐。而况京东之贫富,系河北之休戚;河北之治乱,系天下之安危。识者共知,非臣私说。愿陛下深察,此事至重,所捐小利至轻,断自圣心,决行此策。臣闻天圣中,蔡齐知密州。是时东方饥馑,齐乞放行盐禁,先帝从之,一方之人不觉饥旱。臣愚且贱,虽不敢望于蔡齐,而陛下圣明,度越尧禹,岂不能行此小事,有愧先朝!所以越职献言,不敢自外,伏望圣慈察其区区之意,赦其狂僭之诛。臣无任悚栗待罪之至。谨录奏闻,伏候敕旨。卷二六

徐州上皇帝书

元丰元年十月□日,尚书祠部员外郎、直史馆、权知徐州军州事苏轼,谨昧万死再拜上书皇帝陛下:臣以庸材,备员册府,出守两郡,皆东方要地,私窃以为守法令,治文书,赴期会,不足以报塞万一。辄伏思念东方之要务,陛下之所宜知者,得其一二,草具以闻,而陛下择焉。

臣前任密州,建言自古河北与中原离合,常系社稷存亡,而京东之地,所以灌输河北,瓶竭则罍耻,唇亡则齿寒;而其民喜为盗贼,为患最甚,因为陛下画所以待盗贼之策。及移守徐州,览观山川之形势,察其风俗之所上,而考之于载籍,然后又知徐州为南北之襟要,而京东诸郡安危所寄也。昔项羽入关,既烧咸阳,而东归则都彭城。夫以羽之雄略,舍咸阳而取彭城,则彭城之险固形便,足以得志于诸侯者可知矣。臣观其地,三面被山,独其西平川数百里,西走梁、宋,使楚人开关而延敌,材官骓发,突骑云纵,真若屋上建瓴水也。地宜菽麦,一熟而饱数岁。其城三面阻水,楼堞之下,以汴、泗为池,独其南可通车马,而戏马台在焉。其高十仞,广袤百步,若用武之世,屯千人其上,聚楄木炮石,凡战守之具,以与城相表里,而积三年粮于城中,虽用十万人,不易取也。其民皆长大,胆

力绝人，喜为剽掠，小不适意，则有飞扬跋扈之心，非止为盗而已。汉高祖，沛人也；项羽，宿迁人也；刘裕，彭城人也；朱全忠，砀山人也：皆在今徐州数百里间耳。其人以此自负，凶桀之气，积以成俗。魏太武以三十万人攻彭城不能下，而王智兴以卒伍庸材恣睢于徐，朝廷亦不能讨，岂非以其地形便利、人卒勇悍故耶？

　　州之东北七十余里，即利国监，自古为铁官，商贾所聚，其民富乐。凡三十六冶，冶户皆大家，藏镪巨万，常为盗贼所窥，而兵卫寡弱，有同儿戏。臣中夜以思，即为寒心。使剧贼致死者十余人，白昼入市，则守者皆弃而走耳。地既产精铁，而民皆善锻，散冶户之财以啸召无赖，则乌合之众，数千人之仗，可以一夕具也。顺流南下，辰发巳至，而徐有不守之忧矣。使不幸而贼有过人之才，如吕布、刘备之徒，得徐而逞其志，则京东之安危未可知也。近者河北转运司奏乞禁止利国监铁不许入河北，朝廷从之。昔楚人亡弓，不能忘楚，孔子犹小之，况天下一家，东北二冶，皆为国兴利，而夺彼与此，不已隘乎？自铁不北行，冶户皆有失业之忧，诣臣而诉者数矣。臣欲因此以征冶户，为利国监之捍屏。今三十六冶，冶各百余人，采矿伐炭，多饥寒亡命强力鸷忍之民也，臣欲使冶户每冶各择有材力而忠谨者，保任十人，籍其名于官，授以却刃刀矟，教之击刺，每月两蒐，集于知监之庭而阅试之，藏其刃于官以待大盗，不得役使，犯者以违制论。冶户为盗所睨久矣，民皆知之，使冶出十人以自卫，民所乐也，而官又为除近日之禁，使铁得北行，则冶户皆悦而听命，奸猾破胆而不敢谋矣。徐城虽险固，而楼橹敝恶，又城大而兵少，缓急不可守。今战兵千人耳，臣欲乞移南京新招骑射两指挥于徐。此故徐人也，尝屯于徐，营垒材石既具矣，而迁于南京，异时转运使分东西路，畏馈饷之劳，而移之西耳。今两路为一，其去来无所损益,而足以为徐之重。城下数里,颇产精石无穷,而奉化厢军见阙数百人,臣愿募石工以足之,听不差出;使此数百人者常采石以甓城,数年之后,举为金汤之固。要使利国监不可窥,则徐无事,徐无事,则京东无虞矣。

沂州山谷重阻,为逋逃渊薮,盗贼每入徐州界中。陛下若采臣言,不以臣为不肖,愿复三年守徐,且得兼领沂州兵甲巡检公事,必有以自效。京东恶盗,多出逃军。逃军为盗,民则望风畏之,何也?技精而法重也。技精则难敌,法重则致死,其势然也。自陛下置将官、修军政,士皆精锐,而不免于逃者,臣尝考其所由。盖自近岁以来,部送罪人配军者,皆不使役人而使禁军。军士当部送者,受牒即行,往返常不下十日,道路之费,非取息钱不能办。百姓畏法不敢贷,贷亦不可复得;惟所部将校,乃敢出息钱与之,归而刻其粮赐。以故上下相持,军政不修,博弈饮酒,无所不至,穷苦无聊,则逃去为盗。臣自至徐,即取不系省钱百余千别储之,当部送者,量远近裁取,以三月刻纳,不取其息。将吏有敢贷息钱者,痛以法治之。然后严军政、禁酒博,比期年,士皆饱暖,练熟技艺,等第为诸郡之冠。陛下遣敕使按阅,所具见也。臣愿下其法诸郡,推此行之,则军政修而逃者衰,亦去盗之一端也。

臣闻之汉相王嘉曰:"孝文帝时,二千石长吏安官乐职,上下相望,莫有苟且之意。其后稍稍变易,公卿以下,转相促急,司隶、部刺史,发扬阴私,吏或居官数月而退。二千石益轻贱,吏民慢易之,知其易危,小失意则有离畔之心。前山阳亡徒苏令从横,吏士临难,莫肯伏节死义者,以守相威权素夺故也。国家有急,取办于二千石,二千石尊重难危,乃能使下。"以王嘉之言而考之于今,郡守之威权,可谓素夺矣,上有监司伺其过失,下有吏民持其长短,未及按问,而差替之命已下矣。欲督捕盗贼,法外求一钱以使人,且不可得。盗贼凶人,情重而法轻者,守臣辄配流之,则使所在法司覆按其状,劾以失入。惴惴如此,何以得吏士死力,而破奸人之党乎?由此观之,盗贼所以滋炽者,以陛下守臣权太轻故也。臣愿陛下稍重其权,责以大纲,略其小过,凡京东多盗之郡,自青、郓以降,如徐、沂、齐、曹之类,皆慎择守臣,听法外处置强盗。颇赐缗钱,使得以布设耳目,蓄养爪牙。然缗钱多赐则难常,少又不足于用。臣以为每郡可岁别给一二百千,使以酿酒,凡使人葺捕盗贼,得以酒予之,敢以为他用者,坐赃论。赏格之外,岁得酒数百斛,亦足以使人矣。此又治盗之一术也。

然此皆其小者。其大者非臣之所当言,欲默而不发,则又私自念遭值陛下英圣特达如此,若有所不尽,非忠臣之义,故昧死复言之。昔者以诗赋取士,今陛下以经术用人,名虽不同,然皆以文词进耳。考其所得,多吴、楚、闽、蜀之人。至于京东、西、河北、河东、陕西五路,盖自古豪杰之场,其人沉鸷勇悍,可任以事,然欲使治声律、读经义,以与吴、楚、闽、蜀之士争得失于毫厘之间,则彼有不仕而已,故其得人常少。夫惟忠孝礼义之士,虽不得志,不失为君子,若德不足而才有余者,困于无门,则无所不至矣。故臣愿陛下特为五路之士别开仕进之门。

汉法:郡县秀民,推择为吏,考行察廉,以次迁补,或至二千石,入为公卿。古者不专以文词取人,故得士为多。黄霸起于卒史,薛宣奋于书佐,朱邑选于啬夫,丙吉出于狱吏,其余名臣循吏由此而进者,不可胜数。唐自中叶以后,方镇皆选列校以掌牙兵。是时四方豪杰不能以科举自达者,皆争为之,往往积功以取旌钺。虽老奸巨盗,或出其中,而名卿贤将如高仙芝、封常清、李光弼、来瑱、李抱玉、段秀实之流,所得亦已多矣。王者之用人如江河,江河所趋,百川赴焉,蛟龙生之,及其去而之他,则鱼鳖无所还其体,而鲵鳅为之制。今世胥史牙校皆奴仆庸人者,无他,以陛下不用也。今欲用胥史牙校,而胥史行文书,治刑狱钱谷,其势不可废鞭挞;鞭挞一行,则豪杰不出于其间。故凡士之刑者不可用,而用者不可刑。故臣愿陛下采唐之旧,使五路监司郡守共选士人以补牙职,皆取人材心力有足过人而不能从事于科举者,禄之以今之庸钱,而课之镇税场务督捕盗贼之类,自公罪杖以下听赎,依将校法,使长吏得荐其才者,第其功阀,书其岁月,使得出仕比任子,而不以流外限其所至。朝廷察其尤异者,擢用数人。则豪杰英伟之士,渐出于此涂,而奸猾之党可得而笼取也。其条目委曲,臣未敢尽言,惟陛下留神省察。

昔晋武平吴之后,诏天下罢军役,州郡悉去武备,惟山涛论其不可。帝见之,曰:"天下名言也。"而不能用。及永宁之后,盗贼蜂起,郡国皆以无备不能制,其言乃验。今臣于无事之时,屡以盗贼为言,其私忧过计,亦已甚矣!陛下纵能容之,必为议者所笑,使天下无事而臣获笑可也,不然,事至而图之,则已晚矣。干犯天威,罪在不赦。臣轼诚惶诚恐,顿首顿首。谨言。卷二六

乞医疗病囚状

元丰二年正月□日,尚书祠部员外郎、直史馆、权知徐州军州事苏轼状奏:右臣闻汉宣帝地节四年诏曰:"令甲,死者不可生,刑者不可息。此先帝之所重,而吏未称。今系者或以掠辜若饥寒瘐死狱中,何用心逆人道也!朕甚痛之。其令郡国岁上系囚以掠笞

若瘐死者所坐名、县、爵、里，丞相御史课殿最以闻。"此汉之盛时，宣帝之善政也。朝廷重惜人命，哀矜庶狱，可谓至矣。

囚以掠笞死者法甚重，惟病死者无法，官吏上下莫有任其责者。苟以时言上，检视无他，故虽累百人不坐。其饮食失时、药不当病而死者，何可胜数。若本罪应死，犹不足深哀，其以轻罪系而死者，与杀之何异！积其冤痛，足以感伤阴阳之和。是以治平四年十二月二十四日手诏曰："狱者，民命之所系也。比闻有司岁考天下之奏，而瘐死者甚多。窃惧乎狱吏与犯法者旁缘为奸，检视或有不明，使吾元元横罹其害，良可悯焉。《书》不云乎：'与其杀不辜，宁失不经。'其具为今后诸处军巡院、州司理院所禁罪人，一岁内在狱病死及两人者，推司狱子并从杖六十科罪，每增一名，加罪一等，至杖一百止。如系五县以上州，每院岁死及三人，开封府府司军巡院岁死及七人，即依上项死两人法科罪，加等亦如之。典狱之官推狱经两犯，即坐本官，仍从违制失入，其县狱亦依上条。若三万户以上，即依五县以上州军条。其有养疗不依条贯者，自依本法。仍仰开封府及诸路提点刑狱，每至岁终，会聚死者之数以闻，委中书门下点检。或死者过多，官吏虽已行罚，当议更加黜责。"

行之未及数年，而中外臣僚争言其不便。至熙宁四年十月二日中书札子详定编敕所状，令众官参详，狱囚不因病死，及不给医药饮食，以至非理惨虐，或谋害致死，自有逐一条贯。及至捕伤格斗，实缘病死，则非狱官之罪。况有不幸遭遇瘴疫，死者或众，而使狱官滥被黜罚，未为允当。今请只行旧条外，其上件狱囚病死条贯更不行用。奉圣旨，依所申。

臣窃惟治平四年十二月二十四日手诏，乃陛下好生之德，远同汉宣，方当推之无穷。而郡县俗吏，不能深晓圣意，因其小不通，辄为驳议，有司不能修其缺，通其碍，乃举而废之，岂不过甚矣哉！

臣愚以谓狱囚病死，使狱官坐之，诚为未安。何者？狱囚死生，非人所能必。责吏以其所不能必，吏且惧罪，多方以求免。囚小有疾，则责保门留，不复疗治；苟无亲属，与虽有而在远者，其捐瘠致死者，必甚于在狱。

臣谨按《周礼·医师》："岁终，则稽其医事，以制其食。十全为上，十失一次之，十失二次之，十失三次之，十失四为下。"臣愚欲乞军巡院及天下州司理院各选差衙前一名，医人一名，每县各选差曹司一名，医人一名，专掌医疗病囚，不得更充他役。以一周年为界，量本州县囚系多少，立定佣钱，以免役宽剩钱或坊场钱充，仍于三分中先给其一。俟界满比较，除罪人拒捕及斗致死者不计数外，每十人失一以上为上等，失二为中等，失三为下等，失四以上为下下。上等全支，中等支二分，下等不支，下下科罪，自杖六十至杖一百止，仍不分首从。其上中等医人界满，愿再管勾者听。人给历子以书等第。若医博士助教有阙，则比较累岁等第最优者补充。如此，则人人用心，若疗治其家人，缘此得活者必众。且人命至重，朝廷所甚惜，而宽剩役钱与坊场钱，所在山积，其费甚微，而可以全活无辜之人，至不可胜数。感人心，合天意，无善于此者矣。

独有一弊，若死者稍众，则所差衙前曹司医人，与狱子同情，使囚诈称疾病，以张人数。臣以谓此法责罚不及狱官、县令，则狱官、县令无缘肯与此等同情欺罔。欲乞每有病囚，令狱官、县令具保，明以申州，委监医官及本辖干系官吏觉察。如诈称病，狱官、县令皆科杖六十，分故失为公私罪。伏望朝廷详酌，早赐施行。谨录奏闻，伏候敕旨。 卷二六

文集卷二十一

登州召还议水军状

元丰八年十二月□日，朝奉郎、前知登州军州事苏轼状奏：右臣窃见登州地近北虏，号为极边，虏中山川，隐约可见，便风一帆，奄至城下。自国朝以来，常屯重兵，教习水战，且暮传烽，以通警急。每岁四月，遣兵戍驰基岛，至八月方还，以备不虞。自景德以后，屯兵常不下四五千人。除本州诸军外，更于京师、南京、济、郓、兖、单等州，差拨兵马屯驻。至庆历二年，知州郭志高为诸处差来兵马头项不一，军政不肃，擘画奏乞创置澄海水军弩手两指挥，并旧有平海两指挥，并用教习水军，以备北虏，为京东一路捍屏。虏知有备，故未尝有警。

议者见其久安，便谓无事。近岁始差平海六十人分屯密州信阳、板桥、涛洛三处，去年本路安抚司又更差澄海二百人往莱州，一百人往密州屯驻。检会景德三年五月十二日圣旨指挥，今后宣命抽差本城兵士往诸处，只于威边等指挥内差拨，即不得抽差平海兵士。其澄海兵士，虽无不许差出指挥，盖缘元初创置，本为抵替诸州差来兵马，岂有却许差往诸处之理？显是不合差拨。不惟兵势分弱，以启戎心，而此四指挥更番差出，无处学习水战，武艺惰废，有误缓急。

伏乞朝廷详酌，明降指挥，今后登州平海、澄海四指挥兵士，

并不得差往别州屯驻。谨录奏闻,伏候敕旨。 _{卷二六}

乞罢登莱榷盐状

　　元丰八年十二月□日,朝奉郎、前知登州军州事苏轼状奏:右臣窃闻议者谓近岁京东榷盐,既获厚利,而无甚害,以谓可行。以臣观之,盖比之河北、淮、浙,用刑稀少,因以为便,不知旧日京东贩盐小客无以为生,太半去为盗贼。然非臣职事所当言者,故不敢以闻。

　　独臣所领登州,斗入海中三百里,地瘠民贫,商贾不至,所在盐货,只是居民吃用。今来既榷入官,官买价贱,比之灶户卖与百姓,三不及一,灶户失业,渐以逃亡,其害一也。居民咫尺大海,而令顿食贵盐,深山穷谷,遂至食淡,其害二也。商贾不来,盐积不散,有入无出,所在官舍皆满,至于露积。若行配卖,即与福建、江西之患无异,若不配卖,即一二年间,举为粪土,坐弃官本,官吏被责,专副破家,其害三也。官无一毫之利,而民受三害,决可废罢。

　　窃闻莱州亦是元无客旅兴贩,事体与此同。欲乞朝廷相度不用,行臣所言。只乞出自圣意,先罢登、莱两州榷盐,依旧令灶户卖与百姓,官收盐税,其余州军,更委有司详讲利害施行。谨录奏闻,伏候敕旨。 _{卷二六}

论给田募役状

　　元丰八年十二月□日,朝奉郎、礼部郎中苏轼状奏:臣窃见先帝初行役法,取宽剩钱不得过二分,以备灾伤,而有司奉行过当,通计天下乃及十四五。然行之几十六七年，常积而不用，至三千余万贯石。先帝圣意固自有在，而愚民无知，因谓朝廷以免役为名，实欲重敛。斯言流闻，不可以示天下后世。臣谓此钱本出民力，理当还为民用。不幸先帝升遐，圣意所欲行者，民不知也。徒见其积，未见其散。此乃今日太皇太后陛下、皇帝陛下所当追探其意，还于役法中散之，以塞愚民无知之词，以兴长世无穷之利。

臣伏见熙宁中尝行给田募役法，其法亦系官田，如退摊户绝没纳之类。及用宽剩钱买民田，以募役人，大略如边郡弓箭手。臣知密州，亲行其法，先募弓手，民甚便之。曾未半年，此法复罢。臣闻之道路，本出先帝圣意，而左右大臣意在速成，且利宽剩钱以为它用，故更相驳难，遂不果行。臣谓此法行之，盖有五利。朝廷若依旧行免役法，则每募一名，省得一名雇钱，因积所省，益买益募，要之数年，雇钱无几，则役钱可以大减。若行差役法，则每募一名，省得一名色役，色役既减，农民自宽，其利一也。应募之民，正与弓箭手无异，举家衣食，出于官田，平时重犯法，缓急不逃亡，其利二也。今者谷贱伤农，农民卖田，常苦不售，若官与买，则田谷皆重，农可小纾，其利三也。钱积于官，常苦币重，若散以买田，则货币稍均，其利四也。此法既行，民享其利，追悟先帝所以取宽剩钱者，凡以为我用耳，疑谤消释，恩德显白，其利五也。独有二弊，贪吏狡胥，与民为奸，以瘠薄田中官，雇一浮浪人暂出应役，一年半岁，即弃而走，此一弊也。愚民寡虑，见利忘患，闻官中买田募役，即争以田中官，以身充役，业不离主，既初无所失，而骤得官钱，必争为之，充役之后，永无休歇，患及子孙，此二弊也。但当设法以防二弊，而先帝之法，决不可废。

今日既欲尽罢宽剩钱，将来无继，而系官田地，数目不多，见在宽剩钱虽有三千万贯石,而兵兴以来,借支几半。臣今擘画,欲于内帑钱帛中,支还兵兴以来所借钱斛,复完三千万贯石,止于河北、河东、陕西被边三路,行给田募役法,使五七年间役减太半,农民完富,以备缓急,此无穷之利也。今弓箭手有甲马者,给田二顷半,以躯命偿官,且犹可募,则其余色役,召募不难。臣谓良田二顷,可募一弓手,一顷可募一散从官,则三千万贯石,可以足用。谨具合行事件,画一如左。

一、给田募役,更不出租。依旧纳两税,免支移折变。

一、今来虽以一顷二顷为率,若所在田不甚良,即临时相度,添展亩数,务令召募得行。但役人所获稍优,则其法坚久不坏。

一、今若立法,便令三路官吏推行,若无赏罚,则官吏不任其责,缪悠灭裂,有名无实。若有赏罚,则官吏有所趋避,或抑勒买田,或召募浮浪,或多买瘠薄,或取办一时,不顾后患。臣今擘画,欲选才干朴厚知州三人,令自辟属县令,每路一州,先次推行,令一年中略成伦理,一州既成伦理,一路便可推行。仍委转运提刑常切提举,若不切推行,或推行乖方,朝廷觉察,重赐行遣。

一、应募役人,大抵多是州县百姓,所买官田去州县太远,即久远难以召募。欲乞所买田,并限去州若干里,去县若干里。

一、出榜告示百姓。卖田如系所限去州县里数内,仍及所定顷亩,或两户及三户相近共及所定顷亩数目亦可。即须先申官令佐,亲自相验,委是良田,方得收买。如官价低小,即听卖与其余人户,不得抑勒。如买瘠薄田,致久远召募不行,即官吏并科违制分故失定断,仍不以去官赦降原减。

一、预先具给田顷亩数，出榜召人投名应役。第二等已上人户，许充弓手，仍依旧条拣选人材。第三等以上，许充散从官。以下色役，更不用保。如第等不及，即召第一等一户，或第二等两户委保。如充役七年内逃亡，即勒元委保人承佃充役。

一、每买到田，未得交钱，先召投名人承佃充役，方得支钱，仍不得抑勒。

一、卖田入官，须得交业与应募人，不许本户内人丁承佃充役。

一、募役人老病走死或犯徒以上罪，即须先勒本户人丁充役，如无丁，方别召募。

一、应募人交业承佃后，给假半年，令葺理田业。

一、退摊户绝没纳等，系官田地，今后不许出卖，更不限去州县里数，仍以肥瘠高下，品定顷亩，务令召募得行。

一、系官田，若是人户见佃者，先问见佃人。如无丁可以应募，或自不愿充役者，方得别行召募。

右所陈五利二弊，及合行事件一十二条，伏乞朝廷详议施行。然议者必有二说，一谓召募不行，二谓欲留宽剩钱斛以备它用。臣请有以应之。富民之家以三二十亩田中分其利，役属佃户，有同仆隶。今官以两顷一顷良田，有税无租，而人不应募，岂有此理？又弓箭手已有成法，无可疑者。宽剩役钱，本非经赋常入，亦非国用所待而后足者。今付有司逐旋支费，终不能卓然立一大事，建无穷之利，如火铄薪，日减日亡。若用买田募役，譬如私家变金银为田产，乃是长久万全之策。深愿朝廷及此钱未散，立此一事，数年之后，钱尽而事不立，深可痛惜。臣闻孝子者，善继人之志，善述人之事，武王、周公所以见称于万世者，徒以能行文王之志也。昔苏绰为魏立征税之法,号为烦重,已而叹曰:"此犹张弓也,后之君子,谁能解之?"其子威侍侧,闻之,慨然以为己任。及威事隋文帝,为民部尚书,奏减赋役,如绰之言,天下便之。威为人臣,尚能成父之志,今给田募役,真先帝本意,陛下当优为武王、周公之事,而况苏威区区人臣之孝,何足道哉!臣荷先帝之遇,保全之恩,又蒙陛下非次拔擢,思慕感涕,不知所报,冒昧进计。伏惟哀怜裁幸。谨录奏闻,伏候敕旨。 卷二六

缴进范子渊词头状

元祐元年二月八日,朝奉郎、试中书舍人苏轼状奏:今月八日,准吏房送到词头一道,司农少卿范子渊知兖州者。右臣谨按,子渊见为殿中侍御史吕陶弹奏,为修堤开河,糜费巨万,及护堤压埽之人,溺死无数,自元丰六年兴役至七年,功用不成,其罪甚于吴居厚、蹇周辅,乞行废放。今来差知兖州,臣欲作责词,又缘吕陶奏状已进呈讫,别无行遣,其兖州又是节镇,自来系监司以上差遣,即非责降有罪去处。臣欲不为责词,又缘子渊无故罢司农少卿,出领外郡,似缘上件弹奏。有此疑惑,乞明降指挥,合与不合作责词。谨录奏闻,伏候敕旨。 卷二七

缴进吴荀词头状

元祐元年三月十六日,朝奉郎、试中书舍人苏轼状奏:今月十六日,准吏房送到词头一道,朝散郎吴荀可广东运判者。右臣闻孟子曰:"观远臣以其所主。"近日朝廷进监司,全用举主。如吴荀

者,名迹无闻,而举主三人,乃吕惠卿、杨汲、黄履。履之为人,朝论不以正人待之;如惠卿、汲,穷奸积恶,不待臣言而知。今乃擢其所举,使临按一道,臣实未晓其说。所有告词,臣未敢撰。谨录奏闻,伏候敕旨。卷二七

缴进沈起词头状

元祐元年三月二十二日,朝奉郎、试中书舍人苏轼状奏:今月二十二日,准刑房送到词头一道,三省同奉圣旨,沈起与叙朝散郎、监岳庙者。右臣伏见熙宁以来,王安石用事,始求边功,构隙四夷。王韶以熙河进,章惇以五溪用,熊本以泸夷奋,沈起、刘彝闻而效之,结怨交蛮,兵连祸结,死者数十万人,苏缄一家,坐受屠灭,至今二广创痍未复。先帝始欲戮此二人,以谢天下。而王安石等,曲加庇护,得全首领,已为至幸。元丰六年三月二十六日圣旨,沈起所犯深重,永不叙用,天下传诵,以为至当。此乃先帝不刊之语,非今日陛下以即位之恩所得赦也。沈起与彝,各负天下生灵数十万性命,虽废锢终身,犹未塞责。近者只因稍用刘彝,起不自量,辄敢披诉,妄以罪衅并归于彝,攀援把持,期于必得。臣谓安南之役,起实造端,而彝继之。法有首从,而彝吏干学术,犹有可取。如起人材猥下,素行憸险。庆州兵叛,起守永兴,流言始闻,被甲乘城,惊动三辅,几致大变。所至治状,人以为笑。知杭州日,措置尤为乖方,致灾伤之民,死倍他郡。与张靓等违法燕饮交私,靡所不至。朝廷用彝,既不允公议,而况于起,万无可赦之理。今以一朝散郎监岳庙,诚不足计较,窃哀先帝至明至当不刊之语,轻就改易,诚不忍下笔草词,遂使四方群小,阴相庆幸,吕惠卿、沈括之流,亦有可起之

渐，为害不细。伏望圣明深念先帝永不叙用之诏，未可改易，而数十万人性命之冤，亦未可忽忘，明诏有司，今后有敢为起等辈乞叙用者，坐之。所有告词，臣未敢撰。谨录奏闻，伏候敕旨。 卷二七

缴进陈绎词头状

元祐元年四月二十三日，朝奉郎、试中书舍人苏轼同朝请大夫、试中书舍人范百禄状奏：今月二十二日，准吏房送到词头，内知建昌军陈绎奉圣旨差知兖州者。右臣等勘会陈绎知广州日，私自取索，用市舶库乳香斤两至多，本犯极重，以元勘不尽，至薄其罪。外买生羊寄屠行，令供肉，计亏价钱三十七贯有余。州宅元供养檀木观音一尊，绎别造杉木胎者，货易入己，计亏官钱二贯文，系自盗赃一匹二丈，合准例除名。纵男役将下禁军织造坐褥，不令赴教。纵男与道士何德顺游从。绎曲庇何德顺弟何迪，偷税金四百两，事不断抽，罚不觉察。公使库破，男并随行助教供给食钱。以公使谷养白鹇，系窃盗自守不尽赃罪，杖。其余罪犯，难以悉陈。奉敕，陈绎落职降官知建昌军，其词略曰："蔽罪至于除名，论赃至于自盗。"臣等谨按绎资性倾险，士行鄙恶，当时所犯，自合除名。建昌之命，已犯公议。岂宜收录，复典大邦。非惟必致人言，亦恐奸邪复用，其渐可畏。所有告命，不敢依例撰词。谨录奏闻，伏候敕旨。

〔贴黄〕再详陈绎元犯，若依法断自盗除名，虽后来累该需恩，登极大赦，其叙法止于散官，即与其他赃犯不同。既以贷其除名，今复与之大郡，将使贪墨无耻，复蠹兖民，非朝廷为民设官、慎选守长之意。 卷二七

缴进张诚一词头状

　　元祐元年五月十八日,朝奉郎、试中书舍人苏轼同范百禄状奏:今月十八日,准本省刑房送到词头一道,奉圣旨,张诚一邪险害政,有亏孝行,追观察使遥郡防御团练使刺史,依旧客省使提举江州太平观发赴本任者。右臣等看详,张诚一无故多年不葬亲母,既非身在远官,又非事力不及,冒宠忘亲,清议所弃,犹获提举宫观,已骇物听。况谏官本言诚一开父棺椁,掠取财物;使诚有之,虽肆诸市朝,犹不为过,使诚无之,亦当为诚一辨明。缘事系恶逆不道,非同寻常罪犯,可以不尽根究。今既体量未见归着,即合置司推鞠,尽理施行。所有告命,臣等未敢撰词。谨录奏闻,伏候敕旨。

　　〔贴黄〕据京西提刑司体量文字称,诚一取父排方犀腰带,缘葬埋岁久,须令工匠重行装钉。是时诚一任密院副都承旨,当直人从皆可考验。及虑棺柩内,更有贼人盗不尽物,为诚一等私窃收藏,其族人当有知者。臣等欲乞详酌,依上件事理,根究施行。卷二七

缴进李定词头状

　　元祐元年五月十八日,朝奉郎、试中书舍人苏轼同范百禄状奏:今月十八日,准本省刑房送到词头一道,奉圣旨,李定备位侍从,终不言母为谁氏,强颜匿志,冒荣自欺,落龙图阁直学士,守本官分司南京,许于扬州居住者。右臣等看详,李定所犯,若初无人言,即止是身负大恶。今既言者如此,朝廷勘会得实,而使无母不孝之人,犹得以通议大夫分司南京,即是朝廷亦许如此等类得据高

位,伤败风教,为害不浅。兼勘会定乞侍养时,父年八十九岁,于礼自不当从。定若不乞,必致人言,获罪不轻。岂可便将侍养,折当心丧。考之礼法,须合勒令追服。所有告命,臣等未敢撰词。谨录奏闻,伏候敕旨。

〔贴黄〕准律,诸父母丧,匿不举哀者,流二千里。今定所犯,非独匿而不举,又因人言,遂不认其所生,若举轻明重,即定所坐,难议于流二千里已下定断。卷二七

乞罢详定役法札子

元祐元年五月二十五日,朝奉郎、试中书舍人苏轼札子奏:臣近奏为论招差衙前利害,所见偏执,乞罢详定役法,寻奉圣旨依所乞,今来给事中胡宗愈却封还上件圣旨。切缘圣旨,本缘臣自知偏执乞罢,即非朝廷以臣异议罢臣,胡宗愈不知,误有论奏。重念臣前来议论,委是疏阔。又况衙前招之与差,所系利害至重,非止是役法中一事。臣既不同,决难随众签书。伏乞依前降指挥,早赐罢免。取进止。卷二七

申省乞罢详定役法状

元祐元年五月□日,朝奉郎、试中书舍人苏轼状申:右轼近奏言招差衙前利害,盖缘所见偏执,是致所议不同,理当黜责。若朝廷察其愚忠,非是固立异论,即乞早赐罢免详定役法差遣。所贵议论归一。谨具申三省,伏候指挥。卷二七

荐朱长文札子

元祐元年六月二十五日,朝奉郎、试中书舍人苏轼同邓温伯、胡宗愈、孙觉、范百禄等札子奏:臣等伏见前许州司户参军、苏州居住朱长文,经明行修,嘉祐四年乙科登第,堕马伤足,隐居不仕,仅三十年。不以势利动其心,不以穷约易其介,安贫乐道,阖门著书,孝友之诚,风动闾里,廉高之行,著于东南。本路监司本州长吏前后累奏,称其士行经术,乞朝廷旌擢,差充苏州州学教授,未蒙施行。近奉诏,中外臣僚自监察御史已上并举堪充内外学官二人。此实朝廷博求人才、广育士类之意。如长文者,诚不可多得。其人行年五十余,昔苦足疾,今亦能履。臣等欲望圣慈褒难进之节,收久废之材,量能而使之,特赐就差充苏州州学教授,非惟禄饩赒养一乡之善士,实使道义模范彼州之秀民。取进止。

〔贴黄〕伏乞特赐检会新除楚州州学教授徐积体例施行。卷二七

论桩管坊场役钱札子

元祐元年六月□日,朝奉郎、试中书舍人苏轼白札子:应坊场河渡钱,及坊郭人户乡村单丁女户官户寺观所出役钱,及量添酒钱,并作一处桩管,通谓之坊场等钱,并用支酬衙前,召募纲运官吏,接送雇人及应缘衙役人诸般支使。如本州不足,即申本路,于别州移用。如本路不足,即申户部,于别路移用。如府界,即县申提点司,提点司申户部。其有余去处,不得为见有余分外支破;其不足去处,亦不得为见不足将合招募人却行差拨。乞详酌指挥。卷二七

论诸处色役轻重不同札子

元祐元年六月□日，朝奉郎、试中书舍人苏轼白札子：勘会逐处色役，各随本处土俗事宜，轻重不同。借如盗贼多处，以弓手耆长为重。赋税难催处，以户长为重。土人不闲书算处，以曹司为重。难以限定等第，一概立法。今来若是衙前召募得足，即须将以次重役于第一等户内差拨。欲乞立下项条贯，诸处色役，委本路监司与逐处官吏同共相度，立本处色役轻重高下次第，将最重役从上差拨。乞详酌指挥。卷二七

议富弼配享状

元祐元年六月□日，朝奉郎、试中书舍人苏轼同孙永、李常、韩忠彦、王存、邓温伯、刘挚、陆佃、傅尧俞、赵瞻、赵彦若、崔台符、王克臣、谢景温，胡宗愈、孙觉、范百禄、鲜于侁、梁焘、顾临、何洵直、孔文仲、范祖禹、辛公祐、吕希纯、周秩、颜复、江公著状奏：近准敕节文，中书省、尚书省送到礼部状："本部勘会，英宗配享功臣，系神主祔庙，后降敕以韩琦、曾公亮配享。所有神宗皇帝神主祔庙，所议配享功臣，今乞待制以上及秘书省长贰著作与礼部郎官并太常寺博士以上同议。奉圣旨：依。"右臣等谨按：《商书》："兹予大享于先王，尔祖其从与享之。"《周官》："凡有功者，名书于王之太常，祭于大烝，司勋诏之。"国朝祖宗以来，皆以名臣侑食清庙，历选勋德，实难其人。神宗皇帝以上圣之资，恢累圣之业，尊礼故老，共图大治。辅相之臣，有若司徒赠太尉谥文忠富弼，秉心直谅，操术闳远，历事三世，计安宗社，熙宁访落，眷遇特隆，匪躬正色，进退

以道，爱君之志，虽没不忘。以配享神宗皇帝庙廷，实为宜称。谨录奏闻，伏候敕旨。<small>卷二七</small>

再乞罢详定役法状

元祐元年七月二日，朝奉郎、试中书舍人苏轼状奏：右臣先曾奏论衙前一役，只当招募，不当定差，执政不以为然，臣等奏乞罢免臣详定役法，奉圣旨不许。经今月余，前所论奏，并不蒙施行，而臣愚蠢终执所见。近又窃见吏部尚书孙永奏，驳臣所论。盖是臣愚暗无状，上与执政不同，下与本局异议，若不罢免，即执政所欲立法，无缘得成。况今来季限已满，诸路立法文字，节次到局，全藉通晓协同之人，共力裁定。如臣乖异，必害成法，乞早赐指挥罢免。所有臣固违圣旨之罪，亦乞施行。谨录奏闻，伏候敕旨。<small>卷二七</small>

申省乞不定夺役法议状

元祐元年七月□日，朝奉郎、中书舍人苏轼状申：轼近奏乞罢详定役法，已奉圣旨依奏。窃见孙给事奏缴前件圣旨，乞取孙尚书及轼所议付台谏给舍郎官，定其是否，然后罢其不可者，须至申乞指挥。右轼前后所论役法事，轼已自知疏缪，决难施行。所有是否，更无可定夺，只乞依前降指挥行下，轼自今月已后，更不敢赴详定所签书公事。伏乞早赐施行。谨具申中书省，伏候指挥。
<small>卷二七</small>

乞留刘攽状

元祐元年七月二十三日,朝奉郎、试中书舍人苏轼同胡宗愈、孙觉、范百禄等状奏:右臣等伏见朝议大夫、直龙图阁刘攽,近自襄阳召还秘省,旋以病,乞出守蔡州。自受命以来,日就痊损,假以数月,必复康强。谨按攽名闻一时,身兼数器,文章尔雅,博学强记,政事之美,如古循吏,流离困踬,守道不回,此皆朝廷之所知,不待臣等区区诵说。但以人才之难,古今所病,旧臣日已衰老,而新进长育未成,如攽成材,反在外服,此有志之士,所宜为朝廷惜也。欲望圣慈留攽京师,更赐数月之告,稍加任使,必有过人。臣等备员侍从,怀不能已,冒昧陈论,伏候诛谴。谨录奏闻,伏候敕旨。卷二七

缴楚建中户部侍郎词头状

元祐元年七月二十九日,朝奉郎、试中书舍人苏轼状奏:今月二十八日,准中书吏房送到词头一道,正议大夫、充天章阁待制致仕楚建中可户部侍郎者。右臣窃惟七十致政,古今通议。非独人臣有始终进退之分,亦在朝廷为礼义廉耻之风。若起之于既谢之年,待之以不次之任,即须国家有非常之政,而其人有绝俗之资,才望既隆,中外自服。近者起文彦博,天下属目,四夷革心。岂有凡才之流,亦尘盛德之举?如建中辈,决非其人。窃料除目一传,必致群言交上,幸其未布,可以追回。所以前件告词,臣未敢撰。谨录奏闻,伏候敕旨。卷二七

文集卷二十二

乞不给散青苗钱斛状

元祐元年八月四日，朝奉郎、试中书舍人苏轼状奏：准中书录黄，先朝初散青苗，本为利民，故当时指挥，并取人户情愿，不得抑配。自后因提举官速要见功，务求多散，讽胁州县，废格诏书，名为情愿，其实抑配。或举县勾集；或排门抄札；亦有无赖子弟，谩昧尊长，钱不入家；亦有他人冒名诈请，莫知为谁，及至追催，皆归本户。朝廷深知其弊，故悉罢提举官，不复立额，考校访闻，人情安便。昨于四月二十六日，有敕令给常平钱斛，限二月或正月，只为人户欲借请者及时得用。又令半留仓库，半出给者，只为所给不得辄过此数。至于取人户情愿，亦不得抑配，一遵先朝本意。虑恐州县不晓朝廷本意，将为朝廷复欲多散青苗钱谷，广收利息，勾集抑配，督责严急，一如向日置提举官时。八月二日，三省同奉圣旨，令诸路提点刑狱司告示州县，并须候人户自执状结保赴县乞请常平钱谷之时，方得勘会，依条支给，不得依前勾集抄札，强行抑配。仍仰提点刑狱常切觉察，如有官吏似此违法骚扰者，即时取勘施行。若提点刑狱不切觉察，委转运安抚司觉察闻奏，仍先次施行者。

右臣伏见熙宁以来，行青苗、免役二法，至今二十余年，法日益弊，民日益贫，刑日益烦，盗日益炽，田日益贱，谷帛日益轻，细数其害，有不可胜言者。今廊庙大臣，皆异时痛心疾首，流涕太息，欲已其法而不可得者。况二圣恭己,惟善是从,免役之法,已尽革去,而青苗一事,乃独因旧稍加损益,欲行纾臂徐徐月攘一鸡之道。如人服药,病日益增,体日益羸,饮食日益减,而终不言此药不可服,但损其分剂,变其汤,使而服之,可乎?熙宁之法,本不许抑配,而其害至此,今虽复禁其抑配,其害故在也。农民之家,量入为出,缩衣节口,虽贫亦足,若令分外得钱,则费用自广,何所不至。况子弟欺谩父兄,人户冒名诈请,如诏书所云,似此之类,本非抑勒所致。昔者州县并行仓法,而给纳之际,十费二三,今既罢仓法,不免乞取,则十费五六,必然之势也。又官吏无状,于给散之际,必令酒务设鼓乐倡优,或关扑卖酒牌子,农民至有徒手而归者,但每散青苗,即酒课暴增,此臣所亲见而为流涕者也。二十年间,因欠青苗至卖田宅雇妻女投水自缢者,不可胜数,朝廷忍复行之欤!

　　臣谓四月二十六日指挥,以散及一半为额,与熙宁之法,初无小异,而今月二日指挥,犹许人户情愿请领,未免于设法网民,使快一时非理之用,而不虑后日催纳之患。二者皆非良法,相去无几也。今者已行常平粜籴之法,惠民之外,官亦稍利,如此足矣,何用二分之息,以贾无穷之怨。或云:议者以为帑廪不足,欲假此法以赡边用。臣不知此言虚实,若果有之,乃是小人之邪说,不可不察。昔汉宣帝世,西羌反,议者欲使民入谷边郡以免罪。萧望之以为古者藏于民,不足则取,有余则与。西边之役,虽户赋口敛以赡其乏,古之通议,民不以为非。岂可遂开利路,以伤既成之化?仁宗之世,西师不解盖十余年,不行青苗,有何妨阙?况二圣恭俭,清心省事,不求边功,数年之后,帑廪自溢,有何危急?而以万乘君父之尊,负放债取利之谤。锥刀之末,所得几何!臣虽至愚,深为朝廷惜之。欲乞特降指挥,青苗钱斛,今后更不给散,所有已请过钱斛,候丰熟日，分作五年十料随二税送纳。或乞圣慈念其累岁出息已多，自第四等以下人户，并与放免。庶使农民自此息肩，亦免后世有所讥议。兼近日谪降吕惠卿告词云："首建青苗，力行助役。"若不尽去其法，必致奸臣有词，流传四方，所损不细。所有上件录黄，臣未敢书名行下。谨录奏闻，伏候敕旨。卷二七

论每事降诏约束状

元祐元年九月□日，翰林学士、朝奉郎、知制诰苏轼状奏：右臣闻之孔子曰："天何言哉！四时行焉，百物生焉，天何言哉！"天子法天恭己，正南面，守法度，信赏罚，而天下治，三代令王，莫不由此。若天下大事，安危所系，心之精微，法令有不能尽，则天子乃言，在三代为训诰誓命，自汉以下为制诏，皆所以鼓舞天下，不轻用也。若每行事立法之外，必以王言随而丁宁之，则是朝廷自轻其法，以为不丁宁则未必行也。言既屡出，虽复丁宁，人亦不信。今者十科之举，乃朝廷政令之一耳，况已立法。或不如所举，举主从贡举非其人律，犯正入己赃，举主减三等坐之；若受贿徇私，罪名重者自从重，虽见为执政，亦降官示罚。臣谓立法不为不重，若以为未足，又从而降诏，则是诏不胜降矣。臣请略举今年朝廷所行荐举之法，凡有七事：举转运、提刑，一也；举馆职，二也；举通判，三也；举学官，四也；举重法县令，五也；举经明行修，六也。与十科为七。七事轻重略等，若十科当降诏，则六事不可不降。今后一事一诏，则亵慢王言，莫甚于此。若但取谏官之意，或降或否，则其义安在？臣愿戒敕执政，但守法度，信赏罚，重惜王言，以待大事而发，则天下耸然，敢不敬应。所有前件降诏，臣不敢撰。谨录奏闻，伏

候敕旨。卷二七

乞加张方平恩礼札子

　　元祐元年十月□日，翰林学士、朝奉郎、知制诰苏轼札子奏：臣伏见太子太保致仕张方平，以高才绝识，博学雄文，出入中外四十余年，号称名臣。仁宗皇帝眷遇至重，特以受性刚简，论高寡合，故龃龉于世。然赵元昊反，西方用兵，累岁不解，公私疲极。方平首建和戎之策，仁宗从之，民以息肩，书之国史。又于熙宁之初，首论王安石不可用，及新法之行，方平皆逆陈其害。大节如此。其余政事文学，有补于世，未易悉数。神宗皇帝知人之明，擢为执政，会丁忧服除，为安石等不悦，而方平亦不为少屈，故不复用。今已退老南都，以患眼不出，灰心槁形，与世相忘。臣窃以为国之元老，历事四朝，耄期称道，为天下所服者，独文彦博与方平、范镇三人而已。今彦博在廷，镇亦复用，方平虽老，杜门难以召致，犹当加恩劳问，表异其人，以示二圣贵老尊贤之义。今独置而不问，有识共疑，以为阙典。愿因大礼之后，以向者召陪祠不至，特出圣意，少加恩礼，或遣使就问国事，观其所论，必有过人。臣忝备禁近，不敢自外，昧冒陈列，战越待罪。取进止。卷二七

论冗官札子

　　元祐元年十月二十三日，翰林学士、朝奉郎、知制诰苏轼札子奏：臣伏见近日言者，以吏部员多阙少，欲清入仕之源，救官冗之弊，裁减任子及进士累举之恩，流外入官之数，已有旨下吏部、礼部

与给舍详议。臣窃谓此数者,行之则人情不悦,不行则积弊不去,要当求其分义,务适厥中,使国有去弊之实,人无失职之叹,然后为得也。欲乞应任子及进士累举免解恩例,并一切如旧,只行下项。

一、奏荫文官人,每遇科场,依进士法试大义策论。如系武官,即试弓马,或试法。并三人中解一人。仍年及二十五已上,方得出官。内已举进士得解者免试。如三试不中,年及三十五已上,亦许出官。应试大义策论及试法者,在京随进士赴国学,在外赴转运司。试弓马者,在京随武举人赴武学,在外转运司差官。

一、进士累举免解,合推恩者,并约嘉祐以前内中数目,立为定额。如所试优长,系额内人数,即等第推恩,并许出官。如系额外,即并与一不出官名衔。

一、流外入官人,除近已有旨裁减三省恩例外,其余六曹寺监等处,及州郡监司人吏出职者,并委官取索文字,看详有无侥幸定夺,酌中恩例。

右若行此数者,则任子虽有三试滞留之艰,而无终身绝望之叹。亦使人人务学,文臣知经术时务,武臣闲弓马法律。皆有益于事。而进士累举,有词学人自得出官,若无所能,得虚名一官,免为白丁,亦无所恨。如有可采,乞降下与前文字一处详议。取进止。

卷二七

辩试馆职策问札子　一

元祐元年十二月十八日,翰林学士、朝奉郎、知制诰苏轼札子奏:臣窃闻谏官言臣近所撰《试馆职人策问》有涉讽议先朝之语。

臣退伏思念，其略曰："今朝廷欲思仁祖之忠厚，而患百官有司不举其职，或至于偷。欲法神考之励精，而恐监司守令不识其意，流入于刻。"臣之所谓"偷"与"刻"者，专指今之百官有司及监司守令不能奉行，恐致此病，于二帝何与焉？至于前论周公、太公，后论文帝、宣帝，皆是为文引证之常，亦无比拟二帝之意。况此《策问》第一、第二首，邓温伯之词，末篇乃臣所撰，三首皆臣亲书进入，蒙御笔点用第三首。臣之愚意，岂逃圣鉴？若有毫发讽议先朝，则臣死有余罪。伏愿少回天日之照，使臣孤忠不为众口所铄。臣无任伏地待罪战恐之至。取进止。　卷二七

辩试馆职策问札子　二

　　元祐二年正月十七日，翰林学士、朝奉郎、知制诰苏轼札子奏：臣近以《试馆职策问》为台谏所言，臣初不敢深辩，盖以自辩而求去，是不欲去也。今者窃闻明诏已察其实，而臣四上章，四不允，臣子之义，身非己有，词穷理尽，不敢求去，是以区区复一自言。

　　臣所撰《策问》，首引周公、太公之治齐、鲁，后世皆不免衰乱者，以明子孙不能奉行，则虽大圣大贤之法，不免于有弊也。后引文帝、宣帝仁厚而事不废，核实而政不苛者，以明臣子若奉行得其理，无观望希合之心，则虽文帝、宣帝足以无弊也。中间又言六圣相受，为治不同，同归于仁；其所谓"偷"与"刻"者，专谓今之百官有司及监司守令，不识朝廷所以师法先帝之本意，或至于此也。文理甚明，粲若黑白，何尝有毫发疑似，议及先朝？非独朝廷知臣无罪可放，臣亦自知无罪可谢也。然臣闻之古人曰：人之至信者，心目也；相亲者，母子也；不惑者，圣贤也。然至于窃铄而知心目之可

乱,于投杼而知母子之可疑,于拾煤而知圣贤之可惑。今言臣者不止三人,交章累上,不啻数十,而圣断确然深明其无罪,则是过于心目之相信、母子之相亲、圣贤之相知远矣。德音一出,天下颂之,史册书之。自耳目所闻见,明智特达,洞照情伪,未有如陛下者。非独微臣区区,欲以一死上报,凡天下之为臣子者闻之,莫不欲碎首糜躯,效忠义于陛下也。不然者,亦非独臣受暧昧之谤,凡天下之为臣子者闻之,莫不以臣为戒,崇尚忌讳,畏避形迹,观望雷同以求苟免,岂朝廷之福哉!

臣自闻命以来,一食三叹,一夕九兴,身口相谋,未知死所。然臣所撰《策问》,以实亦有罪,若不尽言,是欺陛下也。臣闻圣人之治天下也,宽猛相资,君臣之间,可否相济。若上之所可,不问其是非,下亦可之,上之所否,不问其曲直,下亦否之,则是晏子所谓"以水济水,谁能食之",孔子所谓"惟予言而莫予违足以丧邦"者也。臣昔于仁宗朝举制科,所进策论及所答圣问,大抵皆劝仁宗励精庶政,督察百官,果断而力行也。及事神宗,蒙召对访问,退而上书数万言,大抵皆劝神宗忠恕仁厚,含垢纳污,屈己以裕人也。臣之区区,不自量度,常欲希慕古贤,可否相济,盖如此也。伏观二圣临御已来,圣政日新,一出忠厚,大率多行仁宗故事,天下翕然,衔戴恩德,固无可议者。然臣私忧过计,常恐百官有司矫枉过直,或至于偷,而神宗励精核实之政,渐致惰坏,深虑数年之后,驭吏之法渐宽,理财之政渐疏,备边之计渐弛,则意外之忧,有不可胜言者。虽陛下广开言路,无所讳忌,而台谏所击不过先朝之人,所非不过先朝之法,正是"以水济水",臣窃忧之。故辄用此意,撰上件《策问》,实以讥讽今之朝廷及宰相台谏之流,欲陛下览之,有以感动圣意,庶几兼行二帝忠厚励精之政也。台谏若以此言臣,朝廷若以此罪臣,则斧钺之诛,其甘如荠。今乃以为讥讽先朝,则亦疏而不近矣。

且非独此《策问》而已,今者不避烦渎,尽陈本末。臣前岁自登州召还,始见故相司马光,光即与臣论当今要务,条其所欲行者。臣即答言:"公所欲行者,诸事皆上顺天心,下合人望,无可疑者。惟役法一事,未可轻议。何则?差役、免役,各有利害。免役之害,掊敛民财,十室九空,钱聚于上,而下有钱荒之患;差役之害,民常在官,不得专力于农,而贪吏猾胥,得缘为奸。此二害轻重,盖略相等,今以彼易此,民未必乐。"光闻之愕然,曰:"若如君言,计将安出?"臣即答言:"法相因则事易成,事有渐则民不惊。昔三代之法,兵农为一,至秦始分为二,及唐中叶,尽变府兵为长征之卒。自尔以来,民不知兵,兵不知农,农出谷帛以养兵,兵出性命以卫农,天下便之,虽圣人复起,不能易也。今免役之法,实大类此。公欲骤罢免役而行差役,正如罢长征而复民兵,盖未易也。先帝本意,使民户率出钱,专力于农,虽有贪吏猾胥,无所施其虐。坊场河渡,官自出卖,而以其钱雇募衙前,民不知有仓库纲运破家之祸,此万世之利也,决不可变。独有二弊:多取宽剩役钱,以供他用实封;争买坊场河渡,以长不实之价。此乃王安石、吕惠卿之阴谋,非先帝本意也。公若尽去二弊,而不变其法,则民悦而事易成。今宽剩役钱,名为十分取二,通计天下,乃及十五,而其实一钱无用。公若尽去此五分,又使民得从其便,以布帛谷米折纳役钱,而官亦以为雇直,则钱荒之弊,亦可尽去。如此,而天下便之,则公又何求!若其未也,徐更议之,亦未晚也。"光闻臣言,大以为不然。臣又与光言:"熙宁中常行给田募役法,其法以系官田及以宽剩役钱买民田以募役人,大略如边郡弓箭手。臣时知密州,推行其法,先募弓手,民甚便之。此本先帝圣意所建,推行未几,为左右异议而罢。今略计天下宽剩钱斛约三千万贯石，兵兴支用，仅耗其半，此本民力，当复为民用。今内帑山积，公若力言于上，索还此钱，复完三千万贯石，而推行先帝买田募役法于河北、河东、陕西三路，数年之后，三路役人，可减大半。优裕民力，以待边鄙缓急之用，此万世之利，社稷之福也。"光尤以为不可。此二事，臣自别有画一利害文字甚详，今此不敢备言。

及去年二月六日敕下，始行光言，复差役法。时臣弟辙为谏官，上疏具论，乞将见在宽剩役钱雇募役人，以一年为期，令中外详议，然后立法。又言衙前一役，可即用旧人，仍一依旧数，支月给重难钱，以坊场河渡钱总计，诸路通融支给。皆不蒙施行。及蒙差臣详定役法，臣因得伸弟辙前议，先与本局官吏孙永、傅尧俞之流论难反复，次于西府及政事堂中与执政商议，皆不见从。遂上疏极言衙前可雇不可差，先帝此法可守不可变之意，因乞罢详定役法。当此之时，台谏相视，皆无一言决其是非。今者差役利害，未易一二遽言，而弓手不许雇人，天下之所同患也，朝廷知之，已变法许雇，天下皆以为便，而台谏犹累疏力争。由此观之，是其意专欲变熙宁之法，不复校量利害，参用所长也。臣为中书舍人，刑部大理寺列上熙宁已来不该赦降去官法凡数十条，尽欲删去。臣与执政屡争之，以谓先帝于此盖有深意，不可尽改，因此得存留者甚多。臣每行监司守令告词，皆以奉守先帝约束毋敢弛废为戒，文案具在，皆可复按。由此观之，臣岂谤议先朝者哉！

所以一一缕陈者，非独以自明，诚见士大夫好同恶异，泯然成俗，深恐陛下深居法宫之中，不得尽闻天下利害之实也。愿因臣此言，警策在位，救其所偏，损所有余，补所不足，天下幸甚。若以其狂妄不识忌讳，虽赐诛戮，死且不朽。臣无任感恩思报，激切战恐

之至。取进止。_{卷二七}

缴进给田募役议札子

　　元祐二年二月一日，翰林学士、朝奉郎、知制诰苏轼札子奏：臣前年十二月自登州召还，草此奏状，而未果上。近因论事，已具奏闻其略，切谓今日尚可推行，辄备录前状，缴连申奏。臣前年过郓州，本与京东转运使范纯粹同建此议，纯粹令臣发之，己当继之。已而闻执政议不合，故不复言。然纯粹讲此事，尤为精详，臣所不及。若朝廷看详此状，可以施行，即乞更下纯粹，令具利害条奏。取进止。_{卷二七}

论改定受册手诏乞罢札子

　　元祐二年二月七日，翰林学士、朝奉郎、知制诰苏轼札子奏：臣近被旨，撰太皇太后将来只于崇政殿受册手诏，臣愚亦恐有是今非昔之嫌，故其略云"朝廷损益之文，各从宜称"，所以推广圣明谦抑退托之意，言此文德受册之礼，于今为过，于昔为称也。不悟文词鄙浅，未尽圣意，致烦改定。谨按故事，凡词命有所改易，为不称职，皆当罢去。伏望圣慈察其衰病废学，特赐解职，以安微分。臣无任待罪之至。取进止。_{卷二七}

乞录用郑侠王斿状

　　元祐二年三月□日，翰林学士、朝奉郎、知制诰苏轼状奏：右臣闻国之兴衰,系于习俗,若风节不竞,则朝廷自卑。故古之贤君,必厉士气,当务求难合自重之士,以养成礼义廉耻之风。臣等伏见英州别驾郑侠,向以小官触犯权要,冒死不顾以献直言。而秘阁校理王安国,以布衣为先皇帝所知,擢至馆阁,召对便殿;而兄安石为相,若少加附会,可立至富贵,而安国挺然不屈,不独纳忠于先帝,亦尝以苦言至计规戒其兄,竟坐与侠游从,同时被罪。吕惠卿首兴大狱,邓绾、舒亶之徒,构成其罪,必欲置此人于死,赖先帝仁圣,止加窜逐。曾未数年,逐惠卿而起安国。今来朝廷赦侠之罪,复其旧官,经今逾年,而侠终不赴吏部参选。考其始终出处之大节,合于古之君子杀身成仁、难进易退之义,朝廷若不少加优异,则臣等恐侠浩然江湖,往而不返,若溘先朝露,则有识必为朝廷兴失士之叹。至于安国,不幸短命,尤为忠臣义士之所哀惜。臣等尝识其少子斿,敏而笃学,直而好义,颇有安国之风,养成其才,必有可用。欲望圣慈召侠赴阙,并考察斿行实,与侠并赐录用。不独旌直臣于九泉之下,亦所以作士气于当代也。谨录奏闻,伏候敕旨。_{卷二七}

荐布衣陈师道状

　　元祐二年四月十九日,翰林学士、朝奉郎、知制诰苏轼同傅尧俞、孙觉状奏:右臣等伏见徐州布衣陈师道,文词高古,度越流辈,安贫守道,若将终身,苟非其人,义不往见,过壮未仕,实为遗才。欲望圣慈特赐录用,以奖士类。兼臣轼、臣尧俞,皆曾以十科荐师道,伏乞检会前奏,一处施行。谨录奏闻,伏候敕旨。_{卷二七}

乞留顾临状

元祐二年四月二十日，翰林学士、朝奉郎、知制诰苏轼同李常、王存、邓温伯、孙觉、胡宗愈状奏：右臣等窃见给事中顾临，资性方正，学有根本，慷慨中立，无所阿挠。自供职以来，封驳论议，凛然有古人之风，侥幸之流，侧目畏惮。近闻除天章阁待制充河北都转运使，远去朝廷，众所嗟惜。方今二圣临御，肃正纪纲，如临等辈，正当置之左右，以辅阙遗。或者谓缘黄河辍临干治。临之所学，实有大于治河；治河之才，固有出临之上者。欲望朝廷别选深知河事者以使河北，且留临在朝廷，以尽忠亮补益之节。臣等备位侍从，怀有所见，不敢不尽。谨录奏闻，伏候敕旨。卷二七

论擒获鬼章称贺太速札子

元祐二年八月二十七日，翰林学士、朝奉郎、知制诰、兼侍读苏轼札子奏：臣窃闻熙河经略司奏，生擒西蕃首领鬼章，宰相欲以明日称贺。臣愚以谓偏师独克，固亦可庆，然行于明日，臣谓太速。如闻本路出兵非一，见有一将方指青塘，此乃阿里骨巢穴，若更待三五日间，必续有奏报，贺亦未晚。今者俘获丑虏，功诚不细，赏功劝后，固不应轻，然朝廷方欲缉治边防，整肃骄慢，若捷奏朝至，举朝夕贺，则边臣闻之，自谓不世之奇功，或恩礼太过，则将骄卒惰，后无以使。臣愿朝廷镇之以静，示之以不可测。昔谢安破苻坚，书至，安与客围棋不辍，曰："小儿辈遂已破贼。"安亦非矫情，盖万目观望，事体应尔。所有明日称贺，乞更详酌指挥。臣受恩至深，不敢不尽，出位妄言，罪当万死。取进止。卷二八

因擒鬼章论西羌夏人事宜札子

元祐二年九月八日，翰林学士、朝奉郎、知制诰、兼侍读苏轼札子奏：臣窃见近者熙河路奏生擒鬼章，百官称贺，中外同庆。臣愚无知，窃谓安危之机，正在今日。若应之有道，处之有术，则安边息民，必自是始。不然，将骄卒惰，以胜为灾，亦不足怪。故臣区区欲先陈前后致寇之由，次论当今待敌之要，虽狂愚无取，亦臣子之常分。

昔先帝用兵累年，虽中国靡弊，然夏人困折，亦几于亡。横山之地，沿边七八百里中，不敢耕者至二百余里。岁赐既罢，和市亦绝，虏中匹帛至五十余千，其余老弱转徙，牛羊堕坏，所失盖不可胜数，饥羸之余，乃始款塞。当时执政大臣谋之不深，因中国厌兵，遂纳其使。每一使至，赐予、贸易无虑得绢五万余匹，归鬻之，其直匹五六千，民大悦。一使所获，率不下二十万缗；使五六至，而累年所罢岁赐，可以坐复。既使虏因吾资以德其民，且饱而思奋，又使其窥我厌兵欲和之意，以为欲战欲和，权皆在我，以故轻犯边陲，利则进，否则复求和，无不可者。若当时大臣因虏之请，受其词不纳其使，且诏边臣与之往返商议，所获新疆，取舍在我。俟其词意屈服，约束坚明，然后纳之，则虏虽背恩反覆，亦不至如今日之速也。虏虽有易我意，然不得西蕃解仇结好，亦未敢动。夫阿里骨，董毡之贼臣也。挟契丹公主以弑其君之二妻。董毡死，匿丧不发，逾年众定，乃诈称嗣子，伪书鬼章、温溪心等名以请于朝。当时执政，若且令边臣审问鬼章等以阿里骨当立不当立，若朝廷从汝请，遂授节钺，阿里骨真汝主矣，汝能臣之如董毡乎？若此等无词，则是诸羌心服，既立之后，必能统一都部，吾又何求？若其不服，则衅端自彼,爵命未下,曲不在吾。彼既一国三公,则吾分其恩礼,各以一近上使额命之,鬼章等各得所欲,宜亦无患。当时执政不深虑此,专以省事为安,因其妄请,便授节钺。阿里骨自知不当立,而忧鬼章之讨也,故欲借力于西夏以自重,于是始有解仇结好之谋。而鬼章亦不平朝廷之以贼臣君我也,故怒而盗边。夏人知诸羌之叛也,故起而和之。此臣所谓前后致寇之由,明主不可以不知者也。虽既往不咎,然可以为方来之鉴。

元昊本怀大志,长于用兵,亮祚天付凶狂,轻用其众,故其为边患皆历年而后定。今梁氏专国,素与人多不协,方内自相图,其能以创残呻吟之余,久与中国敌乎?料其奸谋,盖非元昊、亮祚之比矣。意谓二圣在位,恭默守成,仁恕之心,著于远迩,必无用武之意,可肆无厌之求;兰会诸城,鄜延五寨,好请不获,势胁必从;猖狂之后,求无不获,计不过此耳。今者切闻朝廷降诏诸路,敕励战守,深明逆顺曲直之理,此固当今之急务,而诏书之中,亦许夏人之自新。臣切以谓开之太易,纳之太速,曾未一战,而厌兵欲和之意已见乎外,此复蹈前日之失矣。臣甚惜之。今既闻鬼章之捷,或渐有款塞之谋,必将为恭狠相半之词,而继之以无厌之请。若朝廷复纳其使,则是欲战欲和,权皆在虏,有求必获,不获必叛,虽偷一时之安,必起无穷之衅。故臣愿明主断之于中,深诏大臣,密敕诸将,若夏人款塞,当受其词而却其使,然后明敕边臣,以夏人受恩不赀,无故犯顺,今虽款塞,反覆难保,若实改心向化,当且与边臣商议,苟词意未甚屈服,约束未甚坚明,则且却之,以示吾虽不逆其善意,亦不汲汲求和也。彼若心服而来,吾虽未纳其使,必不于往返商议之间,遽复盗边。若非心服,则吾虽荡然开怀,待之如旧,能必其不叛乎?今岁泾原之入,岂吾待之不至耶?但使吾兵练士饱,斥候精明,虏无大获,不过数年,必自折困。今虽小劳,后必坚定,此臣所谓当今待敌之要,亦明主不可以不知者也。

今朝廷意在息民,不惮屈己,而臣献言,乃欲艰难其请,不急于和,似与圣意异者。然古之圣贤欲行其意,必有以曲成之,未尝直情而径行也。将欲翕之,必固张之;将欲取之,必固予之。夫直情而径行,未有获其意者也。若权其利害,究其所至,则臣之愚计,于安边息民,必久而固,与圣意初无小异。然臣窃度朝廷之间,似欲以畏事为无事者,臣窃以为过矣。夫为国不可以生事,亦不可以畏事,畏事之弊,与生事均。譬如无病而服药,与有病而不服药,皆可以杀人。夫生事者,无病而服药也;畏事者,有病而不服药也。乃者阿里骨之请,人人知其不当予,而朝廷予之,以求无事;然事之起,乃至于此,不几于有病而不服药乎?今又欲遽纳夏人之使,则是病未除而药先止,其与几何?臣于侍从之中,受恩至深,其于委曲保全与众独异,故敢出位先事而言,不胜恐悚待罪之至。取进止。卷二八

文集卷二十三

乞诏边吏无进取及论鬼章事宜札子

元祐二年九月二十七日，翰林学士、朝奉郎、知制诰、兼侍读苏轼札子奏：臣闻善用兵者，先服其心，次屈其力，则兵易解而功易成。若不服其心，惟力是恃，则战胜而寇愈深，况不胜乎？功成而兵不解，况不成乎？顷者西方用兵累年，先帝之意，本在吊伐，而贪功生事之臣，惟务杀人争地，得尺寸之土，不问利害，先筑城堡，置州县，使西夷憎畏中国，以谓朝廷专欲得地，非尽灭我族类不止，是以并力致死，莫有服者。今虽朝廷好生恶杀，不务远略，而此心未信，憎畏未衰；心既不服，惟有斗力，力屈情见，胜负未可知也。今日新获鬼章，威震戎狄，边臣贾勇，争欲立功，以为河南之地，指顾可得。正使得之，不免筑城堡，屯兵置吏，积粟而守之，则中国何时息肩乎？乃者王韶取熙河，全师独克，使韶有远虑，诛其叛者，易以忠顺，即用其豪酋而已，则今复何事！其所以兵连祸结，罢弊中国者，以郡县其地故也。往者既不可悔，而来者又不以为戒，今又欲取讲主城，曰："此要害地，不可不取。"方唐盛时，安西都护去长安万里，若论要害，自此以西无不可取者。使诸羌知中国有进取不已之意，则寇愈深而兵不解，其祸岂可量哉！臣愿陛下深诏边吏，叛则讨之，服则安之，自今已往，无取尺寸之地，无焚庐舍，无杀老弱，如此期年，诸羌可传檄而定。然朝廷至意，亦自难喻，将帅未必从也，虽日行文书，终恐无益。宜驿召陕西转运使一员赴阙，面敕戒之，使归以喻将帅，而察其不如诏者。

臣又窃闻朝论谓鬼章犯顺，罪当诛死。然譬之鸟兽，不足深责，其子孙部族，犹足以陆梁于边。全其首领，以累其心，以为重质，庶获其用，此实当今之良策。然臣窃料鬼章凶豪素贵，老病垂死，必不能甘于困辱，为久生之计。自知生存终不得归，徒使其臣子首鼠顾忌，不敢复仇，必将不食求死，以发其众之怒。就使不然，老病愁愤，自非久生之道。鬼章若死，则其臣子专意复仇，必与阿里骨合，而北交于夏人，此正胡越同舟遇风之势，其交必坚。而温溪心介于阿里骨、夏人之间，地狭力弱，其势必危。若见并而吾不能救，使二寇合三面以窥熙河，则其患未可以一二数也。如臣愚计，可诏边臣与鬼章约，若能使其部族讨阿里骨而纳赵纯忠者，当放汝生还，质之天地，示以必信。鬼章若从，则稍富贵之，使招其信臣而喻至意焉。鬼章既有生还之望，不为求死之计，其众必从。以鬼章之众与温溪心合而讨阿里骨，其势必克。既克而纳纯忠，虽放还鬼章，可以无患，此必然之势也。西羌本与夏人世仇，而鬼章本与阿里骨不协，若许以生还，其众必相攻，纵未能诛阿里骨，亦足以使二盗相疑而不合也。昔太史慈与孙策战，几杀策，策后得慈，释不诛，放还豫章，卒立奇功。李愬得吴元济将李祐，解缚用之，与同卧起，卒擒元济。非豪杰名将不能行此度外事也。议者或谓鬼章之获，兼用近界酋豪力战而得之，仇怨已深，若放生还，此等必无全理。臣以谓不然。若鬼章死于中国，其众仇此等必深；若其生还，其仇之亦浅。此等依中国为援，足以自全。自古西羌之患，惟恐解仇结盟。若所在为仇敌，正中国之利，无可疑者。臣出位言事，不胜恐悚待罪之至。取进止。 卷二八

乞约鬼章讨阿里骨札子

元祐二年十月七日,翰林学士、朝奉郎、知制诰、兼侍读苏轼札子奏:臣近者窃见刘舜卿贺表,具言阿里骨罪状,又窃闻舜卿乞削阿里骨官爵,续又闻阿里骨上章请命,议者或欲许其自新。以臣愚虑,二者之说,皆未为得。何者?阿里骨凶狡反覆,必无革面洗心之理,今闻其女已嫁梁乞逋之子,度其久远,必须协力致死,共为边患。今来上章请命,盖是部族新破,众叛亲离,恐吾乘胜致讨,力未能支,故匿情忍诟,以就大事。若得休息数年,蓄力养锐,假吾爵命,以威胁诸羌,诛不附己者。羽翼既成,西北相应,必为中原之忧,非独一方之病也。且夏贼逆天犯顺,本因轻料朝廷,以为必不能讨己,今若便从阿里骨之请,则其所料,良不为过。西蕃小丑,朝为叛逆,暮许通和,则夏国之请,理无不许。二寇滔天自若,欲战欲和,无不可者。则西方之忧,无时而止矣。然遂欲从舜卿之请,削夺官爵,即须发兵深入致讨。彼新丧大首领,举国戒惧,我师深入,苟无它奇,恐难以得志。臣愚以谓当使边将发厚币,遣辩士,以离其腹心,坏其羽翼。今闻温溪心等诸族已为所质,势未能动,而心傒敛毡在其肘腋,迹同而心异。若用臣前计,使边臣与鬼章约,若能使其部族与温溪心、敛毡等合而讨阿里骨,纳赵纯忠,即许以生还,此政所谓以夷狄攻夷狄,计无出此者。若朝廷便许阿里骨通和,即须推示赤心,待之如旧,不可复用计谋以图此贼,数年之后,必自飞扬,此所谓养虎自遗患者也。故臣愿朝廷既不纳其通和之请,又不削夺其官爵,存而勿论,置之度外,阴使边臣以计图之,似为得策。臣屡渎天听,罪当诛死。取进止。 卷二八

参定叶祖洽廷试策状　一

元祐二年十月二十一日，翰林学士、朝奉郎、知制诰、兼侍读苏轼同苏辙、刘攽状奏：准元祐二年十月十一日尚书省札子节文："臣寮上言，近闻兵部郎中叶祖洽改礼部郎中，给事中赵君锡封驳以为不当，兼论祖洽廷试对策，有讪及宗庙之语。臣愚今详君锡所驳，极未为允。臣取祖洽印本试策寻究，即无讥讪之言，不知君锡何以见其讥讪也。伏望陛下令君锡条具祖洽讥讪之言，下近臣参定，以明枉直，庶使策试之士，谋议之臣，悉心不回，毋悼后害。三省同奉圣旨，令翰林学士、中书舍人、谏议大夫同共参定闻奏者。"右臣等窃谓先帝亲策贡士，本欲人人尽言，无所回忌。士之论事，必欲究极始末，其语或及祖宗，事有是非，义难隐讳，但当考其所言当否，以为进退，不可一一指为谤讪。取到叶祖洽所试策卷子看详，其略云："祖宗以来至于今，纪纲法度，苟简因循而不举者，诚不为少。"又云："与忠智豪杰之臣合谋，而鼎新之。"臣等以谓祖宗拨乱反正，承平百年，纪纲法度，最为明备，纵使时异事变，理合小有损益，亦不当谓之因循苟简，便欲朝廷与大臣合谋而鼎新之。详此，显是祖洽学术浅暗，议论乖缪，若谓之讥讪宗庙，则亦不可。谨录奏闻，伏候敕旨。

〔贴黄〕臣等准朝旨，与谏议大夫同共参定闻奏，今据左谏议大夫孔文仲牒，已别状奏陈，更不连书。

又〔贴黄〕叶祖洽及第日，臣轼系编排官。曾奏乞行黜落。今已具事实，别状奏闻去讫。卷二八

参定叶祖洽廷试策状 二

　　元祐二年十月二十二日,翰林学士、朝奉郎、知制诰、兼侍读苏轼状奏:右臣近奉圣旨,参定叶祖洽所试策。臣已与刘攽等定夺奏闻去讫。臣今看详元降臣寮上言有云:"凡在朝廷大臣,率多当时考试之官。信有此语,安敢擢在第一。"臣等今来定夺得叶祖洽显是学术浅暗,议论乖谬。缘祖洽及第时,臣系编排官,据初考官吕惠卿等定祖洽为第三等中,合在甲科,覆考官宋敏求等定祖洽为第五等中,合是黜落。臣曾具事由闻奏,乞行黜落。兼据祖洽元试策卷子云"祖宗以来至于今,纪纲法度因循苟简而不举者,诚为不少"。今来祖洽上章自辩,却减落上件言语,只云"祖宗已来至于今,纪纲制度,比之前古,亦有因循未举之处"。显见祖洽心知"苟简"之语为不可,故行减落。谨录奏闻,伏候敕旨。 卷二八

大雪乞省试展限兼乞御试不分初覆考札子

　　元祐三年正月□日,翰林学士、朝奉郎、知制诰、兼侍读苏轼札子奏:臣窃见近者大雪方数千里,道路艰塞,四方举人赴省试者,三分中未有二分到阙。朝廷虽议展限,然迫于三月放榜,所展日数不多,至时,若隔下三五百人赴试不及,即恐孤寒举人,转见失所,亦非朝廷急才喜士之意。欲乞自今日已往,更展半月,方始差官,仍令礼部疾速雕印,出榜晓示旁近州郡,但未试以前到者,并许投保引试。若虑放榜迟延,恐趁三月内不及,即乞省试添差小试官十人,却促限五七日出榜。臣又窃见自来御试差官,分为初考、覆考、编排、详定四处,日限既迫,考官又少,以此多不暇精详。又缘初、

覆考官,不敢候卷子齐足,方定等第,只是逐旋据誊录所关到卷子三十五十卷,便定等第,以此前后不相照。所定高下,或寄于幸与不幸,深为不便。不若只依南省条式,聚众考官为一处,通用日限,候卷子齐足,众人共定其等第,不惟精详寡失,又御试放榜,亦可以速了。臣窃意祖宗之法,所以分考官为四处者,盖是当时未有封弥誊录,故须分别以防弊幸。今来既有封弥誊录,纵欲循私,其势无由。若只依南省条格,委无妨碍。乞赐详酌指挥。取进止。卷二八

大雪论差役不便札子

元祐三年二月九日,翰林学士、朝奉郎、知制诰、兼侍读苏轼札子奏:臣伏见陛下发德音,下明诏,以大雪过常,暖气不敷,农夫失业,商旅不行,引咎在躬。涣汗之泽,覃及方外,而诏下之夕,雪作不已。臣备位近侍,诚窃感愤,废食而叹。退伏思念陛下即位以来,发政施仁,无一不合人心顺天意者,当获丰年刑措之报、凤凰景星之瑞,而水旱作沴,常寒为罚,殆无虚日,此岂理之当然者哉?臣诚愚蠢,不识忌讳,试论其近似者,而陛下择焉。臣闻差役之法,天下以为未便,独台谏官数人者主其议,以为不可改,磨砺四顾,以待言者,故人畏之而不敢发耳。近闻疏远小臣张行者力言其弊,而谏官韩川深诋之,至欲重行编窜。此等亦无他意。方司马光在时,则欲希合光意;及其既没,则妄意陛下以为主光之言。殊不知光至诚尽公,本不求人希合,而陛下虚心无我,亦岂有所主哉!使光无恙至今,见其法稍弊,则更之久矣。臣每见吕公著、安焘、吕大防、范纯仁,皆言差役不便,但为已行之令,不欲轻变,兼恐台谏纷争,卒难调和。愿陛下问公著等,令指陈差雇二法各有若干利害,昔日雇

役,中等人户岁出钱几何,今者差役,岁费钱几何,及几年一次差役,皆可以折长补短,约见其数,以此计算,利害灼然。而况农民在官,贪吏狡胥,百端蚕食,比之雇人,苦乐十倍。又五路百姓,例皆朴拙,差充手分须至转雇惯习人,尤为患苦,其费不赀,民穷无告,监司守令观望不言。若非此一事,则何以感伤阴阳之和,至于如此?虽责躬肆眚,彻膳祷祠,而此事不变,终恐无益。今侍从之中,受恩至深,无如小臣,臣而不言,谁当言者。然臣前岁因详定役法,与台谏异论,遂为其徒所疾,屡遭口语。今来所言,若不合圣意,即乞便行责降,以戒妄言。若万一稍有可采,即乞留中,只作圣意行下。庶几上答天戒,下全小臣。不胜恐栗待罪之至。取进止。卷二八

贡院札子四首

奏巡铺郑永崇举觉不当乞差晓事使臣交替

元祐三年二月□日,翰林学士、朝奉郎、知制诰苏轼同孙觉、孔文仲札子奏:贡院今月三日,据巡铺官郑永崇领押到进士王太初、王博雅,称是传义。问得举人,各称被巡铺官诬执。寻令巡铺官宣德郎王厚将逐人卷子与众官点对,得逐人试卷内有一十九字同,即不成片段。本院检准条贯,惟经学不许传义,口授者同,至于进士,须是怀挟代笔,方令扶出。今来逐人试卷,点对得只有一十九字偶同,别无违碍,显是巡铺官郑永崇举觉不当。兼两日内巡铺内臣屡将暧昧单词,令本院扶出举人,本院未敢施行。见奏取旨,及有巡铺所手分杨观作过,本院依法区分。其巡铺内臣并来帘前告属,坚要放免,本院亦不敢依随,以此挟恨罗织举人,必欲求胜。

今来进士尚有两甲,诸利尚有一十五场,未曾引试,若信令巡铺官内臣挟情罗织,即举人无由存济。欲望圣慈速赐指挥,或且勾回石君召、郑永崇两人,却差晓事使臣交替,所贵不致非理生事。取进止。卷二八

奏劾巡铺内臣陈恺

元祐三年二月囗日,翰林学士、朝奉郎、知制诰苏轼同孙觉、孔文仲札子奏:贡院今月三日,据巡铺官捉到怀挟进士共三人,依条扶出,逐次巡铺官并令兵士高声唱叫。至今月十一日扶出进士蒋立时,约有兵士三五十人齐声大叫。在院官吏公人,无不惊骇,在场举人,亦皆恐悚不安。寻取到虎翼节级李及等状,称是巡铺内臣陈恺指挥,令众人唱叫。窃详朝廷取士之法,动以礼义举人,怀挟自有条法,而内臣陈恺乃敢号令众卒,齐声唱叫,务欲摧辱举人,以立威势,伤动士心,损坏国体,本院无由指约。伏望圣慈特赐行遣。取进止。卷二八

申明举人卢君脩、王灿等

元祐三年二月囗日,翰林学士、朝奉郎、知制诰苏轼同孙觉、孔文仲札子奏:贡院今月三日,据巡铺官押领到进士卢君脩、王灿,称是传义。却问得举人,称是卢君脩来就王灿问道,不知耿邓之洪烈,为复是"洪烈",为复是"洪勋"?其王灿别无应对。当院看详,若将问字便作传义,未为允当。已一面且令逐人就试,乞早降指挥,合与不合,一例考校。取进止。卷二八

论特奏名

元祐三年二月二十九日,翰林学士、朝奉郎、知制诰苏轼同孙觉、孔文仲札子奏:臣等伏见从来天下之患,无过官冗,人人能言其弊,而不能去其害。惟往年韩琦、富弼等,独能裁减任子及展年磨勘。发议之初,士大夫相顾,莫敢以身当之者,以为必致谤议,而琦等不顾。既立成法,天下肃然,无一人非之者。何则?私欲不可以胜公议故也。流弊之极,至于今日,一官之阙,率四五人守之,争夺纷纭,廉耻道尽。中材小官,阙远食贫,到官之后,求取渔利,靡所不为,而民病矣。今日之弊,譬如赢病之人,负千钧之重,纵未能分减,岂忍更添?臣等自入贡院,四方免解举人投状称,今来是龙飞榜,乞为敷奏法外推恩者,不可胜数。臣等一切不行,兼不注,有经朝省下状蒙送下本院,亦只是坐条告示。近准圣旨,依逐举体例,下第举人,各以举数特奏名,已约计四百五十人。今日又准尚书省札子取前来圣旨,特奏名外各递减一举人数。若依此数,则又添数百人,虽未知朝廷作何行遣,不当先事建言,但恐朝命已行,即论奏不及。臣等伏见恩榜得官之人,布在州县,例皆垂老,别无进望,惟务黩货以为归计。贪冒不职,十人而九。朝廷所放恩榜几千人矣,何曾见一人能自奋励,有闻于时?而残民败官者不可胜数。以此谓其无益有损,不言可知。今之议者不过谓即位之初,宜广恩泽。苟以悦此侥幸无厌数百人者,而不知吏部以有限之官,待无穷之吏,户部以有限之财,禄无用之人,而所至州县,举罹其害。乃即位之初,有此过举,谓之恩泽,非臣所识也。伏乞断自圣意,明敕大臣,特奏名举人,只依近日圣旨指挥,仍诏殿试考官精加考校,量取一二十人,委有学问,词理优长者,即许出官,其余皆补文学、长史之类;不理选限,免使积弊之极,增重不已。臣等非不知言出怨生,既忝近臣，理难缄默。取进止。

〔贴黄〕臣觉见备员吏部，亲见其害，阙每一出，争者至一二十人，虽川、广、福建烟瘴之地，不问日月远近，惟欲争先注授。臣窃怪之，阴以访问。以为授官之后，即请雇钱，多者至五七十千，又既授远阙，许先借料钱，远者许借三月，又得四十余千。以贪惏无知之人，又以衰老到官之后，望其持廉奉法，尽公治民，不可得也。卷二八

省试放榜后札子三首

乞裁减巡铺兵士重赏

元祐三年三月□日，翰林学士、朝奉郎、知制诰苏轼同孙觉札子奏：臣等近奉敕权知贡举，窃谓朝廷待士之意，本于礼义而辅以文法，虽有怀挟、传义之禁，然事皆付之主司，终不以此多辱士类，亏损国体。近年缘练亨父为试官，非理凌忽举人，遂致喧竞，因此多差巡铺兵士，南省至一百人，诃察严细，如防盗贼。而恩赏至重，官员使臣，减年磨勘，指射差遣诸色人，支钱多至六百贯。若非理罗织，却无指定深重刑名。缘此小人贪功希赏，搜探怀袖，众证以成其罪，其间不免冤滥。近者内臣石君召、郑永崇、陈恺非理搜捕，臣等已具论奏，寻蒙朝廷取问行遣讫。欲乞下有司立法，裁减重赏及减定巡铺兵士人数。如非理罗织举人，即重行责罚，以称朝廷待士之意。取进止。卷二八

乞不分经取士

元祐三年三月□日，翰林学士、朝奉郎、知制诰苏轼同孙觉札

子奏：臣等近奉敕权知贡举，窃见自来条贯分经取士，既于逐经中纽定分数取人，或一经中合格者少，即取词理浅谬卷子，以足其数，如合格者多，则虽优长亦须落下，显是弊法。将来兼用诗赋，不专经义。欲乞今后更不分经，专以工拙为去取。取进止。卷二八

乞不分差经义诗赋试官

元祐三年三月□日，翰林学士、朝奉郎、知制诰苏轼同孙觉札子奏：臣等近奏，为将来科场既复诗赋，乞更不分经取人，已奉圣旨依奏。今来却见礼部新立条贯，将来科场如差试官三员者，以二员经义，一员词赋，两员者各差一员。臣等窃谓，既复诗赋与经义策论通考，举人尚不分经，而试官乃分而为二，甚无谓也。凡差试官，务在有词学者而已。若得其人，则治《易》及第不害其能问《春秋》经义，入官不害其能考诗赋。若不得人，虽用本科，不免乖错。须自声律变为经义，则诗赋之士，便充试官，何曾别求经义及第之人然后取士。若必用本科各考所试，则经义、策论、诗、赋，四场，文理不同，亦须各差试官一人而后可。此本议者私忧过计，而有司不察，便为创立此条，使一试院中有两头项试官，自有科场以来，无此故事。自来试官，患在争竞不一，又分为两党。试经义者主虚浮之文，考诗赋者主声病之学。纷纭争竞，理在不疑，举人闻之，必兴词讼。为害如此，了无所益。今来朝廷既复诗赋，又立此条，深恐天下监司妄意朝廷必欲用诗赋之人为试官，不问有无词学，一例差充，其间久离科场之人，或已废学，若用虚名差使，显不如经义及第有文之人。人之有材，何施不可？经义、诗赋等是文词，而议者便谓治经之人，不可使考诗赋，何其待天下士大夫之薄也！欲乞特赐指挥，今后差试官不拘曾应经义、诗赋举者，专务选择有词学人充。

其礼部近日所立条贯，更不施行。取进止。卷二八

御试札子二首

奏乞御试放榜馆职皆侍殿上

　　元祐三年三月□日，翰林学士、朝奉郎、知制诰苏轼同孙觉札子奏：臣等近奉敕权知贡举，窃见自来御试放榜日，馆职皆在殿上祗候，乃是祖宗旧法，以彰王国多士之美。熙宁中，因阁门偶失检举，不令上殿，自此遂为定制。欲乞检会治平以前故事施行。取进止。卷二八

放榜后论贡举合行事件

　　元祐三年三月□日，翰林学士、朝奉郎、知制诰苏轼札子奏：臣近领贡举，侍立殿上，祗候放榜，伏见举人程试，有犯皇帝旧名者。有旨特许依本等赐第。又有犯真宗旧名者，执政亦乞依例收录，而陛下亲发德音，以谓此人犯祖宗庙讳，不可不降等。已而又有犯僖宗庙讳者，有旨押出。在廷之人，无不稽首欣服，臣与同列退相告语，非独以见圣人卑躬尊祖之意，亦足以知陛下严于取士之法，不好小惠以求虚名。臣备位禁近，固当推广圣意，将顺其美而补其所未备。谨具贡举合行事件，画一如左。

　　一、伏见祖宗旧制，过省举人，一经殿试，黜落不少。既以慎重取人，又以见名器威福，专在人主。至嘉祐中，始尽赐出身，然犹不取杂犯。而近岁流弊之极，杂犯亦或收录，遂使过省举人便同及第，纵使纰缪，亦玷科举。恩泽既滥，名器自轻，非祖宗本意也。自来过省举人，限年累举，

积日持久,方该特奏名恩。今来一次过省殿试不合格,当年便得进士出身,此何义也! 伏乞下省司立法,将来殿试,除放合格人外,其余并皆黜落,或乞以分数立额取人,所贵上无姑息之政,下绝侥幸之心。如闻已有去取二分指挥,然有法不行,与无法同。如已有法,即乞申明,仍告喻天下,将来殿试依法去取。

一、自来释褐举人,惟南省榜首或本场第一人唱名近下者,或有旨升一甲。然皆出自圣意,初无著令。今者南省十人已上,及别试第一人,国学开封解元,武举第一人,经明行修举人,与凡该特奏名人正及第者,皆著令升一甲。纷然并进,士不复以升甲为荣,而法在有司,恩不归于人主,甚无谓也。窃谓累奏举名,已是滥恩,而经明行修,尤是弊法。其间权势请托,无所不有,侵夺解额,崇奖虚名,有何功能,复令升甲! 人主所以砺世磨钝,正在科举等级升降荣辱之间,今乃轻以与人,不复爱惜,臣所未喻。伏望圣慈更与大臣详议前件,著令乞赐刊削。今后殿试唱名,除南省逐场第一人临时取旨外,其余更不升甲。所贵进退之权,专在人主。其经明行修一科,亦乞详议,早行废罢。

一、臣近在贡院,与孙觉、孔文仲同入札子,论特奏名人恩泽太滥,未蒙施行。伏乞检会前奏,降付有司,详议裁减。仍乞立法应特奏名人授文学、长史之类,今后南郊赦书,更不许召保出官。

一、伏见近日礼部立法,今后科场差试官三人者,一人诗赋,二人经义,差两人者,诗赋、经义各一人。臣谓此法不可施行。凡差试官,务在选择能文之士,若得其人,则治

《易》及第不害其能问《春秋》经义,入官不害其能考诗赋。若不得人,纵用本科,不免错缪。须自声律变为经义,则诗赋之士便充试官,何曾别求经义及第之人然后取士,若必用本科各考所试,则经义、诗、赋、策论四场,文理不同,亦须各差试官一人而后可。此本言者私忧过计,而有司不察,便为生出此条。自有科场以来,无此故事。今后每一试院,分两头项试官,问经义者则主虚浮之文,考诗赋者则贵声病之学,纷纭争竞,理在不疑。自此科场日有词讼,为害不小,了无所益。今来朝廷既复诗赋,又立此条,深恐天下监司安意朝廷必欲用作诗赋之人为试官,不问有无词学,一例差充。其间久离场屋之人,或已废学,若用虚名差使,显不如经义及第有文之人。欲乞特赐指挥,今后差使官,不拘经义、诗赋,专务选择有才学之人。其礼部近日所立条贯,更不施行。右取进止。卷二八

乞罢学士除闲慢差遣札子

　　元祐三年三月□日,翰林学士、朝奉郎、知制诰、兼侍读苏轼札子奏:臣近因宣召,面奉圣旨:"何故屡入文字乞郡?"臣具以疾病之状对。又蒙宣谕:"岂以台谏有言故耶? 兄弟孤立,自来进用,皆是皇帝与太皇太后主张,不因他人。今来但安心,勿恤人言,不用更入文字求去。"臣退伏思念,顷自登州召还,至备员中书舍人以前,初无人言,只从参议役法,及蒙擢为学士后,便为朱光庭、王岩叟、贾易、韩川、赵挺之等攻击不已,以至罗织语言,巧加酝酿,谓之诽谤。未入试院,先言任意取人,虽蒙圣主知臣无罪,然臣窃自

惟,盖缘臣赋性刚拙,议论不随,而宠禄过分,地势侵迫,故致纷纭,亦理之当然也。臣只欲坚乞一郡,则是孤负圣知,上违恩旨;欲默而不乞,则是与台谏为敌。不避其锋,势必不安。伏念臣多难早衰,无心进取,得归丘壑以养余年,其甘如荠。今既未许请郡,臣亦不敢远去左右。只乞解罢学士,除臣一京师闲慢差遣,如秘书监、国子祭酒之类,或乞只经筵供职,庶免众人侧目,可以少安。取进止。 卷二八

文集卷二十四

转对条上三事状

元祐三年五月一日，翰林学士、朝奉郎、知制诰、兼侍读苏轼状奏：准御史台牒，五月一日文德殿视朝，臣次当转对。虽愚无知，备位禁林，怀有所见，不敢不尽，谨条上三事如左。

一、谨按唐太宗著《司门令式》云："其有无门籍人有急奏者，皆令监门司与仗家引奏，不许关碍。"臣以此知明主务广视听，深防蔽塞，虽无门籍人，犹得非时引见。祖宗之制，自两省两制近臣、六曹寺监长贰，有所欲言，及典大藩镇，奉使一路，出入辞见，皆得奏事殿上。其余小臣布衣，亦时特赐召问。非独以通下情，知外事，亦以考察群臣能否情伪，非苟而已。臣伏见陛下嗣位以来，惟执政日得上殿外，其余独许台谏官及开封知府上殿，不过十余人。天下之广，事物之变，决非十余人者所能尽。若此十余人者，不幸而非其人，民之利病，不以实告，则陛下便谓天下太平，无事可言，岂不殆哉！其余臣僚，虽许上书言事，而书入禁中，如在天上，不加反复诘问，何以尽利害之实？而况天下事有不可以书载者，心之精微，口不能尽，而况书乎？恭惟太皇太后以盛德在位，每事抑损，以谦逊不居为美。虽然，明目达聪，以防壅塞，此乃社稷大计，岂可以谦逊之故,而遂不与群臣接哉! 方今天下多事,饥馑盗贼,四夷之变,民劳官冗,将骄卒惰,财用匮乏之弊,不可胜数;而政出帷箔,决之庙堂大臣,尤宜开兼听广览之路,而避专断壅塞之嫌,非细故也。伏望圣慈,更与大臣商议,除台谏、开封知府已许上殿外,其余臣僚,旧制许请间奏事,及出入辞见许上殿者,皆复祖宗故事,则天下幸甚。

一、凡为天下国家,当爱惜名器,慎重刑罚。若爱惜名器,则斗升之禄,足以鼓舞豪杰。慎重刑罚,则笞杖之法,足以震詟顽狡。若不爱惜慎重,则虽日拜卿相,而人不劝,动行诛戮,而人不惧。此安危之机,人主之操术也。自祖宗以来,用刑至慎,习以成风,故虽展年磨勘、差替、冲替之类,皆足以惩警在位。独于名器爵禄,则出之太易。每一次科场,放进士诸科及特奏名约八九百人,一次郊礼,奏补子弟约二三百人,而军职转补、杂色入流、皇族外戚之荐不与。自近世以来,取人之多,得官之易,未有如本朝者也。今吏部一官阙,率常五七人守之,争夺纷纭,廉耻道尽。中材小官,阙远食贫,到官之后,侵渔求取,靡所不为。自本朝以来,官冗之弊,未有如今日者也。伏见祖宗旧制,过省举人,御试黜落不少,既以慎重取人,又以见名器威福专在人主。至嘉祐末年,始尽赐出身,虽文理纰缪,亦玷科举,而近岁流弊之极,至于杂犯,亦免黜落,皆非祖宗本意。又进士升甲,本为南省第一人,唱名近下,方有特旨,皆是临时出于圣断。今来南省第十人以上,别试第一人,国子开封解元,武举第一人,经明行修举人,与凡该特奏名人正及第者,皆著令升一甲。纷然并进,人不复以升甲为荣，而法在有司，恩不归于人主，甚无谓也。特奏名人，除近上十余人文词稍可观外，其余皆词学无取，年迫桑榆，进无所望，退无所归，使之临政，其害民必矣。欲望圣慈，特诏大臣，详议今后进士诸科御试过落之法，及特奏名出官格式，务在精核，以艺取人，不行小惠以收虚誉。其著令升甲指挥，乞今后更不施行。昔诸葛亮与法正论治道，其略曰："刑政不肃，君臣之道渐以陵替。宠之以位，位极则贱。顺之以恩，恩竭则慢。吾今威之以法，法行则知恩。限之以爵，爵加则知荣。恩荣并济，上下有节，为治之要也。"唐德宗蒙尘山南，当时事势，可谓危急，少行姑息，亦理之常，而沿路进瓜果人，欲与一试官，陆贽力言以为不可。今天下晏然，朝廷清明，何所畏避，而行姑息之政！故臣愿陛下常以诸葛亮、陆贽之言为法，则天下幸甚。

一、臣于前年十月内曾上言，其略曰："议者欲减任子以救官冗之弊，此事行之，则人情不悦；不行，则积弊不去。要当求其分义，务适厥中，使国有去弊之实，人无失职之叹。欲乞应奏荫文官人，每遇科场，随进士考试，武官即随武举或试法人考试，并三人中解一人，仍年及二十五以上，方得出官。内已曾举进士得解者免试。如三试不中，年及三十五以上，亦许出官。虽有三试留滞之艰，而无终身绝望之叹，亦使人人务学，不坠其家，为益不小。"后来不蒙降出施行，切虑当时圣意，必谓改元之初，不欲首行约损之政。今者即位已四年矣，官冗之病，有增而无损，财用之乏，有损无增，数年之后，当有不胜其弊者。若朝

廷恬不为怪,当使谁任其忧! 及今讲求,臣恐其已晚矣。付乞检会前奏,早赐施行。右谨录奏闻,伏候敕旨。卷二九

论魏王在殡乞罢秋燕札子

元祐三年八月二十一日,翰林学士、朝奉郎、知制诰、兼侍读苏轼札子奏:臣近准钤辖教坊所关到撰《秋燕致语》等文字。臣谨按《春秋左氏传》,昭公九年,晋荀盈如齐,卒于戏阳,殡于绛。未葬。晋平公饮酒乐,膳宰屠蒯趋入,酌以饮工,曰:"汝为君耳,将司聪也。辰在子卯,谓之疾日,君彻燕乐,学人舍业,为疾故也。君之卿佐,是谓股肱,股肱或亏,何痛如之! 汝弗闻而乐,是不聪也。"公说,彻乐。又按昭公十五年,晋荀跞如周葬穆后,既葬除丧,周景王以宾燕,叔向讥之,谓之乐忧。夫晋平公之于荀盈,盖无服也。周景王之于穆后,盖期丧也。无服者未葬而乐,屠蒯讥之。期丧者已葬而燕,叔向讥之。书之史册,至今以为非。仁宗皇帝以宰相富弼母在殡,为罢春燕,传之天下,至今以为宜。今魏王之丧,未及卒哭,而礼部、太常寺皆以谓天子绝期,不妨燕乐,臣窃非之。若绝期可以燕乐,则《春秋》何为讥晋平公、周景王乎? 魏王之亲,孰与"卿佐"? 远比荀盈,近比富弼之母,轻重亦有间矣。魏王之葬,既以阴阳拘忌,别择年月,则当准礼以诸侯五月为葬期,自今年十一月以前,皆为未葬之月,不当燕乐。不可以权宜郊殡,便同已葬也。臣窃意皇帝陛下笃于仁孝,必罢秋燕,不待臣言,但至今未奉指挥。缘上件教坊致语等文字,准令合于燕前一月进呈。臣既未敢撰,亦不敢稽延,伏乞详酌。如以为当罢,只乞自皇帝陛下圣意施行,

更不降出臣文字。臣忝备侍从，叨陪讲读，不欲使人以丝毫议及圣明，故不敢不奏。取进止。卷二九

述灾沴论赏罚及修河事缴进欧阳修议状札子

元祐三年九月五日，翰林学士、朝奉郎、知制诰、兼侍读苏轼札子奏：臣今日迩英进读《宝训》，及雍熙、淳化间事。太宗皇帝每见时和岁丰，雨雪应时，辄喜不自胜，举酒以属群臣。又是日荧惑与日同度，太史奏言当旱，既而雨足岁丰。臣读至此，因进言水旱虽天数，然人君修德，可以转灾为福。故宋景文公一言，荧惑退三舍。元丰八年，荧惑守心，逆行犯房，又逆而西垂，欲犯氐。氐四星，后妃之象也。方是时，二圣在位，发政施仁，惟恐不及。臣视荧惑退舍甚速，如有所畏，不敢复西。以此知天人之应，捷于影响。太宗皇帝亲致太平，而每遇丰年，若获非常之福，喜乐如此者，岂非水旱不作自是朝廷难得之事乎？《书》曰："天聪明，自我民聪明。"匹夫匹妇有不获其所，犹能致水旱，而况政令之失，小及一方，大及四海，其为灾沴，理在不疑。自二圣嗣位，于今四年，恭俭慈孝，至仁至公，可谓尽矣。而四年之中，非水则旱，日月薄蚀，五星相凌，淫雨大雪，常寒久阴之类，殆无虚月，岂盛德之报也哉！臣愚无知，窃谓陛下身修而政未修，故监司守令多不得人。百姓失职，无所告诉，谣怨上达，以伤阴阳之和。所以致此者，盖由朝廷赏罚不明，举措不当之咎也。

臣请略而言之。去年熙河诸将，力战以获鬼章。此奇功也，故增秩赐金。泾原诸将，闭门自守，使贼大掠而去，若涉无人之境。此罪人也，亦增秩赐金。赏罚如此，何以使人？广东妖贼岑探反，

围新州，差将官童政救之，政贼杀平民数千，其害甚于岑探。朝廷使江西提刑傅燮体量其事，燮畏避权势，归罪于新州官吏，又言新州官吏却有守城之功，乞以功过相除。愚弄上下，有同儿戏，然卒不问。岑探聚众构谋，经年乃发，而所部官吏，茫不觉知，使一方赤子，肝脑涂地，然亦止于薄罚。童政凶狡贪残，非一日之积，而监司乃令将兵讨贼，以致数千人无辜就死，亦止降一差遣。近日温杲诱杀平民十九人，冤酷之状，所不忍闻，而杲止于降官监当。蔡州捕盗吏卒，亦杀平民一家五六人，皆妇女无辜，屠割形体，以为丈夫首级，欲以请赏，而守倅不按，监司不问。以至臣僚上言，及行下本路，乃云杀时可与不可辨认。白日杀人，不辨男女，岂有此理？乃是预为凶人开苟免之路。事如此者非一，臣不敢尽言，特举其甚者耳。如此，不过恩庇得无状小人十数人，正使此等歌咏爱戴，不知有何补益。而纪纲颓弛，偷惰成风，则千万人受其害，此得为仁乎？大抵为国，要在分别是非，以行赏罚，然后善人有所恃赖，平人有所告诉。若不穷究曲直，惟务两平，则君子无告，小人得志，天下之乱，可坐而待。此臣所谓赏罚不明之咎也。

黄河自天禧已来，故道渐以淤塞，每决而西，以就下耳。熙宁中，决于曹村，先帝尽力塞之，不及数年，遂决小吴。先帝圣神，知河之欲西北行也久矣，今强塞之，纵获目前之安，而旋踵复决，必然之势也，故不复塞。今都水使者王孝先乃欲于北京南开孙村河，欲夺河身以复故道。此岂独一方之安危，天下之休戚也！古者举大事，谋及庶人，上下佥同，然犹有意外之患。今内自工部侍郎、都水属官，外至安抚转运使及外监丞，皆以为故道高仰，势若登屋，功必无成，而患有不可测者。以至河北吏民，无贤愚贵贱，皆以为然。独一孝先以为可作。臣闻自孙村至海口旧管堤埽四十五所，役兵万五千人，勾当使臣五十员，岁支物料五百余万。自小吴之决，故道诸埽，皆废不治，堤上榆柳，并根掘取，残零物料，变卖无余，官吏役兵，仅有存者。使孙村之役，不能夺过河身，则官私财力，举为虚弃。若幸而复行故道，则四十五埽，皆以废坏，横流之灾，必倍于今。孝先建议之初，略不及此，近因人言沸腾，方牒北外监丞司云：四十五埽，并属北外监丞司地分，令一面相度枝梧。又云：因检计春料，便令计置。今来欲兴修四十五处已坏堤埽，准备河水复行故道。此莫大之役，不赀之费也。孝先当于建议之初，首论其事，待朝廷上下熟议而行。今孝先便将此役作常程熟事行与北外监丞司，令一面管认。意望败事之后，归罪他人。其为欺罔，实骇群听。其余患害，未易悉数。但臣采察众论，以为此役不可不罢。若今岁罢役，不过枉费九百万物料，虚役二万兵工。若更接续兴修，则来岁当役数十万人，仍费三千余万，此外民劳之极，变故横生，嗟怨之声，足以复致水旱。若将三千万物料钱，分作数年，因水所欲行之地，稍立堤防，增卑培薄，数年之后，必渐安流。何苦徇一夫之私计，逆万人之公论，以兴必不可成之役乎？此臣所谓措置不当之咎也。臣窃见仁宗朝名臣欧阳修为学士日，有《修河议状》二篇，虽当时事宜，而其所画利害，措置方略，颇切今日之事。臣以为可用，故辄缮写进呈。自祖宗以来，除委任执政外，仍以侍从近臣为耳目，请问论事，殆无虚日。今自垂帘以来，除执政、台谏、开封尹外，更无人得对，惟有迩英讲读，犹获亲近清光。若复喑默不言，则是耳目殆废。臣受恩深重，不敢观望上下，苟为身谋。谨备录今日进读之言，上陈圣鉴。臣无任恐栗待罪之至。取进止。

〔贴黄〕臣为衰病眼昏，所言机密，又不敢令别人写录，书字不谨，伏望圣慈，特赐宽赦。卷二九

乞郡札子

元祐三年十月十七日,翰林学士、朝奉郎、知制诰、兼侍读苏轼札子奏:臣近以左臂不仁,两目昏暗,有失仪旷职之忧,坚乞一郡。伏蒙圣慈降诏不允,遣使存问,赐告养疾。恩礼之重,万死莫酬。以臣子大义言之,病未及死,皆当勉强,虽有失仪旷职之罚,亦不当辞。然臣终未敢起就职事者,实亦有故。言之则触忤权要,得罪不轻;不言则欺罔君父,诛罚尤大。故卒言之。

臣闻之《易》曰:"君子安其身而后动。"又曰:"君不密则失臣,臣不密则失身。"以此知事君之义,虽以报国为先,而报国之道,当以安身为本。若上下相忌,身自不安,则危亡是忧,国何由报?恭惟陛下践祚之始,收臣于九死之余。半年之间,擢臣为两制之首。方将致命,岂敢告劳。特以臣拙于谋身,锐于报国,致使台谏,例为怨仇。臣与故相司马光,虽贤愚不同,而交契最厚。光既大用,臣亦骤迁,在于人情,岂肯异论?但以光所建差役一事,臣实以为未便,不免力争,而台谏诸人,皆希合光意,以求进用。及光既殁,则又妄意陛下以为主光之言,结党横身,以排异议,有言不便,约共攻之。曾不知光至诚为民,本不求人希合,而陛下虚心无我,亦岂有所主哉!其后又因刑部侍郎范百禄与门下侍郎韩维争议刑名,欲守祖宗故事,不敢以疑法杀人,而谏官吕陶又论维专权用事。臣本蜀人,与此两人实是知旧。因此,韩氏之党一例疾臣,指为川党。御史赵挺之,在元丰末通判德州,而著作黄庭坚方监本州德安镇,挺之希合提举官杨景棻,意欲于本镇行市易法,而庭坚以谓镇小民贫,不堪诛求,若行市易,必致星散。公文往来,士人传笑。其后挺之以大臣荐,召试馆职,臣实对众言,挺之聚敛小人,学行无取,岂堪此选。又挺之妻父郭槩为西蜀提刑时,本路提举官韩玠违法虐民,朝旨委槩体量,而槩附会隐庇。臣弟辙为谏官,劾奏其事,玠、槩并行黜责。以此挺之疾臣,尤出死力。臣二年之中,四遭口语,发策草麻,皆谓之诽谤。未出省榜,先言其失士。以至臣所荐士,例加诬蔑,所言利害,不许相度。近日王觌言胡宗愈指臣为党,孙觉言丁骘云是臣亲家。臣与此两人有何干涉,而于意外巧构曲成,以积臣罪。欲使臣桡椎于十夫之手,而使陛下投杼于三至之言。中外之人,具晓此意,谓臣若不早去,必致倾危。臣非不知圣主天纵聪明,察臣无罪。但以台谏气焰,震动朝廷,上自执政大臣,次及侍从百官,外至监司守令,皆畏避其锋,奉行其意。意所欲去,势无复全,天下知之。独陛下深居法宫之中,无由知耳。

臣窃观三代以下,号称明主,莫如汉宣帝、唐太宗。然宣帝杀盖宽饶,太宗杀刘洎,皆信用谗言,死非其罪,至今哀之。宣帝初知盖宽饶忠直不畏强御,自候、司马擢为太中大夫、司隶校尉,不可谓不知之深矣。而盖宽饶上书有云:"五帝官天下,三王家天下。"而当时谗人乃谓宽饶欲求禅位。宣帝不察,致使宽饶自刭北阙下。太宗信用刘洎,言无不从,尝比之魏文贞公,亦不可谓不知之深矣。而太宗征辽患痈,洎泣曰:"圣体不康,甚可忧惧。"而当时谗人,乃谓洎欲行伊、霍之事。太宗不察,赐洎自尽。二主非不明也,二臣之受知非不深也,恃明主之深知,不避谗人积毁,以致身首异处,为天下笑。今臣自度受知于陛下,不过如盖宽饶之于汉宣帝,刘洎之于唐太宗也。而谗臣者,乃十倍于当时,虽陛下明哲宽仁,度越二主,然臣亦岂敢恃此不去,以卒蹈二臣之覆辙哉!且二臣之死,天下后世,皆言二主信谗邪而害忠良,以为圣德之累。使此二臣者,识几畏渐,先事求去,岂不身名俱泰,臣主两全哉!臣纵不自爱,独不念一旦得罪之后,使天下后世有以议吾君乎? 昔先帝召臣上殿,访问古今,敕臣今后遇事即言。其后臣屡论事,未蒙施行,乃复作为诗文,寓物托讽,庶几流传上达,感悟圣意。而李定、舒亶、何正臣三人,因此言臣诽谤,臣遂得罪。然犹有近似者,以讽谏为诽谤也。今臣草麻词,有云"民亦劳止",而赵挺之以为诽谤先帝,则是以白为黑,以西为东,殊无近似者。臣以此知挺之崄毒甚于李定、舒亶、何正臣,而臣之被谗甚于盖宽饶、刘洎也。古人有言曰:"为君难,为臣不易。"臣欲依违苟且,雷同众人,则内愧本心,上负明主。若不改其操,知无不言,则怨仇交攻,不死即废。伏望圣慈念为臣之不易,哀臣处此之至难,始终保全,措之不争之地。特赐指麾,检会前奏,早赐施行。臣无任感恩知罪,祈天请命。激切战恐之至。取进止。

〔贴黄〕郭槩人材凡猥,众所共知,既以附会小人得罪,近复擢为监司者,盖畏挺之之口,欲以苟悦其意。正如向时王岩叟在言路时,擢用其父苟龙知澶州、妻父梁焘为谏议,天下知其为岩叟也。

又〔贴黄〕臣所举自代人黄庭坚、欧阳棐,十科人王巩,制科人秦观,皆诬以过恶,了无事实。臣又曾建言乞行给田募役法,吕大防、范纯仁皆深以为便。方行下相度,而台谏争言其不可,更不得相度。至今臣每见大防、纯仁,皆咨嗟太息,惜此法之不行,但畏台谏不敢行下耳。

又〔贴黄〕中外臣寮,畏避台谏,附会其言以欺朝廷者,皆有实状。但以事不关臣,故不敢一一奏陈耳。

又〔贴黄〕陛下若谓臣此言狂妄,即乞付外核实其事,显加黜责。若以为然,即乞留中省览,臣当别具札子乞郡付外施行。 卷二九

辨举王巩札子

元祐三年十一月十五日,翰林学士、朝奉郎、知制诰、兼侍读苏轼札子奏:臣近举宗正寺丞王巩充节操方正可备献纳科。窃闻台谏官言巩奸邪,及离间宗室,因谄事臣以获荐举。奉圣旨,除巩西京通判。谨按巩好学有文,强力敢言,不畏强御,此其所长也。年壮气盛,锐于进取,好论人物,多致怨憎,此其所短也。顷者窜逐万里,偶获生还,而容貌如故,志气逾厉,此亦有过人者。故相司马光深知之,待以国士,与之往返,论议不一。臣以为所短不足以废所长,故为国收才,以备选用。去岁以来,吏民上书盖数千人,朝廷委司马光看详,择其可用者得十五人,又于十五人中独称奖二人,孔宗翰与巩是也。巩缘此得减二年磨勘,仍擢为宗正寺丞。则臣之称荐,与光之擢用,其事正同。若果是奸邪,台谏当此时何不论奏? 巩上疏论宗室之疏远者,不当称皇叔、皇伯,虽未必中理,然不过欲尊君抑臣,务合古礼而已,何名为离间哉! 况巩此议,执政多以为非,独司马光深然之,故下礼部详议。又兵部侍郎赵彦若,亦曾建言。若果是离间,光亦离间也,彦若亦离间也。方行下有司时,台谏初无一言,及光没之后,乃有奸邪离间之说,则是巩之邪正,系光之存亡,非公论也。巩与臣世旧,幼小相知,从臣为学,何名"谄事"? 三者之论,了无一实。上赖圣明不以此罪巩,亦不以此责臣,止除外官,以厌塞言者之意。臣复何所辨论。但痛司马光死未数月,而所贤之士变为奸邪,又伤言者本欲中臣而累及巩,诬罔之渐,惧者甚众。是以冒昧一言,伏深战越。取进止。

〔贴黄〕臣曾亲闻司马光称巩忠义,及见光亲书简帖与巩,往复议论政事,及有手简与李清臣,称巩之贤,真迹犹在。卷二九

论周穜擅议配享自劾札子　一

元祐三年十二月二十一日,翰林学士、朝奉郎、知制诰、兼侍读苏轼札子奏:臣先任中书舍人日,敕举学官,曾举江宁府右司理参军周穜,蒙朝廷差充郓州州学教授。近者窃闻穜上疏,言朝廷当以故相王安石配享神宗皇帝。谨按汉律,擅议宗庙者弃市。自高后至文、景、武、宣,皆行此法,以尊宗庙,重朝廷,防微杜渐,盖有深意。本朝自祖宗以来,推择元勋重望始终全德之人,以配食列圣。盖自天子所不敢专,必命都省集议,其人非天下公议所属,不在此选。既上,诏云恭依册告宗庙,然后敢行。其严如此。岂有既行之后,复请疏远小臣,各出私意,以议所配?若置而不问,则宗庙不严而朝廷轻矣。窃以安石平生所为,是非邪正,中外具知,难逃圣鉴。先帝盖亦知之,故置之闲散,终不复用。今已改青苗等法,而废退安石党人吕惠卿、李定之徒;至于学校贡举,亦已罢斥佛老,禁止字学。大议已定,行之数年,而先帝配享已定用富弼,天下翕然以为至当。穜复何人,敢建此议,意欲以此尝试朝廷,渐进邪说,阴唱群小,此孔子所谓“行险侥幸,居之不疑”者也。而臣忝备侍从,谬于知人,至引此人以污学校,若又隐而不言,则罔上党奸,其罪愈大。谨自劾以待罪。伏望圣慈特敕有司,议臣妄举之罪,重赐责降,以儆在位。取进止。卷二九

论周穜擅议配享自劾札子　二

元祐三年十二月□日,翰林学士、朝奉郎、知制诰、兼侍读苏轼札子奏:臣近上言,以所举学官周穜擅议先帝配享,欲以尝试朝

廷，渐进邪说，阴唱群小，乞下有司议臣妄举之罪，重行责降，以警在位。至今累日，未奉指挥。

切以为国之本，在于明赏罚，辨邪正，二者不立，乱亡随之。《易》曰："大君有命，开国承家，小人勿用。"象曰："大君有命，以正功也。小人勿用，必乱邦也。"昔郭公善善恶恶而不免于亡者，以善善而不能用，恶恶而不能去也。

臣观二圣嗣位以来，斥逐小人，如吕惠卿、李定、蔡确、张诚一、吴居厚、崔台符、杨汲、王孝先、何正臣、卢秉、蹇周辅、王子京、陆师闵、赵济、中官李宪、宋用臣之流。或首开边隙，使兵连祸结；或渔利榷财，为国敛怨；或倡起大狱，以倾陷善良。其为奸恶，未易悉数。而王安石实为之首。今其人死亡之外，虽已退处闲散，而其腹心羽翼，布在中外，怀其私恩，冀其复用，为之经营游说者甚众。皆矫情匿迹，有同鬼蜮，其党甚坚，其心甚一。而明主不知，臣实忧之。夫君子之难致如麟凤，色斯举矣，翔而后集，况可麾而却之乎？小人之易进如蛆蝇，腥膻所聚，瞬息千万，况可招而来之乎？朝廷日近稍宽此等，如李宪乞于近地居住，王安礼抗拒恩诏，蔡确乞放还其第，皆即听许。崔台符、王孝先之流，不旋踵进用。杨汲亦渐牵复。吕惠卿窥见此意，故敢乞居苏州。此等皆民之大贼，国之巨蠹，得全首领，以为至幸，岂可与寻常一眚之臣，计日累月，洗雪复用哉！今既稍宽之后，必渐用之。如此不已，则惠卿、蔡确之流，必有时而用，青苗、市易等法，必有时而复。何以言之？将作监丞李士京者，邪佞小人，众所嗤鄙，而大臣不察，稍稍引用，以污寺监，犹能建开壕之议，为修城之渐。其策既行，遂唱言于众，欲次复用臣茶磨之法。由此观之，惠卿、蔡确之流，何忧不用，青苗、市易等法，何忧不复哉！

　　昔卢杞责降既久,经涉累赦,德宗欲与一小郡,举朝忧恐,而宰相李勉、给事中袁高、谏官赵需、裴佶、宇文炫、卢景亮、张荐、常侍李泌等皆以死争之。勉等非惜一郡也,知杞得郡不已,必将复用,一炬有燎原之忧,而滥觞有滔天之祸故也。今周穜草芥之微,而敢建此议,盖有以启之矣。昔淮南王谋反,所惮独汲黯,以谓说公孙丞相,若发蒙耳。今穜蚍虿小臣,而敢为大奸,愚弄朝廷,若无人然。不幸而有淮南王,当复谁惮乎? 臣不敢远引古人,但使执政之中,有如富弼、韩琦,台谏之中,有如包拯、吕诲,或司马光尚在,此鼠辈敢尔哉! 昔王安石在仁宗、英宗朝,矫诈百端,妄窃大名,咸以为可用,惟韩琦独识其奸,终不肯进。使琦不去位,安石何由得志? 以此知辨人物之邪正,消祸患于未萌,真宰相事也。臣数日以来,窃闻执政之议,多欲薄臣之责而宽穜之罪。若果如此,则是使今后近臣轻引小人,而惠卿之流,有以卜朝廷之轻重。事关消长,忧及治乱。伏望特出宸断,深诏有司议臣与穜之罪,不可轻恕。纵使朝廷察臣本无邪心,止是暗缪,亦乞借臣以立法。则臣上荷知遇,虽云得罪,实同被赏。若蒙宽贷,则是私臣之身,而废天下之法。臣之愧耻,若挞于市,不胜愤懑。忧国之心,意切言蠢,伏候诛谴。取进止。

　　〔贴黄〕周穜州县小吏,意在寸进而已,今忽猖狂,首建大议,此必有人居中阴主其事。不然者,穜岂敢出位犯分,以摇天听乎? 此臣所以不得不再三论列也。卷二九

文集卷二十五

论边将隐匿败亡宪司体量不实札子

元祐三年闰十二月四日，翰林学士、知制诰、兼侍读苏轼札子奏：臣近以目昏臂痛，坚乞一郡，盖亦自知受性刚褊，黑白太明，难以处众。伏蒙圣慈降诏不许，两遣使者存问慰安。天恩深厚，沦入骨髓。臣谓此恩当以死报，不当更计身之安危，故复起就职。而职事清闲，未知死所，每因进读之间，事有切于今日者，辄复尽言，庶补万一。

昨日所读《宝训》，有云："淳化二年，上谓侍臣，诸州牧监马多瘐死，盖养饲失时，枉致病毙。近令取十数槽置殿庭下，视其刍秣，教之养疗，庶革此弊。"臣因进言：马所以病，盖将吏不职，致圉人盗减刍粟，且不恤其饥饱劳逸故也。马不能言，无由申诉，故太宗至仁，深哀怜之，置之殿庭，亲加督视。民之于马，轻重不同。若官吏不得其人，人虽能言，上下隔绝，不能自诉，无异于马。马之饥瘦劳苦，则有毙踣奔逸之忧；民之困穷无聊，则有沟壑盗贼之患。然而四海之众，非如养马，可以置之殿庭，惟当广任忠贤，以为耳目。若忠贤疏远，谄佞在傍，则民之疾苦，无由上达。

秦二世时，陈胜、吴广已屠三川，杀李由，而二世不知。陈后主时，隋兵已渡江，而后主不知。此皆昏主，不足道。如唐明皇亲致太平，可谓明主，而张九龄死，李林甫、杨国忠用事，鲜于仲通以二十万人没于云南,不奏一人,反更告捷,明皇不问,以至上下相蒙。禄山之乱,兵已过河,而明皇不知也。今朝廷虽无此事,然臣闻去岁夏贼犯镇戎,所杀掠不可胜数,或云"至万余人",而边将乃奏云"野无所掠"。其后朝廷访闻,委提刑司体量,而提刑孙路止奏十余人,乞朝廷先赐放罪,然后体量实数。至今迁延二年,终未结绝闻奏。凡死事之家,官所当恤,若隐而不奏,则生死衔冤,何以使人?此岂小事,而路为耳目之司,既不随事奏闻朝廷,既行蒙蔽,又乞放罪,迁延侮玩,一至于此!臣谓此风渐不可长,驯致其患,何所不有?此臣之所深忧也。臣非不知陛下必已厌臣之多言,左右必已厌臣之多事,然受恩深重,不敢自同众人。若以此获罪,亦无所憾。取进止。卷二九

荐何宗元《十议》状

元祐三年闰十二月十九日,翰林学士、朝奉郎、知制诰、兼侍读苏轼状奏:右臣伏见朝廷近制,川峡四路员缺,并归吏部注拟。臣窃原圣意,盖为蜀道险远,人材众多,若就本路差除,则士皆怀土重迁,老死乡邑,可用之人,朝廷莫得而器使也。士虽在远,亦识此意,闻命忻然,皆有不远千里观光求用之心。然法行数年,未见朝廷非次擢用一人,此乃如臣等辈不举所闻之过也。伏见蜀人朝奉郎新差通判延州事何宗元,吏道详明,士行修饰,学古著文,颇适于用。近以所著《十议》示臣,文词雅健,议论审当。臣愚不肖,谓可试之以事,观其所至。谨缮写《十议》上进。伏望圣慈降付三省详看,如有可采,乞随才录用。非独以广育材之道,亦以慰答远方多士求用之意也。谨录奏闻,伏候敕旨。卷二九

举何去非换文资状

元祐四年正月□日,翰林学士、朝奉郎、知制诰、兼侍读苏轼状奏:右臣伏见左侍禁何去非,本以进士六举到省,元丰五年,以特奏名就御庭唱名。先帝见其所对策词理优赡,长于论兵。因问去非:"愿与不愿武官?"去非不敢违圣意。遂除右班殿直、武学教授,后迁博士,今已八年。尝见其所著述,材力有余,识度高远,其论历代所以废兴成败,皆出人意表,有补于世。去非虽喜论兵,然本儒者,不乐为武吏。又其他文章,无施不宜。欲望圣慈特与换一文资,仍令充太学博士,以率励学者,稍振文律,庶几近古。若后不如所举,臣等甘伏朝典。谨录奏闻,伏候敕旨。 卷二九

论行遣蔡确札子

元祐四年四月十一日,龙图阁学士、朝奉郎、新知杭州苏轼札子奏:臣近蒙圣恩,哀臣疾病,特许补外。臣窃自惟受恩深重,不敢以出入之故,便同众人,有所闻见而不尽言。窃闻臣寮有缴进蔡确诗言涉谤讟者。臣与确元非知旧,实自恶其为人。今来非敢为确开说,但以此事所系国体至重,天下观望二圣所为,若行遣失当,所损不小。臣为侍从,合具奏论。若朝廷薄确之罪,则天下必谓皇帝陛下见人毁谤圣母,不加忿疾,其于孝治,所害不浅。若深罪之,则议者亦或以谓太皇太后陛下圣量宽大,与天地等,而不能容受一小人谤怨之言,亦于仁政不为无累。臣欲望皇帝陛下降敕,令有司置狱,追确根勘,然后太皇太后内出手诏云:"吾之不德,常欲闻谤以自儆。今若罪确,何以来天下异同之言。矧确尝为辅臣,当知臣子

大义,今所缴进,未必真是确诗。其一切勿问,仍榜朝堂。"如此处置,则二圣仁孝之道,实为两得。天下有识,自然心服。臣不胜爱君忧国之心,出位僭言,谨俟诛殛。取进止。卷二九

乞将台谏官章疏降付有司根治札子

元祐四年四月十七日,龙图阁学士、朝奉郎、新知杭州苏轼札子奏:臣近以臂疾,坚乞一郡,已蒙圣恩差知杭州。臣初不知其他,但谓朝廷哀怜衰疾,许从私便。及出朝参,乃闻班列中纷然,皆言近日台官论奏臣罪状甚多,而陛下曲庇小臣,不肯降出,故许臣外补。臣本畏满盈,力求闲退,既获所欲,岂更区区自辩? 但窃不平。数年以来,亲见陛下以至公无私治天下,今乃以臣之故,使人上议圣明,以谓抑塞台官,私庇近侍,其于君父,所损不小。此臣之所以不得不辩也。臣平生愚拙,罪戾固多,至于非义之事,自保必无。只因任中书舍人日,行吕惠卿等告词,极数其凶慝,而弟辙为谏官,深论蔡确等奸回。确与惠卿之党,布列中外,共仇疾臣。近日复因臣言郓州教授周穜,以小臣而为大奸,故党人共出死力,构造言语,无所不至。使臣诚有之,则朝廷何惜窜逐,以示至公。若其无之,臣亦安能以皎然之身,而受此暧昧之谤也? 人主之职,在于察毁誉,辨邪正。夫毁誉既难察,邪正亦不易辨,惟有坦然虚心而听其言,显然公行而考其实,则真妄自见,谗构不行。若阴受其言,不考其实,献言者既不蒙听用,而被谤者亦不为辩明,则小人习知其然,利在阴中,浸润肤受,日进日深,则公卿百官,谁敢自保? 惧者甚众,岂惟小臣。此又臣非独为一身而言也。伏望圣慈尽将台谏官章疏降付有司,令尽理根治,依法施行。所贵天下晓然,知臣有罪

无罪，自有正法，不是陛下屈法庇臣，则臣虽死无所恨矣！夫君子之所重者，名节也。故有"舍生取义""杀身成仁""可杀不可辱"之语。而爵位利禄，盖古者有志之士所谓鸿毛弊屣也。人臣知此轻重，然后可与事君父，言忠孝矣。今陛下不肯降出台官章疏，不过为爱惜臣子，恐其万一实有此事，不免降黜。而不念臣元无一事，空受诬蔑，圣明在上，喑呜无告，重坏臣爵位，而轻坏臣名节，臣切痛之。意切言尽，伏候诛殛。取进止。

〔贴黄〕臣所闻台官论臣罪状，亦未知虚实，但以议及圣明，故不得不辩。若台官元无此疏，则臣妄言之罪，亦乞施行。

又〔贴黄〕臣今方远去阙庭，欲望圣慈察臣孤立，今后有言臣罪状者，必乞付外施行。卷二九

乞赐州学书板状

元祐四年八月□日，龙图阁学士、朝奉郎、知杭州苏轼状奏：右臣伏见本州学见管生员二百余人，及入学参假之流，日益不已。盖见朝廷尊用儒术，更定贡举条法，渐复祖宗之旧，人人慕义，学者日众。若学粮不继，使至者无归，稍稍引去，甚非朝廷乐育之意。前知州熊本，曾奏乞用废罢市易务书板，赐与州学，印赁收钱，以助学粮；或乞卖与州学，限十年还钱。今蒙都督指挥，只限五年。见今转运司差官重行估价，约计一千四百六贯九百八十三文。若依限送纳，即州学岁纳二百八十一贯三百九十七文，五年之间，深为不易。学者且夕阙食，而望利于五年之后，何补于事？而朝廷岁得二百八十一贯三百九十七文，如江海之中增损涓滴，了无所觉。徒使一方士民，以谓朝廷既已捐利与民，废罢市易，所放欠负，动以万

计，农商小民，衔荷圣泽，莫知纪极，而独于此饥寒儒素之士，惜毫末之费，犹欲于此追收市易之息，流传四方，为损不小。此乃有司出纳之吝，非朝廷宽大之政也。臣以侍从，备位守臣，怀有所见，不敢不尽。伏望圣慈特出宸断，尽以市易书板赐与州学，更不估价收钱，所贵稍服士心以全国体。谨录奏闻，伏候敕旨。

〔贴黄〕臣勘会市易务元造书板用钱一千九百五十一贯四百六十九文，自今日以前所收净利，已计一千八百八十九贯九百五十七文，今若赐与州学，除已收净利外，只是实破官本六十一贯五百一十二文，伏乞详酌施行。 卷二九

奏为法外刺配罪人待罪状

元祐四年八月□日，龙图阁学士、朝奉郎、知杭州苏轼状奏：右臣自入境以来，访闻两浙诸郡，近年民间例织轻疏糊药䌷绢以备送纳。和买夏税官吏，欲行拣择，而奸猾人户及揽纳人递相扇和，不纳好绢。致使官吏无由拣择，期限既迫，不免受纳。岁岁如此，习以成风。故京师官吏军人，但请两浙衣赐，皆不堪好。上京纲运，岁有估剥，日以滋多。去年估剥至九千余贯，元纳专典枷镣鞭挞，典卖竭产，有不能偿。姑息之弊，一至于此。

臣自到郡，欲渐革此弊，即指挥受纳官吏，稍行拣择。至七月二十七日，有百姓二百余人，于受纳场前，大叫数声，官吏军民，并皆辟易。遂相率入州衙，诣臣喧诉。臣以理喻遣，方稍引去。臣知此数百人，必非齐同发意，当有凶奸之人，为首纠率，密行缉探。当日据受纳官仁和县丞陈皓状申，有人户颜巽男颜章、颜益纳和买绢五匹，并是轻疏糊药，丈尺短少，以此拣退。其逐人却将专典拑撮

及与揽纳人等数百人，对监官高声叫嗷，奔走前去。臣即时差人捉到颜章、颜益二人，枷送右司理院禁勘。只至明日，人户一时送纳好绢，更无一人敢行喧闹。

续据右司理院勘到颜章、颜益，招为本家有和买䌷绢共三十七匹，章等为见递年例只是将轻疏糊药䌷绢纳官，今年本州为纲运估剥数多，以此指挥要纳好绢。章等既请和买官钱每匹一贯，不合将低价收买昌化县轻疏糊药短绢纳官，其颜章又不合与兄颜益商量，若或拣退，即须拑撮专拣，扇摇众户，叫嗷投州，吓胁官吏，令只依递年受纳不堪䌷绢。寻将买到轻疏糊药短绢五匹，付拣子家人翁诚纳官。寻被翁诚覆本官拣退。章等既见众户亦有似此轻疏短绢，多被拣退，寻拑撮翁诚叫屈。颜益在后用手推翁诚，令颜章拑去投州，即便走出三门前，叫屈二声，跳出栏干，将两手抬起，唤众户扇摇叫嗷，称一时投州去来。众户约二百余人，因此亦一时叫嗷相随，投州衙喧诉。臣寻体访得颜章、颜益系第一等豪户颜巽之子。巽先充书手，因受赃虚消税赋，刺配本州牢城，寻即用幸计构胥吏、医人，托患放停，又为诈将产业重叠当出官盐，刺配滁州牢城，依前托患放停归乡。父子奸凶，众所畏恶。下狱之日，闾里称快。

谨按颜益、颜章以匹夫之微，令行于众，举手一呼，数百人从之，欲以众多之势，胁制官吏。必欲今后常纳恶绢，不容臣等少革前弊，情理巨蠹，实难含忍。本州既已依法决讫。臣独判云："颜章、颜益，家传凶狡，气盖乡间。故能奋臂一呼，从者数百。欲以摇动长吏，胁制监官。蠹害之深，难从常法。已刺配本州牢城去讫。"仍以散行晓示乡村城郭人户，今后更不得织造轻疏糊药䌷绢，以备纳官。庶几明年全革此弊。伏望朝廷详酌，备录臣此状，下本路转运司,遍行约束晓示。所贵今后京师及本路官吏军人,皆得堪好衣赐,及受纳专副,不至破家陪填。所有臣法外刺配颜章、颜益二人,亦乞重行朝典。谨录奏闻,伏候敕旨。

〔贴黄〕勘会本州去年发和买夏税物帛计一十四纲,今来只估剥到四纲,已及九千余贯,乞下左藏库,便见估剥数目浩大。

卷二九

乞赐度牒修廨宇状

元祐四年九月□日,龙图阁学士、朝奉郎、知杭州苏轼状奏:右臣伏见杭州地气蒸润,当钱氏有国日,皆为连楼复阁,以藏衣甲物帛。及其余官屋,皆珍材巨木,号称雄丽。自后百余年间,官司既无力修换,又不忍拆为小屋,风雨腐坏,日就颓毁。中间虽有心长吏,果于营造,如孙沔作中和堂,梅挚作有美堂,蔡襄作清暑堂之类,皆务创新,不肯修旧。其余率皆因循支撑,以苟岁月。而近年监司急于财用,尤讳修造,自十千以上,不许擅支。以故官舍日坏,使前人遗构,鞠为朽壤,深可叹惜。臣自熙宁中通判本州,已见在州屋宇,例皆倾邪,日有覆压之惧。今又十五六年,其坏可知。到任之日,见使宅楼庑,攲仄罅缝,但用小木横斜撑住,每过其下,栗然寒心,未尝敢安步徐行。及问得通判职官等,皆云每遇大风雨,不敢安寝正堂之上。至于军资甲仗库,尤为损坏。今年六月内使院屋倒,压伤手分书手二人;八月内鼓角楼摧,压死鼓角匠一家四口,内有孕妇一人。因此之后,不惟官吏家属,日负忧恐,至于吏卒往来,无不狼顾。

臣以此不敢坐观,寻差官检计到官舍城门楼橹仓库二十七

处,皆系大段隳坏,须至修完,共计使钱四万余贯。已具状闻奏,乞
支赐度牒二百道,及且权依旧数支公使钱五百贯,以了明年一年监
修官吏供给,及下诸州划刷兵匠应副去讫。臣非不知破用钱数浩
大,朝廷未必信从,深欲减节,以就约省。而上件屋宇,皆钱氏所
构,规摹高大,无由裁撙使为小屋。若顿行毁拆,改造低小,则目前
萧然,便成衰陋,非惟军民不悦,亦非太平美事。窃谓仁圣在上,忧
爱臣子,存恤远方,必不忍使官吏胥徒,日以躯命侥幸苟安于腐栋
颓墙之下。兼恐弊陋之极,不即修完,三五年间,必遂大坏,至时改
作,又非二百道度牒所能办集。伏望圣慈,特出宸断,尽赐允从。
如蒙朝廷体访得不合如此修完,臣伏欺罔之罪。谨录奏闻,伏候敕
旨。 卷二九

乞诗赋经义各以分数取人将来只许诗赋兼经状

元祐四年十月十八日,龙图阁学士、朝奉郎、知杭州苏轼状
奏:右臣今月五日,据本州进士汪涊等一百四十人诣臣陈状,称准
元祐四年四月十九日敕,诗赋、经义各五分取人。朝廷以谓学者久
传经义,一旦添改诗赋,习者尚少,遂以五分立法,是欲优待诗赋、
勉进词学之人。然天下学者,寅夜竞习诗赋,举业率皆成就,虽降
平分取人之法,缘业已习就,不愿再有改更;兼学者亦以朝廷追复
祖宗取士故事,以词学为优,故士人皆以不能诗赋为耻。比来专习
经义者,十无二三,见今本土及州学生员,多从诗赋,他郡亦然。若
平分解名,委是有亏诗赋进士,难使捐已习之诗赋,抑令就经义之
科。或习经义多少,各以分数发解,乞据状敷奏者。

臣曩者备员侍从,实见朝廷更用诗赋本末。盖谓经义取人以

来,学者争尚浮虚文字,止用一律,程试之日,工拙无辨,既去取高下,不厌外论,而已得之后,所学文词,不施于用。以故更用祖宗故事,兼取诗赋。而横议之人,欲收姑息之誉,争言天下学者不乐诗赋,朝廷重失士心,故为改法,各取五分。然臣在都下,见太学生习诗赋者十人而七。臣本蜀人,闻蜀中进士习诗赋者,十人而九。及出守东南,亲历十郡,及多见江湖、福建士人皆争作诗赋,其间工者已自追继前人;专习经义,士以为耻。以此知前言天下学者不乐诗赋,皆妄也。惟河北、河东进士,初改声律,恐未甚工,然其经义文词,亦自比他路为拙,非独诗赋也。朝廷于五路进士,自许礼部贡院分数取人,必无偏遗一路士人之理。今臣所据前件进士汪澥等状,不敢不奏,亦料诸处似此申明者非一。

欲乞朝廷参详众意,特许将来一举随诗赋、经义人数多少,各纽分数发解,如经义零分不及一人,许并入诗赋额中,仍除将来一举外,今后并只许应诗赋进士举。所贵学者不至疑惑,专一从学。谨录奏闻,伏候敕旨。

〔贴黄〕诗赋进士,亦自兼经,非废经义也。卷二九

论高丽进奉状

元祐四年十一月三日,龙图阁学士、朝奉郎、知杭州苏轼状奏:臣伏见熙宁以来,高丽人屡入朝贡,至元丰之末,十六七年间,馆待赐予之费,不可胜数。两浙、淮南、京东三路筑城造船,建立亭馆,调发农工,侵渔商贾,所在骚然,公私告病。朝廷无丝毫之益,而夷虏获不赀之利。使者所至,图书山川,购买书籍。议者以为所得赐予,大半归之契丹。虽虚实不可明,而契丹之彊,足以祸福高丽;若

不阴相计构，则高丽岂敢公然入朝中国？有识之士，以为深忧。

自二圣嗣位，高丽数年不至，淮、浙、京东吏民有息肩之喜。唯福建一路，多以海商为业，其间凶险之人，犹敢交通引惹，以希厚利。臣稍闻其事，方欲觉察行遣。今月三日，准秀州差人押到泉州百姓徐戬，擅于海舶内载到高丽僧统义天手下侍者僧寿介、继常、颍流，院子金保、裴善等五人，乃赍到本国礼宾省牒云："奉本国王旨，令寿介等赍义天祭文来祭奠杭州僧源阇黎。"臣已指挥本州送承天寺安下，选差职员二人，兵级十人，常切照管，不许出入接客，及选有行止经论僧伴话，量行供给，不令失所外，已具事由画一，奏禀朝旨去讫。

又据高丽僧寿介有状称："临发日，奉国母指挥，令赍金塔二所，祝延皇帝、太皇太后圣寿。"臣窃观其意，盖为二圣嗣位数年，不敢轻来入贡，顿失厚利。欲复遣使，又未测圣意。故以祭奠源阇黎为名，因献金塔，欲以尝试朝廷，测知所以待之之意轻重厚薄。不然者，岂有欲献金塔为寿，而不遣使奉表，止因祭奠亡僧，遂致国母之意？盖疑中国不受，故为此苟简之礼以卜朝廷。若朝廷待之稍重，则贪心复启，朝贡纷然，必为无穷之患。待其已至，然后拒之，则又伤恩。恭惟圣明灼见情状，庙堂之议，固有以处之。臣忝备侍从，出使一路，怀有所见，不敢不尽，以备采择。谨具画一如左。

一、福建狡商，专擅交通高丽，引惹牟利，如徐戬者甚众。访闻徐戬，先受高丽钱物，于杭州雕造夹注《华严经》，费用浩汗。印板既成，公然于海舶载去交纳，却受本国厚赏，官私无一人知觉者。臣谓此风岂可滋长，若驯致其弊，敌国奸细，何所不至。兼今来引致高丽僧人，必是徐戬本谋。臣已枷送左司理院根勘，即当具案闻奏，乞法外重行,以戒一路奸民猾商次。

一、高丽僧寿介有状称:"临发日,国母令赍金塔祝寿。"臣以为高丽因祭奠亡僧,遂致国母之意,苟简无礼,莫斯为甚。若朝廷受而不报,或报之轻,则夷虏得以为词。若受而厚报之,则是以重币答其苟简无礼之馈也。臣已一面令管勾职员退还其状,云朝廷清严,守臣不敢专擅奏闻。臣料此僧势不肯已,必云本国遣其来献寿,今若不奏,归国得罪不轻。臣欲于此僧状后判云:"州司不奉朝旨,本国又无来文,难议投进。执状归国照会。"如此处置,只是臣一面指挥,非朝廷拒绝其献,颇似稳便。如以为可,乞赐指挥施行。

一、高丽僧寿介赍到本国礼宾省牒云:"祭奠源阇黎,仍诸处等寻师学法。"臣谓寿介等只是义天手下侍者,非国王亲属。其来乃致私奠,本非国事。待之轻重,当与义天殊绝。欲乞只许致奠之外,其余寻师学法出入游览之类,并不许。仍与限日,却差船送至明州,令搭附因便海舶归国,更不差人船津送。如有买卖,许量办归装,不得广作商贩。

右谨件如前。若如此处置,使无厚利,以绝其来意,上免朝廷帑廪无益之费,下免淮、浙、京东公私靡弊之患。不胜区区。谨录奏闻,伏候敕旨。 卷三〇

乞赈济浙西七州状

元祐四年十一月初四日,两浙西路兵马钤辖、龙图阁学士、朝

奉郎苏轼状奏:勘会浙西七州军,冬春积水,不种早稻,及五六月水退,方插晚秧。又遭干旱,早晚俱损,高下并伤,民之艰食,无甚今岁。见今米斗九十足钱,小民方冬已有饥者。两浙水乡,种麦绝少,来岁之熟,指秋为期,而熟不熟又未可知。深恐来年春夏之交,必有饥馑盗贼之忧。本司除已与提、转商量多方擘画准备外,有合申奏事件,谨具画一如左。

一、转运司来年合发上供额斛及补填旧欠共一百六十余万硕,本路钱物,大抵空匮,划刷变转不行。官吏急于趁办,务在免责,催迫赋租,督促欠负,钳束私酒漏税之类,必倍于平日;饥贫之民,无路逃死,必将聚为盗贼。又缘上供额斛数目至广,都无有备。见今逐州广行收籴,指挥严紧,官吏不免遮拦,米谷添价贵籴,以此斛斗涌贵,小民乏食。欲望圣慈愍此一方遭罹。熙宁中饥疫,人死大半,至今城市寂寥,少欠官私逋负,十人而九,若不痛加赈恤,则一方余民,必在沟壑。今来亦不敢望朝廷别赐钱米,但只宽得转运司上供年额钱斛,则官吏自然不行迫急之政,而民日受赐矣。乞出自宸断,来年本路上解钱斛,且起一半或三分之二,其余候丰熟日,分作二年,随年额上供钱物起发,所贵公私稍获通济。又恐官吏为见明年既得宽减,侥幸替移,更不尽心擘画收拾,以备补填年额。乞特赐指挥,须管依年分收簇数足,若遇移替,具所收簇到数交割与后政承认,不得出违年限。

一、见今逐州和籴常平斛斗及省仓军粮,又兼封桩钱、上供米,名目不一。官吏各务趁办,争夺相倾,以此米价益贵。伏望圣慈速赐勘会,如在京诸仓不待此米支用,即令提、转疾速契勘逐州,如省仓不阙军粮,常平籴散有备外,更不得收籴。所贵米价稍平,小民不至失所。

一、两浙中自来号称钱荒,今者尤甚。百姓持银绢丝绵入市,莫有顾者。质库人户,往往昼闭。若得官钱三二十万,散在民间,如水救火。欲乞指挥提、转令将合发上供钱,散在诸州税户,令买金银䌷绢充年额起发。

一、自来浙中奸民,结为群党,兴贩私盐,急则为盗。近来朝廷痛减盐价,最为仁政。然结集兴贩,犹未甚衰。深恐饥馑之民,散流江海之上,群党愈众,或为深患。欲乞朝廷指挥,应盗贼情理重者,及私盐结聚群党,皆许申钤辖司,权于法外行遣,候丰熟日依旧。所贵弹压奸慝,有所畏肃。

右谨件如前。勘会熙宁中两浙饥馑,是时米斗二百,人死大半,父老至今言之流涕。今来米斗已及九十,日长炎炎,其势未已,深可忧虑。伏望仁圣哀怜,早行赈恤。今来所奏,一一并是诣实。伏乞详酌,速赐指挥。谨录奏闻,伏候敕旨。 卷三〇

文集卷二十六

论役法差雇利害起请画一状

元祐四年十一月十日，龙图阁学士、朝奉郎、知杭州苏轼状奏：臣自熙宁以来，从事郡县，推行役事，及元祐改法，臣忝详定，今又出守，躬行其法。考问吏民，备见雇役、差役利害，不敢不言。

雇役之法，自第二等以上人户，岁出役钱至多。行之数年，钱愈重，谷帛愈轻，田宅愈贱，以至破散，化为下等。请以熙宁以前第一、第二等户，逐路逐州都数而较之元丰之末，则多少相绝，较然可知。此雇役之法，害上户者一也。第四等已下，旧本无役，不过差充壮丁，无所陪备。而雇役法例出役钱，虽所取不多，而贫下之人，无故出三五百钱，未办之间，吏卒至门，非百钱不能解免，官钱未纳，此费已重。故皆化为游手，聚为盗贼。当时议者，亦欲蠲免此等，而户数至广，积少成多，役钱待此而足，若皆蠲免，则所丧大半，雇法无由施行。此雇役之法，害下户者二也。今改行差役，则二害皆去，天下幸甚。独有第三等人户，方雇役时，每户岁出钱多者不过三四千。而今应一役，为费少者，日不下百钱，二年一替，当费七十余千。而休闲远者，不过六年。则是八年之中，昔者徐出三十余千，而今者并出七十余千，苦乐可知也。而况农民在官，贪吏狡胥，恣为蚕食，其费又不可以一二数。此则差役之法，害于中等户者一也。

今之议者,或欲专行差役,或欲复行雇法,皆偏词过论也。臣愚以谓朝廷既取六色钱,许用雇役以代中等人户,颇除一害,以全二利。此最良法,可久行者。但元祐二年十二月二十四日敕,合役空闲人户不及三番处,许以六色钱雇州手,分散从官承符人。此法未为允当。何者?百姓出钱,本为免役。今乃限以番次,不许尽用,留钱在官,其名不正。又所雇者少,未足以纾中等人户之劳。法不简径,使奸吏小人得以伸缩。臣到杭州,点检诸县雇役,皆不应法。钱塘、仁和,富实县分,则皆雇人。新城、昌化最为贫薄,反不得雇。盖转运司特于法外创立式样,令诸县不得将逐等人户,各别比较,须得将上三等人户,都数通比,其贫下县分,第一、第二等人户,例皆稀少,至第三等,则户数猥多,以此涨起,人户皆及三番。然第三等户,岂可承当第一等色役?则知通计三等,乃俗吏之巧薄,非朝廷立法之本意也。臣方一面改正施行次,旋准元祐四年八月十八日敕,诸州衙前投名不足处,见役年满乡差衙前并行替放,且依旧条差役,更不支钱;又诸州役,除吏人衙前外,依条定差,如空闲未及三年,即以助役钱支募。此法既下,吏民相顾,皆所未晓。其余缭绕不通,又恐甚于前三番之法。《前史》称萧何为法,讲若画一,盖谓简径易晓,虽山邑小吏,穷乡野人,皆能别白遵守,然后为不刊之法也。臣身为侍从,又忝长民,不可不言。谨具前件条贯不便事状,及臣愚见所欲起请者,画一如左。

一、前件敕节文云:"看详衙前自降招募指挥,仅及一年,诸州、路、军,尚有招募投名不足去处。其应役年满衙前,虽且依旧支与支酬,勒令在役,然非乡户情愿充应。若向后更无人愿募,即乡户衙前,卒无替期。乃是勒令长名祗应,显于人情未便。今欲将诸州衙前投名不足去处,见役年满乡差衙前，并行替放，且依旧条差役，更不支钱。如愿投充长名，及向去招募到人，其雇食支酬钱，即令全行支给，却罢差充。仍除乡差年限未满人户，依旧理当本户差役外，其投募长名之人，并与免本户役钱二十贯文。如所纳数少，不系出纳役钱之人，即许计会六色合纳役钱之人，依数免放。并仰逐处监司，相度见充衙前，如有虚占窠名，可以省并去处，裁减人额，却将减下钱数，添搭入重难支酬施行。"

臣今看详前件敕条，深为未便。凡长名衙前所以招募不足者，特以支钱亏少故也。自元丰前，不闻天下有阙额衙前者，岂常抑勒差充，直以重难月给，可以足用故也。当时奉使之人，如李承之、沈括、吴雍之类，每一奉便，辄以减削为功。至元丰之末，衙前支酬，可谓仅足而无余矣。而元祐改法之初，又行减刻，多是不支月给，以故招募不行。今不反循其本，乃欲重困乡差，全不支钱，而应募之人，尽数支给，又放免役钱二十贯，欲以诱胁，尽令应募。然而岁免役钱二十千许，计会六色人户放免，则是应募日增而六色钱日减也。若天下投名衙前，并免此二十千，即六色钱存者无几。若只是缺额招募到人，方得免放，则均是投名，厚薄顿殊，其理安在？朝廷既许岁免二十千，则是明知支酬亏少，以此补足，何如直添重难月给，令招募得行。所谓计会六色人户者，盖令衷私商量取钱，若遇顽猾人户，抵赖不还，或将诸物高价准折，讼之于官，经涉岁月，乃肯备偿，则衙前所获无几。何如官支二十千，朝请暮获，岂不简径易晓？故臣愚以谓上件敕条,必难久行。议者多谓官若添钱招募,则奸民观望,未肯投名,以待多添钱数。今来计会六色人户放免役钱,正与添钱无异。虽巧作名目,其实一般。大抵支钱既足,万无招募不行之理。自熙宁以来,无一人缺额,岂有今日顿不应募?臣今起请,欲乞行下诸路监司守令,应阙额长名衙前,须管限日招募数足,如不足,即具元丰以前因何招募得行,今来因何不足事由申奏。如合添钱雇募,即与本路监司商议,一面施行,讫具委无大破保明闻奏。若限满无故招募不足,即取勘干系官吏施行。如此,不过半年,天下必无缺额长名衙前,而所添钱数,未必人人岁添二十千,兼止用坊场河渡钱,非如今法计会放免侵用六色钱也。

一、前件敕节文云:"看详乡差人户,物力厚薄,等第高下,丁口进减,故不常定,恐难限以番次召募。不若约空闲之年以定差法,立役次轻重,雇募役人,显见均当。兼可以将宽剩役钱,裁减无丁及女户所出钱数,欲乞诸州役除吏人、衙前外,依条定差。如空闲未及三年,即据未及之户以助役钱支募,候有户罢支。已募之人,各依本役年限候满日差罢。今后遇有支募,准此。及以一路助役钱,移那应副,仍将支使外宽剩钱除依条量留一分准备外,据余剩钱数,却于无丁及女户所出役钱内量行裁减,具数奏闻。所有先降雇募州役,及分番指挥,更不施行。"

　　臣今看详诸役,大率以二年为一番。向来指挥,如空闲人户不及差三番,则令雇募,是圣恩本欲百姓空闲六年也。今来无故忽减作三年,吏民无不愕然。以谓中等人户方苦差役,正望朝廷别加宽恤,而六色钱幸有余剩,正可加添番数,而乃减作三年！农民皆纷然相告,云:"向来差役虽甚劳苦,然朝廷犹许我辈闲了六年。今来只许闲得三年,必是朝廷别要此钱使用。"方二圣躬行仁厚,天下归心,忽有此言,布闻远迩,深为可惜。虽云"量留一分准备外,据余剩数却于无丁及女户所出役钱内量行裁减",此乃空言无实,止是建议之人,假为此名,以济其说。臣请为朝廷诘之。人户差役年月,人人不同,本县无户有户,日日不同,加以税产开收,丁口进退,虽有圣智,莫能前知,当雇当差,临事乃定,如何于一年前预知来年合用钱数,见得宽剩便行减放？臣知此法,必无由施行,但空言而已。若今来宽剩已行减放,来年不足,又须却增;增减纷然,簿书淆乱,百弊横生,有不可胜言者矣。方今中等人户,正以应役为苦,而六色人户,犹以出钱为乐。苦者更减三年,乐者又行减放,其理安在？大抵六色钱本缘免役,理当尽用雇人,除量留准备外,一文不合桩留,然后事简而法意通,名正而人心服。惟有一事,不得不加周虑。盖逐州逐县六色钱,多少不同,若尽用雇人,则苦乐不齐,钱多之处,役户太优,与六色人户相形,反为不易。臣今起请,欲乞今后六色钱常桩留一年准备。<small>如元祐四年,只得用元祐二年钱,其二年钱桩留准备用。</small>及约度诸般合用钱<small>谓如官吏请雇人钱之类。</small>外,其余委自提刑、转运与守令商议,将逐州逐县人户贫富,色役多少,预行品配,以一路六色钱通融分给,令州县尽用雇人,以本处色役轻重为先后。如此,则事简而易行,钱均而无弊,雇人稍广,中外渐苏,则差役良法,可以久行而不变矣。

〔贴黄〕若行此法,今后空闲三年人户,官吏隐庇不差,却行雇募,无由点检。纵许人告,自非多事好讼之人,谁肯告诉。若有本等已上闲及三年,未委专以空闲先后为断,为复参用物力高下定差,既无果决条贯,今后词讼必多。

右谨件如前。朝廷改法数年,至今民心纷然未定,臣在外服,目所亲见,正为此数事耳。伏望圣慈与执政大臣早定此法,果断而行之。若还付有司,则出纳之吝,必无成议,日复一日,农民凋弊,所忧不小。臣干犯天威,谨俟斧钺之诛。谨录奏闻,伏候敕旨。 卷三〇

论高丽进奉第二状

元祐四年十一月十三日,龙图阁学士、朝奉郎、知杭州苏轼状奏:右臣近奏为高丽僧寿介状称:“临发日,奉国母指挥,将金塔二所附寿介前来祝延皇帝、太皇太后圣寿。”臣已一面退还其状,仍令本州所差伴话僧思义只作己意体问所献金塔次第。其高丽僧寿介,知臣不为闻奏,方始将出僧统义天付身文字,以示思义,乃是欲将金塔二所舍入杭州惠因院等处,祝延圣寿。仍云随身收管,不可擅动元封,俟续有疏文到日,方可施纳。以此显见高丽人将此金塔尝探中国意度。臣既退还其状,将来必是自将此塔舍在惠因等院。既是衷私舍施僧院,即朝廷难为回赐;若受而不报,夷虏性贪,或生怨望。伏望朝廷检会臣前奏,早赐指挥。如寿介等将上件金塔舍施,亦乞只作臣意度,一面答云不奉朝旨,不敢令僧院收留。所贵稍绝后患。谨录奏闻,伏候敕旨。

〔贴黄〕臣体问得,惠因院亡僧净源,本是庸人,只因多与福

建海商往还,致商人等于高丽国中妄有谈说,是致义天远来从学。因此本院厚获施利,而淮、浙官私遍遭扰乱。今来又访闻得,还是本院行者姓颜人,赍持净源真影舍利,随舶船过海,是致义天复差人祭奠。臣见令所司根勘,候见诣实奏闻次。今来若许惠因院收留金塔,乃是庸人奸猾,自图厚利,为国生事,深为不可。 卷三〇

乞令高丽僧从泉州归国状

元祐四年十二月三日,龙图阁学士、朝奉郎、知杭州苏轼状奏:臣近为泉州商客徐戬带领高丽国僧统义天手下侍者僧寿介等到来杭州,致祭亡僧净源,因便带到金塔二所,遂具画一事由闻奏。已准朝旨,许令寿介等致祭亡僧净源毕,差人船送到明州,附因便海舶归国。如净源徒弟愿与回赠物色,即量度回赠。本州已依准指挥,许令寿介等致祭净源了毕,其徒弟量将土仪回赠寿介等收受。所有带到金塔二所,据寿介等令监伴职员前来告臣云,恐带回本国,得罪不轻。臣已依元奏词语判状,付逐僧执归本国照会;及本州即时差拨人船乘载寿介等,亦将米面蜡烛之类,随宜饯送逐僧,于十一月三十日起发前去外。访闻明州近日,少有因便商客入高丽国,窃恐久滞,逐僧在彼不便。窃闻泉州多有海舶入高丽往来买卖,除已牒明州契勘,如寿介等到来年卒无因便舶船,即一面申奏,乞发往泉州附船归国外,须至奏闻者。

右伏乞朝廷特降指挥,下明州疾速契勘,依此施行。所贵不至住滞。谨录奏闻,伏候敕旨。 卷三〇

乞降度牒召人入中斛斗出粜济饥等状

　　元祐五年二月十四日,龙图阁学士、朝奉郎、知杭州苏轼状奏:右臣近指挥本州,令在州并倚郭两县粜常平米一千石,及外七县大县日粜百石,小县五十石,约计日粜五百余石。自二月至六月终,将见管里外常平米均匀兑拨。除本州、倚郭略已足用外,其余七县,见缺三万余石。虽蒙朝廷赐上供米二十万石于本路出粜,已准转运司牒报,于越、睦州拨三万石与杭州。然本州年计见缺军粮六万余石,越、睦州米尚不了兑充军粮,更无缘出卖。以此,外县出粜,实缺三万余石。臣已一面指挥诸县那移般运,开场出粜,以平米价,庶几深山穷谷小民,不至大段失所。然约度见管米数,恐只至四五月间,必然粜尽,若秋谷未登,粜场不继,即民间顿然缺食,深可忧虑。臣勘会诸州,例皆缺米,纵使督迫转运、提刑司,必是无处擘画,那移应副。惟有一策,恐可济办。缘臣去岁曾奏乞度牒二百道,修完本州廨宇,未蒙施行。臣于十二月末,曾作书与太师文彦博以下执政八人,乞早奏陈,特许给上件度牒二百道。臣欲权将上件度牒召募苏、湖、常、秀人户,令于本州缺米县分入中斛斗。以优价入中,减价出卖,约可得二万五千石,粜得一万五千贯。访闻苏、湖、常、秀,虽甚灾伤,富民却薄有蓄积,若以度牒召募,必肯入中,却以此钱修完廨宇。庶几先济饥殍之民,后完久坏屋宇,两事皆济,则吏民荷德无穷。臣发此书已四十余日,至今无报,不免干冒朝廷,上渎圣听。伏乞圣慈深哀本州外邑溪谷之民将坠沟壑,特发宸断,速赐允从。臣无任惶恐战栗待罪之至。谨录奏闻,伏候敕旨。卷三〇

论叶温叟分擘度牒不公状

　　元祐五年二月十八日，龙图阁学士、左朝奉郎、知杭州苏轼状奏：今月十七日，准转运使叶温叟牒杭州，准尚书礼部符，准元祐五年正月二十六日敕，勘会两浙、淮南路，见系灾伤，民间谷价涌贵，虽已降指挥，截拨上供斛斗出粜，及依条赈恤外，切虑所用斛斗数多，不能周足，牒奉敕各出给空名度牒三百道，付逐路转运、提刑、钤辖司，分擘与灾伤州、军，召人入纳斛斗，或见钱籴入官司封桩及诸色斛斗，添助赈济支用者。省部今依准敕命指挥，出给到空名度牒三百道，并封皮，须至符送者。符当司主者候到，一依前项敕命指挥，及照会元祐敕令，疾速施行，仍关提刑、钤辖司，及合属去处，不管稍有违误者。当司契勘，杭、越、苏、湖、常、秀、润、衢、婺、台等州，灾伤放税，除衢州放税只及二厘不至灾伤更不拨外，今将杭、越等九州放税钱数衮纽，每州合得道数，须至行遣。数内杭州三十道者。

　　臣看详上件敕旨，为两浙、淮南路灾伤，各出给空名度牒三百道，付逐路转运、提刑、钤辖司，分擘与灾伤州、军。转运司既受上件敕旨，即合与提刑及浙东西两路钤辖司商量分擘，仍须参用各州郡大小，户口众寡，及灾伤分数，品配合得道数，依公分擘。今来转运使叶温叟，因出巡苏、秀等州，在路受得上件敕旨，便敢公然违戾，更不计会提刑及两路钤辖司，亦不与转运判官张琦商议，便一面擅行分擘，内杭州只得三十道。切缘杭州城内，生齿不可胜数，约计四五十万人。里外九县主客户口，共三十余万。今来检放水旱，虽只计一分六厘，又缘杭州自来土产米谷不多，全仰苏、湖、常、秀等州般运斛斗接济，若数州不熟，即杭州虽十分丰稔，亦不免为饥年。自去岁十月以后,米价涌长,至每斗九十足钱。近岁浙中难得见钱,每斗九十,便比熙宁以前百四五十,因粜常平米,每日不下五六万人争籴,方免饿殍。今来圣恩优恤,一路委自提、转及两路钤辖司分擘度牒,而温叟独出私意,只分与杭州三十道。内润州人户,比杭州十分才及一二,却分得一百道,其余多少任情,未易悉数。致杭州百姓,例皆咨怨,将谓圣恩偏厚润州,不及杭州。不知自是温叟公违敕旨,任情分擘,须至奏陈者。

右臣先于二月四日奏,为杭州诸县出粜官米,自二月至六月终,缺三万余石,乞特赐度牒二百道召人入中米,外县吏民,日夜企望朝廷施行,虽大旱望雨,执热思濯,未喻其急。度奏状未到间,已蒙朝廷施行。乃是圣明洞照数千里外事,有如目睹。今乃为转运使叶温叟自出私意,多少任情,以杭州众大,甲于两路,只分与三十道,吏民惊骇,莫晓其意。

臣窃原圣意,盖谓提刑专主赈济,钤辖司专管灾伤盗贼,故令转运司与两司同共相度分擘。今温叟并不计会两司及转运判官,直自一面任意分擘,牒送诸州,更不关报钤辖司。臣忝为侍从,出使一路,温叟似此凌蔑肆行,臣若不言,必无人更敢论列。况杭州见今里外一十九处开场粜米,籴者如云,虽寄居待缺官员,亦行差请。杭人素来骄奢,本以籴官米为耻,若非饥急,岂肯来籴?此皆温叟与诸监司所共目睹。今来只分三十道,深骇物听。

切缘度牒三百道,约直钱五万余贯,所在商贾富民,为之奔走汹动;而温叟一面任意分擘,更不计会逐司,岂得稳便?兼臣访闻去岁诸郡检放税赋,多有不实不尽。只如苏州积水弥望,众所共见。今来放税分数,反不及润州,盖是检放官吏观望漕司意指,及各随本州长吏用意厚薄,未必皆是的实。今来温叟专用放税分数

为断，深为未允。纵使检放得实，而州郡大小、户口多寡不同，亦合
参酌品配，从逐司公共相度分擘，方得允当。今来但系温叟所定赈
济州郡，即多得度牒，应系别人地分，例皆靳惜不与，显见全然不
公。臣已牒转运司，请细详上件朝旨，计会提刑、钤辖司，依公分擘
去讫。深虑温叟未肯听从，纵肯听从，不过量添三二十道，亦是支
用不足。

伏望圣慈体念杭州元奏缺米三万石，本乞度牒二百道，方稍
足用，今来不敢更望上件数目，只乞特赐指挥于三百道内支一百五
十道与杭州。况其余州、军，元无奏请缺米去处，将其余一百五十
道分与，亦无缺事。伏乞早赐指挥。所贵灾伤之民，均受圣泽，不
至以一夫私意，专制多少。谨录奏闻，伏候敕旨。

〔贴黄〕杭州元奏缺米三万石，乞度牒二百道。今来转运使只
与三十道。润州元不奏缺米，显是常平钱米足用，今来却与
一百道，深骇物听。乞朝廷详酌。诸州元无奏请缺米去处，
若依臣所奏，分与一百五十道，已出望外。杭州若得一百五
十道，犹未足用，乞自圣旨分擘施行。若只下本路，其转运使
叶温叟，必是遂非，不肯应副。卷三〇

杭州乞度牒开西湖状

元祐五年四月二十九日，龙图阁学士、左朝奉郎、知杭州苏轼
状奏：右臣闻天下所在陂湖河渠之利，废兴成毁，皆若有数。惟圣
人在上，则兴利除害，易成而难废。昔西汉之末，翟方进为丞相，始
决坏汝南鸿隙陂，父老怨之，歌曰："坏陂谁？翟子威。饭我豆食羹
芋魁。反乎覆，陂当复。谁言者？两黄鹄。"盖民心之所欲而托之

天,以为有神下告我也。孙皓时,吴郡上言,临平湖自汉末草秽壅塞,今忽开通,长老相传,"此湖开,天下平",皓以为己瑞,已而晋武帝平吴。由此观之,陂湖河渠之类,久废复开,事关兴运。虽天道难知,而民心所欲,天必从之。

杭州之有西湖,如人之有眉目,盖不可废也。唐长庆中,白居易为刺史。方是时,西湖溉田千余顷。及钱氏有国,置撩湖兵士千人,日夜开浚。自国初以来,稍废不治,水涸草生,渐成葑田。熙宁中,臣通判本州,则湖之葑合,盖十二三耳。至今才十六七年之间,遂堙塞其半。父老皆言,十年以来,水浅葑横,如云翳空,倏忽便满,更二十年,无西湖矣。使杭州而无西湖,如人去其眉目,岂复为人乎?

臣愚无知,窃谓西湖有不可废者五。天禧中,故相王钦若始奏以西湖为放生池,禁捕鱼鸟,为人主祈福。自是以来,每岁四月八日,郡人数万会于湖上,所放羽毛鳞介以百万数,皆西北向稽首,仰祝千万岁寿。若一旦堙塞,使蛟龙鱼鳖同为涸辙之鲋,臣子坐观,亦何心哉! 此西湖之不可废者,一也。杭之为州,本江海故地,水泉咸苦,居民零落,自唐李泌始引湖水作六井,然后民足于水,井邑日富,百万生聚,待此而后食。今湖狭水浅,六井渐坏,若二十年之后,尽为葑田,则举城之人复饮咸苦,其势必自耗散。此西湖之不可废者,二也。白居易作《西湖石函记》云:"放水溉田,每减一寸,可溉十五顷;每一伏时,可溉五十顷。若蓄泄及时,则濒河千顷,可无凶岁。"今虽不及千顷,而下湖数十里间,茭菱谷米,所获不赀。此西湖之不可废者,三也。西湖深阔,则运河可以取足于湖水。若湖水不足,则必取足于江潮。潮之所过,泥沙浑浊,一石五斗。不出三岁,辄调兵夫十余万功开浚,而河行市井中盖十余里,吏卒搔扰，泥水狼藉，为居民莫大之患。此西湖之不可废者，四也。天下酒税之盛，未有如杭者也，岁课二十余万缗。而水泉之用，仰给于湖，若湖渐浅狭，水不应沟，则当劳人远取山泉，岁不下二十万功。此西湖之不可废者，五也。

臣以侍从，出膺宠寄，目睹西湖有必废之渐，有五不可废之忧，岂得苟安岁月，不任其责？辄已差官打量湖上葑田，计二十五万余丈，度用夫二十余万功。近者伏蒙皇帝陛下、太皇太后陛下以本路饥馑，特宽转运司上供额斛五十余万石，出粜常平米亦数十万石，约救诸路，不取五谷力胜税钱，东南之民，所活不可胜计。今又特赐本路度牒三百，而杭独得百道。臣谨以圣意增价召人入中米，减价出粜以济饥民，而增减耗折之余，尚得钱米约共一万余贯石。臣辄以此钱米募民开湖，度可得十万功。自今月二十八日兴功，农民父老，纵观太息，以谓二圣既捐利与民，活此一方，而又以其余弃，兴久废无穷之利，使数千人得食其力，以度此凶岁，盖有泣下者。臣伏见民情如此，而钱米有限，所募未广，葑合之地，尚存大半，若来者不嗣，则前功复弃，深可痛惜。若更得度牒百道，则一举募民除去净尽，不复遗患矣。

伏望皇帝陛下、太皇太后陛下少赐详览，察臣所论西湖五不可废之状，利害卓然，特出圣断，别赐臣度牒五十道，仍敕转运、提刑司，于前来所赐诸州度牒二百道内，契勘赈济支用不尽者，更拨五十道价钱与臣，通成一百道，使臣得尽力毕志。半年之间，目见西湖复唐之旧，环三十里，际山为岸，则农民父老，与羽毛鳞介，同咏圣泽，无有穷已。臣不胜大愿，谨录奏闻。伏候敕旨。

〔贴黄〕目下浙中梅雨，葑根浮动，易为除去。及六七月，大雨时行，利以杀草，芟夷蕴崇，使不复滋蔓。又浙中农民皆言八

月断葑根,则死不复生。伏乞圣慈早赐开允,及此良时兴工,
不胜幸甚!

又〔贴黄〕本州自去年至今开浚运河,引西湖水灌注其中,今
来开除葑田,逐一利害,臣不敢一一烦渎天听,别具状申三省
去讫。卷三〇

文集卷二十七

申三省起请开湖六条状

元祐五年五月初五日,龙图阁学士、左朝奉郎、知杭州苏轼状申:轼于熙宁中通判杭州,访问民间疾苦。父老皆云:"惟苦运河淤塞。远则五年,近则三年,率常一开浚,不独劳役兵民,而运河自州前至北郭穿阛阓中,盖十四五里,每将兴工,市肆汹动,公私骚然。自胥吏壕寨兵级等,皆能恐喝人户,或云当于某处置土,某处过泥水,则居者皆有失业之忧,既得重赂,又转而之他。及工役既毕,则房廊邸店,作践狼藉,园囿隙地,例成丘阜,积雨荡濯,复入河中,居民患厌,未易悉数。若三五年失开,则公私壅滞,以尺寸水欲行数百斛舟,人牛力尽,跬步千里,虽监司使命,有数日不能出郭者。其余艰阻,固不待言。"问其所以频开屡塞之由。皆云:"龙山、浙江两闸,日纳潮水,沙泥浑浊,一泛一淤,积日稍久,便及四五尺。其势当然,不足怪也。"轼又问言:"潮水淤塞,非独近岁,若自唐以来如此,则城中皆为丘阜,无复平田。今验所在,堆叠泥沙,不过三五十年所积耳,其故何也?"父老皆言:"钱氏有国时,郡城之东有小堰门,既云小堰,则容有大者。昔人以大小二堰隔截江水,不放入城,则城中诸河,专用西湖水,水既清彻,无由淤塞。而余杭门外地名半道洪者,亦有堰名为清河,意似爱惜湖水,不令走下。自天禧中,故相王钦若知杭州,始坏此堰,以快目下舟楫往来,今七十余年矣。以意度之,必自此后湖水不足于用,而取足于江潮。又况今者西湖日就埋塞,昔之水面,半为葑田,霖潦之际,无所潴畜,流溢害田,而旱干之月,湖自减涸,不能复及运河。"

谨按唐长庆中刺史白居易浚治西湖,作《石函记》,其略曰:"自钱塘至盐官界应溉夹河田者,皆放湖入河,自河入田。每减一寸,可溉十五顷,每一伏时,可溉五十顷。若堤防如法,蓄泄及时,则溉河千顷,无凶年矣。"用此计之,西湖之水,尚能自运河入田以溉千顷,则运河足用可知也。轼于是时,虽知此利害,而讲求其方,未得要便。今者蒙恩出典此州,自去年七月到任,首见运河干浅,使客出入艰苦万状,谷米薪刍,亦缘此暴贵。寻划刷捍江兵士及诸色厢军得千余人,自十月兴工,至今年四月终,开浚茅山、盐桥二河,各十余里,皆有水八尺以上。见今公私舟船通利。

父老皆言:"自三十年已来,开河未有若此深快者也。然潮水日至,淤填如旧,则三五年间,前功复弃。"轼方讲问其策,而临濮县主簿、监在城商税苏坚建议曰:"江潮灌注城中诸河,岁月已久。若遽用钱氏故事,以堰闸却之,令自城外转过,不惟事体稍大,而湖面葑合,积水不多,虽引入城,未可全恃。宜参酌古今,且用中策。今城中运河有二:其一曰茅山河,南抵龙山浙江闸口,而北出天宗门;其一曰盐桥河,南至州前碧波亭下,东合茅山河,而北出余杭门。余杭、天宗二门,东西相望,不及三百步。二河合于门外,以北抵长河堰下。今宜于钤辖司前创置一闸,每遇潮上,则暂闭此闸,令龙山浙江潮水径从茅山河出天宗门,候一两时辰,潮平水清,然后开闸,则盐桥一河过阛阓中者,永无潮水淤塞、开淘搔扰之患。而茅山河纵复淤填,乃在人户稀少村落相半之中,虽不免开淘,而泥土有可堆积,不为人患。潮水自茅山河行十余里至梅家桥下,始与盐桥河相通,潮已行远,泥沙澄坠,虽入盐桥河,亦不淤填。自来潮水入茅山、盐桥二河,只淤填十里,自十里以外,不曾开淘,此已然之明效也。茅山河既日受潮水,无缘涸竭,而盐桥河底低茅山河底四尺,梅家桥下,量得水深四尺,而碧波亭前,水深八尺。则盐桥河亦无涸竭之患。然犹当过虑,以备乏水。今西湖水贯城以入于清湖河者,大小凡五道。一,暗门外斗门一所。一,涌金门外水闸一所。一,集贤亭前水窗一所。一,集贤亭后水闸一所。一,菩提寺前斗门一所。皆自清湖河而下以北出余杭门,不复与城中运河相灌输,此最可惜。宜于涌金门内小河中置一小堰,使暗门、涌金门二道所引湖水,皆入法慧寺东沟中,南行九十一丈,则凿为新沟二十六丈,以东达于承天寺东之沟,又南行九十丈,复凿为新沟一百有七丈,以东入于猫儿桥河口,自猫儿桥河口入新水门,以入于盐桥河,则咫尺之近矣。此河下流,则江潮清水之所入,上流,则西湖活水之所注,永无乏绝之忧矣。而湖水所过,皆阛阓曲折之间,颇作石柜贮水,使民得汲用浣濯,且以备火灾,其利甚博。此所谓参酌古今而用中策也。"

轼寻以坚之言使通直郎、知仁和县事黄僎相度可否,及率僚吏躬亲验视,一一皆如坚言,可成无疑也。谨以四月二十日兴功开导及作堰闸,且以余力修完六井,杭州城中多卤地,无甘井。唐刺史李泌始作六井,皆引湖水注其中,岁久不治。熙宁中,知州陈襄与轼同擘画修完,而功不坚致,今复废坏。轼今改作瓦筒,又以砖石培甃固护,可以坚久。皆不过数月,可以成就。而本州父老农民睹此利便,相率诣轼陈状,凡一百一十五人,皆言:"西湖之利,上自运河,下及民田,亿万生聚饮食所资,非止为游观之美。而近年以来,堙塞几半,水面日减,葑葑日滋,更二十年,无西湖矣。"劝轼因此尽力开之。轼既深愧其言,而患兵工寡少,费用之资无所从出。父老皆言:"窃闻朝廷近赐度牒一百道,每道一百七十贯,为钱一万七千贯。本州既高估米价,召人入中,又复减价出粜,以济饥民,消折之余,尚有钱米约共一万贯石,若支用此,亦足以集事矣。"

适会钱塘县尉许敦仁建言西湖可开状,其略曰:"议者欲开西湖久矣,自太守郑公戬以来,苟有志于民者,莫不以此为急。然皆用工灭裂,又无以善其后。盖西湖水浅,茭蒻壮猛,虽尽力开撩,而三二年间人工不继,则随手蒻合,与不开同。窃见吴人种菱,每岁之春,芟除涝漉,寸草不遗,然后下种。若将蒻田变为菱荡,永无茭草堙塞之患。今乞用上件钱米,雇人开湖,候开成湖面,即给与人户,量出课利,作菱荡租佃,获利既厚,岁岁加功,若稍不除治,微生茭蒻,即许人划赁。但使人户常忧划夺,自然尽力,永无后患。今有钱米一万贯石,度所雇得十万工,每工约开蒻一丈,亦可添得十万丈水面,不为小补。若量破钱米召募饥民兴役,必不济事。若每日破米三升钱五十五文,足雇一强壮人夫,然后可使。虽云强壮,然艰食之岁,使数千人得食其力以度凶年,亦归于赈济也。"

轼寻以敦仁之策,参考众议,皆谓允当。已一面牒本州依敦仁擘画,支上件钱米雇人,仍差捍江船务、楼店务兵士共五百人,般载蒻草,于四月二十八日兴工去讫。今来有合行起请事件,谨具画一如左。

一、今来所创置钤辖司前一闸,虽每遇潮上,闭闸一两时辰,而公私舟船欲出入闸者,自须先期出入,必不肯端坐以待闭闸,兼更有茅山一河自可通行。以此实无阻滞之患,而能隔截江潮,径自茅山河出天宗门,至盐桥一河,永无埋塞开淘搔扰之患,为利不小。恐来者不知本末,以阻滞为言,轻有变改,积以岁月,旧患复作,今来起请新置钤辖司

前一闸,遇潮上闭讫,方得开龙山浙江闸,候潮平水清,方
得却开钤辖司前闸。

一,盐桥运河岸上,有治平四年提刑元积中所立石刻,为人户
　屋舍侵占牵路已行除拆外,具载阔狭丈尺。今方二十余
　年,而两岸人户复侵占牵路,盖屋数千间,却于屋外别作
　牵路,以致河道日就浅窄。准法据理,并合拆除。本州方
　行相度,而人户相率经州,乞遽逐人家后丈尺各作木岸,
　以护河堤,仍据所侵占地量出赁钱,官为桩管准备修补木
　岸,乞免拆除屋舍。本州已依状施行去讫。今来起请应
　占牵路人户所出赁钱,并送通判厅收管,准备修补河岸,
　不得别将支用,如违,并科违制。

一,自来西湖水面,不许人租佃,惟菱荇之地,方许请赁种植。
　今来既将荇田开成水面,须至给与人户请佃种菱。深虑
　岁久人户日渐侵占旧来水面种植,官司无由觉察,已指挥
　本州候开湖了日,于今来新开界上,立小石塔三五所,相
　望为界,亦须至立条约束。今来起请,应石塔以内水面,
　不得请射及侵占种植,如违,许人告,每丈支赏钱五贯文
　省,以犯人家财充。

一,湖上种菱人户,自来裔割荇地,如田塍状,以为疆界。缘
　此即渐荇合,不可不禁。今来起请应种菱人户,只得标插
　竹木为四至,不得以裔割为界,如违,亦许人划赁。

一,本州公使库,自来收西湖菱草荡课利钱四百五十四贯充
　公使。今来既开草荇,尽变为菱荡,给与人户租佃,即今
　后课额,亦必稍增。若拨入公使库,未为稳便。今来起请
　欲乞应西湖上新旧菱荡课利,并委自本州量立课额,今后

永不得增添。如人户不切除治,致少有草葑,即许人划赁,其划赁人,特与权免三年课利。所有新旧菱荡课利钱,尽送钱塘县尉司收管,谓之开湖司公使库,更不得支用,以备逐年雇人开葑撩浅。如敢别将支用,并科违制。

一、钱塘县尉廨宇,在西湖上。今来起请今后差钱塘县尉衔位内带管勾开湖司公事,常切点检,才有葑草,即依法施行。或支开湖司钱物,雇人开撩,替日委后政点检交割。如有葑草不切除治,即申所属点检,申吏部理为遗阙。

以上六条,并刻石置知州及钱塘县尉厅上,常切点检。

右谨件如前。勘会西湖葑田共二十五万余丈,合用人夫二十余万功。上件钱米,约可雇十万功,只开得一半。轼已具状奏闻,乞别赐度牒五十道,并于前来所赐本路诸州度牒二百道内,契勘赈济支用不尽者,更拨五十道,通成一百道,充开湖费用外,所有逐一子细利害,不敢一一縈烦天听。伏乞仆射相公、门下侍郎、中书侍郎、尚书左丞、尚书右丞特赐详览前件所陈利害,及起请六事,逐一敷奏,立为本州条贯,早赐降下,依禀施行。兼画成地图一面,随状纳上,谨具状申三省。谨状。卷三〇

奏户部拘收度牒状

元祐五年五月二十七日,龙图阁学士、左朝奉郎、知杭州苏轼状奏:右臣近者伏见二圣遇灾而惧,忧劳四方,所以拯救饥民者,可谓至矣。两浙、淮南蒙赐度牒六百道,而杭、扬二州,各得百道。吏民鼓舞,歌咏圣泽。曾未数日,而淮西提刑申户部,本路常平斛斗足用,不须上件度牒;两浙转运、提刑亦申,本路今年丰熟,别无流

民。是致户部申都省却乞拘收度牒钱斛，以备别时支用，都省更不奏禀圣旨，便行下本路提刑司，依户部所申施行。臣勘会自来圣恩以灾伤特赐钱物赈济，即无似此中变，却自都省行下追收体例，深骇物听。淮、浙两路，去岁灾伤之甚，行路备知，便使今年秋谷大稔，犹恐未补疮痍，而况春夏之交，稻秧未了，未委逐路提、转，如何见得今年秋熟便申丰稔？显是小臣无意恤民，专务献谄，而户部、都省乐闻其言，即时施行，追寝二圣已行之泽。百姓闻之，皆谓朝廷不惜饥民，而惜此数百纸度牒，中路翻悔，为惠不终。臣忝备禁从，受恩至深，不忍小臣惑误执政，屯膏反汗，亏污圣德，惜毫毛之费，致丘山之损，是以冒昧献言。伏望圣慈察臣孤忠，留中省览，更不降出，只作圣意访闻，戒饬执政，令速降指挥，更不得拘收，一依前降圣旨，尽用赈济。所贵艰食之民，始终被惠，亦免二圣已行恩命反覆追收，失信天下。臣不胜区区，谨录奏闻，伏候敕旨。

〔贴黄〕臣近有状奏，乞更赐度牒五十道，用开西湖葑田，仍已一面指挥本州，将前来度牒变转赈济外，所余钱米，召募艰食之民，兴功开淘。今来才及一月，渐以见功。吏民踊跃从事，农工父老，无不感悦。忽蒙都省拘收钱米，自指挥到日，更不敢支动。吏民失望，前功并弃，深可痛惜。伏乞出自圣意，指挥三省检会前奏，早赐施行。臣自以受恩深重，每有所见，不敢不尽。今者上忤执政，下忤户部、监司，伏望圣慈愍臣孤忠，不避仇怨，特乞留中不出，以全臣子。 _{卷三〇}

应诏论四事状

元祐五年六月初九日，龙图阁学士、左朝奉郎、知杭州苏轼状奏：臣近者伏睹邸报，以诸路旱灾，内出手诏两道，其略曰："岂政治失当，事之害物者尚多；上下厄塞，情之不通者非一，刑或不称其罪，用或不当其人？"又曰："意者政令宽弛，吏或为害而莫知，赋役失当，民病于事而莫察？忠言有壅而未达，贤材有抑而未用？"臣伏读至此，感愤涕泣而言曰：呜呼，陛下即位改元于今五年，三出此言矣，虽禹、汤之圣，不惜罪己，而臣子之心，诚不忍闻。思有以少补圣政，助成应天之实，使尧、舜之仁，名言皆行，心迹相应，庶几天人感通，灾沴不作，免使君父数出此言。不胜拳拳孤忠，而志虑短浅，又以出守外服，不能尽知朝政得失，独以目所亲见民之疾苦，州县官吏日夜奉行残伤其肌体，散离其父子，破坏其生业，为国敛怨，而了无丝毫上助国用者四事，昧死献言。谨具条件如左。

　　一、伏见元祐四年八月十九日敕节文："应见欠市易人户，籍纳拘收产业，自来所收课利及估卖到诸般物色钱，已及官本，别无失陷，除已有人承买交业外，并特给还；未足者，许贴纳收赎，仍不限年。"四方闻之，莫不鼓舞歌咏，以谓圣恩深厚，烛知民隐，诚三王推本人情之政也。寻契勘杭州共有一百一十二户，合该上项敕条。方且次第施行次，忽准尚书户部符，据苏州申明，如何谓之折纳，如何谓之籍纳？本部已依条估覆。供认伏定入官，折还欠钱，谓之折纳。已经估覆三估不伏定，即以所估高价籍定者，谓之籍纳。惟籍纳产业，方许给还。用此契勘，遂无一户可以应得指挥，至有已给再追者。于是百姓欢然，出诉于庭。以谓某等自失业以来，父母妻子离散，转在沟壑，久无所归，伏幸仁圣在上，昭恤如此，命下之初，如蒙更生。今者有司沿文生意，又复壅隔，虽有惠泽，盖与无同。臣即看详，元初立法，本为兴置。市易已来，凡异时民间生财自养之道，一切收之公上，小民既无他业，不免与官中首尾胶固，以至供通物产，召保立限，增价出息，赊贷转变，以苟趋目前之急。及至限满，不能填偿，又理一重息罚。岁月益久，逋欠愈多，科决监锢，以逮妻孥。市易官吏，方且计较功赏，巧为文词，致许人户愿以屋业及田土折纳还官，各以差官检估取伏定文状了日理作季限，放免息罚，召人添价收买。方人户在系累之时，州县督责严急，如有产业田土，岂复自能为主？检估伏认，势须在官，虽名情愿，实只空文。唯是顽狡之人，或能抵拒，以至三估未肯供状。及其既纳，皆是折还欠钱，并籍在官，有何不同？圣恩宽大，特为立法，以救前日之弊。所称籍纳，只是临时立文，出于偶尔，而有司执阂，妄意分别。若果如申明，即是善良畏事之人，不蒙优恤，元初恃顽狡狯、与官为竞之民，却被惠泽。事理如此，岂不倒置？不惟元条无此明文，实恐非朝廷绥养穷困之意。及检会元祐四年三月二十六日敕，人户欠市易官钱，将楼店屋产折纳在官，并将所收房课充折，别无少欠，亦许给还。亦不曾分别折纳、籍纳。以此推考，显无可疑。自是苏州官吏巧薄，以刻为忠，曲有申请，而户部吝于出纳，以害仁政。伏乞特加详察，不以折纳、籍纳，并依元条施行。所贵失业之人，均被圣恩。

一、伏见元祐元年九月八日敕："尚书户部状，据提点两浙刑狱公事乔执中奏，熙宁四年已后至元丰三年以前新法，积欠盐钱及有均摊等人陪填，见今贫乏无可送纳，已累经赦恩,比类市易等钱,只令送纳产盐场监官本价钱,其余并乞除放等事。本部勘当,欲并依乔执中所奏前项事理施行,仍连状奉圣旨依,及准提刑司备坐元奏,积欠盐钱,前后官司催纳,仅及六年,催到贯万不少。今来所欠,并是下等贫困之人,无可送纳,已累经赦恩,及逐节事理,遂具状申奏。今准省符,前项指挥请详朝旨施行。"本州契勘上件年分,计有四百四十五户,自承朝旨以来,迨今首尾五年,才放得二十三户。臣窃怪之,以谓东南盐法久为民患,原其造端,盖自两浙流衍散漫,遂及江南、福建,流弊之末,人不堪命,故诏令之下,如救水火。今者五年之久,民之疾苦,依然尚在,朝廷德泽,十不行一。何也? 推考其故,盖提举盐事司执文害意,谓非贫乏不在此数。而州县吏人,因缘为奸,以市贿赂,故久而不决。窃详元奏之意,本谓积欠岁久,前后官司催纳到贯万不少,今来所欠,并是贫困之人,既以累经赦恩,比类市易,只乞与纳官本价钱。本部勘当,以此并乞依奏,仍连状奉圣旨施行,即是执中所奏欠户,自是贫困之人,皆当释放矣。省部行下务从文省,止是节略元奏,为其已涉六年,见今贫乏无可送纳,非为更行勘会,须得委是贫乏,方可施行。至元祐二年,本州再以元丰四年已后至八年登极大赦以前积欠盐户,奏乞除放,省部看详,方始行文,如委是贫乏,即依元祐元年九月十八日已降朝旨施行,以显执中当时所奏,并谓见今贫乏无可送纳,合行一例除放,及节次本州与转运司各曾申明省符,与元奏词语不同,省部亦已开析,缘元系连状,并依前项所奏施行,事理甚明。而主司坚执,至今疑惑,至使州县吏人,户户行遣,一一较量,计构官司,买嘱邻里,尚复多方指摘,以肆规求,待其充欲,然后保明。遂致其间一百四十九户已放,而复行勘会,一百六十五户申省见勘会而未圆,二十五户已圆而申禀监司,及有一户二户,旋申省部。如此反复,多方留难,即五年之久,未足为怪也。伏惟仁圣在上,忧民疾苦,癏瘝不忘,惠泽之下,宜如置邮传命。今乃中道废格,以开奸吏乞取之路,反使朝廷之恩,独与夺于州县庸人之手。省部既不钩察,官吏亦恬不为虑,甚非所以仰称仁圣焦劳爱民之意也。伏乞昭示德音,申饬有司,更不勘会是与不是贫乏,无俾奸吏执文害意,以壅隔朝廷大惠。不然,或断以第三等以下,并依上件朝旨施行。则法令易简,一言自足矣。盖等第素定,贫富较然,朝行夕至,奸吏无所措意也。所有元丰四年以后,及至八年大赦以前所欠盐户,亦乞依此施行。

〔贴黄〕契勘熙宁四年以后止元丰八年登极大赦以前,人户积欠,共计五万三百余贯。若谓非贫乏有可送纳,即自元祐元年至今并不曾纳到分文,显见有司空留帐籍虚数,以害朝廷实惠。

一、伏见熙宁中,天下以新法从事,凡利源所在,皆归之常平使者,而转运司岁入之计,惟田赋与酒税而已。方是时,民财窘乏,酒税例皆减耗。诸路既已经费不足,上下督责益急,故酒务官吏,至有与庸保杂作,州县受官视事去处,亦或为小民喧哗群饮之肆。又不能售,往往苟逃罪戾,巧为文致,诱导无知之民,以陷欠负破荡之祸,如许人供通自己或借他人产业当酒是也。臣近契勘,杭州自承上件指挥以来,以产当酒者,计一千四百三十三户,计钱一十四万二千九百余贯;前后官司催督监锢,继以鞭笞拘当在官,使之离业,又自收其租利,中间以至系累犴狱,公与私皆扰,人与产俱亡。十余年间,除已催到一十二万九千四百余贯,计千二十九户外,尚有余欠一万三千四百余贯,计四百四户。岁月既久,终不能填偿,岂非并是困穷无有之人乎?寻检会元丰四年五月二十一日敕,酒务留当产业,依盐钱例拘收,以其盐与酒事同一体故也。今者盐钱欠户,已准元祐元年九月十六日及二年九月十八日朝旨,许纳场监地头官本价钱,余并除放,独酒欠至今,未蒙如此施行。岂容事同一体,拘收则同,而除放则异?此无他,盖有司不能推广朝廷德意故也。臣愚欲乞将元丰八年登极大赦以前酒欠人户,并依所欠盐钱已得朝旨并今来前项申明,更不勘会贫乏,或断自第三等以下事理施行。不惟海隅细民并蒙休泽,实亦无偏无党皇极之道也。

一、伏见元丰四年杭州合发和买绢二十三万一千匹,准朝旨拨转运司钱,于余杭等县,委官置场一十一处收买。寻以数内拣下不堪上供五万七千八百九十匹,计钱五万五千余贯,却勒逐场变转。是时钱重物轻,一日并出,既声言行滥不受于官,又须元价以冀偿足,捐之市中,莫有顾者。于是官吏惶骇,莫知所为,不免一切赊贷,及假借官势,抑配在民,往往其间浮浪小人与无赖子弟,诡冒姓名,朋欺上下,元买官吏苟得虚数还之有司,以缓目前之祸。其后督责严急,必于取偿奏立近期,专委强吏,十余年间如捕寇盗,除催到四万六千余贯外,余欠八千二百余贯,共二百八十二户,并是贫民下户,无所从出,与诡冒逃移不知头主及干系均纳之人,连延至今,终不能足。惟有簿书,以资奸吏追扰,遗害未已。今者伏准元祐五年四月初九日敕,诸处见欠蚕盐和预买青苗钱物,元是冒名无可催理,或全家逃移,邻里抱认,或元无头主,均及干系人,以此积年未能了绝,虽系元请官本,况内有已该元丰八年登极大赦者,依圣旨并特除放。欢声播传,和气充塞。臣于此时仰知圣德广大,正使尧汤水旱,亦不足虑也。然政有体,事有数,体虽备而数不能悉,言虽不及而意在是者,盖非俗吏所能知也。臣辄不避僭妄,窃详和买之法,以钱与民而收绢,是犹补助耕敛之意,公私两有之利也。元丰官吏以绢与民而收钱,又皆行滥弃捐之余,取偿倍称不实之直,赊贷抑配,以苟免一时失陷之责,即是利专自为,害专在民也。事理人情,轻重可见,圣恩矜恤,宜在所先。臣愚以谓元丰四年退卖物帛,既同是和买之名,又有非法病民之实,自合依今年四月九日朝旨施行外,伏望朝廷深念前项弊害,止是出于一时官吏私意,非如蚕盐和预买青苗天下公共之法,更赐加察,告示矜宽,不以有无头主,是与不是冒名,及邻里抱认与均及干系人,并特与除放,是亦称物平施,天之道也。

右所有四事,伏望圣慈特察臣孤忠,志在爱君,别无情弊,更赐清问左右大臣,如无异论,便乞出救施行。若后稍有一事一件不如所言,臣甘伏罔上误朝之罪。若复行下有司反复勘会,必是巧为驳难,无由施行。臣缘此得罪,万死无悔,但恨仁圣之心,本不如此,如天降甘雨,为物所隔,终不到地,可为痛惜。而况前件四事,钱物数目虽多,皆是空文,必难催索。徒使胥吏小人缘而为奸,威福平民。故臣敢谓放之则损虚名而收实惠,不放则存虚数而受实祸,利害较然。伏望圣明,特出宸断,天下幸甚。臣愚蠢少虑,言语粗疏,干犯天威,伏俟斧锧。谨录奏闻,伏候敕旨。

〔贴黄〕臣伏见四方百姓,皆知二圣恤民之心,无异父母。但臣子不能推行,致泽不下流。日近以苏州官吏妄有申明折纳、籍纳一事,户部从而立法,致已给还产业,却行追收,人户诣臣哀诉,皆云黄纸放了,白纸却收,有泣下者。臣窃深悲之。自二圣嗣位已来,恩贷指挥多被有司巧为艰阁,故四方皆有"黄纸放"而"白纸收"之语,虽民知其实,止怨有司,然陛下亦未尝峻发德音,戒敕大臣,令尽理推行,则亦非独有司之过也。况臣所论四事,钱物虽多,皆是虚数,必难催理。除是复用小人如吴居厚、卢秉之类,假以事权,济其威虐,则五七年间,或能索及三五分。若官吏只循常法,何缘索得?三五年后,人户竭产,伍保散亡,势穷理尽,不得不放。当此之时,亦不谓之圣恩矣。伏见坤成节在近,天下臣子皆以放生为忠,度僧为福,臣愚无知,不识大体,辄敢以此四事为献。伏望留神省览,指挥执政便与施行。导迎天休,以益圣算,其贤于放生度僧亦远矣。若陛下不少留神,执政只作常程文字行下,一落胥吏庸人之手,则茫然如堕海中,民复何望矣!臣言狂意切,必遭众怒,伏乞圣慈只行出前件奏状,留此贴黄一纸,更不降出,以全孤危。庶使愚臣今后每有所闻,得尽论列,以报二圣知遇之恩万分之一也。臣不胜大愿。卷三一

文集卷二十八

奏浙西灾伤第一状

元祐五年七月十五日，龙图阁学士、左朝奉郎、知杭州苏轼状奏：右臣闻事豫则立，不豫则废，此古今不刊之语也。至于救灾恤患，尤当在早。若灾伤之民，救之于未饥，则用物约而所及广，不过宽减上供，粜卖常平，官无大失，而人人受赐，今岁之事是也。若救之于已饥，则用物博而所及微，至于耗散省仓，亏损课利，官为一困，而已饥之民，终于死亡，熙宁之事是也。熙宁之灾伤，本缘天旱米贵，而沈起、张靓之流，不先事奏闻，但务立赏闭粜，富民皆争藏谷，小民无所得食。流殍既作，然后朝廷知之，始救运江西及截本路上供米一百二十三万石济之。巡门俵米，拦街散粥，终不能救。饥馑既成，继之以疾疫，本路死者五十余万人，城郭萧条，田野丘墟，两税课利，皆失其旧。勘会熙宁八年，本路放税米一百三十万石，酒课亏减六十七万余贯，略计所失共计三百二十余万贯石。其余耗散不可悉数，至今转运司贫乏不能举手。此无它，不先事处置之祸也。去年浙西数郡，先水后旱，灾伤不减熙宁。然二圣仁智聪明，于去年十一月中，首发德音，截拨本路上供斛斗二十万石赈济，又于十二月中，宽减转运司元祐四年上供额斛三分之一，为米五十余万斛，尽用其钱，买银绢上供，了无一毫亏损县官。而命下之日，所在欢呼，官既住粜，米价自落。又自正月开仓粜常平米，仍免数路税务所收五谷力胜钱,且赐度牒三百道,以助赈济。本路帖然,遂无一人饿殍者。此无它,先事处置之力也。由此观之,事豫则立,不豫则废,其祸福相绝如此。

恭惟二圣天地父母之心,见民疾苦,匍匐救之,本不计较费用多少,而臣愚鲁无识,但知权利害之轻重,计得丧之大小。以谓譬如民庶之家,置庄田,招佃客,本望租课,非行仁义,然犹至水旱之岁,必须放免欠负借贷种粮者,其心诚恐客散而田荒,后日之失,必倍于今故也,而况有天下子万姓而不计其后乎!臣自去岁以来,区区献言,屡渎天听者,实恐陛下客散而田荒也。

去岁杭州米价,每斗至八九十,自今岁正月以来,日渐减落。至五六月间,浙西数郡,大雨不止,太湖泛溢,所在害稼。六月初间,米价复长,至七月初,斗及百钱足陌。见今新米已出,而常平官米,不敢住粜,灾伤之势,恐甚于去年。何者?去年之灾,如人初病,今岁之灾,如病再发。病状虽同,气力衰耗,恐难支持。又缘春夏之交,雨水调匀,浙人喜于丰岁,家家典卖,举债出息,以事田作,车水筑圩,高下殆遍。计本已重,指日待熟。而淫雨风涛,一举害之,民之穷苦,实倍去岁。近者,将官刘季孙往苏州按教,臣密令季孙沿路体访。季孙还为臣言:"此数州,不独淫雨为害,又多大风驾起潮浪,堤堰圩埠,率皆破损。湖州水入城中,民家皆尺余,此去岁所无有也。"而转运判官张琦自常、润还,所言略同,云:"亲见吴江平望八尺,间有举家田苗没在深水底,父子聚哭,以船栊捞摝,云,半米犹堪炒吃,青穟且以喂牛。"正使自今雨止,已非丰岁,而况止不止,又未可知。则来岁之忧,非复今年之比矣。何以言之?去年杭州管常平米二十三万石,今年已粜过十五万石,虽余八万石,而粜卖未已。又缘去年灾伤放税,及和籴不行省仓阙数,所有上件常平米八万石，只了兑拨充军粮，更无见在。惟有粜常平米钱近八万贯，而钱非救饥之物。若来年米益贵，钱益轻，虽积钱如山，终无所用。熙宁中，两浙市易出钱百万缗，民无贫富，皆得取用，而米不可得，故曳罗纨，带金玉，横尸道上者，不可胜计。今来浙东西大抵皆粜过常平米，见在数绝少，熙宁之忧，凛凛在人眼中矣。

臣材力短浅，加之衰病，而一路生齿，忧责在臣，受恩既深，不敢别乞闲郡。日夜思虑，求来年救饥之术，别无长策，惟有秋冬之间，不惜高价多籴常平米，以备来年出粜。今来浙西数州米既不熟，而转运司又管上供年额斛斗一百五十余万石，若两司争籴，米必大贵。饥馑愈迫，和籴不行，来年青黄不交之际，常平有钱无米，官吏拱手坐视人死，而山海之间，接连瓯闽，盗贼结集，或生意外之患，则虽诛殛臣等，何补于败。以此，须至具实闻奏。

伏望圣慈备录臣奏，行下户部，及本路转运提刑、两路铃辖司，疾早相度来年合与不合准备常平斛斗出粜救饥。如合准备，即具逐州合用数目。臣已约度杭州合用二十万石，仍委逐司擘画，合如何措置，令米价不至大段翔涌，收籴得足。如逐司以谓不须准备出粜救济，即令各具保明来年委得不至饥殍流亡，结罪闻奏。缘今来已是入秋，去和籴月日无几，比及相度往复取旨，深虑不及于事。伏乞详察，速赐指挥。臣屡犯天威，无任战栗待罪之至。谨录奏闻，伏候敕旨。

〔贴黄〕臣闻之道路，闽中灾伤尤甚，盗贼颇众。或云邵武军有强贼，人数不少，恐是廖恩余党。转运司见令衢州官吏就近体访，虽未知虚实，然恐万一有之，不可不豫虑也。

又〔贴黄〕臣谨按《唐史》，宪宗谓宰臣曰："卿等累言吴越去年水旱，昨有御史自江、淮按察回，言不至为灾，此事信否？"

李绛对曰："臣见淮南、浙江东西道状,皆云水旱。且方隅授任,皆朝廷信重之臣,苟非事实,岂敢上陈?此固非虚说也。御史官卑,选择非其人,奏报之间,或容希媚。况推诚之道,君人大本,苟一方不稔,当即日救济其饥贫,况可疑之耶?"帝曰:"向者不思而有此问,朕言过矣。"绛等稽首再拜,帝曰:"今后诸道被水旱饥荒之处,速宜蠲贷之。"又按本朝《会要》,太宗尝语宰臣曰:"国家储蓄,最是急务,盖以备凶年,救人命。昨者江南数州,微有灾旱,朕闻之,急遣使往彼,分路赈贷,果闻不至流亡,兼无饥殍,亦无盗贼之患。苟无积粟,何以拯救饥民!"臣近者每观邸报,诸路监司,多是于三四月间,先奏雨水匀调,苗稼丰茂,及至灾伤,须待饿殍流亡,然后奏知。此有司之常态,古今之通患也。丰熟不须先知,人人争奏;灾伤正合豫备,相顾不言,若非朝廷广加采察,则远方之民,何所告诉?

一、去年灾伤,伏蒙宽减转运司上供额斛三分之一,尽用其钱,收买银绢。命下之日,米价斗落。今灾伤连年,民力重困,又缘春夏之交,雨水调匀,多典卖举债出息,以事田作,指日待熟。而淫雨风涛,一举害之,穷苦更倍去岁。伏望悯察,特与宽减转运司上供一半。所贵米价不至翔涌,和籴得行,且免本路钱荒之弊。

一、杭州所出米谷不多,深虑常平收籴不足,有误来年支籴。乞许于苏州、秀州寄籴。

一、检准《编敕》节文,五谷不得收力胜钱。然元降指挥,止于今年四月终。伏望悯念两浙连年灾伤且无麦,须至候秋熟六月中为止。

右件如前。臣亦知京师仓廪之数,不可耗缺,所以连奏乞减额斛者,诚恐来年饥馑已成,二圣不忍坐视流殍,必于他路般运钱米赈济,为费且倍,而已饥之民,岂复有钱买米?并须俵散,有出无收。不如及早宽减上供米斛,却收银绢,实数纵有损折,所较不多。伏惟深念熙宁之灾,本缘臣僚不早擘画奏请,以致饿死五十余万人,至今疮痍未复,呻吟未已。特望宸断,早赐准备,实一方幸甚。卷三一

奏浙西灾伤第二状

元祐五年七月二十五日,龙图阁学士、左朝奉郎、知杭州苏轼状奏:右臣近奏,为浙西数郡淫雨风涛为害,恐灾伤之势,甚于去年,而常平斛斗,例皆出粜,见在数少,恐来年民间阙食,无可赈济,乞备录臣奏,下户部及本路提、转、钤辖司相度,合如何擘画收籴,准备出粜。未蒙施行。今月二十一日至二十三日,皆连昼夜大风雨,二十四日雨稍止,至夜复大雨。窃料苏、湖等州风涛所损,必加于前,若不早作擘画,广行收籴常平斛斗准备,则来岁必有流殍之忧。伏惟圣慈早赐愍救,检会前奏,速赐施行。臣别无材术,惟知屡奏,喧渎圣听,罪当万死。谨录奏闻,伏候敕旨。卷三一

乞禁商旅过外国状

元祐五年八月十五日,龙图阁学士、左朝奉郎、知杭州苏轼状奏:检会杭州去年十一月二十三日奏泉州百姓徐戬公案,为徐戬不合专擅为高丽国雕造经板二千九百余片,公然载往彼国,却受酬答银三千两,公私并不知觉,因此构合密熟,遂专擅受载彼国僧寿介

前来，以祭奠亡僧净源为名，欲献金塔，及欲住此寻师学法。显是徐戬不畏公法，冒求厚利，以致招来本僧搔扰州郡。况高丽臣属契丹，情伪难测，其徐戬公然交通，略无畏忌，乞法外重行，以警闽、浙之民，杜绝奸细。奉圣旨，徐戬特送千里外州、军编管。

至今年七月十七日，杭州市舶司准密州关报，据临海军状申，准高丽国礼宾院牒，据泉州纲首徐成状称，有商客王应昇等，冒请往高丽国公凭，却发船入大辽国买卖，寻捉到王应昇等二十人，及船中行货，并是大辽国南挺银丝钱物，并有过海祈平安将入大辽国愿子二道。本司看详，显见闽、浙商贾因往高丽，遂通契丹，岁久迹熟，必为莫大之患。方欲具事由闻奏，乞禁止。近又于今月初十日，据转运司牒，准明州申报，高丽人使李资义等二百六十九人，相次到州，仍是客人李球于去年六月内，请杭州市舶司公凭往高丽国经纪，因此与高丽国先带到实封文字一角，及寄搭松子四十余布袋前来。本司看详，显是客人李球因往彼国交构密熟，为之乡导，以希厚利，正与去年所奏徐戬情理一同。

见今两浙、淮南，公私骚然，文符交错，官吏疲于应答，须索假借，行市为之忧恐。而自明及润七州，旧例约费二万四千六百余贯，未论淮南、京东两路及京师馆待赐予之费，度不下十余万贯。若以此钱赈济浙西饥民，不知全活几万人矣。不惟公私劳费，深可痛惜，而交通契丹之患，其渐可忧。皆由闽、浙奸民，因缘商贩，为国生事。除已具处置画一利害闻奏外，勘会熙宁以前《编敕》，客旅商贩，不得往高丽、新罗及登、莱州界，违者，并徒二年，船物皆没入官。窃原祖宗立法之意，正为深防奸细因缘与契丹交通。自熙宁四年，发运使罗拯始遣人招来高丽，一生厉阶，至今为梗。《熙宁编敕》稍稍改更庆历、嘉祐之法。至元丰八年九月十七日敕，惟禁往大辽及登、莱州，其余皆不禁，又许诸蕃愿附船入贡或商贩者听。《元祐编敕》亦只禁往新罗。所以奸民猾商，争请公凭，往来如织，公然乘载外国人使，附搭入贡，搔扰所在。若不特降指挥，将前后条贯看详，别加删定，严立约束，则奸民猾商，往来无穷，必为意外之患。谨具前后条贯，画一如左。

一、《庆历编敕》："客旅于海路商贩者，不得往高丽、新罗及登、莱州界。若往余州，并须于发地州、军，先经官司投状，开坐所载行货名件，欲往某州、军出卖。许召本土有物力居民三名结罪，保明委不夹带违禁及堪造军器物色，不至过越所禁地分。官司即为出给公凭。如有违条约及海船无公凭，许诸色人告捉。船物并没官，仍估物价钱，支一半与告人充赏，犯人科违制之罪。"

一、《嘉祐编敕》："客旅于海道商贩者，不得往高丽、新罗及至登、莱州界。若往余州，并须于发地州、军，先经官司投状，开坐所载行货名件，欲往某州、军出卖。许召本土有物力居民三名结罪，保明委不夹带违禁及堪造军器物色，不至越过所禁地分。官司即为出给公凭。如有违条约及海船无公凭，许诸色人告捉。船物并没官，仍估纳物价钱，支一半与告人充赏，犯人以违制论。"

一、《熙宁编敕》："诸客旅于海道商贩，于起发州投状，开坐所载行货名件，往某处出卖。召本土有物力户三人结罪，保明委不夹带禁物，亦不过越所禁地分。官司即为出给公凭。仍备录船货，先牒所往地头，候到日点检批凿公凭讫，却报元发牒州。即乘船自海道入界河，及往北界高丽、新罗并登、莱界商贩者，各徒二年。"

一、元丰三年八月二十三日中书札子节文："诸非广州市舶司，辄发过南蕃纲舶船，非明州市舶司，而发过日本、高丽者，以违制论，不以赦降、去官原减。其发高丽船，仍依别条。"

一、元丰八年九月十七日敕节文："诸非杭、明、广州而辄发海商舶船者，以违制论，不以去官、赦降原减。诸商贾由海道贩诸蕃，惟不得至大辽国及登、莱州。即诸蕃愿附船入贡或商贩者，听。"

一、《元祐编敕》："诸商贾许由海道往外蕃兴贩，并具人船物货名数所诣去处，申所在州，仍召本土有物力户三人，委保物货内不夹带兵器，若违禁及堪造军器物，并不越过所禁地分。州为验实，牒送愿发舶州，置簿抄上，仍给公据。方听候回日，许于合发舶州住舶，公据纳市舶司。即不请公据而擅行，或乘船自海道入界河，及往新罗、登、莱州界者，徒二年，五百里编管。"

右谨件如前。堪会元丰八年九月十七日指挥，最为害事，将祖宗以来禁人往高丽、新罗条贯，一时削去，又许商贾得擅带诸蕃附船入贡。因此致前件商人徐戬、王应昇、李球之流，得行其奸。今来不可不改。乞三省密院相度裁定，一依庆历、嘉祐《编敕》施行。不惟免使高丽因缘觇商时来朝贡，搔扰中国，实免中国奸细因往高丽，遂通契丹之患。谨录奏闻，伏候敕旨。卷三一

申明户部符节略赈济状

元祐五年八月二十五日，龙图阁学士、左朝奉郎、知杭州苏轼

状奏：臣近以今年浙西数郡大雨不止，太湖泛溢，所在害稼，寻于七月十五日具状奏闻，乞下户部及本路转运提刑、两路钤辖司疾早相度，来年合与不合准备常平斛斗，出粜救饥，如合准备，即具诸州合用数目。臣已约度杭州合用二十万石，仍委逐司擘画，合如何措置，令米价不至大段翔涌，收籴得足。如逐司以谓不须准备出粜救济，即令各具保明来年委得不至饥殍流亡，结罪闻奏。今准尚书户部符，本路转运、提刑、钤辖司准都省批送下八月四日敕，中书省知杭州充两浙西路兵马钤辖苏轼奏，勘会今年五六月间，浙西数郡大雨不止，太湖泛溢，所在害稼，灾伤之势，恐甚于去年。伏望下户部及本路转运、提刑及两路钤辖司相度，来年合如何准备救济，候敕旨。八月四日，三省同奉圣旨，依奏。奉敕如右，牒到奉行。都省批，八月五日辰时送户部施行内相度仍限半月者。右臣窃详户部符内，止是节略行下，既奉圣旨依奏，即未审元初并依臣所奏，系有司节略，为复只依今来户部符下一节事理？切缘臣前奏所乞"如逐司以谓不须准备出粜救济，即令各具保明来年委得不至饥殍流亡，结罪闻奏"之意，盖欲逐司官吏依实相度，不敢灭裂，须至再具申明。伏乞朝廷检会臣前奏逐节事理，特赐明降指挥施行。谨录奏闻，伏候敕旨。卷三一

相度准备赈济第一状

元祐五年九月七日，龙图阁学士、左朝奉郎、知杭州苏轼状奏：准尚书户部符，准敕知杭州、两浙西路兵马钤辖苏轼奏，勘会今年五六月，浙西数郡大雨不止，太湖泛溢，所在害稼，灾伤之势，恐甚于去年，伏望下户部及本路转运提刑、两路钤辖司相度，来年合

如何准备救济。奉圣旨依奏,都省批内相度限半月。本司今相度到准备救济事件如左。

一、本司勘会去年八九月间,杭州在市米价每斗六十文足,至十一月, 长至九十五文足;其势方踊贵间,因朝旨宽减转运司上供额斛三分之一,即时米价减落。及本州正月内,便行出粜常平米,至七月终,共粜一十八万余石,以此米价无由增长,人免流殍。今来在市米,见今已是七十五文足,至冬间,转运司收籴上供额斛,及检放秋税军粮,恐有阙少,亦须和籴取足,又本州须籴常平米二十余万石,诸州亦各收买,似此争籴,必须踊贵。纵使大破官钱,收籴得足,亦恐来年阙食,小民必不办高价收买官米。至时若米贵人饥,本司必须奏乞减价出卖。窃料仁圣在上,必不忍坐视人饥,不许减价。约度浙西诸郡,今年必须和籴常平米五十余万石,准备来年出粜。若价高本重,至时每斗只减十文,亦须坐失五万余贯,而况饥馑已成,流殍不已,则朝廷所以救恤之者,其费岂止五万贯而已哉?欲乞圣慈特许宽减转运司今来上供额斛一半,仍依去年例,令折价钱,置场收买金银䌷绢上供,则朝廷无所耗失,而浙中米价稍平,常平收籴得足,来年不至大段减价出卖,耗折常平本钱,一路之人,得免流殍,为惠不小。勘会去年本司亦乞宽减上供额斛一半,准敕只许宽减三分之一。今来灾伤及检放秋税次第皆甚于去年,又缘连年灾伤,民力愈耗,合倍加存恤,所以须奏乞宽减一半。伏望圣慈,怜愍一方,特依所乞,尽数宽减。

一、勘会熙宁八年两浙饥馑,朝旨截拨江西及本路上供斛斗一百二十五万石,赐本路赈济。只缘本路奏乞后时,不及于事,卒死五十万人。去岁十一月二十九日,圣旨令发运司拨上供斛斗二十万石,赐本路减价出粜,所费只及熙宁六分之一,然及时济用,仓廪有备,米不腾踊,人免流殍。本司今来勘会苏、湖、常、秀等州,频年灾伤,人户披诉已倍去岁,检放苗米,亦必加倍,不惟人户阙食,亦恐军粮不足。欲乞检会去年体例,更赐加数,特与截拨本路或发运司上供斛斗三十万石,令本路减价出粜,或用补军粮之阙。伏望圣慈,愍念一路军民,特与尽数应副。

右谨件如前。本司已具上项事件,关牒本路转运、提刑司,照会相度施行去讫。深虑转运司官吏职在供馈,所有宽减额斛,难于自言,伏望圣明以一方生灵为心,非为苟宽官吏之责,特赐过虑,及早施行。又况所乞数目虽广,而所耗损钱数不多,若待饥馑已成,然后垂救,则所费十倍,无及于事。伏乞决自圣意,指挥三省,更不下有司往复勘当施行。谨录奏闻,伏候敕旨。 卷三一

相度准备赈济第二状

元祐五年九月十七日,龙图阁学士、左朝奉郎、知杭州苏轼状奏:近准朝旨,令本司及转运司、提刑司相度准备来年被灾阙食人户。本司已具二事闻奏,乞宽减转运司上供额斛一半,截拨上供米三十万石,准备及补军粮之阙,未蒙回降指挥。本司再相度来年准备大计,全在广籴常平斛斗,于正月以后,便行出粜,平准在市管价,以免流殍之灾。此外更无长策。今来选差官吏,开仓和籴,优估米价,戒约专斗不得乞觅,非不严切,然经今一月,并无一人赴仓

入中。体问得盖是苏、湖、常、秀大段灾伤，兼自八月半间至今阴雨不止，灾伤之余，所收无几，又少遇晴干，已熟者不得刈，已刈者不得舂，有谷无米，日就腐坏。见今访闻苏、秀州在市米价，已是九十五文足，添长之势，炎炎未已。本司欲便令杭州添价收籴，不惟助长米价，为小民目下之患，又官本既贵，来年难为出粜，若不添钱，又恐终是收籴不行，来年春夏间，阙米出粜，必有流殍之忧。窃料至时难以讳言灾伤，官吏亦须略具事实闻奏。仁圣在上，理无不救，必须多于于邻路擘画斛斗赈济。若不预为之防，则恐邻路无备，临时擘画不行，须至先事奏乞者。

右本司勘会，去岁朝旨宽减转运司上供额斛三分之一，却令将折斛钱买银绢上供。又今年本司亦奏乞宽减额斛一半，如蒙施行，即转运司折斛钱万数不少。又勘会提刑司今年诸州粜常平米至多，所管常平官钱万数不少，但有钱无米，坐视饥殍，为忧不细。欲乞圣慈，过为防虑，特敕发运司相度擘画钱本，于江淮近便丰熟州、军，差官置场，和籴白米五十万石，严赐指挥，须管数足，仍般运至真、扬州桩管。若令来春本路阙常平米出粜，即令发运司拨发，于逐州下卸，仍以本路常平钱充还。若至时本路常平米有备，不须般运上件米出粜，即就拨充本路转运司上供额斛，却以宽减折斛钱充还。如此，即于朝省钱物，无所耗损，而于本路生灵亿万性命，稍免沟壑之忧。谨录奏闻，伏候敕旨。

〔贴黄〕今年灾伤，实倍去年。但官吏上下，皆不乐检放，讳言灾伤。只如近日秀州嘉兴县，因不受诉灾伤词状，致踏死四十余人。大率所在官吏，皆同此意，但此一处，以踏死人多，独彰露耳。若朝廷只据逐处申奏，及检放秋税分数，即无由尽见灾伤之实。又，臣轼切见转运、提刑司所奏灾伤，皆无迫切恳至之语,朝论必以臣为过当。然臣实见连年灾伤,父老皆言事势不减熙宁,民间有钱,尚因无米饿死四十万人,况今民间绝无见钱,若又无米,则流殍之灾,未易度量。伏望圣慈,深为防虑。若来年人户元不阙食,不须如此擘画,则臣不合过当,张皇之罪,所不敢辞。纵被诛谴,终贤于有灾无备,坐视人死而不能救也。卷三一

乞检会应诏所论四事行下状

元祐五年九月二十七日,龙图阁学士、左朝奉郎、知杭州苏轼状奏:右臣今年六月九日,辄具朝廷至仁,宽贷宿逋,已行之命为有司所格沮,使王泽不得下流者四事。其一曰:见欠市易籍纳产业,圣恩并许给还,或贴纳收赎。而有司妄出新意,创为籍纳、折纳之法,使十有八九,不该给赎。其二曰:积欠盐钱,圣恩已许只纳产场盐监官本价钱,其余并与除放。而提举盐事司执文害意,谓非贫乏不在此数。其三曰:登极大赦以前,人户以产当酒,见欠者亦合依盐当钱法,只纳官本。其四曰:元丰四年,杭州拣下不堪上供和买绢五万七千八百九十匹,并抑勒配卖与民,不住鞭笞催纳,至今尚欠八千二百余贯,并合依今年四月九日圣旨除放。然臣具此奏论,经今一百八日,不蒙回降指挥,乞检会前奏四事,早赐行下。谨录奏闻,伏候敕旨。尚书省取会到诸处,称不曾承受到上件奏状,仍连元状。十二月十八日三省同奉圣旨,令苏轼别具闻奏。仍仰户部指挥根究前奏,申尚书省。卷三一

进何去非《备论》状

元祐五年十月十八日,龙图阁学士、左朝奉郎、知杭州苏轼状奏:右臣自揣虚薄,叨尘侍从,常求胜己,以为报国。恭惟先皇帝道配周、孔,言成典谟,《云汉》之章,藻饰万物,而臣子莫副其意,盖尝当食不御,有才难之叹。伏见承奉郎、徐州州学教授何去非,文章议论,实有过人,笔势雄健,得秦汉间风力。元丰五年,以累举免解,答策廷中,极论用兵利害,先帝览而异之,特授右班殿直,使教授武学,不久遂为博士。臣窃揆圣意,必将长育成就,以待其用,岂特以一博士期去非而已哉?而去非立志强毅,不苟合于当时,公卿故莫为一言推毂成就之者。臣任翰林学士日,尝具以此奏闻,乞换文资,置之太学。虽蒙恩换承奉郎,而今者乃出为徐州教授,比于博士,乃似左迁。非独臣人微言轻,不足取信,亦恐朝廷不见其文章议论,无以较量其人。谨缮写去非所著《备论》二十八篇附递进上,乞降付三省执政考览。如臣言不谬,乞除一馆职。非独以收罗逸才,风晓士类,亦以彰先帝知人之明,一经题品,决无虚士;书之史册,足为光华。若后不如所举,臣甘伏朝典。谨录奏闻,伏候敕旨。卷三一

相度准备赈济第三状

元祐五年十月二十一日,龙图阁学士、左朝奉郎、知杭州苏轼状奏:右臣近奉朝旨,相度准备来年赈济阙食人户,寻具画一事件闻奏。内多籴常平以备来年出粜平准市价一事,最为要切。

见今浙西诸郡,米价虽贵,然亦不过七十足。窃度来年青黄

不交之际，米价必无一百以下，至时若依元价出粜，犹可以平压翔踊之患，终胜于官无斛斗，坐视流殍。而提刑司专务靳惜两三钱，遍行文字，减勒官估。臣已指麾杭州不得减价，依旧作七十收籴，见今亦不过籴得三万余石。其余诸郡，不敢有违。访闻苏、秀最系出米地分，见今不过籴得二三万石，而湖州一处，灾伤为甚，提刑司已指麾本州住籴，却令苏州拨常平米五万石与湖州，又令秀州拨十万石与杭州。若湖得五万石，犹恐未足于用，而苏、秀拨十五万石，深虑逐州不免妨阙，若新籴不多，即是两头阙事。而般运水脚兵稍有偷盗耗失之费，亦与所减两三钱不争。若使来年官米数少，不能平压市价，致有流殍，更烦朝廷截拨斛斗，散与饥民，则为十倍之费。乃是所减毫毛而所捐丘山，大为非策。访闻诸郡富民，皆知来年必是米贵，各欲广行收籴，以规厚利。若官估稍优，则农民米货尽归于官。此等无由乘时射利、吞并贫弱，故造作言语，以摇官吏，皆言多破官钱，深为可惜。若便为减价住籴，正堕其计。况今来已是十月下旬，不过更一二十日，即无收籴，纵令添价，亦不及事，恐有误来年出粜大事，所以须至别作擘画，仰诉朝廷。缘臣先于九月十七日，曾奏乞下发运司于丰熟近便州、军，和籴五十万石，以备常平米不足般取出粜，却以本路常平钱还发运司。若常平米足用，即充本路转运司上供米，仍以额斛钱拨还。兼勘会淮南大熟，扬州、高邮军米价甚平。若行此策，显无妨害。

　　伏望圣慈检会前奏，速赐施行，与此一方连年被灾之民，广作准备。谨录奏闻，伏候敕旨。　_{卷三一}

文集卷二十九

相度准备赈济第四状

元祐五年十一月二十一日,龙图阁学士、左朝奉郎、知杭州苏轼状奏:右臣勘会今年本路风水之灾,倍于去年,本司累具合行救济事件闻奏。伏料仁圣在上,必已矜察。见今苏、湖、杭、秀等州,米价日长,杭州所籴粗米,以备出粜,每斗不下六十至七十足钱,犹自收籴不行,恐须至更添钱招买,方稍足用。窃计开春米价,必是翔踊。若依条,不亏元价出粜,则官本已重,小民艰于收籴,无以救济贫下,平准市价。若奏乞减价出粜,又恐耗失常平官本,亦非长策。须至奏闻。

又勘会杭州里外见管义仓米四万余石,准条,灾伤之年,并许俵散赈济。本州相度,若待饥馑已成,方将上件义仓米尽行俵散,亦未能尽济饥民。惟是开春已后,才见在市米价增长,即便将义仓常平米贱价出粜。但市价不长,则一郡之民,人人受赐。今来起请,欲乞将常平米除系三年以上依条合减价外,其余并每斗减五文足,内系今来贵价收籴者,每斗减二十文足出粜。仍将义仓米随色额估定,贱价一处出粜,所收钱,并用填还常平所亏官本钱。如填还足外尚有剩数,亦许拨填本路别州常平米所亏官本钱。仍下浙西诸郡,依此体例施行。所贵本路明年饥民普得贱米吃用,全活亿万性命,其利至博,而其实止于耗却义仓,元不破官本米货十余万石。况自来有条，灾伤之岁，许将义仓米俵散，但俵散之所及者狭，不如出粜之利所及者广。伏望圣慈，特出宸断，早赐施行。谨录奏闻，伏候敕旨。

〔贴黄〕常平钱米，丰凶之际，平准物价以救民命，所系利害至重。本司已累次奏乞指挥诸路专行籴粜，不得别有他用，如召募饥民兴土工水利之类，有出无入，即渐耗散。伏乞留意。今来启请，只是权宜，一时施行，别不冲改前后条贯。

又〔贴黄〕本司相度来年艰食之势，深可忧畏。若候饥馑已成，疾疫已作，仁圣在上，必须广作擘画钱米救济，其费必相倍蓰。若行本司所奏，开春便行出粜，则米价不长，亿万生聚自然蒙赐，所费不多。今来已是十一月末，乞速赐施行。所贵正月内便得开仓出粜。卷三一

乞擢用刘季孙状

元祐五年十一月日，龙图阁学士、左朝奉郎、知杭州苏轼状奏：右臣自少闻赵元昊寇，延州危急，环庆将官刘平以孤军来援，奸臣不救，平遂战没，竟骂贼不食而死。平有数子，皆才用绝人，不幸早世。今臣所与同僚西京左藏库副使、权两浙西路兵马都监兼东南第三将刘季孙，则平之少子，笃志力学，博通史传，工诗能文，轻利重义，虽文臣中亦未易得。况其练达武经，讲习边政，乃其家学。至于奋不顾身，临难守节，以臣度之，必不减平。今平诸子独有季孙在，而年已五十有八，虽备位将领，未尽其用。伏望朝廷特赐采察，擢置边庭要害之地，观其设施，别加升进。不独为忠义之劝，亦以广文武之用。如蒙朝廷擢用，后犯入己赃，及不如所举，臣甘伏

朝典。谨录奏闻,伏候敕旨。卷三一

乞子珪师号状

元祐五年十二月日,龙图阁学士、左朝奉郎、知杭州苏轼状奏:勘会杭州平陆,本江海故地,惟附山乃有甘泉,其余井皆咸苦。唐刺史李泌始引西湖水作六井,其后白居易亦治湖浚井,以足民用。嘉祐中,知州沈遘增置一大井,在美俗坊,今谓之沈公井,最得要地。四远取汲,而创始灭裂,水常不应。至熙宁中,六井与沈公井例皆废坏。知州陈襄选差僧仲文、子珪、如正、思坦四人,董治其事。修完既毕,岁适大旱,民足于水,为利甚博。臣为通判,亲见其事。经今十八年,沈公井复坏,终岁枯涸,居民去水远者,率以七八钱买水一斛,而军营尤以为苦。臣寻访求熙宁中修井四僧,而三人已亡,独子珪在,年已七十,精力不衰。问沈公井复坏之由,子珪云:熙宁中虽已修完,然不免以竹为管,易致废坏。遂擘画用瓦筒盛以石槽,底盖坚厚,锢捍周密,水既足用,永无坏理。又于六井中控引余波至仁和门外,及威果、雄节等指挥五营之间,创为二井,皆自来去井最远难得水处。西湖甘水,殆遍一城,军民相庆,若非子珪心力才干,无缘成就。缘子珪先已蒙恩赐紫,欲乞特赐一师号,以旌其能者。

右臣体问得灵石多福院僧子珪,委有戒行,自熙宁中及今,两次选差修井,营干劳苦,不避风雨,显有成效。如蒙圣恩赐一师号,即乞以惠迁为号,取《易》所谓“井居其所而迁”之义。谨录奏闻,伏候敕旨。卷三一

缴进应诏所论四事状 前连元祐五年六月奏状

　　元祐六年正月九日，龙图阁学士、左朝奉郎、知杭州苏轼状奏：右臣去年六月具状奏闻，乞申明给还市易折纳产业，及除放积欠盐钱，并人户欠买退绢钱四事，未蒙回降指挥。今月五日，准元祐五年十二月十九日尚书省札子，会到诸处，称不曾承受到上件奏状。十二月十八日，三省同奉圣旨，令臣别具闻奏者。今重具到元奏状缴连在前。谨录奏闻，伏候敕旨。

　　〔贴黄〕臣窃见浙中州县市井人烟，比二十年前，不及四五。所在酒税课利亏欠。只如杭州酒务课利，昔年三十余万贯，今来只及二十余万贯。其它大率类此。朝廷力行仁政，不为不久，而公私凋耗，终不少苏，盖是商贾物货，元未通行故也。自来民间买卖，例少见钱，惟藉所在有富实人户可倚信者赊买而去。岁岁往来，常买新货，却索旧钱，以此行商坐贾，两获其利。今浙中州县，所理私债，大半系欠官钱人户。官钱尚不能足，私债更无由催，以此商旅不行，公私受害。若行此四事，则官之所失，止是虚数，而人户一苏，三二年间，商旅必复通行，酒税课利，渐可复旧，所补不小。卷三二

乞椿管钱氏地利房钱修表忠观及坟庙状

　　元祐六年二月二十八日，龙图阁学士、左朝奉郎、知杭州苏轼状奏：检准熙宁十年十月十一日中书札子节文："资政殿大学士、右谏议大夫、知杭州赵抃奏：'伏见故吴越国王钱氏，有坟庙在本州界，欲乞两县应管钱氏诸坟庙，每县选委僧道一名，专切主管内钱

塘县界文穆王元瓘等二十六处坟庙,勘会当州天庆观道正通教大师钱自然,本钱氏直下子孙,欲令钱自然永远住持。并临安县界武肃王镠等庙坟一十一处,今召到本县净土寺赐紫僧道微,乞依钱自然例主管。又勘会得文穆王元瓘坟庙并忠献王仁佐坟,并在龙山界,其侧有香火妙因院,本钱氏建造,见是道正钱自然权令徒弟道士在彼看守,欲望改赐观额,令钱自然已下徒弟永远住持,渐次修葺,兼得就便照管坟庙,不致荒废。'奉敕依奏。其钱塘妙因院,特改赐表忠观为额。并临安净土寺,令尚书祠部每遇同天节,各特与披剃童行一名。"

又准元丰五年三月十八日中书札子节文:"皇城使、庆州防御使钱晖等奏:'臣等先臣祠庙,在杭、越二州者五所,坟垄在钱塘、临安两县者六十余处。独临安有田园房廊,岁收一千三百四十贯有奇。太平兴国已后,寄纳本县。至大中祥符间,本处申明,蒙朝旨令杭州楼店务于军资库作臣家钱寄纳,日后不曾请领。近岁先臣祠庙例皆摧塌,私家无力修葺。前项寄纳钱数虽多,切缘年岁深远,不敢更乞支给。今只乞降指挥下杭州,许将临安县旧田园房廊拨还臣家,庶收岁课,渐次完补坟庙。谨录奏闻,伏候敕旨。'右奉圣旨,宜令杭州每年特支钱五百贯,与表忠观置簿拘管,只得修葺坟庙,不得别将支用。札付杭州,准此者。"

臣检会熙宁十年七月二十六日,据管内道正钱自然状,乞将临安县祖先置到产业,每年收掠赁钱一千三百五十四贯,修葺诸处坟庙。此时差官检计到钱塘、临安县所管钱氏坟庙,委是造来年深,木植朽损,共合用工料价钱一万二千八百九十贯九百九十九文。及临安县勘会到管纳钱氏归官房廊田产等赁钱,年纳一千三百五十四贯三百四十文省,送纳军资库。寻系本州申奏,乞将临安县管催上件赁钱支拨修葺，约计九年，方得完备。直至元丰五年内，因皇城使钱晖等奏乞，方准当年三月十八日中书札子，奉圣旨，每年特支钱五百贯，与表忠观修葺坟庙，不得别将支用。自后至元祐五年，虽支得四千五百贯省，盖为庙宇旧屋间架元造广大，一百余年不曾修治，例皆损塌，须得一起修葺，稍可完补。若每年只支得五百贯，虽逐旋修得大段倒损去处，又为连接屋宇数多，随手损塌。自熙宁十年检计止今，又及一十四年，寻于去年再差官重行检计到两县坟庙已修再损、未及修屋宇神像等，共合用工料价钱，内临安县四千三百五十八贯一百四十四文省，钱塘县一万二千五百二十贯五百九十一文省，两县共合用工料价钱计一万六千八百七十八贯七百三十五文省，须至奏陈者。

右臣窃惟钱氏之忠，著于甲令，朝野共知，不待臣言。而坟庙荒毁，行路嗟伤。就使朝廷特赐钱物，为之修完，犹不为过，而况本家自有地利房钱，可以支用，岂忍利此毫末，归之有司！恭惟神宗皇帝深念钱氏之忠，特改妙因院，赐名表忠观，仍使其裔孙道士钱自然住持。而有司不能推明圣意，奏乞尽数拨还地利房钱，以助修完。经今十四年，表忠观既未成就，而诸处坟庙，依前荒毁，使先帝表显忠臣之意，徒为空言。臣愚欲望圣慈特许每年临安县所收地利房钱一千三百五十四贯三百四十文省，令表忠观每遇修本观及杭、越州诸坟庙，即具所修名件及合用钱数，赴州请领。仍候修造了，差官检计，具委无大破，保明申州。所贵事体稍正，毋使小民窃议。谨录奏闻，伏候敕旨。

〔贴黄〕如蒙朝廷依奏，即乞指挥本州，将逐年所收到上件地利房钱，令项桩管，只得充修造表忠观及钱氏坟庙使用，官私不得别行支借使用。卷三二

乞相度开石门河状

元祐六年三月日，龙图阁学士、左朝奉郎、知杭州苏轼状奏：右臣谨按《史记》，秦始皇三十六年，东游钱塘，临浙江，水波恶，乃西百二十里从狭中渡。始皇帝以天下之力徇其意，意之所欲出，赭山桥海无难，而独畏浙江水波恶，不敢径渡。以此知钱塘江天下之险，无出其右者。

臣昔通守此邦，今又忝郡寄，二十年间，亲见覆溺无数。自温、台、明、越往来者，皆由西兴径渡，不涉浮山之险，时有覆舟，然尚希少。自衢、睦、处、婺、宣、歙、饶、信及福建路八州往来者，皆出入龙山，沿溯此江，江水滩浅，必乘潮而行。潮自海门东来，势若雷霆，而浮山峙于江中，与鱼浦诸山相望，犬牙错入，以乱潮水，洄洑激射，其怒自倍，沙碛转移，状如鬼神，往往于渊潭中涌出陵阜十数里，旦夕之间，又复失去，虽舟师、没人，不能前知其深浅。以故公私坐视覆溺，无如之何，老弱叫号，求救于湍沙之间，声未及终，已为潮水卷去，行路为之流涕而已。纵有勇悍敢往之人，又多是盗贼，利其财物，或因而挤之，能自全者，百无一二。性命之外，公私亡失，不知一岁凡几千万。而衢、睦等州，人众地狭，所产五谷，不足于食，岁常漕苏、秀米至桐庐，散入诸郡。钱塘亿万生齿，待上江薪炭而活，以浮山之险覆溺留碍之故，此数州薪米常贵。又衢、婺、睦、歙等州及杭之富阳、新城二邑，公私所食盐，取足于杭、秀诸场，以浮山之险覆溺留碍之故，官给脚钱甚厚，其所亡失，与依托风水以侵盗者，不可胜数。此最其大者。其余公私利害，未可以一二遽数。

臣伏见宣德郎、前权知信州军州事侯临，因葬所生母于杭州之南荡,往来江滨,相视地形,访闻父老,参之舟人,反复讲求,具得其实。建议:自浙江上流地名石门,并山而东,或因斥卤弃地,凿为运河,引浙江及溪谷诸水,凡二十二里有奇,以达于江。又并江为岸,度潮水所向则用石,所不向则用竹,大凡八里有奇,以达于龙山之大慈浦。自大慈浦北折,抵小岭下,凿岭六十五丈,以达于岭东之古河。因古河稍加浚治,东南行四里有奇,以达于今龙山之运河,以避浮山之险。度用钱十五万贯,用捍江兵及诸郡厢军三千人,二年而成。臣与前转运使叶温叟、转运判官张琦,躬往按视,皆如临言。凡福建、两浙士民,闻臣与临欲奏开此河,万口同声,以为莫大无穷之利。臣纵欲不言,已为众论所迫,势不得默已。

臣闻之父老,章献皇后临朝日,以江水有皇天荡之险,内出钱数十万贯,筑长芦,起僧舍,以拯溺者。又见先帝以长淮之险,赐钱十万贯、米十万石,起夫九万二千人,以开龟山河。今浮山之险,非特长芦、龟山之比,而二圣仁慈,视民如伤,必将捐十五万缗以平此积险也。谨昧死上临所陈《开石门河利害事状》一本,及臣所差观察推官董华用临之说,约度功料,及合用钱物料状一本,并地图一面。伏乞降付三省看详,或召临赴省面加质问。仍乞下本路监司,或更特差官同共相视。若臣与临言不妄,乞自朝廷擘画,支赐钱物施行。

臣观古今之事,非知之难,言之亦易,难在成之而已。临之才干,众所共知。臣谓此河非临不成。伏望圣慈特赐访问左右近臣,必有知临者。乞专差临监督此役。不惟救活无穷之性命,完惜不赀之财物,又使数州薪米流通,田野市井,咏歌圣泽,子孙不忘。臣不胜大愿。谨录奏闻,伏候敕旨。

〔贴黄〕石门新河,若出定山之南,则地皆斥卤,不坏民田。又自新河以北,潮水不到,灌以河水,皆可化为良田。然近江土薄,万一数十年后,江水转移,河不坚久。若自石门并山而东,出定山之北,则地坚土厚,久远无虞。然度坏民田五六千亩,又失所谓良田之利。体问民田之良者,不过亩二千,以钱偿之,亦万余缗而已。此二者,更乞令监司及所差官详议其利害。

又〔贴黄〕董华所料,只是约度大数,若蒙朝廷相度可以施行,更乞别差官入细计料。

又〔贴黄〕今建此议,不知者必有二难。其一,不过谓浙江浮山之险,经历古今贤哲多矣,若可平治,必不至今日。如此乃巷议臆度,不足取信。只如龟山新河,易长淮为安流,今日吕梁之险,窃闻亦已平治。岂可谓古人偶未经意,便谓今人不可复作?其一,不过谓并江作岸,为潮水所冲啮,必不能经久。今浙江石岸,亦有成规。自古本用木岸,转运使张夏始易以石。自龙山以东,江水溢深,石岸立于涨沙之上,又潮头为西陵石矶所射,正战于岸下,而四五十年,隐然不动。虽时有缺坏,随即修完,人不告劳,官无所费。今自慈浦以西,江水皆露出石脚,而潮头自龙山转向西南,则岸之易成而难坏,非张夏所建东堤之比也。卷三二

再乞发运司应副浙西米状

元祐六年三月二十三日,龙图阁学士、左朝奉郎、前知杭州苏轼状奏:右臣近蒙恩诏,召赴阙庭。窃以浙西二年水灾,苏、湖为甚,虽访闻已详,而百闻不如一见。故自下塘路由湖入苏,目睹积

水未退,下田固已没于深水,今岁必恐无望,而中上田亦自渺漫,妇女老弱,日夜车亩,而淫雨不止,退寸进尺,见今春晚,并未下种。乡村阙食者众,至以糟糠杂芹、莼食之。又为积水占压,薪刍难得,食糟饮冷,多至胀死。并是臣亲见,即非传闻。春夏之间,流殍疾疫必起。逐州去年所籴常平米,虽粗有备,见今州县出卖,米价不甚翔踊,但乡村远处饥羸之民,不能赴城市收籴,官吏欲差船载米下乡散籴,即所须数目浩瀚,恐不能足用,秋夏之间,必大乏绝。又自今已往,若得淫雨稍止,即农民须趁初夏秧种车水,耕耘之劳,十倍常岁,全藉粮米接济。见今已自阙食,至时必难施功。纵使天假之年,亦无所望,公私狼狈,理在必然。

臣去岁奏乞下发运司于江东、淮南丰熟近便处籴米五十万石,准备浙西灾伤州、军般运兑拨,出粜赈济。寻蒙圣恩行下,云已降指挥,令发运司兑拨,合起上供并封桩等钱一百万贯,趁时籴买斛斗封桩,准备移用。送户部,依已得指挥,余依浙西钤辖司所奏施行。圣旨既下,本路具闻,农民欣戴,始有生意。而发运司官吏,全不上体仁圣恤民之意,奏称淮南、江东米价高贵,不肯收籴。勘会浙西去岁米价,例皆高贵,杭州亦是七十足钱收籴一斗;虽是贵籴,犹胜于无米,坐视民死。今来发运司官吏亲被圣旨,全不依应施行,只以米贵为词,更不收籴,使圣主已行之命,顿成空言;饥民待哺之心,中途失望。却使指准前年朝旨所拨上供米二十万石,与本路内出粜不尽米一十六万七千石有零,充填今来五十万石数目外,只乞于上供米内更截拨二十万石,与本路相兼出粜。切缘上件出粜不尽米一十六万七千余石,久已桩在本路。臣元奏乞于发运司籴五十万石之时,已是指准上件米数支用外,合更要五十万石。今来运司却将前件圣恩折充今年所赐,吏民闻之,何由心服?臣已累具执奏,未奉朝旨。今来亲见数州水灾如此,饥殍之势,极可忧畏。既忝近侍,理合奏闻。岂敢为已去官,遗患后人,更不任责。

伏望圣慈,察臣微诚,垂愍一方,特赐指挥发运司依元降指挥,除已截拨二十万石外,更兑拨三十万石与浙西诸州充出粜借贷。如发运司去年元不收籴,无可兑拨,即乞一面截留上供米充满五十万石数目,却令发运司将封桩一百万贯钱候今年秋熟日收籴填还。若朝廷不以臣言为然,待饥馑疾疫大作,方行赈济,即恐须于别路运致钱米,虽累百万,亦恐不及于事。谨录奏闻,伏候敕旨。

〔贴黄〕发运司奏云:"淮南、宿、亳等州灾伤,米价高处七十七文,江东米价高处七十文。"切缘臣元奏,乞于丰熟近便处收籴。访闻扬、楚之间,谷熟米贱,今来发运司却引宿、亳等州米价最高处,以拒塞朝旨,显非仁圣勤恤及臣元奏乞本意。

又〔贴黄〕若依发运司所奏,将出粜不尽一十六万七千有余石充数外,犹合拨三十四万石,方满五十万数。今来只拨二十万石,显亏元降圣旨一十四万石。而况上件出粜不尽米,已系前年圣恩所赐,发运司不合指准充数,显亏三十万石。

又〔贴黄〕如蒙施行,乞下转运司多拨数目与苏、湖州。如合赈济,更不拘去年放税分数施行。

又〔贴黄〕若行下有司,反覆住滞,必不及事。只乞断自圣心,速降指挥。 卷三二

杭州召还乞郡状

元祐六年五月十九日,龙图阁学士、左朝奉郎、前知杭州苏轼状奏:右臣近奉诏书及圣旨札子,不允臣辞免翰林学士承旨恩命

及乞郡事。臣已第三次奏乞除臣扬、越、陈、蔡一郡去讫。窃虑区区之诚，未能遽回天意，须至尽露本心，重干圣听，皇恐死罪！惶恐死罪！

臣昔于治平中，自凤翔职官得替入朝，首被英宗皇帝知遇，欲骤用臣。当时宰相韩琦以臣年少资浅，未经试用，故且与馆职。亦会臣丁父忧去官。及服阕入觐，便蒙神宗皇帝召对，面赐奖激，许臣职外言事。自惟羁旅之臣，未应得此，岂非以英宗皇帝知臣有素故耶？是时王安石新得政，变易法度，臣若少加附会，进用可必。自惟远人，蒙二帝非常之知，不忍欺天负心，欲具论安石所为不可施行状，以裨万一。然未测圣意待臣深浅，因上元有旨买灯四千碗，有司无状，亏减市价，臣即上书论奏。先帝大喜，即时施行。臣以此卜知先帝圣明，能受尽言，上疏六千余言，极论新法不便。后复因考试进士，拟对御试策进上，并言安石不知人，不可大用。先帝虽未听从，然亦嘉臣愚直，初不谴问。而安石大怒，其党无不切齿，争欲倾臣。御史知杂谢景温，首出死力，弹奏臣丁忧归乡日，舟中曾贩私盐。遂下诸路体量追捕当时梢工篙手等，考掠取证，但以实无其事，故锻炼不成而止。臣缘此惧祸乞出，连三任外补。而先帝眷臣不衰，时因贺谢表章，即对左右称道。党人疑臣复用，而李定、何正臣、舒亶三人，构造飞语，酝酿百端，必欲致臣于死。先帝初亦不听，而此三人执奏不已，故臣得罪下狱。定等选差悍吏皇遵，将带吏卒，就湖州追摄，如捕寇贼。臣即与妻子诀别，留书与弟辙，处置后事，自期必死。过扬子江，便欲自投江中，而吏卒监守不果。到狱，即欲不食求死。而先帝遣使就狱，有所约救，故狱吏不敢别加非横。臣亦觉知先帝无意杀臣，故复留残喘，得至今日。及窜责黄州，每有表疏，先帝复对左右称道，哀怜奖激，意欲复用，而左右固争，以为不可。臣虽在远，亦具闻之。古人有言，聚蚊成雷，积羽沉舟，言寡不胜众也。以先帝知臣特达如此，而臣终不免于患难者，以左右疾臣者众也。

及陛下即位，起臣于贬所，不及一年，备位禁林，遭遇之异，古今无比。臣每自惟昆虫草木之微，无以仰报天地生成之德，惟有独立不倚，知无不言，可以少报万一。始论衙前差雇利害，与孙永、傅尧俞、韩维争议，因亦与司马光异论。光初不以此怒臣，而台谏诸人，逆探光意，遂与臣为仇。臣又素疾程颐之奸，未尝假以色词，故颐之党人，无不侧目。自朝廷废黜大奸数人，而其余党犹在要近，阴为之地，特未敢发尔。小臣周穜，乃敢上疏乞用王安石配享，以尝试朝廷。臣窃料穜草芥之微，敢建此议，必有阴主其事者。是以上书逆折其奸锋，乞重赐行遣，以破小人之谋。因此，党人尤加忿疾。其后，又于经筵极论黄河不可回夺利害，且上疏争之，遂大失执政意。积此数事，恐别致患祸。又缘臂痛目昏，所以累章力求补外。

窃伏思念，自忝禁近，三年之间，台谏言臣者数四，只因发策草麻，罗织语言，以为谤讪，本无疑似，白加诬执。其间暧昧谮愬，陛下察其无实而不降出者，又不知其几何矣！若非二圣仁明，洞照肝膈，则臣为党人所倾，首领不保，岂敢望如先帝之赦臣乎？自出知杭州二年，粗免人言，中间法外刺配颜章、颜益二人，盖攻积弊，事不获已。陛下亦已赦臣，而言者不赦，论奏不已。其意岂为颜章等哉？以此知党人之意，未尝一日不在倾臣。洗垢求瑕，止得此事。

今者忽蒙圣恩召还擢用，又除臣弟辙为执政，此二事，皆非大臣本意。窃计党人必大猜忌，磨厉以须，势必如此。闻命悸恐，以福为灾,即日上章,辞免乞郡。行至中路,果闻弟辙为台谏所攻,般出廨宇待罪。又蒙陛下委曲,照见情状,方获保全。臣之刚褊,众所共知,党人嫌忌,甚于弟辙。岂敢以衰病之余,复犯其锋!虽自知无罪可言,而今之言者,岂问是非曲直?窃谓人主之待臣子,不过公道以相知;党人之报怨嫌,必为巧发而阴中。臣岂敢恃二圣公道之知,而傲党人阴中之祸。所以不避烦渎,自陈入仕以来进退本末,欲陛下知臣危言危行,独立不回,以犯众怒者,所从来远矣。又欲陛下知臣平生冒涉患难危险如此,今余年无几,不免有远祸全身之意,再三辞逊,实非矫饰。柳下惠有言:"直道而事人,焉往而不三黜。"臣若贪得患失,随世俯仰,改其常度,则陛下亦安所用?臣若守其初心,始终不变,则群小侧目,必无安理。虽蒙二圣深知,亦恐终不胜众。所以反覆计虑,莫若求去。非不怀恋天地父母之恩,而衰老之余,耻复与群小计较短长曲直,为世间高人长者所笑。

伏望圣慈,察臣至诚,特赐指挥执政检会累奏,只作亲嫌回避,早除一郡。所有今来奏状,乞留中不出,以保全臣子。臣不胜大愿。若朝廷不以臣不才,犹欲驱使,或除一重难边郡,臣不敢辞避。报国之心,死而后已。惟不愿在禁近,使党人猜疑,别加阴中也。干犯天威,谨俟斧锧。臣不任祈天请命战恐殒越之至。谨录奏闻,伏候敕旨。

〔贴黄〕臣受圣知最深,故敢披露肝肺,尽言无隐。必致当途怨怒,愈为身灾。君臣不密,《周易》所戒,故亲书奏状。眼昏字大,又涉不恭,进退惟谷,伏望圣慈宽赦。臣不胜战恐之至。卷三二

撰上清储祥宫碑奏请状

元祐六年六月二十六日,翰林学士承旨、左朝奉郎、知制诰、兼侍读苏轼状奏:近准敕修盖上清储祥宫,将欲了毕,合用修宫记,差臣撰文并书石。今有下项事,合奏请者。

一、窃见上清宫,元系太宗皇帝创建,于庆历中遗火焚荡。今欲见元建及遗火年月,乞下史院检会降下。

一、今来上清储祥宫,系神宗皇帝赐名,方议修盖。至元祐中,蒙内出钱物修盖成就。今欲见先朝所赐钱物并今来内出钱物数目,及系是何库钱支拨,或系太皇太后、皇帝本殿钱物,并乞检会降下。

一、今欲见神宗皇帝赐名修宫因依,及二圣赐钱修盖成就意指,乞赐颁示。

一、臣窃见朝廷自来修建寺观,多是立碑,仍有铭文,于体为宜。若只作记,即更无铭。未委今来为碑为记,乞降指挥。

一、准敕差臣书石,合书篆额人衔位姓名,乞检会降下。

右谨录奏闻,伏候敕旨。 卷三二

进单锷《吴中水利书》状

元祐六年七月二日,翰林学士承旨、左朝奉郎、知制诰、兼侍读苏轼状奏:右臣窃闻议者多谓吴中本江海大湖故地,鱼龙之宅,而居民与水争尺寸,以故常被水患,盖理之当然,不可复以人力疏治。是殆不然。

臣到吴中二年,虽为多雨,亦未至过甚,而苏、湖、常三州,皆大水害稼，至十七八，今年虽为淫雨过常，三州之水，遂合为一，太湖、松江，与海渺然无辨者。盖因二年不退之水，非今年积雨所能独致也。父老皆言，此患所从来未远，不过四五十年耳，而近岁特甚。盖人事不修之积，非特天时之罪也。

　　三吴之水，潴为太湖，太湖之水，溢为松江以入海。海水日两潮，潮浊而江清，潮水常欲淤塞江路，而江水清驶，随辄涤去，海口常通，故吴中少水患。昔苏州以东，官私船舫，皆以篙行，无陆挽者。古人非不知为挽路，以松江入海，太湖之咽喉，不敢鲠塞故也。自庆历以来，松江始大筑挽路，建长桥，植千柱水中，宜不甚碍。而夏秋涨水之时，桥上水常高尺余，况数十里积石壅土筑为挽路乎？自长桥挽路之成，公私漕运便之，日葺不已，而松江始艰嗌不快。江水不快，软缓而无力，则海之泥沙随潮而上，日积不已，故海口湮灭，而吴中多水患。近日议者，但欲发民浚治海口，而不知江水艰嗌，虽暂通快，不过岁余，泥沙复积，水患如故。今欲治其本，长桥挽路固不可去，惟有凿挽路于旧桥外，别为千桥，桥簨各二丈，千桥之积，为二千丈，水道松江，宜加迅驶。然后官私出力以浚海口。海口既浚，而江水有力，则泥沙不复积，水患可以少衰。臣之所闻，大略如此，而未得其详。

　　旧闻常州宜兴县进士单锷，有水学，故召问之，出所著《吴中水利书》一卷，且口陈其曲折，则臣言止得十二三耳。臣与知水者考论其书，疑可施用，谨缮写一本，缴连进上。伏望圣慈深念两浙之富，国用所恃，岁漕都下米百五十万石，其他财赋供馈不可悉数，而十年九涝，公私凋弊，深可愍惜。乞下臣言与锷书，委本路监司躬亲按行，或差强干知水官吏考实其言，图上利害。臣不胜区区。谨录奏闻，伏候敕旨。卷三二

文集卷三十

辞免撰赵瞻神道碑状

元祐六年七月日，翰林学士承旨、左朝奉郎、知制诰、兼侍读苏轼状奏：准敕，差撰故中散大夫同知枢密院赵瞻神道碑并书者。右臣平生不为人撰行状、埋铭、墓碑，士大夫所共知。近日撰《司马光行状》，盖为光曾为亡母程氏撰埋铭。又为范镇撰墓志，盖为镇与先臣洵平生交契至深，不可不撰。及奉诏撰司马光、富弼等墓碑，不敢固辞，然终非本意。况臣老病废学，文辞鄙陋，不称人子所以欲显扬其亲之意。伏望圣慈别择能者，特许辞免。谨录奏闻，伏候敕旨。卷三三

再乞郡札子

元祐六年七月六日，翰林学士承旨、左朝奉郎、知制诰、兼侍读苏轼札子奏：臣闻朝廷以安静为福，人臣以和睦为忠。若喜怒爱憎，互相攻击，则其初为朋党之患，而其末乃治乱之机，甚可惧也。臣自被命入觐，屡以血恳，频干一郡，非独顾衰命为保全之计，实深为朝廷求安静之理。而事有难尽言者。臣与贾易本无嫌怨，只因臣素疾程颐之奸，形于言色，此臣刚褊之罪也。而贾易，颐之死党，专欲与颐报怨。因颐教诱孔文仲，令以其私意论事，为文仲所奏。

颐既得罪，易亦坐去。而易乃于谢表中，诬臣弟辙漏泄密命，缘此再贬知广德军，故怨臣兄弟最深。臣多难早衰，无心进取，岂复有意记忆小怨？而易志在必报，未尝一日忘臣。其后召为台官，又论臣不合刺配杭州凶人颜章等，以此见易于臣不报不已。今既擢贰风宪，付以雄权，升沉进退，在其口吻，臣之绵劣，岂劳排击。观其意趣，不久必须言臣，并及弟辙。辙既备位执政，进退之间，事关国体。则易必须扇结党与，再三论奏，烦渎圣聪，朝廷无由安静。皆臣愚蠢，不早回避所致。若不早赐施行，使臣终不免被人言而去，则臣虽自顾无罪，中无所愧，而于二圣眷待奖与之意，则似不终。窃惟天地父母之爱，亦必悔之。伏乞检会前奏，速除一郡。此疏即乞留中，庶以保全臣子。取进止。

〔贴黄〕臣前在南京所奏乞留中一状，亦乞更赐详览施行。

又〔贴黄〕臣从来进用，不缘他人，中外明知，独受圣眷。乞赐保全，令得以理进退。若不早与一郡，使臣不免被人言而出，天下必谓臣因蒙圣知，故遭破坏，所损不细矣。

又〔贴黄〕臣未请杭州以前，言官数人造作谤议，皆言屡有章疏言臣。二圣曲庇，不肯降出。臣寻有奏状，乞赐施行，遂蒙付外。考其所言，皆是罗织，以无为有。只如经筵进朱云故事，云是离间大臣之类，中外传笑，以谓圣世乃有此风。今臣若更少留，必须捃拾似此等事，虽圣明洞照有无，而党与既众，执奏不已，则朝廷终亦难违其意，纵未责降，亦须出臣。势必如此，何如今日因臣亲嫌之请，便与一郡，以全二圣始终之恩。若圣慈于臣眷眷不已，不行其言，则又须腾谤，以谓二圣私臣，曲行庇盖。臣既未能补报万一，而使浮议上及圣明，死有余罪矣。伏乞痛赐闵察，早除一郡。卷三三

乞将上供封桩斛斗应副浙西诸郡接续粜米札子

元祐六年七月十二日,翰林学士承旨、左朝奉郎、知制诰、兼侍读苏轼札子奏:臣伏见浙西诸郡二年灾伤,而今岁大水,苏、湖、常三郡水通为一,农民栖于丘墓,舟楫行于市井,父老皆言,耳目未曾闻见,流殍之势,甚于熙宁。

臣闻熙宁中,杭州死者五十余万,苏州三十余万,未数他郡。今既秋田不种,正使来岁丰稔,亦须七月方见新谷。其间饥馑变故,未易度量。吴人虽号柔弱,不为大盗,而宣、歙之民,勇悍者多,以贩盐为业,百十为群,往来浙中,以兵仗护送私盐。官司以其不为他盗,故略而不问。今人既无食,不暇贩盐,则此等失业,聚而为寇,或得豪猾,为之首帅,则非复巡检县尉所能办也。恭惟二圣视民如子,苟有可救,无所吝惜。凡守臣监司所乞,一一应副,可谓仁圣勤恤之至矣。然臣在浙中二年,亲行荒政,只用出粜常平米一事,更不施行余策,而米价不踊,卒免流殍。盖缘官物有限,饥民无穷,若兼行借贷俵散,则力必不及,中路阙绝,大误饥民,不免拱手而视亿万之死也。不如并力一意,专务粜米,若粜不绝,则市价平和,人人受赐。纵有贫民无钱可籴,不免流殍,盖亦有限量矣。

臣昨日得杭州监税苏坚书报臣云:杭州日粜三千石,过七月,无米可粜,人情汹汹,朝不谋夕。但官场一旦米尽,则市价倍踊,死者不可胜数,变故之生,恐不可复以常理度矣。欲乞圣慈速降指挥,令两浙运司,限一两日内,约度浙西诸郡,合粜米斛,酌中数目,直至来年七月终,除见在外,合用若干石,入急递奏闻。候到,即指挥发运司官吏于辖下诸路封桩,及年计上供钱斛内擘画应副。须管接续起发赴浙西诸郡粜卖,不管少有阙绝,仍只依地头元价及量添水脚钱出卖。及卖到米脚钱,并用收买金银还充上供及封桩钱物。所贵钱货流通,不至钱荒。所有借贷俵散之类,候出粜有余,方得施行。似此计置,虽是数目浩瀚,然止于粜卖,不失官本,似易应副。但令浙西官场粜米不绝,直至来年七月终,则虽天灾流行,亦不能尽害陛下赤子也。如蒙施行,即乞先降手诏,令监司出榜晓谕军民,令一路晓然,知朝廷已有指挥,令发运司将上供封桩斛斗,应副浙西诸郡粜米,直至明年七月终。不惟安慰人心,破奸雄之谋,亦使蓄积之家,知不久官米大至,自然趁时出卖,所济不少。惟望圣明,深愍一方危急,早赐施行。取进止。

〔贴黄〕臣去岁奏乞下发运司,于丰熟近便州、军,籴米五十万石,蒙圣慈依奏施行,仍赐封桩钱一百万贯,令籴米。而发运司以本路米贵为词,不肯收籴。去年若用贵价收籴,不过每斗七十足钱,尽数收籴,犹可得百余万石,则今年出粜,所济不少。其发运司官吏,不切遵禀之罪,朝廷未尝责问,习玩号令,事无由集。今来若行臣言,即乞严切指挥,发运司稍有阙误,必行重责。所贵一方之民,得被实惠,所下号令,不为空言。卷三三

乞擢用程遵彦状

元祐六年七月日,翰林学士承旨、左朝奉郎、知制诰、兼侍读苏轼状奏:右臣窃谓朝廷用人,以行实为先,以才用为急。二者难兼,故常不免偏取。而端静之士,虽有过人之行,应务之才,又皆藏器待时,耻于自献,朝廷莫得而知之。如臣等辈,固当各举所闻,以助乐育之意。伏见左朝散郎、前佥书杭州节度判官厅公事程遵彦,

吏事周敏,学问该洽,文词雅丽,三者皆有可观。而事母孝谨,有绝人者。母性甚严,遵彦甚宜其妻,而母不悦,遵彦出之。妻既被出,孝爱不衰,岁时伏腊所以事姑者,如未出。而母卒不悦,遵彦亦不再娶,十五年矣。身为仆妾之役,以事其母,虽前史所传孝友之士,殆不能过。臣与之同僚二年,备得其实。今替还都下,未有差遣,碌碌众中,未尝求人。臣窃惜之。伏望圣慈特赐采察,量材录用,非独广搜贤之路,亦以敦厉孝悌,激扬风俗。若后不如所举,臣甘伏朝典。谨录奏闻,伏候敕旨。卷三三

乞外补回避贾易札子

　　元祐六年七月二十八日,翰林学士承旨、左朝奉郎、知制诰、兼侍读苏轼札子奏:臣自杭州召还以来,七上封章,乞除一郡。又曾两具札子,乞留中省览。倾沥肝胆,不为不至。而天听高远,不蒙回照。退伏思念,不寒而栗。然臣计之已熟。若干忤天威,得罪分明,不避权要,获谴暧昧。臣今来甘被分明之罪,不愿受暧昧之谴。

　　臣闻贾易购求臣罪,未有所获。只有法外刺配颜章、颜益一事,必欲收拾砌累,以成臣罪。易前者乞放颜益,已蒙施行。今又乞放颜章。以此见易之心,未尝一日不在倾臣。只如浙西水灾,臣在杭州及替还中路,并到阙以来,累次奏论,词意恳切。寻蒙圣慈采纳施行。而易扇摇台官安鼎、杨畏,并入文字,以谓回邪之人,眩惑朝廷,乞加考验,治其尤者。宰相以下,心知其非,然畏易之狠,不敢不行。赖给事中封驳,谏官论奏,方持其议。易等但务快其私忿,苟可以倾臣,即不顾一方生灵坠在沟壑。若非给事中范祖禹,谏官郑雍、姚勔,偶非其党,犹肯为陛下腹心耳目,依公论奏,则行

下其言。浙中官吏，承望风旨，更不敢以实奏灾伤，则亿万性命，流亡寇贼，意外之患，何所不至。陛下指挥执政擘划救济，非不丁宁，而易等方欲行遣官吏言灾伤者，与圣意大异，而执政相顾不言，俛俯行下。显是威势已成，上下慴服，宁违二圣指挥，莫违贾易意旨。臣是何人，敢不回避。若不早去，不过数日，必为易等所倾。一身不足顾惜，但恐倾臣之后，朋党益众，羽翼成就，非细故也。不如今日令臣以亲嫌善去，中外观望，于朝廷事体，未有所害。臣之大意，止是乞出。若前来早赐施行，臣本不敢尽言，只为累章不允，计穷事迫，须至尽述本心，不敢有隐毫末。

伏望圣明察其至诚，止是欲得外补，即非无故论说是非。特赐留中省览，以保全臣子。不胜幸甚。取进止。卷三三

辨贾易弹奏待罪札子

元祐六年八月初四日，翰林学士承旨、左朝奉郎、知制诰、兼侍读苏轼札子奏：臣今月三日，见弟尚书右丞辙为臣言，御史中丞赵君锡言，秦观来见君锡，称被贾易言观私事，及臣令亲情王适往见君锡，言台谏等互论两浙灾伤，及贾易言奏观事。乞赐推究。

臣愚蠢无状，常不自揆，窃怀忧国爱民之意，自为小官，即好僭议朝政，屡以此获罪。然受性于天，不能尽改。臣与赵君锡以道义交游，每相见论天下事，初无疑间。近日臣召赴阙，见君锡崇政殿门，即与臣言老缪非才，当此言责，切望朋友教诲。臣自后两次见君锡，凡所与言，皆忧国爱民之事。乞问君锡，若有一句及私，臣为罔上。君锡寻有手简谢臣，其略云："车骑临过，获闻诲益，谆谆开诱，莫非师保之训。铭镂肝肺，何日忘之！"臣既见君锡，从来倾

心,以忠义相许,故敢以士君子朋友之义,尽言无隐。

又秦观自少年从臣学文,词采绚发,议论锋起。臣实爱重其人,与之密熟。近于七月末间,因弟辙与臣言贾易等论浙西灾伤,乞考验虚实,行遣其尤甚者,意令本处官吏,观望风旨,必不敢实奏行下,却为给事中封驳,谏官论奏。臣因问弟辙云:"汝既备位执政,因何行此文字?"辙云:"此事众人心知其非。然台官文字,自来不敢不行。若不行,即须群起力争,喧渎圣听。"又弟辙因言秦观言赵君锡荐举得正字,今又为贾易所言。臣缘新自两浙来,亲见水灾实状,及到京后,得交代林希、提刑马瑊及属吏苏坚等书,皆极言灾伤之状,甚于臣所自见。臣以此数次奏论,虽蒙圣恩极力拯救,犹恐去熟日远,物力不足,未免必致流殍。若更行下贾易等所言,则官吏畏惧台官,更不敢以实言灾伤,致朝廷不复尽力救济,则亿万生齿,便有沟壑之忧。适会秦观访臣,遂因议论及之。又实告以贾易所言观私事,欲其力辞恩命,以全进退。即不知秦观往见君锡,更言何事。

又是日,王遹亦来见臣,云:"有少事谒中丞。"臣知遹与君锡亲,自来密熟,因令传语君锡,大略云:"台谏、给事中互论灾伤,公为中丞,坐视一方生灵陷于沟壑,略无一言乎?"臣又语遹说与君锡,公所举秦观,已为贾易言了。此人文学议论过人,宜为朝廷惜之。臣所令王遹与赵君锡言事,及与秦观所言,止于此矣。二人具在,可覆按也。臣本为见上件事,皆非国家机密,不过行出数日,无人不知。故因密熟相知,议论及之。又欲以忠告君锡,欲其一言以救两浙亿万生齿,不为触忤君锡,遂至于此。此外别无情理者。

右臣既备位从官,弟辙以臣是亲兄,又忝论思之地,不免时时语及国事。臣不合辄与人言,至烦弹奏。见已家居待罪,乞赐重行朝典。取进止。 卷三三

辨题诗札子

元祐六年八月初八日,翰林学士承旨、左朝奉郎、知制诰、兼侍读苏轼札子奏:臣今月七日见臣弟辙,与臣言,赵君锡、贾易言臣于元丰八年五月一日题诗扬州僧寺,有欣幸先帝上仙之意。臣今省忆此诗,自有因依,合具陈述。臣于是岁三月六日,在南京闻先帝遗诏,举哀挂服了当,迤逦往常州。是时新经大变,臣子之心,孰不忧惧。至五月初间,因往扬州竹西寺,见百姓父老十数人,相与道旁语笑。其间一人以两手加额,云:"见说好个少年官家。"其言虽鄙俗不典,然臣实喜闻百姓讴歌吾君之子,出于至诚。又是时,臣初得请归耕常州,盖将老焉,而淮浙间所在丰熟,因作诗云:"此生已觉都无事,今岁仍逢大有年。山寺归来闻好语,野花啼鸟亦欣然。"盖喜闻此语,故窃记之于诗,书之当涂僧舍壁上。臣若稍有不善之意,岂敢复书壁上以示人乎?又其时去先帝上仙,已及两月,决非"山寺归来"始闻之语,事理明白,无人不知。而君锡等辄敢挟词,公然诬罔。伏乞付外施行,稍正国法。所贵今后臣子,不为仇人无故加以恶逆之罪。取进止。　卷三三

奏题诗状

元祐六年八月八日,翰林学士承旨、左朝奉郎、知制诰、兼侍读苏轼状:准尚书省札子,苏轼元丰八年五月一日于扬州僧寺留题诗一首,八月八日,三省同奉圣旨,令苏轼具留题因依,实封闻奏。

右臣所有前件诗留题因依,臣已于今日早具札子奏闻讫。乞检会降付三省施行。谨录奏闻,伏候敕旨。　卷三三

申省论八丈沟利害状　一

元祐六年九月日,龙图阁学士、左朝奉郎、知颍州苏轼状申:右轼今看详,前件李义修所陈划一事中,内三件系欲开太康县枯河,及开陈州明河,并不涉颍州地分,无由相度可否利害。外有一件:"欲乞自下蔡县界以东,江陂镇以西,地颇卑下之处,难为开淘者,平地筑岸,如汴河例,不纳众流,免致沟中满溢横出之患,所是田间横贯沟港,两下自有归头去处。间或于要会处如次河口之类,可置斗门,遇田间有积水,临时开闭,甚无妨也。"轼今看详,八丈沟首尾有横贯大小沟渎极多,并系自来地势南倾,流入颍河,别无两下归头去处。遇夏秋涨溢,虽至小者,亦有无穷之水。虽下愚人亦知其不可塞,今义修乃欲筑岸如汴河,不纳众流,显是大段狂妄。又一件云:"八丈沟首尾三百余里,当往来道路,岂能尽置桥梁?欲乞于合该县镇济要去处,创立津渡,小立课额,积久,少助堤岸之费。"轼今看详,议者欲兴大役,劳力费国,公私汹汹,未见其可。而义修先欲置津渡,立课额,以网小利,所见猥下,无足观采。其余议论虽多,并只是罗提刑、李密学意度,更加枝蔓粉饰,附会其说而已,别无可考论。其八丈沟利害,轼见子细相验,打量地势,具的确事件申奏次,谨具申尚书省。谨状。　卷三三

申省论八丈沟利害状　二

元祐六年九月日,龙图阁学士、左朝奉郎、知颍州苏轼状申:右轼体访得万寿、汝阴、颍上三县,惟有古陂塘,顷亩不少,见今皆为民田,或已起移为永业,或租佃耕种,动皆五六十年以上,与产业

无异。若一旦收取，尽为陂塘，则三县之民，失业者众，人情骚动，为害不小。看详陈州水患，本缘罗朝散于府界疏道积水所致。今来进士皇维清，既知修复陂塘，可以弭横流之患，何不乞于府界元有积水久来不堪耕种之地，多作陂塘，不惟所占田地，元系积水占压之处，人户别无词说，兼亦陂塘既修之后，陈州水患，自然衰减，更不消糜弊公私开三百五十四里沟渠。今来维清既欲依罗朝散擘画，起夫十八万人，用钱米三十七万贯石开沟，之后，又别夺万寿等三县农民产业，不知凡几千百顷，又别破人夫钱米以兴陂塘，显是附会罗朝散议论，有害无利，必难施行。轼自承领得上件省司文字，访闻得民间已稍惊疑，若更行下逐县勘会古陂顷亩，及起税请佃年月，则三县农民，必大惊扰。其事既决难施行，所以更不敢行下勘会。其李密学、罗朝散等所欲会议利害，轼见行相验，别具利害申奏次。谨具申尚书省，谨状。　卷三三

奏论八丈沟不可开状

元祐六年十月日，龙图阁学士、左朝奉郎、知颍州苏轼状奏：臣先奉朝旨，令知陈州李承之、府界提刑罗适、都水监所差官及本路提刑、转运司，至颍州与臣会议开八丈沟利害。臣以到任之初，未知利害之详，难以会议，寻申尚书省乞指挥逐官未得前来，候到任见得的确利害，别具申省，方可指挥逐官前来会议。进呈，奉圣旨，依所乞。

臣今来到任已两月，体问得颍州境内诸水，但遇淮水涨溢，颍河下口壅遏不得通，则皆横流为害，下冒田庐，上逼城郭，历旬弥月，不减尺寸。但淮水朝落，则颍河暮退，数日之间，千沟百港，一

时收缩。以此验之,若淮水不涨,则一颖河泄之足矣。若淮不免涨,则虽复旁开百沟,亦须下入于淮,淮水一涨,百沟皆壅,无益于事,而况一八丈沟乎?

且陈之积水,非陈之旧也。乃是罗适创引府界积水,以为陈患。今又欲移之于颖,纵使朝廷恤陈而不恤颖,欲使颖人代陈受患,则彼此均是王民,臣亦不敢深诉。但恐颖州已被淮水逆流之患,而陈州但受州界下流之灾,若上下水并在颖州,则颖之受患,必倍于陈,田庐城郭,官私皆被其害,恐非朝廷之本意也。又况颖州北高南下,今颖河行于南,八丈沟行于北,诸沟水远者数百里,近者五七十里,皆自北泻下,贯八丈沟而南,其势皆可以夺并沟水,入于颖河。其间二水最大,一名次河,一名江陂,水道深阔,势若建瓴,南倾入颖河,而罗适欲以八丈沟夺并而东,此犹欲用五丈河夺汴河,虽至愚知其不可。而罗适与臣书,乃云:“若疑之,只塞次河、江陂,勿令南流可也,何足为虑。”虽儿童之见,不至于此。纵使臣愚暗,全不晓事,与适相附会以兴大役,虽复起夫百万,糜费钱米至巨万亿,亦无由成,而况十八万人与三十七万贯石乎?

臣历观数年以来诸人议论,胡宗愈、罗适、崔公度、李承之以为可开,曾肇、陆佃、朱勃以为不可开,然皆不曾差壕寨用水平打量,见地形的实高下丈尺,是致臆度利害,口争胜负,久而不决。臣已选差教练使史昱等,令管押壕寨,自蔡口至淮上,计会本州逐县官吏子细打量,每二十五步立一竿,每竿用水平量见高下尺寸,凡五千八百一十一竿,然后地面高下,沟身深浅,淮之涨水高低,沟之下口有无壅遏,可得而见也。并取到逐县官吏,保明文状讫,所有逐竿细帐,见在本州使案收管,更不敢上渎圣听,只具史昱等相验到逐节事状,缴连申奏,并略具下项要切利害。

一、臣到任之初，便取问得汝阴、万寿、颍上三县官吏文状称，罗适、崔公度当初相度八丈沟时，只是经马行过，不曾差壕寨用水平打量地面高下，是实。切详适等建议，起夫一十八万人，用钱米三十七万贯石，元不知地面高下，未委如何见得利害可否，及如何计料得夫功钱粮数目，显是全然疏谬。兼看详罗适所上文字，称："八丈沟上口岸至水面，直深二丈五尺，至黄堆口，与淮水面约直深十丈有畸，即是陈州水面下比寿州淮河水面高七丈五尺。"又云："淮水面约阔二十余里。"又云："淮水大涨，不过四丈。"适只以此，便定八丈沟下口必无壅遏。臣窃详适若曾用水平打量，见的实丈尺，必不谓之约量，显是臆度高下，难为凭信。今据史昱等打量，自蔡口至黄堆口至淮上溜分丈尺，及验得每年淮水涨痕高下，将溜分折除外，尚有涨水八尺五寸，折除不尽，其势必须从八丈沟内逆流而上，行三百里，与地面平而后止。显见将来八丈沟遇淮水涨大时，临到淮三百里内，壅遏不行。二水相值，横流于数百里间，但五七日不退，则颍州苗稼，无遗类矣。罗适云："淮水面阔二十余里。"今量阔处，不过三里。适又云："淮水涨不过四丈。"今验得涨痕五丈三尺。适又云："黄堆口至淮面直深十丈有畸。"今量得四丈五尺。三事皆虚，乃是适意欲淮面之阔与溜分之多，则以意增之，欲涨水之小，则以意减之。此皆有实状，不可移易，适犹以意增损；其他利害不见于目前者，适固不肯以实言也。

一、江陂、次河深阔高下丈尺，其势必夺八丈沟水南入颍河，及其余沟水如泥沟、瓦沟之类，皆可以回夺八丈沟，不令东流。实状已具史昱等状内。臣体验得每年颍河涨溢水痕，直至州城门脚下，公私危惧。若八丈沟不能东流，却为次河、江陂等水所夺，南入颍河，则是颍河于常年分外，更受陈州一带积水，稍加数尺，必为州城深患。而罗适、胡宗愈等皆云："自天地有水已来，万折必东，必无回夺之理。"既云"万折必东"，则是水有时而行于西南北，但卒归于东耳，非谓不折而常东也。水之就下，儿童知之，适等不必其就下而必其常东，此岂足信哉！适又云："方水涨时，颍河亦自涨满，不能受水，则次河、江陂安能夺八丈沟而南？"臣谓八丈沟比颍河大小不相侔，八丈沟必常先颍河而涨，后颍河而落。方颍河之不受水也，则八丈沟已先涨矣，安能夺诸沟而东！及八丈沟稍落而能行水，则颍河已先落矣，安得不夺八丈沟而南！此必然之理也。

一、据史昱等打量到，罗适回易八丈古沟，创开六处，计取民田二十七顷八亩，合给还价钱。或系官田地，虽数目不多，而罗适未曾计入钱粮数内。又看验得地性疏恶，合用梢桩，土薄水浅，地脉沮洳，开未及元料丈尺间，必有水泉，又难为倒填，车水兴功。兼地形高下不等，而沟底须合，取令慢平，沟身既深，沟面随阔，则适所计料，全未是实数。其一十八万人夫及三十七万贯石钱米，必是使用不足。

右八丈沟利害大略，具上件三事，其余更有不便事节，未易悉数，兼已略见于本路转运判官朱勃申省状内。及考之前史，邓艾本为陈、项间田良水少而开八丈沟，正与今日厌水患多之意不同，勃已论之详矣。伏望圣慈指挥，将朱勃申状与臣所奏，一处看详，即见八丈沟不可开事理实状,了然明白。乞早赐果决不开指挥,以安颍、寿之间百姓惊疑之心。不胜区区。谨录奏闻,伏候敕旨。

〔贴黄〕据崔公度状称,取到寿州浮桥司状,照验得昨来五六月间,陈、颍州大水之时,淮水比常年大小,显见自是诸河泛涨,并积水为害,并不干淮水之事。看详崔公度所言,显是只将是年淮水偶然不大,便定永远利害,未委崔公度如何保得今后淮水与诸河水永不一时皆涨乎? 又,臣问得淮、颍间农民父老,若淮水小,则陈、颍诸河永无涨溢之理。公度所言,必非实事。

〔贴黄〕罗适计料八丈沟要开深一丈,而汝阳县官吏,只计料八尺。适亦不知,据数申上,其疏谬例皆如此。

〔贴黄〕胡宗愈、罗适等皆言八丈沟成,恐商贾舟船不复过颍州,故州城里居民豪户,妄生异议。今勘会蔡河水涨,每年中无一两月,其余月分,皆系水小。据罗适图序云,八丈沟上口岸去蔡河水面二丈五尺。而八丈沟止于地面上开深八尺,除大水涨时,沟口方与蔡河相通,至水落时,沟口去蔡河水面,乃高一丈七尺,颍人何缘过忧舟船不入城下? 显是巧说,厚诬颍人,以伸其私意。卷三三

奏淮南闭籴状　一

元祐六年十一月日,龙图阁学士、左朝奉郎、知颍州苏轼状奏:据汝阴县百姓朱宪状,伏为今年旱伤,稻苗全无,往淮南籴得晚稻一十六石,于九月二十八日到固始县朱皋镇,有望河栏头所由等栏住宪稻种,不肯放过河来,当时寄在陈二郎铺内。当来榜内只说

栏截籴场粳米,不得过淮河,并不曾声说栏截稻种。今来不甘被望河栏头所由等栏截稻种,有误向春布种,申乞施行。

臣寻备录朱宪状及检坐敕条,牒淮南路监司及光州固始县并朱皋镇等处,请依条放行斛斗,不得栏截,至今未有施行回报。兼体问得本州今年系秋田灾伤,检放税赋,百姓例阙谷种,见今在市绝少斛斗,米价翔贵,本州见阙军粮,亦是贵价收籴不行。寻勾到斛斗行人杨佶等,取问在市少米因依。其杨佶等供状称,问得船车客旅等,称说是淮南官场收籴,出立赏钱,不得津般粳米过淮南界,是致在市少米。须至奏乞指挥者。右检会《编敕》,诸兴贩斛斗,虽遇灾伤,官司不得禁止。又条,诸兴贩斛斗及以柴炭草木博籴粮食者,并免纳力胜税钱,注云旧收税处依旧,即灾伤地分,虽有旧例亦免。臣顷在杭州,亲见秀州等处为官籴上供粳米违条,禁止贩卖,及灾伤地分,并不依条免纳力胜税钱,于官并无所益,依旧收籴不行,徒使百姓惊疑,各务藏蓄斛斗,不肯出粜,致饿损人户,为害不少。今来淮南官吏又袭此流弊,违条立赏,行闭籴之政。致本州城市阙米,农民阙种。若非朝廷严赐指挥,即人户必致失所。

伏乞备录臣奏及开坐敕条,指挥淮西转运、提刑司,行下逐州县,不得更似日前违条,禁止兴贩斛斗过淮。并勘会辖下,如系灾伤地分,不得违条收纳米谷力胜税钱。所贵逐路官司,稍获均济。仍乞速赐行下,使灾伤农民,早行耕种。谨录奏闻,伏候敕旨。 _{卷三三}

奏淮南闭籴状 二

元祐六年十一月日,龙图阁学士、左朝奉郎、知颍州苏轼状奏:臣近为光州固始县朱皋镇官吏违条禁止本州汝阴县百姓朱宪收籴稻种,不令过淮。及取到行人杨佶等状称,是淮南官场籴米,立赏禁止米斛过淮,致本州收籴军粮不行,及农民阙种,城市阙食。已具事由闻奏,乞严赐指挥淮南监司,不得违条禁止贩卖米斛。仍乞勘会,如系灾伤地分,不得违条收五谷力胜去讫。仍已令本州一面移牒淮南提、转及光州、固始县、朱皋镇等处,放行斛斗,其提、转、州县,并不回报依应施行。

惟朱皋镇官吏坐到本州县牒:"所准淮南西路提刑司指挥出榜云,如有细民过渡,回运米斛,不满一硕,即勒白日任便渡载外,有一硕以上,满一席者,并仰地分捉捜赴官,依法施行。犯人备赏钱一贯,每一席,加赏钱一贯。若或夜间过渡,一硕以下,犯人出赏钱一贯,每席,加一贯。其所捉来到米数,却勾栏前来,于本县元籴处出籴。若系他人捉到,其经历地分勾当人,并勾追勘断。以此,至本镇不敢放过米斛。"又于今月十五日,据汝阴县百姓杨怀状:"为本庄不熟,遂典田土得钱,于淮南收籴到纳税及供家吃用米四硕,被朱皋镇立赏勾栏,不令过淮。"臣又亲自体问得本州寄居官户,皆言:"有田在光州界内,今年为颍州米贵,各令人于本庄取米纳税供家,并被本处官司立赏禁止,不放前来。"切详逐州、县、镇,若非监司公然违背朝廷敕条,明出榜示,禁绝邻路粮粮,即逐处官吏,亦未敢似此肆行乖戾之政。须至再奏,乞赐指挥者。

右臣窃见近年诸路监司,每遇米贵,多是违条立赏闭籴,惊动人户,激成灾伤之势。熙宁中,张靓、沈起首行此事,至浙中饿死百余万人。臣任杭州日,累乞朝廷指挥,亦蒙施行。今来淮西提刑,既欲收籴官米,自合依市直立定优价,则人户岂有不赴官中卖之理? 今乃明出榜示,严行重赏,令人捉捜勾栏收籴,显是强买人物。为国敛怨,无甚于此。况提刑司明知《编敕》"虽遇灾伤,不得禁止贩卖斛斗"，乃敢公出榜示，立赏禁绝！淮南、京西均是王民，而独绝其糇粮，禁其布种，以至官户本家庄课，亦不得般取吃用。违法害物，未之前闻。其逐州、县、镇官吏，亦明知有上条及臣已坐条关牒，并不施行，宁违朝廷《编敕》条贯，不敢违监司乖戾指挥。

伏望圣慈详酌，早赐问取施行，少免官吏恣行，农民无告。谨录奏闻，伏候敕旨。　卷三三

文集卷三十一

乞赐度牒籴斛斗准备赈济淮浙流民状

元祐六年十二月二十五日，龙图阁学士、左朝奉郎、知颍州苏轼状奏：臣近因出城市中，时有扶挈襁褓如流民者。问之，皆云自寿州来。寻取问得城门守把者，亦云时有此色人，见淮西提刑司出榜立赏，不许米斛过淮北。因此，体问得士人南来者皆云：今秋庐、濠、寿等州皆饥，见今农民已煎榆皮，及用糠麸杂马齿苋煮食。兼寿州盗贼，已渐昌炽，安丰县木场镇打劫施助教家，霍丘县善乡镇打劫谢解元家，六安县故镇打劫魏家，贼徒皆十余人，或云二三十人，颇有骑马者，器仗甚备。每处赃皆数千贯，申报官司，多不尽实，亦有不申报者。兼颍州界亦有恶贼尹遇、陈兴子、郑饶、李松等数人，皆老奸通寇，私立名号，与官吏斗敌，方欲结集，规相应和。近日虽已败获，深恐淮南群盗不止，流入颍州界，纵不能为大害，但饥民附之，徒党稍众，如王冲、管三之流，便不易捕获。臣又闻淮南自秋至今，雨雪不足，麦熟不熟，盖未可知，若麦不熟，必大有饥民。浙西、江东既非丰熟地分，势必流徙北来，则颍州首被其患。若流民至颍，而官无以济之，则横尸布路，盗贼群起，必然之势也。所以须至先事奏乞。若至时元无此事，臣不敢避张皇过当之罪；若隐而不言，仓卒无备，别成意外之虞，其罪大矣。臣日夜计虑，势不可缓。谨具条件如左。

一、勘会本州常平斛斗，见管粳米三万四千余石，通纽元籴价每斗计一百一十八文有畸。菉豆一万三千余石，通纽元籴价每斗计七十二文有畸。小麦二万五千余石，通纽元籴价每斗计五十四文有畸。上件三色，并系元籴价高，纵依条量减出粜，亦未能大段平减市价。兼流民转徙失所，必无钱收买官米，虽依条许借贷人户，又缘流民既非土著，将来无缘催索；又条许常平斛斗召募饥民工役，及许依乞丐人给米斛，不得过所限之数两倍。臣今相度，不惟饥民羸弱，聚散不常，难为工役。又缘常平斛斗本法，元只用粜籴以准平市价；若将召募工役及依乞丐人例给与，则是有出无收，今后常平本钱，日耗不已，有时而尽。臣知杭州日，为见浙西饥馑，全赖常平粜米，所救活不可胜数。以此知常平官本，只可令增，不可令耗。屡曾奏乞立法，常平钱米，只许粜籴外，不得支用。虽未蒙施行，所有本州见管常平斛粜，臣终不敢以流民之故，辄乞费用，留以准备来春斛斗翔贵时出粜，以济本州百姓。

〔贴黄〕若蒙行下户部，不过检坐常平条贯量减价出粜，及召募饥民工役，并依乞丐人给米之数行下，皆是空文，无益实事。乞自朝廷详酌，特赐裁处。

又〔贴黄〕元丰以前，常用常平钱米召募饥民工役，虽有减耗，却将宽剩息钱补填。今来常平官本有出无收，若不立法禁止杂支，则数日而尽，深为可惜。乞检会臣前奏施行。

一、勘会本州见管封桩陕西军兵请受及禁军阙额粳米三千七百余石，估定每斗八十文，小麦三万三千余石，估定每斗六十文，菉豆二千一百余石，估定每斗五十五文，粟米三百余石，估定每斗九十文，豌豆五千一百余石，估定每斗六十文。准条，许估定价例出粜。除勘会本州军粮粳米年计不足，今将转运司钱兑籴上件封桩粳米充军粮外，其余小麦、菉豆、粟米、豌豆，可以奏乞擘画钱物，尽数兑籴，准备赈济流民。

〔贴黄〕所有逐色估定价例，并是在市实直。如蒙施行，乞依今来估定价例兑买。

右臣伏望圣慈，愍念淮浙累岁灾伤，来年春夏必有流民。而颍州正当南北孔道，万一扶老携幼，坌集境内，理难斥遣。若饥毙道路，臭秽薰蒸，饥民同被灾疫之苦。弱者既转沟壑，则强者必聚为寇盗。欲乞特赐度牒一百道，委臣出卖，将钱兑买前件小麦、粟米、菉豆、豌豆四色，封桩斛斗，候有流民到州，逐旋支给赈济。如至时却无流民，自当封桩度牒价钱，别听朝廷指挥。谨录奏闻，伏候敕旨。

〔贴黄〕臣若不预作擘画陈乞，则仓卒之间，必难应办。若不密切奏论，至此声先驰，则恐引惹饥民，并来本州。官物有限，中路阙绝，则死者必众，反为深害。所以今来亲书奏状，贵免泄漏。臣以目昏，书写不谨，伏乞恕罪。如蒙施行，乞作不下司文字，付臣措置。

又〔贴黄〕臣所奏濠、寿等州灾伤盗贼次第，问得皆有本末，非是风传道路之言。深虑本路及逐州，各有检放赋税元未奏陈，致朝廷不信臣言。臣在杭州日，亲见监司州县，例皆讳言灾伤。只如今年苏、湖水灾，可为至甚，而台官贾易等，犹欲根究其事，行遣言者。苏州积水未退尚土城门，而知州黄履已奏秋种有望。似此蒙蔽，习以成风。伏望圣慈试采臣言，

过作准备，则一方幸甚。卷三三

乞将合转一官与李直方酬奖状

　　元祐七年正月日，龙图阁学士、左朝奉郎、知颍州苏轼状奏：臣自到任以来，访问得本州旧出恶贼，自元祐二三年间，管三等啸聚为寇。已而，又有陈钦、邹立、尹荣、尹遇等，亦是群党劫杀，累至与捕盗官吏斗敌。是时，朝廷访闻以名捕此等数人，寻已捉获凌迟处斩，惟尹遇一名漏网得脱，不改前非，结集陈钦之弟陈兴、郑饶、李松等数人，不住惊劫人户。尹遇自称大大王，陈兴称二大王，郑饶称侥三，李松称管四，乡村畏慑，不敢言及，纵被劫杀，不敢申报，以致被杀之家，父母妻子，不敢声张举哀。百姓蔡贵、莫谭、董安三人，只因偶然言及遇等，即时被杀，内董安仍更用尖刀割断脚筋，其余割取头发及杀伤者不可胜数。每次打劫，皆用金贴纸甲，其余兵仗弓弩并全。累次与捕盗官吏斗敌，内一次射杀弓手。兼近日寿州界内，强贼甚多，打劫魏家、谢解元、施助教等家，皆一二十人，白昼骑马于镇市中劫人。其尹遇等闻之，即欲商量应和，居民忧惧。

　　臣度事势迫切，即差职员监勒捕盗官吏，责限收捕。有汝阴县尉李直方，素有才干，自出家财，募人告缉，知得逐贼窟穴去处。内陈兴、郑饶、李松等，见住寿州霍丘县开顺场。尹遇一名，在寿州霍丘县成家步，比陈兴等去处更远二百里。直方以谓众贼之中，唯尹遇最为桀黠难捕，又其窟穴离州界最远，遂分布弓手，捕捉众贼。而直方亲领弓手五人，径往成家步捉杀尹遇。直方母年九十六，只有直方一子。临去之时，母子泣别。往返五百余里，骑杀一马。直方步行百余里，装作贩牛小客。既至地头，众皆畏惧不前，独弓手节级程玉等二人与直方持枪大呼,排户而入。尹遇惊起,彀弓驾箭欲发,直方径前亲手刺倒,众弓手皆入,方始就擒。直方本与弓手分头捕捉众贼,内陈兴、郑饶、李松三人以地近故,先九日获。独尹遇一名,以地远难捕,直方亲行,故后九日获。既获之后,远近喜快。

有城郭乡村人户六百一十七人,诣臣陈状,备说逐贼凶恶,多年为害,人不敢言,若不尽法根勘,万一减死刺配,即须走回啸聚,为害转甚。以此知逐贼桀黠之甚,众所忧畏,若不以时捕获,因之以饥馑,必为王冲、管三之流。而直方以进士及第,母子二人相须为命,而能以忠义奋激,亲手击刺,以除一方之患,比之寻常捕盗官,偶然掩获十数饥寒之民号为劫贼者,不可同日而语矣。彼皆坐该赏典,而直方不蒙旌异,则忠义胆决方略之臣,无所劝激矣。须至奏陈者。

右检准《编敕》节文:"诸官员躬亲帅众获盗一半以上,能分遣人于三十日内获余党者,通计人数,同躬亲法。"今来李直方,为见众贼之中唯尹遇最为宿奸老寇,窟穴深远,众不敢近,须至躬亲出界捕捉,是致后获。既是尹遇须至躬行,则陈兴等三人须至差人,无由躬亲。若使直方先为身谋,即须躬亲先往近处,捕陈兴等三人,然后多遣弓手,续于三十日内捕尹遇一名,即却应得上条"同躬亲法"。只缘直方忠义激发,以除恶为先务,而不暇计较恩赏,故躬亲出界,专捕尹遇一名,以致所差弓手却先获陈兴等三人,遂与上条不应,于赏格有碍。考之法意,显是该说不尽。

伏望朝廷详酌,只缘直方先公后私,致得先后捕获之数,不尽应法。欲乞比附上条,通计人数,许"同躬亲法"为第三等。若下刑部定夺,则有司须至执文计析毫厘,直方无缘该得第三等恩赏。

惟望圣恩体念尹遇等若不以时捕获,必为啸聚群寇,而直方儒者,能捐躯奋命,忠义可嘉,特赐指挥。

臣又虑朝廷惜此恩例,恐今后妄有攀援。勘会臣见今于法合转朝散郎,情愿乞不改转,将此恩例与直方,循资酬奖。缘直方母年九十余,只有一子,因臣督迫,泣别而行。若万一为贼所害,使其老母失所,臣岂不愧见僚吏! 以此将臣合转一官与直方充赏,不惟少酬其劳,亦使臣今后有以使人,不为空言无实者。于臣亦为莫大之幸,且免后人援例,庶朝廷易为施行。臣不胜大愿。谨录奏闻,伏候敕旨。

〔贴黄〕臣所论奏,皆有实状可以覆按。本合候尹遇等结案了闻奏,又恐朝廷未尽以臣言为信,更当行下监司体问逐贼凶恶之实,与直方捐躯奋激之状,故及逐贼未死闻奏,庶可以覆按施行。侥三是管三火中有名强贼人,管四是管三弟。此二贼欲得远近畏服,故诈称二人姓名。

又〔贴黄〕奏为汝阴县尉李直方捕获强恶贼人,乞依《编敕》第三等酬赏。候敕旨。 卷三三

乞赐光梵寺额状

元祐七年二月日,龙图阁学士、左朝奉郎、知颍州苏轼状奏:臣伏见本州颍上县白马村,有梵僧佛陀波利真身塔院舍,约四五十间,元无敕额。父老相传佛陀波利本西域僧,唐仪凤中游五台,礼文殊师利,见老人,令复还西域,取佛顶尊胜陀罗尼经。佛陀波利用其言,往返数万里,以永淳中取经而还,至今流布。而佛陀波利于颍上亡没,里俗相与漆塑其身,造塔供养,时有光景,颇著灵验,

不敢具述。臣于诸处见唐人所立《尊胜石幢刊记》本末,与所闻父老之言颇合。今年正月,大雪过度,农民冻馁无所,祈祷境内诸庙未应。闻父老以佛陀波利为言,臣即遣人赍香祷请,登时开霁,人情翕然归向,诣臣陈状,愿得敷奏,乞一敕额,庶几永远不致废坏。须至乞奏者。

右谨具如前,欲望圣慈曲从民欲,特赐本院一敕额。如蒙开允,以光梵为额。谨录奏闻,伏候敕旨。卷三四

荐宗室令時状

元祐七年五月初五日,龙图阁学士、左朝奉郎、知颍州苏轼状奏:右臣闻之《诗》曰:“怀德维宁,宗子维城。”宗室之有人,邦家之光,社稷之卫也。周之盛时,其卿士皆周、召、毛、原,非王之伯叔父,则其子弟也。逮至两汉,河间、东平之德,歆、向之文,天下以为口实。而唐之宗室,武略如道宗、孝恭,文章如白与贺者,不可以一二数;而以功名至宰相者,有九人焉。自建隆以来,累圣执谦,不私其亲,干国治民,不及宗子,虽有文武异才,终身不试。神宗皇帝实始慨然,欲出其英髦,与天下共之,故增立教养选举之法。行之二十年,出入中外,渐就器使,而未见有卓然显闻、称先帝意者。夫岂无人?盖朝廷未有以大耸劝之耳。臣伏见承议郎、签书颍州节度判官厅公事令時,事亲笃孝,内行纯备,博学经史,手不释卷,史事通敏,文采俊丽,志节端亮,议论英发,体兼众器,无适不宜。臣尝见其所著述,笔力雅健,博贯子史,盖清庙之瑚琏,明堂之杞梓也。使其生于幽远,犹当擢用,而况近托肺腑,已蒙试用者乎?伏望圣慈特赐考察,召致馆阁,养其高才而遂其远业,以风动宗室,劝示海

内,成先帝之意,不以臣人微言轻而废其请也。若后不如所举,臣甘伏朝典。谨录奏闻,伏候敕旨。 卷三四

论积欠六事并乞检会应诏所论四事一处行下状

元祐七年五月十六日,龙图阁学士、左朝奉郎、知扬州苏轼状奏:臣闻之孔子曰:"善人教民七年,亦可以即戎矣。"夫民既富而教,然后可以即戎。古之所谓善人者,其不及圣人远甚。今二圣临御,八年于兹,仁孝慈俭,可谓至矣。而帑廪日益困,农民日益贫,商贾不行,水旱相继,以上圣之资,而无善人之效,臣窃痛之。

所至访问耆老有识之士,阴求其所以,皆曰,方今民荷宽政,无它疾苦,但为积欠所压,如负千钧而行,免于僵仆则幸矣,何暇矫然举首奋臂,以营求于一饱之外哉!今大姓富家,昔日号为无比户者,皆为市易所破,十无一二矣。其余自小民以上,大率皆有积欠。监司督守令,守令督吏卒,文符日至其门,鞭笞日加其身,虽有白圭、猗顿,亦化为筚门圭窦矣。自祖宗已来,每有赦令,必曰:凡欠官物,无侵欺盗用,及虽有侵盗而本家及伍保人无家业者,并与除放。祖宗非不知官物失陷、奸民幸免之弊,特以民既乏竭,无以为生,虽加鞭挞,终无所得,缓之则为奸吏之所蚕食,急之则为盗贼之所凭藉,故举而放之,则天下悦服,虽有水旱盗贼,民不思乱,此为捐虚名而收实利也。

自二圣临御以来,每以施舍己责为先务,登极赦令,每次郊赦,或随事指挥,皆从宽厚。凡今所催欠负,十有六七,皆圣恩所贷矣。而官吏刻薄,与圣恩异,舞文巧诋,使不该放。监司以催欠为职业,守令上为监司之所迫,下为胥吏之所使,大率县有监催千百

家，则县中胥徒举欣欣然，日有所得，若一旦除放，则此等皆寂寥无获矣。自非有力之家，纳赂请赇，谁肯举行恩贷？而积欠之人，皆邻于寒饿，何赂之有？其间贫困扫地，无可蚕食者，则县胥教令供指平人，或云衷私擅买，抵当物业，或虽非衷私，而云买不当价。似此之类，蔓延追扰，自甲及乙，自乙及丙，无有穷已。每限皆空身到官，或三五限得一二百钱，谓之破限。官之所得至微，而胥徒所取，盖无虚日，俗谓此等为县胥食邑户。嗟乎！圣人在上，使民不得为陛下赤子，而皆为奸吏食邑户，此何道也！

商贾贩卖，例无现钱，若用现钱，则无利息。须今年索去年所卖，明年索今年所赊，然后计算得行，彼此通济。今富户先已残破，中民又有积欠，谁敢赊卖物货？则商贾自然不行，此酒税课利所以日亏，城市房廊所以日空也。诸路连年水旱，上下共知，而转运司窘于财用，例不肯放税，纵放亦不尽实。虽无明文指挥，而以喜怒风晓官吏，孰敢违者？所以逐县例皆拖欠两税。较其所欠，与依实检放无异，于官了无所益，而民有追扰鞭挞之苦。近日诏旨，凡积欠皆分为十料催纳，通计五年而足。圣恩隆厚，何以加此！而有司以谓有旨，倚阁者方得依十料指挥，余皆并催。纵使尽依十料，吏卒乞觅，必不肯分料少取。人户既未纳足，则追扰常在，纵分百料，与一料同。

臣顷知杭州，又知颍州，今知扬州，亲见两浙、京西、淮南三路之民，皆为积欠所压，日就穷蹙，死亡过半。而欠籍不除，以至亏欠两税，走陷课利，农末皆病，公私并困。以此推之，天下大率皆然矣。臣自颍移扬，舟过濠、寿、楚、泗等州，所至麻麦如云。臣每屏去吏卒，亲入村落，访问父老，皆有忧色。云："丰年不如凶年。天灾流行，民虽乏食，缩衣节口，犹可以生。若丰年举催积欠，胥徒在门,枷棒在身,则人户求死不得。"言讫泪下,臣亦不觉流涕。又所至城邑,多有流民。官吏皆云:"以夏麦既熟,举催积欠,故流民不敢归乡。"臣闻之孔子曰:"苛政猛于虎。"昔常不信其言,以今观之,殆有甚者。水旱杀人,百倍于虎,而人畏催欠,乃甚于水旱。

臣窃度之,每州催欠吏卒不下五百人,以天下言之,是常有二十余万虎狼,散在民间,百姓何由安生,朝廷仁政何由得成乎?臣自到任以来,日以检察本州积欠为事。内已有条贯除放,而官吏不肯举行者,臣即指挥本州一面除放去讫。其于理合放而于条未有明文者,即且令本州权住催理,听候指挥。其于理合放而于条有碍者,臣亦不敢住催。各具利害,奏取圣旨。谨件如左。

一、准元祐五年五月十四日敕节文:"应实封投状承买场务第五界已后,见欠未纳净利过日钱,亦许比第四界以前三界内一界小数催纳。"上件条贯,止为过界有人承买场务,可以分界,见得最小一界钱数豁除见欠,其间界满,无人承买场务,只勒见开沽人认纳过日钱数者,即无由分界,见得小数,所以不该上条除放。朝廷为见无人承买场务,比之有人承买者,尤为败阙,不易送纳,反不该上条除放,于理不均,故于元祐六年春颁条贯内,别立一条:"诸场务界满未交割者,且令依旧认纳课利,及过日钱。若委因事败阙,或一年无人投状承买,经县自陈申州,本州差官,限二十日体量减定净利钱数,令承认送纳,仍具减定钱数出榜,限一季召人承买。无人投状,本州再差官减定出榜。限满,又无人投状,依前再减出榜。若减及五分以上,无人投状,申提刑司差官与本州县官同共相度,再减节次,依前出榜。如减八分以上,无人投状承买,委是难以出纳净利钱,即所差官与本州县保明申提刑司审察,保明权停闭讫奏。自界满后至停闭日,见开沽人,只依减定净利钱数送纳。"臣今看详,朝廷立此两条,圣恩宽厚,敕语详备,应有人无人承买场务,皆合依条就小送纳,无可疑惑。只缘官吏多以刻薄聚敛为心,又不细详条贯,所以诸处元只施行逐界通比就小催纳指挥,其界满无人承买,只依减定净利钱数送纳条贯多不施行。臣细详上条,既云"自界满至停闭日,见开沽人只依减定净利钱数送纳",即是分明指定合依临停闭日减定最小钱数送纳。虽逐次减定钱数不同,缘皆未有人承买,不免更减,终非定数。既已见得临停闭日所减定数,岂可却更追用逐次虚数为定!臣已指挥本州行下属县,应界满败阙无人承买场务,系见开沽人承认送纳者,并依上条只将临停闭日所定最小钱数为额催纳。内未停闭已前,有人承买,即系上条,各以当限所减定钱数为额催纳。以上如有欠负,即将已前剩纳过钱数豁除。如已纳过无欠负者,即给还所剩。本州已依应施行讫。深虑诸路亦有似此施行未尽处,乞圣旨备录行下。

一、准元祐五年四月九日朝旨:"应大赦以前,见欠蚕盐和买青苗钱物,元是冒名,无可催理,或全家逃移,邻里抱认,或元无头主,均及干系人者,并特与除放。"今勘会江都县人户积欠青苗钱斛二万四千九百二十贯石,内四千九百贯石,系大赦已前欠负逃移,臣已指挥本州,依上件朝旨除放去讫。一千五百二十五贯石,虽系大赦前欠负,却系大赦后逃移;未有明文除放,见今无处催理,不免逐时行

下乡村勘会,虚有搔扰。臣已指挥本州更不行下,欲乞圣
旨指挥应大赦前欠负蚕盐和买青苗钱,但见今逃移无处
催理者,本县官吏保明,并与除放。

〔贴黄〕勘会上件朝旨,经隔二年,不为除放,臣今来方始施
行。深虑诸州军亦有似此大赦前欠蚕盐和买青苗钱逃移人
户,合依圣旨除放,而官吏不为施行者。乞更赐行下免罪
改正。

一、检准《熙宁编敕》:"诸主持仓库欠折官物、买扑场务少欠
课利元无欺弊者,其产业虽已估计倍纳入官,许以所收子
利纽计还元欠官钱,数足,即给还或贴纳所欠钱数,相兼
收赎。如过十年不赎,依填欠田宅条施行。系十保干系
人产业,虽欠人有欺弊,亦准此。"此乃祖宗令典,虽熙宁
新法,亦许准折欠数,数足便还。只因元丰四年十二月
内,两浙转运司奏,买扑之人多是作弊,拖欠合纳课利,须
至官司催逼紧急,却便乞依条将产业在官,拘收子利,折
还系元抵田产物业。窃缘所出花利微细,卒填所欠官钱
不足。看详买扑场务,并系人户情愿实封投状,抱认勾
当,其课利依条自合逐月送纳,即与公人主持仓库欠折官
物陪填事体不同。今相度,欲乞于《编敕》内删去"买扑
场务少欠课利"八字,因此立法,诸主持官物欠折无欺弊
者,其产业估纳入官,以所收子利准折欠数,候足给还,或
贴纳钱收赎。如过十年不赎,依填欠田宅法,系十保干系
人产业,虽元欠有欺弊,仍以所估纳抵产子利,准折欠数,
通计偿足给还抵产。其以前欠负,并准此,内剩纳过钱
数,仍给还所剩。

一、准元丰三年九月二十八日《明堂赦书》节文："开封府界及诸路人户，见欠元丰元年以前夏秋租税，并沿纳不以分数，及二年以前误支雇食水利罚夫买扑场务出限罚钱，并免役及常平息钱，并特与除放。"是时转运司申中书称，见欠丁口盐钱，及盐博绢米及和预买绸绢，并系人户已请官本，不合一例除放。中书批状云：勘会赦书内，即无见欠丁口盐钱并盐博绢米及和预买绸绢已请官本除放之文，因此州县却行催理。至元丰八年登极赦书，亦是除放两税，沿纳钱物。后来尚书户部仍举行元丰四年中书批状指挥，逐年蚕盐钱绢和预买绸绢等，系已请官本，并不除放。臣今看详，内蚕盐钱绢一事，盐本至轻，所折钱绢至重。只如江都县每支盐六两，折绢一尺。盐六两，元价钱一十文五分足，绢一尺，价钱二十八文一分足。其支盐纳钱者，每盐五斤五两，纳钱三百三十一文八分足，比元价买盐每斤二十八文足已多一百八十三文足。又将钱折麦，所估麦价至低。又有仓省加耗及脚剩之类，一文至纳四五文。今来既不除放，即须催纳绢麦折色，所以人户愈觉困苦。臣今看详，丁口盐钱绢既为有官本，难议除放，即合据所支盐斤两实直价钱催纳，岂可将折色绢麦上增起钱数尽作官本？显是于理合放，于条未有明文。臣已指挥本州，应登极赦前见欠丁口盐钱及盐博绢米之类，只据当时所支官物实直为官本催纳，其因折色增起钱数，并权住催理，听候朝旨。伏望圣慈特赐指挥，依此除放。

一、准元祐元年九月六日《明堂赦书》："应内外欠市易钱人户，见欠钱二百贯以下，并特与除放。"续准元祐二年二月七日都省批状："知郑州张璪札子奏，臣伏睹《明堂赦书》节文，诸路人户，见欠市易钱二百贯以下，并特与除放。臣自到州，契勘得本州旧系开封府界管城县日，本县市易抵当所，于元丰二年五月以后，节次准市易上界牒，准太府寺牒支降到匹帛散茶，令搭息出卖。其本州自合依条许人户用物货等抵请及见钱变易，本州却赊卖与人户，仍不曾结保，致有二百九十八户除纳外，共拖欠下官钱计一千九百余贯文。虽契勘得逐户名下见欠各只是二百贯以下，本州为是元管勾官司违法赊散，不依太府寺搭息出卖指挥，致人户亦不曾用物货抵请，即与市易旧法许人结保赊请金银物帛见欠官本事体不同。以此未敢引用赦敕除放。系上件人户所欠物帛价钱，本因官吏违法赊过，其人户元不知有此违碍。伏望圣慈矜恤，特许依赦除放，庶使贫民均被圣泽。户部看详，住罢赊请，后来违法赊散过钱物，并府界县分人户抵当亏本糯米，各与未罢已前依条赊请事体不同。今勘当难以依赦除放。都省批状，依户部所申。"又续准元祐三年十月二十七日敕："勘会内外见欠市易非违法赊请人户，已降指挥二百贯文已下除放，其外路系违法者，即不该除放。切缘本因官司违法赊卖，今来人户若不量与蠲放，显见独不霑恩，须议指挥。十月二十五日奉圣旨，令户部指挥诸路契勘，官私违法除放人户，许将息罚充折外，见欠钱二十贯文已下者，并与除放。"又续准元祐四年正月初十日转运司牒："准尚书户部符，据淮南转运司状，契勘本路市易欠钱，除依条赊借，并元系经官司违法赊欠，已依上项赦敕朝旨施行外，元有未承元丰四年五月十九日朝旨住罢赊借以前，并以后有人户于市易务差出计置变易勾当人等头下赊借钱物，见欠不及二百贯及二十贯以下，今详所降元祐元年九月六日《明堂赦敕》，止言市易欠钱人户，见欠二百贯文以下除放，并元祐三年十月二十七日朝旨，亦止言官司违法赊借，见欠二十贯文以下除放。今来前项人户，从初径于市易差出勾当人等头下赊欠，本司疑虑，未敢一例除放申部者。本部看详，《明堂赦》云：内外欠市易钱人户，见欠二百贯以下除放。及近降朝旨，亦止云官私违法私放人户许将息罚充折外，见欠二百贯以下除放，即无似此窠名明文。今据所申符，本司主者详此，一依前后所降朝旨施行，无至违误。"臣今看详，元祐元年九月六日《明堂赦书》止言"应内外欠市易务钱二百贯以下，并与除放"。赦文简易明白，元不分别人户，于官司请领或径于勾当人名下分请，亦不拘限官司依条赊卖，或违法俵散，及有无抵当结保搭息不搭息之类，但系欠市易务钱二百贯以下者，便合依赦除放，更无疑虑。切原圣意，盖为市易务钱，本缘奸臣贪功希赏，设法陷民，赤子无知，为利所罔，故于即位改元躬祀明堂始见上帝之日，亲发德音，特与除放。皇天后土，实闻此言。当时有识，已恨所放不宽，既知小民为官法所陷，何惜不与尽放，更立二百贯之限？然是时欠负穷民，无不鼓舞涕泣，衔荷恩德。曾未半年，已有刻薄臣寮强生支节，析文破赦，妄作申请，致有上项续降圣旨及都省批状指挥，应官司违法赊借者，止放二十贯以下，其于差出勾当人名下赊请者，并不除放一文，使宗祀赦文，反为虚语,非独失信于民,亦为失信于上帝矣。所系至大,而俗吏小人曾不为朝廷惜此,但知计析锥刀之末,实可痛愍。臣窃仰料二圣至仁至明,已发德音,除放二百贯以下,岂有却许刻薄臣寮出意阻难追改不行之理? 必是当时议者,以为欠钱之人诈立私下赊买人姓名,分破钱数,令不满二百贯,侥幸除放,以此更烦朝省,别立上项条约以防情弊,一时指挥,不为无理。今来岁月已久,人户各蒙监催枷锢鞭挞,困苦理极,若非本身实欠,岂肯七年被监,不求诉免? 以此观之,凡今日欠户,并是实欠,必非私相计会为人分减之人,明矣。伏望圣慈,特与举行元祐元年九月六日赦书,应内外欠市易钱人户,见欠钱二百贯以下,不以官私违法不违法,及人户于官司请领或径于勾当人名下分请者,并与除放,所贵复收穷困垂死之民,稍实宗祀赦书之语,以答天人之意。

一、准元祐六年五月二十六日圣旨:“将府界诸路人户,应见欠诸般欠负,以十分为率,每年随夏秋料各带纳一分,所有前后累降催纳欠负分料展阁指挥,更不施行。”臣今看详,上项指挥明言应见欠诸般欠负并分十料催纳,元不曾分别系与不系因灾伤分料展阁之数。圣恩宽大,诏语分明,但系欠负,无不该者。只因户部出纳之吝,别生支节,谓之申明。其略云:“本部看详,人户见催逐年拖欠下夏秋租税赃赏课利省房没官等钱物,若不系因灾伤许分料展阁理纳之数,自不该上条。”致尚书省八月三日批状指挥,依所申施行,即不曾别取圣旨。臣尝谓二圣即位已来,所行宽大之政,多被有司巧说事理,务为艰阁,使已出之令,不尽施行,屯膏反汗,皆此类也。兼检会元祐敕节文:"诸灾伤倚阁租税,至丰熟日,分作二年四料送纳,若纳未足而又遇灾伤者,权住催理。"今来元祐六年五月二十五日圣旨指挥,虽分为十料,比旧稍宽,又却冲改前后分料展阁指挥,即虽遇灾伤,亦须催纳。水旱之民,当年租赋尚不能输,岂能更纳旧欠? 显是缘此指挥,反更不易。欲望特降圣旨,应诸般欠负,并只依元祐五年五月二十六日圣旨指挥,分十料施行。仍每遇灾伤,依元祐敕权住催理。内人户拖欠两税,不系灾伤倚阁者,亦分二年作四料送纳,未足而遇灾伤者,亦许权住催理。所有户部申明都省批状指挥,乞不施行。

〔贴黄〕议者必谓若如此施行,今后百姓皆不肯依限送纳两税,侥幸分料。臣以谓不然。《编敕》明有催税末限不足分数官吏等第责罚,令佐至冲替,录事、司户与小处差遣,典押勒停,孔目、管押官降资,条贯至重,谁敢违慢。若非灾伤之岁,检放不尽实者,何缘过有拖欠。若朝廷不恤,须得并催,则人户惟有逃移,必无纳足之理。

一、臣先知杭州日,于元祐五年九月奏:"臣先曾具奏,朝廷至仁,宽贷宿逋,已行之命,为有司所格沮,使王泽不得下流者四事。"其一曰:见欠市易籍纳产业,圣恩并许给还,或贴纳收赎。而有司妄出新意,创为籍纳、折纳之法,使十有八九不该给赎。其二曰:积欠盐钱,圣旨已许止纳产盐场监官本价钱,其余并与除放。而提举盐事司执文害意,谓非贫乏不在此数。"其三曰:登极大赦以前人户,以产当酒见欠者,亦合依盐当钱法,只纳官本。其四曰:元丰四年,杭州拣下不堪上供和买绢五万八千二百九十匹,并抑勒配卖与民,不住鞭笞催纳,至今尚欠八千二百余贯,并合依今年四月九日圣旨除放。然臣具此论奏,自经一百八日,未蒙回降指挥,乞检会前奏四事,早赐行下。”尚书省取会到诸处,称不曾承受到上件奏状。十二月八日,三省同奉圣旨,令苏轼别具闻奏。臣已于元祐六年正月九日,备录元状,缴连奏去讫,经今五百余日,依前未蒙施行。伏乞检会前奏,一处行下。

右谨件如前。今所陈六事及前所陈四事,止是扬州、杭州所见。窃计天下之大,如此六事、四事者多矣。若今日不治,数年之后,百姓愈困愈急,流亡盗贼之患,有不可胜言者。伏望特留圣意,深诏左右大臣,早赐果决行下。臣伏见所在转运、提刑,皆以催欠为先务,不复以恤民为意。盖函、矢异业,所居使然。臣愚欲乞备录今状及元祐六年正月九日所奏四事,行下逐路安抚钤辖司,委自逐司选差辖下官僚一两人,不妨本职,置司取索逐州见催诸般欠负科名户眼,及元欠因依。限一月内具委无漏落,保明供申,仍备录应系见行欠负敕条,出榜晓示。如州县不与依条除放,许诣逐司自陈,限逐司于一季内看详了绝。内依条合放而州县有失举行者,与免罪改正讫奏。其于理合放而未有明条或于条有碍者,并权住催理,奏取敕裁。仍乞朝廷差官三五人置局看详,立限结绝。如此,则期年之间,疲民尚有生望,富室完复,商贾渐通,酒税增羡,公私宽泰,必自此始也。臣身远言深,罪当万死,感恩徇义,不能默已。谨录奏闻,伏候敕旨。

〔贴黄〕本州近准转运司牒坐准户部符:“臣寮上言,去岁灾伤人户,农事初兴,生意稍还,正当惠养,助之苏息。伏望圣慈许将去年检放不尽秋税元只收三二分已下者,系本户已是七八分灾伤,今来若纳钱尚有欠,必是送纳不前,乞特与除放。其余纳钱见欠人户,亦乞特与减免三分外,若犹有欠,并上二等户,如不可一例减放,则并乞特与展限,候今年秋熟,随秋料送纳。"其言至切,寻蒙圣恩送下户部。本部却只检坐元祐三年七月二十四日救节文灾伤带纳欠负条贯应破诏旨,其臣寮所乞放免宽减事件,元不相度可否。显是圣慈欲行其言,而户部不欲,虽蒙行下,与不行同。臣今来所论,若非朝廷特赐指挥,即户部必无施行之理。

又〔贴黄〕臣今所言六事及旧所言四事,并系民心邦本,事关安危,兼其间逐节利害甚多,伏望圣慈少辍清闲之顷,特赐详览。

又〔贴黄〕准条,检放灾伤税租,只是本州差官计会令佐同检,即无转运司更别差官覆按指挥。臣在颍州,见逐州检放之后,转运司更隔州差官覆按虚实,显是于法外施行,使官吏畏惮不敢尽实检放。近日淮南转运司为见所在流民倍多,而所放灾伤,多不及五分,支破赈粮有限,恐人情未安,故奏乞法外支给。若使尽实检放,流民不应如此之多,与其法外拯济于既流之后,曷若依法检放于未流之前?此道路共知,事之不可欺者也。臣忝居侍从,不敢不具实以闻奏。

又〔贴黄〕京师所置局,因令看详畿内欠负。卷三四

再论积欠六事四事札子

元祐七年六月十六日,龙图阁学士、左朝奉郎、知扬州苏轼札

子奏:臣已具积欠六事,及旧所论四事上奏。臣闻之孟子曰:"以不忍人之心,行不忍人之政。"若陛下初无此心,则臣亦何敢必望此政?屡言而屡不听,亦可以止矣。然臣犹孜孜强聒不已者,盖由陛下实有此心,而为臣子所格沮也。

　　窃观即位之始,发政施仁,天下耸然,望太平于期月。今者八年,而民益贫,此何道也?愿陛下深思其故。若非积欠所压,自古至今,岂有行仁政八年而民不苏者哉!臣前所论四事,不为不切,而经百余日,略不施行。臣既论奏不已,执政乃始奏云,初不见臣此疏。遂奉圣旨,令臣别录闻奏。意谓此奏朝上而夕行,今又二年于此矣。以此知积欠之事,大臣未欲施行也。若非陛下留意,痛与指挥,只作常程文字降出,仍却作熟事进呈,依例送户部看详,则万无施行之理。臣人微言轻,不足计较,所惜陛下赤子,日困日急,无复生理也。臣又窃料大臣必云今日西边用兵,急于财利,未可行此。臣谓积欠之在户部者,其数不赀,实似可惜。若实计州县催到数目,经涉岁月,积欠之在户部者累毫,何足以助经费之万一。臣愿圣主特出英断,早赐施行。

　　臣访闻浙西饥疫大作,苏、湖、秀三州,人死过半。虽积水稍退,露出泥田,然皆无土可作田塍,有田无人,有人无粮,有粮无种,有种无牛,饿死之余,人如鬼腊。臣窃度此三州之民,朝廷加意惠养,仍须官吏得人,十年之后,庶可完复。《书》曰:"制治于未乱,保邦于未危。"浙西灾患,若于一二年前,上下疚心,同力拯济,其劳费残弊,必不至若今之甚也。臣知杭州日,预先奏乞下发运司,多籴米斛,以备来年拯济饥民,圣明垂察,支赐缗钱百万收籴。而发运使王觌,坚称米贵不籴。是年米虽稍贵,而比之次年春夏,犹为甚贱,纵使贵籴,尚胜于无。而觌执所见,终不肯收籴颗粒,是致次年拯济失备,上下共知而不诘问。小人浅见,只为朝廷惜钱,不为君父惜民,类皆如此。淮南东西诸郡,累岁灾伤,近者十年,远者十五六年矣。今来夏田一熟,民于百死之中,微有生意,而监司争言催欠,使民反思凶年。怨嗟之气,必复致水旱。欲望圣慈救之于可救之前,莫待如浙西救之于不可救之后也。

臣敢昧死请内降手诏云:"访闻淮浙积欠最多,累岁灾伤,流殍相属,今来淮南始获一麦,浙西未保丰凶,应淮南东西、浙西诸般欠负,不问新旧,有无官本,并特与权住催理一年。"使久困之民,稍知一饱之乐。仍更别赐指挥,行下臣所言六事四事,令诸路安抚钤辖司推类讲求,与天下疲民一洗疮痏,则犹可望太平于数年之后也。

臣伏睹诏书,以五月十六日册立皇后,本枝百世,天下大庆。《孟子》有言:"《诗》曰:'古公亶父,来朝走马。率西水浒,至于岐下。爰及姜女,聿来胥宇。'当是时也,内无怨女,外无旷夫。"此周之所以王也。今陛下膺此大庆,独不念积欠之民,流离道路,室家不保,鬻田质子以输官者乎? 若亲发德音,力行此事,所全活者不知几千万人。天监不远,必为子孙无疆之福。臣不胜拳拳孤忠,昧死一言。取进止。卷三四

文集卷三十二

论仓法札子

　　元祐七年七月二十七日,龙图阁学士、左朝奉郎、知扬州苏轼札子奏:臣窃谓仓法者,一时权宜指挥,天下之所骇,古今之所无,圣代之猛政也。自陛下即位,首宽此法,但其间有要剧之司,胥吏仰重禄为生者,朝廷不欲遽夺其请受,故且因循至今。盖不得已而存留,非谓此猛政可恃以为治也。自有刑罚已来,皆称罪立法,譬之权衡,轻重相报,未有百姓造铢两之罪,而人主报以钧石之刑也。今仓法不满百钱入徒,满十贯刺配沙门岛,岂非以钧石报铢两乎?天道报应,不可欺罔,当非社稷之利。凡为臣子,皆当为陛下重惜此事,岂可以小小利害而轻为之哉?臣窃见仓法已罢者,如转运、提刑司人吏之类,近日稍稍复行。若监司得人,胥吏谁敢作过;若不得人,虽行军令,作过愈甚。今执政不留意于拣择监司,而独行仓法,是谓此法可恃以为治也耶?今者又令真、扬、楚、泗转般仓斗子行仓法,纲运败坏,执政终不肯选择一强明发运使以办集其事,但信仓部小吏,妄有陈请,便行仓法,臣所未喻也。

　　今来所奏,只是申明《元祐编敕》,不过岁捐转运司违法所收粮纲税钱一万贯,而能使六百万石上供斛斗,不大失陷,又能全活六路纲梢数千、牵驾兵士数万人免陷深刑,而押纲人员使臣数百人保全身计,以至商贾通行,京师富庶,事理明甚,无可疑者。但恐执政不乐臣以疏外辄议已行之政，必须却送户部，或却令本路监司相度，多方沮难，决无行理。

臣材术短浅，老病日侵，常恐大恩不报，衔恨入地，故贪及未死之间，时进瞽言，但可以上益圣德，下济苍生者，臣虽以此得罪，万死无悔。若陛下以臣言为是，即乞将此札子留中省览，特发德音，主张施行。若以臣言为妄，即乞并此札子降出，议臣之罪。取进止。卷三四

论纲梢欠折利害状

元祐七年七月二十七日，龙图阁学士、左朝奉郎、知扬州苏轼状奏：臣闻唐代宗时，刘晏为江淮转运使，始于扬州造转运船，每船载一千石，十船为一纲，扬州差军将押赴河阴，每造一船，破钱一千贯，而实费不及五百贯。或讥其枉费。晏曰："大国不可以小道理。凡所创置，须谋经久。船场既兴，执事者非一，须有余剩衣食，养活众人，私用不窘，则官物牢固。"乃于扬子县置十船场，差专知官十人。不数年间，皆致富赡。凡五十余年，船场既无破败，馈运亦不阙绝。

至咸通末，有杜侍御者，始以一千石船，分造五百石船二只，船始败坏。而吴尧卿者，为扬子院官，始勘会每船合用物料，实数估给，其钱无复宽剩，专知官十家即时冻馁，而船场遂破，馈运不继，不久遂有黄巢之乱。

刘晏以千贯造船，破五百贯为干系人欺隐之资，以今之君子寡见浅闻者论之，可谓疏缪之极矣。然晏运四十万石，当用船四百只，五年而一更造，是岁造八十只也。每只剩破五百贯，是岁失四

万贯也。而吴尧卿不过为朝廷岁宽四万贯耳,得失至微,而馈运不继,以贻天下之大祸。臣以此知天下之大计,未尝不成于大度之士,而败于寒陋之小人也。国家财用大事,安危所出,愿常不与寒陋小人谋之,则可以经久不败矣。

臣窃见嘉祐中,张方平为三司使,上论京师军储云:"今之京师,古所谓陈留,四通八达之地,非如雍、洛有山河之险足恃也,特恃重兵以立国耳,兵恃食,食恃漕运,漕运一亏,朝廷无所措手足。"因画十四策,内一项云:"粮纲到京,每岁少欠不下六七万石,皆以折会偿填;发运司不复抱认,非祖宗之旧也。"臣以此知嘉祐以前,岁运六百万石,而以欠折六七万石为多。访闻去岁,止运四百五十余万石,而欠折之多,约至三十余万石。运法之坏,一至于此。

又臣到任未几,而所断粮纲欠折干系人,徒流不可胜数。衣粮罄于折会,船车尽于折卖,质妻鬻子,饥瘦伶俜,聚为乞丐,散为盗贼。窃计京师及缘河诸郡,例皆如此。朝廷之大计,生民之大病,如臣等辈,岂可坐观而不救耶?辄问之于吏。下有缺文。乃金部便敢私意创立此条,不取圣旨,公然行下,不惟非理刻剥,败坏祖宗法度,而人臣私意,乃能废格制敕,监司州郡,靡然奉行,莫敢谁何。此岂小事哉!

谨按一纲三十只船,而税务监官不过一员,未委如何随船点检得?三十只船,一时皆通而不勒留住岸,一船点检,即二十九只船皆须住岸伺候,显是违条舞法,析文破敕。苟以随船为名,公然勒留点检,与儿戏无异。访闻得诸州多是元祐三年以来始行点检收税,行之数年,其弊乃出。纲梢既皆赤露,妻子流离,性命不保,虽加刀锯,亦不能禁其攘窃。此弊不革,臣恐今后欠折不止三十余万石,京师军储不继,其患岂可胜言!

　　扬州税务，自元祐三年十月，始行点检收税，至六年终，凡三年间共收粮纲税钱四千七百余贯。折长补短，每岁不过收钱一千六百贯耳。以淮南一路言之，真、扬、高邮、楚、泗、宿六州军，所得不过万缗，而所在税务专栏因金部转运司许令点检，缘此为奸，邀难乞取，十倍于官。遂致纲梢皆穷困骨立，亦无复富商大贾肯以物货委令搭载，以此专仰攘取官米，无复限量，拆卖船板，动使净尽，事败入狱，以命偿官。显是金部与转运司违条刻剥，得粮纲税钱一万贯，而令朝廷失陷纲运米三十万余石，利害皎然。

　　今来仓部并不体访纲运致欠之因，却言缘仓司斗子乞觅纲梢钱物，以致欠折，遂立法令真、扬、楚、泗转般仓并行仓法，其逐处斗子，仍只存留一半。命下之日，扬州转般仓斗子四十人，皆诣臣陈状，尽乞归农。臣虽且多方抑按晓谕，退还其状，然相度得此法必行，则见今斗子必致星散。虽别行召募，未必无人，然皆是浮浪轻生不畏重法之人，所支钱米，决不能赡养其家，不免乞取。既冒深法，必须重赂轻赍，密行交付。其押纲纲梢等，知专斗若不受赂，必无宽剩，斗面决难了纳。即须多方密行重赂，不待求乞而后行用，此必然之理也。

　　臣细观近日仓部所立条约，皆是枝叶小节，非利害之大本。何者？自熙宁以前，中外并无仓法，亦无今来仓部所立条约，而岁运六百万石，欠折不过六七万石。盖是朝廷捐商税之小利，以养活纲梢，而缘路官司，遵守《编敕》法度，不敢违条点检收税，以致纲梢饱暖，爱惜身命，保全官物，事理灼然。臣已取责得本州税务状称，随船点检，不过检得一船。其余二十九船，不免住岸伺候，显有违碍。臣寻已备坐《元祐编敕》晓示，今后更不得以随船为名，违条勒令住岸点检去讫。其税务官吏，为准本州及仓部、发运、转运司指挥非是自擅为条，未敢便行取勘。其诸州军税务，非臣所管，无由一例行下。欲乞朝廷申明《元祐编敕》不得勒令住岸条贯，严赐约束行下。并乞废罢近日仓部起请仓法，仍取问金部官吏不取圣旨擅立随船一法，刻剥兵梢，败坏纲运，以误国计，及发运、转运司官吏，依随情罪施行。庶使今后刻薄之吏，不敢擅行胸臆，取小而害大，得一而丧百。

臣闻东南馈运，所系国计至大，故祖宗以来，特置发运司，专任其责。选用既重，威令自行。如昔时许元辈，皆能约束诸路，主张纲运。其监司州郡及诸场务，岂敢非理刻剥邀难？但发运使得人，稍假事权，东南大计，自然办集，岂假朝廷更行仓法？此事最为简要，独在朝廷留意而已。谨具《元祐编敕》及金部擅行随船点检指挥如左。

一、准《元祐编敕》："诸纲运船栿到岸检纳税钱，如有违限，如限内无故稽留，及非理搜检，并约喝无名税钱者，各徒二年。诸新钱纲及粮纲，缘路不得勒令住岸点检，虽有透漏违禁之物，其经历处，更不问罪，至京下锁通津门，准此。"

一、准元祐三年十一月十九日尚书金部符："省部看详，监粮纲运，虽不得勒留住岸，若是随船点检得委有税物名件，自合依例饶润收纳税钱。即无不许纳税钱事理。若或别无税物，自不得依例喝免税钱，事理甚明。"

右谨件如前者。若朝廷尽行臣言，必有五利：纲梢饱暖，惜身畏法，运馈不大陷失，一利也。省徒配之刑，消流亡贼盗之患，二利也。梢工衣食既足，人人自重，以船为家，既免折卖，又常修完，省逐处船场之费，三利也。押纲纲梢，既与客旅附载物货，官不点检，专栏无由乞取，然梢工自须赴务量纳税钱，以防告讦，积少成多，所获未必减于今日，四利也。自元丰之末，罢市易务、导洛司、堆垛场,议者以为商贾必渐通行,而今八年,略无丝毫之效,京师酒税课利皆亏,房廊邸店皆空,何也?盖祖宗以来,通许纲运揽载物货,既免征税,而脚钱又轻,故物货通流,缘路虽失商税,而京师坐获富庶。自导洛司废,而淮南转运司阴收其利,数年以来,官用窘逼,转运司督迫诸路税务日急一日,故商贾全然不行,京师坐至枯涸。今若行臣此策,东南商贾久闭乍通,其来必倍,则京师公私数年之后,必复旧观。此五利也。臣窃见近日官私例皆轻玩国法,习以成风。若朝廷以臣言为非,臣不敢避妄言之罪,乞赐重行责罚。若以臣言为是,即乞尽理施行,少有违戾,必罚无赦,则所陈五利,可以朝行而夕见也。谨录奏闻,伏候敕旨。

〔贴黄〕本州已具转般仓斗子二十人,不足于用,必致阙误事理,申乞依旧存留四十人去讫。其斗子所行仓法,臣又体访得深知纲运次第。人皆云行仓法后,欠折愈多。若斗子果不取钱,则装发更无斗面,兵梢未免偷盗,则欠折必甚于今。若斗子不免取钱,则旧日行用一贯者须取三两贯,方肯收受。然不敢当面乞取,势须宛转托人,减刻隔洛,为害滋深。伏乞朝廷详酌,早赐废罢,且依旧法。

又〔贴黄〕臣今看详,仓部今来起请条约,所行仓法,支用钱米不少。又添差监门小使臣,支与驿券。又许诸色人告捉构合乞取之人,先支官钱五十贯为赏。又支系省上供钱二万贯,召募纲梢。如此之类,费用浩大。然皆不得利害之要,行之数年,必无所补。臣今所乞,不过减却淮南转运司违条收税钱一万贯,使纲梢饱暖,官物自完,其利甚大。 卷三四

乞罢转般仓斗子仓法状

元祐七年八月一日,龙图阁学士、左朝奉郎、知扬州苏轼状奏:右臣近于七月二十七日具状奏论纲梢欠折利害,内一事,乞罢真、扬、楚、泗转般仓斗子仓法,并乞扬州转般仓斗子依旧存留四十人。今来扬州转般仓斗子四十人并曾诣臣投状,乞一时归农。臣虽且抑按晓谕,退还其状,然体访得众情未安,惟欲逃窜,兼访闻泗州转般仓斗子已窜却一十二人,深虑逐州转般仓斗子渐次星散,别行召募,必是费力,兼恐多是浮浪轻犯重法之人,愈见败坏纲运。其逐一利害,已具前状。只乞朝廷详酌,先赐施行废罢转般仓斗子仓法,及扬州依旧存留转般仓斗子四十人为额。仍乞入急递行下,贵免斗子星散,住滞纲运。谨录奏闻,伏候敕旨。卷三四

乞罢税务岁终赏格状

元祐七年八月初五日,龙图阁学士、左朝奉郎、知扬州苏轼状奏:准元祐三年八月二十三日敕:"陕西转运司奏。准敕节文:'卖盐并酒税务增剩监专等赏钱,更不支给。'本司相度,欲且依旧条支给,所贵各肯用心,趁办课利。户部状欲依本司所乞,并从元丰赏格,依旧施行。检会元丰七年六月二十四日敕:'卖盐及税务监官年终课利增额,计所增数给一氂;卖盐务专副秤子、税务专栏年终课利增额,计所增数给半氂。'及检会元丰赏格'酒务盐官年终课利增额,计所增数给二氂;酒务专匠,年终课利增额,计所增数给一氂'者。"右臣闻之管仲:"礼义廉耻,国之四维。四维不张,国乃灭亡。"今盐酒税务监官,虽为卑贱,然缙绅士人、公卿胄子,未尝

不由此进。若使此等不顾廉耻，决坏四维，掊敛刻剥，与专栏秤匠一处分钱，民何观焉？所得毫末之利，而所败者天下风俗、朝廷纲维，此有识之所共惜。臣至淮南，体访得诸处税务，自数年来，刻虐日甚，商旅为之不行。其间课利，虽已不亏或已有增剩，而官吏刻虐，不为少衰。详究厥由，不独以财用窘急，转运司督迫所致，盖缘有上件给钱充赏条贯，故人人务为刻虐，以希岁终之赏，显是借关市之法，以蓄聚私家之囊橐。若朝廷悯救风俗，全养士节，即乞尽罢上件岁终支赏条贯。仍乞详察上件条贯于税务施行，尤为害物，先赐废罢。况祖宗以来，元无此格，所立场务增亏赏罚，各已明备，不待此条，方为劝奖。臣窃见今年四月二十七日敕，废罢诸路人户买扑土产税场。命下之日，天下歌舞，以致深山穷谷之民，皆免虐害。臣既亲被诏旨，辄敢仰缘德音，推广圣意，具论利害，以候敕裁。谨录奏闻，伏候敕旨。　卷三四

乞岁运额斛以到京定殿最状

元祐七年八月五日，龙图阁学士、左朝奉郎、知扬州苏轼状奏：右臣近者论奏江淮粮纲运欠折利害。窃谓欠折之本，出于纲梢贫困；贫困之由，起于违法收税。若痛行此一事，则期年之间，公私所害，十去七八，此利害之根源，而其他皆枝叶小节也。若朝廷每闻一事，辄立一法，法出奸生，有损无益，则仓部前日所立斗子仓法及其余条约是矣。臣愚欲乞尽赐寝罢，只乞明诏发运使，责以亏赢而为之赏罚，假以事权而助其耳目，则馈运大计可得而办也。

何谓责以亏赢而为之赏罚？盖发运使岁课，当以到京之数为额，不当以起发之数为额也。今者折欠，尽以折会偿填，而发运使

不复抱认其数,但得起发数足,则在路虽有万般疏虞,发运使不任其责矣。今诸路转运司岁运斛斗,皆以到发运司实数为额,而发运司独不以到京及府界实数为额,此何义也?臣欲乞立法,今后发运司岁运额斛,计到京欠折分厘,以定殿罚,则发运使自然竭力点检矣。凡纲运弊害,其略有五。一曰发运司人吏作弊,取受交装不公。二曰诸仓专斗作弊,出入斗器。三曰诸场务排岸司作弊,点检附搭住滞。四曰诸押纲使臣人员作弊,减刻雇夫钱米。五曰在京及府界诸仓作弊,多量剩取,非理曝扬。如此之类,皆可得而去也。纵未尽去,亦贤于立空法而人不行者远矣。

何谓假以事权而助其耳目?盖运路千余里,而发运使二人,止在真、泗二州,其间诸色人作弊侵欺纲梢于百里之外,则此等必不能去离纲运而远赴诉也,况千里乎?臣欲乞朝廷选差或令发运使举辟京朝官两员为句当纲运,自真州至京,往来点检,逐州住不得过五日,至京及本司住不得过十日,以船为廨宇,常在道路,专切点检诸色人作弊,杖以下罪,许决,徒以上罪,送所属施行。使纲梢使臣人员等,常有所赴诉,而诸色人常有所畏忌,不敢公然作弊,以岁运到京数足,及欠折分氂为赏罚。

行此二者,则所谓人存政举,必大有益。伏望朝廷留念馈运事大,特赐检会前奏,一处详酌施行。臣忝备侍从,怀有所见,不敢不尽。屡渎天威,无任战恐待罪之至。谨录奏闻,伏候敕旨。

〔贴黄〕臣前奏乞举行《元祐编敕》钱粮纲不得点检指挥。窃虑议者必谓钱粮纲既不点检,今后东南物货,尽入纲船揽载,则商税所失多矣。臣以谓不然。自祖宗以来《编敕》,皆不许点检,当时不闻商税有亏。只因导洛司既废,而转运司阴收其利,又自元祐三年十月后来,始于法外擅立随船点检一条,自此商贾不行，公私为害。今若依《编敕》施行，不惟纲梢自须投务纳税，如前状所论，而商贾垄集于京师，回路货物，无由复入空纲揽载，所获商税必倍，此必然之理也。卷三五

申明扬州公使钱状

元祐七年八月初六日，龙图阁学士、左朝奉郎、知扬州苏轼状奏：右臣勘会本州公使额钱每年五千贯文，除正赐六百贯、诸杂收簇一千九百贯外，二千五百贯并系卖醋钱。检会当日初定额钱日，本州醋务，系百姓纳净利课利钱承买，其钱并归转运司。当日以卖醋钱二千五百贯入额钱，即亦是拨系省官钱充数。后来公使库方始依新条认纳百姓净利课利等钱承买，逐年趁办上项额钱二千五百贯。检准《编敕》，诸州公使库，许以本库酒糟造醋酤卖，即系官监醋务本库愿认纳元额诸般课净钱，承买者听其所收醋息钱，并听额外收使。今契勘醋库每年酤卖到钱外，除糟米本钱并认纳买扑净利课利钱外，实得息钱，每年只收到一千六七百贯至二千贯以来，常不及元立额钱二千五百贯之数，更岂有额外收使之理？如此，即显是敕条虽许公使库买扑醋务，而扬州独无额外得钱之实。窃以扬于东南，实为都会，八路舟车，无不由此，使客杂遝，馈送相望，三年之间，八易守臣，将迎之费，相继不绝，方之他州，天下所无。每年公使额钱，只与真、泗等列郡一般，比之楚州少七百贯。况今现行例册，元修定日造酒糯米每斗不过五十文足，自元祐四年后来，每斗不下八九十文足，本州之费，一切用酒准折，又难为将例册随米价高下逐年增减，兼复累年接送知州，实为频数，用度不赡，是致积年诸般通欠，约计七八千贯。若不申明，岁月愈深，积数逾

多。隐而不言,则州郡负违法之责;创有陈乞,则朝廷有生例之难。虽天下诸郡,比之扬州,实难攀援。今来亦不敢辄乞增添额钱,及蠲放欠负,只乞检会见行条贯,并当日元定额钱因依,既是于系省官醋务钱内拨二千五百贯元额钱,即乞逐年更不送纳买扑净利课利钱,及更不用钱收买官糟,庶得卖醋钱相添支用。如此,即积年欠负渐可还偿,会藩事体,不致大段衰削。谨录奏闻,伏候敕旨。

〔贴黄〕勘会本州与杭州事体一般,本州当八路口,使客数倍于杭州。杭州公使钱七千贯,而本州止有五千贯,显是支使不足。

又〔贴黄〕准条,虽许公使库收遗利,缘本州委无遗利可收,须至奏乞。 卷三五

文集卷三十三

乞罢宿州修城状

元祐七年九月日，龙图阁学士、左朝奉郎、新除兵部尚书苏轼状奏：臣近自淮南东路钤辖被召，过所部宿州，体访得本州见将零壁镇改作零壁县，及本州见准朝旨展筑外城两事，各有利害。既系臣前任部内公事，而改镇作县，又系兵部所管，所以须至奏陈。谨具条件如后。

一、零壁镇人户靳琮等，先经本路及朝省陈状，乞改零壁镇为县。却准转运使赵偁状称，看详得元只是本镇官势有力人户，意欲置县，增添诸般营运，妄有陈状。寻准敕依奏，依旧为镇。后来有转运使张修等及知州周秩别行奏请，却欲置县，仍取得本镇人户状称，所有置县费用，情愿自备钱物。致朝廷信凭，许令置县。臣今体访得零壁人户出办上件钱物，深为不易。元料置县用钱四千五十余贯，至今年八月终，已纳二千八百五十余贯，其余未纳钱数，认是催纳不行，纵使尽行催纳，亦恐使用不足。看详始议置县，只为本镇居民曾被惊劫，及人户输纳词讼，去县稍远。然未置县时，本镇已有守把兵士八十人，及京朝官一员，专领本镇烟火盗贼，别有监务官一员，又已移虹县尉一员，弓手六十人，在本镇足以弹压盗贼。而本镇去虹县六十里,至符离县一百二十里,至蕲县一百里,即非地远,又至符离县,各系水路,本不须添置一县。委只是本镇豪民靳琮等私自为计,却使近下人户一时出钱,深为不便。

一、宿州自唐以来,罗城狭小,居民多在城外,本朝承平百余年,人户安堵,不以城小为病。兼诸处似此城小人多,散在城外,谓之草市者甚众,岂可一一展筑外城?近年周秩奏论,过为危语,以动朝廷。意谓恐有盗贼窃据,以断运路,遂奏乞展筑外城一十一里有余,役兵及雇夫共五十七万有余工,每夫用七十省钱,召募雇夫及物料,合用钱一万九千余贯,约五年毕工。已蒙朝廷支赐抵当息钱一万贯,欲取来年春兴工。臣体访得元只是宿州豪民多有园宅在外,扇摇此说,官吏不察,遂与奏请。况宿州土脉疏恶,若不用砖砌甃,随即颓毁。若待五年毕工,则东城未了,西城已坏,或更用砖,其费不赀。又七十省钱,亦恐召募不行,官吏避罪,必行差雇,搔扰不细。其间一事,深害仁政。缘今来踏逐外城基址,合起遣人户大坟墓六千九百所,小者犹不在数。不知本州有何急切利害,而使居民六千九百家暴露父祖骸骨,费耗擘画改葬?若家贫无力,便致弃捐,劳费公私,痛伤存殁。已上并有公案,可以覆验。

　　右臣今相度上件改镇作县事,系已行之命,兼构筑廨宇,略已见功,恐难中辍。而展城一事,有大害而无小利,兼未曾下手,犹可止罢。欲乞速赐指挥,更不展筑,却于已支赐一万贯钱内,量新置县合用数目,特与支拨修盖了当。其人户未纳到钱数,乞与放免。谨录奏闻,伏候敕旨。卷三五

乞擢用林豫札子

元祐七年十月日,龙图阁学士、左朝奉郎、守兵部尚书苏轼札子奏:臣窃谓才难之病,古今所同,朝廷每欲治财赋,除盗贼,干边鄙,兴利除害,常有临事乏人之叹。古人有言:"宽则宠名誉之人,急则用介胄之士。"所用非所养,所养非所用,此古今之通患也。臣伏见承议郎、监东排岸司林豫,自为布衣,已有奇节,及其从事,所至有声。其在涟水,屏除群盗,尤著方略。其人勇于立事,常有为国捐躯之意。试之盘错之地,必显利器。伏望圣慈特与量材擢用。若后不如所举,臣等甘伏朝典。取进止。 卷三五

乞赙赠刘季孙状

元祐七年十月日,龙图阁学士、左朝奉郎、守兵部尚书苏轼状奏:右臣等窃闻仁宗朝赵元昊寇,延州危急,环庆将官刘平以孤军来援,众寡不敌,奸臣不救,平遂战殁,竟骂贼不食而死。诏赠侍中,赐大第,官其诸子庆孙、贻孙、宜孙、昌孙、孝孙、保孙、季孙等七人。诸子颇有异材,而皆不寿,卒无显者。家事狼狈,赐第易主。独季孙仕至文思副使,年至六十,笃志好学,博通史传,工诗能文,轻利重义,练达军政。至于忠义勇烈,识者以为有平之风。性好异书古文石刻,仕宦四十余年,所得禄赐,尽于藏书之费。近蒙朝廷擢知隰州,今年五月卒于官所。家无甔石,妻子寒饿,行路伤嗟。今者寄食晋州,旅榇无归。臣等实与季孙相知,既哀其才气如此,死未半年,而妻子流落,又哀其父平以忠义死事,声迹相接,四十年间,而子孙沦替,不蒙收录,岂朝廷之意哉? 今执政侍从多知季

孙者,如加访问,必得其实。欲望朝廷特诏有司,优与赙赠,以振其妻子朝夕饥寒之忧,亦使人知忠义死事之子孙,虽跨历岁月,朝廷犹赐存恤。于奖劝之道,不为小补。季孙之子三班借职璨,见在京师,乞早赐指挥。谨录奏闻,伏候敕旨。

〔贴黄〕季孙身亡,合得送还人为般擎。女婿两房,并已死尽。其丧枢见在晋州,无由般归京师。欲乞指挥晋州,候本家欲扶护归葬日,即与差得力厢军三十人,节级一人,般至京师。　卷三五

再论李直方捕贼功效乞别与推恩札子

元祐七年十一月初四日,龙图阁学士、左朝奉郎、守兵部尚书苏轼札子奏:臣先知颍州日,为有剧贼尹遇、陈兴、郑饶、李松等,皆宿奸大恶,为一方之患。而汝阴县尉李直方,本以进士及第,母年九十余,只有直方一子,相须为命,而能奋不顾身,躬亲持刃,刺倒尹遇,又能多出家财,缉知余党所在,分遣弓手,前后捕获,功效显著。直方先公后私,致所差人先获陈兴等三人,而直方躬亲,后获尹遇一名,与赏格小有不应。臣寻具事由闻奏,乞以臣合转朝散郎一官特与直方,比附第三等循资酬奖。后来朝旨,只与直方免试。窃缘选人免试,恩例至轻,其间以毫发微劳得者甚多,恐非所以激劝捐躯除患之士。伏望圣慈,特赐检会前奏,别与推恩,仍乞许臣更不磨勘转朝散郎一官。所贵余人难为援例。取进止。　卷三五

乞免五谷力胜税钱札子

元祐七年十一月初七日,龙图阁学士、左朝奉郎、守兵部尚

书、兼侍读苏轼札子奏：臣闻谷太贱则伤农，太贵则伤末。是以法不税五谷，使丰熟之乡，商贾争籴，以起太贱之价；灾伤之地，舟车辐辏，以压太贵之直。自先王以来，未之有改也。而近岁法令，始有五谷力胜税钱，使商贾不行，农末皆病。废百王不刊之令典，而行自古所无之弊法，使百世之下，书之青史，曰："收五谷力胜税钱，自皇宋某年始。"臣窃为圣世病之。臣顷在黄州，亲见累岁谷熟，农夫连车载米入市，不了盐茶之费；而蓄积之家，日夜祷祠，愿逢饥荒。又在浙西，亲见累岁水灾，中民之家有钱无谷，被服珠金，饿死于市。此皆官收五谷力胜税钱，致商贾不行之咎也。臣闻以物与人，物尽而止；以法活人，法行无穷。今陛下每遇灾伤，捐金帛，散仓廪，自元祐以来，盖所费数千万贯石，而饿殍流亡，不为少衰。只如去年浙西水灾，陛下使江西、湖北雇船运米以救苏、湖之民，盖百余万石。又计籴本水脚官钱不赀，而客船被差雇者，皆失业破产，无所告诉。与其官私费耗，为害如此，何以削去近日所立五谷力胜税钱一条，只行《天圣附令》免税指挥。则丰凶相济，农末皆利，纵有水旱，无大饥荒。虽目下稍失课利，而灾伤之地，不必尽烦陛下出捐钱谷，如近岁之多也。今《元祐编敕》虽云"灾伤地分，虽有例亦免"，而谷所从来，必自丰熟地分，所过不免收税，则商贾亦自不行。议者或欲立法，如一路灾伤，则邻路免税，一州灾伤，则邻州亦然。虽比今之法，小为通疏，而隔一路一州之外，丰凶不能相救，未为良法。须是尽削近日弊法，专用《天圣附令》指挥，乃为通济。谨具逐条如后：

《天圣附令》：诸商贩斛斗，及柴炭草木博籴粮食者，并免力胜税钱。诸卖旧屋材柴草米面之物及木铁为农具者，并免收税。其买诸色布帛不及匹而将出城，及陂池取鱼而非贩易者，并准此。

《元丰令》：诸商贩谷及以柴草木博籴粮食者，并免力胜税钱。旧收税处依旧例。诸卖旧材植或柴草谷面及木铁为农具者，并免税。布帛不及端匹，并捕鱼非货易者，准此。

《元祐敕》：诸兴贩斛斗及以柴炭草木博籴粮食者，并免纳力胜税钱。旧收税处依旧例，即灾伤地分，虽有旧例，亦免。诸卖旧材植或柴草斛斗并面及木铁为农具者，并免收税。布帛不及端匹，并捕鱼非货易者，准此。

右臣窃谓若行臣言，税钱亦必不至大段失陷，何也？五谷无税，商贾必大通流，不载见钱，必有回货。见钱回货，自皆有税，所得未必减于力胜。而灾伤之地，有无相通，易为振救，官私省费，其利不可胜计。今肆赦甚近，若得于赦书带下，益见圣德，收结民心，实无穷之利。取进止。卷三五

奏内中车子争道乱行札子

元祐七年南郊，轼为卤簿使导驾。内中朱红车子十余两，有张红盖者，争道乱行于乾明寺前。轼于车中草此奏。奏入，上在太庙，驰遣人以疏白太皇太后。明日，中使传命申敕有司，严整仗卫。自皇后以下，皆不复迎谒中道。

元祐七年十一月十三日，南郊卤簿使、龙图阁学士、左朝奉郎、守兵部尚书、兼侍读苏轼札子奏：臣谨按汉成帝郊祠甘泉、泰畤、汾阴、后土，而赵昭仪常从在属车间。时扬雄待诏承明，奏赋以讽，其略曰："想西王母欣然而上寿兮，屏玉女而却虑妃。"言妇女不当与斋祠之间也。臣今备位夏官，职在卤簿。准故事，郊祀既成，乘舆还斋宫，改服通天冠，绛纱袍，教坊钧容，作乐还内，然后后

妃之属,中道迎谒,已非典礼,而况方当祀事未毕,而中宫掖庭得在勾陈、豹尾之间乎? 窃见二圣崇奉大祀,严恭寅畏,度越古今,四方来观,莫不悦服。今车驾方宿斋太庙,而内中车子不避仗卫,争道乱行,臣愚窃恐于观望有损,不敢不奏。乞赐约束,仍乞取问随行合干勾当人施行。取进止。卷三五

再荐宗室令畤札子

元祐七年十二月二十二日,龙图阁学士、左朝奉郎、守兵部尚书、兼侍读苏轼札子奏:臣前任颍州日,曾论荐本州佥判承议郎赵令畤,儒学吏术,皆有过人,恭俭笃行,若出寒素。意望朝廷特赐进擢,以风晓宗室,成先帝教育之志,至今未蒙施行。令畤今已得替在京,若依前与外任差遣,臣切惜之。欲乞检会前奏,详酌施行。取进止。卷三五

论高丽买书利害札子　一

元祐八年二月初一日,端明殿学士、兼翰林侍读学士、左朝奉郎、守礼部尚书苏轼札子奏:臣近准都省批送下国子监状:"准馆伴高丽人使所牒称,人使要买国子监文书,请详批印造,供赴当所交割。本监检准元祐令,诸蕃国进奉人买书具名件申尚书省,今来未敢支卖,蒙都省送礼部看详。"臣寻指挥本部令申都省,除可令收买名件外,其《策府元龟》、历代史、太学敕式,本部未敢便令收买,伏乞朝廷详酌指挥。寻准都省批状云:"勘会前次高丽人使到阙,已曾许买《策府元龟》并《北史》。今来都监本部并不检会体例,

所有人使乞买书籍,正月二十七日送礼部指挥,许收买。其当行人吏上簿者。”

臣伏见高丽人使,每一次入贡,朝廷及淮浙两路赐予馈送燕劳之费,约十余万贯,而修饰亭馆,骚动行市,调发人船之费不在焉。除官吏得少馈遗外,并无丝毫之利,而有五害,不可不陈也。所得贡献,皆是玩好无用之物,而所费皆是帑廪之实,民之膏血,此一害也。所至差借人马什物,搅挠行市,修饰亭馆,民力暗有陪填,此二害也。高丽所得赐予,若不分遗契丹,则契丹安肯听其来贡?显是借寇兵而资盗粮,此三害也。高丽名为慕义来朝,其实为利,度其本心,终必为北虏用。何也?虏足以制其死命,而我不能故也。今使者所至,图画山川形胜,窥测虚实,岂复有善意哉?此四害也。庆历中,契丹欲渝盟,先以增置塘泊为中国之曲,今乃招来其与国,使频岁入贡,其曲甚于塘泊。幸今契丹恭顺,不敢生事,万一异日有桀黠之虏,以此借口,不知朝廷何以答之?此五害也。

臣心知此五害,所以熙宁中通判杭州日,因其馈送书中不禀朝廷正朔,却退其物。待其改书称用年号,然后受之,却仍催促进发,不令住滞。及近岁出知杭州,却其所进金塔,不为奏闻。及画一处置沿途接待事件,不令过当。仍奏乞编配狡商猾僧,并乞依祖宗《编敕》,杭、明州并不许发舶往高丽,违者徒二年,没入财货充赏。并乞删除元丰八年九月内创立“许舶客专擅附带外夷入贡及商贩”一条。已上事,并蒙朝廷一一施行。皆是臣素意欲稍稍裁节其事,庶几渐次不来,为朝廷消久远之害。

今既备员礼曹,乃是职事。近者因见馆伴中书舍人陈轩等申乞尽数差勒相国寺行铺入馆铺设,以待人使买卖,不惟徒市动众,奉小国之陪臣,有损国体,兼亦抑勒在京行铺,以资吏人广行乞取,弊害不小。所以具申都省，乞不施行。其乖方作弊官史，并不蒙都省略行取问。今来只因陈轩等不待礼部申请，直牒国子监收买诸般文字，内有《策府元龟》、历代史及敕式。国子监知其不便，申禀都省送下礼部看详。臣谨按：《汉书》，东平王宇来朝，上疏求诸子及《太史公书》。当时大臣以谓："诸侯朝聘，考文章，正法度，非理不言。今东平王幸得来朝，不思制节谨度，以防违失，而求诸书，非朝聘之义也。诸子书或反经术，非圣人，或明鬼神，信物怪；《太史公书》有战国纵横权谲之谋。汉兴之初，谋臣奇策，天官灾异，地形厄塞，皆不宜在诸侯王家，不可予。"诏从之。臣窃以谓东平王骨肉至亲，特以备位藩臣，犹不得赐，而况海外之裔夷，契丹之心腹者乎？

臣闻河北榷场，禁出文书，其法甚严，徒以契丹故也。今高丽与契丹何异？若高丽可与，即榷场之法亦可废。兼窃闻昔年高丽使乞赐《太平御览》，先帝诏令馆伴以东平王故事为词，却之。近日复乞，诏又以先帝遗旨不与。今历代史、《策府元龟》，与《御览》何异？臣虽知前次曾许买《策府元龟》及《北史》，窃以谓前次本不当与。若便以为例，即上乖先帝遗旨，下与今来不赐《御览》圣旨异同，深为不便，故申都省止是乞赐详酌指挥，未为过当，便蒙行遣吏人上簿书罪！臣窃谓无罪可书，虽上簿薄责，至为末事，于臣又无丝毫之损。臣非为此奏论，所惜者，无厌之虏，事事曲从，官吏苟循其意，虽动众害物，不以为罪；稍有裁节之意，便行诘责，今后无人敢逆其请。使意得志满，其来愈数，其患愈深。所以须至极论，仍具今来合处置事件如后。

一、臣任杭州日，奏乞明州、杭州今后并不得发舶往高丽，蒙已立条行下。今来高丽使却搭附闽商徐积舶船入贡。及行根究，即称是条前发舶。臣窃谓立条已经数年，海外无不闻知，据陈轩所奏语录，即是高丽知此条。而徐积犹执前条公凭，影庇私商，往来海外，虽有条贯，实与无同。欲乞特降指挥，出榜福建、两浙，缘海州县，与限半年内令缴纳条前所发公凭。如限满不纳，敢有执用，并许人告捕，依法施行。

一、今来高丽人使所欲买历代史、《策府元龟》及敕式，乞并不许收买。

〔贴黄〕准都省批状指挥，人使所买书籍，内有敕式，若令外夷收买，事体不便。看详都省本为《策府元龟》及《北史》，前次已有体例，故以礼部并不检会为罪。未委敕式有何体例，一概令买？

一、近日馆伴所申乞为高丽使买金薄一百贯，欲于杭州妆佛，臣未敢许，已申禀都省。切虑都省复以为罪。切缘金薄本是禁物，人使欲以妆佛为名，久住杭州，搔扰公私。窃闻近岁西蕃阿里骨乞买金薄，朝廷重难其事，节次量与应副。今来高丽使朝辞日数已迫，乞指挥馆伴，令以打造不出为词。更不令收买。

一、近据馆伴所申，乞与高丽使抄写曲谱。臣谓郑卫之声，流行海外，非所以观德。若朝廷特旨为抄写，尤为不便，其状臣已收住不行。

〔贴黄〕臣前任杭州，不受高丽所进金塔，虽曾密奏闻，元只作臣私意拒绝。兼自来馆伴虏使，若有所求请，不可应副，即须一面说谕不行，或其事体大，即候拒讫密奏。今陈轩等事事曲从，便为申请，若不施行，即显是朝廷不许，使虏使悦己而怨朝廷,甚非馆伴之体。

右所申都省状,其历代史、《策府元龟》及《敕式》,乞详酌指挥施行,并出臣意,不干僚属及吏人之事。若朝廷以为有罪,则臣乞独当责罚,所有吏人,乞不上簿。取进止。

〔贴黄〕臣谨按《春秋》:晋,盟主也;郑,小国也。而晋之执政韩起欲买玉环于郑商人,子产终不与,曰:"大国之求,若无礼以节之,是鄙我也。"又:晋平公使其臣范昭观政于齐,昭请齐景公之觞为寿,晏子不与;又欲奏成周之乐,太师不许。昭归,谓晋侯曰:"齐未可伐也。臣欲乱其礼,而晏子知之;欲乱其乐,而太师知之。"今高丽使,契丹之党,而我之陪臣也。乃敢干朝廷求买违禁物,传写郑卫曲谱,其亵慢甚矣。安知非黠虏欲设此事以尝探朝廷深浅难易乎?而陈轩等事事为请,惟恐失其意,臣窃惑之。又据轩等语录云:高丽使言海商擅往契丹,本国王捉送上国,乞更严赐约束,恐不稳便。而轩乃答云:"风讯不顺飘过。"乃是与闽中狡商巧说词理,许令过界。切缘私往北界,条禁至重,海外陪臣,犹知遵禀,而轩乃归咎于风,以薄其罪,岂不乖戾倒置之甚乎?臣忝备侍从,事关利害,不敢不奏。卷三五

论高丽买书利害札子　二

元祐八年二月十五日,端明殿学士、兼翰林侍读学士、左朝奉郎、守礼部尚书苏轼札子奏:臣近奏论高丽使所买书籍及金薄等事,准尚书省札子,二月十二日三省、枢密院同奉圣旨,所买书籍,曾经收买者许依例收买,金薄特许收买,余依奏,吏人免上簿者。

臣所以区区论奏者，本为高丽契丹之与国，不可假以书籍，非止为吏人上簿也。今来吏人独免上簿，而书籍仍许收买，臣窃惑之。检会《元祐编敕》，诸以熟铁及文字禁物与外国使人交易，罪轻者徒二年。看详此条，但系文字，不问有无妨害，便徒二年，则法意亦可见矣。以谓文字流入诸国，有害无利。故立此重法，以防意外之患。前来许买《策府元龟》及《北史》，已是失错。古人有言："一之谓甚，其可再乎？"今乃废见行《编敕》之法，而用一时失错之例，后日复来，例愈成熟，虽买千百部，有司不敢复执，则中国书籍山积于高丽，而云布于契丹矣。臣不知此事于中国得为稳便乎？昔齐景公田，招虞人以旌，不至。曰："招虞人以皮冠。"孔子韪之，曰："守道不如守官。"夫旌与皮冠，于事未有害也，然且守之。今买书利害如此，《编敕》条贯如彼，比之皮冠与旌，亦有间矣。臣当谨守前议，不避再三论奏。伏望圣慈早赐指挥。取进止。

〔贴黄〕臣点检得馆伴使公案内，有行下承受所收买文字数内一项指挥，所买《策府元龟》、敕式，并不曾卖与，然高丽之意，亦可见矣。

又〔贴黄〕臣已令本部备录《编敕》条贯，符下高丽人使所过州郡，约束施行去讫。亦合奏知。 卷三五

论高丽买书利害札子 三

元祐八年二月二十六日，端明殿学士、兼翰林侍读学士、左朝奉郎、守礼部尚书苏轼札子奏：臣近再具札子，奏论高丽买书事。今准敕节文，检会《国朝会要》：淳化四年、大中祥符九年、天禧五年曾赐高丽《九经书》《史记》《两汉书》《三国志》《晋书》、诸子、

历日、圣惠方、阴阳、地理书等，奉圣旨，依前降指挥。臣前所论奏高丽入贡，为朝廷五害，事理灼然，非复细故。近又检坐见行《编敕》，再具论奏，并不蒙朝廷详酌利害及《编敕》法意施行，但检坐《国朝会要》，已曾赐予，便许收买。窃缘臣所论奏，所计利害不轻，本非为有例无例而发也。事诚无害，虽无例亦可；若其有害，虽百例不可用也。而况《会要》之为书，朝廷以备检阅，非如《编敕》一一皆当施行也。臣只乞朝廷详论此事，当遵行《编敕》耶？为当检行《会要》而已？臣所忧者，文书积于高丽，而流于北虏，使敌人周知山川崄要、边防利害，为患至大。虽曾赐予，乃是前日之失，自今止之，犹贤于接续许买，荡然无禁也。又，高丽人入朝，动获所欲，频岁数来，驯致五害。如此之类，皆不蒙朝廷省察，深虑高丽人复来，遂成定例，所以须至再三论奏。兼今来高丽人已发，无可施行。取进止。

〔贴黄〕今来朝旨，止为高丽已曾赐予此书，复许接续收买。譬《编敕》禁以熟铁与人使交易，岂是外国都未有熟铁耶？谓其已有，反不复禁，此大不可也。卷三五

缴进免五谷力胜税钱议札子　<small>连元祐七年十一月札子</small>

元祐八年三月十三日，端明殿学士、兼翰林侍读学士、左朝奉郎、守礼部尚书苏轼札子奏：臣闻应天以实不以文，动民以行不以言。去岁扈从南郊，亲见百姓父老瞻望圣颜，欢呼鼓舞，或至感泣，皆云不意今日复见仁宗皇帝。臣寻与范祖禹具奏其状矣。窃揆圣心，必有下酌民言，上继祖武之意。兼奉圣旨，催促祖禹所编仁宗故事，寻以上进讫。臣愚窃谓陛下既欲祖述仁庙，即须行其实事，

乃可动民。去岁十一月七日,曾奏乞放免五谷力胜税钱,盖谓此事出于《天圣附令》,乃仁宗一代盛德之事,入人至深,及物至广,望陛下主张决行。寻蒙降付三省,遂送户部下转运司,相度必无行理。谨昧万死,再录前来札子缴连进呈。伏愿圣慈特赐详览。若谓所损者小,所济者大,可以追复仁宗圣政,慰答民心,即乞只作圣意批出施行。若谓不然,即乞留中,更不降出,免烦勘当。取进止。

〔贴黄〕臣所乞放免五谷力胜税钱,万一上合圣意,有可施行,欲乞内出指挥,大意若曰祖宗旧法,本不收五谷力胜税钱,近乃著令许依例收税,是致商贾无利,有无不通,丰年则谷贱伤农,凶年则遂成饥馑,宜令今后不问有无旧例,并不得收五谷力胜税钱,仍于课额内除豁此一项。臣昧死以闻,无任战汗待罪之至。　卷三五

文集卷三十四

上圆丘合祭六议札子

元祐八年三月日，端明殿学士、兼翰林侍读学士、左朝奉郎、守礼部尚书苏轼札子奏：臣伏见九月二十二日诏书节文，俟郊礼毕，集官详议祠皇地祇事，及郊祀之岁庙飨典礼闻奏者。臣恭睹陛下近者至日亲祀郊庙，神祇飨答，实蒙休应。然则圆丘合祭，允当天地之心，不宜复有改更。

臣窃惟议者欲变祖宗之旧，圆丘祀天而不祀地，不过以谓冬至祀天于南郊，阳时阳位也，夏至祀地于北郊，阴时阴位也。以类求神，则阳时阳位，不可以求阴也。是大不然。冬至南郊，既祀上帝，则天地百神莫不从也。古者秋分夕月于西郊，亦可谓阴位矣，至于从祀上帝，则以冬至而祀月于南郊，议者不以为疑，今皇地祇亦从上帝而合祭于圆丘，独以为不可，则过矣。《书》曰："肆类于上帝，禋于六宗，望于山川，遍于群神。"舜之受禅也，自上帝六宗山川群神，莫不毕告，而独不告地祇，岂有此理哉？武王克商，庚戌，柴望。柴，祭上帝也；望，祭山川也。一日之间，自上帝而及山川，必无南北郊之别也。而独略地祇，岂有此理哉？臣以知古者祀上帝则并祀地祇矣。何以明之？《诗》之序曰："昊天有成命，郊祀天地也。"此乃合祭天地，经之明文，而说者乃以比之丰年秋冬报也，曰："秋冬各报，而皆歌《丰年》，则天地各祀，而皆歌《昊天有成命》

也。"是大不然。《丰年》之诗曰:"丰年多黍多稌,亦有高廪,万亿及秭,为酒为醴,烝畀祖妣,以洽百礼,降福孔皆。"歌于秋可也,歌于冬亦可也。《昊天有成命》之诗曰:"昊天有成命,二后受之,成王不敢康,夙夜基命宥密,于缉熙,单厥心,肆其靖之。"终篇言天而不及地。颂,所以告神明也,未有歌其所不祭,祭其所不歌也。今祭地于北郊,歌天而不歌地,岂有此理也? 臣以此知周之世,祀上帝则地祇在焉。歌天而不歌地,所以尊上帝。故其序曰:"郊祀天地也。"《春秋》书:"不郊,犹三望。"《左氏传》曰:"望,郊之细也。"说者曰:"三望,太山、河、海。"或曰:"淮、海、岱也。"又或曰:"分野之星及山川也。鲁,诸侯也,故郊之细,及其分野山川而已。"周有天下,则郊之细,独不及五岳四渎乎? 岳、渎犹得从祀,而地祇独不得合祭乎? 秦燔诗书,经籍散亡,学者各以意推类而已。王、郑、贾、服之流,未必皆得其真。臣以《诗》《书》《春秋》考之,则天地合祭久矣。

　　议者乃谓合祭天地,始于王莽,以为不足法。臣窃谓礼当论其是非,不当以人废。光武皇帝,亲诛莽者也,尚采用元始合祭故事。谨按《后汉书·祭祀志》:"建武二年,初制郊兆于洛阳。为圆坛八陛,中又为重坛,天地位其上,皆南乡,西上。"此则汉世合祭天地之明验也。又按《水经注》:"伊水东北至洛阳县圆丘东,大魏郊天之所。准汉故事为圆坛八陛,中又为重坛,天地位其上。"此则魏世合祭天地之明验也。唐睿宗将有事于南郊,贾曾议曰:"有虞氏禘黄帝而郊喾,夏后氏禘黄帝而郊鲧。郊之与庙,皆有禘,禘于庙,则祖宗合食于太祖;禘于郊,则地祇群望皆合祭于圆丘。以始祖配享。盖有事祭,非常祀也。《三辅故事》:祭于圆丘,上帝后土位皆南面。"则汉尝合祭矣。时褚无量、郭山恽等皆以曾言为然。明皇天宝元年二月敕曰："凡所祠享,必在躬亲,朕不亲祭,礼将有阙。其皇地祇宜于南郊合祭。"是月二十日,合祭天地于南郊。自后有事于圆丘,皆合祭。此则唐世合祭天地之明验也。

今议者欲冬至祀天,夏至祀地,盖以为用周礼也。臣请言周礼与今礼之别。古者一岁祀天者三,明堂飨帝者一,四时迎气者五,祭地者二,飨宗庙者四,凡此十五者,皆天子亲祭也。而又朝日夕月四望山川社稷五祀及群小祀之类,亦皆亲祭。此周祀也。太祖皇帝受天眷命,肇造宋室,建隆初郊,先飨宗庙,并祀天地。自真宗以来,三岁一郊,必先有事景灵,遍飨太庙,乃祀天地。此国朝之礼也。夫周之礼,亲祭如彼其多,而岁行之不以为难;今之礼,亲祭如此其少,而三岁一行,不以为易。其故何也? 古者天子出入,仪物不繁,兵卫甚简,用财有节,而宗庙在大门之内,朝诸侯,出爵赏,必于太庙,不止时祭而已。天子所治,不过王畿千里,唯以斋祭礼乐为政事,能守此,则天下服矣,是故岁岁行之,率以为常。至于后世,海内为一,四方万里,皆听命于上,机务之繁,亿万倍于古,日力有不能给。自秦汉以来,天子仪物,日以滋多,有加无损,以至于今,非复如古之简易也。今所行皆非周礼。三年一郊,非周礼也。先郊二日而告原庙,一日而祭太庙,非周礼也。郊而肆赦,非周礼也。优赏诸军,非周礼也。自后妃以下至文武官,皆得荫补亲属,非周礼也。自宰相宗室以下至百官,皆有赐赉,非周礼也。此皆不改,而独于地祇,则曰周礼不当祭于圆丘,此何义也?

议者必曰："今之寒暑,与古无异,而宣王薄狩狝,六月出师,则夏至之日,何为不可祭乎?"臣将应之曰："舜一岁而巡四岳,五月方暑,而南至衡山,十一月方寒,而北至常山,亦今之寒暑也。后世人主能行之乎? 周所以十二岁一巡者,唯不能如舜也。夫周已不能行舜之礼,而谓今可以行周之礼乎? 天之寒暑虽同,而礼之繁简则异。是以有虞氏之礼,夏商有所不能行,夏商之礼,周有所不能用,时不同故也。宣王以六月出师,驱逐猃狁,盖非得已,且吉父为将,王不亲行也。今欲定一代之礼,为三岁常行之法,岂可以六月出师为比乎?”

议者必又曰:“夏至不能行礼,则遣官摄祭祀,亦有故事。”此非臣之所知也。《周礼·大宗伯》:“若王不与,则摄位。”郑氏注曰:“王有故,则代行其祭事。”贾公彦疏曰:“有故,谓王有疾及哀惨皆是也。”然则摄事非安吉之礼也。后世人主,不能岁岁亲祭,故命有司行事,其所从来久矣。若亲郊之岁,遣官摄事,是无故而用有故之礼也。

议者必又曰:“省去繁文末节,则一岁可以再郊。”臣将应之曰:“古者以亲郊为常礼,故无繁文。今世以亲郊为大礼,则繁文有不能省也。若帷城幔屋,盛夏复有风雨之虞,陛下自宫入庙出郊,冠通天,乘大辂,日中而舍,百官卫兵,暴露于道,铠甲具装,人马喘汗,皆非夏至所能堪也。王者父事天,母事地,不可偏也。事天则备,事地则简,是于父母有隆杀也,岂得以为繁文末节而一切欲省去乎? 国家养兵,异于前世,自唐之时,未有军赏,犹不能岁岁亲祠。天子出郊,兵卫不可简省,大辂一动,必有赏给。今三年一郊,倾竭帑藏,犹恐不足,郊赉之外,岂可复加? 若一年再赏,国力将何以给;分而与之,人情岂不失望!”

议者必又曰:“三年一祀天,又三年一祭地。”此又非臣之所知也。三年一郊,已为疏阔,若独祭地而不祭天,是因事地而愈疏于事天。自古未有六年一祀天者。如此则典礼愈坏,欲复古而背古益远,神祇必不顾飨,非所以为礼也。

议者必又曰："当郊之岁,以十月神州之祭,易夏至方泽之祀,则可以免方暑举事之患。"此又非臣之所知也。夫所以议此者,为欲举从周礼也。今以十月易夏至,以神州代方泽,不知此周礼之经耶,抑变礼之权耶? 若变礼从权而可,则合祭圆丘,何独不可? 十月亲祭地,十一月亲祭天,先地后天,古无是礼。而一岁再郊,军国劳费之患,尚未免也。

议者必又曰："当郊之岁,以夏至祀地祇于方泽,上不亲郊而通爟火,天子于禁中望祀。"此又非臣之所知也。《书》之望秩,《周礼》之四望,《春秋》之三望,皆谓山川在境内而不在四郊者,故远望而祭也。今所在之处,俯则见地,而云望祭,是为京师不见地乎?

此六议者,合祭可否之决也。夫汉之郊礼,尤与古戾,唐亦不能如古。本朝祖宗钦崇祭祀,儒臣礼官,讲求损益,非不知圆丘方泽皆亲祭之为是也。盖以时不可行,是故参酌古今,上合典礼,下合时宜,较其所得,已多于汉、唐矣。天地宗庙之祭,皆当岁遍。今不能岁遍,是故遍于三年当郊之岁。又不能于一岁之中,再举大礼,是故遍于三日。此皆因时制宜,虽圣人复起,不能易也。今并祀不失亲祭,而北郊则必不能亲往,二者孰为重乎? 若一年再郊,而遣官摄事,是长不亲事地也。三年间郊,当行郊地之岁,而暑雨不可亲行,遣官摄事,则是天地皆不亲祭也。夫分祀天地,决非今世之所能行。议者不过欲于当郊之岁祀天地宗庙,分而为三耳。分而为三,有三不可。夏至之日,不可以动大众、举大礼,一也。军赏不可复加,二也。自有国以来,天地宗庙,唯飨此祭,累圣相承,唯用此礼,此乃神祇所歆,祖宗所安,不可轻动。动之则有吉凶祸福,不可不虑,三也。凡此三者,臣熟计之,无一可行之理。伏请从旧为便。

昔西汉之衰,元帝纳贡禹之言,毁宗庙;成帝用丞相衡之议,改郊位。皆有殃咎,著于史策,往鉴甚明,可为寒心。伏望陛下详览臣此章,则知合祭天地,乃是古今正礼,本非权宜。不独初郊之岁所当施行,实为无穷不刊之典。愿陛下谨守太祖建隆、神宗熙宁之礼,无更改易郊祀庙飨,以敉宁上下神祇。仍乞下臣此章,付有司集议,如有异论,即须画一,解破臣所陈六议,使皆屈伏,上合周礼,下不为当今军国之患。不可固执,更不论当今可与不可施行。所贵严祀大典,早以时定。取进止。

〔贴黄〕唐制,将有事于南郊,则先朝献太清宫,朝享太庙。亦如今礼先二日告原庙,先一日享太庙。然议者或亦以为非三代之礼。臣谨按:武王克商,丁未,祀周庙,庚戌,柴望,相去三日。则先庙后郊,亦三代之礼也。 卷三五

请诘难圆丘六议札子

元祐八年三月二十二日,端明殿学士、兼翰林侍读学士、左朝奉郎、守礼部尚书苏轼札子奏:臣近奏论圆丘合祭天地,非独适时之宜,亦自然上合三代六经,为万世不刊之典。然臣不敢必以为是,故发六议以开异同之端。欲望圣旨行下,令议者与臣反覆诘难,尽此六议之是非,而取其通者,则其论可得而定也。今奉圣旨,但云令集议官集议闻奏。窃虑议者各伸其意,不相诘难,则是非可否,终莫之决。虽圣明必有所择,而人各自为一议,但欲遂其前说,岂圣朝考礼之本意哉?臣今欲乞集议之日,若所见不同,即须画一难臣六议,明著可否之状,不得但持一说,不相诘难。臣非敢自是而求胜也,盖欲从长而取通也。若议不通,敢不废前说以从众论?取进止。 卷三五

乞改居丧婚娶条状

元祐八年三月日,端明殿学士、兼翰林侍读学士、左朝奉郎、守礼部尚书苏轼状奏:臣伏见元祐五年秋颁条贯,诸民庶之家,祖父母、父母老疾,_{谓于法应赎者。}无人供侍,子孙居丧者,听尊长自陈,验实婚娶。右臣伏以人子居父母丧,不得嫁娶,人伦之正,王道之本也。孟子论礼、色之轻重,不以所重徇所轻。丧三年,为二十五月,使嫁娶有二十五月之迟,此色之轻者也。释丧而婚会,邻于禽犊,此礼之重者也。先王之政,亦有适时从宜者矣,然不立居丧嫁娶之法者,所害大也。近世始立女居父母丧及夫丧而贫乏不能自存,并听百日外嫁娶之法。既已害礼伤教矣,然犹或可以从权而冒行者,以女弱不能自立,恐有流落不虞之患也。今又使男子为之,此何义也哉! 男年至于可娶,虽无兼侍,亦足以养父母矣。今使之释丧而婚会,是直使民以色废礼耳,岂不过甚矣哉。《春秋》礼经,记礼之变,必曰自某人始。使秉直笔者书曰,男子居父母丧得娶妻,自元祐始,岂不为当世之病乎? 臣谨按此法,本因邛州官吏妄有起请,当时法官有失考论,便为立法。臣备位秩宗,前日又因迩英进读,论及此事,不敢不奏。伏望圣慈特降指挥,削去上条,稍正礼俗。谨录奏闻,伏候敕旨。_{卷三五}

奏马澈不当屏出学状

元祐八年四月日,端明殿学士、兼翰林侍读学士、左朝奉郎、守礼部尚书苏轼状奏:准太学条,三学生凡有进献文字及书启赞有位,并先经长贰看详可否,违者出学。右本部看详,诸色人苟有所见公私利害,皆得进状,许直于所属官司投下,即无更令官吏看详可否方得投进之文,所以达聪明、防壅蔽,古今不易之道也。本因国子监生员独缘本监起请,遂立上条,曲生防禁。至于投献书启文字,求知公卿,此正举人常事。今乃使本监长贰先行看详,违者皆屏出学。若论列朝政得失,使其言当理,固人主所欲闻也;若不当理,亦人主所当容也。今乃先令有司看详去取,甚非子产不毁乡校、魏相去副封之意。去年九月内,太学内舍生马澈进状,论《礼部韵略》有疏略未尽事件,蒙朝廷送下本部。谨按澈所论,文指雅驯,考验经史,皆有援据。此乃内舍生员之优者。教养之官,所当爱惜,而其所论,亦当下有司详议增损施行。本部寻下本监勘当,准回申,已于十二月内检举上条,其马澈已屏出学,以此显见上条无益有害。欲乞朝廷详酌,特与删除不行,仍乞依旧令马澈充内舍生。其所进状,乞行下有司看详,如有可采,乞赐施行。谨录奏闻,伏候敕旨。卷三六

乞校正陆贽奏议上进札子

元祐八年五月七日,端明殿学士、兼翰林侍读学士、左朝奉郎、守礼部尚书苏轼,同吕希哲、吴安诗、丰稷、赵彦若、范祖禹、顾临札子奏:臣等猥以空疏,备员讲读,圣明天纵,学问日新,臣等才有限而道无穷,心欲言而口不逮,以此自愧,莫知所为。窃谓人臣之纳忠,譬如医者之用药,药虽进于医手,方多传于古人,若已经效于世间,不必皆从于已出。伏见唐宰相陆贽,才本王佐,学为帝师。论深切于事情,言不离于道德。智如子房,而文则过;辩如贾谊,而术不疏。上以格君心之非,下以通天下之志。三代已还,一人而

已。但其不幸，仕不遇时。德宗以苛刻为能，而贽谏之以忠厚；德宗以猜疑为术，而贽劝之以推诚。德宗好用兵，而贽以消兵为先；德宗好聚财，而贽以散财为急。至于用人听言之法，治边驭将之方，罪己以收人心，改过以应天道，去小人以除民患，惜名器以待有功，如此之流，未易悉数，可谓进苦口之药石，针害身之膏肓。使德宗尽用其言，则贞观可得而复。臣等每退自西阁，即私相告言，以陛下圣明，必喜贽议论，但使圣贤之相契，即如臣主之同时。昔冯唐论颇、牧之贤，则汉文为之太息；魏相条晁、董之对，则孝宣以致中兴。若陛下能自得师，莫若近取诸贽。夫六经三史、诸子百家，非无可观，皆足为治。但圣言幽远，末学支离，譬如山海之崇深，难以一二而推择。如贽之论，开卷了然。聚古今之精英，实治乱之龟鉴。臣等欲取其奏议，稍加校正，缮写进呈。愿陛下置之坐隅，如见贽面；反覆熟读，如与贽言。必能发圣性之高明，成治功于岁月。臣等不胜区区之意。取进止。卷三六

辨黄庆基弹劾札子

元祐八年五月十九日，端明殿学士、兼翰林侍读学士、左朝奉郎、守礼部尚书苏轼札子奏：臣自少年从仕以来，以刚褊疾恶，尽言孤立，为累朝人主所知，然亦以此见疾于群小，其来久矣。自熙宁、元丰间，为李定、舒亶辈所谗；及元祐以来，朱光庭、赵挺之、贾易之流，皆以诽谤之罪诬臣。前后相传，专用此术，朝廷上下，所共明知。然小人非此无以深入臣罪，故其计须至出此。今者又闻台官黄庆基复祖述李定、朱光庭、贾易等旧说，亦以此诬臣，并言臣有妄用颍州官钱、失入尹真死罪，及强买姓曹人田等。虽知朝廷已察其

奸，罢黜其人矣，然其间有关臣子之大节者，于义不可不辨。谨具画一如左。

一、臣先任中书舍人日，适值朝廷窜逐大奸数人，所行告词，皆是元降词头所述罪状，非臣私意所敢增损。内吕惠卿自前执政责授散官安置，诛罚至重。当时蒙朝旨节录台谏所言惠卿罪恶降下，既是词头所有，则臣安敢减落？然臣子之意，以为事涉先朝，不无所忌，故特于告词内分别解说，令天下晓然，知是惠卿之奸，而非先朝盛德之累。至于窜逐之意，则已见于先朝。其略曰："先皇帝求贤若不及，从善如转圜。始以帝尧之心，姑试伯鲧；终然孔子之圣，不信宰予。发其宿奸，谪之辅郡；尚疑改过，稍畀重权。复陈冈上之言，继有砀山之贬。反覆教戒，恶心不悛；躁轻矫诬，德音犹在。"臣之愚意，以谓古今如鲧为尧之大臣，而不害尧之仁；宰予为孔子高弟，而不害孔子之圣。又况再加贬黜，深恶其人，皆先朝本意，则臣区区之忠，盖自谓无负矣。今庆基乃反指以为诽谤指斥，不亦矫诬之甚乎？其余所言李之纯、苏颂、刘谊、唐义问等告词，皆是庆基文致附会，以成臣罪。只如其间有"劳来安集"四字，便云是厉王之乱。若一一似此罗织人言，则天下之人，更不敢开口动笔矣。孔子作《孝经》曰："如临深渊，如履薄冰。"此幽王之诗也，不知孔子诽谤指斥何人乎？此风萌于朱光庭，盛于赵挺之，而极于贾易，今庆基复宗师之。臣恐阴中之害，渐不可长，非独为臣而言也。

一、庆基所言臣行陆师闵告词云："侵渔百端，怨讟四作。"亦谓之谤讪指斥。此词元不是臣行，中书案底，必自有主名,可以覆验。显是当时掌诰之臣,凡有窜逐之人,皆似此罪状,其事非独臣也。所谓"侵渔""怨讟"者,意亦指言师闵而已,何名为谤讪指斥乎? 庆基以他人之词,移为臣罪,其欺罔类皆如此。

一、庆基所言臣妄用颍州官钱,此事见蒙尚书省勘会次。然所用皆是法外支赏,令人告捕强恶贼人,及逐急将还前知州任内公使库所少贫下行人钱物。情理如此,皆可覆验。

一、庆基所言臣强买常州宜兴县姓曹人田地,八年州县方与断还。此事元系臣任团练副使日,罪废之中,托亲识投状依条买得姓曹人一契田地。后来姓曹人却来臣处昏赖争夺。臣即时牒本路转运司,令依公尽理根勘。仍便具状申尚书省。后来转运司差官勘得姓曹人招服非理昏赖,依法决讫,其田依旧合是臣为主,牒臣照会。臣愍见小民无知,意在得财,臣既备位侍从,不欲与之计较曲直,故于招服断遣之后,却许姓曹人将元价收赎,仍亦申尚书省及牒本路施行。今庆基乃言是本县断还本人,显是诬罔。今来公案见在户部,可以取索案验。

一、庆基所言臣在颍州失入尹真死罪,此事已经刑部定夺,不是失入,却是提刑蒋之翰妄有按举。公案具在刑部,可以覆验。

右臣窃料庆基所以诬臣者非一,臣既不能尽知。又今来朝廷已知其奸妄,而罢黜其人。臣不当一一辩论,但人臣之义,以名节为重,须至上烦天听。取进止。卷三六

谢宣谕札子

　　元祐八年五月二十四日,端明殿学士、兼翰林院侍读学士、左朝奉郎、守礼部尚书苏轼札子奏:臣伏准今月二十二日弟门下侍郎辙奉宣圣旨,缘近来众人正相捃拾,令臣且须省事者。天慈深厚,如训子孙。委曲保全,如爱肢体。感恩之涕,不觉自零。伏念臣才短数奇,性疏少虑,半生犯患,垂老困谗,非二圣之深知,虽百死而何赎?伏见东汉孔融,才疏意广,负气不屈,是以遭路粹之冤。西晋嵇康,才多识寡,好善暗人,是以遇锺会之祸。当时为之扼腕,千古为之流涕。臣本无二子之长,而兼有昔人之短。若非陛下至公而行之以恕,至仁而照之以明,察消长之往来,辨利害于疑似,则臣已下从二子游久矣,岂复有今日哉?谨当奉以周旋,不敢失坠;便须刻骨,岂独书绅?庶全蝼蚁之躯,以报丘山之德。臣无任感天荷圣激切屏营之至。谨奏。 卷三六

奏乞增广贡举出题札子

　　元祐八年五月二十六日,端明殿学士、兼翰林侍读学士、左朝奉郎、守礼部尚书苏轼札子奏:臣伏见《元祐贡举敕》:"诸诗赋论题,于子史书出。唯不得于老庄子出。如于经书出,而不犯见试举人所治之经者亦听。如谓引试治《诗》《书》举人,即听于《易》《春秋》经传出诗赋论题;引试治《易》《春秋》举人,即听于《周礼》《礼记》出诗赋论题之类。"臣窃谓自来诗赋论题杂出于《九经》《孝经》《论语》,注中文字浩博,有可选择,久而不穷。今详上条,止得于子史书出,所取者狭,虽听于经书出,又须不犯见试举人所治之经。如是在京试院,

分经引试,可以就别经出题。至如外州、军,只作一场引试,即须回避,只如子史中出,恐非经久之法。臣今相度,欲乞诗赋论题,许于《九经》《孝经》《论语》子史并《九经》《论语》注中杂出,更不避见试举人所治之经,但须于所给印纸题目下备录上下全文,并注疏不得漏落。则本经与非本经举人所记均一,更无可避。兼足以称朝廷待士之意,本只以工拙为去取,不以不全之文掩其所不知以为进退,于忠厚之风,不为无补。取进止。卷三六

文集卷三十五

申省读汉唐正史状

　　元祐八年八月十九日，端明殿学士、兼翰林侍读学士、左朝奉郎、守礼部尚书苏轼，同顾临、赵彦若状申：昨准内降宰臣吕大防札子奏："臣每旬获侍经筵，窃见进读《五朝宝训》将欲了毕，自来多用前代正史进读，窃谓其间有不足上烦圣览者。欲乞指挥读讲官同将汉、唐正史内可以进读事迹钞节成篇，遇读日进呈敷演，庶裨圣治。取进止。"奉御宝批依奏。右轼等今已钞节缮写，稍成卷帙，于将来开讲日进读。即未审与《五朝宝训》并进，为复间日一读？谨具申尚书省。伏候敕旨。卷三六

朝辞赴定州论事状

　　元祐八年九月二十六日，端明殿学士、兼翰林侍读学士、左朝奉郎、新知定州苏轼状奏：右臣闻天下治乱，出于下情之通塞。至治之极，至于小民，皆能自通；大乱之极，至于近臣，不能自达。《易》曰："天地交，泰。"其词曰："上下交而其志同。"又曰："天地不交，否。"其词曰："上下不交，而天下无邦。"夫无邦者，亡国之谓也。上下不交，则虽有朝廷君臣，而亡国之形已具矣，可不畏哉！臣不敢复引衰世昏主之事，只如唐明皇，中兴刑措之君也，而天宝

之末,小人在位,下情不通,则鲜于仲通以二十万人全军陷没于泸南,明皇不知,驯致其事,至安禄山反,兵已过河,而明皇犹以为忠臣。此无他,下情不通,耳目壅蔽,则其渐至于此也。

臣在经筵,数论此事。陛下为政九年,除执政台谏外,未尝与群臣接,然天下不以为非者,以为垂帘之际不得不尔也。今者祥除之后,听政之初,当以通下情、除壅蔽为急务。臣虽不肖,蒙陛下擢为河北西路安抚使。沿边重地,此为首冠,臣当悉心论奏,陛下亦当垂意听纳。祖宗之法,边帅当上殿面辞,而陛下独以本任阙官,迎接人众为词,降旨拒臣,不令上殿,此何义也?臣若伺候上殿,不过更留十日,本任阙官,自有转运使权摄,无所阙事;迎接人众,不过更支十日粮,有何不可!而使听政之初,将帅不得一面天颜而去,有识之士皆谓陛下厌闻人言,意轻边事,其兆见于此矣。

臣备位讲读,日侍帷幄,前后五年,可谓亲近,方当戍边,不得一见而行。况疏远小臣,欲求自通,亦难矣。《易》曰:"天行健,君子以自强不息。"又曰:"帝出乎震,相见乎离。"夫圣人作而万物睹,今陛下听政之初,不行乘乾出震见离之道,废祖宗临遣将帅故事,而袭行垂帘不得已之政,此朝廷有识所以惊疑而忧虑也。臣不得上殿,于臣之私,别无利害,而于听政之始,天下属目之际,所损圣德不小。臣已于今月二十七日出门,非敢求登对,然臣始者本俟上殿,欲少效愚忠,今来不敢以不得对之故,便废此言,惟陛下察臣诚心,少加采纳。

古之圣人,将有为也,必先处晦而观明,处静而观动,则万物之情,毕陈于前。不过数年,自然知利害之真,识邪正之实,然后应物而作,故作无不成。臣敢以小事譬之。夫操舟者常患不见水道之曲折,而水滨之立观者常见之。何则?操舟者身寄于动,而立观者常静故也。弈棋者胜负之形,虽国工有所未尽,而袖手旁观者常尽之。何则?弈者有意于争,而旁观者无心故也。若人主常静而无心,天下其孰能欺之?汉景帝即位之初,首用晁错,更易法令,黜削诸侯,遂成七国之变。景帝往来两宫间,寒心者数月,终身不敢复言兵。武帝即位未几,遂欲用兵鞭挞四夷,兵连祸结,三十余年,然后下哀痛诏,封宰相为富民侯。臣以此知古者英睿之君,勇于立事,未有不悔者也。景帝之悔速,故变而复安;武帝之悔迟,故几至于乱。虽迟速安危小异,然比之常静无心、终始不悔如孝文帝者,不可同年而语矣。今陛下圣智绝人,春秋鼎盛。臣愿虚心循理,一切未有所为,默观庶事之利害与群臣之邪正,以三年为期。俟得利害之真,邪正之实,然后应物而作。使既作之后,天下无恨,陛下亦无悔,上下同享太平之利。则虽尽南山之竹,不足以纪圣功;兼三宗之寿,不足以报圣德。由此观之,陛下之有为,惟忧太早,不患稍迟,亦已明矣。

臣又闻为政如用药方,今天下虽未大治,实无大病。古人云:"有病不治,常得中医。"虽未能尽除小疾,然贤于误服恶药、觊万一之利而得不救之祸者远矣。臣恐急进好利之臣,辄劝陛下轻有改变,故辄进此说。敢望陛下深信古语,且守中医安稳万全之策,勿为恶药所误,实社稷宗庙之利,天下幸甚!臣不胜忘身忧国之心,冒死进言。谨录奏闻,伏候敕旨。　卷三六

乞降度牒修定州禁军营房状

元祐八年十月日,端明殿学士、兼翰林侍读学士、左朝奉郎、知定州苏轼状奏:臣伏见定州近岁军政不严,边备小弛,事不可悉

数,请举一二。如甲仗库子军人张全,一年之间,持仗入库,前后盗铜锣十二面,监官明知,并不申举。又有帐设什物库子军人田平等,二年之间,盗帐设什物八百余件,银二百五十余两,恣意典卖。军城寨人户采斫禁山,开种为田,公然起税,住坐者一百八十余家。城中有开柜坊人百余户,明出牌榜,召军民赌博。若此之类,未易悉数。是致法令不行,禁军日有逃亡,聚为盗贼,民不安居。

臣到任以来,备见其事,然不欲骤行峻治,但因事行法,无所贷舍。其上件张全、田平等,皆以付狱按治。侵斫禁山人逐次举觉,依法勘断张德等九人。其多年侵耕已成永业者,别作擘划处置,申枢密院次。开柜坊人出榜,召人告捉。有王京等四十家,陈首改业,其余并走出州界。军民自此稍知有朝廷法令,逃军衰少,贼盗亦稀。

臣近令所辟幕官李之仪、孙敏行遍往诸营点检,据逐官回申,营房大段损坏,不庇风雨。非惟久不修葺,盖是元初创造,材植怯弱,人工因循,多是两椽小屋,偷地盖造,椽柱腐烂,大半无瓦,一床一灶之外,转动不得。之仪等又点检得诸营军号,例皆暗敝,妻子冻馁,十有五六。臣寻体问得,盖是将校不法,乞取敛掠,坐放债负。身既不正,难以戢下,是致诸军公然饮博逾滥。三事不禁,虽上禁军无不贫困,轻生犯法,靡所不至。若不按发其太甚者,无以警众革弊。已体量得云翼指挥使孙贵,到营四个月,前后敛掠一十一度,计入己赃九十八贯八百文。已送司理院枷项根勘去讫。

臣既目睹偷弊,理合葺治犯法之人,丝毫无贷。即须恤其有无,同其苦乐。岂可身居大厦,而使士卒终年处于偷地破屋之中,上漏下湿,不安其家?辄已差将官李巽、钱春卿、刘世孙将带人匠,遍诣诸营,逐一检计合修去处,具合用材料人工,估见的确钱数。

仍差本司准备勾当供奉官石异躬亲再行覆检到,除与逐将所检合修营房间架材木等并同外,又据本官检料到,更合修盖营房一十六间。谨具画一奏闻如后。

一、河北第一将,检计到本将下所管定州住营马步禁军八指挥,合行修盖营房共四千一百一十七间,据合用材植物料纽估到,计使价钱一万七千六百九贯六百八十文省。

一、河北第二将,检计到本将下所管定州住营马步禁军八指挥,合行修盖营房共三千七百二十间,据合用材植物料纽估到,计使价钱一万五千五贯二百八十一文省。

一、检计到不隶将下所管定州营步军振武第四十五指挥,合行修盖营房一百一十八间,并合添井眼,据合用材植物料纽估到,计使价钱五百五十八贯一百六十七文省。

一、本司准备勾当供奉官石异检料,更合修盖第一、第二将下诸军营房共一十六间,据合用材植物料纽估到,计使价钱七十四贯六百一十二文省。

右谨件如前。臣窃谓上件合用钱数,虽当破系省钱,又缘河北转运司近年财赋窘迫,必难支破。伏望圣慈深念河朔为诸路要重,而定武控扼强虏,又为河北屏捍,所屯兵马,理当加意葺治。其上件营房,不可不于今年秋冬便行修盖。欲乞特出圣断,支赐空名度牒一百七十一道,委本司召人出卖,一面置场和买材料,烧造砖瓦,和雇人匠,节次不住修盖施行。所有逐将及本司准备勾当官石异检计到诸军合盖营房间架材植物料等细数文状四本,缴连在前。谨录奏闻,伏候敕旨。

〔贴黄〕勘会度牒每道见卖钱二百贯文,今来所乞上件度牒一百七十一道,系将前项检计到的确物料钱数,契勘合用道数

外,计剩钱五十二贯二百五十八文,欲乞就整支降。卷三六

乞增修弓箭社条约状　一

　　元祐八年十一月十一日,端明殿学士、兼翰林院侍读学士、左朝奉郎、知定州苏轼状奏:臣切见北虏久和,河朔无事,沿边诸郡,军政少弛,将骄卒惰,缓急恐不可用,武艺军装,皆不逮陕西、河东远甚。虽据即目边防事势,三五年间必无警急,然居安虑危,有国之常备,事不素讲,难以应猝。今者河朔沿边诸军,未尝出征,终年坐食,理合富强。臣近遣所辟幕官李之仪、孙敏行亲入诸营,按视曲折,审知禁军大率贫窘,妻子赤露饥寒十有六七,屋舍大坏,不庇风雨。体问其故,盖是将校不肃,敛掠乞取,坐放债负,习以成风。将校既先违法不公,则军政无缘修举,所以军人例皆饮博逾滥。三事不止,虽是禁军,不免寒饿,既轻犯法,动辄逃亡,此岂久安之道? 臣自到任,渐次申严军法,逃军盗贼已觉衰少,年岁之间,庶革此风。

　　然臣窃谓沿边禁军缓急终不可用,何也? 骄惰既久,胆力耗惫,虽近成短使,辄与妻孥泣别,被甲持兵,行数十里,即便喘汗。臣若严加训练,昼夜勤习,驰骤坐作,使耐辛苦,则此声先驰,北虏疑畏,或致生事。臣观祖宗以来,沿边要害,屯聚重兵,止以壮国威而消敌谋,盖所谓先声后实、形格势禁之道耳。若进取深入,交锋两阵,犹当杂用禁旅,至于平日保境备御小寇,即须专用极边土人,此古今不易之论也。

　　晁错与汉文帝画备边策,不过二事。其一曰徙远方以实广虚。其二曰制边县以备敌。宝元、庆历中,赵元昊反。屯兵四十余

万,招刺宣毅、保捷二十五万人,皆不得其用,卒无成功。范仲淹、刘沪、种世衡等,专务整缉蕃汉熟户弓箭手,所以封殖其家、砥砺其人者非一道。藩篱既成,贼来无所得,故元昊复臣。今河朔西路被边州军,自澶渊讲和以来,百姓自相团结为弓箭社,不论家业高下,户出一人,又自相推择家资武艺众所服者为社头、社副录事,谓之头目。带弓而锄,佩剑而樵,出入山坂,饮食长技与北虏同。私立赏罚,严于官府。分番巡逻,铺屋相望,若透漏北贼及本土强盗不获,其当番人皆有重罚。遇有紧急,击鼓集众,顷刻可致千人。器甲鞍马,常若寇至,盖亲戚坟墓所在,人自为战,虏甚畏之。

体问得元丰二年,北界群贼一火,约二十余人,在两界首不住打劫为患,久不败获。有北平军大悲村本社头目冉万、冉昇及长行冉捷等,部领社人,与北贼斗敌,赶趁捉杀,直至北界地名北当山峪内,被冉万射中贼头徐德,冉捷赶上,斫获首级,并冉昇亦斫到第二贼头贾贵。本路保明申奏朝廷,并已于班行内安排。以此知弓箭社人户骁勇敢战,缓急可用。先朝名臣帅定州者,如韩琦、庞籍皆加意拊循其人,以为爪牙耳目之用。而籍又增损其约束赏罚,奏得仁宗皇帝圣旨,见今具存。

昨于熙宁六年行保甲法,准当年十二月四日圣旨,强壮弓箭社并行废罢。又至熙宁七年,再准正月十九日中书札子,圣旨,应两地供输人户,除元有弓箭社强壮并义勇之类,并依旧存留外,更不编排保甲。看详上件两次圣旨,除两地供输村分方许依旧置弓箭社,其余并合废罢。虽有上件指挥,公私相承,元不废罢。只是令弓箭社两丁以上人户兼充保甲,以致逐捕本界及化外盗贼,并皆驱使弓箭社人户,向前用命捉杀。见今州县委实全藉此等寅夜防托,显见弓箭社实为边防要用,其势决不可废。但以兼充保甲之故,召集追呼,劳费失业。今虽名目具存,责其实用,不逮往日。

臣窃谓陕西、河东弓箭手,官给良田以备甲马。今河朔沿边弓箭社,皆是人户祖业田产,官无丝毫之给,而捐躯捍边,器甲鞍马,与陕西、河东无异,苦乐相辽,未尽其用。近日霸州文安县及真定府北寨,皆有北贼惊劫人户,捕盗官吏拱手相视,无如之何,以验禁军弓手,皆不得力。向使州县逐处皆有弓箭社人户致命尽力,则北贼岂敢轻犯边寨,如入无人之境?臣已戒饬本路将吏,申严赏罚,加意拊循其人去讫,辄复拾用庞籍旧奏约束,稍加增损,别立条目。欲乞朝廷立法,少赐优异,明设赏罚,以示惩劝。今已密切取会到本路极边州定、保两州,安肃、广信、顺安三军,边面七县一寨,内管自来团结弓箭社五百八十八村六百五十一火,共计三万一千四百一十一人。若朝廷以为可行,立法之后,更敕将吏常加拊循,使三万余人分番昼夜巡逻,盗边小寇,来即擒获,不至怵怵以生戎心,而事皆循旧,无所改作,虏不疑畏,无由生事。有利无害,较然可见。谨具所乞立法事件,画一如左。

　一、看详嘉祐四年庞籍起请已获朝旨事件,除见可施行外,有
　　　当时事体与今来稍有不同,须至少有增损。今参详到下项
　　　弓箭社人户,但系久来团结地分,并依见今已行体例,不拘
　　　物产高下,丁口众寡,并每户选择强壮一丁,充弓箭手。

〔贴黄〕所谓军政不修,皆有实状,不敢一一奏闻。

又〔贴黄〕所有庞籍奏得圣旨,已具录缴连在前。

又〔贴黄〕前项所奏元丰二年冉万等捉杀北贼,系熙宁六年朝旨废罢后,兼冉万等不系两地供输,是合行废罢地分人户。

又〔贴黄〕高强人户与下等各出一丁,虽似不均,缘行之已久,下等人户无词,乞且一切仍旧。若上户添差人数,即恐行法

之初,人心不安。又缘保甲法,虽上户亦止一丁,所以今来不敢增损。

每社置社长、社副录事各一名为头目,并选有物力或好人材事艺众所推服者,方得差补。农事余暇,委头目常切提举阅习武艺,务令精熟齐整,如无盗贼,非时不得勾集。

每社及百人以上,选少壮者三人,不满百人者选二人,不满五十人者选一人,充急脚子,并轮番一月一替。专令探报盗贼。如探报不实,及稽留后时有误捕捉者,并申官乞行严断。

逐社各置鼓一面,如有事故及盗贼,并须声鼓勾集。若寻常社内声鼓不到者,每次罚钱一百。如社内一两村共为一火,地理稍远,不闻鼓声去处,即火急差急脚子勾唤。若强盗入村,鼓声勾唤不到,及到而不入贼者,并罚钱三贯。如三经罚钱一百,一经罚钱三贯,而各再犯者,并送所属严断。如能捉获强盗一名,除依条支赏外,更支钱二十贯。如两次捉获依前支赏外,仍与免户下一年差徭。如三次以上,更免一年。无差徭可免者,各更支钱十贯折充。如获窃盗一名,除依条支赏外,更支钱二贯。以上钱,用社内罚钱充,如不足,并社众均备。

逐社各人,置弓一张、箭三十只、刀一口。内单丁及贫不及办者,许置枪及桿棒一条。内一件不足者,罚钱五百。弓箭不堪施放,器械虽有而不精,并罚钱二百。若全然不置者,即申送所属,乞行勘断。

逐社每夜轮差一十人,于地分内往来巡觑,仍本县每季给历一道,委本社头目抄上当巡人姓名。有不到者,罚钱二百。如本地分失贼,其当巡人委本社监勒依条限捕捉。限满不获,送官量事行遣。其所给历,除每季纳换及知佐下乡因便点检外,不得非时取索。

弓箭社人户,遇出入经宿以上,须告报本社头目及邻近同保之人,违者罚钱三百文。社内遇捉杀贼盗,因斗致死,除依条官给绢外,更给钱一十贯付其家,被伤重者减半,并以系省钱充。社内所纳罚钱,令社长等同共封记主管,须遇社会合行酬赏者,方得对众支给破使,即不得衷私别作支用。

社内遇丰熟年,只得春秋二社聚会,因便点集器械,非时不得乱有纠集搔扰。

已上并是庞籍起请已获朝旨事件。自熙宁六年圣旨废罢,后来民间依旧衷私施行。今参详增损修定。

一、弓箭社人户,为与强虏为邻,各自守护骨肉坟墓,晓夜不住巡逻探伺。以此巡检县尉,全藉此人为耳目肘臂之用。每遇冬教,内有本社弓箭人户见系保甲人数者,即须勾上一月教阅。其称捕盗,官司不敢放心,以致化外贼盗,既知逐社人户勾上,村堡空虚,即皆生心窥伺,公私忧恐。又人户勾集弥月,诸般费用不少,深为患苦。臣窃谓保甲人户,每年冬教,本为恐其因循,武艺生疏,缓急难用。今来弓箭社人户既处边塞,与北人气俗相似,以战斗为生,寝食起居,不释弓马,出入守望,常带器械,其势无由生疏。欲乞应弓箭人户,今后更不充保甲,仍免冬教,显无妨碍。而使人户稍免无益之费,专心守御,又免教集之月,村堡空虚以生戎心,公私安枕,为利不浅。其减罢保正长,并却令充本社守阙头目。

一、弓箭社人户,既任透漏失贼之责,动辄罚钱科罪及均出赏钱,显见与其余人户苦乐不同,理合稍加优异。欲乞应弓箭社人户,并免两税折变科配。今已取会到本路州、军所免折科钱物数目,比之和买价例,每岁剩费钱七千九百九十八贯五十六文,所获精锐可用民兵三万余人,费小利大,可行无疑。

一、弓箭社头目,并是乡村有物力心胆之人,责以齐众保境,亦须别加旌劝。欲乞立定年限,每勾当及三年,如无透漏及私罪情重者,委本县令佐及捕盗官保明申安抚司给与公据,公罪杖以下听赎。又及三年无上件过犯,仍与保明给公据,与免本户差徭。内别有功劳者,委自安抚司相度。如委是卓然显效,虽未及上件年限,亦与比类施行。若更有大段劳绩,难以常格论赏者,即委自本司奏乞录用。

一、弓箭社地分,本系人户私下情愿,自相团结。皆是缘边之人众共相约要害防托之处,行之已久,北虏不疑。所以庞籍奏请,并是因旧略加约束。今来不可更有移易地分及增添团结去处,永远只以今来所管五百八十八村为定。所贵事事循旧,不至张皇生事。如本地分内人户分烟析生,即各据户眼定差;或外来人户典买到本社田地,亦许收入差充弓箭社户。若两处有田产者,不得缘此带免别处折变。委所属官司常切觉察。

〔贴黄〕保甲法,须是主户两丁以上方始差充,其弓箭社一丁以上并差即无。已充保甲而不充弓箭社人户者,今来所乞本社内人户,更不充保甲,只是减罢重叠虚名,即非幸免。

又〔贴黄〕弓箭社五百八十八村,内有八十九村系两地供输人户。勘会上件人户,元是有些小虚名税赋,自来北界差人过来,计会本县收众户抱脚供输,其人户并是一心捍边可信之人。切虑朝廷欲知其实。

一、今来既立法整齐弓箭社人户及免冬教，即须委自安抚司逐时差官按视，内有武艺胆力出众之人，即须与例物激赏。不惟使人户竞劝，亦所以致朝廷及将帅恩意，缓急易为驱使。今来会到辖下两州三军弓箭社人户兼充保甲者，每年冬教按赏，合用钱一千五百八十二贯七百八十八文。今来既免冬教，即保甲司却合出备上件钱数与安抚司，为上件激赏之用。但人数既多，上件钱数微少，支用不足，欲乞每年破五千贯。除上件钱数外，其余并以本路回易库见在钱贴支。

　　右谨件如前。臣窃见西山之下，定、保之间，山开川平，无陂塘之险，澶渊之役，虏自是入寇。见今本路只有战兵二万五千九百余人，分屯八州、军，若有警急，尚不足于守，而况战乎？论者或以保甲之众缓急可恃。臣窃谓保甲皆齐民也，集教止是一月，武艺无缘精熟，又平时无丝毫之利有得于官，每岁所获，按赏例物，不偿集教一月之费，一旦驱之于战守死地，恐未可保。惟弓箭社人户所处皆必争之地，世世相传，结发与虏战。若朝廷许依臣所乞，少有以优异其人，既免折科，间复赎罪免役，岁以五十缗赏其尤异者，深致朝廷将帅恩意。则此三万余人，真久远可恃者也。今录白到嘉祐四年庞籍奏获圣旨事件，兼取会到本路两州三军弓箭社火人数，及免折科每年和买费用钱数，并免冬教所省按赏例物数目，缴连在前。仍画到地图一面，帖出接连边面及逐社住坐去处，随状进呈。伏望圣慈详酌施行。谨录奏闻，伏候敕旨。

　　〔贴黄〕所乞免折科却行和买剩费钱七千九百九十八贯五十六文，所乞以回易库钱贴支保甲按赏钱为五千贯，令安抚司支用计费钱三千四百一十七贯二百一十二文,共计钱一万一千四百一十五贯二百六十八文。所乞至微,恐不赡于用,未足以起士气,但臣不敢多乞耳。若朝廷深念北边事大,此三万余人,久远必大段得力,更赐擘画钱物应副成就,或于近里州军趱那宽剩免役六色钱,与本路被边州军添雇诸色役人。其弓箭社人户,并与免役。则人情翕然归戴,愿效死而不可得矣。更乞朝廷详酌。又今来所乞事件,先已密切下本路近地州军官吏,相度利害,寻皆供到有利无害,经久可行。保明文状在本司讫。卷三六

乞增修弓箭社条约状　二

元祐八年十一月日,端明殿学士、兼翰林侍读学士、左朝奉郎、知定州苏轼状奏:右臣近奏乞修完极边弓箭社条约,已详具利害,于今月十一日入递去讫。

臣自到任以来,不住令主管衙前引到北人访问事宜,虽虚实难明,然前后参验,亦可见其略。大抵北虏近岁多为小国达靼、术保之类所叛,破军杀将非一。近据北人契丹四哥探报,北界为差发兵马及人户家丁,往招州以来,收杀术保等国,及为近年不熟,是致朔、易、武州皆有强贼。兼燕京东北白浮图淀东恶山内有强贼一火,约百五十人,不住打劫。及又据北平军申,据勾当事人李坚等体探得,北界昨差往西北路去者兵士并百姓等,近有逃背落草四十余人,马二十匹,见在狼山西头君市等村乞食,切虑来南界别作过犯。虽未见的实,然去岁之冬霸州文安县被北贼杀人劫物,朝廷已知其详,及真定府北寨于去年八月、今年二月两次被北贼群众打

劫。近又访闻代州胡谷寨莎泉堡有北贼六七十人,劫掠本堡居人财物,杀伤弓箭手及妇女七八人,及搏盗官会合,北贼已去,临去说与铺兵:"我只在你地分里,待更来打赤岸村。"

以此数事参验,显见北虏见今兵困于小国,调发频并,民不堪命,聚为盗贼。虽邻境多故,实中国之利,必无渝盟之忧。然盗贼充斥,虏自不能制,其余波末流,必延及吾境。若边臣坐观,不先事设备,则边民无由安居,亦恐更生意外之患。若督迫捕盗官吏带领兵甲,晓夜出入巡逻,则贼未必获,而居民先受其扰,又或缘此引惹生事。臣再三思虑,惟有整葺弓箭社一事,名不张皇,其实可用。若早获朝旨施行,令臣更加意拊循激励,其人决可使,北贼望风知畏,不敢于地分内作过。伏乞圣明特赐详酌,检会前奏,早降指挥。谨录奏闻,伏候敕旨。

〔贴黄〕本路副总管王光祖,有男,见任胡谷寨主。家书报光祖,臣所以备知其详。卷三六

文集卷三十六

乞减价粜常平米赈济状

绍圣元年正月日,端明殿学士、兼翰林侍读学士、左朝奉郎、知定州苏轼状奏:勘会元祐八年,河北诸路并系灾伤,内定州一路,虽只是雨水为害,然其实亦及五分以上。只缘有司出纳之吝,不与尽实检放秋税,内定州只放二分。自臣到任后,累有人户披诉乞倚阁,又缘已过条限,致难施行。今体问得春夏之交,人户委是阙食,既非河水灾伤,即每事只依《编敕》指挥,欲坐观不救,恐非朝廷仁圣本意。

臣欲便将常平斛斗借贷,虽已有成法,不烦奏请。又体问得河北沿边人户,为见朝廷昔年遣使赈济,不问人户高下,愿与不愿借请,一例散贷,后来节次倚阁放免。以此愚民生心侥幸,每有借贷,例不肯及时还纳,多是拖欠,指望倚阁放免。既烦鞭挞追呼,使吏卒因缘为奸,毕竟又不免失陷官物。兼约度得本州自第四等以下,每户贷两石,官破十万石,不过济得五万户。人户请纳,耗费房店宿食,不过得一石五斗入口,未必能济活一家,而五万户之外,人户更不沾惠。鞭挞驱催,若得健吏,亦不过收得十七,其失陷三万石可必也。又欲抄札饥贫,奏乞法外赈济。不惟所费浩大,有出无收,而此声一布,饥贫云集,盗贼疾疫,客主俱毙。又况准条,边郡不得聚集饥民。以上二事,既皆不便,只有依条将常平斛斗依价出粜,即官司简便,不劳抄札。勘会给纳烦费,但得数万石斛斗在市,自然压下物价,境内百姓,人人受赐,古今之法,莫良于此。但以本州见管常平米二十七万余石,每斗衮纽到元本一百四文,比在市实直尚多二十二文,以此无人收粜。若不别作奏请,专守本条,不与减价出粜,深恐今年春夏新陈不接之际,必致大段流殍。

伏望圣慈愍念,比之本州,将十万石常平米依条借贷,必须陷失三万余石,非惟所给不广,而给纳驱催之弊亦多,特许将本路诸州军见管常平米,契勘在市实直,如委是价高,出粜不行,即许每斗于衮纽价钱上减钱出粜,不得减过十分之二。仍给与贫民历头,令每日零买,不得令近上人户顿买兴贩,仍限不得粜过本州县见管常平数目三分之一。约度定州合粜得九万石,若每斗各减钱十分之二,即本州纽计亏元本官钱一万八千七十二贯文。比之借贷失陷,犹为省费,而本州里外出九万石米在市,则一境生灵,皆荷圣恩全活。又却得钱准备将来丰熟物贱,却行收粜,兼利农末,为惠不小者。右伏乞朝廷详酌,早赐施行。如以为便,即乞行下本司约束,觉察辖下官吏,所贵人沾实惠。谨录奏闻,伏候敕旨。

〔贴黄〕契勘在市米价日长,正是二月间,合行出粜。伏乞速赐指挥,入急递行下。卷三六

乞将损弱米贷与上户令赈济佃客状

绍圣元年二月日,端明殿学士、兼翰林侍读学士、左朝奉郎、知定州苏轼状:右臣契勘本路州军灾伤阙食人户,虽已奏准朝旨,于法外减价出粜常平白米赈济。访闻民间阙乏,少得见钱籴买,尚有饥困之人。今点检得定州省仓,有专副呆荣、赵昇界熙宁八年粜

到军粮白米,及专副梁俭、刘受界元丰三年米,皆为年深,夹杂损弱,不堪就整充厢军人粮支遣,每月只充厢军次米带支。今契勘得逐次止带支五百石,比至支绝,更须三五年间,显见转至陈恶。兼闻本州管下村坊客户,见今实阙糇粮,其上等人户,虽各有田业,缘值灾伤,亦甚阙食,难以赈济。况客户乃主户之本,若客户阙食流散,主户亦须荒废田土矣。今相度,欲望朝廷详酌,特降指挥下定州,将两界见在陈损白米二万余石,分给借贷与乡村第一等、第二等主户吃用。令上件两等人户,据客户人数,不限石斗,依此保借。候向去丰熟日,依元籴例并令送纳十分好白米入官。不惟乘此饥年,人户阙食,优加赈济,又使官中却得新好白米充军粮支遣,及免年深转至损坏,尽为土壤。如以为便,即乞速赐指挥行下。谨录奏闻,伏候敕旨。

〔贴黄〕今来已是春深,正当春夏青黄不交之际。可以发脱上件陈米斛斗,公私俱便。若失此时,则人户必不愿请,不免守支积年,化为粪壤。乞断自朝廷,早赐指挥,入急递行下,更不下有司往复勘会。今来所乞借贷,皆是臣与官吏体问上户,愿得此米以济佃户,将来必无失陷,与寻常赈贷一例支与贫下户人催纳费力事体不同。乞早赐行下。 卷三六

乞降度牒修北岳庙状

绍圣元年三月日,端明殿学士、兼翰林侍读学士、左朝奉郎、知定州苏轼状奏:右臣伏见定州曲阳县北岳安天元圣帝庙,建造年深,屋宇颓弊。自熙宁间,因守臣薛向奏请,止曾完葺正殿,自余诸殿及廊庑门宇墙垣,久已疏漏破损。前后累有守臣监司奏陈乞给

赐钱或降度牒修完。皆准省符,止令依条以施利钱物充用。缘近岁民间屡值灾歉,施利微薄,只了得递年逐旋些小修补。后来刘奉世又乞依薛向例,于安抚司回易息钱内支钱三千贯,助修岳庙,亦不蒙朝廷允许。深虑摧坏日多,为费滋大。今据定州申检计到合用工料价钱三千三百余贯,乞降空名度牒一十五道,卖钱支用。如朝廷不许降度牒,即本庙有银器一千三百余两,别无使用,欲乞依令出卖,收买材植。臣契勘上件银器,元系朝廷给赐,以备供神之物,若行出卖,恐于事体有损,况所费钱数不多,欲望圣慈特依定州所乞数目,给降度牒,付本州出卖,应副修造,庶得庙宇稍完,不致破坏。仍令本州通判两员更互到彼提举催促,务要早令了毕,上副朝廷崇奉之意。谨录奏闻,伏候敕旨。

〔贴黄〕臣伏以朝廷崇奉五岳,礼极严备,凡有祈祷,多获感应。今北岳庙见弊陋,理当完葺。盖所用度牒道数至少,伏望特赐指挥施行,庶称朝廷尊事岳庙之意。卷三七

上皇帝书

臣轼谨昧死再拜皇帝陛下:臣伏以今月初五日南至,文武百僚入贺,所以贺一阳来复也。谨按《易·复卦》:"雷在地中复。先王以至日闭关,商旅不行,后不省方。"说《易》者曰:乾,六阳之气也。为十一月、为十二月、为正月、为二月、为三月、为四月,而乾之阳复矣。阳极则阴生,阴生则夏至矣。坤,六阴之气也。为五月、为六月、为七月、为八月、为九月、为十月,而坤之阴极矣。阴极则阳生,阳生则冬至矣。自太极分为二仪,二仪分为四象,四象分为十二月,十二月分为三百六十五日。五日为一候,分为七十二候,

三候为一气,分为二十四气。上为日月星辰,下为山川草木鸟兽虫鱼,不出此阴阳之气升降而已。惟人也,全天地十干之气,十月而成形,故能天能地能人,一消一息,一呼一吸,昼夜与天地相通,差舛毫忽,则邪沴之气干之矣。故于冬至一阳之生也,五阴在上,五阳在伏,而一阳初生于伏之下,其气至微,其兆绲缊,可以静而不动,可以啬养而不可以发宣。故《乾》之初九爻曰:"潜龙勿用。"孔子曰:"阳在下也。"言阳气方潜于下,未可以用也。先王于是日闭关,商旅不行,后不省方。关者,门户所由以关辟也。商旅者,动以利心也。后者,凡居人上者谓之群后,所以治事者也。方者,事也。门户不开,则微阳闭而不出也。利心不动,则外物感而不应也。方事不省,则视听收而不发也。先王奉若天道,如此之密,用之于国,则安静而不劳,用之于身,则冲和而不竭。昔者伏羲、神农、黄帝、尧、舜皆得此道。臣敢因至日以献。伏乞圣慈留神省览,实社稷无疆之福。 卷三七

任兵部尚书乞外郡札子

臣向在扬州,蒙恩除臣今任。臣于本州及缘路附递入文字辞免,准圣旨札子指挥,为已差充卤簿使,大礼日迫,不许迁延。臣以此不敢坚辞,寻于南京附递奏,乞候过南郊,依前除臣一郡。今来已过郊礼。伏乞检会累次奏状,除臣知越州一次。取进止。 卷三七

辞两职并乞郡札子

臣近奏乞越州,伏蒙圣恩,降诏不允。续准阁门告报,已除臣

端明殿学士、兼翰林侍读学士、守礼部尚书。闻命悸恐，不知所措。臣本以宠禄过分，衰病有加，故求外补，实欲自便。而荣名骤进，两职荐加，不独于臣有非据之羞，亦恐朝廷无以待有劳之士，岂徒内愧，必致人言。伏望圣慈特赐追寝，仍乞检会前奏，除臣一郡。若越州无阙，乞自朝廷除授。取进止。 卷三七

第二札子

臣近奏乞辞免端明殿学士、兼翰林侍读学士、守礼部尚书恩命，仍乞检会前奏，除臣一郡。蒙降诏不允。圣恩隆厚，天旨丁宁，顾臣何人，敢守微意？但本缘请外，更蒙升擢，兼带两职，近岁所无，有何劳能，被此光宠。欲乞追寝新命，令臣且依旧供职，则臣更不敢请郡。若朝廷必欲臣受此职名，即乞除臣一重难边郡，令臣尽力报称，犹可少安。臣非敢自谓知兵，若朝廷有开边伐国之谋，求深入敢战之帅，则非臣所能办。若欲保境安民，宣布威信，使吏士用命，无所失亡，则承乏之际，犹可备数。伏望朝廷于此二者择一以处臣。非独在臣分义当然，亦朝廷名器不为虚授。取进止。 卷三七

辞免兼侍读札子

臣近准阁门告报，已降告命，除臣兼侍读者。臣以迂愚，本无学术，出从吏役，益复空疏，窃位禁林，已难久处。而况天纵之学，已集大成，非臣屡微所可仰望。伏望圣慈追寝成命，以授能者。所有告命，未敢祗受。取进止。 卷三七

赴英州乞舟行状

臣轼言：近准诰命，落两职，追一官，谪守岭南小郡。臣寻火急治装，星夜上道，今已行次滑州。而自闻命已来，忧悸成疾，两目昏障，仅分道路。左手不仁，右臂缓弱，六十之年，头童齿豁，疾病如此，理不久长。而所负罪名至重，上孤恩义，下愧平生，悸伤血气，忧隔饮食，所以疾病有加无瘳。加以素来不善治生，禄赐所得，随手耗尽，道路之费，囊橐已空。臣本作陆行，日夜奔驰，速于赴任，而疾病若此，资用不继，英州接人，卒未能至，定州送人，不肯前去，雇人买马之资，无所从出。道尽途穷，譬如中流失舟，抱一浮木，恃此为命，而木将沉，臣之衰危亦云极矣。窃伏思念得罪以来，三改谪命，圣恩保全，终付一郡。岂期圣主至仁至明，尚念八年经筵之旧臣，意欲全其性命乎？臣若强衰病之余生，犯三伏之毒暑，陆走炎荒四千余里，则僵仆中途，死于逆旅之下，理在不疑。虽罪累之重，不足多惜，而死非其道，则非仁圣不杀全育之意也。辄已分散骨肉，令长子带往近地，躬耕就食，臣只带家属数人，前去汴、泗之间，乘舟泛江，倍道而行，至南康军出陆赴任。所贵医药粥食，不至大段失所。臣切揣自身，多病早衰，气息仅属，必无生还之道。然尚延晷刻于舟中，毕余生于治所，虽以瘴疠死于岭表，亦所甘心，比之陆行毙于中道，藁葬路隅，常为羁鬼，则犹有间矣。恭惟圣主之德，下及昆虫，以臣曾经亲近任使，必不欲置之死地，所以辄为舟行之计。敢望天慈，少加悯恻。臣无任。 卷三七

乞越州札子

臣自去岁蒙恩召还，即时奏乞越州。盖为臣从仕以来，三任浙中，粗知土俗所宜，易于为政。又以老病日加，切于归休，旧有薄田在常州宜兴县，久荒不治，欲因赴任，到彼少加完葺，以为归计。越虽僻陋，在臣安便。及近者蒙恩知定州，虽宠眷隆异，而自早衰多难，心力疲耗，实非所堪。但以求州得州，若便辞免，是有拣择，所以施强拜命。今复念，定虽重镇，了无边警，事权雄重，禄赐优厚。若辞定乞越，于义无嫌。伏望圣慈察臣至情，特赐改差臣越州一次。则公私皆便，臣不胜幸甚。取进止。卷三七

再荐赵令畤状 任兵部尚书日

右臣昨知颍州，曾荐签书本州节度判官厅公事赵令畤，乞置之馆阁，至今未蒙施行。其人近已替罢，旦夕赴阙朝见。计其所养，必不肯同众人奔走干谒。恐政府大臣无缘得知其所学，今缮写赵集平日与臣诗文三轴进呈。伏望圣慈清宴之暇，一赐观览。必有可取，然后付之三省近臣，考其人才，亦足以副神考教养宗子之意。谨具闻奏。卷三七

论浙西闭籴状

本路今岁不熟，初水后旱，早晚俱伤，高下并损，已具事由闻奏去讫。勘会本路，唯苏、湖、常、秀等州出米浩瀚，常饱数路，漕输京师。自杭、睦以东衢、婺等州，谓之上乡，所产微薄，不了本庄所

食。里谚云："上乡熟，不抵下乡一锅粥。"盖全仰苏、秀等州商旅贩运以足官私之用。今来虽一例灾伤，而苏、秀等州所产，终是滂沛。访闻逐州例皆闭粜，严立赏罚，不许米斛出境，是致杭州常平省仓粜买不行，民亦阙食，见今粳米已至八九十足钱。寻具牒苏、秀等州，不得闭粜。访问逐州虽承受本司指挥，依旧闭粜。寻差识字公人陈宥往秀州抄录到所出榜示二本，其大略云：如有诸色人抬价买米贩往别州，许人告捉。立定赏，多者至五十贯。兼取问得杭州米行人状称，因逐州见今立赏告捉私贩，全无米船到州。认是逐州官吏坚意闭粜，本司无缘止绝。若商旅不行，米贵不已，公私窘乏，盗贼之类，何所不有！以此合系本司知管，除已牒转运、提刑司外，须至闻奏者。

右本司访闻得浙中父老皆言，熙宁七、八年，两浙灾伤，人死大半。当时虽系天时不熟，亦是本路监司郡守如张靓、沈起之流处置乖方，助成灾变，既无方略赈济，惟务所在闭粜。苏、秀等州米斛既不到杭，杭州又禁米不得过浙东，是致人心惊危，有停塌之家，亦皆深藏固惜，不肯出粜。民有衣被罗纨，戴佩珠金，而米不可得，毙于道路，不可胜数。流殍之变，古今罕闻。伏望仁圣痛加哀怜，曲赐过虑，体念今来浙中虽未是大段凶年，只恐官吏有失措置，渐成灾患，所忧不小。若商旅不行，米贵不已，农夫阙食，春夏之交无力种，则明年灾伤，公私并竭，不知何以待之？伏望圣慈深以熙宁之事为鉴，严赐指挥本路监司，多方擘画，安之于未动，救之于未危。仍乞指挥，速行止绝逐州闭粜。所贵杭、睦、衢、婺等州，不至全然乏食。谨录奏闻，伏候敕旨。卷三七

再论闭籴状

本路灾伤,本司已两次奏闻。窃见比年以来,京东、河北、淮南等处灾伤,并蒙朝廷支赐钱米,或于他路截拨斛斗赈救,数目至广。今来本路灾伤,不敢便望支赐截拨,只乞稍宽转运司年额上供,使得转换擘画,多方救恤。已于十一月十日奏乞,至今未奉指挥。数内一事,苏、湖、常、秀等州,见今米商全不通行,不唯逐州立赏闭籴,亦为逐处税务承例违条收米斛力胜税钱,是致商旅算计脚钱本重,无由兴贩。检会《元祐编敕》:"诸兴贩斛斗及以柴炭草木博粮食者,并免纳力胜税钱。"注云:"旧收税处依旧例。即灾伤地分,虽有旧例,亦免。"本司看详,本路见今灾伤,正合施行上条,已牒诸州施行,仍散榜辖下城郭、乡村外,深虑逐处税务自来收米斛力胜处,指为课额。今来虽系灾伤,合依上条放免,至年终比较日,转运司不容如此分说,有亏欠折遭责罚,须至奏请者。

右伏望圣慈愍念本路灾伤及前件放免力胜条贯,系今来合行事件,特赐指挥:转运司将来年终比较日,除米斛力胜一项税额,权免比较科罚,候将来丰熟日依旧。所贵商旅通行,场务亦免罪责。谨录奏闻,伏候敕旨。卷三七

乞允文彦博等辞免拜札子

臣近奉圣旨,撰赐文彦博、吕公著今后入朝免拜诏书,今又准内降指挥,撰不允彦博辞避免拜批答。臣谨按《礼经》:"八十拜君命,一坐再至。"所谓"拜君命"者,传命而拜,非朝见也,然且不免。周天子赐齐桓公胙曰:"伯父耋老,无下拜。"公曰:"天威不违颜咫

尺。"下拜登受。所谓"无下拜"者,拜于堂上,非不拜也,然且不敢。锺繇以足疾乘车就坐,疑若不拜,然亦无明文。君前乘车,岂足为法?而马燧延英不拜,盖是临时优礼,无今后遂不复拜之文。祖宗旧例,如吕端之流,以老病进对,亦止于临时传宣不拜。今来彦博、公著今后免拜指挥,自是朝廷优贤贵老,度越古今,无可议者。但臣是有司,合守典礼,兼恐彦博、公著终不敢当。以臣愚见,不若允其所请。若圣恩优闵老臣,眷眷不已,遇其朝见,间或传宣不拜,足以为非常之恩。臣忝备侍从,怀有所见,不敢不尽。所有不允批答,臣未敢撰。取进止。御宝批:依奏,修撰允所请批答入进。卷三七

乞允安焘辞免转官札子

臣今月八日,准内批安焘辞免转右光禄大夫札子,降诏不许。臣窃谓人主之驭群臣,专于礼义廉耻。若使受无名之宠,则为待臣子之轻。今朝廷岂以执政六人,五人进用,故加迁秩,以慰其心。焘位冠西枢,委寄至重。岂肯见人擢用,即以介怀?既无授受之名,仅以姑息之政,纵有先朝故事,亦是一时误恩。今焘力辞,正为知义。臣欲奉命草诏,不知所以为词。伏望圣慈,从其所请。若除受别有缘故,即乞明降指挥,苟于义稍安,敢不撰进。取进止。御宝批:可。且用一意度作不许辞免诏书进入。卷三七

乞允宗晟辞免起复恩命札子

臣今日准中书省批送到宗晟辞免起复恩命札子。奉圣旨送

学士院,降诏不允。谨按宗晟饬行有素,持丧中礼,所辞恩命,已四不允。而宗晟确然固守,其辞愈哀。且曰:"念臣执丧报亲之日短,致命徇国之日长。"出于至诚,可谓纯孝。臣谓宗晟未经祥练之变,且无金革之虞,孝治之朝,宜听所守。因以风厉宗室,庶皆守礼笃亲,顾不美哉!若以宗正之任,恐难其人,亦当差官权摄,须其从吉,复以命之。臣忝备禁从,不敢不言。所有不允诏书,臣未敢撰。取进止。卷三七

代张方平谏用兵书 熙宁十年

臣闻好兵犹好色也。伤生之事非一,而好色者必死;贼民之事非一,而好兵者必亡。此理之必然者也。

夫惟圣人之兵,皆出于不得已,故其胜也,享安全之福;其不胜也,必无意外之患。后世用兵,皆得已而不已,故其胜也,则变迟而祸大;其不胜也,则变速而祸小。是以圣人不计胜负之功,而深戒用兵之祸。何者?兴师十万,日费千金,内外骚动,怠于道路者,七十万家。内则府库空虚,外则百姓穷匮。饥寒逼迫,其后必有盗贼之忧;死伤愁怨,其终必致水旱之报。上则将帅拥众,有跋扈之心;下则士众久役,有溃叛之志。变故百出,皆由用兵。至于兴事首议之人,冥谪尤重。盖以平民无故缘兵而死,怨气充积,必有任其咎者。是以圣人畏之重之,非不得已,不敢用也。

自古人主好动干戈,由败而亡者,不可胜数,臣今不敢复言。请为陛下言其胜者。秦始皇既平六国,复事胡越,戍役之患,被于四海。虽拓地千里,远过三代,而坟土未干,天下怨叛,二世被害,子婴被擒,灭亡之酷,自古所未尝有也。汉武帝承文、景富溢之余,

首挑匈奴,兵连不解,遂使侵寻及于诸国,岁岁调发,所向成功。建元之间,兵祸始作,是时蚩尤旗出,长与天等,其春戾太子生。自是师行三十余年,死者无数。及巫蛊事起,京师流血,僵尸数万,太子父子皆败。班固以为太子生长于兵,与之终始。帝虽悔悟自克,而殁身之恨,已无及矣。隋文帝既下江南,继事夷狄,炀帝嗣位,此心不衰。皆能诛灭强国,威震万里。然而民怨盗起,亡不旋踵。唐太宗神武无敌,尤喜用兵,既已破灭突厥、高昌、吐谷浑等,犹且未厌,亲驾辽东,皆志在立功,非不得已而用。其后武氏之难,唐室凌迟,不绝如线。盖用兵之祸,物理难逃。不然,太宗仁圣宽厚,克已裕人,几至刑措,而一传之后,子孙涂炭,此岂为善之报也哉!由此观之,汉、唐用兵于宽仁之后,故其胜而仅存。秦、隋用兵于残暴之余,故其胜而遂灭。臣每读书至此,未尝不掩卷流涕,伤其计之过也。若使此四君者,方其用兵之初,随即败衄,惕然戒惧,知用兵之难,则祸败之兴,当不至此。不幸每举辄胜,故使狃于功利,虑患不深。臣故曰:胜则变迟而祸大,不胜则变速而祸小。不可不察也。

昔仁宗皇帝覆育天下,无意于兵。将士惰偷,兵革朽钝,元昊乘间窃发,西鄙延安、泾、原、麟、府之间,败者三四,所丧动以万计,而海内晏然。兵休事已,而民无怨言,国无遗患。何者? 天下臣庶知其无好兵之心,天地鬼神谅其有不得已之实故也。

今陛下天锡勇智,意在富强。即位以来,缮甲治兵,伺候邻国。群臣百寮,窥见此指,多言用兵。其始也,弼臣执国命者,无忧深思远之心;枢臣当国论者,无虑害持难之识;在台谏之职者,无献替纳忠之议。从微至著,遂成厉阶。既而薛向为横山之谋,韩绛效深入之计,陈升之、吕公弼等,阴与之协力,师徒丧败,财用耗屈。较之宝元、庆历之败,不及十一,然而天怒人怨,边兵背叛,京师骚然,陛下为之盱食者累月。何者? 用兵之端,陛下作之。是以吏士无怒敌之意而不直陛下也。尚赖祖宗积累之厚,皇天保祐之深,故使兵出无功,感悟圣意。然浅见之士,方且以败为耻,力欲求胜,以称上心。于是王韶构祸于熙河,章惇造衅于梅山,熊本发难于渝泸。然此等皆戎贼已降,俘累老弱,困弊腹心,而取空虚无用之地,以为武功。使陛下受此虚名而忽于实祸,勉强砥砺,奋于功名。故沈起、刘彝,复发于安南,使十余万人暴露瘴毒,死者十而五六,道路之人,毙于输送,赍粮器械,不见敌而尽。以为用兵之意,必且少衰,而李宪之师复出于洮州矣。今师徒克捷,锐气方盛,陛下喜于一胜,必有轻视四夷、凌侮敌国之意。天意难测,臣实畏之。

且夫战胜之后,陛下可得而知者,凯旋奏捷,拜表称贺,赫然耳目之观耳。至于远方之民,肝脑屠于白刃,筋骨绝于馈饷,流离破产,鬻卖男女,薰眼折臂自经之状,陛下必不得而见也。慈父孝子孤臣寡妇之哭声,陛下必不得而闻也。譬犹屠杀牛羊、刳脔鱼鳖以为膳馐,食者甚美,见食者甚苦。使陛下见其号呼于挺刃之下,宛转于刀匕之间,虽八珍之美,必将投箸而不忍食,而况用人之命,以为耳目之观乎? 且使陛下将卒精强,府库充实,如秦、汉、隋、唐之君。既胜之后,祸乱方兴,尚不可救,而况所在将吏罢软凡庸,较之古人,万万不逮。而数年以来,公私窘乏,内府累世之积,扫地无余,州郡征税之储,上供殆尽,百官廪俸,仅而能继,南郊赏给,久而未办,以此举动,虽有智者,无以善其后矣。且饥役之后,所在盗贼蜂起,京东、河北,尤不可言。若军事一兴,横敛随作,民穷而无告,其势不为大盗,无以自全。边事方深,内患复起,则胜、广之形,将在于此。此老臣所以终夜不寐,临食而叹,至于恸哭而不能自止也。

　　且臣闻之：凡举大事，必顺天心。天之所向，以之举事必成；天之所背，以之举事必败。盖天心向背之迹，见于灾祥丰歉之间。今自近岁日蚀星变，地震山崩，水旱疠疫，连年不解，民死将半。天心之向背，可以见矣！而陛下方且断然不顾，兴事不已，譬如人子，得过于父母，惟有恭顺静思，引咎自责，庶几可解。今乃纷然诘责奴婢，恣行棰楚，以此事亲，未有见赦于父母者。故臣愿陛下远览前世兴亡之迹，深察天心向背之理，绝意兵革之事，保疆睦邻，安静无为，固社稷长久之计。上以安二宫朝夕之养，下以济四方亿兆之命。则臣虽老死沟壑，瞑目冗地卜矣。昔汉祖破火群雄，遂有天下；光武百战百胜，祀汉配天。然至白登被围，则讲和亲之议；西域请吏，则出谢绝之言。此二帝者，非不知兵也。盖经变既多，则虑患深远。今陛下深居九重，而轻议讨伐，老臣庸懦，私窃以为过矣。

　　然人臣纳说于君，因其既厌而止之，则易为力，迎其方锐而折之，则难为功。凡有血气之伦，皆有好胜之意。方其气之盛也，虽布衣贱士，有不可夺，自非智识特达，度量过人，未有能勇于奋发之中，舍己从人，惟义是听者也。今陛下盛气于用武，势不可回，臣非不知，而献言不已者，诚见陛下圣德宽大，听纳不疑。故不敢以众人好胜之常心望于陛下，且意陛下他日亲见用兵之害，必将哀痛悔恨，而追咎左右大臣未尝一言。臣亦将老且死，见先帝于地下，亦有以藉口矣。惟陛下哀而察之。卷三七

文集卷三十七

代滕甫论西夏书

臣幼无学术，老不读书。每欲披竭愚忠，上补圣明万一，而肝肺枯涸，卒无可言。近者因病求医，偶悟一事，推之有政，似可施行，惟陛下财幸。臣近患积聚，医云：据病，当下，一月而愈；若不下，半年而愈。然中年以后，一下一衰，积衰之患，终身之忧也。臣私计之，终不以一月之快，而易终身之忧。遂用其言，以善药磨治半年而愈。初不伤气，体力益完。因悟近日臣僚献言欲用兵西方，皆是医人欲下一月而愈者也。其势亦未必不成。然终非臣子深爱君父欲出万全之道也。以陛下圣明，将贤士勇，何往而不克？而臣尚以为非万全者。俗言彭祖观井，自系大木之上，以车轮覆井，而后敢观。此言虽鄙而切于事。陛下爱民忧国，非特如彭祖之爱身。而兵者凶器，动有存亡，其陷人可畏，有甚于井。故臣愿陛下之用兵，如彭祖之观井，然后为得也。

臣窃观善用兵者，莫如曹操。其破灭袁氏，最有巧思。请试为陛下论之。袁绍以十倍之众，大败于官渡，仅以身免。而操敛兵不追者，何也？所以缓绍而乱其国也。绍归国益骄，忠贤就戮，嫡庶并争，不及八年，而袁氏无遗种矣。向使操急之，绍既未可以一举荡灭，若惧而修政，用田丰而立袁谭，则成败未可知也。其后北征乌丸，讨袁尚、袁熙，尚、熙走辽东，或劝操遂平之。操曰："彼素畏尚等。吾今急之则合,缓之则自相图。其势然也。"遂引兵还。曰:"吾方使公孙康斩送其首。"已而果然。若操者,可谓巧于灭国矣。灭国,大事也,不可以速。譬如小儿之毁齿,以渐摇撼之,则齿脱而小儿不知。若不以渐,一拔而得齿,则毁齿可以杀儿。故臣愿陛下之取西夏,如曹操之取袁氏也。

方元昊强时,谋臣猛将,尽其智力,十年而不敢近。今者主弱臣强,其国内乱。陛下使偏师一出,已斩名王,虏伪公主,筑兰、会等州,此真千载一时,天以此贼授陛下之秋也。兵法有之:同舟而遇风,则吴越相救,如左右手。今秉常虽为母族所篡,以意度之,其世家大族,亦未肯俯首连臂为此族用也。今乃合而为一,坚壁清野以抗王师,如左右手。此正同舟遇风之势也,法当缓之。

今天威已震,臣愿陛下选用大臣宿将素为贼所畏服者,使兼帅五路。聚重兵境上,号称百万,搜乘补卒,牛酒日至。金鼓之声,闻于数百里间,外为必讨之势,而实不出境。多出金帛,遣间使辩士离坏其党与,且下令曰:"尺土吾不爱,一民吾不有也。其有能以地与众降者,即以封之。有敢攘其地、掠其人者,皆斩。"不出一年,必有权均力敌内自相疑者。人情不远,各欲求全,及王师之未出,争为先降,以邀重赏。陛下因而分裂之,即用其酋豪,命以爵秩,棋布错峙,务使相仇。如汉封呼韩邪通西域故事。不过于要害处筑一城,屯数千人,置一将以护诸部,可使数百年面内保境,不烦城守馈运,岂非万全之至计哉?臣愿陛下断之于中,深虑而远计之。

夫人臣自为计与为人主计不同。人臣非攘地效首虏,无以为功,为陛下计,惟天下安、社稷固否耳。陛下神圣冠古,动容举意,皆是功德。但能措太山之安,与天地等寿,则竹帛不可胜纪,而尧、舜、禹、汤不足过也。议者不知出此，争欲急于功名，履危犯难，以劳圣虑，臣窃不取。古人有言："省功不如省事，省事不如清心。"刘洎谏唐太宗曰："皇天以不言为贵，圣人以不言为德。老子称大辩若讷，庄子言至道无文。且多记则损心，多言则耗气，心气内损，形神外劳，初虽不觉，后必为累。须为社稷自爱。"人臣爱君，未有如洎之深至者也。臣窃慕之。虽谪守在外，不当妄言，然自念旧臣，譬之老马，虽筋力已衰，不堪致远，而经涉险阻，粗识道路，惟陛下哀愍其愚而怜其意。不胜幸甚。卷三七

代滕甫辩谤乞郡状

臣闻人情不问贤愚，莫不畏天而严父。然而疾痛则呼父，穷窘则号天，盖情发于中，言无所择。岂以号呼之故，谓无严畏之心？人臣之所患，不止于疾痛，而所忧有甚于穷窘，若不号呼于君父，更将趋赴于何人？伏望圣慈，少加怜察。中谢。

臣本无学术，亦无材能，惟有忠义之心，生而自许。昔季孙有言："见有礼于其君者，事之，如孝子之养父母也。见无礼于其君者，诛之，如鹰鹯之逐鸟雀也。"臣虽不肖，允蹈斯言，但信道直前，谓人如己。既蒙深知于圣主，肯复借交于众人！任其蠢愚，积成仇怨。一自离去左右，十有二年，浸润之言，何所不有！至谓臣阴党反者，故纵罪人，若快斯言，死未塞责。

窃伏思宣帝，汉之英主也，以片言而诛杨恽；太宗，唐之兴王也，以单词而杀刘洎。自古忠臣烈士，遭时得君而不免于祸者，何可胜数。而臣独蒙皇帝陛下始终照察，爱惜保全，则陛下圣度已过于宣帝、太宗，而臣之遭逢，亦古人所未有。日月在上，更何忧虞。

但念世之憎臣者多，而臣之赋命至薄，积毁消骨，巧言铄金，市虎成于三人，投杼起于屡至，傥因疑似，复致人言，至时虽欲自明，陛下亦难屡赦。是以及今无事之日，少陈危苦之词。

晋王导，乃王敦之弟也，而不害其为元臣；崔造，源休之甥也，而不废其为宰相。臣与反者，义同路人。独于宽大之朝，为臣终身之累，亦可悲矣。凡今游宦之士，稍与贵近之人有葭莩之亲，半面之旧，则所至便蒙异待，人亦不敢交攻。况臣受知于陛下中兴之初，效力于众人未遇之日，而乃毁訾不忌，践踏无严，臣何足言，有辱天眷。此臣所以涕泣而自伤者也。

今臣既安善地，又忝清班，非敢别有侥求，更思录用。但患难之后，积忧伤心，风波之间，怖畏成疾。敢望陛下悯余生之无几，究前日之异恩。或乞移臣淮浙间一小郡，稍近坟墓，渐谋归休。异日复得以枯朽之余，仰瞻天日之表，然后退伏田野，自称老臣，追叙始终之遭逢，以托乡邻之父老。区区志愿，永毕于斯。伏愿陛下怜其志、察其愚而赦其罪，臣无任感恩知罪激切屏营之至。 卷三七

代李琮论京东盗贼状 元丰□年

右臣伏见自来河北、京东，常苦盗贼，而京东尤甚。不独穿窬袪箧，椎埋发冢之奸，至有飞扬跋扈割据僭拟之志。近者李逢徒党，青、徐妖贼，皆在京东。凶愚之民，殆已成俗。自昔大盗之发，必有衅端。今朝廷清明，四方无虞，而此等常有不轨之意者，殆土地风气习俗使然，不可不察也。汉高帝，沛人；项羽，宿迁人；刘裕，彭城人；黄巢，宛朐人；朱全忠，砀山人。其余历代豪杰出于京东者，不可胜数。故凶愚之人，常以此藉口，而其材力心胆，实亦过

人。加以近年改更贡举条制，扫除腐烂，专取学术，其秀民善士，既以改业，而其朴鲁强悍难化之流，抱其无用之书，各怀不逞之意。朝廷虽敕有司别立字号，以收三路举人，而此等自以世传朴学，无由复践场屋，老死田里，不入彀中，私出怨言，幸灾伺隙。臣每虑及此，即为寒心。

扬雄有言："御得其道，则天下狙诈咸作使；御失其道，则天下狙诈咸作敌。"而班固亦论剧孟、郭解之流，皆有绝异之姿，而惜其"不入于道德，苟放纵于末流"。是知人之善恶，本无常性。若御得其道，则向之奸猾，尽是忠良。故许子将谓曹操曰："子，治朝之能臣，乱世之奸雄。"使韩、彭不遇汉高，亦与盗贼何异？臣窃尝为朝廷计，以谓穷其党而去之，不如因其材而用之。何者？其党不可胜去，而其材自有可用。昔汉武尝遣绣衣直指督捕盗贼，所至以军兴从事，斩二千石以下，可谓急矣。而盗贼不为少衰者，其党固不可尽也。若朝廷因其材而用之，则盗贼自消，而豪杰之士可得而使。请以唐事明之。自天宝以后，河北诸镇相继僭乱，虽宪宗英武，亦不能平。观其主帅，皆卒伍庸材，而能于六七十年间与朝廷相抗者，徒以好乱乐祸之人，背公死党之士，相与出力而辅之也。至穆宗之初，刘总入朝，而河北始平。总知河北之乱，权在此辈，于是尽藉军中宿将名豪如朱克融之流，荐之于朝，冀厚与爵位，使北方之人，羡慕向进，革去乱心。而宰相崔植、杜元颖，皆庸人无远虑，以为河北既平，天下无事。克融辈久留京师，终不录用，饥寒无告，怨忿思乱。会张弘靖赴镇，遂遣还幽州，而克融等作乱，复失河朔。

今陛下鉴唐室既往之咎，当收京东、河北豪杰之心。臣伏见近日沂州百姓程棐，告获妖贼郭进等。窃闻棐之弟岳，乃是李逢之党,配在桂州,豪侠武健,又过于柴。京东州郡如柴、岳者,不可胜数。此等弃而不用,即作贼,收而用之,即捉贼,其理甚明。臣愿陛下精选青、郓两帅,京东东西职司,及徐、沂、兖、单、潍、密、淄、齐、曹、濮知州,谕以此意。使阴求部内豪猾之士,或有武力,或多权谋,或通知术数而晓兵,或家富于财而好施,如此之类,皆召而劝奖,使以告捕自效。籍其姓名以闻于朝,所获盗贼,量轻重酬赏。若获真盗大奸,随即录用。若只是寻常劫贼,即累其人数,酬以一官。使此辈歆艳其利,以为进身之资。但能拔擢数人,则一路自然竞劝。贡举之外,别设此科,则向之遗材,皆为我用。纵有奸雄啸聚,亦自无徒。但每州搜罗得一二十人,即耳目遍地,盗贼无容足之处矣。历观自古奇伟之士,如周处、戴渊之流,皆出于群盗,改恶修善,不害为贤。而况以捉贼出身,有何不可?若朝廷随材试用,异日攘夷狄,立功名,未必不由此涂出也。非陛下神圣英武,不能决行此策。臣虽非职事,而受恩至深,有所见闻,不敢暗默。谨录奏闻,伏候敕旨。　卷三七

代吕大防乞录用吕诲子孙札子　元祐元年

臣窃见故御史中丞吕诲,忠于先朝,极陈谠论,致忤时宰,继死外藩。臣等皆尝与之同官,备闻论议,一切出于至诚,而有不挠不回之节。虽处散地,未尝一日有忘朝廷之意。忧伤愤疾,以致殒没。临终之日,召司马光面托后事,无一言及其家私,惟云朝廷事犹可救,愿公更且竭力。历观前后谏臣,忠勤忘身,少见其比。今其家甚贫,诸子仕于常调。欲望圣慈特赐矜悯,优加赠典,录用诸子之才者,以旌名臣之后。取进止。　奉圣旨,吕由庚除太常寺太祝。　卷三七

代宋选奏乞封太白山神状

伏见当府郿县太白山,雄镇一方,载在祀典。案,唐天宝八年,诏封山神为神应公。迨至皇朝,始改封侯,而加以济民之号。自去岁九月不雨,徂冬及春,农民拱手,以待饥馑,粒食将绝,盗贼且兴。臣采之道途,得于父老,咸谓此山旧有潄水,试加祷请,必获响应。寻令择日斋戒,差官莅取。臣与百姓数千人,待于郊外,风色惨变,从东南来,隆隆猎猎,若有驱导。既至之日,阴威凛然,油云蔚兴,始如车盖,既日不散,遂弥四方,化为大雨,罔不周饫。破骄阳于鼎盛,起二麦于垂枯。鬼神虽幽,报答甚著。臣窃以为功效至大,封爵未充,使其昔公而今侯,是为自我而左降,揆以人意,殊为不安。且此山崇高,足亚五岳,若赐公爵,尚虚王称,校其有功,实未为过。伏乞朝廷更下所司,详酌可否,特赐指挥者。卷三七

论宰相用人之术不正疏

臣窃见前者台官论朱服不孝,因此乞外官,宰相除服直龙图阁知润州。服因人言,反获美命。盖宰相上欺朝廷,下困台谏,习用此术,久已成例,不可不察。《嘉定镇江志》卷一二

论高强户应色役疏 　元祐元年八月

诸路多称高强户同是第一等,而家业钱数与本等人户大段相远。若止应第一等色役,显属侥幸,有亏其余人户,乞下详定役法所相度申尚书省,应高强户随逐处第一等家业钱数如及一倍外,即

计其家业,每及一倍,即展所应役一年,除元役年限外,展及五年为止。投募衙前,即依展年法,将展年应本等合入诸般色役。假如本处以家业及二千贯为第一等,其高强户及四千贯以上计其家业,又及四千贯,即展役一年。通计家业及二万四千贯,即展五年以上,更不展。如投募衙前,亦自四千贯以上计其家业,不及四千贯,方应诸般色役一年,仍以五年为止。其休役年限,依本等体例。《宋会要辑稿》食货一三之二八(第六册第五〇三三页)

荐毛滂状

翰林学士、朝奉郎、知制诰、兼侍读臣苏轼:右臣伏睹新授饶州司法参军毛滂,文词雅健,有超世之韵;气节端丽,无徇人之意。及臣尝见其所作文论骚词,与闻其议论,皆于时可用。今保举堪充文章典丽可备著述科。如蒙朝廷擢用后,不如所举,甘伏朝典,不辞。谨录奏。《东堂集》卷六《再答苏子瞻书》附录

荐陈师锡状(残)

学术渊源,行己絜素。议论刚正,器识靖深。德行追踪于古人,文章冠绝于当世。《注东坡先生诗》卷三二《送陈伯修察院赴阙》注文

神宗擢师锡第三人及第,有意大用。后为台官,因论举人试律则害道德之教,不合时议,遂出补外。寻罢试律。先帝首与牵复,大用之意愈坚。《续资治通鉴长编》卷三四一元丰六年十二月壬申纪事注文引

有名贤之德行,追踪古人;有西汉之文章,冠绝当世。《永乐大典》卷三一四五引《建安志·陈师锡传》

举毕仲游自代状（残）

学贯经史，才通世务，文章精丽，论议有余。自台郎为宪漕，绰有能声。《昭德先生郡斋读书志》卷四下

乞致仕状

臣轼先自端明殿学士、兼翰林侍读学士、朝奉郎、定州路安抚使，蒙恩落职，降授承议郎、知英州，道贬宁远军节度副使、惠州安置。经涉四年，又蒙责授琼州别驾，昌化军安置。又三年半，该陛下登极大赦，量移廉州安置。又经皇子赦恩，移舒州团练使，永州居住。臣以老病，久伏瘴毒，顿赴道途。未到永州，复蒙圣恩，复授臣朝奉郎、提举成都府玉局观，外州、军任便居住。臣素有薄田，在常州宜兴县，粗了饘粥，所以崎岖万里，奔归常州，以尽余年。而臣人微罪重，骨寒命薄，难以授陛下再生之赐，于五月间至真州，瘴毒大作，乘船至润州，昏不知人者累日。今已至常州，百病横生，四肢肿满，渴消唾血，全不能食者，二十余日矣。自料必死。臣今行年六十有六，死亦何恨，但草木昆虫有生之意，尚复留恋圣世，以辞此宠禄，或可苟延岁月，欲望朝廷哀怜，特许臣守本官致仕。《重编东坡先生外集》卷二四

皇帝达太皇太后贺大辽正旦书　元祐元年十月二日

正月一日，侄孙、大宋皇帝谨致书于叔祖大辽圣文神武全功大略聪仁睿孝天祐皇帝。原注：阙下。肇易岁元，发新荣于万物；仰

遵慈诲,修旧好于两朝。远饬使轺,肃将礼币;庶迎寿祉,式副愿言。今差朝请大夫、右谏议大夫、太原县开国伯、食邑九百户、赐紫金鱼袋王陟臣,皇城使、上骑都尉、赞皇县开国伯、食邑九百户李嗣徽,充太皇太后正旦国信使副,有少礼物,具诸别幅,专奉书陈贺,不宣,谨白。 卷四三

皇帝贺大辽皇帝正旦书　元祐元年十月

献岁发春,共讲三朝之庆;宝邻继好,茂膺五福之祥。申饬使车,往陈信币。永言欣颂,曷罄谕陈。 卷四三

皇帝达太皇太后回大辽皇帝贺正旦书
元祐二年正月五日

百年之好,既讲于春朝;万寿之仪,兼陈于幄殿。恭因省侍,具述来音。感怿之怀,言宣莫罄。今因利州观察使萧睽等回,专奉书陈谢,不宣。谨白。 卷四三

皇帝回大辽皇帝贺正旦书　元祐二年正月五日

东风协应,感徂岁之更新;远使交驰,导欢言而如旧。粲然礼币,申以书词。欣怿之深,敷陈罔究。 卷四三

皇帝达太皇太后回大辽皇帝贺坤成节书

元祐二年七月

嘉月令辰,笃生寿母;珍函重币,交庆宝邻。已恭致于德音,复钦传于慈旨。其为感怿,未易名言。卷四三

皇帝回大辽皇帝问候书 元祐二年七月

四牡载驰,远勤于使介;尺书为问,申讲于邻欢。方履素秋,克膺纯福;益祈保护,式副愿言。卷四三

皇帝达太皇太后贺大辽皇帝生辰书 元祐二年

寒律既周,诞辰载纪。恭被慈闱之诲,俾修庆币之仪。永介寿康,式符颂祷。更祈调卫,以副愿言。卷四三

皇帝贺大辽皇帝生辰书 元祐二年

大吕还宫,摄提正丑。载协诞弥之庆,永膺寿考之祥。临遣使轺,往陈信币。其为欣祷,莫尽名言。卷四三

皇帝达太皇太后贺大辽皇帝正旦书 元祐二年

岁律肇新,邻欢载讲。恭被慈闱之诲,远通庆币之诚。益冀保颐,永绥寿嘏。卷四三

皇帝贺大辽皇帝正旦书

三阳朋来,庆二仪之交泰;两朝继好,纳万民于阜昌。申敕使车,肃将礼币。愿符善祷,永介纯釐。 _{卷四三}

皇帝回大辽皇帝贺兴龙节书 _{元祐二年十月}

诞日载临,邻欢岁讲。封疆虽远,晷刻不逾。惟信睦之交修,识情文之两至。益深雅好,良极欣悰。 _{卷四三}

皇帝达太皇太后回大辽皇帝问候书 _{元祐二年十月}

嘉平纪月,震夙惟时。属兹庆使之来,重以慈闱之问。寻因省侍,悉致诚言。欣感之深,敷陈罔究。 _{卷四三}

皇帝回大辽皇帝贺正旦书 _{元祐三年}

献岁发春,方祝永年之庆;睦邻敦好,益修奕世之欢。信币精华,书词温缛。再维雅契,良极欣悰。 _{卷四三}

皇帝达太皇太后回大辽皇帝贺正旦书 _{元祐三年}

正岁履端,远勤于华使;慈闱申庆,重领于珍函。省侍之余,诚言已达。永惟欣感,莫究言宣。 _{卷四三}

皇帝回大辽皇帝贺兴龙节书

世睦宝邻，申以无穷之好；岁驰华使，及兹载夙之辰。阅词币之兼隆，识情文之备至。愿言欣感，难悉究陈。 卷四三

皇帝达太皇太后回大辽皇帝问候书

遣使为寿，既欣邻好之修；因书见诚，兼致慈闱之问。侍言有次，来意毕陈。感怿之深，敷陈罔既。 卷四三

皇帝达太皇太后回大辽皇帝贺坤成节书
元祐四年七月

星火西流，庆慈闱之诞日；皇华北至，讲邻国之诚言。既达来音，俾修报礼。感铭之素，敷述难周。 卷四三

皇帝回大辽皇帝问候书 元祐四年七月

辎车重币，已修交庆之仪；尺素好音，复讲久要之信。属临素节，允迪纯禧。益冀保颐，式符企咏。 卷四三

判幸酒状

道士某，面欺主人，旁及邻生。侧左元方之盏，已自厚颜；倾西王母之杯，宜从薄罚。可罚一大青盏。 卷六四

判营妓从良

　　五日京兆，判状不难；九尾野狐，从良任便。《渑水燕谈录》卷一〇

判周妓牒

　　慕周南之化，此意虽可嘉；空冀北之群，所请宜不允。《渑水燕谈录》卷一〇